Carmen

Carmen

NIEVES HERRERO

Papel certificado por el Forest Stewardship Council®

Primera edición en este formato: mayo de 2025

© 2017, Nieves Herrero
© 2025, Nieves Herrero, por el nuevo prólogo y la nota final
Autora representada por Antonia Kerrigan Agencia Literaria
© 2024, 2025, Penguin Random House Grupo Editorial, S.A.U.
Travessera de Gràcia, 47-49. 08021 Barcelona

Penguin Random House Grupo Editorial apoya la protección de la propiedad intelectual. La propiedad intelectual estimula la creatividad, defiende la diversidad en el ámbito de las ideas y el conocimiento, promueve la libre expresión y favorece una cultura viva. Gracias por comprar una edición autorizada de este libro y por respetar las leyes de propiedad intelectual al no reproducir ni distribuir ninguna parte de esta obra por ningún medio sin permiso. Al hacerlo está respaldando a los autores y permitiendo que PRHGE continúe publicando libros para todos los lectores. De conformidad con lo dispuesto en el artículo 67.3 del Real Decreto Ley 24/2021, de 2 de noviembre, PRHGE se reserva expresamente los derechos de reproducción y de uso de esta obra y de todos sus elementos mediante medios de lectura mecánica y otros medios adecuados a tal fin. Diríjase a CEDRO (Centro Español de Derechos Reprográficos, http://www.cedro.org) si necesita reproducir algún fragmento de esta obra. En caso de necesidad, contacte con: seguridadproductos@penguinrandomhouse.com

Printed in Spain – Impreso en España

ISBN: 978-84-666-8225-1
Depósito legal: B-4.548-2025

Compuesto en Comptex & Ass., S. L.

Impreso en Black Print CPI Ibérica
Sant Andreu de la Barca (Barcelona)

BS 8 2 2 5 1

A ti, que te empeñas en buscar la verdad

Siempre que enseñes, enseña también a dudar
de lo que enseñes.

>   José Ortega y Gasset

Nunca fui consciente de cualquier otra opción
que no fuera la de cuestionarlo todo.

>   Noam Chomsky

La duda es el principio de la sabiduría.

>   Aristóteles

«Desconozco el tiempo que me queda por vivir, pero puedo asegurar que me da igual lo que hayan dicho o lo que vayan a decir sobre mí. Nunca he pretendido ser el foco de atención y voy a seguir así hasta el final». De esta forma se expresaba Carmen Franco Polo desde el salón de su casa de la calle Hermanos Bécquer, en Madrid. Y ese final le llegó poco después. Falleció el 29 de diciembre de 2017.

Este libro es una novela, aunque cada capítulo arranca con su testimonio. Sus recuerdos fueron enmarcados en el contexto histórico que ella vivió. No es un libro al dictado, sino un relato con sus vivencias sin eludir otras voces discordantes de la época. Por ejemplo, el testimonio de los hijos del general Vicente Rojo, que me ayudaron a que los datos aquí vertidos fueran más completos. Quise retratar a una mujer que, sin haber protagonizado ningún capítulo de nuestra historia reciente, fue testigo de todos los acontecimientos que ocurrieron desde la Guerra Civil hasta nuestros días.

Durante los encuentros que mantuvimos para que yo pudiera documentarme, tengo que decir que no eludió ninguna pregunta y que consintió que grabara todo cuanto ella decía, así como todas sus reflexiones. Sinceramente, creo que habló como nunca lo había hecho antes: de sus padres, de su marido y de sus hijos. Esta novela es una mirada a esa otra parte de la historia que nunca se escribe. ¿Cómo se viven las decisiones políticas y los acontecimientos históricos desde dentro? Pusimos la lupa en una mujer que creció en el punto neurálgico de las decisiones de poder.

No fue a una escuela, ni entró nunca en una cocina. Siempre decidieron por ella y proyectaron su futuro sin contar con su opinión. Asumió que fue la hija de Franco, incluso que la llamaran «la hija del dictador». Nos sorprendió cuando dijo que su padre era un machista, «como los hombres de su época».

Carmen tenía intención de ordenar sus papeles y las cintas que tenía grabadas su padre en un magnetofón, pero la enfermedad se lo impidió. Su vida contrasta con la de otras mujeres que pasaron penurias y hambre y que fueron víctimas de la persecución política. Ella me habló desde su realidad y desde su mundo. Así, a través de las páginas de este libro, descubrimos a una mujer enigmática, callada, fiel a su pasado, crítica hasta con su propia vida; hija, madre y abuela..., desde todas esas aristas nos hizo partícipes de su vida. Carmen asistió, desde primera línea de platea, a todo lo que sucedía en la España más opaca y hermética del siglo xx.

Debo decir que su hija Mariola pudo leerle las galeradas de esta novela y no cambió más que el nombre de un general. Todo quedó tal y como lo escribí después de vernos de forma alterna durante dos años. Siempre que se producía nuestro encuentro no perdíamos ni un solo minuto y yo comenzaba a preguntar desde el punto donde nos habíamos quedado en la cita anterior. Encendía la grabadora y empezábamos a hablar de esa etapa de la historia que ella había vivido en primera persona. Fuimos muy despacio después de que me dijera que «adelante con el cometido que te han encomendado en la editorial». Comencé a destapar sus recuerdos por el principio, la infancia, y comprobé que los tenía grabados a fuego. Íbamos tan lentas que cuando salía de allí, casi siempre dos horas después, tenía que sentarme en el banco de piedra que se encontraba en la calle, frente a la puerta de su domicilio. Era como un ritual para poder sobrellevar la ansiedad que me generaba cada uno de esos encuentros. Desconocía cuándo se iba a producir el siguiente y comprendía que el tiempo jugaba en mi contra.

Al principio conocí a una mujer que paraba poco por Madrid porque no cesaba de viajar. Buscaba un hueco para mí entre viaje y viaje. Tenía muchos compromisos y quedadas con sus amigas de toda la vida, con las que compartía veladas y jugaba a las cartas. Un año y algunos meses después me encontré con otra mujer, una que se enfrentaba a su enfermedad irreversible con una entereza y con una sonrisa que llamaba la atención de cuantos la visitaban. Entre ellos, yo.

Un mes antes de fallecer le llevé el libro ya impreso. Para entonces ya había trascendido a la prensa la noticia de su grave enfermedad. Me recibió junto a Carmen Martínez-Bordiú, su hija mayor, que medió para que su madre me concediera la entrevista más larga que jamás había hecho sobre su vida. Es cierto que el historiador e hispanista estadounidense Stanley G. Payne y el escritor y periodista Jesús Palacios lograron hablar con ella nueve años antes sobre la Guerra Civil española. Pero mi libro tenía otro cometido: queríamos conocer su testimonio como testigo de la historia desde dentro de los cuarteles, palacios, hospitales y pisos en los que vivió durante las diferentes épocas de su vida, que coincidían con las distintas etapas de la historia reciente de España. Fueron muchas las horas y muchos los días repasando su infancia, juventud y madurez. Era evidente su evolución y pienso que quedó plasmada fehacientemente en la novela.

Quedé muy impresionada por cómo reconoció que su padre no fue el mismo después de la guerra. Entre otras cosas, ya no pudo cenar a solas con él y percibió una mayor frialdad en su trato. Su primera institutriz francesa no duró mucho, ya que los Franco sospecharon que se trataba de una espía. La sustituyó una teresiana que dormía en una habitación contigua a la de ella, pero, al cabo de los años, su madre la echó cuando esa se enamoró del chófer. Aquello fue un escándalo mayúsculo dentro de la familia Franco Polo.

La educaron en la creencia de que era una «chica muy corrientita» que no podía salir como el resto de sus amigas ni podía dormir en casa de ninguna de ellas. También constató que su madre llevó mal que se enamorara de un guardiamarina amigo de su primo, hijo de la tía Pila. Descubrieron que se carteaba con él y, desde entonces, la vigilancia sobre ella se estrechó. Mientras me lo narraba, con todo lujo de detalle, sonreía. Era para ella algo que pertenecía al pasado. Un pasado que me ayudaba a la reconstrucción de una vida de la que hemos sabido muy poco.

Aquí queda patente que Carmen salió del palacio de El Pardo para casarse con un aristócrata, el marqués de Villaverde, con el que tuvo siete hijos. Desde ese momento, se le presentó la oportunidad de viajar y conocer a grandes personalidades. Entre ellas, a John F. Kennedy, cuando todavía no era presidente de los Estados Unidos, y a su mujer Jackie. También nos relató su inolvidable viaje a la India, donde convivieron ella y su marido con el marajá de Jaipur. Desde entonces, no hubo un solo lugar del planeta al que no quisiera viajar.

Tuvo la sensación de haber estado toda su juventud embarazada. Habló para este libro con toda sinceridad de sus hijos y de lo que consideró que fue un atentado terrorista contra ellos: el incendio del hotel Corona de Aragón. Los Martínez-Bordiú Franco, junto con Carmen Polo, acudían a la jura de bandera de Cristóbal, en Zaragoza. Carmen y su madre fueron rescatadas gracias a su guardaespaldas, que encañonó con una pistola a un bombero para que las sacara de la habitación.

Siempre tuvo la sensación de haber hecho aquello que le dijeron sus padres, y después lo que quiso su marido, el marqués de Villaverde. Solo cuando enviudó pudo hacer aquello que realmente deseaba. Habló en nuestra larga conversación de la animadversión del médico de Franco, el doctor Vicente Gil, hacia su marido. También del matrimonio de su hija Carmen con Alfonso de Borbón. «Más que una boda fue una meta de mi hija para conseguir su libertad», llegó a decir. También recordó como uno de los peores días de su vida aquel en el que le comunicaron la muerte de su nieto Fran. Le habían enseñado a no derramar lágrimas, pero esa vez no pudo reprimirlas.

Tras la muerte de su padre —en estas páginas relata con gran profusión de datos cómo fue su larga agonía— custodió su testamento. Posteriormente, se lo llevó en mano al entonces príncipe Juan Carlos de Borbón, que expresó al verlo: «Esto para mí es un salvoconducto». El documento, que Carmen Franco pasó a máquina, no dejaba duda alguna sobre quién debía ser su sucesor. El original, sin embargo, no llevaba su nombre. Le comentó a su padre antes de morir que eso daría pie a algún conflicto y, finalmente, este le ordenó que pusiera el nombre de Juan Carlos de Borbón y Borbón.

Tras leer estas páginas el lector será partícipe del cambio que supuso para los Martínez-Bordiú Franco la llegada de la democracia y, sobre todo, la irrupción de los políticos de la UCD, que dejaron claro que cualquier privilegio que tuvieron en el pasado no existiría en el futuro. Curiosamente un miembro de la familia, Pocholo, emparentó con la familia de Adolfo Suárez. Eran los giros inesperados que les tenía reservado el destino.

Esta es la novela de su vida, construida desde su relato, desde sus vivencias. Primero con los ojos de una niña y, finalmente, con los ojos de una mujer que demostró entereza a la hora de saber que su final estaba cerca. Al que le apasione la historia, el conocimiento de nuestro pasado reciente, aquí tiene un testimonio único hasta ahora no revelado. Esta es su historia…

Nieves Herrero
Mayo de 2025

PRIMERA PARTE

1
LA HUIDA

LAS PALMAS DE GRAN CANARIA, JULIO DE 1936

Vi a mis padres despedirse en el hotel. Nosotras íbamos al puerto de Las Palmas y mi padre a un aeródromo pequeñito a coger el Dragon Rapide. Puede que esa despedida tuviera una especial trascendencia, pero yo no me enteraba de nada.

—No te quedes atrás. Nenuca, tienes que andar más rápido. No podemos perder el barco...

—¿Adónde vamos? ¿Pasa algo? —preguntó la niña de nueve años, que vestía un traje blanco con unos zapatos del mismo color y unos calcetines a juego.

—No preguntes. Simplemente obedece —replicó Carmen Polo, su madre, quien seguía a buen ritmo los pasos de Franco Salgado-Araujo, ayudante y primo de su marido. Habían sacado dos billetes con destino al puerto de El Havre un par de horas antes. Embarcarían en un guardacostas, el *Uad Arcila*, donde iban a pasar la noche. El buque alemán *Waldi*, que las llevaría hasta Francia, estaba fondeado mar adentro, cerca del puerto de Las Palmas. No partiría hasta la mañana siguiente.

Aquel 17 de julio de 1936 el calor era asfixiante y el ambiente en el puerto estaba enrarecido. Había un ir y venir de personas que embarcaban precipitadamente en los distintos barcos allí atracados. Carmen Polo, muy delgada y enjuta de cara, seria, tiraba de la mano de su hija para que corriera. Se había despedido de su marido minutos antes y sabía a ciencia cierta que podía ser la última vez que le viera con vida. Esa mirada la había visto otras veces y siempre como antesala de algún cometido ciertamente peligroso. Como esposa de militar, sabía a la perfección qué significado tenía que su marido se sumara a la rebelión contra sus propios mandos. El asesinato de Calvo Sotelo, el 13 de julio, le empujó a sumarse al Movimiento y a tomar las armas. Hasta ese momento no había dado su conformidad al general Mola.

Ante la mirada de todo el mundo en la comandancia militar de las islas Canarias, Franco se había trasladado desde el cuartel general de Tenerife —donde se encontraba vigilado por los agentes de la República— a Las Palmas, junto a su mujer y a su hija, el día 16, nada más tener conocimiento de la muerte del comandante militar de Las Palmas, Amadeo Balmes, un general experto en armas que se había disparado fortuitamente en el vientre mientras revisaba una pistola encasquillada. Fue una herida que le causó la muerte de forma instantánea. En Las Palmas no se hablaba de otra cosa. Algunos incluso ponían en duda que hubiera sido una muerte accidental. Todo era un ir y venir de bulos y certezas. La versión oficial determinó que se le disparó el arma mientras la revisaba. ¿Cómo podía haber cometido semejante error de principiante? La pregunta flotaba en el aire y la duda estuvo presente durante todas las exequias.

En aquel ambiente tan crispado se llevaron a la niña con ellos. «Nos va a acompañar para que no pase su santo sola», explicó su madre al servicio. *Mademoiselle* Labord, la institutriz, se quedó en Tenerife, completamente ajena a lo que se estaba fraguando. En un momento determinado, llegó a señalar en voz alta que «un entierro y un funeral no era un lugar adecuado para una niña», pero los Franco ignoraron el comentario y Nenuca los acompañó. No llevaron más que una maleta ligera, como para pasar un par de días fuera de casa.

Franco Salgado-Araujo, justo al llegar al muelle, se despidió de las dos. Tenía prisa por irse de allí y no se entretuvo. Carmen sabía el significado de su mirada.

—Te dejo con Lorenzo Martínez Fuset, haz cuanto te diga. ¡Confía en él! Debo ir junto a Paco. Bueno, ya sabes... —Hizo un silencio que los dos comprendieron sin necesidad de palabras—. Le prometí a tu marido traeros hasta aquí y ya os dejo en buenas manos. Toma tu pasaporte. Habla con la niña para que no diga, bajo ningún concepto, que su padre se llama Francisco Franco. ¿Me entiendes?

—Sí, perfectamente.

—Solo aparece tu nombre y el nuevo nombre de tu hija. No os fieis de nadie. Sabes que el enemigo secuestra familiares para hacerse con la voluntad de sus rivales. Por suerte, prácticamente no hay fotos tuyas junto a él y nadie te pone cara. Pero la niña debe callar el nombre de su padre.

—Descuida. Hará lo que yo le diga. Gracias... —Carmen Polo no hizo ningún comentario más. Volvió a coger a su hija de la mano y le pidió al comandante jurídico y notario, Martínez Fuset, que se diera prisa—. No perdamos ni un minuto más. Debemos subirnos a ese barco cuanto antes.

Durante el recorrido no hablaron, tan solo se oían las respiraciones y sus pisadas presurosas. Carmen recordaba cómo la noche anterior, mientras cenaban en un restaurante de la plaza de San Telmo, le había dicho a su hija que escogiera un nombre de pila y esta le contestó: Teresa. Desde el momento que entrara en el barco ya no sería Nenuca, sino que debería responder por el nuevo nombre.

Majestuoso, apareció el *Uad Arcila*, el guardacostas militar que las llevaría al barco alemán. Nenuca abrió los ojos más que nunca ante lo que le parecía un coloso, un gigante de metal.

—Un momento —las frenó el servicial Martínez Fuset—. Todavía no suban al barco. Antes debo hablar con el comandante. ¡Quédense aquí! ¡No se muevan!

Carmen parecía tranquila, pero por dentro casi no podía respirar. Sabía que estaba en juego su seguridad y la de su hija. Se preguntaba si nunca podría tener una vida que no fuera de nómada y con peligros que no sabía eludir. Por fin, regresó del barco Martínez Fuset; desde lejos parecía todavía más espigado y delgado de lo que ya era.

—Pueden subir. El comandante del barco sí sabe su identidad. Está al corriente de lo que se está preparando y se ha posicionado de nuestro lado. Bien distinto es lo que piensa la marinería. Por eso, ustedes nada tienen que ver con Franco, ¿me entienden?

—A la perfección.

—Pues, a partir de este momento, son madre e hija que van a pasar unos días de descanso a Francia para visitar a un familiar. No den más explicaciones, porque cualquier dato de más las puede poner en peligro.

Carmen y Nenuca subieron a bordo. Un oficial las esperaba en cubierta con su equipaje. Lo siguieron hasta que llegaron a uno de los camarotes. Había dos literas y un pequeño lavabo. Ya no saldrían de allí hasta el día siguiente, cuando estuvieran frente al barco alemán.

—Desde este momento eres Teresa. No lo olvides. Y tu padre no se llama Francisco Franco. ¿Cómo quieres que se llame? —preguntó Carmen.

—Salvador. Sí, quiero que se llame Salvador.

—Pues acuérdate. Teresa es tu nuevo nombre y tu padre se llama Salvador.

—Pero eso es una mentira y me has enseñado que no debo decir mentiras.

—Hay mentiras piadosas. Esta es una de ellas. Van tu suerte y la mía en que nadie sepa que tu padre es Francisco Franco.

—¿Es que papá ha hecho algo malo?

—¡Calla y obedece! —Carmen sabía a qué se exponía su

marido. Era esposa de militar y no cumplir el juramento dado y sublevarse contra sus mandos tenía consecuencias gravísimas. Si todo salía mal, lo pagaría con la muerte.

Carmen comenzó a rezar el rosario con su hija y no hizo otra cosa hasta que un marinero les trajo algo de comida.

—¿Por qué no salen un poco a cubierta? —las animó.

—No, muchas gracias. Ya es muy tarde y estamos muy cansadas.

—¿Y su marido? —preguntó, al imaginarse que la mujer y la niña huían de algo.

—Se reunirá con nosotras en unos días. Vamos a Francia, a ver a un familiar.

—¿Es militar? —siguió insistiendo mientras dejaba una bandeja con algo de comida.

—No, es ingeniero de minas.

—Y tú, niña, ¿cómo te llamas?

—Me llamo Teresa —contestó mirando a su madre de reojo.

—Eres muy mona...

—Soy corrientita... —replicó Nenuca como en resorte. Era una frase que le habían enseñado frente a las adulaciones.

—Bueno, mi hija está muy cansada. Le agradezco que nos haya traído algo de comer —Carmen cortó la conversación. No se sentía cómoda con el marinero. Hasta que no cerró el pestillo del camarote no respiró aliviada.

Oyeron muchas voces durante toda la noche. Sin pegar ojo, Carmen estuvo pendiente del movimiento que se oía en el barco. Hasta el amanecer no volvió la calma al *Uad Arcila*. El sueño la venció. Horas después supo que habían corrido verdadero peligro. La marinería se había levantado contra sus oficiales y el conato de sublevación no se sofocó hasta que se detuvo a uno de los maquinistas y a dos auxiliares que capitaneaban el motín. Un oficial les contó lo ocurrido.

—Señora, me dice el comandante que la informe de que

en una hora estén preparadas. Las llevaremos entonces hasta el *Waldi*.

—Muchas gracias.

Nenuca habló bajito a su madre.

—Mamá, ¿adónde nos llevan?

—A otro barco mucho más grande donde estaremos más seguras.

—¿Ahí podré decir mi nombre de verdad?

—Teresa, por favor... No digas tonterías.

Su madre le hizo un gesto llevándose el dedo a la boca para que se mantuviera en silencio. La niña obedeció, muerta de miedo. No entendía nada de lo que estaba pasando, pero intuía que corrían peligro.

—¿*Mademoiselle* Labord estará con nosotras? —se atrevió a preguntar.

—No, deberás olvidarte de ella. ¿Me oyes?

—*Pour quoi?* —replicó en francés, el idioma que le había enseñado la institutriz con la que llevaba seis años de su corta vida; ahora tenía nueve. A la niña le gustaba hablar en francés a todas horas.

—*Parce-que je le dis...* —replicó Carmen—. Hazte a la idea, porque no volverás a verla.

Nenuca se echó a llorar. La joven institutriz, bajita y con cara de luna, había formado parte de su vida desde que tenía uso de razón. La vestía, jugaba con ella, le daba de comer y hasta dormían juntas. La niña le había cogido verdadero cariño y la respetaba mucho. Sin embargo, Carmen había decidido prescindir de ella, y eso que venía avalada por la que había sido su institutriz toda la vida, *mademoiselle* Claverie. Pero corría el bulo fundamentado de que muchas institutrices extranjeras en realidad eran espías. Empezaron a no fiarse de ella al llegar a Canarias. A partir de ese momento, comenzó a hacer demasiadas preguntas y decidieron dejarla en Tenerife, ajena a todo lo que se estaba fraguando.

—No llores. No era conveniente para ti. Te buscaré a otra que incluso será mejor.

—No, yo quería a *mademoiselle* Labord...

La niña no había ido al colegio. Desde que llegó la República, su única escuela había sido la institutriz francesa, que no solo le enseñó un nuevo idioma sino que la había instruido en buenos modales, en juegos, en dibujar con cierta maestría, a no hacer ruido, a no molestar a los mayores, a comer con la boca cerrada, a no hablar hasta que no le preguntaran y hasta a rezar en francés.

—*Je viens d'acheter un béret rouge... je viens d'acheter un béret rouge...*

—Ne... Teresa... Sé que la querías mucho y que te enseñó a hablar perfectamente francés con esas frases que ella inventaba para ti, pero ahora es mejor que no esté a tu lado. Hazme caso. —Abrazó a su hija y se calmó.

Alguien llamó insistentemente a la puerta con los nudillos.

—¡Señora! Ya llegó el momento de desembarcar... —anunció el oficial al otro lado de la puerta del camarote.

Carmen abrió el pestillo y cogió a la niña de una mano y con la otra sujetó el equipaje.

—Permítame, señora. —El oficial se hizo cargo de la pequeña maleta donde llevaban lo imprescindible para huir.

El mar se hallaba en calma. Quizá era lo único que estaba en calma aquella mañana del 18 de julio. El comandante se despidió de ellas y varios oficiales las ayudaron a bajar a una lancha que las llevaría hasta el *Waldi*, que se encontraba fondeado a pocos metros de allí. Carmen se sintió mareada en un primer momento, pero la certeza de salir del país alivió su inicial sensación de vértigo y náuseas. Al subir al barco alemán las dos se quedaron sin palabras. Tuvieron la impresión de ser dos gotas de agua en mitad de un océano. Aquello parecía una ciudad flotante de acero. Era un buque enorme con pasajeros que venían de la costa africana. Después de unos instantes, aturdidas y sin saber qué hacer, se acercaron a una mujer que tenía una niña de la edad de Nenuca. Las cuatro se entendieron perfectamente en francés y pronto comenzaron a pasear por la cubierta y a conversar de asuntos triviales, nada comprometidos. Cuando salió a relucir el tema de sus maridos, Carmen se refirió al suyo como ingeniero de minas. No le resultaba difícil hacerlo, puesto que en su familia varios miembros ejercían esa misma profesión.

Las niñas hablaban de sus juguetes… La pequeña francesa le comentaba que tenía una bicicleta y Nenuca le describió el regalo de su tío Serrano Súñer, que hasta ahora había sido el que más la había impactado.

—Pues yo tengo un coche rojo de pedales que me regaló mi tío Ramón cuando era novio de mi tía Zita.

—¡Teresa! Sabes que esas cosas no me gustan…

—¿Qué he hecho? —dijo sorprendida la niña.

—Uno no debe presumir de lo que tiene o deja de tener… —En realidad, la interrumpió así porque no quería que diera detalles de su tío Ramón ni de nadie.

—Mamá, si no he dicho…

—¡Teresa! Juega sin más. ¡Obedece!

La niña dejó de hablar del cochecito a pedales rojo y del tío Ramón. Ese era su primer recuerdo y el regalo que más la sorprendió de niña. Zita y Ramón todavía eran novios y Franco era el director de la Academia Militar de Zaragoza. La niña se crio entre adultos y militares. Su paisaje, en su primera infancia, habían sido los muros de la academia y los cadetes de gris claro desfilando. Cuando preguntaban a Nenuca quién era su padre, ella decía que «el cadete general», provocando la hilaridad de todos. No distinguía de graduaciones. Aquel ambiente de férrea disciplina fue el que siempre había conocido y apenas recordaba a su padre vestido de paisano. El lema de la academia de aquellos años era: «El que sufre, vence». ¡Cuántas veces lo había oído en boca de su padre!

—¿De dónde son ustedes? —preguntó la señora francesa.

—Somos de Asturias —respondió Carmen, sin extenderse más en dónde había nacido y en qué familia.

La niña contó a Nenuca que habían vivido en muchos lugares de África, a su vez esta le dijo que ella no se había movido de España. Carmen se despistó unos minutos y la niña le dio a su nueva amiguita más información.

—Yo he vivido en Zaragoza, en Asturias, en La Coruña y en Canarias… En todos esos lugares he estado porque a mi papá le destinaban allí… —Se acordó de que no debía hablar más de la cuenta y antes de que su madre se enterara y la reprendiera, cambió de tema—: ¿Tu padre te da muchos besos?

—Sí. El tuyo ¿no?

—No. No le gusta besar. Pero se ríe mucho metiéndose conmigo.

—Pues mi papá sí me da besos y me dice todo el rato que soy muy guapa. Parece mi novio.

—Pues el mío no. Casi no le veo porque trabaja mucho. —Observó a su madre que la miraba en la distancia y supo que no debía seguir hablando—. ¿Jugamos a las mamás?

La niña francesa dijo que sí y se fueron las dos dando saltitos por la cubierta ante la atenta mirada de las dos madres. Carmen se sintió segura durante toda la travesía, que duró tres días y dos noches. A punto de atracar en el puerto francés de El Havre, el comandante la fue a ver a su camarote.

—Señora, vengo a informarle de que nos han telegrafiado desde tierra para preguntar si viajan en este barco la mujer de Francisco Franco y su hija. Yo, ante mis oficiales, he repasado el pasaje, y les he dicho que no. Sin embargo, vengo a comunicárselo para que tome las precauciones necesarias. Sé perfectamente quiénes las están buscando a las dos. Me temo que corren peligro. Cuando desembarquen, no se fíe de nadie.

—Así lo haré. Muchas gracias por avisarme —contestó nerviosa—. ¿Cuánto falta para que lleguemos?

—Un par de horas.

Carmen lo preparó todo, y a la hora de abandonar el barco, decidió que Nenuca diera la mano a la niña francesa. Cualquiera hubiera pensado que era una madre con sus dos hijas. Carmen Polo iba justo detrás intentando despistar al que estuviera espiando.

En el puerto de El Havre aguardaba su llegada el comandante Antonio Barroso, agregado militar de la embajada española en París, pero no dio con ellas. Iba de paisano y Carmen no quiso reparar en nadie de los que aguardaban al pasaje, solo tenía una obsesión: salir de allí como fuera. Las dos mujeres y las dos niñas siguieron juntas, ya que todas iban a la estación de tren. Una vez allí, se despidieron para siempre. Carmen y Nenuca cogieron un tren que las llevaría hasta Bayona, su destino final. Iban a la casa de *mademoiselle* Claverie, la antigua institutriz que cuidó de Carmen cuando se quedaron ella y sus hermanos —Isabel, Felipe y Zita— huérfanos de madre siendo muy pequeños. La hermana de su padre, la tía Isabel, casada con el abogado Luis de Vereterra, se encargó de la educación de sus sobrinos y dejó el día a día de la casa a *mademoiselle* Claverie. No solo hizo de gobernanta, también se convirtió en educadora, madre y consejera. Enseñó a todos los Polo un francés perfecto y unos modales que hicieron de Carmen una mujer tímida, distante, muy religiosa y protectora de sus hermanos.

En cuanto el tren hizo su entrada en Bayona, madre e hija cogieron su maleta y descendieron apresuradamente. Habían llegado a la última etapa de su viaje pero el peligro no había desaparecido. Todo el mundo hablaba de la sublevación de un grupo de militares contra el poder establecido en el país vecino. Carmen callaba y sudaba como nunca lo había hecho. Apretó la mano de su hija para que no comentara nada. El silencio para ellas fue su mejor tapadera.

2

EL ESCONDITE FRANCÉS

BAYONA, JULIO DE 1936

Recuerdo vagamente ver a niños cerca cuando era pequeña. También tenía una vida muy reglamentada, muy de horas determinadas para levantarme, comer, acostarme aunque fuera de día. Me enseñaron también a no llevar la contraria y a ser muy obediente. De hecho, era muy obediente.

Mademoiselle Claverie las esperaba entre el gentío que aguardaba la llegada del tren. Carmen enseguida la reconoció por su pelo blanco recogido en un moño alto y su traje oscuro. Tenía fama de severa y dura, aunque los años la habían suavizado. Se saludaron con la mano desde la distancia. Cuando estuvieron cerca, las besó con la poca efusividad que la caracterizaba y las condujo hasta su casa. Era un piso pequeño, un bajo modesto, adonde se había trasladado después de servir durante toda su vida en casa de la familia Polo. Había visto crecer a los cuatro hermanos y los había criado como si fueran sus propios hijos. Dedicó su vida a esa familia donde ella se sentía necesaria y útil. Ahora Carmen le había pedido ayuda y allí estaba junto a la mayor de los Polo.

—¡Qué mayor estás, Nenuca! Eres un calco de tu padre.

—Me llamo Teresa y no sé si se refiere a Salvador.

—¿Quién es Salvador? ¿Qué está diciendo la niña? —preguntó extrañada.

—*Mademoiselle*, se tiene que acostumbrar a llamarla Teresa, y a su padre, Salvador. Su profesión es ingeniero de minas a todos los efectos, como Roberto, el marido de mi hermana Isabel. Por su seguridad y la mía, es mejor que sea así.

—Entiendo.

Callejearon por Bayona que, situada en el suroeste de Francia, ese mes de julio estaba llena de veraneantes y de españoles por la cercanía de la frontera. No querían despertar el interés de nadie, su objetivo no era otro que pasar desapercibidas, y desde ese momento, hablaron en francés. Dieron un gran rodeo hasta que se aseguraron de que nadie las seguía. Vieron la catedral de Santa María, coronada por dos altísimos campanarios.

—Qué bonita es, ¿verdad? Esta catedral gótica se encuentra en el camino de peregrinación a Santiago de Compostela. Ha tenido distintas restauraciones a lo largo de los siglos.

Carmen no estaba para hablar de arte y se limitó a asentir con la cabeza. Aquella mañana de verano parecía de primavera. La temperatura era de veinte grados y el sol brillaba con fuerza en un cielo azul añil más propio de la paleta de un pintor. Llegaron en un cuarto de hora al bajo de una vivienda de tres pisos, cerca de la que fue colegiata de Santa María. Aquel lugar se convertiría en su refugio mientras esperaban con ansiedad noticias de España. Tan solo se atrevían a salir a primeras horas de la mañana para asistir a misa. Y la única persona con la que se permitieron hablar fue con el sacerdote que impartía el oficio religioso, pero pronto comenzó a hacer preguntas.

—¿De dónde son ustedes? —dijo un día al asalto a la salida de misa.

—Son familia mía —dijo *mademoiselle*—. Han venido desde España a pasar unos días.

—¿Cómo te llamas, niña? —se dirigió a Nenuca.

Antes de contestar miró a su madre. La pequeña no sabía si decir la verdad o su nueva identidad. Era un sacerdote y dudó.

—¡Teresa! —tuvo que salir al paso Carmen—. Es muy tímida.

—Imagino que han venido huyendo del golpe de Estado. Menudo ese Franco, desafiando a la República. Dicen que es un hombre capaz de asesinar a su padre si se interpone a sus propósitos.

—No crea todas las cosas que se dicen —replicó Carmen, incapaz de callar—. La mentira tiene las patas muy rápidas.

—Bueno, ellas vienen a descansar... —intervino Claverie, pero el sacerdote continuó hablando.

—Los militares saben que el coste de una sublevación fallida se paga con la muerte —insistió el cura—. Franco lo tiene mal. Muy mal. Menudo manifiesto ha hecho en Las Palmas... Se cree el salvador de la patria. Se justifica del paso que ha dado diciendo que la situación de España cada día era más crítica. Y acaba maldiciendo a los que no le apoyen y dando vivas a España.

—Nos están esperando —cortó *mademoiselle* Claverie—. A nosotras no nos gusta hablar de estos temas. No entendemos. ¡Con Dios! —No hubo más preguntas por parte del cura y pudieron irse a toda prisa hasta la casa—. ¿Será posible? —Estaba indignada—. Todos estos años solo nos hemos saludado con la mano y ahora se pone a hacer preguntas... Y a decir unas cosas...

—Mamá, tú me has dicho siempre que hay que decir la verdad. ¡Has mentido a un sacerdote!

—Teresa, ahora mismo somos otras personas. No estamos mintiendo. Estamos intentando que no nos descubran, porque si alguien averigua nuestra identidad nos pueden hacer mucho daño. ¿Entiendes?

La niña asintió con la cabeza sin saber cuáles podrían ser los peligros de los que su madre quería protegerla. Después de vivir un rato de angustia, preguntó.

—Pero ¿qué nos pueden hacer?

—De entrada, secuestrarte y llevarte muy lejos. No quiero ni pensar qué te harían. De modo que no vuelvas a dudar cuando te pregunten.

—¡Haz caso a tu madre! Ella quiere lo mejor para ti. Hay cosas que los niños no entendéis.

—Pero ¿a papá le pueden matar? Lo ha dicho el cura.

—Teresa, la gente no tiene ni idea. No hagas más preguntas, por favor.

—También ha dicho que papá sería capaz de asesinar a su padre.

—Vas a oír muchas cosas, pero te tienen que entrar por un oído y salir por otro —le dijo Claverie.

—¡*Mademoiselle*! No me parece... —replicó Carmen.

Volvieron a entrar en la casa y allí, en sesenta metros cuadrados, pasaron el día, pendientes de lo que decía la radio sobre el país vecino. «Hoy, 22 de julio, la *Gaceta de Madrid* publica la baja definitiva de Franco en el Ejército, junto a la de otros jefes sublevados. El Gobierno de la República combatirá a los rebeldes de Marruecos...».

—Cambie y mire a ver si hay noticias de otra emisora —le pidió Carmen a Claverie.

Después de varias intentonas, consiguieron oír la voz del propio Franco.

—¡Es papá! —exclamó la niña.

—¡Calla y deja oír! —se quejó su madre. Todas guardaron silencio en torno al aparato de radio.

«Me dirijo a las fuerzas armadas y de orden público de toda España, al tomar el mando de este glorioso y patriótico Ejército...». Pedía la rendición del que creía que era en ese momento jefe del Gobierno, Santiago Casares; desconocía que había sido relevado esa misma noche por Diego Martínez Barrio y de mañana por el doctor Giral, con un gobierno decidido a responder al pronunciamiento de la guerra total.

La radio continuaba dando información: «¡Las divisiones

del general Mola —Burgos, Valladolid y Zaragoza— también se han alzado en armas contra el Gobierno; así como las guarniciones de Barcelona, seguidas por las de Lérida y Gerona!...».

La voz se fue de golpe y buscaron nuevamente entre las emisoras una que hablara castellano. Ahora la información llegaba del bando republicano: «En Barcelona la enérgica acción de las fuerzas del orden público ha ahogado el alzamiento de los cuarteles y está a punto de acabarse con los últimos focos de resistencia...».

—¡No lo mueva! —insistió Carmen—. Escuchemos... ¿Ha oído? Han ahogado el alzamiento. ¡Dios mío!

—Es que se va la voz —dijo Claverie—. No te fíes de lo que se dice por la radio. Cada uno cuenta las cosas según el bando donde esté.

—Esto es un sinvivir. ¡Qué angustia! —Carmen no tenía apetito. La falta de noticias directas de su marido la torturaba.

—*Mademoiselle*, cuénteme, ¿cómo era mamá de pequeña? —interrumpió Nenuca el sonido de la radio.

—¿No te das cuenta de que los mayores estamos con otros asuntos? —la reprendió su madre.

—Nos viene bien a todas relajarnos... —replicó Claverie—. Pues mira, tu madre asumió que era la mayor de sus hermanos y siempre veló por ellos a la muerte de su madre. Tu abuelo, cuando empezaba a rondar tu padre, creyó conveniente que ingresara en un convento de clausura de monjas salesas para alejarla de él.

—¿Por qué? —preguntó la niña con mucha curiosidad.

—¡Por tonterías! —Carmen quiso cortar la conversación.

—No deseaba un militar en la familia, y tu padre ya tenía cierta fama por sus hazañas en África. Además, le gustaba pasearse a caballo por la calle Uría y eso a tu abuelo le sacaba de sus casillas. Me solía decir: «Si permito que mi hija se case con el comandantín africanista, será tanto como permitir que se case con un torero».

—¿Por qué le parecía mal que te casaras con papá? —le preguntó a su madre.

—Eran cosas de tu abuelo —contestó escueta—. Desde luego, no pude llorar más con mi noviazgo. Me rompieron sus cartas, sus postales, todo lo que recordaba a papá y, como dice *mademoiselle*, me mandaron a un convento. Pero cuando tu padre se propone algo... Iba todas las mañanas a misa para verme comulgar entre las rejas de la clausura. Y así durante meses. Todavía no sé cómo no se aburrió. Tardamos tres años en casarnos.

—Las únicas voces altas que recuerdo en aquella casa fueron por este tema. Don Felipe no lo podía ni ver. No tenía demasiadas simpatías a los militares —añadió Claverie—. Bueno, la tía Isabel tampoco. Recuerdo que decía: «Mi Carmina no será para ese aventurero que no tiene porvenir y que solo busca cazar una buena dote».

—Bueno, no me gusta que le cuente estas cosas a la niña... Luego ya no tuvieron más remedio que reconocer el valor de tu padre —se dirigió a Nenuca—. Se tuvieron que rendir ante las evidencias. Hasta el rey Alfonso XIII le alabó por sus méritos y a partir de ahí todo cambió.

—Sí, porque el abuelo era muy monárquico —remató Claverie.

—Dejemos el pasado. ¡Vamos a rezar un rosario!

—Si acabamos de venir de misa... —protestó Nenuca.

—Pues ahora a rezar más. No se me ocurre nada mejor.

Después de rezar, comieron algo. Solo tenía hambre la niña, *mademoiselle* y Carmen se limitaron a mover la comida en el plato. Por la tarde, Nenuca se puso a pintar pero no duró mucho con ello. Al rato, volvió a las preguntas. El tiempo pasaba para ella muy lentamente.

—¿Estuvo en la boda de mis padres?

—Sí, claro.

—Cuéntemelo todo, *mademoiselle*.

—Esta niña necesita ir con otros niños —dijo Claverie—.

Se aburre. Mira, tu madre y tu padre se casaron en Oviedo el 16 de octubre de 1923. Me acuerdo como si fuera hoy. Tuvo lugar en la iglesia de San Juan el Real, ¿la conoces? Bueno, creo que allí fuiste bautizada.

La niña afirmó con la cabeza. Había estado allí en multitud de ocasiones cuando vivieron en Oviedo.

—El padrino fue el rey Alfonso XIII.

—¿Sí? ¿Cómo era el rey?

—No, el rey no estuvo allí aunque fuera el padrino. Lo hizo por poderes, es decir, otra persona le representó en la boda: el general Antonio Losada, gobernador militar de Asturias. Acudió toda la sociedad asturiana.

—¿Y quién fue la madrina? —continuó la niña.

—La tía de tu madre, Pilar Martínez Valdés, viuda de Ávila. Fue un guiño a la madre ausente, ya que la otra rama familiar no veía con buenos ojos esta unión. Piensa que tu padre ha corrido y sigue corriendo muchos peligros. ¿Y quién quiere ver a su hija sufriendo?

—¿No fueron los padres de papá? —Se hizo un silencio en aquel saloncito comedor.

—Su madre, sí. Y su padre mejor que no asistiera —dijo Carmen con cierta tensión—. No gozaba de las simpatías de la familia, y menos de su hijo.

—Tu abuelo abandonó a su mujer y a sus hijos yéndose a Madrid —le aclaró Claverie en un tono confidencial. Omitió a la niña que estaba viviendo en la capital con una mujer, Agustina Aldana, y que tenía a la sobrina de esta, María Ángeles, acogida en casa. Eso había despertado muchos rumores en su entorno. Hubo quien les llegó a decir que se trataba de la hija de ambos—. Mejor que no viniera porque fue la boda más espectacular que he visto nunca y la habría empañado. No faltó nadie de la alta alcurnia de Asturias.

—Pensé que ese momento no llegaría nunca —afirmó Carmen muy seria.

—Se casaron después de posponer la boda en varias ocasiones por las muchas misiones que le eran encomendadas a tu padre —comentó Claverie—. Y todas peligrosas.

—Por cierto, a mi suegro el alzamiento le ha debido de pillar en El Ferrol. Sabíamos que estaba allí de vacaciones —comentó Carmen—. Nos informaron de que denigraba a Paco en los bares y cafés que frecuentaba. ¡Imagine qué estará diciendo ahora! ¡No quiero ni oír hablar de ese señor! No existe para nosotros.

—No entiendo por qué no quiere a papá —dijo Nenuca, sin entender estos temas familiares.

—No todos los padres quieren a sus hijos y este es uno de ellos. Sin embargo, la abuela era una santa.

—Casi no me acuerdo de la abuela —afirmó la niña.

—Doña Pilar Bahamonde y Pardo era una buena mujer, muy religiosa y absolutamente volcada en sus hijos —comentó Claverie—. Fue una pena su muerte hace dos años.

—¡Lo que tuvo que aguantar…! Pues me ha llegado la información de que se ha casado por lo civil con esa señora con la que está.

—Ya podía haberlo hecho por la Iglesia.

—No espere nunca nada a derechas de ese hombre. Dicen que cuando vivía mi suegra hizo un simulacro de boda a su manera: celebrando una gran verbena y bailando un chotis nupcial al son de un organillo.

—¿Y quién es ella?

—Parece ser que es una pobre chica, hija del secretario del Ayuntamiento de Aldea Real, en la provincia de Segovia. Alguien me dijo que era maestra de profesión. No sé, ni quiero saber.

—¿El abuelo no quería a ninguno de sus hijos? —Nenuca seguía dando vueltas al mismo tema.

—Bueno, por uno sí parecía sentir más que por los otros. En lugar de felicitar a papá por ser el general más joven de

Europa, solo tenía ojos para Ramón después de su gesta del *Plus Ultra*.

—Bueno, también es el que más se parece a él en todos los sentidos —apostilló Claverie.

—Cuéntame qué es eso del *Plus*...

—*Plus Ultra*. El tío Ramón llegó a Argentina a bordo de un hidroavión atravesando el Atlántico. Partió de Palos de la Frontera y tardó más de cincuenta y nueve horas en llegar a Buenos Aires. No lo hicieron de un tirón, tuvieron que parar a repostar en Las Palmas de Gran Canaria, en Río de Janeiro, en Recife y creo que también en Montevideo. Ese vuelo ha pasado a la historia como uno de los grandes éxitos de la aviación española y mundial.

—Tu tío ha sido tratado como un héroe nacional. Pero tú no sabes nada porque naciste nueve meses después. Y luego pasaron muchas cosas. Tiene un carácter, digamos, parecido al de su padre.

—Sí, el que más se le parece también en los líos de faldas...

—¡*Mademoiselle*! Unas veces ha sido héroe y otras lo ha pasado mal. Bueno, ahora todo esto le ha pillado en la Embajada de Washington. No había un sitio más lejos para quitárselo de encima —comentó Carmen.

—¿Entonces el abuelo solo hace caso a lo que hace el tío Ramón y no a lo que hace papá?

—Digamos que lo que haga tu padre le da igual. Jamás ha tenido un reconocimiento, una palmada en la espalda, nada. Todo lo contrario.

—Piensa que tu padre siempre estuvo del lado de su madre. No le perdonó que los abandonara cuando eran adolescentes. Pero no hay que alimentar el rencor —manifestó Claverie—. ¡Recemos!

Las tres mujeres hablaban, rezaban y escuchaban la radio. No hacían nada más. *Mademoiselle* se puso a tejer un jersey y Nenuca se divirtió con la lana, haciendo y deshaciendo el ovillo.

A la mañana siguiente, nada más terminar la misa se fueron de allí a tanta velocidad que al cura no le dio tiempo de volver a preguntarles. Sin embargo, dos días después, cuando dio de comulgar a *mademoiselle*, le ordenó que no se fuera sin hablar con él. Las tres tuvieron que esperar a que tras la misa se acercara a ellas.

—¿No ha venido todavía su marido? —preguntó a Carmen.

—No, le ha sido imposible salir de España.

—Esto, que parecía que iba a ser algo rápido, está alargándose mucho. Como intervengan tropas extranjeras, va a durar más de lo que se pensaba. Parece ser que los dos bandos han pedido armas a otros países.

—Si quería saber algo del conflicto por nosotras, se ha equivocado. No estamos enteradas de nada.

—No, quería comentar con ustedes qué pensaban de la muerte en accidente de avión del general San... San Justo, creo. Parece que era pieza clave del golpe de Estado.

Carmen se quedó blanca como la pared de la iglesia. No sabía nada.

—¿No será Sanjurjo?

—Eso, Sanjurjo —rectificó el sacerdote.

—¿Cuándo fue el accidente? —preguntó Carmen. Sabía que estaba previsto que fuera el comandante en jefe del bando sublevado. Se preguntaba qué ocurriría ahora y quién sería la cabeza visible del alzamiento.

—Hace ya unos días, en Cascais, en Portugal. Al parecer, estaba allí exiliado por haber protagonizado algo parecido en el treinta y dos. Ahora los sublevados se han debido de quedar descabezados. Su avioneta sufrió un accidente durante el despegue. Esto acabará pronto.

Las dos mujeres se santiguaron. La niña las imitó.

—Dios le perdone todo el mal que ha hecho —comentó el cura.

—El rey Alfonso XIII le concedió el título de marqués del Rif por su decisiva participación en la guerra de Marruecos, en especial en el desembarco de Alhucemas. Era un hombre muy valiente.

—Observo que ustedes van con el bando sublevado, en contra de la República. ¿Conocían a Sanjurjo?

—Y vemos que usted va con el bando republicano. Y los curas deberían ser más imparciales —le dijo Claverie sin ningún tipo de diplomacia—. ¡Con Dios!

Las tres se fueron de la iglesia todo lo rápido que pudieron sus piernas y, cuando llegaron a la casa, tenían claro que debían irse de Bayona. El día se había convertido en caluroso e irrespirable. Parecía que las últimas noticias habían subido los grados del ambiente y de sus vidas.

—Aquí corréis peligro. No me fío nada de este sacerdote. Demasiado interés en saber qué pensamos. Carmen, debemos irnos de aquí.

—Estoy de acuerdo. Pero ¿adónde?

—Nos vamos al campo. Allí la gente no hará preguntas. Aquí estamos demasiado cerca de España.

—Tiene razón, pero esperemos unos días por si tenemos noticias de Paco. Si nos busca aquí y no nos encuentra, podría asustarse.

—Esperaremos... —Claverie no disimulaba su preocupación.

Al poco tiempo de estar otra vez encerradas en casa, alguien llamó a la puerta con los nudillos de manera insistente. Claverie miró por la mirilla. Con la mano indicó a Carmen y a la niña que se escondieran en la otra habitación y les hizo señas para que guardaran silencio. Finalmente, abrió la puerta.

—¿*Mademoiselle* Claverie?

—Sí, ¿qué desea?

—Soy Nicole y me mandan para saber cómo están doña Carmen y la niña.

—¿Quién la manda? —Claverie no se fiaba de aquella señora que vestía de forma extravagante y que tenía el pelo teñido de rubio platino. No la dejó pasar del quicio de la puerta.

—Unos amigos de su marido... Usted me entiende.

—Yo entiendo poco —dijo Claverie—. Pero diga a quien le haya pedido información que la madre y la hija han estado aquí pocos días porque decidieron irse a Oviedo con don Felipe, el hermano de doña Carmen. Dígales que se ha ido con su hermano soltero. Él se ocupará de ellas.

—Muy bien, así lo haré. —La francesa se fue dando una calada a la boquilla de su cigarrillo. Se giró para sonreír a aquella mujer tan seria y poco expresiva que le había abierto la puerta.

Mademoiselle Claverie, al cerrarla de golpe, liberó un suspiro mientras miraba a través de la mirilla cómo se alejaba. Se fue corriendo hacia la ventana exterior y se aseguró de que se había ido de allí antes de ir a buscar a Carmen.

—No me ha gustado nada esa mujer. Primero el cura, ahora esta señora. Estáis localizadas. Debemos irnos cuanto antes.

—Tiene razón. Aquí corremos peligro. ¿Cree que realmente la enviaría Paco a saber de nosotras?

—Si es así, se quedará tranquilo al saber que estás con tu hermano. Y si no, lo mejor que podemos hacer es salir de aquí de inmediato.

Carmen comenzó a hacer el equipaje mientras Claverie llamaba a un familiar para que vinieran a por ellas. Recogieron tan rápido como pudieron y cerraron la casa. Siete horas más tarde se encontraban en Valence, en el departamento de Drôme, región de Ródano-Alpes. Lograron alquilar una habitación con derecho a cocina. La compartían con otra familia que también estaba allí alojada desde hacía más tiempo.

—¡Bienvenidas! —saludó el cabeza de familia.

—Muchas gracias —solo hablaba Claverie—. Estaremos por aquí un tiempo descansando. Hemos venido de vacaciones.

—Eres una niña muy guapa —dijo el joven de la familia a Nenuca.

—¡Soy corrientita! —contestó la niña en voz alta.

Los padres y el hijo, de unos veinte años, se rieron por su desparpajo.

Inmediatamente después, pasaron a su habitación y se instalaron como pudieron en aquellos escasos metros cuadrados. Entre el equipaje que llevaban, había un bulto grande envuelto en una manta: el aparato de radio del que no quisieron desprenderse durante todo el viaje. Era lo único que las mantendría informadas de lo que estaba sucediendo en el frente.

La cama de matrimonio y otra camita llenaban aquel espacio pequeño, pintado de blanco. Madre e hija dormirían juntas en la cama grande y Claverie en la supletoria. No tardaron en ordenar aquel pequeño espacio y pronto salieron de allí a dar una vuelta para que la niña no estuviera tan inquieta. Descubrieron que había animales, ocas que la familia francesa cuidaba para luego hacer *foie*. Nenuca salió corriendo aterrorizada.

—¿Adónde vas? —le dijo su madre, alzando la voz.

—¡Me dan mucho miedo! —confesó la niña sin acercarse a donde estaban todos.

—Ven, que no te hacen nada —le contestó Claverie.

Intentó convencerla de que los animales en realidad le tenían miedo a ella y se fue familiarizando poco a poco con aquel ambiente más rural. A la niña se la veía más feliz que en Bayona y dejaron que saliera, primero, a la puerta de la calle y, después, a hacer pequeños recados por el pueblo. Nadie sospechaba de ellas y mucho menos podían imaginar que eran familiares directas de uno de los generales españoles sublevados contra la República. Se relajaron por completo. A la vez, eran conscientes de que estaban incomunicadas. Todas las noches buscaban en aquel gran aparato de radio alguna voz que les diera informaciones nuevas sobre la guerra: «Han sido detenidos en Madrid todos los familiares relacionados con el alzamiento: la esposa de Queipo de Llano, Pilar Millán Astray, Pilar Jaraiz Franco, la sobrina del general Franco, que ingresó con su hijo de quince meses. Todas ellas se encuentran en una prisión especial en Alacuás, Valencia».

—Madre mía, ¿ha oído? —preguntó Carmen a Claverie—. Nuestra sobrina... Han mencionado a Pilar.

—Menos mal que saliste en barco de España. No quiero ni pensar qué podría haberos ocurrido. ¿De quién es hija tu sobrina?

—De Pilarón, la hermana de Paco. No imaginaba que toda la familia correría tanto riesgo. Espero que mis hermanos estén a salvo. Sé que Felipe iba a ir a Madrid a hacer algunas gestiones. ¿Le habrán detenido?

—Felipe es muy listo. Seguro que estará a buen recaudo. Lo mismo, al enterarse, se ha refugiado en algún lugar seguro, en alguna embajada.

—Eso espero.

Carmen se puso a rezar el rosario. *Mademoiselle* la imitó. Nenuca estaba dormida sin enterarse de nada de lo que estaba ocurriendo. Los días siguientes estuvieron hablando con inquietud de su futuro.

—Si esto se prolonga después del verano, deberíamos pensar en algún colegio para la educación de la niña.

—¡Por Dios, *mademoiselle*! Todavía queda mucho. Esperemos que todo acabe rápido —manifestó Carmen.

—Estas cosas se sabe cómo empiezan pero nunca cómo acaban. Hazte a la idea de que vamos a estar aquí mucho tiempo.

—Espero, *mademoiselle*, que se equivoque. No sé cuánto tiempo más podremos aguantar huyendo la niña y yo.

—El tiempo que haga falta. No imagina la capacidad de aguante que tiene el ser humano.

Poco a poco el cansancio fue cediendo y, en torno a la radio, se quedaron dormidas con un debate que a la mañana siguiente apenas recordaban. Antes de ir a misa intentaron poner en orden las pocas cosas que habían llevado. Hicieron las camas y se arreglaron alternando los dos trajes con los que habían huido de España.

—Deberíamos comprar ropa nueva a la niña —comentó Claverie.

—*Mademoiselle*, aquí no hemos venido de vacaciones.

—Sí, pero la niña...

—La niña sabe perfectamente que esta situación es excepcional. No pasa nada. Se tiene que acostumbrar.

Al salir del cuarto, la familia francesa las invitó a desayunar pero, como siempre, declinaron la invitación. Si querían comulgar no podían comer nada antes. La niña se habría llevado a la boca uno de los panecillos que había sobre la mesa, pero obedeció.

Fueron a misa a la catedral de San Apolinar, aunque tuvieron que andar mucho hasta llegar al edificio más antiguo de la ciudad de Valence. Estaba situado en la parte superior del casco viejo, con vistas a las antiguas murallas y los barrios antiguos del río Ródano.

—El campanario de esta catedral fue destruido por un rayo en el siglo pasado.

—¡Cuéntame más cosas de ese rayo! —le pidió la niña a Claverie.

—No sé mucho más. Aquí siempre he venido unos pocos días a descansar. Pero sí te puedo decir que novelistas como Stendhal han escrito sobre su destrucción. La que ves no es la original. Tuvieron que reconstruirla. Bueno, entremos.

—No, dime más cosas.

—No seas caprichosa —la recriminó su madre—. Ahora es momento de rezar.

La frialdad de las piedras y las dimensiones de la catedral

hicieron que la niña estuviera todo el rato agarrada a las faldas de *mademoiselle*. Oyeron misa en latín con el velo puesto y el misal en la mano. Una hora después regresaron a la casa dando un paseo que a la niña le pareció eterno. Solo pensaba en desayunar aquel panecillo que no había cogido de la mesa.

—Me duele el estómago —dijo Nenuca.

—Deja de pensar en ello, que te dolerá más —le contestó Claverie.

Carmen y Claverie estaban acostumbradas a controlar todo tipo de impulsos y sentimientos, pero la niña tenía hambre y quería el panecillo que le habían ofrecido.

—No pidas nada. Tienes tu desayuno. ¿Me has oído?

—Quiero el panecillo.

—Pues tú comerás tu comida. ¿Me oyes? Debes controlar los caprichos... Esas cosas no me gustan.

Al entrar en la casa, saludaron a la familia y prepararon el desayuno. La niña obedeció y no pidió el panecillo por el que suspiraba. Después de desayunar, regresó con sus preguntas.

—Mamá, ¿adónde fuisteis papá y tú de luna de miel?

—Pero ¿por qué preguntas tantas cosas? No es de buena educación.

—Se fueron a la finca de La Piniella, en Asturias. Es la casa de campo propiedad de los Martínez Valdés a los que tanto quiere tu madre. —Claverie se apresuró a saciar la curiosidad de la niña.

—Fueron muy pocos días. Con tu padre, ya se sabe. Siempre tiene mil cosas que hacer y antepone el deber a todo lo demás. *Mademoiselle*, si yo le dijera la de veces que he montado y desmontado casas en estos años, no me creería. Son tantas que he perdido la cuenta. Sin embargo, no me acabo de acostumbrar a vivir como una nómada.

—Es cierto que en estos años habéis estado en diferentes ciudades. Imagino que cuando haces amistades y echas raíces, volver a mudarte resulta duro. Uno tiene que acostumbrarse,

Carmina, a que nada de lo que poseemos es permanente. Estamos aquí de paso.

—Te empiezas a hacer a una ciudad, a su gente, y, al poco, nos vuelven a cambiar de destino. Ahora, sabe Dios qué será de nosotras. Quizá tengamos que estar en Francia por mucho tiempo.

—Si así son las cosas, hay que aprender a aceptarlas. La vida no es fácil para nadie. Si vais a estar tiempo aquí, busquemos un colegio para la niña.

—Sí, tiene razón. Será lo mejor.

—Yo no quiero ir al colegio. Quiero quedarme con vosotras —protestó Nenuca.

—Tú harás lo que diga tu madre. No te queda más remedio que obedecer.

La radio francesa daba información del golpe de Estado en el país vecino. «Hitler y Mussolini deciden enviar ayuda militar alemana e italiana a Franco. Esto supone un apoyo importante a la sublevación del 18 de julio en España...».

—¿Ha escuchado lo mismo que yo? —preguntó Carmen.

—Sí... Esto inclina la balanza de la guerra hacia el bando de tu marido. —La inexpresiva Claverie esta vez mostró alegría.

—Eso pienso yo. Pero no creo que el Frente Popular se quede de brazos cruzados.

—¿Qué ocurre, mamá? —preguntó la niña, al verlas emocionadas escuchando la radio.

—Nada que deba saber un niño —contestó Carmen.

—Pero, mamá...

—¡Vamos a rezar!

3
UN COLEGIO PARA TERESA

VALENCE, ÚLTIMA SEMANA DE JULIO DE 1936

Me recalcaron en mi infancia que yo era normal, ni guapa ni fea. Me acostumbraron a huir de los halagos.

Las noticias sobre los primeros aviones alemanes e italianos sobrevolando territorio español llegaron rápido a Valence. Tuvieron que aprender a disimular la euforia que les provocaban esas informaciones fuera de aquella habitación del piso que compartían. No querían mostrar sus sentimientos, pero estaban más sonrientes de lo habitual. Aquel estado duró poco porque a finales de julio también conocieron la noticia de que el comunismo internacional se había reunido en Praga en favor del Frente Popular español. De hecho, la primera semana de agosto, la radio no hacía más que emitir palabras de Indalecio Prieto, presidente del Partido Socialista, proclamando la abrumadora superioridad del Frente Popular. La euforia se transformó en preocupación y desolación.

—No sé qué hacer, *mademoiselle*. En estos momentos me siento perdida. Impotente y sin saber si empezar aquí una nueva vida o intentar reunirme con Paco —comentó Carmen a su institutriz.

—¿Y meterte entre las balas en estos momentos? Sería una locura. ¡Quién sabe lo que os pueden hacer si caéis presas! No te queda otra que seguir aquí.

—Ya. —Carmen se quedó con la mirada fija mientas pensaba.

—Ahora está todo muy revuelto. Y más con la de fusilamientos y muertes que está habiendo. La muerte del primo hermano de Paco. Esa noticia ha corrido como la pólvora en Valence —comentó Claverie.

—Menos mal que su madre no vive, porque no se lo hubiera perdonado nunca. Rehusó sumarse a la sublevación. Ya dejaron de hablarse anteriormente cuando se negó a bombardear a los mineros asturianos en la revolución de Asturias del treinta y cuatro y decidió apoyarles. Por tal decisión fue suspendido del Ejército.

—¿Qué cargo tenía ahora?

—Era el comandante del aeródromo de Tetuán, en el protectorado de Marruecos.

—Pues él y su escuadrilla decidieron no sumarse a la sublevación. Aunque se rindieron, dejaron inutilizados los aviones que había en la base y eso es alta traición. Me lo ha contado *monsieur* Renaud, que está atento a todo lo que pasa en España. —Se refería al cabeza de familia con el que compartían cocina—. Y, al final, Ricardo de la Puente Bahamonde fue condenado a muerte tras un consejo de guerra. Luis Orzaz, el jefe del Alto Estado Mayor, firmó la sentencia y tu marido la cumplimentó. Fue fusilado el 4 de agosto, a las cinco de la tarde, en los muros exteriores de la fortaleza del Monte Hacho.

—Sí. Hoy es un día sombrío para la familia. Seguro que en Oviedo no se habla de otra cosa. Imagínate, dos primos hermanos.

—El destino ha querido que la primera sentencia de muerte que tuviese que firmar tu marido fuera la de Ricardo de la Puente Bahamonde.

—De pequeños, los primos eran muy amigos. De adultos... ya ve. Yo creo que si hubiera sabido que su primo era el jefe del levantamiento en el Ejército de África no habría inutilizado los aviones —comentó Carmen, abrumada por las últimas noticias.

—¿Paco no podría haber perdonado, indultado, a su primo? —preguntó Claverie.

—Imagino que tenía a todos los mandos observando sus movimientos. En eso los militares son inflexibles aunque sean de la familia. Tenía que dar ejemplo. —Durante largo rato permaneció en silencio—. Esta guerra nos va a cambiar a todos. Nada será igual cuando acabe.

—¿Ese señor era familia de papá? —Nenuca estaba conmocionada.

—Los niños no entendéis estas cosas. Ricardo era tres años menor que papá y, sí, eran primos carnales. Sin embargo, completamente opuestos. Tu padre, monárquico; el primo, republicano. Siempre han discutido mucho por sus diferencias de opiniones.

—No lo entiendo —insistió la niña.

—En la guerra no se entiende nada. ¡Vamos a rezar!

Después de rezar un rosario, las tres continuaron pendientes de la radio. Supieron que Franco se había instalado a primeros de agosto en el palacio sevillano de Yanduri, donde dirigía por radio la defensa de las islas Baleares contra la expedición naval republicana que se había apoderado con facilidad de Ibiza y Formentera.

El almuerzo de ese día lo hicieron prácticamente en silencio. Nenuca fue la única que volvió a sacar de sus cabezas el tema de la guerra. La niña quería salir a la calle y dar una vuelta por Valence. Accedió su madre y la pequeña le dijo que quería conocer a alguna niña de su edad.

—¿Por qué no puedo ser como las demás niñas y tener amigas?

—Porque no eres como las demás niñas —le dijo Claverie.

—Pero tampoco podemos darle ni usted ni yo la instrucción que necesita —observó Carmen—. Habría que pensar si ya es hora de que se relacione con otras niñas de su edad. La única manera de conseguirlo es mandándola al colegio.

—No, al colegio no. Solo quiero conocer a otras niñas —protestó Nenuca.

—Sinceramente, no me parece mal que vaya al colegio. Está todo el día en casa con nosotras. Mi padre solía decir que gente parada, mal pensamiento. Deberíamos mirar qué colegio le conviene más.

—Pero yo no quiero ir al colegio. Me gustaría jugar con otras niñas. Nada más —insistió con desesperación.

—Tú harás lo que nosotras digamos. Tienes que aprender a obedecer. Ha llegado el momento de que te relaciones con otras niñas de tu edad —dijo su madre con vehemencia—, y eso solo lo vamos a conseguir mandándote al colegio.

Nenuca no se quedó nada convencida. Si hubiera sabido la reacción de su madre, se habría callado.

—Si todo sigue como hasta ahora, deberíamos volver a Bayona al finalizar agosto para normalizar la vida de Teresa. Al menos, ella tendría que crecer al margen de todo esto que estamos viviendo desde la distancia —comentó Claverie.

—¿Cree que habrán dejado de buscarnos?

—Pienso que sí. No saben nada de vosotras y se han debido de creer que pasasteis a España con tu hermano Felipe.

Desde ese momento, la distracción de esos días fue encontrar un colegio adecuado para la niña. Carmen se había educado en las ursulinas y le parecía bien encontrar alguno de educación estricta y religiosa como la que ella tuvo.

—Mi padre y mi tía tuvieron claro que yo me debía educar en un colegio religioso —le comentó a su hija—. Tu abuelo se sacrificó mucho por sus hijos. De hecho, no volvió a casarse porque decía que las madrastras eran incompatibles con la descendencia.

—Don Felipe podría haber vuelto a casarse. No faltaban mujeres que hubieran deseado hacerlo con los ojos cerrados, pero él no quiso. Pensaba solo en sus hijos y no se planteó jamás volver a contraer matrimonio. Era un buen hombre. Un señor.

—Y mis hermanos y yo nos educamos, aparte del colegio, con usted, *mademoiselle*. Todos éramos muy retraídos cuando llegó a nuestra casa. Nos afectó mucho la muerte de nuestra madre. Además, no estaba bien visto que los niños fuéramos blandos. Se imponía la fortaleza de espíritu.

—Bueno, eso no se ha perdido, afortunadamente. A los niños hay que educarlos con pocos mimos si queremos que sean mujeres y hombres de bien. ¡Cuantos menos besos, mejor! Ya sabes mi teoría de que extralimitarse en cariños vuelve a los niños seres humanos dependientes y con poca fuerza para aguantar las adversidades.

—Pues a mí me gustan los besos. No veo qué hay de malo en eso —protestó la niña.

—Pocos besos, Nenuca, pocos besos... —le contestó Claverie—. De todas formas, me gusta que la niña quite importancia a los que la adulan.

—Bueno, eso siempre se lo dice su padre: «No escuches a los que te halagan». Pero fíjate qué lista... Estando en Oviedo, paseando por la calle Uría, un grupo de militares reconocieron que era la hija de... Salvador y cuando le dijeron lo guapa que era, ¿sabe qué contestó?

—No.

—Pues dijo: «Soy corrientita y monárquica». —Las dos se echaron a reír—. Luego los compañeros se lo comentaron a su padre y le indicaron que tuviera cuidado con lo que iba diciendo la niña en plena república.

—Me advertisteis de que no dijera lo de monárquica. ¿Ya puedo hacerlo? —preguntó la niña, que ya estaba a punto de cumplir los diez años.

—No. No hables de nada que tenga que ver con España. Ni ideología, ni pistas de quién es tu padre, ni nada de nada. Más vale que parezcas tonta a que te extralimites. Imagínese en plena república a la niña diciendo que es monárquica. ¡Tiene cada cosa!

—Cualquier dato de más que des nos puede perjudicar. No lo olvides... Teresa.

A partir de ese momento fueron proyectando su vuelta a Bayona. Los colegios empezaban en septiembre, de modo que tenían quince días para ir despidiéndose de Valence y de la familia con la que compartían cocina, los Renaud. Fue precisamente Jacques, el padre, el que las informó de que Franco y Queipo de Llano habían restablecido la bandera bicolor para la zona ocupada por los nacionales, quitando la franja morada de la enseña republicana. El francés, que seguía de cerca los acontecimientos del país vecino, les dijo también que quien pilotaba todo aquel alzamiento era Franco.

—Debe ser un error —le comentó Carmen, que sabía que no era lo inicialmente pensado. Estaba pálida, parecía sin sangre.

—No, no. Viene en la prensa. Mire. —Le dio a leer un periódico atrasado—. «Franco, director del Movimiento patriótico salvador de España». Y aquí además recogen una amplia entrevista con él. La han sacado a su vez de otro periódico: *El Adelanto*, de Salamanca.

—¿Me deja leerlo? —Todavía seguía incrédula—. Le aseguro que no es cierto.

—Pues... lea, lea. Dice que ante la desmembración de España y con un Ejército destrozado que había perdido prestigio y autoridad había que hacer algo por la nación. Increíble. Claro, algo tiene que decir para justificarse.

—También dice que en Madrid se ha dado muerte a doscientos sacerdotes y monjas. —Se santiguó antes de seguir hablando—. ¡Dios mío!

—Quiere establecer una dictadura militar en España —continuó Renaud—. Dice que la dictadura se parecerá a los moldes italianos, alemanes o portugueses. También le pregunta el periodista la extrañeza que ha causado que se trajera a la península fuerzas de Marruecos. Franco ha contestado que «son regulares» y que no entiende que se extrañe nadie cuando el propio Azaña las empleó en agosto de 1932. En fin, se justifica, pero también asegura que Madrid acabará rindiéndose a su Ejército por hambre y sed. Está dispuesto a asfixiar por inanición a todo el mundo, ya no solo a militares.

—¡Cómo lo tienen que estar pasando en la capital! Allí tenemos muchos amigos y familiares —alcanzó a decir Carmen—. Tampoco hay que creer todo lo que se publica, *monsieur* Renaud.

—Bueno, yo creo lo que publica la prensa y escucho por la radio.

—Creo que desde aquí nunca sabremos realmente lo que está pasando.

Los días siguientes, Carmen, Claverie y la niña no hicieron otra cosa que rezar a todas horas. Iban a misa por la mañana y por la tarde y rezaban varios rosarios a lo largo del día. Carmen estaba intranquila y más con las noticias que seguían llegando de España. La última tenía que ver con otro fusilamiento que la había dejado desolada.

—Todavía no me puedo creer que haya sido fusilado Miguel Campins. —Era uno de los nombres que habían mencionado en la radio, pero a Carmen le costaba creerlo—. No lo entiendo. Era muy amigo de Paco —le comentó a Claverie—. Ambos fueron comandantes en Oviedo, también formaron parte del desembarco de la bahía de Alhucemas. Luego, cuando Paco fue nombrado director de la Academia General Militar de Zaragoza, se llevó a Campins de vicedirector y de jefe de estudios. Más tarde se fue para Andalucía ya como general y gobernador militar de Granada. Por allí está

Gonzalo Queipo. Estoy segura de que algo ha tenido que pasar entre ellos.

—Pues no se habrá sumado al alzamiento, porque si no... —Claverie no quiso hurgar más en la herida.

—Dios mío, con la amistad que tenemos con toda la familia. Yo sobre todo con su mujer, Dolores Roda. No me creo que Paco se haya quedado de brazos cruzados. Una noticia terrible, terrible. Campins fusilado. ¿Qué habrá pasado?

Esa noche, Carmen y Claverie no cenaron. Permanecieron rezando en silencio. La niña fue la única que siguió con su actividad de siempre. Los días posteriores, en torno a la mesa de la cocina, ya solo hablaban de la guerra de España junto a la familia francesa. No solo desayunaban leche y pan con mantequilla, el plato principal de las mañanas eran las noticias. La mañana del 19 de agosto, Jacques Renaud les habló de otra muerte que había sorprendido en los medios franceses. Era la forma habitual de comenzar el día.

—En su país han fusilado al poeta Federico García Lorca. ¿Qué habrá hecho ese hombre de letras para que lo maten?

—No teníamos conocimiento —dijo Claverie.

—¿Solo porque era de izquierdas? ¡Qué barbaridad! ¿O porque era el director de una compañía de teatro rodante?

—Lo mismo era masón o comunista. ¿Qué sabemos nosotras? ¿Y qué le parece que se maten a los curas y a las monjas solo porque son religiosos? —le respondió Claverie—. Le pedimos, señor Renaud, que no nos dé más noticias de fusilamientos en el desayuno. Nos quedamos muy mal durante todo el día.

—Está bien. —Se quedó en la cocina refunfuñando—. ¡Mujeres! —Llegó a decir entre dientes—. Fusilan a un poeta y no hacen ningún comentario. Pues tienen que saber que esta noticia ha caído como una bomba en el mundo entero. ¡Es una atrocidad! ¿A quién más van a matar?

—*Monsieur* Renaud, aquí hay una niña y no creemos que

sea bueno para ella saber que se están matando a unos y a otros. Le pido muy seriamente que deje sus partes de guerra para cuando estemos solas. Me ha entendido, ¿verdad? —insistió Claverie.

—Es bueno que la niña sepa las atrocidades que se están cometiendo en su país. Insisto en que un poeta no es un enemigo a batir. ¡Es un asesinato!

—¡Nos vamos a dar una vuelta porque ya veo que no entiende lo que le estamos diciendo! —zanjó la institutriz, manifiestamente molesta.

La decisión de no escuchar más noticias solo duró un par de días, pero pudieron descansar durante cuarenta y ocho horas de tanta información que les daba el cabeza de familia francés.

Carmen había tomado la decisión de regresar a Bayona y establecerse allí. No podía ir con la niña a una guerra donde se estaban matando unos a otros. Comenzaron a sopesar cuál de los colegios al lado de la casa de Claverie podría ser el más conveniente para Nenuca. Hablaron con unas monjas de Valence, que les aconsejaron uno de los centros que tenía su orden. Les dieron una carta de recomendación para que no tuviera ningún problema a la hora de ser admitida. Nenuca estaba muy nerviosa porque sabía que su época de asueto estaba a punto de acabar. Iba a empezar para ella algo nuevo.

—¿Tendré que llevar uniforme?

—Sí, claro. Y tendrás que quedarte a comer y a dormir allí.

—No. Yo nunca me he separado de ti. Quiero comer en casa —imploró a su madre, aferrada a su falda.

—Teresa, tienes que hacerte a la idea de que tu madre y tú vais a comenzar una nueva vida. Tendrás que asumirlo tarde o temprano. Te gustará. Ya verás.

—Les dirás a las niñas que la guerra te ha pillado de vacaciones con tu madre y que vas a estudiar allí hasta que acabe. Tu padre es ingeniero de minas y se llama…

—Salvador. Yo le puse el nombre, ¿no lo recuerdas? —interrumpió a su madre.

—Perfectamente. Tendremos que volver la última semana de agosto para ir preparando todo lo necesario para el colegio.

Hacían verdaderos esfuerzos para no hablar de la guerra en la cocina compartida, pero el 23 de agosto, cuando ya estaban recogiendo todo para irse a Bayona, a Jacques se le escapó que el día anterior había habido una matanza de prisioneros en la cárcel Modelo de Madrid.

—Han matado a muchos militares y políticos en la cárcel de Madrid.

—¿Cómo dice? —preguntó Carmen, asustada.

—Señor Renaud, habíamos quedado en que no nos diría nada de la guerra —insistió Claverie.

—No, por favor. Cuéntenos qué sabe usted —le pidió Carmen.

—Milicianos de la CNT han matado a militares y políticos que estaban allí. Sus nombres vienen en el periódico.

Carmen se precipitó a leer los nombres de los que habían muerto. Desconocía la suerte de su hermano Felipe, que estaba en Madrid. Leía los nombres en voz alta: Melquíades Álvarez, líder del Partido Republicano Liberal Demócrata; José María Albiñana Sanz, jefe del Partido Nacionalista Español; los exministros de la República Manuel Rico y José Martínez de Velasco; Julio Ruiz de Alda…

—Dios mío, el piloto del *Plus Ultra* que hizo Madrid-Buenos Aires junto con Ramón era falangista. El general Oswaldo Capaz Montes, que tomó posesión del territorio de Ifni; el general Rafael Villegas —era el cabecilla de la sublevación de Madrid—; el capitán de caballería Fernando Primo de Rivera, íntimo amigo de mi cuñado Ramón, el hermano de José Antonio.

Carmen no fue capaz de seguir leyendo y se retiró a la habitación con un nudo en la garganta. No podía pronunciar una sola palabra más. Claverie la siguió. Nenuca, que no sabía qué ocurría, decidió seguir los pasos de su madre.

—Mamá, ¿qué pasa?

—¡Calla! No es el momento —le dijo Claverie, y la niña obedeció.

Eran conscientes de que el final de su estancia en Valence había llegado. Esa noche comenzaron a poner fecha a su regreso a Bayona. Cuando se durmió la niña, hablaron claramente entre ellas.

—Cuando estemos solas en Bayona nos tenemos que esforzar para que la niña no se entere de todas estas cosas. Debemos irnos cuanto antes.

—Sí. Si es difícil de asimilar para nosotras, peor tiene que ser para una niña. Avisaremos de que nos vamos el próximo fin de semana.

—Muy bien. Será mucho mejor para las tres no compartir vivienda con nadie.

Al día siguiente, comunicaron a los Renaud que se irían de allí en dos días. Pusieron como excusa que debían encontrar un colegio para la niña.

—Siento que se vayan de esta manera tan precipitada —dijo el padre de familia.

—Bueno, es lo mejor para la niña. Hemos estado muy a gusto. Agradecemos su hospitalidad —les dijo Claverie mientras Carmen asentía con la cabeza.

Claverie llamó al familiar que las había llevado hasta allí y nuevamente fue el encargado de trasladarlas hasta Bayona. La pequeña se iba con pena. Había disfrutado la estancia en aquel pueblo donde se movía con tanta libertad y donde las ocas ya no le daban miedo.

—Verás que el colegio te va a gustar. Aprenderás disciplina y, por fin, tendrás amigas.

—Prefiero estar con vosotras —contestó Nenuca.

—Tienes que hacerte a la idea. No puedes seguir encerrada entre cuatro paredes. Al final, estarás muy contenta —apuntó su madre.

—No tenemos mucho tiempo para apuntarte al colegio y hacerte el uniforme. Solo los días justos.

—¿Cuándo empiezo?

—La segunda semana de septiembre.

Bayona olía distinto. Nada tenía que ver con el olor a pan y los cielos azul añil de Valence. En Bayona, en cambio, volvían a escuchar hablar español en cada esquina. Aquí sabían que debían extremar las precauciones. Eligieron otra iglesia para ir a misa a diario y esquivar al cura que tantas preguntas les hizo nada más llegar allí. Una vez instaladas en el bajo de Claverie, volvieron a reunirse en torno al aparato de radio e intentaron localizar una emisora del Ejército sublevado cuando la niña se dormía. Encontraron una que hablaba del asedio al alcázar de Toledo y reproducía la conversación entre el coronel Moscardó y la llamada del representante del Frente Popular, el jefe local de Izquierda Republicana, Cándido Cabello, mantenida a finales de julio: «Coronel, son ustedes los responsables de los crímenes y de todo lo que está ocurriendo en Toledo y le doy un plazo de diez minutos para que rinda el alcázar. De no hacerlo fusilaré a su hijo, que lo tengo aquí a mi lado».

El locutor, muy engolado, retomaba el relato y reproducía para los oyentes la última conversación de Moscardó con su hijo Luis.

—¡Papá! Dicen que me van a fusilar si el alcázar no se rinde, pero no te preocupes por mí.

—Si es cierto, encomienda tu alma a Dios, da un viva a Cristo, al Rey y a España y serás un héroe que muera por ella. ¡Adiós, hijo mío, un beso muy fuerte!

—¡Adiós, papá, un beso muy fuerte!

—De esta conversación a hoy —comentaba el locutor—

ha pasado un mes. El joven de veinticuatro años Luis Moscardó ha sido fusilado este 23 de agosto a las afueras de la ciudad, tras una saca de la cárcel de Toledo. Esta noticia ha sido un duro golpe para los militares y civiles que resisten heroicamente el asedio al alcázar.

Carmen y la institutriz se quedaron pegadas al relato que reproducía la radio. Las dos se santiguaron.

—Es tremendo lo que está ocurriendo. Olvídate de regresar hasta que no acabe la guerra —le dijo Claverie a Carmen.

Movieron el dial y encontraron otra radio en castellano, esta vez desde el Frente Popular. Dolores Ibárruri, la Pasionaria, arengaba a los milicianos: «Las hordas fascistas están a punto de ser aniquiladas. Os animo a resistir y a dar vuestra vida por la libertad. Ya falta menos para que el alcázar sea nuestro».

Carmen y Claverie se miraron sin entender nada.

—¿Cómo podríamos saber la verdad de lo que sucede?

—Llamando a España, pero eso es tanto como decirle al enemigo dónde estamos. No podemos. Tenemos que seguir con esta incertidumbre.

—Esto es un calvario. Estamos a salvo, pero la incertidumbre también nos va a matar.

Por fortuna, el hecho de que Nenuca fuera al colegio les hizo más llevadero el final de agosto y el comienzo del mes de septiembre. Primero, conseguir una plaza en el colegio recomendado por las monjas de Valence les llevó su tiempo. Y segundo, celebrar austeramente el décimo cumpleaños de la niña, el día 14, fuera de su casa y lejos de su familia, consiguió que el momento de comenzar las clases llegara sin apenas darse cuenta.

—Mamá, no conozco a nadie y todas las niñas tendrán sus amigas —comentó Nenuca temerosa.

—Todo irá bien. Piensa que peor lo estarías pasando en España. Recuerda que no debes decir a nadie tu verdadera identidad. Es importante que no hables de la guerra ni de tu padre. Prométeme que lo harás.

—Te lo prometo.

Nenuca iba a acudir por primera vez a un centro escolar. Le compraron una cartera como regalo de cumpleaños y un uniforme a cuadros grises con una rebeca del mismo color. La noche previa al comienzo de las clases casi no pudo dormir.

4
EL REGRESO

SEPTIEMBRE DE 1936

De niña siempre fui muy miedosa, la oscuridad me asustaba mucho. Creo que fue mamá quien lo fomentaba. Conseguí superarlo pasando mucho miedo. El miedo lo superé enfrentándome al propio miedo.

—Teresa, no puedes irte con nadie, ¿me escuchas? Solo *mademoiselle* Claverie o yo iremos a por ti. Si se presenta alguien en el colegio diciendo que va de nuestra parte, no te fíes. Les dices a las monjitas que de ahí no te mueves. Es importante.

—Mamá, no quiero ir al colegio. Prefiero quedarme con vosotras. Me da miedo.

—Está muy bien que tengas miedo para que no hagas tonterías. Te dejamos en el colegio y hasta que no volvamos, tú te quedas allí. Ni que vaya un señor de parte de tu padre, una señora de parte de nosotras, un cura… ¡Nadie! Tú no te vas con nadie —insistió Claverie.

Nenuca se echó a llorar. Estaba nerviosa por su primer día de clase a los diez años de vida. Se despidió de su madre y de *mademoiselle* para entrar interna.

—Pero ¿por qué no puedo volver a dormir a casa?

—Porque estarás más protegida allí que aquí. Te lo aseguro —contestó Claverie.

—¿Quieres que te recuerde el episodio que vivimos en Tenerife? —La niña le dijo que no con la cabeza.

—¿Qué ocurrió? —preguntó curiosa la institutriz.

—En el palacio del capitán general de Santa Cruz intentaron entrar varias veces, ¡Dios sabe a qué! A atentar contra Paco o a secuestrar a Nenuca o incluso a las dos. No sabemos. Todos nos dijeron que era algo de tipo político. Están pasando muchas cosas con las familias de los militares. Yo se lo tengo dicho: ¡no te fíes de nadie!

—Mamá, se te ha escapado mi nombre...

—Teresa, he querido decir a Teresa. ¿En qué estaré pensando? Por cierto, en el colegio te he inscrito como María Teresa Pérez. Olvídate de tu apellido y acostúmbrate al nuevo.

—¿Pérez? Cuando digan mi nombre no responderé porque no es ni el de papá ni el tuyo.

—Pues grábalo en tu cabeza. ¡Pérez! ¡Venga, date prisa y no remolonees más! Y, sobre todo, le tengo dicho que tenga mucho cuidado por las noches —le comentó en voz alta a la institutriz—. Los maleantes se amparan en la oscuridad de la noche para cometer sus fechorías. Hay que dormir con un ojo abierto y otro cerrado.

—¡Yo no sé hacer eso! —respondió Nenuca con los ojos húmedos.

Claverie hizo la maleta de la niña. Le puso varias mudas, camisas limpias y camisones para toda la semana. La niña ya no volvería hasta el primer fin de semana.

—Pues eso se hace durmiéndote pero no abandonándote por completo, dejando tus oídos atentos a cualquier ruido.

—A mí me tenéis que enseñar a dormir así. Yo no sé dormir con un ojo abierto y otro cerrado o con los oídos abiertos. Cuando me duermo, ya no me entero de nada.

—Teresa, ya eres mayor. Quédate con que no te puedes ir con nadie y punto. Solo Claverie y yo somos las que podemos ir a buscarte. Estos días anda merodeando otra vez una gente que no nos gusta nada y es mejor que tú estés lejos de aquí.

—¿Y si os hacen algo a vosotras y nadie viene a recogerme?

—Eso no va a ocurrir. —Pero ni Carmen ni Claverie estaban muy convencidas.

Tenían la sensación de estar vigiladas y observadas permanentemente. Desde hacía varios días, cuando salían muy de mañana para asistir a la primera misa de la catedral, siempre había alguien fumando en la esquina de la *rue* de l'Argenterie. Y empezaban a temerse que aquello no era una casualidad. Días atrás habían recibido una inquietante visita de un hombre que decía ser el conde de Peñacastillo, el secretario de Gil Robles, para hablar con Carmen Polo, pero la institutriz no le creyó y le echó de allí con cajas destempladas. Lo intentó en otras dos ocasiones y ni tan siquiera le abrió la puerta. Por eso pensaron que lo mejor que podían hacer era que la niña estuviera interna en el colegio para que saliera al patio a jugar con otras niñas con toda libertad. A Nenuca el encierro en la casa le empezaba a pesar demasiado.

—Lo vas a pasar muy bien. ¿No querías amigas? Pues ahora vas a hacer muchas.

Salieron camino del colegio casi de madrugada. Esta vez no encontraron a nadie en las esquinas observando y llegaron al centro mucho antes de que abrieran las puertas. Llamaron a la campana y una de las monjas se hizo cargo de la niña. Nenuca miraba a su madre con unas ganas inmensas de llorar, pero le habían recomendado que no lo hiciera. «Así no te harán preguntas ni despertarás sospechas», le comentó. Cuando se cerró la puerta a sus espaldas habría deseado salir corriendo al encuentro de su madre, pero no lo hizo.

Después de dejarla fueron a misa y regresaron a casa. Carmen ya no volvería a ver la luz del día. Sin embargo, tantas precauciones no sirvieron de mucho. A mediodía llamaron a la puerta dos hombres. Carmen se encerró en la habitación con doble llave. Claverie no abrió la puerta.

—¿Qué quieren? —preguntó desde dentro mientras miraba aterrorizada por la mirilla.

—Soy Vicente Gil Delgado y Olazábal, secretario del Consejo de Estado y suegro de José María Gil Robles. Vengo acompañado por el abogado José María Iraburu. Nuestra misión es trasladar a doña Carmen Polo y a su hija a España y llevarla junto a su esposo.

—Aquí no se encuentran ninguna de las dos. De modo que váyanse y no me molesten más. Yo estuve en casa de los Polo como institutriz, pero eso no les da derecho a estar todos los días molestándome.

—*Mademoiselle* Claverie, sabemos que están aquí. Y Franco quiere que regresen a España. Nuestra misión es cumplir sus órdenes por las buenas o por las malas. No nos vamos a mover de aquí hasta hablar con ella.

—Pues ya pueden esperar porque no pienso abrir la puerta.

Claverie se fue hasta la habitación donde estaba escondida Carmen, mientras los dos hombres vestidos con traje, corbata y sombrero aguardaban en la puerta.

—Carmina, Carmina, ¡ábreme! Soy yo… —dijo en voz baja.

La puerta se abrió tímidamente y aterrorizada se asomó Carmen Polo.

—¿Qué ocurre?

—Son dos hombres y dicen que no se van a mover de la puerta hasta hablar contigo. Les he echado, pero insisten en que quieren verte y afirman que saben que estás aquí. Uno de ellos, el más mayor, asegura que es el suegro de Gil Robles.

—¿Don Vicente Gil Delgado?

—Sí, creo que me ha dado ese nombre.

—Le conozco. Es muy amigo de la familia.

—Pues mira por la mirilla mientras yo les hablo.

Las dos mujeres se acercaron sin hacer ruido hasta la puerta. Claverie volvió a hablar mientras Carmen miraba a través de la mirilla.

—Ya les he dicho que se vayan. No pienso abrir la puerta. Están perdiendo el tiempo.

—Señora, hemos venido siguiendo órdenes de muy arriba para llevar a doña Carmen al lado de su marido. El señor Gil Delgado ya se ha ido, pero yo me quedo aquí porque sé que están alojadas en esta casa. Nos lo han dicho varios enlaces del requeté.

—Haga el favor de venir mañana e intentaré darle alguna información. Pero venga acompañado de don Vicente Gil Delgado.

—Está bien. Un día, veinticuatro horas, pero no más. ¡Hasta mañana!

Carmina se retiró de la puerta muy pensativa mientras el hombre trajeado que se había quedado haciendo guardia se alejaba de allí.

—Creo que dice la verdad, pero si no veo a Gil Delgado no me fío.

—Yo no les pienso abrir si no estás segura. Es más, nos iremos de casa.

—De todas formas, no es de extrañar que Paco quiera que volvamos junto a él. Llevamos dos meses perdidas por aquí sin dar señales de vida.

—¿Con la guerra tal y como está? Sería una locura. Yo no me fío ni de estos ni de nadie.

—Si ha venido hasta aquí el suegro de Gil Robles es que Paco desea que vayamos cuanto antes.

—¿Y si no es él y nos están engañando?

—En cuanto le vea la cara estaré segura. Si es quien dice ser, no tendré ninguna duda. Hace mucho que no le veo, pero le conozco perfectamente.

—Abrir la puerta tiene sus riesgos. Si quieres, mañana te quedas en la iglesia y les digo que me acompañen allí. Será una forma de poder verlos cara a cara. No se atreverán a hacerte nada en un lugar sagrado y con testigos.

—Si quieren secuestrarme lo harán en cualquier sitio. Esperaremos a que vengan y en cuanto le vea la cara decidimos si abrir o no la puerta.

Mientras ellas elucubraban si esos dos hombres que habían irrumpido en su casa eran o no eran enviados por Franco, escucharon en la radio una noticia que se había producido días atrás. La reunión del papa Pío XI con un nutrido grupo de sacerdotes y refugiados españoles. La Iglesia había expresado su condena por la persecución antirreligiosa desatada en la zona republicana. En cuanto se fue la voz, volvieron a mover el dial del aparato y encontraron otras informaciones del bando republicano. «Resulta una enorme decepción para la República la reunión del papa. Desde el Gobierno se dice que este gesto supone "el suicidio de la Iglesia"». Volvió a irse la voz y después de un rato buscando, dieron con una radio francesa que contaba que la Cámara de Diputados brasileña había rendido un homenaje a los defensores del Alcázar que días atrás habían resistido los embates del bando republicano. «Han mandado un telegrama de adhesión al jefe del Movimiento español, el general Franco». Carmen se quedó blanca.

—¿Por qué han dicho el jefe del Movimiento español? —preguntó.

—Creo que hemos debido de entender mal. Seguramente no han sabido dar la noticia.

Mientras ellas buscaban información en la radio, Nenuca estaba acostada en una de las camitas del internado. Durante todo el día había aguantado las lágrimas para que nadie se diera cuenta de lo mal que lo estaba pasando. Todas le habían preguntado qué hacía allí. Contó que su padre era ingeniero de minas y que habían venido de vacaciones cuando les pilló la guerra en Bayona. Fueron muchas las clases y muy largas. En los recreos se quedó apartada junto a una de las monjas.

Prefería no hablar a meter la pata. Después de cenar y acostarse, fue cuando lloró en silencio. Se acordaba de que tenía que dormir con un ojo abierto y otro cerrado. Estaba muerta de miedo. Oía todas las toses y ruidos del resto de las niñas. Tardó mucho en dormirse.

Al día siguiente, *mademoiselle* Claverie y Carmen madrugaron mucho para acudir a misa. Estaban angustiadas ante la visita que se iba a producir horas después. Comulgaron y regresaron a la casa todo lo rápido que pudieron. El reloj parecía que iba más lento que nunca. Al mediodía volvió a sonar el timbre. Se miraron la una a la otra. Podía ser la visita que esperaban o finalmente se confirmarían sus temores. Claverie volvió a hablar desde el otro lado de la puerta. Carmina se acercó a la mirilla con sigilo.

—¿Quién es?

—Somos Gil Delgado y el señor Iraburu. Venimos para hablar con Carmina.

—No la he podido localizar...

Carmen hizo un gesto afirmativo con la cara. Era el suegro de Gil Robles, tal y como había dicho el día anterior. Claverie abrió sin terminar la frase. Durante unos minutos los hombres se quedaron sin palabras. No esperaban que la puerta se abriera tan rápidamente.

—Carmina, por fin —dijo Gil Delgado nada más verla.

Carmen, que no era muy expresiva, le dio un abrazo y dos besos. Al fin, una cara amiga después de tantos días sin saber qué estaba ocurriendo realmente en España.

—Te presento a José María Iraburu. Será el encargado de llevarte junto a tu marido. ¿Dónde está la niña?

—No se encuentra con nosotras, pero no hay problema, la tenemos a buen recaudo. Pasad, por favor.

Carmen los invitó a que se sentaran en las sillas de la mesa del comedor. Las estancias en el bajo de Claverie eran muy pequeñas.

—¿Cómo está Paco? —le preguntó al suegro de Gil Robles sin más rodeos.

—Dispuesto a lanzarse sobre Madrid, aunque está dudando si antes ir con las tropas a Toledo. Los republicanos han intentado abrir una brecha en los cimientos del alcázar haciendo explotar una mina, pero Moscardó y sus hombres han resistido y finalmente han rechazado el ataque. Paco quiere liberar el alcázar, daría moral a nuestros hombres. De todos modos, las columnas de África, la quinta con Barrón y la agrupación de caballería de Monasterio reemprenden la marcha sobre Madrid. Los nacionales estamos resistiendo y avanzando.

—¿Los nacionales? —repreguntó Carmen.

—El término apareció hace unos días en el diario *ABC* de Sevilla y se ha extendido como la pólvora para definir a los que hemos secundado el alzamiento. ¿No te parece bien?

—Ah, sí me parece bien. Nacionales. ¡Suena bien! Mejor que los militares rebeldes... Necesito que me hables con sinceridad, ¿cómo ves a Paco?

—Se le han echado varios años encima. Creo que no lo vas a conocer cuando le veas. Parece otra persona. Está recayendo sobre él mucha responsabilidad.

—Hemos escuchado en la radio que desde Brasil se dirigían a él como jefe del Movimiento... ¿Qué hay de verdad?

—Mañana hay una reunión trascendental en Salamanca. Y quizá lo sepamos definitivamente. Paco, por el momento, insiste en llevar a España a una situación parecida a la de Portugal. Las directrices políticas serán idénticas a las seguidas por el país vecino.

—Siempre ha admirado mucho a Antonio Oliveira Salazar.

—Se le ve decidido y convencido. ¿Sabes lo que dice? «En esta guerra para vencer son necesarias tres cosas: mando, dinero y espíritu. Los rojos solo tienen dinero».

—No paráis de acuñar términos nuevos: ¿los rojos?

—Fue tu marido con notable sentido de propaganda ofensiva quien lo acuñó. Bueno, deberíamos dejar de hablar y preparar todo para nuestro viaje. Tenemos que ir a España cuanto antes.

—La niña no está aquí.

—Pues dinos dónde está e iremos a buscarla.

—¡No! Mientras yo recojo aquí, *mademoiselle* irá a por ella. Tenemos que presentarnos en el colegio una de las dos, si no la niña no se irá con nadie. Está bien aleccionada.

—Está bien, José María Iraburu la acompañará.

En torno a las dos de la tarde, cuando todas las pequeñas estaban en el comedor, Nenuca fue llamada con urgencia por las monjas. La niña se asustó y acudió a la secretaría llena de miedo sin saber por qué no la dejaban terminar de comer. Cuando vio a Claverie se fue corriendo hacia ella y se quedó abrazada a sus faldas.

—¿Dónde está mamá?

—Tranquila, tu padre ha mandado a unas personas para que regreséis a España.

—¡Vámonos!

—No, recoge tu maleta primero. Aquí estaré esperándote.

Iraburu se quedó en la puerta del colegio religioso observando si alguien les seguía. Bayona estaba repleta de miradas pertenecientes a ambos bandos. Nunca sabías cuál de los dos te estaba observando.

La niña estaba eufórica. Su paso por el colegio se había limitado a día y medio. Estaba feliz de regresar junto a su madre y volver a España.

—¿Qué tal te ha ido? —preguntó Claverie mientras caminaban por las calles de Bayona en compañía de Iraburu.

—No muy bien.

No quiso ser más explícita, como si por comentar la experiencia vivida volviera a repetirla. La niña estuvo en silencio hasta que llegaron a la casa de la institutriz. Estaba nerviosa ante la presencia de aquel señor con traje que guardó silencio durante todo el recorrido. Cuando su madre abrió la puerta de casa, su actitud cambió.

—Pensé que te habían hecho algo.

—No, tranquila. Volvemos a casa. Te estaba esperando para ponernos en marcha. ¡Despídete de *mademoiselle*!

—¿No viene con nosotros?

—No. Vamos en coche. *Mademoiselle* se queda en su casa. Ya le hemos complicado la vida bastante.

—Yo me quedaré en Pamplona —manifestó Gil Delgado—. Haréis noche allí. Nos estará esperando el jurista y político Rafael Aizpún. A la mañana siguiente seguiréis de camino.

—¿No correremos ningún peligro?

—No, os llevaremos por zona nacional. ¡Tranquila!

Carmen y Nenuca se despidieron de Claverie. No sabían cuándo volverían a verse, ni si lo harían de nuevo cuando todo acabara.

—¡Cuídese, *mademoiselle*! Gracias por acogernos en estos momentos.

—Esta casa siempre tendrá las puertas abiertas para ti y para tu familia.

—Muchas gracias. —Se besaron como le enseñó Claverie a Carmen, sin mostrar demasiado sentimiento.

La niña volvió a abrazarse a ella.

—*Mademoiselle*, muchas gracias por todo. Ha sido muy amable. —Todos se echaron a reír ante lo redicha que era la niña.

Tras cerrar la puerta de casa, se metieron en un coche y emprendieron el camino de regreso a España. El primer momento tenso fue al cruzar la frontera. Sin embargo, Vicente Gil las tranquilizó:

—Sonrientes y tranquilas.

Los militares franceses sellaron el pasaporte de Carmen Polo sin mayores problemas. Solo aparecía el nombre de su hija, sin el apellido del padre. Al llegar al lado español, los falangistas allí apostados vitorearon con entusiasmo a las viajeras. Fue un entusiasmo tan ruidoso que despertó la desconfianza y el recelo en el lado francés. No tenían ni idea de a quién habían permitido la entrada.

—¿Qué ocurre? —preguntó Carmen, sin entender demasiado la euforia.

—Estos jóvenes camisas azules sabían a quiénes íbamos a buscar. Estaban prevenidos por si ocurría cualquier contrariedad en la frontera con Francia. Afortunadamente, todo ha ido según lo previsto.

Cuando llegaron a Navarra pararon a cenar en Burguete. Todavía estaban a cuarenta y cinco kilómetros de la capital, pero la niña tenía mucha hambre. Había tránsito de gente con su ganado, ya que no se había dejado de celebrar la feria de animales a pesar de la guerra. Hasta la medianoche no llegaron a Pamplona. Rafael Aizpún, que había desempeñado el cargo de ministro de Justicia con el Gobierno de Lerroux, les abrió la puerta de su casa.

—Gracias a Aizpún se restableció en España la pena de muerte el 11 de octubre del treinta y cuatro. También ha demostrado ser un gran patriota. Al estallar la guerra no dudó en apoyar a tu marido. Es uno de los nuestros —comentó Gil Delgado.

—Encantada de conocerle y muchas gracias por dejarnos dormir en su casa.

—Aquí no teman, no correrán ningún peligro.

A punto de retirarse a la habitación junto con su hija, Carmen se dio cuenta de que se había dejado todas sus joyas en casa de *mademoiselle* Claverie. Rápidamente, sin apenas tiempo para ir y volver, José María Iraburu salió para Bayona. Sabían que si la institutriz no reconocía el rostro del que fuera a por ellas, no le abriría la puerta. Mientras ellas dormían, las joyas viajaron de Bayona a Pamplona. Al día siguiente cuando despertaron ya las tenían con ellas.

—Se lo agradezco mucho —le dijo Carmen al joven abogado—. Son recuerdos de familia y para mí era importante tenerlas conmigo.

—No hay de qué. Deberíamos salir cuanto antes.

—Pero usted no ha descansado.

—No importa, estoy acostumbrado.

Fue una jornada dura por los muchos kilómetros que recorrieron sorteando los puntos conflictivos del frente. Viajaron de Pamplona a Burgos. Después llegaron a Valladolid y de ahí a Cáceres sin parar nada más que para repostar gasolina. Los últimos kilómetros se hicieron eternos. Eran las cinco de la tarde del 23 de septiembre cuando Carmen y Nenuca llegaron al palacio de los Golfines de Arriba. Un edificio medieval situado en el recinto monumental de la ciudad de Cáceres. Las llevaron a sus habitaciones de grandes dimensiones, pero les pidieron que esperaran porque el encuentro con Franco se iba a demorar. El caso es que no muy lejos de donde se encontraban se celebraba un consejo de guerra.

—¿Papá no viene a recibirnos?

—No seas impertinente. Nosotras no tenemos nada mejor que hacer que esperar.

5
¿DÓNDE ESTÁ MI PADRE?

CÁCERES, 23 DE SEPTIEMBRE DE 1936

Cuando vi a mi padre después de dos meses fuera de España, casi no le reconocí. Parecía distinto y con más años encima. Me dio un abrazo. Nunca fue muy expresivo.

A Nenuca no le gustó el edificio medieval. El palacio de los Golfines había sido el lugar elegido por Franco a finales de agosto para establecer su cuartel general. Llevaba allí justo un mes cuando llegaron ellas después de tanto tiempo fuera de España. A la niña le pareció frío, alejado de lo que había sido la casa diminuta pero con calor de hogar de Claverie. Uno se podía perder entre tantas estancias sin que nadie lo notara.

—Mamá, este sitio no me gusta.

—No importa si te gusta o no te gusta. Aquí estamos seguras al lado de tu padre.

—¿Sí? Pues yo no lo veo por ningún lado. No entiendo cómo no viene rápidamente a recibirnos. Si está aquí, ¿por qué no viene?

—Eres muy caprichosa. Tu padre tiene cosas más importantes que hacer que venir a vernos. ¿No te das cuenta de que estamos en guerra?

—¡Pero si llevamos dos meses alejadas de él! No lo entiendo. ¿Qué hay más importante que nosotras?

—Con tu padre primero está su vida profesional y luego

nosotras. Eso se llama responsabilidad. Eres muy pequeña para entenderlo.

Carmen se arregló para el encuentro que no llegaba nunca. Franco continuaba en lo que parecía una reunión trascendental.

—Doña Carmen, va para largo —le comunicó uno de sus ayudantes—. Le proponen el mando como jefe de los Ejércitos. Tiene que sentirse muy orgullosa.

—Dios mío. —Se santiguó.

—¿Eso es malo, mamá?

—¡Calla, Nenuca! ¡Vamos a rezar!

—Pero, mamá...

—No hay peros que valgan. ¡He dicho que a rezar! ¡Pues a rezar!

Nenuca obedeció con desgana. Después de rezar el rosario, se pusieron a deshacer y ordenar el poco equipaje que tenían. No comieron nada, esperaron con paciencia a que apareciera el cabeza de familia. Después de un viaje de tantas horas y de tanta tensión estaban cansadas. Por fin, cinco horas después de su llegada apareció Franco en la estancia que utilizaron como salón de estar.

—Ya estáis aquí. ¡Por fin! Me ha costado encontraros —dijo con escasa expresividad.

—Es largo de contar —replicó Carmen, también parca en palabras.

No hubo besos efusivos. Un abrazo para su mujer y otro para Nenuca, que se quedó sin palabras.

—¿Y a ti qué te ha pasado? ¿Se te ha comido la lengua el gato?

—¿Eres papá? —preguntó extrañada ante aquel hombre que nada se parecía al que dejó en Canarias.

—¿Tan cambiado estoy? Un poco más cansado, un poco más viejo y un poco más gordo.

—Yo quiero a mi papá de antes. El que tenía bigote.

—No digas tonterías, Nenuca —la reprendió su madre.

Su padre, vestido de militar, soltó una carcajada ante las ocurrencias de la niña. Se sentaron a cenar, pero no estuvieron solos. Los acompañaban dos ayudantes sin decir palabra. Tendrían que acostumbrarse a que ya nunca estarían solos ni para almorzar. Varios militares con guantes blancos sirvieron la comida. De primero, una sopa caliente y, de segundo, bacalao.

—¿Qué pescado es este? —quiso saber la niña, con pocas ganas de comer pescado.

—Bacalao, y está riquísimo —apostilló su madre.

—A mí no me gusta.

—En esta mesa uno se come todo lo que tenemos en el plato, te guste o no te guste —añadió Franco.

Tal y como se lo dijo, la niña no lo dudó y comenzó a comerlo sin rechistar. Todo había cambiado. Miró a su madre, que le indicó con la mirada que no dejara nada en el plato. Había mucha tensión en el ambiente.

—Carmen, no estaremos en Cáceres mucho tiempo. En unos días nos vamos a trasladar a Salamanca.

—Bien. ¿Aquí no estamos seguras?

—Sí, completamente. No tenemos más remedio que trasladarnos por cuestiones estratégicas.

—¿Es cierto lo que dicen sobre que asumirás la jefatura del Ejército?

—Yo ya he dicho que, si asumo el mando, tiene que ser el mando único.

—Pero eso va más allá de lo estrictamente militar.

—En unos días habrá una reunión importante de la Junta de Defensa. Si asumo el mando militar tiene que ser junto al político. Así se lo he expresado a todos. Ahora esa cuestión tendrá que esperar. Es más urgente poner en marcha las decisiones que hemos adoptado. Vamos a desviarnos por Ávila para entrar a Toledo y liberar el Alcázar.

—¡Cuánto me alegro! Desde Bayona hemos seguido los

acontecimientos gracias a la radio de un bando y de otro.

—La de los rojos es más potente. Estoy dándole vueltas a eso precisamente. Necesitamos una radio que emita nuestras informaciones y llegue a toda España. —Se quedó pensativo—. Bueno, ¿cómo os ha ido en este tiempo? Estaba tranquilo pensando que te encontrabas con tu hermano, como le dijo Claverie a uno de mis mensajeros. Cuando supe que tu hermano estaba refugiado en una embajada en Madrid, me empecé a preocupar. Menos mal que al final de agosto volvieron a veros por Bayona.

—Nos fuimos a Valence, y allí pasamos todo el verano porque nos sentíamos muy vigiladas.

—Hicisteis bien. Nenuca, creo que has ido al colegio dos días.

—No me gusta el colegio. No quiero volver.

—Hay que encauzarla con celeridad. Necesita a una institutriz como el comer —comentó su madre.

—Yo quiero a *mademoiselle* Labord —manifestó la niña.

—Eso es imposible. Ya te lo he explicado.

—¿Dónde está *mademoiselle*? —preguntó Nenuca.

—Martínez Fuset la puso a salvo y ya está en Francia, en su casa.

—Me gustaría encontrar a alguna monja que la eduque en valores religiosos —insistió la madre.

—Preguntaré, y no creo que tengamos que buscar mucho. Las monjas y sacerdotes han tenido que huir de conventos y parroquias de la zona roja. Ahora están mezclados entre la población civil y otros se encuentran protegidos en la zona nacional.

—Por cierto, ¿sabes algo de tu sobrina o de algún miembro más de la familia que haya sido detenido?

—¿Cómo te has enterado?

—Por la radio... ¿No te digo que nos llegaban señales de radios diferentes?

—Pues mi sobrina Pilar está en la cárcel de Alacuás, en Valencia. Primero la detuvieron y pasó varios días en la Dirección General de Seguridad de Madrid. Estuvo incomunicada en uno de los pisos del edificio. Cuando ocurrió el asalto a la cárcel Modelo fue trasladada a la prisión de Valencia. Nicolás ha pedido ayuda al embajador de Noruega, el doctor Schlayer, y ha vigilado su traslado a la cárcel de mujeres. Mi sobrino Alfonso también está detenido, pero a él le han llevado hasta la cárcel de San Miguel de los Reyes.

—¿Qué me dices? ¡Cómo tiene que estar tu hermana Pilar!

—Además, han detenido a las hermanas de su marido y a su prima carnal, Carmen Puente. Alfonso se ha jugado la vida pasándose al bando nacional y se lo han pagado deteniendo a su familia. Sí, Pilarón está muy nerviosa. Al menos, sabemos que no están en celdas sino en dormitorios generales donde duermen en el suelo en un colchón y comen en amplios comedores. No la tienen aislada. De todas formas, nos ha llegado que está haciendo comentarios en contra del alzamiento.

—Vaya... Será por miedo a que le hagan algo a su hijo recién nacido. Nunca se sabe lo que el miedo te puede transformar. Precisamente, la última vez que estuvimos juntos toda la familia fue en su boda, el 23 de noviembre del año pasado. Bueno, tú fuiste el padrino...

—Lo recuerdo. Le di el brazo a una novia muy joven y le gasté bromas. Todavía era persona.

—No digas esas cosas.

—Soy consciente de lo que te digo.

—Yo me acuerdo de la boda. El primo Jesús y Emilita hicieron de pajes —apostilló Nenuca.

—Fue cuando el Gobierno del Frente Popular me nombró comandante general de Canarias para quitarme de su vista...

—Desde la boda hasta hoy todo se ha precipitado.

Se quedaron pensativos y en silencio.

—¿Has matado a mucha gente? —interrumpió Nenuca.

—Pero ¿qué pregunta es esa? —le dijo su padre.

—¡Son cosas de niños! ¡Nenuca, tienes que irte a la cama! Estás cansada. ¡Eso es lo que le pasa por oír conversaciones de adultos! ¡Despídete de tu padre!

—Pero...

—Ni pero ni nada. ¡A la cama!

—No tengo sueño.

—Es hora de irse a dormir. ¡Acostúmbrate a obedecer!

—Has vuelto muy ferrolana —comentó su padre.

Nenuca estaba acostumbrada a obedecer desde que era muy pequeña. Se retiró de la sala mirando a su padre como el que contempla a un extraño. La niña se preguntaba cómo solo en dos meses su padre se había transformado en una persona diferente. Parecía ausente y más distante. No había sonreído nada más que una vez y tampoco la había besado. Esa noche le costó conciliar el sueño. La guerra había transformado a su padre en un hombre más mayor, casi sin pelo y con más kilos. Lo peor para ella era la frialdad con la que las había recibido. Al meterse en la cama, se abrazó a la almohada. Estaba asustada con todo lo que estaba pasando. Le pidió a la joven del servicio que le abrió la cama que no se fuera de allí. Agarrada a su mano se durmió.

Al día siguiente, mientras desayunaba junto a su madre, apareció Isabel, la segunda mujer de Nicolás Franco. Después de enviudar de su primera mujer, Concha Pascual del Pobil, se casó con su prima. Se la veía contenta de ver a su cuñada y a Nenuca en Cáceres.

—¡Por fin habéis llegado! Estaba deseando veros. —Besó a Carmen y saludó efusivamente a la niña.

—¿Qué tal está Nicolás?

—Bueno, ya sabes, tan bromista como siempre a pesar de la guerra. Su sentido del humor sigue intacto. Echa de menos su sombrero enorme, su traje de baño y la caña de pescar. Nos acordamos mucho de las excursiones que hacíamos el año pasado. ¡Cómo ha cambiado todo!

—¿Te han dicho que no vamos a estar mucho tiempo aquí?

—Sí, Nicolás ya me ha advertido de que en cualquier momento dejaremos Cáceres y nos iremos a Salamanca. Todos nos alojaremos en el palacio episcopal. Se lo ha cedido a tu marido el obispo Pla y Deniel.

—¿Qué tal la familia?

—Bueno, la última es que Ramón y Paco han vuelto a hablar. Nicolás ha sido el que ha mediado entre los dos. Ha manifestado su voluntad de venir a España desde los Estados Unidos para unirse al alzamiento.

—Pero si era anarquista, después republicano, masón, comunista... ¿Y ahora, se une al bando nacional?

—Pues como te lo cuento. Viene con su mujer y su hija.

—Vaya, ¿con la señorita del circo?

—Pues parece ser que ha cambiado a Ramón por completo.

—Eso yo lo quiero ver. ¿Y Paco cómo va a admitirle siendo masón?

—Ya lo ha estado estudiando Nicolás. Parece ser que en España no hay papeles de que pertenezca a ninguna logia. Por suerte, era miembro de una del país vecino que aquí no consta.

—¿Vendrá entonces a España?

—Sí. Vienen por barco. Hasta dentro de un mes, a finales de octubre, no estarán por aquí.

Hubo un silencio en el que Carmen parecía que estaba lejos de allí.

—Tía, tú que sabes todo de la familia, dime, ¿de dónde venimos los Franco? —preguntó la niña con curiosidad.

—Pero, Nenuca, ¿no ves que estamos hablando los mayores? —la recriminó su madre.

—Es igual, y esa pregunta me la sé. Los Franco sois oriundos de tierras del sur, de Cádiz concretamente. Y los Bahamonde son gallegos por los cuatro costados. De modo que tienes mucha mezcla porque tu madre y tú sois asturianas. Con tu sangre se podría hacer el mapa de España.

Nenuca sonrió, pero la conversación cesó cuando entró en la estancia uno de los ayudantes de Franco.

—Con su permiso. Cuando lleguemos a Salamanca, estarán varias jóvenes esperando en el palacio episcopal, donde se van a alojar, para que pueda elegir a la nueva institutriz de la niña.

—Yo también quiero elegir —manifestó la niña.

—Tú harás lo que nosotros digamos. Pasas demasiado tiempo entre adultos, pero tal y como están las cosas aquí, no te podemos llevar a un colegio. Muchas gracias. Puede retirarse.

—Desde luego, está más segura con vosotros. Bueno, todo hace pensar que tu marido será el general de todos los Ejércitos. El general Mola habla de Generalísimo. Habrá que acostumbrarse a ese nuevo término si Paco acepta finalmente.

—Le he escuchado decir que si no es con el mando único, no aceptará. Considera que el que dirija los destinos de las personas tiene que tener todo el mando en sus manos.

—El escollo con eso es el presidente de la Junta de Defensa, Cabanellas, que quiere seguir con el mando político. Dávila y Mola saben perfectamente que si no tiene el mando único, tú marido no va a aceptar. Ayer mantuvieron una reunión Nicolás, Kindelán, Yagüe y Millán Astray y volvieron a proponerle todas las atribuciones que lleven anexa la jefatura del Estado con el fin de reunir en una mano las riendas del país. Sabemos que el rey Alfonso XIII está de acuerdo con esta decisión hasta que acabe la guerra y se reinstaure la monarquía.

Carmen siguió pensativa esa mañana y las dos siguientes.

No obstante, quedaron aparcados aquellos temas de la jefatura del Estado y estuvieron muy pendientes en el palacio de los avances de las tropas nacionales sobre Toledo. El objetivo no era otro que liberar el Alcázar. Al anochecer del 27 de septiembre, con Franco dirigiendo desde el frente de Toledo todas las operaciones, lo consiguieron. Cuando el general Varela entró en el edificio, el coronel Moscardó le recibió con sus hombres en correcta formación, a pesar de las pésimas condiciones físicas en las que estaban. Varela se quitó una de sus medallas laureadas y se la impuso en un acto improvisado.

La noticia corrió como la pólvora y tuvo una enorme repercusión porque periodistas extranjeros —que habían sido llamados con otra intención por el bando republicano— fueron testigos de la liberación. Para el gobierno de la República supuso un terrible fracaso después de haber concentrado gran cantidad de recursos humanos y materiales. Poco a poco, tras conocer la noticia, en los alrededores del palacio de los Golfines, en Cáceres, se fueron concentrando personas enaltecidas y exaltadas. Por la noche, Franco, ya de regreso, tuvo que salir al balcón con sus colaboradores. Allí Millán Astray y Yagüe le proclamaron Generalísimo y anunciaron que al día siguiente sería el elegido para la jefatura suprema.

Esa noche fue imposible conciliar el sueño. Había mucha emoción fuera del palacio y el griterío traspasaba los muros medievales. Dentro de las estancias, Franco se mostraba satisfecho pero no movía ni un músculo de la cara. Parecía insensible a todo lo que estaba aconteciendo fuera. Solo pensaba en entrar en Madrid, ya que Toledo para él era el pasado.

Al día siguiente, Franco y varios generales se dirigieron en avión al campo de Salamanca. Un nutrido grupo de falangistas salmantinos hacían guardia en el exterior junto con otro grupo de requetés. Sobre las doce de la mañana, los generales debatieron una vez más sobre el mando único que reclamaba

Franco. Finalmente, gracias a Mola, los otros dos posibles aspirantes a jefe supremo —Cabanellas y Queipo de Llano— cedieron en favor de Franco. El decreto redactado por Kindelán fijaba un plazo para devolver el mando político al rey. Sin embargo, él dijo que no asumiría ninguna responsabilidad con la cláusula de limitación de tiempo.

En Cáceres, Nenuca y Carmen —ajenas a todo— estuvieron todo el día preparadas para salir en coche hacia Salamanca. Hasta que Cabanellas no firmó el mando supremo para Franco, en forma de decreto con cinco artículos donde se le daba el mando único sin límite de tiempo, no recibieron la orden de partir. Durante el viaje, el militar que las acompañaba les dijo que Franco había concedido la Laureada de San Fernando a Moscardó. La frase que les dirigió a aquellos hombres escuálidos y con signos evidentes de hambre y de cansancio fue comentada por el oficial que las acompañaba: «Ahora sí que hemos ganado la guerra».

—Esto va a ser un gran impulso moral —manifestó Carmen.

No habló mucho más durante el trayecto. Estaba aturdida ante la celeridad de cómo se habían desarrollado los acontecimientos durante los últimos días. Era consciente de que la vida de los tres cambiaría para siempre. Si su marido era el jefe de aquel Estado en guerra, ella era la primera dama.

—Nenuca, quiero que te comportes de acuerdo al nuevo rango de tu padre. Nada de comentarios inapropiados. Tú siempre callada delante de quien estemos. Espera a que te hablemos. No hagas preguntas impertinentes.

—¿Qué ha pasado?

—Tu padre va a tener mucha responsabilidad y te van a mirar con lupa todo lo que digas y lo que hagas. ¿Me has entendido? No hablarás hasta que te lo pidan. Deberás esperar a una pregunta. Si no es así, no abrirás la boca.

—Preferiría que papá siguiera en Canarias.

—No sabes lo que dices. Ni un comentario más si no te lo pido. Debes obedecer.

—Está bien. —Aunque Nenuca no se quedó muy convencida, estaba acostumbrada a hacer lo que le pedía su madre.

—No podré atenderte como estos meses de atrás. Nada más llegar tendrás a una persona que te cuide hasta que encontremos a una institutriz en condiciones. Ahora yo también tendré que asumir mis responsabilidades. Piensa que seré la mujer del jefe supremo y tú serás su hija.

Nenuca guardó silencio. Aquel cambio en sus vidas suponía que ella se movería aún con menos libertad de lo que ya lo hacía. Se acurrucó en el asiento del coche y no volvió a pronunciar una palabra hasta que su madre sacó el rosario y se pusieron a rezar.

Al llegar al palacio episcopal un séquito numeroso las esperaba. Todo eran parabienes y atenciones hacia ellas. Era evidente que el trato había cambiado de un día para otro. A partir de ahora siempre tendrían a varias personas a su lado para lo que dispusieran. Carmen comenzó a pensar si no debería tener ella también un tratamiento distinto del resto.

Entre las chicas que se presentaron para ser contratadas como institutrices, no encontraron a ninguna que pudiera hacer el papel de educadora y de dama de compañía. Carmen Polo prefirió que se turnaran las mujeres del servicio para estar con la niña antes que meter en su familia a alguien que no fuera de su total confianza. Al fin y al cabo, estaban en guerra y no había tiempo para instruirlas sino para vivir el día a día.

En Salamanca aparecieron los hijos de Ramón Serrano Súñer y Zita Polo, y todo cambió. Por fin, Nenuca podría jugar con alguien de su edad. Carmen Polo se alegró mucho de ver a su hermana pequeña después de dos meses sin saber de ella. Quien no se alegró de la llegada de Serrano Súñer fue

Nicolás Franco. Nunca se habían caído bien. La relación de Serrano con los militares nunca fue buena. Ni tan siquiera intentó llevarse bien con él en ese momento, cuando era el hermano del que se erigía como jefe supremo de esa España alzada en guerra.

El 1 de octubre por la noche, Franco pronunció un discurso ante los micrófonos de Radio Castilla de Burgos: «¡Españoles, que bajo la horda roja sufrís la barbarie de Moscú y esperáis la liberación de las tropas españolas…! Después del abismo en que aparecía sumida España… Ahora nuestra patria se organiza dentro de un amplio concepto totalitario… de unidad y de continuidad. La implantación… que implica este Movimiento no tiene exclusivo carácter militar, sino que es la instauración de un régimen de autoridad y jerarquía de la patria… Mi pulso no temblará… España marcará el ejemplo a seguir con este Movimiento Nacional. ¡Viva España!». Más tarde, salió al balcón de Capitanía y dirigió otras palabras al gentío. Varios rectores de universidades, encabezados por el de Salamanca, Miguel de Unamuno, enviaron telegramas a los representantes iberoamericanos en apoyo de la España Nacional que emergía.

Durante la cena de ese día, Franco no quiso hacer ningún comentario sobre lo que acababa de acontecer. Sin embargo, Carmen estaba al tanto de todo. Martínez Fuset la informó de que ese mismo día ya había firmado el primer decreto de su mandato por el cual se organizaba el Ejército Nacional en dos grandes regiones: la del norte, al mando del general Mola, y la del sur, a las órdenes del general Queipo de Llano. En ese mismo instante, Franco ordenó a Mola el avance sobre Madrid.

—Has estado muy bien —comentó Carmen sobre su discurso.

Franco parecía ausente. No le dijo nada acerca del comentario que acababa de hacer.

—¿Sabes, papá? Voy a dar clases de alemán. Los alemanes son nuestros amigos y quiero aprender su idioma.

—Bueno, dará dos horas diarias para que no pierda el tiempo. Me han recomendado a una alemana que habla perfectamente español —añadió Carmen.

—Ajá. —Él siguió cenando sin mirar a la niña. Su pensamiento estaba lejos de allí.

—¿Por qué te has quitado el bigote? —continuó la niña con sus preguntas, ajena a todo lo que estaba sucediendo.

Con la pregunta, Franco salió del ensimismamiento que le mantenía absorto.

—Me lo tuve que quitar. No fue porque quisiera. —Lo hizo el 18 de julio para intercambiar su pasaporte con el de su primo Francisco Franco Salgado-Araujo.

—Fue cuando tu padre se fue de Canarias a Marruecos, el mismo día que nosotras nos subimos al barco para salir de España. Tuvisteis que hacer una escala en el Marruecos francés, ¿no es así, Paco?

—Sí, allí me quité el bigote para que no me reconocieran y le dije a Pacón: «Si nos cogen, tú eres Francisco Franco Bahamonde y yo soy Francisco Franco Salgado-Araujo. Así podré seguir a Tetuán y, si te detienen a ti, cuando se den cuenta del error, yo ya estaré en Casablanca.

—¡Qué miedo! ¡Cuéntame más cosas!

—Por hoy ya es suficiente. A la cama. Ya no son horas para niños. ¡Despídete de tu padre! —comentó Carmen.

Nenuca obedeció y se fue de allí con una de las jóvenes del servicio.

—Esta niña necesita una institutriz como el comer. Pero no me ha convencido ninguna de las jóvenes que he visto.

—Aparecerá alguna. Es cuestión de tiempo. Mañana he pedido que habiliten varias habitaciones para que se instalen con nosotros tu hermana, Ramón y los niños. Estaréis más entretenidas. Necesitaré que Ramón se ponga al día para que me ayude a redactar leyes y decretos.

—Tu hermano se va a sentir ninguneado.

—Mi hermano seguirá a mi lado con otros cometidos. No hay tiempo para esas cicaterías.

El 5 de octubre ya estaban completamente instalados en el palacio episcopal. Nenuca volvía a sonreír al lado de sus primos.

6
LA MANO DE SANTA TERESA

SALAMANCA, OCTUBRE DE 1936

Hubo un cambio grande en nuestras vidas. Mi padre ya no podía decir: me voy en coche a dar un paseo. Si quería hacerlo, tenía que venir un chófer y los que se encargaban de su seguridad. Fue entonces cuando empezó a repetir esa frase de: «Cuando yo era persona». Ya nada fue igual para ninguno de los tres.

Cuando Serrano Súñer llegó con su familia a Salamanca se encontró con que su cuñado, Francisco Franco, tenía a su lado un núcleo férreo cercano que resultaba difícil de esquivar. Por un lado, su hermano Nicolás; por otro, el diplomático Sangróniz y el letrado militar Martínez Fuset, que desempeñaban las funciones civiles más importantes de aquel régimen. En la primera reunión que mantuvieron en el despacho, manifestaron su animadversión a la presencia de Serrano.

—¿Has leído *El Norte de Castilla*? —le decía Nicolás a su hermano—. Habla de la presencia de Ramón en Salamanca y dice que va a dar al Movimiento Nacional un contenido político del que carece hasta ahora. Esa clase de especulaciones mina peligrosamente tu autoridad.

—¿Quién lo escribe? —preguntó Franco.

—Francisco de Cossío, su director.

—Pues hay que multarle como merece.

Le impusieron una multa de veinticinco mil pesetas para que nadie cayera en la tentación de volver a especular y poner en duda la valía de las personas que llevaban las riendas del régimen. Serrano Súñer, en la primera comida familiar, devolvió el golpe. Ante la presencia del servil Martínez Fuset y de Nicolás Franco, el cuñado lanzó sus primeros dardos.

—Te escuché el pasado 1 de octubre. No estuvo mal.

—El Generalísimo estuvo perfecto —salió Nicolás al quite.

—Tus discursos venideros tienen que tener más altura.

—¿A qué te refieres? —preguntó Franco.

—A que no era un discurso, sino un discursito de un alumno medio aplicado que ha estudiado en San José de Calasanz.

Martínez Fuset apretó los dientes, pero no dijo nada. Él mismo había redactado ese discurso. Pero Nicolás no pudo callarse.

—Es muy fácil hablar así desde un sofá. Nosotros hemos estado en las trincheras y hubo poco tiempo de preparación. Fue un discurso que ha calado profundamente.

—Yo creo que fue magnífico —replicó Carmen—. Aunque no está mal escuchar a Ramón, que tiene tanto conocimiento.

Franco callaba. Mientras comía, prestaba atención a lo que se decía en la mesa.

—Más nivel. Debe tener más nivel lo que digas a la población civil —insistió Serrano Súñer.

Martínez Fuset y Nicolás Franco arrugaron el ceño. El pulso no había hecho más que comenzar. Carmen, además, sentía admiración por el marido de su hermana, todo lo contrario a lo que le ocurría con Nicolás, por el que no tenía ninguna simpatía. Estaba también distanciándose de Isabel, su esposa, después de comprobar que tenía una corte de mujeres que la seguían a todas partes. Rápido, quiso dejar claro que allí no había bicefalia. Su marido era el único jefe del Estado.

—Paco dará más discursos. No vale la pena seguir hablando de algo que pertenece al pasado. —Así zanjó el tema.

—Deberíamos intentar un nuevo canje por José Antonio. Las cosas se están poniendo realmente negras.

—¿Por qué lo dices? —preguntó Nicolás.

—Sé de buena tinta que se acaba de iniciar el sumario contra los dos hermanos, José Antonio y Miguel, contra Margarita —la mujer del segundo— y tres de sus carceleros acusados de ser cómplices. La acusación es de conspiración y rebelión militar. Sabéis que eso conlleva la pena de muerte.

Franco no abrió la boca mientras su cuñado hablaba. Seguía comiendo con la mirada fija en el plato.

—Hemos intentado varias veces el canje y no hemos tenido fortuna. Igual ha ocurrido con varias operaciones conjuntas con agentes alemanes y tampoco han tenido éxito —comentó Nicolás, que estaba a la defensiva.

—No podemos quedarnos de brazos cruzados.

—¿Qué insinúas? —espetó Nicolás.

—No insinúo nada. Solo digo que las cosas se están poniendo muy feas en Alicante para los Primo de Rivera…

En ese momento, los niños de Ramón, José y Fernando, se pusieron a discutir y la conversación cesó de golpe.

—Si no sabéis comer sin pelear, tendréis que comer solos —les dijo Zita en voz alta para que se callaran.

Carmen aprovechó para dar una noticia que cambiaría el ambiente tenso que se respiraba.

—Acaba de llegar una maleta repleta de joyas confiscadas por las tropas italianas en Málaga. Deberíamos echar un vistazo cuando acabemos de comer.

—¿Podemos ir nosotros también? —preguntó Nenuca.

—Sí, si sois capaces de estar callados y no molestar —contestó su madre.

La niña afirmó con la cabeza.

—José y Fernando se irán a dormir la siesta. No os habéis portado bien. Nosotros nos retiramos a nuestras habitaciones —dijo Ramón.

Terminaron de comer sin más incidentes y tomaron un café como si en la comida no hubiera habido tensión entre los comensales. La curiosidad de Nenuca crecía por momentos. Se imaginaba que la maleta escondía joyas y monedas y su ansiedad por verla crecía por minutos, pero disimuló. Había aprendido con *mademoiselle* Claverie a dominar sus impulsos.

Tras el café, Franco se retiró con Martínez Fuset. Trataba personalmente con él los casos en los que se confirmaban las penas de muerte o si se debían aplicar algunos indultos. La carpeta con las penas de muerte, la más gruesa, las colocaba en la silla de la derecha de su despacho y la de los casos a considerar, a la izquierda. La tarde fue larga y se prolongó hasta casi la cena. Uno de los camareros, para aligerar el trabajo, les llevó unos bollos con chocolate.

—Si quiere, podemos parar —le dijo Martínez Fuset después de haber firmado una a una las condenas a muerte—. Ahora —cogió las carpetas de los posibles indultos—, aquí hay un caso en el que hay un conocido que nos pide clemencia para...

—Es menester aplastar al adversario, pues mostrar un sentimiento de piedad es confesar debilidad, no lo olvide, Lorenzo. Por otro lado, está reñido con el comportamiento de un verdadero jefe que lleva a sus legionarios a luchar y morir. Quiero que lo recuerde... —Cogió los bollos con chocolate y los devoró.

Mientras tanto, en el ala cercana a las habitaciones del palacio, Carmen y su hija miraban el contenido de la maleta encontrada por oficiales italianos en el puerto de Málaga.

—El Ejército Rojo tenía este botín después de haber saqueado iglesias y conventos malagueños —les explicó un ayudante.

—Está bien, quédese aquí, por favor.

Carmen levantó los cierres de aquella maleta que pesaba tanto. Al abrirla se encontró con collares, cadenas, monedas... Unas cosas eran de valor y otras, aunque lo parecía, no lo tenían.

—Qué de cosas, mamá. ¿Puedo tocar el tesoro? —Nenuca estaba fascinada.

Carmen fue haciendo diferentes montones con aquellas joyas: el oro lo dejó aparte. Al cabo de un rato ya existía una pequeña montaña con cadenas, alianzas y broches del preciado metal.

—Esto lo apartamos para enviarlo a fundir y hacer lingotes de oro. Lo necesitaremos para respaldar la moneda y comprar armamento.

Nenuca no entendía nada de lo que le decía su madre.

—Se necesita para la guerra. Avise a Villanueva —ordenó Carmen, aludiendo al militar que era familia de la joyería Villanueva de Burgos—. Algunos collares de perlas son buenos. Nos pueden servir para canjearlos por oro.

Al fondo de la maleta apareció una mano de plata sobre algo que parecía madera oscura.

—Parece un relicario —dijo Carmen mientras observaba aquel objeto.

—¿Y esa madera oscura? —preguntó curiosa Nenuca.

—Parece que aquí están inscritas unas letras. ¡Tráigame también algo para limpiar la plata!

El oficial trajo gasolina y pasó un trapo por lo que parecía una inscripción, entonces pudo leerse con nitidez: Teresa de Jesús. Después de un rato, Carmen tuvo que sentarse en el sillón de la estancia.

—¡Es la mano de santa Teresa! Se trata de un relicario con la mano de la santa. Es un milagro que no la hayan destruido. Estaba entre tantas cosas que los milicianos no llegaron a apreciar que se trataba de una reliquia de gran valor.

—Entonces ¿eso oscuro es la mano de una santa? A mí me da miedo.

—No digas tonterías. ¡Es algo grandioso que haya caído en nuestras manos!

—¿Eso que tiene alrededor son brillantes? —preguntó la niña.

—Por eso quiero que venga Villanueva, para que nos diga si son buenos o no.

La mano tenía en cada dedo una sortija.

—Estas sortijas sí que parecen de valor. ¡Menudo descubrimiento! ¡Cuando lo sepa tu padre! No va a querer desprenderse de ella. Además, es la mano derecha, con la que escribía la santa.

—Pero ¿cómo es que está aquí su mano?

—No lo sé. Llama al padre José María Bulart. —Era el secretario del obispo que acababa de ser nombrado capellán del cuartel general, que hasta entonces había sido el palacio episcopal.

A los cinco minutos, el padre Bulart, ataviado con sotana, acudió a la llamada de la mujer de Franco.

—¿Ocurre algo?

—Creo que estamos ante un hallazgo importante. Pone Teresa de Jesús. Este relicario pertenece a la santa.

—¿Cómo? —Observó con detenimiento la mano—. Pues encaja con que la santa fue muy desmembrada nada más morir. Yo sabía que se llevaron el cuerpo a Ávila pero su brazo y su mano derecha se quedaron en Alba de Tormes. ¿Dónde la han encontrado?

—En Málaga, en una maleta llena de joyas. Los milicianos no sabían lo que transportaban.

—Bueno, en Málaga está el convento de las carmelitas de Ronda. Lo mismo allí las monjas custodiaban la mano. ¡Es un hallazgo portentoso! Me la llevo a la capilla.

—No, quiero que la vea Paco. ¡Me la quedo yo!

—Informaré del hallazgo al obispo.

—Muy bien.

Apareció Villanueva y corroboró lo que intuía. Los brillantes que tenía el relicario eran cristales sin ningún valor. Sin embargo, las sortijas en los dedos de aquella mano cubierta de plata eran buenas.

—Muchas gracias, Villanueva. Llévese los collares para ver si su familia los puede canjear por oro.

—¡A sus órdenes!

Cuando Carmen distribuyó todo lo que había en la maleta, se fue con su hija sin desprenderse de la mano.

—Espera a que tu padre se entere de lo que hemos encontrado.

Cuando Franco apareció para la cena, se quedó absorto mirando aquella reliquia aparecida entre anillos y collares.

—¡La mano con la que escribía sus libros! Este relicario me acompañará allá donde yo esté. Habría que hacer una caja para que yo la pueda transportar.

—Yo me encargo de eso —comentó Nicolás—. Te va a traer suerte aunque no la necesites. Ya te decían en Marruecos que tenías *baraka*.

—Tío, ¿eso qué es? —preguntó la niña.

—Bendición divina para aquellas personas que superan favorablemente una situación muy peligrosa. Y tu padre la superó.

—¿Cuándo fue eso?

—Afortunadamente, hace mucho —dijo Franco, sin apartar la vista del relicario.

—Eso fue en el verano de 1916, cuando tu padre, con veintitrés años, asumió el mando ya que todos cayeron fulminados ante el fuego enemigo. Los soldados de regulares tenían que trepar una loma, en los alrededores de Ceuta, repleta de enemigos —dijo Carmen.

—Bueno, es que de esa conquista dependía el desenlace de la batalla —apuntó Nicolás—. Por eso, tu padre cogió el fusil de un soldado herido, caló la bayoneta y se lanzó al ataque. Fue cuando los disparos le alcanzaron en el bajo vientre.

—Papá, eso no me lo habías contado...

—Sabiendo que estaba herido de muerte —continuó Carmen el relato—, mandó llamar al primer teniente de la compañía para que sus soldados recibiesen la paga que él custodiaba. ¡Hasta le dieron la extremaunción!

—Bueno, el primer médico que le atendió le daba por muerto. Pistola en mano pidió que le trasladaran y le llevaron hasta Cudia Federico, donde el capitán médico Bertolotti le hizo una cura que le cortó la hemorragia y le salvó la vida. Paco, no te quedaste seco allí mismo porque te entró por un costado la bala y salió por el otro. Debías de estar en aspiración. Por eso salvaste la vida.

—Yo he visto pasar la muerte a mi lado muchas veces, pero, por fortuna, no me ha reconocido... De aquel día, conservo esta cartera —dijo mientras sacaba de su casaca una cartera de piel con un orificio en la mitad—, que pertenecía al caíd rebelde que casi me mata. Al morir el enemigo, mis regulares se la arrancaron y me la dieron. Desde entonces la llevo siempre conmigo.

Esas batallas, que tanto gustaban a los militares de la mesa, provocaban el rechazo absoluto de Serrano Súñer, que no tenía ninguna simpatía por los temas bélicos. No abrió la boca hasta el final de la noche. Se le notaba incómodo y tampoco disimulaba.

—Que papá cuente cómo estuvieron a punto de fusilarle dos veces —dijo el mayor de los hijos de Ramón y Zita.

—Por favor, no me gustan las batallitas —rechazó con desprecio.

—Bueno, Ramón, me ha contado Zita que te dieron dos veces el paseíllo con intención de fusilarte —señaló Carmen—. Menos mal que el republicano que te llevó con esa intención se apiadó de ti. Se ve que alguno tiene alma.

—Lo que en realidad me preguntó fue si conocía los planes entre Franco, Gil Robles y Alfonso XIII. Lógicamente, le dije que no. Al final, me llegó a decir que había sido un honor conocerme y me preguntó si tenía alguna dieta pendiente de cobrar en las Cortes para cobrarla él. Le dije que no. Y luego, sentenció: «Yo lo dejo aquí. Lo entrego vivo. No soy un asesino. Me llamo Luis Mena». Sinceramente, si lo apresamos cuando acabe todo, me gustaría devolverle lo que hizo por mí.

—¿Estuviste en la Dirección General? —preguntó Nicolás.

—Sí, pero como estaba atestada de gente me llevaron a la cárcel Modelo de Moncloa. Me trasladaron con una mujer que gritaba: «¡Que nos llevan a la "degollina"!». Aquello resultaba patético en medio del horror.

—Está demasiado reciente todo lo que has vivido en la Modelo. El día de la famosa matanza a tantos presos políticos estaba allí —comentó Zita en voz alta, y eso que ella no solía tomar la palabra durante las comidas—. Tuvo que ser horrible para ti ver morir a Fernando Primo de Rivera, a Ruiz de Alda…

—A las nueve de la noche del día 2, nunca lo olvidaré, ocho facinerosos irrumpieron en la galería portando pistolas y metralletas. Nos dijeron: «Vamos a mataros aquí en fila, por fascistas y traidores». Fernando Primo de Rivera era el primero de la fila. Acababa de asestar un puñetazo a uno que le zarandeó para quitarle el mono que llevaba. Simplemente, con esa dignidad que tenía, se lo quitó y se lo lanzó a la cara. Incluso les increpó diciendo: «Podéis matarme porque sois cobardes y tenéis la fuerza, pero que nadie ponga su mano sobre mí». A Ruiz de Alda le arrebataron el reloj que llevaba en el *Plus Ultra* con tu hermano Ramón. Nos arrastraron cogidos de los brazos y en fila. Esa noche quedó abolido el trato especial a los presos políticos. Todo apuntaba a que era el final. Era la plebe sin freno, oliendo a sangre. No pararon de insultar al doctor Albiñana y a don Melquiades Álvarez, que decía en voz alta: «¡Mira que tener que soportar las vejaciones de estos, después de haber empleado mi vida defendiendo al pueblo!». Eligieron a un numeroso grupo de los que estábamos allí. Todavía no me explico cómo me libré, pero a los cinco minutos oímos las descargas. Ya estaban muertos. —Se quedó con la mirada fija y se hizo un silencio.

—Bueno, dicen que a la mañana siguiente el propio Indalecio Prieto afirmó: «La brutalidad que acaba de ocurrir significa que ya hemos perdido la guerra». Y así va a ser —apuntó Nicolás.

—El mismo Azaña, cuando se enteró de la muerte del que había sido su jefe político, Melquiades Álvarez, quiso dimitir —apostilló Martínez Fuset.

—Revivo la angustia de aquel día en cuanto hablo de ello. Terrible.

No hubo muchos más comentarios. Los niños se quedaron callados, comprendieron que no era buen momento para hablar. Se dio la cena por concluida y todos se retiraron a sus habitaciones. Franco se fue al despacho a recibir, a través de su teléfono privado, el informe pormenorizado de sus generales en el frente. Después reuniría a sus jefes de Estado Mayor y dictaría el parte de guerra, que era leído por la radio a las diez de la noche.

El palacio estaba en calma cuando comenzaron a sonar las sirenas. Nenuca, que llevaba un rato dormida, fue despertada por la misma joven del servicio que se había quedado a dormir con ella. Carmen Polo salió en bata de la habitación.

—¿No vienes al refugio? —le dijo a su marido, que seguía impasible mirando y remirando un mapa, todavía no se había acostado.

—Id vosotras. Ya sabes que yo creo en el destino. Si me tiene que pasar algo, ocurrirá esté aquí o en el refugio. Tengo muchas cosas que hacer. Tengo que informar de este ataque con aviones rusos.

Carmen no insistió. Sabía que no bajaría. El personal que trabajaba en el palacio y todas las familias que allí se alojaban estuvieron en el sótano toda la noche. Cuando salieron, evaluaron los desperfectos y continuaron con la actividad prevista para ese día.

Después de misa, Carmen tenía su primer acto académico

como primera dama. Con motivo del 12 de octubre y la celebración de la Fiesta de la Raza, tuvo lugar un acto en el paraninfo de la Universidad de Salamanca. Su rector, Miguel de Unamuno, ocupaba la presidencia y Carmen, como la mujer de Franco, se sentó a su derecha. A su izquierda, el obispo Pla y Deniel. No muy lejos se encontraba Millán Astray con su brazo mutilado y como primer jefe de la Legión en lugar preferente. Unamuno abrió el acto y cedió la palabra a los oradores. Todos elogiaron a Franco. Hubo quien llevó a la tribuna la idea de Franco de internacionalizar la contienda, «en defensa de la civilización cristiana». Cuando ya hablaron todos, tomó la palabra el rector y precisó que la guerra era fratricida. «Vencer es convencer y hay que convencer sobre todo; lo que no puede convencer es el odio que no deja lugar para la compasión».

Comenzaron los murmullos y la voz de Millán Astray, por encima de todas, habló de los malos españoles: «Cataluña y el País Vasco, el País Vasco y Cataluña, dos cánceres en el cuerpo de la nación. El fascismo, remedio de España, viene a exterminarlos, cortando en la carne viva y sana como un frío bisturí. La carne sana es la tierra; la enferma, su gente. El fascismo y el Ejército arrancarán a la gente para restaurar en la tierra el sagrado reino nacional». Unamuno volvió a tomar la palabra en medio de un silencio y una tensión que cortaban el aire. «El general Millán Astray quisiera crear una España nueva según su propia imagen. Y por ello, desearía ver a España mutilada como inconscientemente ha dado a entender». Los gritos se convirtieron en tumulto y Millán Astray gritó: «¡Muera la inteligencia!». Unamuno sacó fuerzas y replicó: «Este es el templo de la inteligencia. Y yo soy su sumo sacerdote. Vosotros estáis profanando su sagrado recinto». Algunos quisieron agredir al rector, pero Carmen cogió del brazo al anciano académico y empezó a andar hacia la salida. Nadie se atrevió a increpar a Unamuno en presencia de la mujer de

Franco y fueron abriendo paso hasta que los dos pudieron meterse en el coche y salir de allí a toda velocidad.

Carmen, todavía nerviosa, habló de lo sucedido en la comida.

—Los ánimos están absolutamente exaltados. Paco, no puede ser que un acto académico se convierta en un linchamiento. Te aseguro que, si no estoy allí, acaban con Unamuno. Todavía estoy nerviosa. Temí también por mí.

—No volverás a ningún acto que no tenga la suficiente protección. Hablaré con Millán Astray, pero también te digo que le entiendo, porque está muriendo su gente y no está para oír tonterías. Son momentos difíciles para todos.

—Paco, ¡calla! No me estás escuchando. Han estado a punto de lincharnos.

—Te aseguro que tú no has corrido ningún peligro.

—No sé qué pinta Millán Astray en un acto académico —afirmó Ramón Serrano Súñer en defensa de su cuñada.

—Escucha a Ramón, que habla con inteligencia.

—No se deberían mezclar ambas cosas. Los escritores no van con más arma que la palabra —insistió Serrano.

—En guerra, la vida no vale nada —sentenció Franco, antes de levantarse de la mesa.

Nicolás llegó al café de aquella tensa comida con una caja de color rojo vino. En lo alto un asa para que la mano de santa Teresa pudiera ser trasladada de un lugar a otro.

—Muchas gracias, Nicolás. La mano de santa Teresa me acompañará a todas partes.

—¿Al frente también? —preguntó Nenuca.

—También. A partir de hoy, estará siempre donde yo esté. Yo creo que su aparición ha sido una señal.

7
EL ORO SE VA CAMINO DE MOSCÚ

SALAMANCA, MEDIADOS DE OCTUBRE DE 1936

Los niños no nos enterábamos de la guerra.
Vivíamos al margen de ella. Jugábamos ajenos
a todo lo que estaba pasando.

Nicolás Franco irrumpió de golpe en el despacho de su hermano. Llegaba acalorado y sin resuello.

—¿Qué ocurre para que entres así? —preguntó Franco, sorprendido ante la actitud de su hermano.

—Los soviéticos se están llevando el oro del Banco de España. Lo están cargando en buques en el puerto de Cartagena.

—¿Esa información está contrastada? —inquirió de nuevo.

—Sí, lo hemos sabido por dos vías distintas. Estos rojos están trasladando lo menos quinientas toneladas de oro fino. Eso son miles de millones en pesetas.

—Estamos hablando seguramente del setenta por ciento de las reservas de oro del Banco de España. Eso es un expolio —añadió Serrano Súñer, que estaba despachando con Franco.

—Con eso se están cobrando la llegada de un importante suministro de material pesado. Esta guerra no ha hecho más que comenzar.

—Estos socialistas nos van a dejar pobres como las ratas. ¡Qué barbaridad! —añadió Serrano—. Hay que comunicárselo a los alemanes y a los italianos.

—Sin duda, son malas noticias —apostilló Franco.

—También hemos sabido que el presidente Manuel Azaña ha abandonado la capital ante el avance de Varela. Navalcarnero ya es nuestro —siguió informando Nicolás a su hermano.

—Está bien, está bien. —Franco no hizo más comentarios—. Hay que entrar en Madrid. Ese es nuestro objetivo.

—Tengo entendido que el general Miaja ha sido designado jefe de la primera división. Nosotros tenemos mejores generales que ellos —comentó Nicolás.

—No hay enemigo pequeño —le contestó Francisco Franco—. Eso lo aprendí en África. —Se tocó el vientre y acarició la cicatriz que cada día le recordaba que estuvo a punto de perder la vida.

En otro ala del palacio los hijos de Serrano y la hija de Franco estaban completamente solos jugando a luchar como los piratas. Se escondían detrás de los sillones y peleaban con palos como si fueran espadas. Nenuca, José y Fernando se dedicaban a ser Barbarroja por turnos. El más malvado de los corsarios les incitaba a chocar sus palos y defender su bajel, una caja grande en la que solo cabía uno de ellos. Todo les servía de botín: un tenedor, un vaso, unas canicas... De pronto, apareció Carmen con una niña de la mano.

—Mira, Nenuca, te traigo a una amiguita. Haz el favor de dejar ese juego de niños. ¡Obedece! Es la hija de Martínez Fuset, Angelines. Espero que a partir de ahora juguéis juntas con muñecas y no con palos.

A Nenuca le costó soltar su «espada» para ir a conocer a aquella niña, que rápidamente se unió al juego con ellos. Cuando Carmen Polo se fue de allí, Angelines ya era prisionera de los piratas. Y ese fue su papel durante minutos.

—Señora, las niñas siguen jugando a cosas de chicos —le dijo una de las mujeres del servicio.

—Pues habrá que enseñarles a que hagan cosas propias de su sexo. Tráigame varios ovillos de lana y varias agujas de tejer.

Carmen interrumpió otra vez a los niños para que Nenuca y Angelines dejaran el juego de Barbarroja y pusieran entusiasmo en ser amas de casa.

—Debéis aprender a hacer cosas más productivas. Por ejemplo, punto. La joven del servicio que te acuesta por las noches será la encargada de enseñaros. Así haréis jerséis y bufandas que vendrán muy bien a los soldados en el frente. Contribuiréis a vuestra manera a que nuestros soldados no tengan frío en el invierno que se avecina.

Las niñas se sintieron útiles con su pequeña aportación a la guerra. Pasaron muchas tardes de aquel mes de octubre haciendo punto para los soldados que estaban en el frente. Un día alguien apareció por allí con dos vestidos de enfermera adaptados para los cuerpos de las dos niñas y, a partir de ese momento, fueron así ataviadas a los pequeños recados que les mandaban. Eso sí, siempre seguidas por dos vigilantes de seguridad que ellas no percibían. De este modo, las niñas fueron a llevar tabaco a los heridos y también se movieron así vestidas por las iglesias.

Un día, Nenuca se atrevió a hacer un jersey. Tejía cada día con más soltura, pero le salió de hechura pequeña. Estaba tan contenta que se lo llevó a la cena para enseñárselo a su padre.

—Mira lo que ya sé hacer —comentó orgullosa.

—¡Un jersey para un muñeco!

—No, papá, es para algún soldado que esté en la guerra.

—Pues me temo que va a tener que ser para el amigo del tío Ramón, el conde de Montarco.

Todos rompieron a reír. Nenuca frunció el ceño y a punto estuvo de echarse a llorar.

—Estoy segura de que ese jersey le vendrá bien a cualquiera que esté en el frente —la buena de su tía Zita le echó un capotazo.

—Anda, ¡cena! Y después, a la cama sin rechistar —le dijo su madre.

Carmen Polo era de acostarse temprano. Todo lo contrario que su marido y la familia Franco en general.

—Los Franco os activáis a las diez de la noche. Es como si os dieran cuerda. Y a Nenuca le pasa lo mismo. Podéis estar sin hablar y sin decir nada hasta las diez, pero al marcar el reloj esa hora, os transformáis en personas más locuaces.

—Es cierto, somos noctámbulos. Eso nos viene de nuestra madre, que en gloria esté —añadió Nicolás.

Estaban en plena sobremesa cuando el mayor de los Franco cambió de tema y les comunicó que Ramón ya estaba en Portugal y que se vería con él al día siguiente.

—¿Cómo ha llegado? —preguntó Francisco Franco.

—Su barco atracó en Lisboa. Como tenía pasaporte diplomático de la República, ha salido en coche hacia la frontera. Nos encontraremos mañana en Fuentes de Oñoro. A un paso de Salamanca capital.

—Imagino que habrá que hacerle un expediente de depuración por haber pertenecido a la masonería. No se entendería que no lo hiciéramos.

—Ya te dije que la logia a la que él pertenece está en Francia. Aquí no hay documento alguno que lo acredite.

—Pero lo sabe todo el mundo —apostilló Serrano—. Ocurre como con Queipo de Llano.

—Bueno, sus encuentros con la masonería han quedado reducidos a tres visitas con militares americanos pertenecientes a los rosacruces, grado al que pertenecen todos los militares de cierta graduación —continuó explicando Nicolás.

—Sería bueno que le dieras un destino lejos de aquí. No es un ejemplo para nuestra hija… Con vuestro permiso, me retiro con Nenuca —dijo Carmen al terminar de cenar. No le gustaba la presencia de Ramón en España y menos junto a la que había sido su amante, Engracia, y su hija Ángeles. Solo estaban casados por lo civil y eso iba en contra de la moral.

—Nosotros también nos vamos a la cama —añadió Zita, llevándose a sus hijos a acostar.

La mujer de Nicolás, Isabel Pascual del Pobil, también se excusó y se quedaron los hombres hablando del regreso del más díscolo de los Franco, Ramón. El pequeño de la saga.

—Estoy pensando en enviarle a Mallorca, como jefe de la aviación nacional en la isla. Allí está la base principal de los hidroaviones. Y el mando está compartido con los italianos y los alemanes —manifestó Franco.

—Estoy seguro de que Kindelán pondrá el grito en el cielo. Por no hablarte de lo mal que va a caer entre los aviadores. Será difícil que se olviden de su pasado. Piensa que por sus soflamas de indisciplina han sido fusilados jefes, oficiales y todo tipo de clases militares... Además, ¿no fue en Inca y en La Puebla, cuando tú eras gobernador militar de Baleares, donde dio varios mítines con tintes revolucionarios como diputado de izquierdas?

Franco callaba y escuchaba a su cuñado Ramón, pero era evidente que ya había tomado la decisión.

—Precisamente por eso, mi hermano querrá ofrecer una nueva imagen de él en los mismos escenarios. Ya sabes que Paco no da puntada sin hilo. Por otro lado, acaban de llegar a Pollensa los Cant Z-501. Estos hidros no son fáciles de manejar, pero mi hermano con su pericia dejará a todos asombrados —manifestó Nicolás.

—Yo solo os digo que lo veo arriesgado, muy arriesgado —insistió Ramón.

—Creo que si nuestro hermano ha dejado su cargo de agregado aéreo de la Embajada de España en los Estados Unidos para sumarse a nuestra causa, es digno de ser valorado teniendo en cuenta sus ideas.

—A lo mejor es porque el bando republicano no quiere saber nada de él. Quizá sea ese el motivo por lo que se une al bando de toda su familia —añadió Serrano Súñer—. ¿Nos olvidamos de que fue monárquico y gentilhombre de Alfonso XIII? ¿Obviamos que se abrazó a Primo de Rivera hasta que tuvo un incidente con él por su vuelo a Buenos Aires? ¿Tenemos en cuenta que cambió radicalmente y se convirtió en activista de la República? ¿Pasamos por alto que después de tratar a Durruti y a los Ascaso se hizo anarquista? ¿O ahora es el auténtico, el que se abraza a la causa nacional? ¿Cuál de todos es el verdadero?

Nicolás frunció el ceño. No tragaba a Serrano Súñer y menos con sus comentarios tan despectivos hacia su hermano. Franco parecía que no escuchaba. No hizo ninguna apreciación.

—¡Le tenemos que dar la bienvenida! Es un lujo tener a un aviador como él de nuestro lado. Aparte de héroe, para muchos se trata de una leyenda. No todo el mundo ha sido el comandante del *Plus Ultra*. No todo el mundo tiene las pelotas de meterse en un hidroavión y hacer el primer vuelo entre España y América. No todo el mundo da un paso adelante cuando sabe que su amigo y compañero de vuelo, Ruiz de Alda, ha muerto fusilado… A mí no me extraña que se ponga de nuestro lado, y más sabiendo que Paco está al frente del alzamiento. Bueno, se ha hecho tarde y me tengo que levantar muy pronto para encontrarme con Ramón en la frontera. —Se fue de allí resoplando y hablando entre dientes.

—Yo también me tengo que retirar —dijo Franco sin decir nada más. Su gesto era serio y distante.

Cuando Franco llegó a su habitación, su mujer no estaba dormida. Rezaba el rosario apoyada en un reclinatorio de la habitación, que pertenecía al obispo Pla y Deniel.

—Llegas a tiempo para terminar de rezar la novena —le dijo.

—Está bien. —Se apoyó en otro de los reclinatorios que había y compartieron rezos.

Una vez que terminaron la novena, Carmen se metió en su cama. Sin embargo, Franco tardó en acostarse. Se quedó leyendo uno de los muchos libros que se apilaban en su mesilla de noche. A esas horas, el frío de los muros del palacio medieval, reconstruido a finales del XVIII, parecía que cubría de hielo las estancias. Carmen no podía conciliar el sueño.

—No me explico cómo te entra la actividad a estas horas cuando llevas todo el día tomando decisiones difíciles —le recriminó—. Por cierto, me ha escrito la mujer de un condenado a muerte. Me dice que es inocente de las tropelías que dicen que ha cometido. Te pido que revises el caso. La mujer se expresa con mucho sentido común y parece que vamos a cometer un error si se le fusila.

—Carmen, en esas cosas no te metas.

—En la guerra se hacen juicios sumarísimos donde se pasan por alto temas que son importantes para demostrar que no es todo como lo pintan. Tendrías que leer la carta. Es desgarradora.

—¿Sabe Martínez Fuset el nombre de la persona que dices?

—Sí. Le diré que te lleve de nuevo el expediente. Creo que merece que se le conmute la pena. Llevar a tus espaldas la muerte de un inocente debe de pesar muchísimo.

—Con los enemigos de la patria no hay que tener compasión. A uno no le debe temblar el pulso cuando hay delitos de sangre. Ojo por ojo y diente por diente.

—Estamos de acuerdo, pero te pido que lo revises. Solo eso.

—Está bien. —Cogió su lápiz mitad azul y mitad rojo y comenzó a subrayar el libro que tenía en sus manos. Lo hacía de rojo si no le gustaba lo que leía y de azul si merecía la pena destacar lo que el autor expresaba. Apagó la luz bien entrada la madrugada.

A la mañana siguiente, a Nenuca le dieron una gran alegría. Le presentaron a una joven teresiana muy bajita, de nombre Blanca Barreno. La niña congenió con la religiosa nada más verla. Su cara reflejaba la bondad de su interior. Carmen Polo le pidió que se pusiera a estudiar con ella tan pronto como se instalara en la habitación de la niña.

—Debe instruir a mi hija. Quiero que siga el bachillerato de Ibáñez Martín. Espero que la refuerce en sus conocimientos de matemáticas, porque no le gustan demasiado. Se le da mejor la lengua.

—Y la historia —apuntó la propia niña—. Me gusta mucho la historia.

—No se preocupe, cuando acabe sabrá un poco de todo, lo mismo que el resto de las chicas de su edad.

—Eso es lo que quiero, que la instruya según las directrices del padre Poveda, que en gloria esté. ¿Usted llegó a conocerle?

—Sí, tuve esa suerte.

—La Institución Teresiana no lleva mucho, ¿verdad?

—No, tan solo doce años, desde que fue aprobada por el papa Pío XI en 1924. Pero el padre Poveda, ya desde 1911, fundó y trabajó en la Institución. El objetivo era formar a profesionales, especialmente en el ámbito de la educación y la cultura. Él nos decía que para transformar humana y socialmente la sociedad había que empezar desde la infancia.

—Tengo entendido que murió fusilado en los primeros días de la guerra.

—Sí, el 28 de julio. Dos miembros de la Institución encontraron su cadáver en el cementerio del Este. Sus últimas palabras fueron: «Soy sacerdote de Cristo». —La teresiana se santiguó.

—¡Cuántas barbaridades nos quedan por ver! —Carmen se santiguó a su vez.

—¿Cuándo vamos a empezar? —preguntó Nenuca, interrumpiendo la conversación.

—Cuando diga tu madre.

—Pues, por mí, ¡ya! Haga un buen trabajo con mi hija. Desde que estalló la guerra no ha tenido ningún tipo de formación.

—Mamá, he ido dos días al colegio.

—Ya ve, eso es lo que ha hecho mi hija en todo este tiempo. Ha ido un día y medio al colegio. Tiene que empezar con ella duramente para que coja disciplina. Y le pido que le hable en francés. Si no es así, perderá el idioma.

—Muy bien, así lo haré.

Blanca y Nenuca se fueron hacia el que sería su cuarto de estudios. La niña iba contenta. Por fin, tendría a alguien con ella veinticuatro horas al día.

—Mi anterior institutriz era francesa, *mademoiselle* Labord. Yo la quería mucho, pero mis papás creían que era una espía.

Al oír eso, Blanca tragó saliva. Era consciente de que debería tener mucho cuidado con lo que veía y escuchaba en el palacio episcopal. Se propuso a sí misma no comentar nunca nada a nadie. Entregaría su vida a esa niña que vivía entre adultos y que jamás había ido al colegio a excepción de dos días.

—¿Siempre has vivido en grandes sitios como este palacio?

—No, también en academias militares, pero sí, siempre en sitios grandes. ¿Por qué lo preguntas?

—¿No has vivido en una casa sencilla?

—Sí, cuando estuvo papá a la espera de destino y nos fuimos a vivir a casa del abuelo a Asturias y ahora, en casa de *mademoiselle* Claverie, la seño de mamá. La casa era muy chiquitita.

—Debes aprender, lo primero, que las casas de la gente normal son chiquititas. Donde tú estás acostumbrada a vivir es una excepción. Los demás niños que son como tú viven en pisos, con vecinos, con otras personas que conviven con ellos alrededor. Me da la sensación de que aquí te tienes que sentir un poco prisionera. ¿Me equivoco?

—No sé qué quiere decir.

—No tiene importancia. Ya lo entenderás cuando seas más mayor. Yo quiero que sepas que estoy aquí para enseñarte, formarte y encima darte apoyo moral en todo lo que necesites. —Le dio un abrazo grande.

A Nenuca aquel abrazo tan cálido y fuerte le supo a gloria. No estaba acostumbrada a recibir demasiadas expresiones de cariño. Volvió a abrazarla y la niña se acurrucó en su regazo. Así estuvieron un rato hasta que Carmen Polo interrumpió aquella escena.

—¡Cuidado con darle demasiado afecto! No quiero que mi hija sea una blanda. Yo me eduqué sin los besos de mi madre. Bien es verdad que murió cuando yo era una niña, y no me ha pasado nada. Aquí me tiene.

—Lo que usted diga. A mí me han enseñado que el afecto y la disciplina no son incompatibles, pero haré lo que usted quiera.

—Es importante que los niños sepan que tienen que hacer lo que digan sus padres y que si se tuercen van a tener un castigo. Si la ve muy blanda, le aseguro que acabará haciendo usted lo que ella quiera. Además, no está contratada para dar abrazos.

La niña se separó de ella y se sentó en una especie de mesita que habían instalado en una de las habitaciones a modo de pupitre.

—A las dos se come en esta casa. Usted también comerá con nosotros en el salón principal. ¡No quiero demoras!

—Así será. Gracias por darme esta oportunidad —dijo la teresiana, agachando la cabeza.

—Dependerá de usted el estar aquí más o menos tiempo. Simplemente, haciendo las cosas bien, no tendrá ningún problema.

Carmen se fue de allí preocupada por la escena del abrazo que había interrumpido. Pensó que aquel no era un buen comienzo. No le correspondía a la institutriz ese papel. Olvidó lo ocurrido con rapidez ya que ante sus ojos apareció la viuda de Campins, su amiga Dolores Roda. Se había acercado hasta Salamanca para hablar con ella. Habían compartido muy buenos momentos durante los años que residieron en la Academia Militar de Zaragoza. Los dos maridos se hicieron uña y carne y ellas también tuvieron una gran amistad. No sumarse al alzamiento tras la llamada que le hizo Queipo de Llano a Campins le costó la vida. No se tuvo en cuenta que dos días más tarde se había unido al Movimiento y telegrafió a Franco poniéndose a sus órdenes.

—Querida Dolores —la saludó Carmen, dándole un beso poco expresivo.

—Carmen, ¡qué desgracia! ¿Cómo ha podido ocurrirnos esto? Tú sabes que mi marido haría cualquier cosa por Paco. ¿Cómo no se paró su fusilamiento con el poder de tu marido?

—Yo no estaba en España, pero cuando me enteré sufrí mucho. Tampoco entiendo lo ocurrido. Parece ser que tu marido le dijo a Queipo que «con él no iría a ninguna parte».

—Y así era. Los dos no se podían ni ver. Mi marido ejercía de gobernador militar de Granada. Cuando fue llamado desde Sevilla por Queipo, omitieron decirle que estaba tu marido detrás. Y por eso, cuando se enteró, se puso en contacto con Paco y no lo dudó.

—Queipo consideró que ya era tarde. Piensa que fracasó el alzamiento en Barcelona, Madrid, Valencia y Bilbao, entre otras ciudades. Y en aquellos primeros momentos se exigía la colaboración de los generales con experiencia combativa y tu marido no hace falta que te recuerde que actuó como jefe de columna en el desembarco de Alhucemas. Era un gran militar. Ha sido un caso de mala suerte.

—No, Carmen. Ha sido mucho más. Por eso estoy aquí. Queipo se vengó de él. Otros generales se han sumado al Movimiento días después de ser llamados y no ha ocurrido nada. ¿No te das cuenta de que ha sido un asesinato? ¿Qué hizo Paco por él? Necesito saberlo.

—Dolores, es una ofensa que dudes de Paco. Por lo que sé, intentó que no se ejecutara la sentencia a muerte. Le mandó un telegrama, pero Queipo dice que no llegó a tiempo.

—Si eso es así, te aseguro que primero le ejecutó y después abrió el telegrama. Eso me lo ha dicho a mí gente que le conoce. ¿Pero, con el poder que tenía Paco, cómo no lo frenó? Era la vida de un leal amigo, dispuesto siempre a ponerse del lado de tu marido. ¿Qué hizo él para que lo mataran? ¡Dímelo! ¿Cuál fue su crimen?

Carmen se quedó sin palabras. Su amiga estaba rota y decía cosas incómodas para ella. Le parecía que cuestionaba la acción de su marido.

—Estamos muy afectados con la pérdida de Miguel. Te lo aseguro. Sabes que Paco es muy poco expresivo, pero lo lleva mal. Le conozco a la perfección y sé que su pérdida no la encajó bien.

—Mi vida ha quedado destrozada. —Se echó a llorar—. Dicen que tampoco pudo evitar la muerte de su primo Lapuente Bahamonde, jefe del aeródromo de Tetuán, por no sumarse al alzamiento y mantenerse fiel a la República. Miguel sí se sumó y se lo dijo por escrito. No lo entiendo, Miguel era mucho más que un hermano para Paco… ¿Cómo no hizo nada por salvarle? Se había sumado dos días después al alzamiento y se puso a las órdenes de Paco.

—El código militar es así de estricto y las familias sabemos a qué se exponen. Hasta que no acabe la guerra no conoceremos lo que nos depara el destino. Esto no ha hecho más que empezar. Siento mucho lo ocurrido. Hablaré con Paco para saber por qué no se abrió su telegrama para impedir la muerte de tu marido. —Miró al ayudante y este se acercó para sacar a aquella mujer de la estancia envuelta en un mar de lágrimas. Carmen era plenamente consciente de que la vida de todos pendía de un hilo—. Seguiremos en contacto. Lo siento de veras. ¡Ya te llamaré!

8
TÉRMINUS, EL SUEÑO DE NENUCA

SALAMANCA, NOVIEMBRE DE 1936

*Algún fin de semana, mi madre y yo nos íbamos
a ver a mi padre a Términus, eran los lugares que
estaban más próximos a la guerra. En alguna ocasión,
fuimos para dos días, y, finalmente, tuvimos
que estar más tiempo.*

Por la tarde, Nenuca se presentó en el saloncito que tenía su madre cerca del dormitorio. Allí, Carmen cosía sábanas bajeras que adornaba con una vainica. Los almohadones y las sábanas encimeras estaban ya bordadas por las monjas del convento cercano. La niña la interrumpió:

—Mamá, estoy muy contenta con Blanca. Pero ya estoy cansada, no he parado de estudiar durante todo el día.

—¿Te ha dado permiso para venir?

—No, le he dicho que tenía una cosa importante que decirte.

—¿Y qué es esa cosa tan importante?

—Que quiero ir con papá a Términus. Me apetece mucho estar cerca del frente en el puesto de mando móvil.

—¿Y cómo sabes qué es eso de Términus?

—Me lo ha explicado mi institutriz. Y quiero ir.

—Ya veremos. Me parece peligroso, pero se lo diremos a tu padre para ver qué le parece. ¡Corre y vuelve con Blanca!

—Déjame quedarme aquí. No quiero seguir estudiando.

—Está bien, pero de brazos cruzados, no. Fíjate en los pasos que doy y aprende a hacer vainica.

Nenuca se puso a coser, pero al rato de llevar la aguja de un lado a otro del paño, se cansó.

—Prefiero leer. Me voy con Blanca.

—Nenuca, Nenuca, hay que saber coser como toda señorita de bien.

—A mí no me gusta coser. ¿Puedo ir a ver a papá?

—¿Estás loca? A papá no se le puede molestar y menos con tonterías. ¡Que no me entere yo de que vas a su despacho! ¡Anda, vete con la institutriz, si no quieres que me enfade!

—¿No podríamos cenar esta noche solos?

—¿A qué viene eso ahora?

—Cuando veo a papá siempre es en presencia de familia, militares, ayudantes... Y así un día y otro sin poder hablar tranquilamente los tres. Antes papá hablaba con nosotras. También conducía y cantaba zarzuela, pero ahora siempre nos lleva un chófer, y papá no habla nada. Antes me contaba historias de África, pero ahora no le veo en todo el día.

—Nenuca, tú ya eres mayor. Tienes diez años recién cumplidos y te das cuenta perfectamente de que estamos en guerra. Tu padre ahora tiene otras obligaciones. No está para juegos de niños. Ni para cantar zarzuela.

—Me gustaba cuando me cantaba *El rey que rabió*, con la historia del perro que muerde a Jeremías y aparece con los pantalones rotos. Luego se lo llevan porque creen que tiene la rabia. Me acuerdo hasta de la canción. ¿Quieres que te la cante? «Fermentus, virum, rábicus, in corpus can y es, mortalis of perofifen...».

—No, no quiero que me la cantes, quiero que regreses con Blanca. Tienes que asumir que las cosas ya no volverán a ser igual.

Nenuca obedeció, siempre lo hacía, pero en la cena estuvo poco comunicativa. Menos aún cuando Franco explicó que faltaría del palacio varios días. Nenuca se convenció de que la guerra era lo más importante para su padre. Se quedó mirándole fijamente mientras explicaba su partida.

—Me voy con Mola al frente. Vamos a establecer nuestro cuartel general en el palacio de San José de Valderas.

—¿Términus? —preguntó la niña muy seria.

—Sí, allí estableceremos Términus. ¿Y tú cómo sabes esas cosas?

Nenuca se encogió de hombros y Blanca, la institutriz, se puso colorada.

—¿Será posible que algún día la niña y yo te podamos acompañar? —preguntó Carmen.

—No es el sitio más adecuado para que vengáis ninguna de las dos.

—¡Vaya! Aquí todo el mundo, menos nosotras, te ha acompañado.

—Está bien, pero ya os diré cuándo —replicó, aunque parecía tener otras preocupaciones.

—¿Has visto a tu hermano Ramón?

—Sí. Nicolás nos ha vuelto a juntar. Le he nombrado teniente coronel y ya está de camino hacia Pollensa.

—¿Teniente coronel? ¿Cómo lo va a encajar Kindelán?

—Tendrá que acatar mi decisión.

—¿Cómo le has visto? —preguntó Carmen.

—Me ha parecido más centrado. Mucho más centrado.

—Más vale tarde que nunca.

Nicolás interrumpió la comida antes de que acabaran el segundo plato. Miró a su hermano y le conminó a salir cuanto antes.

—Debes irte ya. Los legionarios y regulares quieren llegar hasta el hospital Clínico de Madrid.

—Sabréis del desarrollo de los acontecimientos por Martínez Fuset. Volveré en unos días —le dijo a Carmen mientras se limpiaba la boca con una servilleta.

—No hagas como cuando te ibas a África… Tú ya me entiendes.

—¡Descuida!

Franco se fue rodeado de ayudantes junto a su hermano Nicolás. Los que estaban en la mesa intentaron seguir comiendo, pero a todos se les quitó el apetito.

—¿Qué hacía papá cuando se iba a África?

—Pues antes de salir al frente me ponía un telegrama diciéndome que todo había ido estupendamente. Y ya ves, una vez volvió y casi no lo cuenta. En el frente cualquier cosa puede ocurrir. Sabes cuándo se van pero no cuándo vuelven.

—Ha dicho que en unos días.

—Ya veremos...

Franco instalado ya en Términus puso una conferencia a Mola, que se encontraba en Ávila, y decidieron el ataque frontal a Madrid. Los días anteriores habían sido de desilusión y contrariedad. No lograron avanzar sobre la capital. Millán Astray tuvo que explicar a la prensa el frenazo que estaban teniendo por la presencia dominante de los soviéticos y las brigadas internacionales. Miaja contaba ya con cincuenta mil hombres. Franco pensó que había llegado el momento de volver a intentar entrar en Madrid.

—Paco, me dicen que Alemania e Italia nos reconocen de forma oficial. También lo han hecho Guatemala y El Salvador. Son buenas noticias, me parecía importante decírtelo —le informó Nicolás.

—Un paso más.

—A nivel internacional es importante que estemos con el Eje Roma-Berlín.

—El enemigo se está reorganizando. Y nosotros debemos hacerlo también.

Mientras tanto, en Salamanca, Ramón Serrano Súñer, su mujer y Carmen tomaban el café de la sobremesa mientras los niños jugaban no muy lejos de ellos. El cuñado de Franco iba vestido de luto riguroso desde que había sido informado de la muerte de sus dos hermanos. Se enteró al poco de llegar a Salamanca tras volver a España.

—Ramón, tienes que levantar el ánimo —le dijo Carmen—. Paco te necesita para que reorganices el Estado.

—Han sido días muy difíciles —intervino Zita—. Todo ha sido de película, hasta la huida en barco desde Alicante. Se vistió de marinero, calándose la gorra hasta las cejas con el nombre del destructor argentino: *Tucumán*. Entre infantes de la Marina pasó camuflado.

—Dentro del dramatismo tiene gracia que el cabo Velázquez, que así se llamaba, me dijera una y otra vez que intentara ser natural. «Ahora *sos* un marino argentino. *¡Creételo!*». Cuando nos pararon dos milicianos pensé que después de tantas escapadas y disfraces me habían pillado, pero, por fortuna, no fue así. Bromeó con ellos y a mí y a otro marinero nos metió en un bote de un empujón.

—Hasta dos días después, los niños y yo, acompañados del agregado comercial de la embajada argentina, no nos reunimos con él —intervino Zita—. El barco fondeado en la costa alicantina no partió hasta nuestro reencuentro, que fue muy celebrado por la tripulación. Y ya ves, a pesar de estar en Biarritz a salvo, no se sintió bien hasta que hemos regresado a vuestro lado.

—Estaban pasando demasiadas cosas para que yo siguiera allí de brazos cruzados. Ahora, Carmina, tengo que decirte que he notado muy cambiado a Paco.

—Bueno, hasta la niña lo ha dicho. Creo que es normal. Piensa cómo empezó todo y ahora es Generalísimo.

—Para algunos incluso Caudillo de España —añadió Zita.

—Eso ha sido cosa de Millán Astray —dijo Ramón, con cara de no estar conforme—. Ideó el lema de: «Una patria:

España; un Caudillo: Franco». Solo falta que le nombren emperador. Me parece todo un exceso.

Carmen no le dijo nada, pero le pareció percibir una crítica en sus palabras que no le gustó.

—Sé que Paco ha hablado con el diplomático José Antonio Sangróniz sobre ti. Le ha dicho que espera que se entienda contigo. Concretamente le comentó: «No es porque sea mi cuñado, pero es un hombre de capacidad y eficacia, dotado de extraordinaria sensibilidad y visión política». Sabes que Paco te tiene en alta estima. Pronto te dará una actividad porque te necesita cerca.

—Estoy cansado, Carmina. Todo lo que he vivido en los últimos meses me ha envejecido.

—No sé si sabes que varias veces se dijo por la radio que habías sido asesinado. Menos mal que no tardaron en desmentirlo.

—Me confundirían con mis hermanos... —Se quedó con la mirada perdida.

Apareció Nenuca y les interrumpió.

—He visto que se recibía un paquete grande a tu nombre.

—Pues ordena que me lo traigan.

—Vale.

Al rato apareció uno de los oficiales que estaban en la recepción del palacio.

—Doña Carmen, el paquete se lo ha llevado su cuñada. Ha pasado por allí y como ponía señora de Franco ha dicho que era para ella.

—¡Pero qué barbaridad! La única señora de Franco soy yo.

—Desde luego, señora. Pero ella viene mucho por paquetería y dice que esperaba ese paquete, y como también es señora de Franco.

—Ella es Isabel Pascual del Pobil, señora de Nicolás Franco. Si no lo especifica el paquete, la única señora de Franco soy yo.

—Así se hará.

Cuando se retiró el joven militar, Carmina mostró su indignación a su hermana y a su cuñado.

—Pero ¿quién se ha creído que es? A saber cuántos paquetes míos se ha quedado.

—Es evidente que está sacando provecho de la confusión. Ella también es señora de Franco, pero los paquetes seguro que no van dirigidos a ella —comentó Zita, que siempre era muy prudente, pero esta vez dejaba entrever también una cierta irritación.

—Además, me cuentan que se ha hecho con una corte de aduladoras y que ejerce de señora de Franco a todos los niveles.

—Te aconsejo que lo pares cuánto antes —le recomendó Ramón.

—Hoy se lo comentaré en cuanto la vea. Desde luego, para mí ha sido extraordinario que hayáis llegado aquí. Por lo menos, tengo con quien desahogarme.

Zita y Ramón, con sus hijos, se habían instalado en la parte de arriba del palacio episcopal, donde hubo que hacer mucha labor de limpieza y reubicación de muebles hasta que Zita le dio un aire provenzal a la estancia. Antes de que llegaran era el lugar preferido de las palomas.

Blanca, la institutriz, se esforzaba por recuperar el tiempo perdido con Nenuca. Llevaba muchos meses sin estudiar y sin aprender. Le gustaba mucho dibujar y la joven teresiana se lo ponderaba mucho.

—Tienes cualidades para el dibujo. Vamos a potenciarlo.

—El que dibuja bien es mi padre. Aunque ya no lo hace. No tiene tiempo para nada.

—No te quites mérito. Te has acostumbrado a decir que los demás hacen las cosas mejor que tú y eso no puede ser.

Está bien que seas modesta, pero en esto de la humildad tampoco hay que pasarse, Nenuca.

Jesús, el mecánico de Carmen Polo, entró en la estancia con una carta para Blanca.

—Señorita, me han dicho que le entregue esta carta.

Se quedó tan fijo mirando a la institutriz que esta se puso colorada como un tomate sin saber qué decir. Nenuca fue la única que reaccionó.

—No te quedes ahí parado. ¡Dásela! Debe de ser de su familia.

—Muchas gracias —dijo Blanca, bajando la mirada.

El joven se fue y Nenuca preguntó a su institutriz:

—¿Te da vergüenza hablar con un chico?

—No estoy acostumbrada.

—Te has puesto muy colorada. ¿No has jugado con chicos nunca?

—No.

—Yo sí, con mis primos. ¿Sabes? Me pasó igual que a ti el día que vi por primera vez que los niños tienen…, eso para hacer pipí. Fue en Zaragoza y yo debía de ser muy pequeña, pero todavía recuerdo el impacto que me produjo ver que hacían pipí de pie.

—¡Nenuca, no deberíamos estar hablando de estas cosas! No debes fijarte en cómo hacen pipí los niños. No me parece bien.

—Pero, *mademoiselle*, si no es que me fijara, es que nadie me había dicho que los niños tenían… eso. ¿Entiende?

—Entiendo que tienes que seguir dibujando. Ya basta de cháchara.

Mientras la niña se concentraba de nuevo en el dibujo, Blanca abrió la carta de su familia. Se emocionó mientras la leía. Nenuca fingió que no se daba cuenta.

El día 21 de noviembre por la mañana, el teléfono sonó temprano para Serrano Súñer. Otro golpe fuerte le esperaba al otro lado del auricular.

—¿Ramón?

—Sí, soy yo. ¿Con quién hablo?

—Soy un camarada. Le llamo para decirle que esta madrugada ha sido fusilado José Antonio.

—¿Cómo? ¿Qué dice?

—Ha sido fusilado José Antonio. No puedo seguir hablando.

La comunicación se cortó y Serrano se quedó mirando el teléfono sin atreverse a moverse, conmocionado. Colgó despacio el aparato, se sentó en una silla y se cubrió la cara con las dos manos. Así permaneció un buen rato hasta que Zita apareció en la estancia.

—¿Qué ocurre? ¡Estás muy pálido!

Serrano no podía hablar. Habían muerto sus dos hermanos mayores en las sacas de Paracuellos y San Fernando. Pudiendo salvarse, no se pasaron al bando nacional para no poner en peligro a su hermano pequeño, que estaba encarcelado en la Modelo. Se enteró del fatal desenlace al llegar a Salamanca. Ahora le comunicaban la muerte de su mejor amigo, José Antonio Primo de Rivera. En unos segundos se le echaron encima más años de los que le correspondían. Parecía que había envejecido de golpe. Junto a él había vivido la mejor época de su vida. Todos sus recuerdos se le fueron apareciendo como ráfagas. Le podía ver sonriente en la universidad donde estudiaron juntos Derecho. José Antonio había renunciado a ser ingeniero para volcarse en la abogacía. Se conocieron en primero de carrera y, a partir de ese momento, siempre estuvieron juntos. Tan solo se separaron el año que Ramón estudió en Bolonia, becado por la Junta de Ampliación de Estudios. Cuando llegó la República, la Unión de Derechas de Zaragoza, donde conoció a Franco y a la que hoy era su mujer, le pidió que fuera su candidato. Así se hizo parlamentario. Su amigo José Antonio nunca desistió de atraerle a las filas de la Falange, pero no se sentía «suficientemente revolucionario», como su amigo. No compartía su ideario de repartir la tierra de los latifundios y nacionalizar la banca. Él prefería reformar las leyes. Ahora, su amigo estaba muerto y él allí sentado sin haber podido hacer nada.

—Dime qué te ocurre, Ramón. Me preocupas.

—Me han comunicado que ha muerto José Antonio.

—¿Cómo? ¡Dios mío! ¿Quién te lo ha dicho?

—No lo sé. Ha sido una voz anónima.

—¿Y le das alguna credibilidad?

—Sí. Estoy seguro de que esta noticia es veraz. Creo que Paco no ha estado rápido. Se debería haber canjeado a José Antonio hace tiempo por alguno de los familiares de los ministros de la República.

—Se ha intentado varias veces, pero...

—Cuando se intentan las cosas, se hacen. No ha habido voluntad, Zita.

—No le vayas a decir eso a mi hermana o a Paco, por favor.

—Es lo que pienso. José Antonio podría estar aquí en Salamanca si hubiera existido voluntad de canjearle por otra persona.

—Ramón, desde el momento en que entró en la cárcel de Alicante, todos intuíamos su final.

—Pues yo no. Necesito confirmar la noticia. Saber cómo ha sido.

—Ramón, ten cuidado con tus palabras. Tienes una familia, no lo olvides.

Carmen, ajena al terremoto que acababa de producirse, hablaba con su cuñada Isabel. No pudo hacerlo el día anterior y esperó al desayuno.

—Isabel, ¿has recogido algún paquete que fuera para mí?
—No, en absoluto.
—Los que ponen para la señora de Franco no son para ti.
—¿Y eso? Yo también soy señora de Franco.
—Todo el mundo sabe que quien se aloja aquí es Paco. Y si mandan algún paquete a la mujer del Generalísimo es a mí. Los paquetes que tú te apropias son míos.
—Me estás ofendiendo, Carmina. Todo el mundo sabe que Nicolás también se aloja aquí. Yo me hago cargo de mis propios paquetes.
—¿Tú crees que la gente te manda obsequios a ti o a mí?
—Probablemente a las dos.
—No vamos a seguir discutiendo. La única señora de Franco que hay aquí, te insisto, soy yo. ¿Me entiendes? No vuelvas a coger un paquete a no ser que especifique Isabel Pascual del Pobil.
—Yo tengo una familia que me manda muchos paquetes. Los Coca, tú lo sabes. Y ponen señora de Franco.
—Pues diles que especifiquen. Te insisto: en este palacio, si vienen a nombre de la señora de Franco, he dado orden para que me los entreguen a mí. Si no estás conforme es muy fácil, podéis iros a otro lugar y así no habrá errores.

Isabel apretó los dientes y no siguió contestando. Tenía las de perder. Carmen imponía la fuerza del nombre de su marido sobre Nicolás que, a fin de cuentas, solo era el gobernador militar frente al jefe de aquel Estado incipiente y sublevado.

—No volverá a ocurrir.

Ambas permanecieron varios días sin dirigirse la palabra.

9
NOVIEMBRE DE LUTO Y SÍMBOLOS

SALAMANCA, 24 DE NOVIEMBRE DE 1936

Mis padres eran poco expresivos, pero algunas muertes impactaron en casa. A veces, se hacían canjes con hijos de conocidos republicanos. Pero en el caso de José Antonio no hubo suerte porque eso también era cuestión de suerte.

Franco y Nicolás regresaron a Salamanca tras desistir de atacar frontalmente Madrid. Decidieron intentarlo con otra estrategia que denominaron «el envolvimiento», por la carretera de La Coruña.

—Hemos fracasado. Hemos perdido nuestra primera gran batalla —le dijo Nicolás a Serrano Súñer, antes de que llegara su hermano a la cena de esa noche.

—¿Tenéis noticias sobre la muerte de José Antonio? —le preguntó Serrano, que seguía vestido de luto.

—Sí, nos ha llegado la noticia, pero no hay confirmación oficial. Puede ser una estrategia para minar nuestra moral.

—He logrado hablar con una persona cercana a la familia y me lo ha confirmado. Me ha dicho que su hermana Carmen pudo despedirse de él. Por otro lado, se teme que Miguel corra la misma suerte que su hermano. También está encarcelado en Alicante.

—¡Estos cabrones! ¿Se sabe cómo le mataron? —preguntó Nicolás.

—Las informaciones son contradictorias. Por un lado, dicen que antes de ser fusilado pidió que le limpiaran la sangre tras su muerte, para que no le viera así su hermano, y parece ser que preguntó: «¿Son ustedes buenos tiradores? Pues ¡venga!». Y, por otro lado, me han contado que quisieron vendarle los ojos y no se dejó. Antes de dispararle pudo gritar: «¡Arriba España!». Esta versión me la creo más. Dicen que le dispararon a las piernas para que cayera al suelo vivo y le remataron con la pistola en su cabeza mientras le ordenaban que diera vivas a la República, pero él insistió en decir: «¡Arriba España!». Parece ser que han hecho fotografías. Imagino que para su escarnio.

—Es muy mala noticia.

Cuando Franco llegó, le dieron todos los detalles que Serrano conocía sobre el fusilamiento de José Antonio.

—No hubo suerte porque esto también es cuestión de suerte. No informemos todavía de su muerte. Ganemos tiempo.

—La pregunta es si pudimos hacer más y no se hizo —comentó Serrano Súñer.

—Intentamos hacer algún canje, pero cayó en saco roto. Sabían lo que hacían. Querían matarle y lo han hecho. Te aseguro que sin el consentimiento del Gobierno de la República no se habría realizado. Todos, incluido José Antonio, sabíamos de antemano su final.

—Dicen que se confesó con otro preso de la cárcel que era cura. Se despidió de todos en paz. —Serrano apretó los puños—. Y, por lo visto, hasta bromeó con su hermana diciéndole: «¡No hay como estar condenado a muerte para que te den mejor de comer!».

—Tenía mucha personalidad —dijo Zita.

—Han sido muchos años de amistad —apuntó Carmen—. Solo nos queda rezar por su alma.

—Éramos amigos de verdad. Hermanos.

No se habló de otra cosa que del fusilamiento de José Antonio. Los niños estaban muy impactados y escuchaban a sus padres sin hacer comentarios. La tensión que se respiraba era grande. Aquella información había caído sobre ellos como una losa. Comenzaron a hablar entre ellos después de un rato en silencio.

—¿Has oído? —le dijo José, uno de los hijos de Serrano, a Nenuca.

—Sí.

—Gritó «¡Arriba España!» mientras le apuntaban con una pistola.

—¡Qué valiente!

—Era muy amigo de mi padre.

—¡Y de mi padre! —le dijo Nenuca.

—Eso no —replicó Fernando, el otro hijo de Serrano—. Yo he oído a mi padre que José Antonio no se llevaba bien con tu padre.

—Eso no es verdad. Se lo voy a preguntar a mi madre...

—¡Chisss! No vas a preguntar nada. ¿No ves que son conversaciones de adultos donde no podéis entrar los niños? Dejad el tema y escuchad —les reprendió Blanca, la institutriz.

—Pero, señorita, dicen que José Antonio y papá no se llevaban bien y...

—¡Nos vamos a la cama! —le dijo Blanca a Nenuca al oído—. Con su permiso —se dirigió a Carmen—, se ha hecho muy tarde para los niños. Es bueno seguir un horario.

—Sí, sí, adelante.

Aquella noche no hubo sobremesa. Los silencios pesaban demasiado. Cuando se retiró Carmen Polo a su habitación, Franco la siguió a los pocos minutos. Era poco expresivo, pero además esa noche no tenía ningunas ganas de hablar.

—Paco, la muerte de José Antonio ha sido un fuerte golpe. ¡Cómo estará su familia! Tienes que darle a Ramón algún cometido. Yo te aconsejo más Ramón y menos Nicolás. Te irá mejor.

—Mañana hablaré con él. Se le ve hundido. Creo que podrá dar al Movimiento una estructura jurídica. Eso le mantendrá alejado de las malas noticias. Te aseguro que tendrá mucho que hacer.

—Fíate más de Ramón que de tu hermano. He tenido que parar los pies a Isabel. Se cree la señora de este palacio. Tienes que dejarle claro a tu hermano que quien está llevando las riendas del Movimiento eres tú. Está claro que das la mano y cogen el pie.

—Me voy a hablar con los generales. ¡Es la hora!

Carmen se arrodilló en el reclinatorio y comenzó a rezar el rosario. La mano de santa Teresa estaba cerca, le daba seguridad. Ella encontraba en las plegarias su mejor contribución a la guerra.

A la mañana siguiente, Serrano Súñer despachaba con su cuñado desde primera hora. Franco iba siempre vestido de militar. Sus botas de media caña brillaban entre aquel ambiente cuartelero y palaciego. Ramón, por su parte, iba ataviado con traje oscuro y corbata negra. El luto lo llevaba por dentro y por fuera.

—Me pides desde la nada crear un Estado sin antecedentes, sin compromisos, sin cargas. Solo existe algo parecido en nuestra historia en la obra de los Reyes Católicos. Isabel I de Castilla y Fernando II de Aragón unieron España y fueron la transición de la Edad Media a la Edad Moderna. Dos figuras decisivas en la historia de España.

—Eso me gusta. Tenemos que dar trascendencia a lo que estamos haciendo. Una España grande y libre. —Se quedó con la mirada perdida—. Y como tú le has encontrado parangón con los Reyes Católicos, ¿por qué no aprovechar sus símbolos?

—¿El águila y los emblemas de los Reyes Católicos? El yugo y las flechas que también utiliza la Falange fueron elegidos por Isabel y Fernando para representarse a sí mismos de una manera simbólica. Fernando adoptó el yugo con la idea puesta en la leyenda de Alejandro Magno: deshizo el nudo gordiano que envolvía al yugo con su espada. Isabel, también con la vista puesta en otra leyenda de Alejandro Magno, adoptó las flechas, que simbolizan que la unión da la fuerza.

—Me gusta la idea de Isabel y Fernando. Yo lo veo más como idea del imperio y del destino en lo universal.

Serrano percibió que aquella idea que había surgido por casualidad había cuajado inmediatamente en Franco. En el fondo, le parecía que su cuñado no tenía intención, si acababa la guerra, de alejarse del poder. Supo en ese momento que de triunfar el bando nacional, no haría nada por el regreso del rey. El poder tenía atractivo en sí mismo para su cuñado y para todos los que estaban cerca de él.

—El águila para la reina Isabel era el águila de san Juan, la incorporó por la devoción al evangelista. Si quieres podemos añadir las columnas de Hércules y la divisa: una, grande y libre.

—Me parece una gran idea. Conviene que tengamos nuestros propios símbolos. Trabaja sobre esto, Ramón.

Ese día había una novedad en palacio. Estrenaban nuevo cocinero ya que el anterior no era del gusto de Carmen. Antes de entrar a trabajar se había estudiado minuciosamente el pasado de Críspulo, que así se llamaba, y se dio el visto bueno después de comprobar su lealtad al Movimiento. Esa comida tuvo una sopa especial de pescado, carne de Ávila de segundo y de postre unas natillas, que encantaron a todos.

—Me han contado que en Alemania hay probadores antes de que Hitler se lleve la comida a la boca —comentó Zita a su hermana.

—Me parece exagerado, ¿no?

—Nosotros podríamos tener un gato o un perro a mano para que probaran la comida antes. Con eso bastaría —intervino Nicolás con sorna.

Franco escuchaba y seguía comiendo sin participar en la conversación.

—La verdad es que la comida hoy ha estado más rica. No sé si es por Críspulo o porque el chuletón de Ávila era excelente —participó Ramón.

—No será porque te lo hayas terminado. No comes nada —le dijo Zita.

—Bueno, ya sabes que no ando muy allá del estómago. Pero hoy he comido más de la cuenta.

—Ha sido un acierto cambiar de cocinero —comentó Carmen.

Nenuca comía mientras su primo Fernando habló a Blanca.

—Sí, pero el pan sigue siendo negro. Parece de goma.

—No digas eso en alto que te reñirán. Piensa que mucha gente querría tener este pan que está en tu mesa.

—No se puede morder...

—Yo me como todo lo que tengo en el plato —dijo Nenuca—. ¿Por qué son militares los cocineros y camareros?

—Mejor que así sea. De este modo no nos llevamos ninguna sorpresa. De eso están hablando en la mesa.

—¿Quién querría envenenarnos? —preguntó José.

—A nosotros, no. A lo mejor al tío Paco —añadió Fernando.

—¿Quién va a querer hacer daño a papá?

—Nadie. ¡Olvídate de lo que te ha dicho tu primo!

—No hagáis conversaciones aparte. Escuchad lo que se dice en la mesa —los interpeló Carmen.

—Salamanca me ha parecido hoy que ya no es la ciudad estudiantil que yo conocí. No he visto tanta gente en mi vida. Gente de lo más variopinta —observó Serrano.

—Sí, es cierto, te puedes cruzar con un montón de personas vestidas con trajes militares, trajes de falange, incluso personas ataviadas con gorrillas legionarias, candoras, zaragüelles, alquiceles, gorrillos de borla, personas con camisas negras...

Da la sensación de que la población se ha multiplicado en estos meses —añadió Nicolás.

—Este no deja de ser el centro de la zona nacional. Yo diría que hay una euforia fuera de lo común. A la gente por la calle le da la sensación de que la guerra está ganada.

—Paco también lo piensa desde que tiene la mano de santa Teresa, ¿verdad? Yo creo que posee propiedades benéficas, incluso milagrosas —afirmó Carmen.

La niña volvió a hacer un aparte con sus primos.

—Yo he tocado la mano de la santa. Parece de madera.

—Yo quiero tocarla también —le contestó el mayor de sus primos—. ¿Has notado que es milagrosa?

—Yo no he notado nada. Pero si lo dice mi madre...

Carmen continuaba hablando:

—Me encanta el estuche de terciopelo que has mandado hacer para que Paco la pueda transportar. Y la caja de cristal con el relicario.

—Es bonito el color rojo, ¿verdad? —dijo Nicolás, agradecido por las palabras de su cuñada.

—No es rojo —intervino Franco—. Es color burdeos.

—Cualquier color mejor que el rojo: el burdeos, grana, carmesí, bermellón, encarnado y hasta colorado, pero rojo, no. ¡Lagarto, lagarto! —exclamó con gracia Nicolás mientras cruzaba los dedos anular y corazón de sus dos manos.

Se rieron con la sorna del hermano mayor.

—Por cierto, me gustaría saber qué pasó con las monjitas de Ronda que custodiaban la mano —se preocupó Carmen.

—Todas se salvaron. Pudieron irse con sus familias, aunque tuvieron que abandonar el convento a toda prisa. Cuando lo asaltaron los rojos ya no estaban, pero cogieron todo lo que ellas no pudieron llevarse al salir corriendo. Entre otras cosas, la mano de la santa.

—En la maleta en la que vino la mano había todo tipo de objetos de valor, desde candelabros hasta collares. La mano bañada en plata parecía de más valor porque en cada dedo había un anillo. Sin embargo, las piedras del relicario no son buenas.

—Recuérdame —expresó Franco a su hermano— que le dé las gracias al obispo Pla y Deniel por permitirnos quedarnos con el relicario.

—Mañana sin falta.

—Yo me siento más protegida desde que tenemos la mano de la santa.

—Eso son paparruchas, Carmen. El poder de la sugestión es grande —intervino un descreído Serrano Súñer—. En realidad, es tu mente.

—Ramón, por favor —le dijo Zita en voz baja.

—Te respeto, pero ya sabes que yo ya no creo en nada.

Todos sabían el momento por el que estaba atravesando Serrano Súñer y no hicieron más comentarios. Al concluir la cena, pasaron a tomar el café a un salón contiguo. Los niños ya se podían mover con libertad.

—Oye, Ramón, sigo dándole vueltas a los símbolos. —Franco hizo un aparte con su cuñado—. Habría que reducir a los distintos partidos e ideologías del Movimiento a una idea bajo un mismo símbolo. Tendríamos que conseguir una cruzada contra el comunismo ateo. Una ideología. Solo nos falta un partido que aglutine a todos y a todo. Y aunque tú lo dudes, yo como único jefe que aúne todos esos esfuerzos. Un único Generalísimo.

—No pongas en mi boca palabras que no he pronunciado.

—Mira. —Le enseñó unos estatutos de la Falange con anotaciones en sus márgenes—. Haz algo con esto. Necesitamos un movimiento de regeneración.

—No es mala idea, teniendo en cuenta que José Antonio ha muerto. Articulemos un ideario nuevo que aúne a falangistas y requetés bajo tu dirección. Estoy de acuerdo en que hay que dar una única ideología al Movimiento.

—Creo que en eso yo puedo ayudar mucho —apuntó Nicolás, que había oído la conversación.

—Pues no tardes. El tiempo apremia.

—¿Cuándo informaremos de la muerte de José Antonio? —preguntó Ramón.

—No hay que precipitarse. Esta es una noticia que puede minar la moral de nuestros hombres. Buscaremos el momento oportuno.

—Mañana vamos a recibir una visita importante. Viene Faupel, lo envía Alemania. Sabe que los rojos han recibido casi cincuenta mil fusiles en las últimas semanas y cada vez son más los brigadistas internacionales que llegan de diferentes países para apoyarles —les informó Nicolás—. Acude con objeto de saber cuáles son nuestras necesidades.

—Necesitamos mucha ayuda. Nos superan en munición, armas y hombres —apuntó Serrano—. Dejémosles sin abastecimiento cerrando las entradas a las capitales.

—En las grandes ciudades se está pasando mucha hambre. Vigilemos a los especuladores. Al que pilléis especulando, dadle un tratamiento de alta traición —dijo Franco con energía—. Los precios no pueden subir durante la guerra.

—La gasolina se está vendiendo a sesenta céntimos el litro; la docena de huevos a una peseta y la carne y el pescado ni se sabe. El problema no está aquí en Salamanca, Ávila o Valladolid…, está en Madrid y en Barcelona. Allí se están comiendo hasta los gatos. —Nicolás dejó caer estos datos antes de que Martínez Fuset, el asesor jurídico, interrumpiera la charla y se llevara a Franco a un aparte. Traía consigo una carta y le mostró el remitente: el general Kindelán.

Franco abrió la carta y se encontró con la misiva más dura de un subordinado dirigida hacia su persona.

Hondamente preocupado y disgustado… Se ha publicado un decreto nombrando al comandante don Ramón Franco, su hermano, jefe de la base naval de Palma de Mallorca, habilitándole para el empleo superior inmediato, sin que dicha disposición se haya tramitado, ni conocido por esta jefatura del Aire... La medida, mi general, ha caído muy mal entre los aviadores, quienes muestran unánime deseo de que su hermano no sirva en aviación, al menos en puestos de mando activos. Los matices son varios: desde los que se conforman con que trabaje en asuntos aéreos fuera de España, hasta los que solicitan que sea fusilado; pero unos y otros tienen el denominador común de rechazar, por ahora, la convivencia, alegando que es masón, que ha sido comunista, que preparó hace pocos años una matanza durante la noche de todos los jefes y oficiales de la base de Sevilla... Yo me encargo de que la medida no se discuta. No es mi prestigio lo que importa, mi general, sino el del jefe del Estado, pues no podré impedir que en la conciencia colectiva de los aviadores germine la idea de que nada ha cambiado...

Al terminar de leerla, se la dio a Martínez Fuset sin hacer el más mínimo reproche o aspaviento. Nada.

—Comunica a Kindelán que me ratifico en el nombramiento de Ramón Franco. No tengo más que decir y me gusta que mis decisiones no sean cuestionadas.

—A sus órdenes, su excelencia. —Se cuadró y se retiró.

Nadie supo del contenido de esa misiva. Franco siguió charlando como si no hubiera leído aquel texto tan incendiario. Por otra parte, ya contaba con la reacción en contra de Kindelán, pero tenía la absoluta certeza de que acataría su voluntad aunque no la compartiera.

Los niños estaban nerviosos ante la llegada del mes de diciembre. Solo pensaban en cómo celebrarían la Navidad y en poner el nacimiento. Los militares que allí trabajaban fueron juntando piezas de artesanía que encontraban por los muchos puestos que se instalaron en las calles. En vísperas de la Nochebuena ya tenían montado un belén de grandes dimensiones. Los niños colaboraron haciendo huertas, colocando el musgo y llenando de serrín todo el espacio ocupado por los pastores, los Reyes Magos y el Misterio.

—Este año yo voy a pedir al Niño Jesús que se acabe la guerra —dijo Nenuca, mirando la obra recién terminada.

—Yo quiero un coche de hojalata —dijo José.

—Yo tenía uno en Zaragoza que me había regalado el tío Ramón —comentó Nenuca—. Era enorme, de color rojo. Es el regalo más bonito que me han traído los Reyes.

—¿Vas a escribir la carta? —preguntó Fernando.

—Sí, yo quiero una muñeca que tenga la cara de porcelana.

Nenuca pensaba en una muñeca que había visto en un escaparate cuando salía vestida de enfermera con su amiga Angelines y que le pareció la más bonita del mundo.

10
BOCHO LLEGA AL PALACIO
DE MUGUIRO

BURGOS, AGOSTO DE 1937

Cuando el cachorro de león entró en el palacio, se convirtió en la atracción principal de nuestra estancia en Burgos. Los niños seguíamos siendo niños a pesar de la guerra.

Nenuca estaba acostumbrada a cambiar de residencia cada cierto tiempo. Nunca había permanecido más de tres años en una ciudad. Desde que tenía uso de razón, a su padre le habían cambiado de destino tantas veces que ya había perdido la cuenta. Cuando su madre le comunicó que se trasladaban a Burgos, al palacio de Muguiro, lo asumió con naturalidad. Es más, cuando quiso darse cuenta ya estaba instalada en una de las habitaciones del palacete, levantado en 1883 por Juan Muguiro y Casi, un reconocido abogado y hombre de finanzas, que mandó construir el palacio de la Isla, como así se llamaba.

Aquel entorno parecía salido de un sueño. Lo tenía todo, romántico, con influencias neogóticas. Se parecía a los grandes castillos ingleses. No había nada igual en todo Burgos. Constaba el palacio de cuatro pisos en los que sobraban habitaciones. Tenía además varias bibliotecas, salones —uno de ellos muy grande para las recepciones—, una capilla, un cuarto para fumar y un sótano de enormes dimensiones.

La niña se instaló con su institutriz en una de las habitaciones más grandes y con mejor orientación. Se encontraba en la primera planta, cerca de la de sus padres. Sus tíos y sus primos también se acomodaron cerca. Así lo decidió Carmen.

—Yo quiero quedarme aquí para siempre. Es precioso —dijo Nenuca.

—Sí que es bonito este lugar —le dio la razón la institutriz mientras miraba con detenimiento a un lado y a otro—. ¿Sabes? Me han dicho que donde tú vas a dormir, ya lo hizo el rey Alfonso XIII cuando solo era un niño y vino con su madre, la reina regente, María Cristina.

—Cuénteme más cosas de este lugar, señorita.

—Pues este palacio, para recibir a tan regios huéspedes, gastó más de seis mil reales de la época en violetas para adornar todo el palacio con las flores preferidas de la reina. Te aseguro que seis mil reales era muchísimo dinero.

—¿Las violetas eran las flores preferidas de la reina?

—Sí. Le encantaban estas flores humildes, pero capaces de inundar cualquier salón con su olor. Fue la segunda esposa de Alfonso XII y la madre de Alfonso XIII, nuestro rey en el exilio.

—A mí también me gustan mucho las violetas. —Se quedó pensativa—. ¿Dónde está María Cristina?

—Murió hace ocho años... Debía de tener setenta años cuando se fue para siempre.

—Me encantaría que nuestra habitación estuviera llena de violetas. —Giró, dando varias vueltas sobre sí misma—. Quiero leer una novela sobre la reina.

—¡Lees mucha novela! Deberías leer más biografías, ya que te gusta tanto la historia. Aprenderás mucho.

—A mí me gusta leer todo lo que cae en mis manos. Pero las novelas son mi lectura favorita.

—Espero que nunca pierdas esa curiosidad, Nenuca. Aprenderás mucho de los libros. Las grandes historias están ahí. Solo tienes que asomarte a sus páginas para que la emoción te embriague.

—Mi padre también lee mucho. Me dice mamá que lo hace cuando es de noche, ¡como los Franco somos noctámbulos!

—Pues eso se acabó. Necesitas un horario estricto para que al día siguiente no te caigas de sueño cuando te estoy dando clase.

—Lo que usted diga, señorita Blanca.

La puerta se abrió y apareció Jesús, el mecánico, con más paquetes por desembalar.

—¿Dónde se los dejo, señorita Blanca?

—Déjelos cerca de mi cama. Tendré que poner orden durante los próximos días.

—Si la puedo ayudar en algo —le dijo a la teresiana, mirándola a los ojos.

Blanca se quedó sin palabras. Un nudo se puso en su garganta y durante unos segundos no fue capaz de emitir ningún sonido. La voz parecía no salirle. La cara se le encendió mientras Nenuca la observaba sin entender qué estaba pasando.

—No, no. Muchas gracias.

—La señorita es religiosa y no puede casarse —le dijo la niña al mecánico.

—¡Qué tonterías dices, Nenuca! Vamos a ordenar esto. —Azorada, se puso a abrir las cajas.

—No, si yo lo digo para que Jesús lo sepa. ¿Tú tienes novia?

—No, no tengo novia. Si no ordenan nada más...

Jesús se fue, frustrado al saber que era religiosa. Como no iba vestida de monja pensó que la institutriz era una mujer como las demás. Se enfadó consigo mismo y se prometió no volver a mirarla como lo había hecho. Blanca le había gustado desde el primer día que la vio. Estaba claro que no podía competir con su vocación religiosa. Dios era un enemigo demasiado grande para su humilde persona, pensó el mecánico.

Mientras tanto, en la habitación, la niña y la teresiana

mantenían una conversación un poco más subida de tono de lo habitual. Era prácticamente imposible ver enfadada a la teresiana, pero esa mañana fue una excepción.

—Nenuca, no me vuelvas a hacer eso delante de nadie. Lo he pasado muy mal. Tienes que entenderme. No es ningún pecado que una persona del servicio nos quiera ayudar, aunque yo sea religiosa.

—Es que pensé que a Jesús le gustaba usted, señorita.

—No, no pienses aquello que es imposible. Yo he entregado mi vida a Dios, pero eso no quita para que pueda hablar con Jesús. Prométeme que no volverás a intervenir como hoy lo has hecho.

—Pero, señorita, yo solo quería ayudar. Jesús estaba poniendo cara de cordero. Creo que le gusta.

—Sin peros, prométeme que no volverás a decirle nada. ¡Cara de cordero! ¡Qué cosas tienes!

—Se lo prometo.

Desde el 10 de agosto, el palacio de la Isla, se había convertido en la residencia de la familia Franco. Se mudaron allí después de la toma de Bilbao que tuvo lugar el 17 de junio de 1937. Aquel palacete se convirtió en el cuartel general de los sublevados. En la planta baja se instaló el centro de mando. Desde allí se firmaban todas las operaciones de la contienda, las que se dirigían contra el enemigo republicano y las que tenían que ver con las zonas liberadas, las sentencias de muerte y los partes de guerra. En la zona abuhardillada se situó la oficina de prensa que tanto interesaba a Ramón Serrano Súñer.

En los primeros meses del año treinta y siete había una actividad frenética por reorganizar todo lo que la guerra había destrozado, no solo edificios, también familias y personas cuyas vidas habían quedado truncadas en aquellos primeros meses de la Guerra Civil. La viuda de Onésimo Redondo había puesto en marcha en Valladolid, junto al mejor amigo de su marido, Javier Martínez de Bedoya, el Auxilio de Invierno, con el encargo de repartir comida entre la población de aquellos pueblos o ciudades en los que acababan de entrar las tropas nacionales. La idea venía de Alemania, donde funcionaba con éxito el Auxilio de Invierno alemán, Winterhilfswerk.

Mercedes Sanz había establecido las Cocinas de Hermandad, que se habían extendido como la espuma por toda la zona nacional, ya que el hambre se estaba expandiendo como una plaga. Ese día, Ramón Serrano Súñer y Zita atendieron a su primera visita: la fundadora de ese movimiento social.

—Muchas gracias por recibirme. Sé que acabáis de llegar a Burgos, pero necesitaba veros para que me apoyéis en esta iniciativa de ayudar a las víctimas de la guerra.

—¿Qué podemos hacer por ti?

—He encontrado un sentido a mi vida, después de la muerte de Onésimo, al poco de comenzar la guerra. Quisiera extender la ayuda a ancianos, mujeres y niños, incluidos los hijos y las viudas de fusilados republicanos. Ellos no tienen culpa de nada y no podemos mirar hacia otro lado.

—¿Pides que se ayude a todos, sean del bando que sean?

—Sí. Eso exactamente.

—Creo que debería escucharte mi cuñada. Zita, ¿por qué no le dices a Carmina que está Mercedes? Será mejor que ella venga aquí con nosotros.

La mujer de Serrano Súñer se fue a buscar a su hermana. A los diez minutos entró con ella en la sala.

—¡Hola, Mercedes! No sabía que estabas aquí. Siento mucho la muerte de tu marido.

—Muchas gracias, Carmina. He venido para pediros apoyo porque este movimiento de ayuda social a las víctimas de la guerra, que sabes que empecé sola, se va extendiendo a una gran velocidad. Quisiera ayudar a todos los niños y viudas sin mirar a qué bando pertenecieron sus familiares.

—Eso es muy cristiano. Pero todo el que reciba ayuda tiene que saber que sus hijos deben estar bautizados y haber hecho la primera comunión. Es la única condición que te pongo para que te podamos ayudar.

—Me parece justo. Para recibir más ayuda había pensado crear otra cosa. Desde que pusimos en marcha el primer comedor a finales de octubre, en Valladolid, la organización pudo arrancar gracias a la ayuda espontánea. Pero ahora que se va extendiendo esa ayuda, necesitamos donativos mensuales. Lo hemos llamado la Ficha Azul para conseguir aportaciones frecuentes.

—Cuenta con nuestro apoyo —dijo Carmen Polo—. Todo el que no pague la Ficha Azul quedará señalado. Será una forma de presionar para que todas las familias pudientes lo hagan.

—¿Está al tanto Pilar Primo de Rivera, la hermana de José Antonio? —preguntó Ramón.

—Bueno, esto lo he hecho al margen, pero yo soy también miembro de la recién creada Sección Femenina.

—Si esto crece mucho, no le hará ninguna gracia a Pilar. Deberías contar con ella. Esperemos a ver cómo se desarrollan los acontecimientos.

—Muchas gracias por darme vuestro apoyo.

Mercedes se fue de allí y se quedaron los tres hablando de la organización de la vida en aquel palacio que tanto había gustado a los más pequeños. De pronto irrumpió Nenuca y cesó la conversación. Entró corriendo en el salón hasta llegar a la altura de su madre.

—Mamá, mamá, ¿sabes qué me han dicho?

—No.

—¡Que está a punto de llegar un cachorro de león!

—¿Adónde? —dijo incrédula.

—Aquí, al palacio. Me lo ha dicho uno de los ayudantes de papá.

—Pero ¿cómo va a entrar aquí un cachorro de león?

—Cuando son pequeños no suponen ningún peligro —se adelantó Ramón—. Lo malo será cuando crezca.

—Mamá, va a llegar ahora. Déjalo solo unos días, por favor.

—Primero tengo que verlo. No vayamos a meter una fiera aquí en casa.

—¿Más de las que ya estamos? —replicó Ramón con sorna.

—¿De dónde viene? ¿Quién lo trae? No sé, la verdad. ¿Cómo vamos a meter aquí un león?

La niña no supo responder y se encogió de hombros.

—Llama al ayudante y dile que venga aquí a informarnos.

A los cinco minutos, entraba uno de los militares que acompañaban a Franco y les dio más detalles sobre la llegada al palacio del cachorro de león.

—Sé que viene de Bilbao. Creo que lo han encontrado en un circo cuando las tropas nacionales liberaron la ciudad. El caso es que nos han avisado para que le habilitemos un lugar donde pueda estar. Ya le digo, doña Carmen, que no corren ningún peligro. Es como un gato grande.

—¿Lo sabe mi marido?

—Sí. Ha sido quien ha dado el permiso para que venga.

—Entonces no seré yo quien lo prohíba. ¿Nos avisa en cuanto llegue?

—De acuerdo.

La llegada del cachorro de león procedente de Bilbao tuvo a todo el mundo expectante durante aquel día. Se acercaron los hijos del doctor Vallejo-Nágera junto a su madre para participar del primer evento que nada tenía que ver con la guerra. Lola Botas, la mujer del médico, también era de Oviedo y muy amiga de Carmen. La guerra les había pillado en Valladolid y de allí se habían trasladado a Burgos cuando los Franco ocuparon el palacio de Muguiro. A primeras horas de la tarde, justo después de comer apareció Bocho. Así le llamaron por su origen. Entró tímido y receloso en aquel amplio salón donde todos tomaban té. Los niños se fueron aproximando despacio, con cierto recelo ante la reacción del felino.

—Aquí llega Bocho —dijo el ayudante, tirando del animal—. No lo asustéis, dejad que él poco a poco se vaya acercando a vosotros. Tened cuidado con sus zarpas que, aunque tenga pocos meses, os puede hacer daño.

Alejandro, uno de los hijos de Lola, fue el primero que acarició al cachorro. Después llegaron los hijos de Serrano Súñer y, por último, Angelines y Nenuca. Las niñas tocaron con delicadeza su lomo. De repente, Bocho se puso a corretear y se fue hacia las cortinas. Durante un rato no paró de mordisquearlas. Después se escondió detrás de un sillón, cuando vio que los niños iban corriendo detrás de él, se tumbó en el suelo y empezó a jugar con sus patas. El cachorro estaba acostumbrado a las personas y no hizo ningún extraño a los niños, que enseguida se tiraron al suelo para jugar con él.

—Más adelante habrá que llevar al animal a algún otro sitio, porque ahora no hace nada, pero ojo cuando crezca más de la cuenta. Puede darnos algún disgusto —señaló Carmen.

—Se ve que está muy bien enseñado. Este cachorro ha debido de actuar cara al público. Está muy acostumbrado a las personas —comentó Ramón, aproximándose a ver de cerca al animal.

—Sí, sí, estaba en un circo de Bilbao. Por eso no le resultan extraños los niños —le explicó el ayudante que había traído el cachorro hasta el salón.

Los chicos jugaron con Bocho ya sin ningún tipo de precaución. En ocasiones, las manos de los niños acababan en su boca y el felino amagaba pero no llegaba a morderlos. Lo único con lo que se ensañaba su hocico era con las cortinas del salón. Al cabo de un par de horas hubo que sacarlo de allí.

—Bueno, lleváoslo al sótano y que el animal descanse de tanto niño.

Carmen quería que los pequeños hicieran algo más que contemplar a Bocho y pensó que había llegado el momento de que volvieran a sus tareas. Costó que se despidieran del animal, pero al irse se deshizo aquella reunión en la que la guerra se olvidó, aunque fuera solo durante dos horas.

—Mamá, la señorita Blanca me quiere llevar a ver los monumentos de Burgos para explicarme la historia de la ciudad. ¿Podemos ir en tu coche?

—Sí, decidle a Jesús que os lleve por aquí cerca.

—Gracias, mamá.

—Está bien. Pero en una hora aquí. Luego necesito ir al centro.

—De sobra. No es más que un ratito.

Burgos poseía la capitalidad del nuevo Movimiento Nacional. Todo el aparato burocrático del nuevo Estado se encontraba en la capital burgalesa. Muchos edificios públicos y privados se habían convertido en las nuevas sedes de los organismos oficiales. Jesús no estuvo nada hablador. La señorita Blanca, sin bajarse del coche, iba mirando a través de las ventanillas y le daba a Nenuca una auténtica clase de historia. Cuando llegaron a la catedral, pidieron a Jesús que se detuviera para admirar por dentro tan magistral construcción.

—Ahí tienes la santa iglesia catedral basílica metropolitana de Santa María. Es impresionante, ¿verdad?

La niña casi no podía hablar ante aquel monumento que parecía salido de una postal en aquella tarde calurosa, de cielo azul casi añil, sin nubes y con una gran cantidad de gente por la calle.

—¿Jesús, quiere acompañarnos? —le preguntó la señorita Blanca al mecánico.

—Debo quedarme aquí vigilando el coche.

—Es por no ir solas. Además, quiero confesarme y alguien tiene que estar con la niña.

—Yo me puedo quedar sola, ya no soy una niña pequeña. Además, puede confesarse con el sacerdote de papá.

La niñera pensó que era mejor que el sacerdote que la confesara no tuviera nada que ver con la familia Franco. Su confesión tenía que ver con la irrupción de Jesús en su vida.

—Está bien, pasaré al interior —dijo Jesús, con desgana.

Cuando entraron en el templo, Blanca siguió hablando de arte con Nenuca. Jesús escuchaba atento sus explicaciones. No podía evitar ver a Blanca como mujer. Le gustaba mucho aquella institutriz casada con Dios a todos los efectos. De pronto, los ojos de ambos se cruzaron.

—Esto... la sillería del coro es obra plateresca de Vigarny... Bueno, disfrutad y contemplad esta belleza. Me voy a confesar.

Blanca se fue al primer confesionario libre y con su velo y rosario en la mano se puso a confesar. Por primera vez, habló ante un cura de lo que le estaba ocurriendo. Aquel hombre al que veía todos los días había sembrado una profunda duda en su corazón.

—Hija mía, tú eres una sierva de Dios —le dijo el sacerdote—. El demonio tiene muchas manifestaciones. Nuestro señor te está poniendo a prueba. Ese hombre, piensa que es el innombrable. Tienes que vencer las tentaciones que te pone la vida como supo hacer san Agustín. Vuélcate en la educación de esa niña y procura evitar el contacto visual y físico con ese hombre. Siempre que le veas acuérdate del demonio. Es una prueba que te manda el Señor para saber si eres una auténtica sierva suya. Te pido que reces: cinco padrenuestros, cinco avemarías y cinco credos. Recuerda que debes dar ejemplo a esa niña que está a tu cargo. No vuelvas a mirar a los ojos a ese hombre.

—Así lo haré, padre.

Tras recibir la absolución, rezó en uno de los bancos de la catedral su penitencia y dio por terminada la sesión de historia en la catedral.

—¡Vámonos, se nos ha hecho tarde!

—Pero, señorita, todavía tenemos un poco más de tiempo.

—Obedece, acabó todo por hoy. ¡Vayámonos! —le dijo a Jesús con la mirada baja.

Jesús se quedó dubitativo mientras observaba su azorada salida de la catedral. No entendía nada. Primero le decía que la acompañara y después ni le miraba y salían a toda prisa de allí. El mecánico estaba hecho un lío ante la reacción de la institutriz. Decidió obedecer y no volver a pronunciar una sola palabra.

En el coche, solo hablaba Nenuca:

—¿Podría sacar a Bocho a la calle? Me encantaría llevarle con un collar a pasear. Seguro que la gente saldría corriendo al verlo. Nadie sabe que este cachorro es completamente inofensivo. ¡Qué bonito es!

La niñera se había quedado sin palabras. Solo recordaba al sacerdote. «Cada vez que le veas acuérdate del demonio». Blanca no solo no respondía a la niña, sino que no se atrevía a mirar ni al cogote de Jesús. Tenía que alejarse de aquel hombre cuya mirada la perturbaba. No le había pasado nunca azorarse tanto con alguien. Jesús debía de ser el demonio mismo. Tal y como le había dicho el sacerdote, durante varias noches tuvo insomnio pensando en aquellas palabras amables que le dedicaba cada día. Le pareció desde el primer momento un hombre atractivo, pero debía apartarse de él. Se propuso no volver a dirigirle la palabra. Llegaron al palacio sin pronunciar ni una frase. Nada. Nenuca decidió callarse también. Pensó que su institutriz iba rezando porque no paraba de dar vueltas al rosario que llevaba en la mano.

Cuando llegaron al palacio de la Isla, había una visita familiar, por lo que su madre decidió no salir en coche como tenía previsto. Jesús se retiró aturdido mientras Blanca continuó recogiendo cajas sin dejar de rezar. Felipe, hermano de Carmen, acababa de llegar y se instalaba en el palacio para incorporarse como secretario particular de Franco. Carmen, que siempre ejercía de hermana mayor, estaba feliz con el reencuentro.

—Te pido que veles por Paco. Hay muchas personas que le rodean que no le quieren bien. Solo me fío de ti para que lleves sus cosas con total discreción.

—Tranquila, eso haré. Son malos tiempos para fiarse de nadie. Yo solo ver, oír y callar. Ya sabes. Por cierto, he visto en Salamanca al hijo de Gil. ¿Te acuerdas?

—Sí, claro. El hijo de nuestro médico de cabecera. Paco se lo ha traído aquí con él.

—Pues ya ha llegado. Su madre está muy enferma, parece que no tiene solución. Una pena.

—Desde luego, una pena. Vicente deberá ponerse a las órdenes del comandante Doval para que le adjudique un destino. Me parece un chico estupendo. Le conocemos desde niño. Totalmente de fiar. ¿Ves de lo que te hablaba? Nos hacen falta personas así a nuestro lado. Estos meses ha habido muchísima tensión y no solo por la guerra.

—Imagino que te refieres a los enfrentamientos y las luchas internas entre las diferentes facciones de la Falange.

—Sí, te enteraste de la refriega entre partidarios de Hedilla y Sancho Dávila, ¿verdad?

—Como para no enterarme. ¡Si hubo muertos!

—Paco tuvo que adelantar el decreto de unificación. Con la ayuda de Giménez Caballero y Ramón, dio un discurso soberbio. Pidió que fueran todos juntos en la lucha contra los republicanos.

—Yo escuché, a través de los micrófonos de Radio Nacional, el discurso que daba vida a FET y de las JONS.

—Mi cuñado Ramón está muy satisfecho. Dice que se ha unido el tradicionalismo con la doctrina intelectual falangista.

—Pues no debería estar tan contento. Hedilla, que representa a la Falange más revolucionaria, menuda ha montado.

—Pues Paco está dispuesto a acabar con las revueltas con contundencia. Ya te lo digo yo. De momento está habiendo muchas detenciones. Ya sabes que no se anda con chiquitas. Se han empezado a dictar penas de muerte.

—¡Pues cómo estará tu cuñado Ramón!

—Ni te imaginas.

11
LA VIDA DESDE LA VENTANA

Sabíamos que se había liberado alguna plaza durante la guerra porque se manifestaba la gente delante de nuestras ventanas y nosotros oíamos la euforia de esas personas desde el palacio.

Nenuca estaba siempre dispuesta a ir al centro de Burgos o a cualquier ciudad con tal de salir del palacio. La vida para ella estaba más allá de lo que veía a través de su ventana. Hacía un par de días había acompañado a su madre a un acto religioso en Bilbao, una vez que había sido liberada. Se trataba de devolver a la Virgen de Begoña, su patrona, las joyas que habían depositado los fieles como ofrendas por su fervor. Habían sido salvadas del expolio porque fueron depositadas primero en el Banco de Vizcaya y después en la Banca Courtoise de Toulouse. También se había realizado la reposición de las coronas de las cabezas de la Virgen y el Niño. Al acto también asistió el delegado del papa, monseñor Antoniutti. Al día siguiente estaban las dos de regreso en Burgos.

Serrano Súñer hablaba con su cuñada Carmen mientras esperaban la llegada al palacio de Muguiro de Pilar Primo de Rivera, hermana de José Antonio.

—Carmina, tenemos que hacer algo. Se está encarcelando a todos los camisas azules que se encuentran por la calle.

—Efectivamente, Ramón, se están deteniendo a aquellos que no aceptan la unificación y la jefatura de Paco. Si esto no se corta de raíz vamos a tener un problema que va a poner en peligro el éxito de la guerra.

En ese momento, el ayudante de Franco anunció la visita de Pilar Primo de Rivera. Se saludaron con afecto y rápidamente la hermana de José Antonio, de pequeña estatura pero con mucho carácter, fue al grano.

—Carmen, muchas gracias por recibirme. No vengo a otra cosa que a pedir ayuda. Está a punto de cometerse una injusticia. Es necesario que se conmuten las penas de muerte impuestas a los falangistas detenidos. Esta situación tan tensa está exaltando aún más a los muchachos. Te pido que antes de que hable la justicia militar intercedas por ellos. Hedilla me ha confirmado que tiene tres penas capitales por rebelión... ¡Es una locura!

—Tranquilízate, mujer. Los falangistas tenéis al mejor valedor en Ramón, que ya ha tratado este asunto con el Caudillo. Antes de que llegaras, hablábamos de eso precisamente.

A Pilar le extrañó que la propia Carmen se refiriera a su marido como el Caudillo. Notó que muchas cosas estaban cambiando en aquel palacio. Entre otras, los tratamientos.

—De momento, nuestro intento de frenar esta situación no está teniendo mucho éxito. Conviene que lo sepa Pilar. La situación es grave. Muy grave —comentó Ramón con una honda preocupación.

—No te preocupes, Pilar. Hablaremos con Paco y le transmitiremos tu pesar.

—Muchos falangistas están combatiendo en el bando nacional. Estas muertes serían un golpe a su moral.

—Te pido que confíes en nuestra palabra.

Pilar se fue de allí muy preocupada. La última vez que había visto a Hedilla fue cuando se organizó la Junta Política en la que figuraban el general Yagüe y el joven Dionisio Ridruejo, entre otros. La reunión había tenido lugar en su casa, en torno a una mesa camilla y, por supuesto, la figura e ideario de su hermano José Antonio.

Al irse Pilar, Serrano Súñer se fue directo al despacho de Franco y le mostró su preocupación ante lo que le había contado la hermana de José Antonio.

—Paco, la situación se puede agravar si siguen adelante las penas de muerte.

—Ramón, te estás equivocando. Las debilidades siempre salen caras.

—Esto no es debilidad, es rectificar un gravísimo error. No te puedes poner en contra a la Falange. Hazme caso. Negociar es la única salida.

—La clemencia tiene sus peligros. Conmutar las penas de muerte de los que se han rebelado contra mí me parece una grandísima equivocación. Luego nos vamos a arrepentir.

—En este caso, no. Creo que puedo tener al mejor interlocutor para frenar todo. Solo te pido unos días. Es importantísimo que no se ejecuten las penas de muerte. Te solicito tiempo, nada más.

—Una semana. Tienes solo una semana.

—Está bien.

Serrano Súñer salió del despacho con la intención de no perder ni un solo minuto y reunirse con el jefe provincial de la Falange en Valladolid, Dionisio Ridruejo. Un joven de veintitrés años que tenía ganada fama, discurso a discurso, de buen orador. Serrano tenía doce más que él, treinta y cinco años que pesaban sobre sus hombros por los últimos acontecimientos vividos. Le mandó llamar y acudió rápido a su despacho.

—He escuchado en la radio un discurso tuyo que me ha interesado mucho. Aprecio especialmente —le dijo con ironía— ese final lírico que dice: «Ya cantan altaneros los gallos al amanecer».

—No he venido para hablar de mis discursos. Es intolerable que se proceda a la detención de nuestro camarada Hedilla y que se le someta a la jurisdicción militar —replicó, desabrido, a las palabras educadas de Serrano—. Se le ha tratado como si fuera un facineroso cuando su empeño es la continuación exacta del ideario de su amigo y fundador de la Falange.

Serrano le trataba de tú, pero el joven falangista le daba el tratamiento que marcaba las distancias entre los dos.

—Ya sé, ya sé... El Caudillo está informado.

—¡Eso no es una garantía! No somos más que marionetas en sus manos.

—Buscamos el bien operativo de la guerra. Y estas revueltas lo ponen en peligro.

—Pues está claro que debería hacerse mediante negociaciones. Los falangistas nunca nos levantaremos poniendo en peligro el curso de la guerra, pero tampoco vamos a permanecer pasivos. Usted..., ya que tuvo el honor de tener como amigo a José Antonio, está llamado a ser el valedor de la verdadera doctrina.

A Serrano aquel joven le gustó por la fuerza de sus palabras y por su valentía. Le pidió que le acompañara y que hablara con la misma vehemencia ante su cuñado, cosa que hizo sin cambiar una coma de su discurso. Los primeros encuentros empezaron con dureza pero acabaron en una relación de amistad entre Dionisio y Serrano.

Franco finalmente cedió a las presiones y conmutó las penas de muerte. Decidió dedicarse por completo a la estrategia de la guerra, dando por zanjado dicho asunto. Serrano, desde ese momento, llevó personalmente el diálogo con los disidentes falangistas. Al mismo tiempo, era consciente de que aquel que controlara la información tendría el poder. En esos meses, volcó sus esfuerzos en ser la mano que estuviera detrás de la propaganda y comenzó a centrar sus esfuerzos en la radio y en la prensa.

Nenuca jugaba con los hijos de Serrano, su amiga Angelines y Alejandro Vallejo-Nágera. Comentaban historias de la guerra que habían oído al servicio porque en casa, sus padres, no les decían nada del devenir de la contienda. Querían que estuvieran completamente ajenos a lo que ocurría en el frente. Cuando se cansaron de jugar a piratas y después de pasearse con Bocho por el palacio, se sentaron en la alfombra del cuarto de juegos y se pusieron a comentar las historias de la guerra.

—Me he enterado de que ha habido un bombardeo muy grande sobre un lugar del norte de España. Se lo ha dicho a la doncella una señora que trae huevos a casa —comentó Alejandro.

—¿Qué ha pasado?

—Un Heinkel 111 alemán —le gustaban mucho los aviones y se hacía el entendido— lanzó seis bombas de veinticinco kilos que hicieron blanco sobre la población. Mujeres y niños murieron en ese ataque. Dejaron caer hileras de obuses que arrasaron con todo. La gente huía por las calles y una escuadrilla de cazas ametralló a todo lo que se movía. La ciudad quedó destruida.

—¿Dónde ha sido eso?

—En Guernica, Vizcaya. No ha quedado piedra sobre piedra.

—¿Eso lo ha mandado hacer mi padre? —preguntó Nenuca.

—Han sido los alemanes. Goering ha dado la orden.

—¿Y quién es ese?

—El comandante supremo de la Luftwaffe. Yo no le quisiera de enemigo —admitió Alejandro Vallejo-Nágera, que llevaba la voz cantante.

—Pero esos son de los nuestros. Tu padre tenía que saberlo —comentó Fernando Serrano.

—Pues el tío Ramón también. Seguro.

Nenuca se quedó con la mirada triste, perdida. No podía creer lo que le estaban contando.

—¿Y por qué han disparado sobre la gente? ¿Entonces corremos peligro nosotros también? —quiso saber Angelines.

—¡Chisss! Si se enteran de que lo sabemos nos regañarán. Este es un secreto nuestro, ¿vale?

—¡Síííí! —dijeron todos al unísono.

—Yo no me creo que hayan dado esa orden. Seguro que la señora esa que te trae los huevos es una roja. No me lo creo —comentó José Serrano.

—Pues es verdad y no se habla de otra cosa porque ha sido terrible. Se lo he oído a mi doncella. ¡Es que no ha quedado nada ni nadie!

—Pues nosotros no hemos oído nada ni en las comidas ni en las cenas. ¿Ha ocurrido hace mucho? —preguntó Nenuca.

—Sí, a finales de abril.

Llegó Blanca y les pidió que se lavaran las manos porque iban a merendar.

—¡Es un secreto! —insistió Alejandro mientras hacía un gesto tapándose la boca.

Blanca se dio cuenta de que ocultaban algo.

—¿Qué estáis tramando?

—No, nada —comentó Nenuca.

—¿De qué hablabais?

—De cosas de chicos. Yo no entiendo. ¡Que lo digan ellos! —le contestó Nenuca.

—De nada importante —dijo Alejandro—. Queremos sacar a Bocho a la calle. Ya está.

—A Bocho no se le saca del palacio. ¿Estáis locos? Si lo ve una señora mayor por la calle puede darle un ataque al corazón o mucho peor, se puede escapar y cometer algún estropicio. Hasta puede que no lo volváis a ver.

—Pues entonces será mejor que no lo llevemos a ningún lado.

—Bien dicho.

Se miraron entre ellos. Habían conseguido desviar la atención de la institutriz. Blanca llevaba unos días de muy mal humor. Se la veía nerviosa.

—Echa de menos a su familia. Está preocupada por sus padres y sus hermanos. No sabe nada de ellos desde hace varias semanas —les confesó Nenuca en tono confidencial con un hilo de voz.

Pero Blanca tenía su guerra interna y eso hacía que se enfadara consigo misma y con todo su entorno. Llevaba días sin mirar a Jesús y sin dirigirle la palabra. Procuraba esquivarle, pero el mecánico siempre encontraba una excusa para preguntarle algo. Ella, incómoda, le contestaba sin mirarle o le hacía un gesto sin pronunciar una palabra. Jesús estaba intrigado con ese comportamiento. Se preguntaba si habría dicho algo que la hubiera incomodado. Intentó desesperadamente encontrarla a solas, pero todos sus esfuerzos fueron infructuosos.

En un salón contiguo, Zita hablaba con su hermana, una de las pocas veces que estaban a solas, sin visitas y sin militares a su alrededor.

—Menos mal que ha sido liberado Oviedo. Nuestra familia y amigos están bien. Ha sido muy emocionante seguir la noticia por la radio —comentó la hermana pequeña.

—Gracias a Dios que están bien. Cuando cayeron Avilés y Gijón, a mí se me saltaron las lágrimas. Fue el final de la zona republicana del norte.

—La cuarta parte de los efectivos totales del Frente Popular ha pasado al bando nacional. He oído que miles de fusiles y cañones republicanos están ya en nuestras manos.

—Por fin he respirado hondo. Además, la producción agrícola, minera e industrial desequilibrará la balanza a nuestro favor. Tengo ganas de que todo acabe. Por cierto, mañana nos vamos otra vez los tres al norte.

—Pero si acabas de llegar...

—Ya, pero tenemos que ir a Pamplona, Paco va a imponer a Navarra la Laureada que acaba de concederle y que deberá grabarse en el escudo de la provincia.

—¿Vais solos?

—No, vendrá Nenuca. Está ilusionada porque quiere llevar una boina roja como su padre.

—Esa sí que será otra foto. Los dos con la boina carlista. Tened mucho cuidado. ¿Sabes?, hay gente que nos ha preguntado si Paco había muerto.

—Dios mío. —Se santiguó—. Ya sabes que los republicanos están deseando que algún día sea verdad, pero Paco tiene *baraka* y la protección de la mano de santa Teresa. Eso lo hacen para minar la moral de nuestras tropas.

—Estoy segura de que es por eso. Bueno, rumores hay de todo tipo. También han dicho que va a reinstaurar la monarquía enseguida.

—Eso es falso. De todas formas, Paco habló muy claro en *ABC* a Juan Ignacio Luca de Tena, su director. ¿No lo leíste? Le dijo que esa posibilidad está sujeta a las circunstancias del momento y al ambiente. Sus preferencias son conocidas. Paco es monárquico, pero ahora no cabe más que terminar la guerra.

—¿Es cierto que don Juan de Borbón solicitó permiso para incorporarse al Ejército nacional?

—Sí, intentó ponerse a las órdenes de la Marina española. Solicitaba un mando en un buque de guerra. Pero Paco no accedió a sus deseos. Dijo que no podía poner en peligro su vida y que cuando regresara un rey a España, tendría que hacerlo con carácter pacificador y no contarse entre los vencedores.

—Eso está muy bien pensado. Tu marido no tiene dudas de que va a ganar la guerra.

—Ninguna. ¿Sabes? Ha recibido sendos telegramas de felicitación de Alfonso XIII y de don Juan después de la caída de Bilbao. Dicen que Manuel Azaña e Indalecio Prieto, bilbaíno de adopción, desde el 19 de junio saben que ya tienen perdida la guerra.

—Todos sabemos quién va a ganar la guerra, Carmina.

—Dios te oiga. —Se santiguó.

Las dos hermanas no tenían muchas oportunidades de hablar a solas. Zita sentía verdadera veneración por su hermana mayor, que siempre había ejercido de madre con ella.

—Carmina, ha sido importante el espaldarazo de la Iglesia a Paco. ¿No crees?

—Ha sido un gesto muy bonito del cardenal primado de Toledo Isidro Gomá. La carta colectiva del episcopado español sobre la guerra me ha parecido oportunísima. Esa misiva compromete a la Iglesia en favor del bando nacional. Fue firmada por ocho arzobispos, treinta y ocho obispos y cinco vicarios. Sin olvidar a otros doce obispos que no pudieron hacerlo porque fueron asesinados. Paco está muy satisfecho. Sobre todo, por la normalización de las relaciones con la Santa Sede.

—Dos obispos no han firmado la carta, ¿no?

—Sí, el cardenal Vidal y Barraquer, arzobispo de Tarragona, y el obispo de Vitoria, monseñor Múgica. El primero mostró por escrito su acuerdo, pero desde el exilio no quiso firmarla para evitar represalias, y el obispo vasco se abstuvo por razones personales y pastorales, según dijo.

—Imagino que te has enterado de que se ha incorporado a la zona nacional el doctor Marañón.

—Sí, también ha vuelto Pío Baroja, el pintor Sert, y hasta el futbolista internacional, Gorostiza. Todo, poco a poco, vuelve a la normalidad.

—Estoy deseando que la guerra acabe.

—Pues no te cuento yo. Vivo en un suspiro permanente.

Nenuca irrumpió en el salón. Necesitaba hablar con su

madre y aprovechó que estaba a solas con la tía Zita para preguntarle algo que la estaba atormentando:

—Mamá, ¿corremos peligro?

—Pero ¿por qué preguntas eso? Aquí no corres ningún peligro. De todas formas, estamos en guerra, Nenuca. De eso no te puedes olvidar, aunque yo no te hable nada de la contienda.

—Mamá, ¿ha ocurrido algo en un sitio que se llama Guernica o algo así?

—¿Quién te ha dicho eso? ¿Cómo sabes lo de Guernica?

—Yo no sé nada. Los niños son los que conocen más cosas de la guerra. Dicen que ha habido muchos muertos. Sobre todo mujeres y niños. ¿Cómo ha podido pasar eso?

—Se dicen muchas mentiras. No hagas ni caso a lo que digan de la guerra y a lo que comenten de tu padre.

Carmen sabía que en el ataque alemán e italiano habían lanzado tanto bombas explosivas como incendiarias. El objetivo era acabar con el puente y con la fábrica de armas, y ambos habían resultado intactos. No así la población. Habían muerto mil seiscientas cuarenta y cinco personas, según las cifras oficiales, que se habían ocultado haciendo desaparecer el archivo de la iglesia de Santa María para que fuera imposible el recuento de los fallecidos. Parecía que se había hecho un ensayo de guerra total. Cuando ella mostró su disconformidad con esa forma de conducir la guerra, su marido, Francisco Franco, le había dicho que ellos habían dado la orden de bombardear pero no de arrasar la ciudad. Los alemanes consideraron que era una forma de acabar con la guerra rápidamente ya que Guernica constituía un centro clave de comunicaciones para las tropas republicanas. Carmen y su marido no volvieron a mencionar el tema de Guernica.

—Pero lo comenta la gente. Por eso nos hemos enterado.

—Hablaré con Lola. Zita, tú di algo a tus hijos también. Los niños no tienen que comentar esas cosas. ¿Me entiendes?

—Tendré una conversación con mis hijos —prometió Zita.

—Bueno, me voy a arreglar, que vienen a grabarnos unas cámaras alemanas.

—Nos vemos en la cena.

Blanca, la institutriz, acudió al salón para llevarse a Nenuca. Tenía que vestirla con cierta premura para esa ocasión especial. Por primera vez, la niña iba a hablar en público. Concretamente, se iba a dirigir a los niños. Los servicios de propaganda de Hitler creyeron necesario que Franco diera otra imagen de la que tenía. Por eso, idearon que se difundiera a través de la prensa, radio y documentales una imagen más familiar que se proyectara en salas de cine de todo el mundo. Ramón Serrano Súñer estaba de acuerdo en que si Franco aparecía en un ambiente familiar le ayudaría a borrar la visión de dictador y de hombre implacable promovida por Inglaterra y los Estados Unidos.

—Tienes que estar muy concentrada y hacer lo que te diga tu padre.

—Pero yo no sé qué decir.

—Tranquila, te va a salir muy bien. Vas muy guapa con tu trajecito blanco —la alabó, abotonándole el vestido de organdí suizo—. Estarás junto a tus padres. No tengas ningún miedo porque te ayudarán y, si te equivocas, pues vuelves a empezar.

El palacio se llenó de militares alemanes que portaban varias cámaras y focos. Los asesores de imagen decidieron el rincón donde grabar la escena familiar. Carmen se puso un traje negro y un collar de perlas y Franco, vestido de militar, hablaba a su hija cuando los tres estaban ya preparados para la sesión.

—Nena, te voy a preguntar si quieres decirles algo a los niños y tú di lo que quieras.

—Yo prefiero no hablar.

—Debes hacerlo.

—Pero ¿qué digo?

—Pues pides a Dios que los niños no tengan sufrimiento ni tristeza y les envías un beso fraternal.

—¿Por qué no lo dices tú? ¿Por qué yo?

—Porque tiene que ser así. Si quieren —intervino un militar que hablaba español con mucho acento alemán—, le escribimos a la niña lo que tiene que decir. Es difícil recordar todo eso y que hable con naturalidad.

—Sí, mucho mejor. Tranquila, Nenuca, que vamos a escribir en letras grandes lo que tienes que decir. Frase a frase, y tú te limitas a leer, ¿de acuerdo?

La niña dijo que sí con la cabeza y respiró más aliviada. A los diez minutos tenía las frases escritas en grande para que fueran leídas en lugar de memorizadas. El padre repitió la pregunta ya con las cámaras funcionando.

—¿Quieres decirles algo a los niños del mundo?

—¿Qué les digo? —repitió Nenuca.

—Lo que tú quieras.

La niña miró a cámara, donde estaban situadas las cartulinas con las frases escritas en grande.

—Pido a Dios que todos los niños del mundo no conozcan los sufrimientos y las tristezas que tienen los niños que aún están en poder de los enemigos de mi patria, a los que yo envío un beso fraternal. ¡Viva España! —Levantó su brazo derecho—. Yo deseo que todos los niños españoles tengan una casa alegre con cariño y con juguetes. Por eso, envío un beso a todos los niños del mundo.

Después de varios intentos, uno de los responsables dijo que ya tenían una buena toma. Al poco tiempo, la escena familiar estaba en todos los documentales del mundo. Franco intentaba dar una imagen familiar tras año y medio de guerra civil. Nenuca hubiera preferido no hablar, pero estaba acostumbrada a obedecer. No se cuestionaba si le gustaba o no, simplemente lo hacía.

12
EL INVIERNO MÁS CRUDO

DICIEMBRE DE 1937

Comentaba mucho mi madre una frase de su padre:
«Estos Franco están medio locos».

Las bajas temperaturas de ese final de año complicaron la guerra en las trincheras e hicieron más difícil la vida para aquellos que intentaban sobrevivir al hambre y al frío. Las malas condiciones climatológicas se convirtieron en el peor de los enemigos para los dos bandos.

En el palacio de Muguiro, la institutriz intentaba que Nenuca siguiera estudiando, como si la guerra no hubiera interrumpido las vidas de todos los jóvenes y adolescentes. La rutina de trabajo se instaló allí, en el palacio, pese a que fuera de esos muros la actividad docente se había paralizado.

—Nenuca, tienes que dormir más. No puedes quedarte leyendo hasta las tantas —recriminó Blanca a la niña.

—Es que yo he salido a mi padre. He salido a los Franco.

—Pues eso justamente es lo que tu madre quiere que corrija. De modo que, aunque te parezcas a tu familia paterna, tienes que acostarte antes. Las cosas que ya estamos estudiando requieren que hayas dormido bien la noche anterior.

—Está bien, señorita Blanca.

A Nenuca no le costaba obedecer. Estaba acostumbrada desde que era pequeña, pero era cierto que por la noche le entraba la actividad. La niña, ya con el camisón puesto, comenzó a explicarle algunos de los comentarios que su madre repetía a las visitas.

—¿Sabe? Cuando yo nací, después de que mi tío Ramón hiciera el viaje del *Plus Ultra*, mamá estaba embarazada de mí y mi abuelo le decía: «Espero que tengas la suerte de que sea niña porque estos Franco están medio locos. Si es un niño, te aseguro que irá a la luna». ¿No le parece gracioso lo que decía el padre de mamá?

—Pues aunque seas niña, yo creo que has sacado esos genes.

—¿Cree, señorita, que yo soy tan echada para delante?

—Sí que lo eres, aunque tendrás que vencer los muchos miedos que tienes.

—Mamá siempre me dice que me puede pasar esto o lo otro. Tengo miedo al mar, a la oscuridad, a la gente desconocida...

—Está bien que seas precavida, pero tienes que ir superando esos miedos.

—¿Usted también?

—¡Sí! Yo también. Todavía tengo miedos, pero son de otro tipo. —Pensó en Jesús, el mecánico, que tan nerviosa la ponía—. Intento rezar y vencer al miedo enfrentándome a él. No hay otra manera de superarlo.

—¿Al miedo se le vence enfrentándose a él?

—Así justamente, mirándole de frente. Por ejemplo, si te da miedo estar sola, ¡quédate sola!

—Yo prefiero seguir durmiendo con usted.

—Es una forma de hablar. Uno vence a sus monstruos cuando se enfrenta a ellos. Si te da miedo viajar, ¡viaja! ¿Me entiendes?

—Creo que sí. Pero no sé si me atrevo, señorita.

—Todo tiene su edad. Ahora eres una niña y tienes que obedecer con aquello que te decimos los adultos. Ya tendrás tiempo de superar tus miedos. Todos tenemos alguno.

—Mi padre no. Cree mucho en el destino y en la Providencia. Mamá dice que no tiene miedo a nada, ni a morir. Sin embargo, yo tengo pesadillas cuando me acuerdo de esos bichos que hay en el mar y que mamá me dice que me van a comer. Y también la oscuridad me da terror...

—Bueno, es hora de acostarse. ¿Ves? Ya estamos yendo tarde a la cama. Y a eso sí que hay que tenerle respeto. Los horarios deben cumplirse. ¡Vamos a rezar!

Las dos se arrodillaron, cada una cerca de su cama, y rezaron en alto. Esa noche Nenuca se durmió rápido. No tuvo pesadillas. Se acordaba de que al miedo se le vencía enfrentándose a él, tal y como decía su institutriz.

Esa misma noche, Franco, no muy lejos de donde se encontraba su hija, hablaba por radio con sus generales.

—Debemos conseguir la rendición absoluta del enemigo. Una república sería fatal para España, como lo sería para Gran Bretaña. Eso debemos tenerlo claro. La gente cree que estamos haciendo una guerra nada más, pero estamos haciendo una revolución que se inspira en las grandes enseñanzas de la Iglesia católica. Mañana voy a dictar una orden general que disponga los preparativos para una nueva ofensiva sobre Madrid. Lo haremos a partir del sector de Guadalajara. Doce divisiones irán hacia el frente. Después de recuperar el norte de España, nuestro nuevo objetivo vuelve a ser Madrid.

Los días siguientes hubo mucho movimiento en el palacio de Muguiro. Se pensaba que la iniciativa sobre Madrid iba a ser definitiva para ganar la guerra. Carmen y Zita Polo se organizaban para las celebraciones de ese mes de diciembre atípico, donde las fiestas navideñas iban a estar eclipsadas por los constantes viajes al frente. La noticia del restablecimiento de la Lotería Nacional dio otros aires a las conversaciones de esos días.

—¿Has visto? Volveremos a tener Lotería Nacional.

—Pero ¿se podrá celebrar el sorteo de Navidad? —preguntó Zita.

—No creo. El primer sorteo lo celebraremos ya con el año empezado. Están buscando bombos. No serán los rojos los únicos que tendrán lotería. Hay que dar este tipo de alegrías a la gente.

—Sí, tienes razón. Cuanto antes las personas vean normalidad en sus vidas, mejor. Fíjate el efecto que ha tenido el billete que ha puesto en circulación el bando nacional con el escudo del reinado de Alfonso XIII. Son pequeños detalles que significan mucho.

—Espero que esta nueva ofensiva sobre Madrid acabe con esta guerra que dura tanto.

Sin embargo, esa misma noche, todas las expectativas sobre el final de la guerra se vinieron abajo. Durante la cena, Franco y Serrano estuvieron muy serios. El más contrariado y expresivo fue Nicolás Franco.

—Ese general Rojo... se la tengo jurada. Dos ataques en el frente de Teruel. Ahora llevan la iniciativa. Está claro que es para descargar al frente de Madrid. Es una estrategia para que desviemos nuestra atención.

—Sí, pero no nos podemos permitir perder una capital de provincia como Teruel —intervino el general Orgaz, quien acababa de ser nombrado consejero nacional—. Verdaderamente es un dilema, pero Madrid tendrá que esperar.

Franco callaba, pero estaba convencido de que la entrega de un banderín días pasados a una compañía de la decimoquinta brigada internacional, en el frente de Teruel, había mostrado las intenciones del Ejército Popular, pero no lo supieron interpretar. Conocía perfectamente a Vicente Rojo, militar de academia como él y católico. Sabía que era un gran estratega. No podía mirar hacia otro lado mientras lanzaban la ofensiva contra Teruel. El invierno estaba haciendo estragos, con temperaturas de hasta menos catorce grados. Las operaciones de contraofensiva serían especialmente duras. Había que abandonar la idea de atacar Madrid. Tenían que cambiar de estrategia y mirar hacia Aragón. Otra vez la ofensiva contra la capital debería esperar.

En esas Navidades y en los meses siguientes, fueron constantes los viajes a Aragón. Cuando Términus se estableció en Pedrola en marzo de 1937, Carmen pensó que era el momento de acompañar a su marido con la niña. Esta llevaba meses mostrando interés por ir a Términus y ahora todo parecía propicio para viajar. Un cambio de aires le vendría bien ya que llevaba rara unos cuantos días. Seguramente se debía al encierro casi permanente en el palacio de Muguiro. Decidió darle la sorpresa durante la cena. Viajarían a Pedrola, en Aragón, al día siguiente. Eso le hizo cambiar la cara a la niña.

—¿Iremos en avión? —preguntó con curiosidad.

—No, no iremos en avión. Lo haremos por carretera. ¿Es que no te acuerdas de que en junio del año pasado hubo un accidente de avión donde murió el general Mola? Tu padre no está seguro de que tanto accidente de aviación no esté relacionado con algún sabotaje.

—¿Corremos peligro?

—Estamos en guerra, Nenuca. De eso no te puedes olvidar, aunque yo no te hable nada de la contienda.

Al día siguiente se pusieron en marcha muy temprano. Viajaron a Términus en varios coches. Cuando dejaron el río Ebro en su margen derecha y la afluencia del Jalón por su izquierda, llegaron al pueblo de Pedrola, que estaba localizado en la depresión del valle del Ebro. La familia Franco se alojó en otro palacio, el de los duques de Villahermosa, cuyos orígenes se remontaban al siglo XVI.

—El primer duque de Villahermosa fue Alonso de Aragón, hermano del rey Fernando el Católico. ¡Si estas paredes hablaran! —les dijo el guardés del palacio mientras abría paso a la comitiva—. Aquí hay constancia de que estuvo Miguel de Cervantes como paje del cardenal Aquaviva.

—Muy interesante —manifestó Carmen Polo, con ganas de acomodarse cuanto antes en su habitación.

—Este palacio está levantado sobre un castillo antiguo del que aún se pueden apreciar algunos restos en la finca que lo rodea. Aquí hay unas once hectáreas.

—Mamá —le dijo Nenuca a su madre—, aquí no quiero dormir sola y no ha venido la señorita Blanca. ¿Quién va a dormir conmigo?

—No te preocupes. No dormirás sola. Tienes mala cara. Si es porque te da miedo, ¡tranquila! Tu padre y yo estaremos cerca.

—¡Dejadme dormir con vosotros!

—Eso no estaría bien visto. Dormirás con alguien del servicio que nos recomienden.

Esa noche había sobre la mesa del salón todo tipo de bandejas con verduras de la tierra, sin embargo, Nenuca apenas las probó. No podía, se encontraba muy mal. Su cara parecía hinchada. Todos lo achacaron al viaje y al dolor de oído del que se había quejado durante todo el trayecto. Dejaron que se retirara a la cama con una joven del servicio, recomendada por el ama de llaves del palacio. Durante la cena, el joven doctor Vicente Gil, que les había acompañado, no había perdido de vista a la niña. Cuando la pequeña se marchó, se atrevió a hablar en la mesa donde había tantos altos cargos.

—Si me lo permiten, me gustaría observar con detenimiento a la niña. Creo que tiene algo más que cansancio.

Se quedaron todos callados e inmediatamente Carmen Polo le dio la autorización.

—Por supuesto, Vicente. Conoces a Nenuca mejor que nadie. Cuando eras un jovenzuelo ibas a por suizos y se los traías a la niña.

—Yo recuerdo haberle hecho una de sus primeras fotos con un abriguito blanco. Sí, la conozco bien, y la niña está enferma. Lo que no sé bien es lo que tiene. Debo examinarla.

—¡Ve a su habitación! ¡Cuando quieras! ¡Qué contrariedad!

Carmen pensó que el doctor exageraba y que, en realidad, quería granjearse su confianza, pero le pareció oportuno que la observara por si acaso no era solo cansancio. Es cierto que desde hacía varios días se comportaba de forma extraña. Por eso, creyó que este viaje le vendría bien.

El joven doctor fue a por su maletín y entró en la habitación de la niña. Estaba metida en la cama con su camisón largo.

—Nenuca, vengo a ver qué te pasa. Tú estás mala. Vamos a saber el motivo.

En cuanto le tocó el cuello y la cara, la niña se quejó del dolor. Le palpó la frente y estaba muy caliente.

—Tienes hinchadas las glándulas salivares. ¿Sabes? Tienes lo que los médicos llamamos mejillas de ardilla.

—¿Y eso qué es?

—Pues tienes una enfermedad que se llama paperas. Tranquila, tendrás que estar varios días en cama y no salir del palacio en cuarenta días.

—¿Tantos días? ¿Me pondré bien?

—¡Claro que sí!

El médico se fue de allí directamente al salón donde continuaba la cena. Todavía con los postres en los platos les dio la noticia.

—Señores, la niña tiene parotiditis, lo que comúnmente se llaman paperas.

—¡Dios mío! —exclamó Carmen—. ¿Eso es muy grave?

Franco escuchaba impasible. Su mujer parecía mucho más afectada.

—No, no es una enfermedad muy grave pero sí tan contagiosa como la varicela o el sarampión. Deberá estar en cuarentena. Si contagia a niños les puede provocar una orquitis y epididimitis. Puede asociarse a una disminución de la fertilidad o a la infertilidad total en los varones.

—No podremos movernos de aquí. Hay muchos niños en Burgos. Los hijos de Zita, los de mi amiga Lola… No podemos arriesgarnos a que se contagien. ¿Cuántos días dice usted?

—Esta enfermedad desaparece por sí misma y su tratamiento solo consiste en aliviar los síntomas y bajar la fiebre. Lo suyo sería guardar una cuarentena.

—Pues ya no hay más que hablar. Estaremos aquí cuarenta días. El destino lo quiere así, habrá que aceptarlo sin más —dijo Franco mientras volvía a coger el tenedor para comer unos melocotones en almíbar.

—Tenemos la suerte de que la joven que estaba con ella también ha pasado las paperas. Por lo tanto, está inmunizada. Les recomiendo que si no las han padecido no pasen a la habitación. En estos momentos la enfermedad es muy contagiosa. Yo estaré a su cuidado.

—No tengo palabras, Vicente. Muchas gracias por lo que va a hacer por mi hija.

—Sería conveniente que estuviera cerca de nosotros siempre —le comentó Franco.

—Yo estoy para servirle a usted y a Dios. —Levantó el brazo y dio un taconazo.

—Mañana a las nueve de la mañana denos un informe de la evolución de nuestra hija.

—Así lo haré.

Durante los días siguientes, Nenuca guardó reposo, tomó líquidos y no paró de hacer gárgaras con agua tibia y sal. La joven del servicio estuvo constantemente aplicándole compresas frías y calientes en la zona del cuello, tal y como dijo el médico. Durante una semana la niña solo tomó una dieta blanda, aunque apenas tenía hambre.

Poco a poco se fue encontrando mejor. La prueba definitiva fue que empezó a comer más y a querer salir de la cama. Según se fue recuperando y cuando el médico le dejó abandonar la habitación, se perdía entre el servicio. Como no había otros niños en el palacio, allí donde estaba la joven que la cuidó durante esos días, se encontraba ella. El «planchero» fue el lugar que más visitó durante su estancia en Pedrola.

—Mira, te voy a enseñar a coger la plancha, para que seas una señorita de provecho.

Le pusieron unos trapos arrugados y le dejaron tocar la plancha de hierro, con la mirada atenta de la joven de la que se hizo inseparable.

—¡Qué divertido! Me gusta más que coser.

—Pues esto no tienes por qué saber hacerlo. Para eso estamos nosotras. Y no pienses que es tan fácil. Tiene su complicación.

—Además, la plancha pesa mucho.

—Tú aquí solo para mirar. ¡Eres la hija del Caudillo! Una niña muy guapa.

—Soy corrientita... —volvió a contestar, tal y como le habían enseñado.

Después de visitar a la niña tres veces al día, Vicente Gil se entretenía hablando con algunos de los ayudantes de Franco y les contaba su experiencia junto a él.

—Cuando dejé la centuria para trasladarme junto al Caudillo, mis compañeros me decían que ya no oiría un tiro, y tengo que decir que se equivocaron. En mi primera salida con él al frente del norte, la vida de Franco y de todos los que le acompañábamos estuvo en peligro, pero jamás le vi titubear, ni mostrar preocupación. Por muchas balas que pasaran a nuestro lado, ni se inmutaba.

—Dicen que está convencido de su suerte.

—En el frente de Madrid, hasta fui testigo de una discusión con Millán Astray, que quería que se refugiara en un puentecillo que había en la carretera cuando comenzaron a escucharse los bombardeos cerca. Pero ¿sabéis qué contestó? Pues dijo: «Yo no me meto en ningún lado». Y Millán Astray replicó contrariado: «Tú no eres Generalísimo ni eres nada».

—¿Cómo se atrevió?

—Pues, sin mover un músculo de la cara, le soltó: «Ya me lo dirás mañana». Os aseguro que es la primera persona que he conocido que no tiene miedo. Nada. No teme a la muerte. No he visto una cosa igual en todos los días de mi vida.

El joven médico sentía adoración por Franco desde que su padre fuera el doctor de los Polo. Para muchos resultaba exageradamente adulador.

Mientras tanto en Burgos, la institutriz, después de tantos días recluida en la habitación ordenando una y otra vez sus pertenencias y las de Nenuca, decidió salir del encierro que se había autoimpuesto. A punto de cumplirse un mes sin los Franco en el palacio, resolvió comer con el resto del servicio. No tuvo más remedio que encontrarse con Jesús. El mecánico también almorzaba junto con los demás.

—¡Bienvenida a la vida! No se la ha visto en treinta días, señorita Blanca.

—Tenía muchas cosas que hacer, pero ya he acabado. Por cierto, si puedo ayudar en algo. —No se dirigió a Jesús, sino al resto del servicio.

Se acabó su pan y pidió una pieza más. Jesús fue rápido y se lo alcanzó, rozando adrede su mano con la suya. Blanca se puso colorada como un tomate. Ella procuraba no apartar la vista del plato y hablar poco. Sentía que la cara le ardía. Cuando su mano rozó la del mecánico sintió una especie de escalofrío por todo su cuerpo. En cuanto comió, se retiró de nuevo a la habitación. Durante toda la tarde, rezó y rezó sin parar. Sabía que ese hombre solo le traería problemas: «¡Es el demonio, es el demonio!», se repetía una y otra vez.

Al día siguiente, Jesús se ofreció para llevarla de nuevo a la catedral, pero ella declinó la invitación. Sin embargo, durante la comida y la cena de ese día se atrevió a mirarle mientras el mecánico hablaba a todos de su pueblo.

—Mi pueblo es el más bonito de todo Madrid. Se asienta al pie de la sierra de Guadarrama y en la orilla del embalse de Santillana: Manzanares el Real. Está al pie de la Pedriza que tantas veces he escalado. ¡Cómo echo de menos perderme por sus calles y por su naturaleza!

—Todos añoramos nuestra tierra —dijo el cocinero—. Si yo pudiera ver a mi familia... Pero la guerra nos ha dividido.

—Esta es una guerra cruel. Hermanos contra hermanos —manifestó Blanca—. Las heridas de la guerra tardarán en cicatrizar, incluso cuando acabe. Dios quiera que sea pronto. —Se santiguó.

—Solo nos queda rezar para que ese momento llegue cuanto antes —dijo el ama de llaves—. Usted que está más cerca de Dios es quien más tiene que rezar. Le harán más caso que a nosotros.

—Rezar no le viene mal a nadie. Pero sí, por supuesto que rezo para que esta guerra acabe cuanto antes —afirmó con la mirada baja.

—Señorita Blanca, tranquila. Aquí estamos a salvo. No le ocurrirá nada. Me encargaré yo de ello —concluyó Jesús, y enderezó la espalda en la silla.

—Muchas gracias —contestó Blanca, y volvió el rubor a sus mejillas.

—Haces sonrojar a Blanca, que tiene voto de castidad. Deberías disparar hacia otro lado —le comentó el cocinero.

—No les hagas caso. Tú reza por sus almas y de paso por la mía. Sois unos burros —les reprendió el ama de llaves.

—Sé que cuesta verme como monja, pero la realidad es que a todos los efectos lo soy aunque no lleve hábito. Las teresianas no lo llevamos. He decidido entregar mi vida a Cristo y sé que eso resulta difícil de asimilar a aquellos que me ven como una mujer.

El mensaje iba para Jesús y él así lo captó. Procuró no volver a cruzar sus ojos con los de ella, aunque la deseaba desde el primer día que la vio. Le parecía que Blanca encarnaba todo lo que admiraba en una mujer: belleza, prudencia y bondad.

—Prometo no volverla a molestar, señorita. No era mi intención. —Se levantó de la mesa y se fue de la cocina.

Los días siguientes la institutriz y el mecánico no cruzaron una sola palabra. Aquella actitud, lejos de tranquilizar a Blanca, la inquietó mucho más. Deseaba que volviera a hablarle, pero el mecánico tenía palabras para todos menos para ella. Nenuca no regresaba, de modo que los días parecían eternos. No hacía otra cosa que rezar a todas horas y procurar borrar de su mente a aquel joven que empezaba a obsesionarla.

Pasada la cuarentena de la enfermedad, Nenuca regresó a Burgos junto a sus padres. A todos les pareció que la niña había crecido después de superar las paperas. Cuando entró en el palacio de Muguiro no era la misma que salió de allí, estaba más alta y delgada. Los niños se acercaron a ella con curiosidad.

—¿Ya no nos contagias?
—No. Ya estoy curada. ¿Cómo está Bocho? —preguntó, interesándose por el cachorro de león.
—Ha crecido. Ya lo verás. Ha aprendido a dar la pata cuando se la pides.

La institutriz irrumpió en la habitación. Tenía tantas ganas de ver a la niña que la abrazó.

—¡Nenuca, qué alegría! ¡Hay que ver, preguntas por Bocho antes que por mí!

Todos se echaron a reír.

Nenuca se mostró muy contenta, pero cuando apareció el animal, se fue corriendo hacia él y ya no siguió saludando a la gente. El animal eclipsó el reencuentro con la familia y con el personal de servicio. El cachorro estaba mucho más grande que cuando llegó al palacio. Le había sentado bien la estancia en Burgos.

—No sé cuánto tiempo podrá estar Bocho con los niños. ¡No para de crecer! —afirmó Carmen al verle.

—Bocho, dame la pata... —Nenuca intentó que el animal respondiera a su petición, pero solo consiguió de él que le mordisqueara la mano.

—Tienes que ponerte de pie y extender la mano. Ya verás cómo te hace caso —le dijo Fernando Serrano.

La niña hizo todo lo que le dijo su primo y Bocho le dio la pata, tal y como le habían enseñado. Cuando apareció Angelines Martínez-Fuset, las niñas se abrazaron. Las dos se habían echado de menos.

—Ya tenía ganas de verte. ¿Estás bien?

—Sí.

—¿Has crecido?

—Eso me dicen. De estar en la cama he dado un estirón.

—¿Nos vestimos de enfermeras?

—¡Sí!

Las niñas empezaron a jugar mientras la familia requería detalles sobre el transcurso de la guerra. Franco y Serrano Súñer se retiraron a despachar juntos. Las mujeres —Carmen y Zita— se quedaron con los niños bajo la atenta mirada del servicio. Zita comentó el buen aspecto que tenía la pequeña.

—Tendrás que encargar otra foto de Nenuca con su padre —dijo, señalando la que tenían expuesta en el salón—. La que hizo el fotógrafo zaragozano se ha quedado antigua. La niña no tiene nada que ver. Ha crecido mucho.

—Sí, debemos pedir a Jalón Ángel que haga otra. Esa fue

tomada en noviembre del año pasado. Lo recuerdo perfectamente. Era el primer invierno de la guerra.

—Pues ya estamos cerca de cumplir tres años del alzamiento. Y esto no acaba nunca. —Y se santiguó.

—Hay que tener una paciencia absoluta. Cada vez son más los países que reconocen al Gobierno de Paco.

—Lo sé, supone un espaldarazo para todos. Fue una gran idea lo de nombrar el primer Gobierno formal. Me gustó mucho que pensara en Ramón para el Ministerio del Interior. Quiero agradecértelo. Por fin ha salido de esa espiral en la que no se quitaba de la cabeza la muerte de sus hermanos. De alguna manera se sentía responsable. Ahora, sin embargo, está todo el día trabajando y controlando la prensa y la propaganda. Ha salido por fin de ese estado de melancolía en el que estaba sumido.

—Ramón tiene que estar al lado de Paco. Posee una mente prodigiosa. Yo opinaba como tu marido, Nicolás no pintaba nada con un ministerio.

—Las relaciones entre Ramón y Nicolás están un poco tensas. Sabe que ha tenido mucho que ver con que hoy no ocupe ningún ministerio.

—Los más capacitados son los que tienen que estar en el Gobierno. ¿Hay muchas novedades por aquí?

—Imagino que sabes que ha nacido un nuevo nieto de Alfonso XIII. Es el tercer hijo y primer varón de don Juan. Se llama Juan Carlos.

—Sí, ha nacido en Roma, en el exilio. A principios de enero, ¿no?

—Sí, sí... ¿Volverá Paco a instaurar la monarquía?

—Sabes que es monárquico, pero, por ahora, su intención es acabar la guerra. De momento, aquí hay un Caudillo, y lo del rey, ya veremos.

13
UNA VISITA INESPERADA

ABRIL DE 1938

Mi padre nunca tuvo dobles. Fueron rumores que nunca estuvieron basados en la verdad.

Franco iba y venía a Burgos porque decidió estar presente el mayor tiempo posible en el frente. Mientras tanto, era Serrano Súñer el que desde la retaguardia ponía en marcha aquel incipiente Estado que nació durante la Guerra Civil. En el primer trimestre del año se derogaron algunas leyes republicanas, entre otras, la Ley del Matrimonio Civil. Las dos hermanas Polo tomaban té con pastas en uno de los salones del palacio de Muguiro.

—El único matrimonio válido es el contraído por la Iglesia —comentó Carmen—. En España hace falta poner muchas cosas en orden.

—Me parece estupendo. Ya era hora. Todo era un auténtico despropósito.

—Las cosas o se hacen bien o no se hacen, como diría nuestro padre.

—Hablando de otra cosa, Carmina, ¿qué va a pasar con Nicolás? —preguntó Zita, aludiendo al mayor de los Franco—. A Isabel, tu cuñada, cada día se la ve más incómoda. ¿Crees que esperaba que su marido tuviera una cartera en el primer Gobierno?

—Sí, estoy segura. No le ha sentado bien que tu marido sea el que lleve Interior, aparte de la prensa y propaganda. No me preguntes cómo, pero se ha enterado de que tu marido se opuso firmemente a que fuera nombrado ministro de Industria y Comercio.

—Bueno, imagino que Ramón sostenía que Nicolás llevaba asuntos económicos y era mucho mejor no introducir cambios. De todas formas, te lo digo en confianza, no le gusta su pasado político ligado a Lerroux. No olvida que ocupó una dirección general en la República.

—Sinceramente, lo que más le ha decidido a Paco para dejarle fuera ha sido la idea de un Gobierno demasiado ligado a la familia.

—Ramón le dijo que no lo dudara, que dejara a Nicolás con una cartera y él daba un paso atrás, retirándose con nosotros a Zaragoza. Hermano y cuñado en el mismo Gobierno no podía ser.

—Sabes que eso no lo hubiera hecho nunca. Ya ves que entre Nicolás y Ramón, lo tiene claro. Vamos, ni ha titubeado.

—Y Ramón y yo os estamos muy agradecidos.

—Isabel va diciendo por ahí que con Nicolás ha cometido una gran injusticia. Está claro que no se conforma con ser secretario general. Afirma que le debe a él su nombramiento como jefe de Estado y que el texto original aceptado por los generales al comienzo de la guerra era el de jefe de Gobierno. Sin embargo, un mensajero suyo hizo que en la imprenta alteraran el texto y pusieran jefe de Estado. Yo sé que siempre ha favorecido a Paco. Eso no lo dudo, pero de ahí a que mi cuñada vaya diciendo que es el más inteligente de la familia, pues no. Yo le digo a Paco que lo mejor que puede hacer es nombrarle embajador.

—Sería un acierto poner tierra de por medio. ¿Qué sabes de su otro hermano, Ramón?

—Pues me parece que vendrá por aquí precisamente hoy o mañana. No se lo he dicho a Paco, pero sé de buena tinta que comenta que a su hermano no se le entiende y que habla cada vez peor. Creo que afirma textualmente que «debería ponerse garbanzos en la boca para aprender a hablar». ¿Qué te parece? ¡Qué desagradecidos son todos!

—Bueno, también me han dicho que a alguno que le pregunta por su hermano le corta diciendo: «Querrá usted decir el Generalísimo». Me lo ha contado gente de fiar.

—Solo faltaría eso, que no reconociera que su hermano es el Generalísimo. Ahora se ha cambiado de piso y se ha ido a un lugar estupendo, a la zona de Génova en la isla de Mallorca. ¿Sabes? Se ha ido a la casa donde vivió el amor de Rodolfo Valentino.

—¡Qué curioso! ¿Qué sabes de Engracia y de la niña? —Se refería a Ángeles, su hija.

—No quiero saber nada de la artista, ni de su hija.

Nenuca jugaba con sus primos y con Bocho en un salón contiguo al que se encontraban sus madres. La institutriz cosía no muy lejos de ellos. Sin embargo, estaba ensimismada en sus pensamientos sin escuchar la conversación que los niños sostenían en voz baja.

—Me ha dicho un amigo que Hitler tiene dobles. Gente que se le parece y que le sustituyen en lugares donde puede correr peligro.

—¿Sí? —dijo Nenuca con interés.

—Personas que se parecen muchísimo y que sustituyen al original. Parece ser que Hitler está obsesionado con su seguridad y en estar en aquellos lugares donde su presencia es decisiva. Me han contado que, a veces, ha estado en dos sitios distintos al mismo tiempo y eso es imposible.

—Pero en cuanto hablen, pillarán a los dobles —replicó Nenuca.

—No, porque han estudiado todos sus movimientos,

muecas, gestos e incluso su voz durante meses. Son perfectos imitadores. Lo mismo tu padre también tiene dobles.

—Eso es mentira.

—Seguro que los tiene. A lo mejor cuando le vemos cenando no es tu padre porque está en el frente. Fíjate en él. ¿No le has notado nada raro?

—Bueno, cuando volvimos de Francia no parecía él. Estaba muy cambiado.

—Sería su doble.

—No es verdad. Mamá me habría dicho algo.

—¿Qué le notabas para decir que estaba raro?

—Pues en ese momento me pareció más gordo y, no sé, distinto. No parecía él. Más mayor, con menos pelo.

—Pues era su doble. Por eso le notabas raro.

—¿Y ahora es mi padre o su doble?

—Te lo diré en la cena. Vamos a fijarnos. Si no habla nada es que no quiere meter la pata porque es el doble.

—Te digo que eso es mentira. Mi padre habla muy poco cuando está cenando. Le gusta escuchar.

—Lo vamos a ver. Este será nuestro secreto. No se lo podemos decir a nadie. ¡Júralo!

—No, no lo voy a jurar porque no se puede jurar en el nombre de Dios en vano.

—Está bien. Lo veremos, pero no digas nada.

Hubo cierto revuelo en Burgos esa tarde con la llegada de Ramón. Los tres hermanos se reunieron a solas en el despacho de Franco. Se dieron un abrazo sin efusividades, aunque hacía tiempo que no coincidían los tres.

—Hay que reconocerte, Ramón, que has convertido la base en una unidad operativa gracias a un trabajo sin tregua —le dijo Nicolás—. Te has hecho con un ambiente completamente hostil y eso es digno de mención.

Franco callaba y escuchaba. No le dijo a su hermano que no le gustaba la ostentación que hacía por las calles de Pollensa con su coche Chevrolet, un automóvil americano que se había traído en barco y que todavía conservaba la matrícula original. Por otra parte, sabía que trabajaba duro y hacía un promedio de seis horas y media de vuelo. Después de lo del *Plus Ultra* había una especie de leyenda de hombre imbatible como piloto.

—Te pido que ahorres material —le dijo finalmente Franco—. Tenemos que ganar la guerra.

—Es una de mis obsesiones. No permito que ni un solo motor de avión sea forzado más de la cuenta. Los Cant nuevos, según el manual, vuelan en crucero a dos mil doscientas revoluciones por minuto. Por ahorrar obligo a los mecánicos a ponerlos solo a mil ochocientas revoluciones por minuto y exijo que cada piloto haga lo mismo. Comprar los Cant ha sido un acierto, tienen un enorme radio de acción.

—Vienes de hacer un curso, ¿no? —preguntó Nicolás.

—Sí, he estado en Salamanca con la Legión Cóndor alemana en un curso de aviación sin visibilidad. Hasta ahora solo volamos esquivando las nubes y con visibilidad exterior. Hay un instrumento llamado horizonte artificial que da al piloto información sobre su posición real en el espacio y le permite tomar tierra sin apenas visión o volar de noche sin ver el cielo. Esto abre muchas posibilidades a nuestra fuerza de intervención.

—Tu fama y tu habilidad siguen siendo verdaderamente extraordinarias. —Nicolás admiraba a su hermano.

—Cuidado con creerte demasiado que para ti no están hechos los peligros. Me han dicho que ese sistema es el mejor para estrellarse lo más cerca del aeródromo —apuntilló Franco.

—Hombre, no os negaré que no es nada fácil. Cuando un avión cree estar ya sobre el aeropuerto invisible bajo la niebla, un observador en tierra le tiene que gritar por radio: «¡Motores!». Y el piloto, en ese momento, debe cortar los gases y descender hasta el suelo. Es el método llamado Z. Ha sido un curso muy exigente. He quedado muy impresionado por la técnica alemana, y en especial por su instrumental de vuelo. Infinitamente más preciso que el que utilizan los aviones italianos.

—¿Ha mejorado la opinión que tenían sobre ti? —quiso saber Franco.

—Creo que sí.

—Tuviste un incidente con un comandante, ¿no? —intervino Nicolás.

—Bueno, he tenido varios porque no ha sido fácil después del recibimiento que me dieron. Un comandante del Cuerpo de Inválidos me preguntó en público si yo era comunista y le respondí: «A mí lo que ahora me interesa es que se salve España. Poco me importa lo que haya sobre su escudo con tal de que sea honrado y haya alguien que mande». A partir de ahí ya no me han vuelto a decir nada.

—Deberías dejar claro que no eres comunista. ¿Por qué no fuiste más rotundo? —inquirió Franco—. Ahora te ha de importar lo que está encima del escudo y la bandera a la que sirves.

—Pues...

—¿Qué se dice de la posibilidad de bombardear Barcelona? —El mayor de los Franco salió al quite desviando la conversación con habilidad.

—Bueno, eso yo lo sé de primera mano, los nueve aviones Savoia 79 con base en Palma están preparados para intervenir. Los italianos quieren llevar la voz cantante. Están capacitados para lanzar sus bombas en solo minuto y medio y en oleadas continuas. Pueden causar un gran número de muertos.

—Esto es una guerra. No podemos pararnos en eso. Nuestro objetivo es ganar la cruzada.

Ramón miraba a su hermano y casi no lo reconocía tan henchido de poder.

—El embajador alemán, Von Stohrer, está muy interesado en el desarrollo de los bombardeos —insistió Nicolás, al intuir lo que estaba pasando por la cabeza de su hermano pequeño.

—Los alemanes deberían callar, porque fue la Legión Cóndor la autora del bombardeo, ametrallamiento y lanzamiento de proyectiles incendiarios sobre Guernica. El teniente general Rubio, jefe de la aviación nacional en Vitoria, me ha dicho que él desconocía el desarrollo de la estrategia —continuó Ramón.

—Bueno, ¡basta ya! En toda guerra hay daños incontrolados. No vamos a sumarnos nosotros a las críticas que se están haciendo con ocultos intereses desde la prensa internacional.

Llamaron a la puerta y entró Francisco Franco Salgado-Araujo. El primo carnal de los tres dio un abrazo al recién llegado. No se veían desde hacía muchos años.

—¡Pacón! Cuánto bueno por aquí. ¿Te tiene aquí retenido mi hermano? Estoy seguro de que te gustaría más estar en primera línea de batalla.

—Bueno, ya sabes que el Caudillo me quiere a su lado y yo obedezco.

Ramón se dio cuenta de que habían cambiado muchas cosas, también en el tratamiento de su hermano Francisco. Que Pacón le llamara Caudillo le dejó sin habla. La cena de esa noche estaría envuelta de recuerdos y anécdotas de sus infancias.

—¿Te acuerdas, Paco, cuando Ramón te pegó un bocado en la oreja? —le comentó Nicolás.

—Imposible olvidarlo.

—Casi te arranca media oreja del mordisco.

—¡Todavía se le nota la cicatriz! —apuntó Carmen.

Los niños observaban a Franco y no le quitaban ojo. No miraban a ningún otro comensal. Apenas parpadeaban y casi no comían nada de su plato.

—¿A estos niños qué les pasa? —preguntó Carmen.

—No lo sé, señora —afirmó Blanca—. Sí que están muy raros. Demasiado callados.

Todos se pusieron a comer, como si hubieran salido del limbo.

—¿Es o no es? —preguntó Fernando a Nenuca.

—Yo creo que es mi padre. Ha hablado poquito.

—Pues por eso. Para que no notemos que no es él. Seguro que tu verdadero padre está en el frente.

—Dale un beso de buenas noches y mírale fijamente a los ojos. Luego nos cuentas.

Cuando acabó la cena, la institutriz dijo a los niños que tenían que retirarse. Nenuca se acercó a su padre y se le quedó mirando sin decir nada.

—¿Te pasa algo? —preguntó Franco.

—¿Eres papá?

—¿Qué pregunta es esa? ¡Pues quién voy a ser!

—Si tiene la cicatriz en la oreja es que es tu padre, te lo aseguro —apuntó Nicolás con humor.

—¿Qué música te gusta? —Nenuca ignoró los comentarios.

—La zarzuela, ya lo sabes.

—¿Y de todas las zarzuelas?

—*El rey que rabió...*

—¡Vale! —Le dio un beso y se fue con la institutriz. Se despidió de sus primos y les habló al oído—: Sí que es.

—Yo no estaría tan segura.

—Ha dicho su zarzuela favorita.

—Eso lo sé hasta yo. Hay que hacer más pruebas.

—¡Es mi padre! Ya no digáis más mentiras.

Nenuca se fue a su cuarto dando vueltas a lo que le habían dicho sus primos. Necesitaba contárselo a Blanca. Después de rezar y darle las buenas noches, confesó su zozobra.

—Señorita, estoy preocupada por lo que me han dicho mis primos.

—¿De qué se trata esta vez?

—Dicen que Hitler tiene dobles y que papá puede que también.

—Pero ¿de dónde se han sacado eso?

—No lo sé.

—No hagas caso. Cuando seas mayor y salgas de estas cuatro paredes, oirás muchas cosas que se van a decir de tu padre. Tienes que estar preparada tanto para los halagos como para las críticas. A ninguno de los dos hay que atender demasiado.

—Sí, señorita.

—¡Ahora, a dormir!

Blanca no pudo conciliar el sueño esa noche, pero no fue por lo que le había contado Nenuca, sino porque llevaba varios días sin ver, sin hablar, ni siquiera tropezarse con Jesús. El mecánico conseguía desconcertarla. Desde que dijo que no la molestaría más, no había vuelto a saber de él. Eso verdaderamente la intrigaba. Al día siguiente, se dijo a sí misma que haría todo lo posible por cenar con el servicio. Deseaba verle, aunque su conciencia la recriminase. Su estado anímico era una pura contradicción. Su lucha interna era continua.

Al día siguiente, tras el almuerzo aprovechó que los niños estaban leyendo para ir al cuarto de servicio con la excusa de hacerse un té.

—Pero ¿por qué no lo has pedido al camarero? Te lo habríamos servido.

—No tiene importancia. A lo mejor esta noche ceno con vosotros.

—¡Qué novedad! —se sorprendió la cocinera—. Pondremos un plato más en la mesa.

La joven miró hacia todas partes sin ver a Jesús. Se quedó disgustada mientras se tomaba el té.

—Si buscas a Jesús, no está. Lo ha mandado la señora a un recado.

—No, no... No tengo especial interés por saber dónde

está Jesús. Estaba pensando en mis cosas. —Era evidente que estaba nerviosa.

—Perdona, creí que querías saber dónde se encontraba.

—Pues no. Gracias por el té. Vendré esta noche.

Blanca se fue con la respiración agitada. La cocinera intuía lo que le estaba pasando. Estaba segura. Debía disimular más, pensó. Comenzó a rezar sin parar.

—¡Es el demonio! ¡Es el demonio! —se decía una y otra vez mientras iba a reunirse con los niños.

Esa tarde, como otras muchas, Carmen despachaba con el asesor jurídico de su marido, Martínez Fuset. Llevaba bajo sus brazos un gran número de expedientes con sentencias de muerte que tenían que ser rubricados por Franco. Uno de los camareros militares observaba los dosieres. Le sorprendió que la decisión de vida o muerte de una persona se tomara en segundos esa misma tarde.

Lorenzo Martínez Fuset le informaba de todo aquello que podía ser de su interés, y ella se lo agradecía. Aquel hombre halagador y servicial era su principal fuente de información.

—La madre superiora del convento al que voy todos los días me ha dado esta demanda de perdón de un condenado a muerte. —Le entregó un sobre con el nombre y apellido del aludido—. Te pido que hagas todo lo posible para que Paco la conmute. Dicen que es un hombre al que pilló la guerra en el bando equivocado, pero que es buena persona e incluso se sintió aliviado cuando le detuvieron. Repetía una y otra vez que estaba en el bando equivocado.

—Veré lo que puedo hacer.

—En ese papelito que tú añades a cada circunstancia, aprovecha e informa positivamente. Te pido ese favor.

—Así lo haré. No lo dude.

Zita llegó casi al final del té pero aprovechó para hablar

con su hermana cuando Martínez Fuset se fue con las numerosas carpetas de los condenados.

—A Paco se le veía a gusto con la presencia de sus hermanos durante la comida. Solo faltaba la simpática de Pilarón.

—Sí, tienes razón. Mira, Ramón siempre ha hecho lo que le ha dado la gana. Ni te imaginas lo que le han zarandeado de niño porque no hacía caso a nadie. Sin embargo, yo creo que, ahora, tanto él como Nicolás tienen claro que las órdenes de Paco son para obedecer.

—Noto muy cambiado a Ramón. Te diría que más centrado. Afortunadamente, no parece el que era.

—Después del *Plus Ultra* se le subió la fama a la cabeza. Pero la misma sociedad que le había encumbrado le dio la espalda cuando se casó en Hendaya sin encomendarse ni a Dios ni al diablo. Tú sabes que la familia aspiraba a algo más.

—¿Qué es de «la francesa»? La llamaban así, ¿no?

—No hemos vuelto a saber de ella. —Se refería a Carmen Díaz—. Pero ya sabes que luego apareció la artista…

—La Chacala.

—Así la llamaban sus amigos. Yo no quiero ni nombrarla.

—Haces bien.

—Zita, es mi hora del rosario.

—Te acompaño.

Esa tarde, en el palacio, después de la hora del té, se concentraron numerosas personas para pedir audiencia. Una de ellas era el padre Antoni M. Marcet, abad de la basílica de Montserrat. La espera se prolongó durante un par de horas. Llegó a pensar que no sería recibido, pero Franco apareció finalmente y el religioso fue el primero en pasar por delante de diplomáticos y generales.

—Siento haberle hecho esperar —se disculpó.

—Excelencia, ni se preocupe, por favor. Todos sabemos que su jornada en los frentes es dura.

—Mi demora no se debe a lo que usted dice. Sucede que Carmen tiene el hábito de rezar el rosario varias veces al día. Cuando he ido a la habitación, ella comenzaba uno de los rosarios y he tenido que sumarme al grupo familiar para dar satisfacción a mi esposa, que considera que todos los asuntos, sean guerreros o políticos, pueden esperar. Lo importante es la ayuda divina.

—Por supuesto. Muy acertada su esposa. Muy acertada.

Esa noche, Vicente Gil también esperaba en una salita a ser recibido por Franco. Le habían citado a una reunión que no comenzaba nunca. Después de ver la sala llena de personalidades que fueron desfilando poco a poco por el despacho, se quedó el último. Bordeando la hora de la cena, por fin entró.

—Vicente, ahora estás como agregado a la sección de legionarios de mi escolta, pero tengo otros cometidos para ti. Ya sabes que el doctor Cuervo, comandante de intendencia, es mi médico particular. Desde hace algún tiempo está padeciendo repetidas taquicardias. Quizá le preocupen su familia y sus pacientes que están en Salamanca. Le he dicho que viaje más a verlos. Entonces tú te quedarás con la doble responsabilidad médica y de escolta cuando él se ausente.

—Para mí es un honor atenderle, excelencia, y una enorme responsabilidad. Sabe que me queda alguna asignatura para terminar.

—Te conozco desde niño, cuando tu padre era mi médico. Tengo que decirte que siempre he observado en ti ciertas condiciones reflexivas y de actuación para el ejercicio de la medicina que me parecen extraordinarias.

—Lo que su excelencia me acaba de decir para mí es el mejor de los halagos. Espero no decepcionarle nunca.

—Pues mañana aquí, a las siete de la mañana. Antes de vestirme, quiero que me hagas una revisión.

—Así será.

Se levantó del asiento, dio un taconazo y alzó el brazo. Inmediatamente se dio la vuelta y salió del despacho sin acabar de creerse lo que acababa de ocurrirle.

A la hora de la cena, la institutriz pidió permiso para ausentarse. Comentó que le dolía la cabeza y Carmen se lo concedió. Apareció por la zona de servicio, pero con la excusa de servirse solo un poco de caldo. Evidentemente, no podía sentarse con todos porque a Carmen Polo le había dicho que se encontraba mal. Pero necesitaba, aunque solo fueran unos segundos, ver a Jesús, del que no sabía nada desde hacía unos días.

Cuando ella irrumpió en la cocina, todos callaron. La cocinera le dio la bienvenida, pero ella rehusó sentarse y pidió un cuenco con un poco de sopa.

—No me encuentro muy bien. Solo tomaré un poco de caldo.

—¿Le ocurre algo, Blanca? —preguntó Jesús, dejando su cuchara en el plato—. ¿Quiere que la ayude?

—No, muchas gracias. Me duele un poco la cabeza.

La cocinera le sirvió la sopa en un cuenco y ella se despidió de todos.

—Siento haber interrumpido la cena. Me voy a mi cuarto.

—Ven por aquí más a menudo —llegó a decir la cocinera.

—Siempre que los niños me dejen, vendré.

—¡Espere! ¡Espere! —le dijo Jesús—. Si no se encuentra bien, la ayudo a llevar el caldo.

—No, si no es necesario... —atinó ella a balbucear.

—No faltaba más.

Jesús cogió el cuenco y la acompañó hasta la habitación de Nenuca.

—Ya no sale a la ciudad como otras veces.

—Sí, es cierto. Nenuca está estudiando más.

—Ya sabe que no tiene más que decírmelo y la llevo adonde sea menester.

—Lo sé. Muchas gracias.

Al llegar a la puerta de la habitación, las manos de la institutriz y del mecánico se unieron en el pomo de la puerta. Fueron segundos donde sus dedos se rozaron.

—Lo siento —dijo el mecánico.

—No ha sido nada —replicó Blanca, disimulando un escalofrío.

—¿Se lo dejo en su mesilla de noche?

—Gracias.

—Bueno, pues a mandar. Ya sabe que si necesita cualquier cosa, no tiene más que decírmelo.

Jesús no mantuvo su mirada y se fue de la habitación. Durante unos minutos, tras quedarse sola, estuvo sentada en su cama sin comprender lo que le estaba pasando. Aquel hombre la ponía realmente nerviosa. Se hincó de rodillas a los pies de su cama y comenzó a rezar. No conocía otra forma de poder superar aquella situación tan delicada. «Mi mundo se desmorona», se recriminaba a sí misma.

Cuando Nenuca llegó a la habitación, la vio rezando y se unió a las plegarias. Se acostaron casi sin hablar. La niña se imaginó que Blanca estaba enferma y no quiso molestarla.

—Espero que esté mejor mañana, señorita.

—Gracias.

Pero esa noche, como las anteriores, Blanca permaneció despierta pensando en Jesús. Ella se dominaba durante todo el día, pero el pensamiento cabalgaba desbocado por las noches. La lucha que sostenía consigo misma cada jornada resultaba agotadora. No sabía cómo poner fin a esa batalla que intuía que iba a perder.

14
SIEMPRE QUEDARÁ LA DUDA

JULIO-OCTUBRE DE 1938

El tiempo estaba muy nuboso. Mi tío Ramón no debió subirse a ese avión que parecía de hojalata.

La batalla más dura de la Guerra Civil tuvo lugar en el Ebro a finales de julio de ese año 1938. Durante todo el verano no se habló de otra cosa en el palacio de Muguiro: abortar la iniciativa del jefe de milicias Juan Modesto Guilloto, que cruzó a finales de julio el río Ebro por doce puntos diferentes en un frente de setenta y cinco kilómetros. En esta batalla se concentraron los mandos principales, el teniente coronel Líster y el teniente coronel Tagüeña. Por otra parte, el general Vicente Rojo, jefe de Estado Mayor de la República, pretendía avanzar sobre Tortosa y Vinaroz y tomar el frente nacional de Valencia para así provocar el desconcierto militar con el Plan P, que buscaba dividir en dos la zona nacional por Extremadura. El Ejército Popular llevaba la iniciativa. Franco convocó a sus generales de forma inmediata.

—En el recodo del Ebro se ha concentrado lo mejor del Ejército Rojo. ¡Hay que aniquilarlo! En treinta y cinco kilómetros se reúnen los altos mandos del ejército enemigo. Todos nuestros esfuerzos deben concentrarse aquí. —Señaló un corredor de dos kilómetros en dirección a la venta de Camposines, cruce de caminos en el centro del recodo, defendido palmo a palmo por las divisiones del Ejército Popular—. Tengo claro que en este punto se va a decidir la guerra.

Nenuca y sus primos, así como Angelines Martínez-Fuset, ajenos al desarrollo de la contienda, jugaban en aquella especie de jaula de oro en la que habitaban. Las noticias del frente, las clases, las visitas de los Vallejo-Nágera, los bulos y rumores que llegaban hasta allí, las fechorías de Bocho que crecía ostensiblemente, los rezos y rosarios... fueron conformando ese año que concentró en el mes de septiembre y octubre noticias que hicieron que se hablaran de otros asuntos más allá de la guerra.

Siete días antes del cumpleaños de Nenuca, llegaba una noticia desde Estados Unidos. El que había sido príncipe de Asturias, don Alfonso de Borbón, primogénito de Alfonso XIII, moría en un accidente de tráfico en Miami. Había sido el heredero al trono de España desde su nacimiento hasta que se proclamó la República. En 1933 había renunciado a sus derechos dinásticos. En la comida de ese día en la que Franco estaba ausente, Carmen comentó la noticia.

—Siempre tuvo una salud muy frágil.

—Bueno, tenía hemofilia que le venía de su rama materna, de la reina Victoria Eugenia. De todas formas, su fragilidad le impidió tener una buena formación. No estaba preparado para afrontar las dificultades y los problemas de la Corona —comentó Serrano Súñer—. Parece que se enamoró de una cubana de origen español, Edelmira Sampedro, que no pertenecía a ninguna casa real, por lo que su familia le retiró su apoyo. Según la Pragmática Sanción de Carlos III era requisito imprescindible que fuera de sangre real.

—¿Alfonso XIII le pidió que renunciara a sus derechos sucesorios? —preguntó Zita.

—Sí, y es lo que hizo dejándolo por escrito. Edelmira era

hija de un español que hizo fortuna en Cuba con una plantación de azúcar.

—Pero creo que volvió a casarse, ¿no? —preguntó Zita.

—Se divorció y volvió a casarse civilmente con otra cubana de padre español. Duró poquísimo ese matrimonio y a comienzos de este año se divorció de nuevo. —Ramón, que controlaba la prensa y la propaganda, tenía todos los detalles.

—El accidente no fue para tanto. Se dio con una cabina telefónica, pero, claro, con su enfermedad tuvo una hemorragia interna. —Zita también conocía los pormenores de la noticia.

—Bueno, su hermano Gonzalo, menor que él, murió hace un par de años en idénticas circunstancias, tras un pequeño accidente cuando su hermana Beatriz conducía —comentó Carmen—. Tuvo otra hemorragia interna.

—Hay quien sostiene que el que conducía era Gonzalo y no su hermana, pero la versión oficial fue diferente porque era menor. En fin, el rey le dio todos los derechos dinásticos a su hijo sano, Juan de Borbón, ya que su otro hermano mayor, Jaime, fue obligado a renunciar a los suyos por la sordera que padece desde los cuatro años.

—Menudo golpe para la familia —añadió Carmen—. Tendremos que enviar un telegrama con nuestras condolencias.

—De eso me encargo yo —afirmó Ramón.

El día del duodécimo cumpleaños de Nenuca, la cocinera se esmeró en preparar una tarta de dos pisos para todos los invitados. El 14 de septiembre se dieron cita los miembros de la familia que estaban en Burgos, excepto su padre, y las amistades más allegadas para festejar el acontecimiento.

—¡Qué mayor te has hecho, Nenuca! —exclamó Lola Botas, una de las mejores amigas de Carmen Polo.

—¡Y muy guapa! ¡Toda una señorita! —comentó Lorenzo Martínez Fuset.

Ese año no hubo muñecas, pero sí lápices de colores, varias biografías de personajes históricos, un par de vestidos y un jersey tricotado por su institutriz, pero el regalo de cumpleaños que más le gustó fue salir del palacio. A todos los niños les dejaron pasear por Burgos capital y oír misa en la catedral. Jesús y otro chófer de palacio llevaron a todos los niños y a Blanca en automóvil.

—Le ha echado valor, señorita Blanca. Atreverse a salir sola con tanto niño —le dijo Jesús a la institutriz.

—Es un día feliz para todos. Hoy no pensamos en la guerra.

—Señorita Blanca, ¿después de ir a la catedral podremos pasear por la calle?

—Depende de cómo os portéis en misa.

—Si nos portamos bien, iremos por la calle como los demás niños.

—Grábatelo en la cabeza, tú no eres como los demás. Estamos mucho más seguros en el palacio. Ya quisieran muchos niños vivir en un palacio.

—Yo solo he vivido en un piso en Oviedo, en casa del abuelo Felipe, y en Francia, en casa de *mademoiselle* Claverie. Ahí me llamaban Teresa y a mi padre le tuve que cambiar el nombre. Me inventé el de Salvador —le contó a su amiga Angelines—. Tuve mucho miedo. Parecía que todo el mundo nos espiaba. Mamá me obligó a mentir al cura que nos hacía preguntas.

—Bueno, hay mentiras piadosas —le recordó Blanca—. Sobre todo si piensas que diciendo la verdad te expones a un peligro.

—Angelines, ¿en cuántos sitios diferentes has vivido? —le preguntó Nenuca.

—En Mallorca, en Salamanca y aquí.

—Pues que yo sepa en Zaragoza, Oviedo, La Coruña, Marruecos, Ceuta, Mallorca y Tenerife, después en Salamanca y, por último, en Burgos. A mí me gusta mucho viajar y conocer gente. Y de cada sitio tengo un recuerdo. Bueno, de Ceuta los tengo un poco borrosos. Me cogí una pulmonía y casi no salía a la calle. Estuve mucho tiempo en la cama. De La Coruña tengo el recuerdo de la playa. Es la primera vez que vi las olas, el mar... Me impactó mucho navegar en un barco. De Mallorca tengo muchos más porque ahí hice mi primera comunión y me regalaron una muñeca muy bonita que abría y cerraba los ojos. De Tenerife me gustaba mucho la luz. Allí se quedaron mis muñecas con *mademoiselle* Labord. ¿Ahora dónde estará? —Se quedó pensativa.

—Seguro que podrás volver a verla. Tranquila. Sé que la querías mucho. Espero que me quieras a mí tanto como a ella.

La niña movió la cabeza afirmativamente, pero se quedó con la mirada perdida.

—¿En qué piensas, Nenuca?

—En Mallorca salía con mis padres a la calle. Mi padre incluso conducía y cantaba zarzuela. Me contaba historias de África y de marineros..., pero ahora nos hemos quedado apartados de la gente y casi no veo a mi padre y cuando está, siempre hay mucha gente con nosotros. Tampoco puedo ir sola a hacer recados. En Valence lo hacía y no pasaba nada.

—En Valence no había guerra como aquí. Hoy es tu cumpleaños y estamos fuera de palacio. Tienes que disfrutarlo.

—Tiene razón, señorita Blanca.

—¿Qué historias te contaba tu padre de África? —le preguntó Angelines.

—Muchas, pero ninguna tenía que ver con la que más me intrigaba. No quería contarme nada sobre cómo le hirieron en el vientre cuando estaba encima de un caballo mirando por unos prismáticos.

—Me gustaría viajar a África.

—Yo tengo muy pocos recuerdos. Mamá siempre me ha dicho que fui muy oportuna al nacer, porque justo acabó la guerra.

—Ya hemos llegado a la catedral —les dijo Jesús a los ocupantes del coche—. ¡Hasta aquí los recuerdos!

—Muchas gracias, Jesús. ¿Por qué no nos acompaña? Voy con demasiados niños —le invitó la institutriz.

—Señorita Blanca, si me lo pide, yo dejo todo lo que tenga que hacer.

Jesús estaba especialmente eufórico. Era la primera vez que tenía la sensación de que no molestaba a la institutriz. Decidió ser muy prudente y no dar ningún paso en falso. Le parecía que ella estaba cambiando su opinión con respecto a él. Intuía que ya no le tenía tanto miedo y no huía en cuanto le veía. La nueva situación le llenó de optimismo.

Mientras tanto, en el frente, Franco volvió a ordenar un contraataque en el sector de la Venta de Camposines, con el cuerpo del Maestrazgo reforzado por la decimotercera división. El resultado fue negativo de nuevo. Las líneas de Juan Modesto resistieron y no se replegaron. Hubo desazón en las columnas, como dijo el general Martínez Campos. Por su parte, Serrano Súñer tuvo los primeros choques en la retaguardia con los generales que estaban en Burgos. «¡Son una pandilla de ignorantes!», repetía una y otra vez en voz alta. Tras la celebración del primero de octubre como día del Caudillo, Franco admitió oficialmente que José Antonio Primo de Rivera había sido fusilado. Justificó la demora diciendo que «hasta ayer era un solo sombrío presentimiento».

—La rabia de nuestros soldados les hará combatir con más fuerza contra el enemigo. Ramón, además, te pido que pongas en marcha de inmediato una campaña por la victoria total —requirió a su cuñado.

—Así lo haremos. Te aseguro que hasta el enemigo creerá que nosotros vamos a ganar la guerra. Mantener la moral de nuestros hombres es crucial.

—Será bueno que opinen también los intelectuales que estén ya en el bando nacional.

—Wenceslao Fernández Flórez, Víctor de la Serna, Juan Ignacio Luca de Tena, Carlos Jiménez Díaz, Eduardo Marquina, Manuel de Falla y muchos más, que no tendrán ningún inconveniente.

—Definitivamente, vamos a poner en marcha el envolvimiento de la sierra de Cavalls para cortar en dos la bolsa del gran recodo del Ebro.

—Mucha suerte.

Días después, las noticias que llegaron a Burgos fueron que la maniobra anunciada por Franco rompió el maleficio de las tropas nacionales en el Ebro. El hermano mayor de los Franco, Nicolás, ya ejercía como embajador en Roma. Serrano Súñer había ganado la batalla familiar. Contaba con un enemigo menos en Burgos. El 28 de octubre, cuando el coche de Franco regresaba al frente, fue interceptado por un enlace.

—Le traigo un mensaje urgente.

Franco lo leyó fuera del coche y tras unos segundos en silencio recompuso su rictus y les dijo a sus acompañantes: «No es nada que afecte a las operaciones. Se trata de mi hermano Ramón. ¡Continuemos!». No habló más. No explicó a nadie que el avión que pilotaba su hermano acababa de desaparecer al adentrarse en unas nubes tras perder el control. No pestañeó, ni tan siquiera hizo un comentario. Sin embargo, en el palacio de Muguiro, la noticia cayó como una bomba...

Serrano Súñer se lo comunicó a Carmen y a Zita sin preámbulos. Las dos intuían que algo malo había pasado por la cara que tenía.

—¿Qué ha ocurrido? —preguntó Carmen, creyendo que se trataba de su marido.

—El hidro de Ramón. Creen que se ha desintegrado al chocar contra el mar en plena tormenta.

Zita se echó las manos a la cabeza y no pudo reprimir las lágrimas. Carmen se quedó paralizada, no podía mover ni un solo músculo. Al menos no se trataba de su marido, sino de su cuñado. Pudo respirar y hablar.

—¿Seguro que es un accidente? ¿No habrá sido un sabotaje? Sanjurjo, Mola y ahora Ramón.

—Lo cierto es que las noticias que hemos recibido todavía son muy confusas. Parece ser que esta mañana muy temprano, cuando apenas asomaba el sol entre los nubarrones de una incipiente tormenta, decidió subirse al avión. Tenía la orden de bombardear las instalaciones portuarias de Valencia. El ataque se proyectaba muy temprano para evitar cualquier respuesta del enemigo. Llevaba encima unas bombas especiales, las Santiago-Mendi, con doscientos cincuenta kilogramos de trilita.

—¡Dios mío! —Zita se santiguó.

—¿No habrán sido sus enemigos los que hayan preparado el avión? Eran muchos los que no le podían ni ver —observó Carmen, sin dar crédito. Hacía unos días que había venido a verles tras un curso de vuelo en Salamanca. Estaba muy cambiado. Pletórico, lleno de vida—. No puede ser —se repetía—. ¡Cuarenta y dos años!

La noticia se extendió como la pólvora en el palacio. Llegó incluso al oído de los niños mientras estudiaban matemáticas. El mayor de los Serrano Polo irrumpió en la sala de estudios y se lo comunicó a todos.

—¿Os habéis enterado?

—¿De qué? —preguntó Nenuca a su primo Fernando.

—Ha desaparecido entre las nubes el avión de tu tío Ramón. Piensan que se ha estrellado en el mar.

—Pero si estaba aquí hace unos días.

La institutriz cerró los libros. Ese día las noticias eran demasiado malas como para seguir estudiando. Blanca les pidió a los niños que rezaran por la salvación de su alma. Ese día no hubo más clases. La noticia lo alteró todo.

—Los designios de Dios son inescrutables —sentenció la teresiana.

Cuando Franco llegó por la noche a Burgos, ya se habían recopilado más datos sobre la desaparición del hidroavión que pilotaba Ramón. En los rostros de los miembros del servicio se apreciaba que la noticia les había impactado. Y en la de Serrano también.

—Lo siento mucho, Paco —fue lo primero que le dijo su cuñado nada más verle.

—Dime todo lo que sepas —pidió Franco, sin mostrar un solo signo de aflicción.

—Ramón iba en el asiento delantero del trimotor. Justo detrás de él se encontraba el segundo piloto, Joaquín Domínguez, y junto a ellos, el mecánico Emilio Gómez. En el fondo del fuselaje y encargado del bombardeo, el teniente de navío Melchor Sangro. Y en la parte trasera inferior del avión, el cabo radio Juan Canales al mando de la ametralladora. A todos se les da por desaparecidos. Los restos del avión todavía no han sido encontrados. Sabes que tu hermano era un gran piloto. Hay quien piensa que con su pericia puede que estén vivos.

—Mi hermano está muerto y puede que haya sido un sabotaje. Quiero una investigación exhaustiva. ¿Quién fue la última persona en manipular el avión?

—El teniente Hevia. El mismo que dirigió la operación de carga de las bombas en los Cant Z-506.

—No me fío.

—Se le está investigando.

—¿Iba solo o le acompañaba otro avión?

—Iba otro avión. Tu hermano se encargó de designar a su mejor subordinado, el capitán Rodolfo Bay. Parece que ya había sido su compañero de patrulla en otras misiones complicadas. Fue quien dio la voz de alarma.

—¿Qué explicaciones ha dado?

—Que iban a cuatro mil metros de altura rumbo a Formentor para continuar el viraje y volar hacia Valencia. Parece ser que su avión atravesó una masa de nubes, justo donde se condensaba la tormenta. Bay, sin embargo, la esquivó y cuenta que cuando vio salir de las nubes al avión de Ramón perdía velocidad. Tan lento comenzó a volar que entró en pérdida justo cuando se adentraba en otro mar de nubes y finalmente desapareció.

—¿Y ya?

—Volaron en círculo y no volvieron a verles. Desaparecieron. Por eso Bay no fue hasta Valencia, sino que decidió dar la voz de alarma regresando a Pollensa a pesar de que iban cargados de bombas. Ellos también se arriesgaron.

—¡Que se haga la búsqueda por mar!

—Sí, los cruceros *Navarra* y *Canarias* han salido a patrullar la zona pero se ha levantado una violenta marejada. Se reiniciará la búsqueda a primera hora de mañana. Hace muy mal tiempo. Ha sido un día de mucha confusión.

—¿Lo sabe mi hermano Nicolás?

—Sí, le he llamado personalmente. Está viajando hacia España.

—¿Y Pilarón?

—De tu hermana se ha encargado Carmina.

—¿Y a mi padre se lo han dicho?

—Se encuentra en Oviedo. Se lo han comunicado y, como sabes, ya ha empezado a despotricar.

—¿Qué dice?

—Ya sabes…

—No, ¡dímelo!

—¡Que ha muerto el mejor de los Franco, el que verdaderamente valía!

—Vayamos con los demás… —Franco sabía que su padre le criticaba siempre, incluso le ridiculizaba en público. Por lo que comprobó, en la muerte de su hermano también.

Franco y Serrano se fueron directos al comedor, donde los esperaba la familia. Todos guardaban silencio, hasta los niños. Fue una noche casi sin palabras. Nadie preguntó por su viuda, Engracia Moreno, ni por su hija Angelines. De ese capítulo sentimental pasaron página. En el núcleo familiar nadie lo verbalizaba, pero se dudaba de las explicaciones sobre el temporal.

Al día siguiente, a primera hora de la mañana, un avión despegó de Pollensa con los tenientes Hevia y Casteleiro a los mandos y avistaron los restos del avión. La lancha *Pollensa*, al mando de un oficial alemán, que había zarpado por la noche, llegó al punto exacto donde habían sido divisados los restos. El médico que iba a bordo ya no pudo hacer nada. No había supervivientes. Entre los restos del avión, el primer cadáver que rescataron fue precisamente el de Ramón. El mono especial de tela impermeable y relleno de semillas indias se hinchó y le hizo flotar. En cuanto le subieron a cubierta comenzaron las hipótesis de atentado.

—Tiene un agujero en la sien izquierda. Da la impresión de que alguien le ha disparado —aventuró uno de los oficiales—. Además, le falta un pie que parece arrancado de cuajo.

—De lo que veamos aquí, no puede trascender nada absolutamente. Este tema es secreto. No podéis decir nada a nadie. Yo informaré a la superioridad —afirmó el oficial alemán al mando.

—De acuerdo —dijeron los oficiales y marinos que allí se encontraban.

Los demás cadáveres fueron encontrados también con mutilaciones. Por más que buscaron, no apareció el del radio,

Juan Canales, que viajaba en la parte trasera inferior del avión. Comenzó una investigación exhaustiva que llevaría meses hasta tener un resultado fiable.

Fueron los alemanes de la Legión Cóndor los que le dieron más detalles a Serrano Súñer.

—En este momento no podemos descartar ninguna hipótesis, pero, a veces, el exceso de pericia y de confianza en uno mismo puede hacernos cometer imprudencias. El tiempo era malo y no debía haber despegado. Sabemos que hasta última hora Ramón Franco no decidió qué avión iba a pilotar. La realidad es que no hubo tiempo material para hacer efectivo un sabotaje. Y el agujero en el occipital pudo ser por un golpe seco.

—De modo que el héroe del Atlántico, el revolucionario republicano, masón, anarquista y diplomático muere al entrar en el foco de una tormenta. Es difícil de creer.

—Lo sé, pero, a veces, estas cosas ocurren. Deberían centrarse en la guerra y no en las especulaciones. Nuestras condolencias a Franco.

—Se las daré de su parte. Muchas gracias.

Días después, Franco dio la orden de que continuara la investigación sin que lo supieran sus compañeros. Parecía imposible que el héroe del *Plus Ultra* hubiera muerto a los pocos minutos de despegar de Pollensa por entrar en barrena a causa de una tormenta. La explicación parecía increíble.

Los niños estuvieron rezando varios rosarios durante días. Aquel accidente de Ramón tuvo un enorme impacto en todos. Desde ese momento, la seguridad se reforzó y los niños dejaron de salir sin escolta.

15
UNA GUERRA QUE YA DURABA DEMASIADO

30 DE OCTUBRE DE 1938 – 1 DE ABRIL DE 1939

El parte de guerra de cada día lo firmaba siempre un general que se llamaba Martín Moreno, pero el último lo firmó papá. Era el final.

El 30 de octubre, el general Rafael García Valiño lanzó el séptimo contraataque operativo de la batalla del Ebro y consiguió llegar hasta la sierra de Cavalls. El 3 de noviembre, las tropas nacionales alcanzaron la orilla del Ebro. Consiguieron partir en dos las milicias republicanas. Cuatro días después, las tropas del general Dávila recuperaron el pueblo de Mora de Ebro. El objetivo de Franco, el cruce de la Venta de Camposines, se consiguió al día siguiente. El 16 de noviembre, estando ya en Burgos, Franco recibió un telegrama que subió la moral de todos los generales: «La batalla del Ebro ha terminado».

—Señores, estamos a un paso de ganar la guerra —dijo en consejo de ministros—. Ahora liberemos Valencia.

—Excelencia, todos nuestros esfuerzos tienen que volcarse en liberar a Cataluña —señaló el general Vigón—. Igual piensan los generales Dávila, Aranda y Yagüe. En este momento, el Ejército Rojo está roto. Difícilmente podrán defenderla.

Hubo un silencio incómodo hasta que Franco volvió a hablar.

—Está bien. Pongamos nuestro esfuerzo en el cambio de estrategia. El siguiente choque será decisivo.

Nenuca seguía sus clases al margen de todo lo que estaba aconteciendo en el exterior del palacio. Se había convertido en una gran lectora, devoraba novelas y biografías. Había crecido mucho en los últimos meses y comenzaba a aventajar en altura a sus primos. Capitaneaba y organizaba juegos y cuando se aburría bajaba al piso inferior, donde estaban los despachos de su padre y de su ayudante.

—¡Vengo a por unos lápices! —le dijo al ayudante de Marina que se encontraba allí. Antes, jamás se le habría pasado por la cabeza irrumpir en el despacho de su padre.

El ayudante, que estaba pendiente de las órdenes de Franco, se puso en pie y preguntó a la niña cuántos quería.

—Con uno es suficiente.

—Pues aquí tienes. ¡Toma dos!

—¿Me puede dar unos papeles para poder dibujar?

—¡Claro que sí!

Sus primos entraron también en el despacho del ayudante y empezaron a hablar con él.

—Veo que estáis aburridos…

—¿Llevas gorra o casco? —preguntó Fernando.

—Yo gorra, pero si quieres me puedo poner un casco ahora mismo —bromeó.

—Sí, queremos que te pongas un casco.

—Está bien. —Cogió la tapa de plata que adornaba una sopera que estaba en la sala y se la puso en la cabeza.

Los niños comenzaron a reírse de forma tan escandalosa que se abrió la puerta del despacho. Era Franco. Todos se quedaron inmóviles inmediatamente, paralizados. Las risas cesaron de golpe.

—¿Qué está pasando aquí?

—Estábamos jugando —dijo la niña.

—Este no es un lugar de juegos. ¿Está usted loco? —se

dirigió a su ayudante, que llevaba en la cabeza la tapadera de la sopera—. Haga el favor de quitarse eso de la cabeza. Y vosotros, id al piso de arriba. Este no es sitio para niños. Está a punto de llegar un general alemán. ¡Basta ya de tonterías!

Se fueron de allí corriendo. Nenuca pensaba en el simpático ayudante de Marina y en la cara que puso cuando le pilló su padre con la tapadera encima de la cabeza. La situación había sido muy cómica, pero a su padre no le había hecho ninguna gracia. Se le notó muy tenso.

Subieron las escaleras de dos en dos y se fueron a buscar a Blanca, la institutriz. Estaba hablando con Jesús de manera amigable y la interrumpieron.

—Señorita, papá se ha enfadado. Nos ha pillado en el cuarto de su ayudante.

—Pero ¿qué hacíais allí? Un minuto que me he despistado y ya habéis metido la pata.

Jesús se fue de allí a toda prisa y Blanca se quedó junto a ellos visiblemente enfadada.

—Cuando se entere tu madre, me voy a llevar una buena regañina. Un minuto que me he despistado —repetía una y otra vez.

En efecto, esa noche, durante la cena, Carmen se enteró de la presencia de los niños en la zona de despachos y le pidió explicaciones a Blanca.

—No entiendo cómo han podido bajar sin que usted se haya dado cuenta.

—Ha sido un minuto que me he despistado.

—Pero ¿qué hacía para despistarse? Su misión no es otra que cuidar de los niños sin despistes.

Blanca se ruborizó. En realidad, se había quedado unos minutos hablando con Jesús y no se dio cuenta de que los niños habían bajado hacia la zona que les estaba prohibida.

—Estaría cosiendo. No sé. Lo siento muchísimo. No entiendo cómo ha podido pasar.

—¡Que no se vuelva a repetir!
—Así será.

La institutriz estuvo enfadada con los niños algún tiempo. Tuvieron que estudiar más lengua y matemáticas y no hubo ni recreo ni juegos. Tampoco se perdonaba a sí misma que su conversación con Jesús hubiera provocado tantos enfados y castigos. Durante días dejó de dirigir la palabra al mecánico.

Aquel final de año, Franco no dio ningún mensaje de Navidad a través de la radio. Sin embargo, sí concedió una entrevista a Manuel Aznar, director del periódico *El Diario Vasco*. Al día siguiente de su publicación, en Radio Nacional se hicieron eco de sus declaraciones: «Anuncio el año 1939 como el decisivo... No aspiro solo a vencer, sino a convencer». Parecía que el final de la guerra se precipitaba. Franco iba y venía de Términus. Aparecía poco por Burgos y no regresó hasta que las tropas nacionales hicieron su entrada en Barcelona a finales de enero.

En el frente, la moral del enemigo estaba hundida. Manuel Azaña dimitió como presidente de la República. La causa del Frente Popular se quedó sin líder. Ahora ya se creía que el final de la contienda se acercaba. Algunos generales, como Carlos Martínez Campos, empezaban a pensar en el día después de la guerra, señalaban que había que replantearse la cuestión dinástica en España. Por otro lado, el general Vigón estaba convencido de que Franco llamaría muy pronto a don Juan de Borbón para reinstaurar el trono en España. Sin embargo, en Burgos, Serrano Súñer opinaba lo contrario y durante la cena habló a Franco delante del general Vigón.

—Hay una carta de Mussolini al general Gambara en la que te desaconseja tajantemente la restauración.

—Paco siempre ha dicho que cuando corone su victoria, regresará la monarquía —insistió el general Vigón, que era de los pocos que se atrevía a llamarle de tú.

—No se corona nuestra obra solo con la victoria. Hay que

dejar organizado un Estado que garantice no volver al pasado. Una vez que termine la guerra, quedará mucho por hacer —explicó Serrano con vehemencia.

Franco escuchaba sin decir nada.

—Este es el inicio de algo grande que habrá que consolidar para tiempos lejanos —continuó Ramón—. No se puede hacer la restauración sin más. Tenemos que construir un Estado y unas bases que lo regulen. Eso lleva tiempo.

—Este tema se retrasa indefinidamente —sentenció Franco.

Todos los presentes se dieron cuenta de que el regreso de la monarquía no sería inminente.

Esa noche, Isabel Polo se incorporó al círculo de palacio. De esta forma, los tres hermanos de Carmen ya estaban junto a ella: Felipe, Zita y ahora Isabel, que llegó a Burgos sorteando todo tipo de carreteras desde Asturias. Los hermanos estaban contentos de volver a verse. Las últimas noticias les hacían concebir esperanzas sobre el final de la guerra. Los niños, también contagiados del ambiente optimista, pidieron doble ración de postre.

—¿Podremos por fin salir del palacio cuando todo acabe? —preguntó Nenuca a Blanca.

—Hay que tener paciencia. Primero, tendrá que acabar la guerra. Cuando llegue ese momento, serás la hija del Caudillo. No creo que puedas hacerlo. Eso tendrá para ti una responsabilidad. Deberás comportarte de forma ejemplar porque mucha gente estará pendiente de lo que hagas y de lo que digas.

—¿No seré como las demás niñas de mi edad? ¿Seguiré sin ir al colegio?

—Me temo que no. Conmigo estarás perfectamente formada. Te lo puedo garantizar. Hazte a la idea de que nunca serás como las demás niñas.

Nenuca se tomó la segunda ración de postre con pocas

ganas. Sabía que no podía quedar nada en el plato si no quería llevarse una buena regañina. Ella, que soñaba con el final de la guerra para recuperar su vida anterior, ahora comprendía que ya nada sería igual.

De pronto comenzaron a llegar hasta el palacio todo tipo de regalos de personas que intuían que el final estaba cerca. Deseaban congratularse con Franco y sus allegados. Días antes de entrar en Madrid, Franco se puso enfermo. El termómetro marcaba treinta y nueve de fiebre. Vicente Gil le examinaba minuciosamente y le daba su diagnóstico.

—Tiene una faringitis aguda. No es más. En un par de días estará bien.

Sin embargo, pasaron los días y los síntomas no remitían: dolor de garganta, de cabeza, de oído. Vicente Gil decidió tomar una muestra de la secreción de la garganta inflamada de Franco e inoculársela en la suya para sufrir el mismo proceso que su paciente. Al cabo de un día, estaba con la garganta inflamada y con la misma fiebre que él tenía.

—Señor Gil, está usted loco —le dijo Franco.

—No, nada de locura. Quiero padecer sus mismos síntomas para saber cómo atajarlos y ya le digo que debe hacer las gárgaras que le he recomendado.

—No insista, Vicente. No puedo. Me parece ridículo.

—Pero si hacer gárgaras es bien sencillo.

—Yo no las voy a hacer.

—Pues si no sabe toser y si tampoco puede hacer gárgaras, me lo pone muy difícil su excelencia.

—Encuentre otro método. No sé eliminar las flemas. Lo paso mal. Tampoco sé hacer gorgoritos con ese brebaje que me ha dado.

—Encontraré la forma de curarle. Mientras tanto deberá guardar cama.

—No es el momento de meterme en la cama. Deme algo para poder estar de pie.

—Le voy a dar aspirinas que he conseguido gracias a nuestros amigos alemanes. Se encontrará mejor en media hora, pero no estará bien del todo.

Mientras hacía tiempo para que surtieran efecto, le explicó de dónde venía el fármaco.

—Este medicamento está hecho de sauce y de otras plantas ricas en salicilato. Estas plantas ya aparecen en algunos papiros egipcios...

Carmen entró en la habitación en ese momento, justo cuando estaba contando los orígenes del fármaco.

—Vicente, mi marido no está para clases de medicina.

—Tiene razón. Perdone su excelencia. Soy un enamorado de mi profesión. Y lo tengo muy reciente.

—Ahora será mejor que le dejemos tranquilo.

Franco no dijo nada. Ni tan siquiera parpadeó. Vicente Gil se quedó hablando con los ayudantes del Caudillo fuera de su habitación. Estaba nervioso y no paraba de hablar.

—Yo hubiera querido ser cirujano; aunque no me amputaron el brazo en el Alto de los Leones porque me opuse rotundamente, a punto he estado de ser un mutilado de guerra. Así que las posibilidades de hacer carrera en la cirugía se me han esfumado.

—¡Pero si es usted médico de Franco!

—Lo sé, y para mí es un honor. Pero mis mejores notas las obtuve en este campo para el que valía. Al menos, eso me decían mis profesores.

—Si tú no has estado en el frente... Has pasado más tiempo aquí que allí.

—Como si estar al lado de Franco no supusiera estar expuesto al peligro. Mirad, está tan convencido de que no le va a pasar nada que yo le he visto en Teruel, en el Ebro, en..., bueno es igual, no le he notado ni un parpadeo en los momentos más difíciles. Para que veáis la estrella de este hombre. Estuvimos en Alcañiz, cerca de tres meses en el puesto de mando. El único día que no fue, bombardearon. Cuando volvimos al día siguiente ya no había puesto de mando. El lugar estaba irreconocible.

—Menos batallas, doctor, que usted el único peligro que ha corrido es el de la faringitis que ha cogido.

Nenuca quería desde hacía días hablar con su madre, pero siempre estaba ocupada con visitas de todo tipo que se incrementaron en esos días. Acudió una noche antes de acostarse a la salita de estar donde Carmen solía hacer vainica.

—Mamá, quiero preguntarte algo y no encuentro el momento.

—Pues este es bueno. ¿Qué te ocurre?

—Cuando acabe la guerra, ¿qué haremos?

—Pues estar al lado de tu padre, que se va a convertir en el hombre más poderoso de España.

—¿Por delante del tío Ramón?

—¡Por supuesto! ¡Qué cosas tienes! —A Carmen no le gustó nada esa confusión de su hija.

—¿Dónde viviremos?

—Pues no sé. Imagino que aquí, en Burgos. ¿Es que no te gusta?

—No lo digo por eso. Me gustaría relacionarme con niñas de mi edad como cuando estuve en Francia.

—Eso no creo que sea posible. Serás la hija del Generalísimo y habrá que tomar muchas precauciones. Aunque acabe la guerra, seguirá habiendo personas que quieran hacernos daño. Hay que evitarlo, y la mejor forma de prevenirlo es que estés en el palacio protegida.

—Pero ¿por qué crees que me quieren hacer daño a mí?

—Habrá muchos que queriendo hacer daño a tu padre nos quieran hacer daño a nosotras porque seremos un blanco más fácil. ¿Entiendes? Tú tienes que estar siempre bien protegida y no podrás moverte de aquí, salvo que vayas con escolta.

—Yo quiero ser como las demás niñas. Yo quiero volver a salir a la calle.

—Eso ya no podrá ser. Cuanto antes te hagas a la idea, será mejor para todos. Ahora piensa que la guerra está a punto de terminar. ¡Vamos a rezar! —Carmen sacó el rosario y ante la reliquia de la mano de santa Teresa comenzaron a orar. Tenía el convencimiento de que la guerra ya estaba ganada.

Cientos de republicanos huyeron por la frontera al entrar en Barcelona el Ejército del norte, capitaneado por el general Dávila. «La resistencia ha sido escasa, por no decir nula», comentaría a sus superiores. Varias naciones anunciaron el reconocimiento de la España nacional: Irlanda, Polonia, Uruguay, Perú, Bolivia... Francia e Inglaterra también reconocieron oficialmente al Gobierno de Burgos. La República suprimió la estrella roja de cinco puntas del uniforme al acabar con los símbolos comunistas. El líder histórico del PSOE, Julián Besteiro, descalificó al doctor Negrín y a su Gobierno, proclamando que la legalidad de la República descansaba ahora en los militares. Una delegación de los dos Ejércitos se reunió cerca de Burgos, en Gamonal, para hablar de las condiciones del final de la guerra. El 25 de marzo se acordó la entrega de la aviación y, el 27, la rendición del Ejército miliciano. Finalmente, el acuerdo no se cumplió, la mayor parte de las tropas desertaron y se entregaron. Otros intentaron alcanzar cualquier medio que les facilitara la salida de España.

—Tengo que levantarme. No puedo seguir en la cama —le dijo Franco a su médico.

Carmen y la niña le acompañaban mientras el doctor Gil le impedía ponerse en pie.

—Excelencia, no debe levantarse si no quiere recaer.

—Espinosa de los Monteros ha entrado en Madrid, igual que Losas y Ríos Capapé, y no han encontrado ningún obstáculo —le informó Serrano Súñer—. Es el final.

—El Escorial también ha sido tomado. —Su ayudante de tierra entró con la noticia con cierta excitación.

—El Ejército del sur rebasa Andújar... —comentó Lorenzo Martínez Fuset.

—Acaba de telegrafiar el general Matallana, jefe del grupo de Ejércitos de la República: se pone a tus órdenes —informó el comandante Medrado del Estado Mayor, entrando en la habitación.

Desde la madrugada del 1 de abril solo quedaba un centro de resistencia: los muelles de Alicante, que fue sofocado a primera hora de la tarde de ese primer día de abril.

—¡Excelencia, todo ha acabado ya! —comentó su primo Francisco Franco Salgado-Araujo, jadeando ligeramente al haber subido las escaleras a toda velocidad.

En la habitación todos se abrazaron. Franco se levantó de la cama. Vicente Gil ya no fue capaz de sujetarle. Se puso un batín y se fue al despacho a retocar el borrador del último parte de guerra. Deseaba redactarlo de su puño y letra. Era la primera vez que no lo hacía su jefe de Estado Mayor. Los micrófonos de Radio Nacional lo grababan con la voz del actor Fernando Fernández de Córdoba.

—En el día de hoy, cautivo y desarmado el Ejército Rojo, han alcanzado las tropas nacionales sus últimos objetivos militares. La guerra ha terminado.

Al poco de su emisión, en las puertas del palacio de Muguiro había una multitud de personas concentradas celebrando la victoria. Los niños sabían que no podían molestar y se reunieron bajo la mirada de Blanca, a la que se le saltaban las lágrimas.

—Todo ha acabado. Por fin no nos mataremos entre hermanos. Niños, esta será la mejor noticia de vuestras vidas. Recordadlo siempre.

—Papá dice que ha durado mucho —comentó Nenuca—. Nunca pensó que se alargaría tanto.

—Ahora comenzará lo más difícil: la reconstrucción de todo lo que la guerra ha destruido.

Los niños comenzaron a jugar a los piratas. Estaban eufóricos. Esa tarde entrechocaron las espadas de madera como si les fuera la vida en ello. Apareció Bocho y dejaron las armas para dedicarse a domesticar al animal. En el palacio había un trasiego de gente con noticias de los diferentes frentes.

En el servicio se produjo un cambio: comenzaron a tratar a Nenuca de usted. Seguía siendo la misma, pero el hecho de que acabara la guerra produjo variaciones en los tratamientos.

—Señorita, ¿quiere algo más? —le preguntó uno de los camareros.

Nenuca en un principio se quedó muy extrañada. A su madre comenzaron a llamarla señora, el mismo tratamiento que se daba a las reinas. Tras el anuncio del fin de la guerra, parecía que muchas cosas empezaban a cambiar. Todos eran conscientes de que era la hija del Generalísimo. La conclusión de la contienda las convertía, a su madre y a ella, en las personas más influyentes y más buscadas por las cámaras fotográficas de la prensa. Desde aquel momento, serían muchos los que intentarían granjearse la amistad de la mujer y de la hija de Franco.

La guerra había terminado, pero ahora comenzaba la reconstrucción de todo un país maltrecho y hambriento, fracturado en dos bandos sin posibilidad de reconciliación.

16

DE NENUCA A CARMENCITA

7 DE ABRIL-18 DE OCTUBRE DE 1939

La lectura me gustaba muchísimo.
Leía novelas y biografías.
Sentía una enorme curiosidad
por lo que me contaban los libros.

Los días que siguieron al final de la guerra fueron trepidantes en aquel palacio de Muguiro donde se agolpaba la gente que quería saludar y felicitar al que ya todos llamaban Caudillo. Lo cierto es que Franco, convaleciente de aquella faringitis que se transformó en gripe, estuvo una semana en la cama. Mientras, preparaba con su cuñado y las personas de confianza el nuevo Estado que se pondría en marcha de forma inminente. Estados Unidos, en esos días, se sumó como otros países al reconocimiento del Gobierno de Franco. El rey Alfonso XIII y su hijo, Juan de Borbón, le mandaron sendas felicitaciones por la victoria. Hasta el 7 de abril, Jueves Santo, no reapareció en público visitando los monumentos de distintas iglesias. Entre vítores, reconocimientos y aplausos fue viajando por toda España. Carmen comenzó a organizar el nuevo traslado.

—¿Estás seguro de que tenemos que trasladarnos a Madrid? —preguntó a su cuñado Ramón Serrano Súñer.

—Sí. Debemos estar allí. El aparato del Estado estará en la capital. He pensado en un lugar estupendo mientras decidimos cuál puede ser vuestra residencia definitiva. Creo que de forma provisional estaréis muy bien en el castillo de Viñuelas. Es propiedad de los duques del Infantado.

—Está cerca de Madrid capital, ¿verdad?

—A dieciocho kilómetros. Será más fácil para la seguridad que requiere vuestra nueva situación.

—Paco había pensado que podríamos vivir en el palacio de Oriente. De hecho, su primo Pacón ha estado ya haciendo gestiones.

—Lo sé, Carmina. Pero eso causaría muy mala impresión. Ha sido el palacio de la familia real y el que utilizó Azaña en los últimos tiempos como presidente de la República.

—Pues Paco no puede ser menos.

—¿No entiendes que van a mirar con lupa cada cosa que diga o haga? Ese lugar tiene su propio significado. Busquemos algo que no traiga recuerdos a los nostálgicos de la monarquía.

—Creo que Ramón tiene razón —le dijo Zita a su hermana, que mantenía un gesto contrariado—. El palacio de Viñuelas es una maravilla.

—Además, es un lugar fortificado donde estaréis muy seguros los tres. En pleno parque de la cuenca alta del Manzanares —continuó explicando Ramón—. Un lugar extraordinario para la caza. Ha sido residencia de reyes. Que yo sepa, Carlos III y Carlos IV. Si me das el visto bueno, el arquitecto Diego Méndez se pone con la remodelación para que podáis residir allí en un par de meses.

—Nos habíamos hecho idea de otra casa...

—No será un lugar definitivo. Buscaremos algo más apropiado, te lo prometo. Pero no podemos seguir en Burgos por mucho tiempo. Hay que trasladarse a Madrid a menudo y será más operativo para todos.

—Está bien. Vayamos al castillo de Viñuelas.

El 18 de octubre, la familia Franco abandonó definitivamente el palacio de Muguiro y se trasladó al castillo fortificado, en la localidad de Soto de Viñuelas. La única que estaba feliz con la mudanza era Nenuca. Para ella significaba una nueva experiencia, un lugar donde posiblemente conocería a nuevos amigos, pensaba. Se despidió de sus primos, que siguieron allí unos días más, y de su amiga Angelines.

—¡Cuidad de Bocho! No me dejan llevarlo.

—No te preocupes —le dijo Angelines—. Nosotros también iremos a Madrid. Nos veremos pronto.

—Eso espero.

La institutriz le habló al oído mientras aguardaban la llegada del mecánico que las trasladaría hasta Madrid.

—No te preocupes por Bocho. Se lo llevarán a algún zoológico. Piensa que ya ha crecido demasiado.

—¿Por qué? Bocho no hace nada. Es inofensivo.

—Nenuca, es inofensivo ahora, pero cualquier día nos puede dar un buen susto. No es un perro o un gato. Estará mejor porque convivirá con otros de su especie. Adonde vamos, me ha dicho Jesús que está repleto de animales. Nos trasladamos a un lugar precioso. Hay ojeos para la caza.

—Yo no sé cazar. Me encantaría salir con mi padre un día y que me enseñara. Tenía que haber sido chico.

—¿Por qué dices eso?

—Porque podría hacer más cosas con él.

—No creo que tu padre tenga ahora mucho tiempo ni para ti ni para nadie de la familia.

Antes de que la niña pudiera contestar, apareció su madre y, tras ella, Jesús, que llevaba varios bultos que introdujo en la parte trasera del coche. El resto del equipaje y enseres lo llevarían en un camión. Así concluía su etapa de Burgos. La niña miró hacia atrás pensando en Bocho, en su amiga y sus primos. Tenía la sensación de que muchas cosas iban a cambiar. De entrada, dejaron de tratarla como a una niña. Eso la hizo sentirse mayor.

Como llegaron de noche, cuando vio el castillo le dio miedo. Las cuatro torres cilíndricas almenadas, una en cada esquina, y la muralla de piedra que fortificaba la construcción le daban más aspecto de una cárcel que de un lugar para vivir.

—¿Allí vamos a estar? No hay nada alrededor.

—Tranquila. No creo que nos quedemos aquí mucho tiempo. —Carmen tuvo la misma sensación que su hija pero no dijo nada.

Franco ya estaba allí instalado. En la primera cena que tuvieron después de conocer sus habitaciones, Carmen estuvo muy crítica.

—Sinceramente, creo que en el palacio de Oriente estaríamos mejor que aquí, en mitad del campo. No hay nada alrededor y las murallas me dan la sensación de una cárcel.

—Ramón quiere que se construya algo nuevo para nuestra residencia definitiva. Antes de llegar a Madrid me ha enseñado unos terrenos donde se puede levantar un palacio.

—Pero eso llevará mucho tiempo y aquí no creo que la niña aguante mucho. Va a estar muy aislada.

Nenuca permanecía callada. Aquí no estaban ni su amiga ni sus primos y se sentía sola con la única compañía de Blanca.

—Me ha convencido Ramón —manifestó Franco— cuando me ha dicho que Carlos III fue muy querido porque hizo muchas edificaciones y la historia lo recuerda con agrado. Yo quisiera hacer lo mismo. El nuevo palacio será para los españoles como el símbolo de que ha llegado un nuevo tiempo esperanzador que nada tiene que ver con el caos que imperaba en el pasado.

—Ojo con Ramón, que le gusta mucho tomar decisiones que no le corresponden.

—¿Vendrán los primos? —preguntó la niña, ajena a lo que hablaban sus padres.

—Sí. Vendrán pronto —intentó calmarla su madre.

Pasaron los días y, aunque Carmencita —como empezaron a llamarla— no se quejaba, se sentía muy sola. Blanca hizo todo lo posible por llenar su tiempo con clases, horas de costura, horas de francés..., pero se daba cuenta de que los ratos libres los pasaba entretenida con novelas o siempre rodeada de adultos. Tenía una enorme curiosidad por leer todo lo que caía en sus manos. Blanca habló con su madre.

—Señora, creo que sería bueno que Nenuca se relacionara más con otras niñas.

—Vamos a empezar todos a llamarla Carmencita porque ya tiene poco de niña. Y en su nueva situación, como hija del Caudillo, vamos a tener que hacer un esfuerzo para utilizar otro tratamiento. Las cosas ya no son como antes. ¿Me entiende?

—Perfectamente.

—No se preocupe tanto por ella. Le gusta leer y me parece muy bien que se instruya.

—Me he dado cuenta de que se siente atraída por la caza, por los caballos.

—Caballos, sí. Pero de caza, nada de nada. Es muy pequeña para andar con armas. No sería la primera niña que pierde varios dedos de una mano o un ojo. Debe ser más mayor para coger una escopeta. No es momento para salir de caza con su padre. Ni sé cómo se le ocurre, Blanca.

—Lo decía para que tuviera alguna distracción fuera del castillo.

—Cada uno debe saber que tiene un lugar en el mundo y una responsabilidad. Ella ha de aprender a comportarse como una dama. Es la hija de Franco. Y eso ya depende de usted.

—No se preocupe. Eso es lo que estoy haciendo cada día.

—Nos vemos en la cena. Tengo muchas cosas que despachar. Dígale a Jesús que venga, por favor.

Blanca se acercó a la salita que estaba al lado de la cocina, donde solía recogerse el servicio. Pronto se hizo con la distribución del castillo, que era de planta cuadrada y con tres alturas. El balcón corrido de la primera planta era lo que más gustaba a los nuevos inquilinos. Se apoyaba sobre varias columnas que daban lugar a un pórtico. Había una sala de armas muy espectacular donde se hacían las recepciones de las altas personalidades que se presentaban en Viñuelas. Cuando vio a Jesús, en el lugar reservado para el servicio, le dio el aviso.

—La señora te espera en el salón.

—Muchas gracias. Por cierto, estás muy guapa, Blanca.

—Jesús, no me digas esas cosas. Ya sabes que... está bien.

—Solo sé que eres una mujer excepcional.

Blanca se ruborizó y no supo qué responderle. Cada uno siguió su camino en el castillo.

El primer fin de semana tras el traslado, acudieron Zita y Ramón con sus hijos a visitarlos, y volvieron a tratar el tema de su nuevo hogar. Durante días no hablaron de otra cosa.

—Podíamos mirar en Alcalá de Henares o la joya del palacio de los Arzobispos en Toledo. Fue residencia durante años del cardenal Cisneros y morada de los Reyes Católicos en ciertas ocasiones. Igualmente en ese palacio escucharon los reyes a Cristóbal Colón y su plan de expedición a las Indias. —Sabía que, a Franco, todo lo relacionado con los Reyes Católicos le atraía de forma especial—. Ahora mismo, habría que acondicionarlo porque está lleno de tanques y de material bélico, ya que fueron talleres para los republicanos.

—Me gusta la idea. Me gusta mucho —acertó a decir Franco esa noche—. Pero el incendio del palacio lo ha dejado imposible de habitar inmediatamente. Costará mucho tiempo su rehabilitación. Y necesitamos trasladarnos cuanto antes.

—Y encima no te creas que me gusta la frase que te dijo el alcalde Huerta en el telegrama. Al comunicarnos la desgracia del incendio.

—¿Qué os comentó? —preguntó Carmen.

—Pues dijo textualmente: «¡Dios haga que esta desgracia nacional no sea augurio y anticipo de otra aún más terrible en que arda y se consuma la patria!».

—Pero ¿quién se ha creído que es? —respondió Carmen con indignación.

Franco permaneció en silencio. Otros temas rondaban por su cabeza. Sobre todo, aquellos relacionados con la jefatura del Estado, con la reconstrucción de España y con la «depuración» de presos republicanos. Serrano Súñer le sacó de su ensimismamiento.

—Habrá que establecerte un sueldo por ley. Las cosas hay que hacerlas así. He estado indagando cuánto cobraba Alfonso XIII y los presidentes Alcalá Zamora y Manuel Azaña, a fin de establecer una cifra que sea equidistante.

—¿La tienes ya pensada?

—Sí.

—Lo hablamos más tarde. —Franco siguió comiendo.

Tras el café se retiraron Franco y Serrano al despacho y allí le dijo la cifra que creía conveniente para su sueldo.

—Teniendo en cuenta las circunstancias, creo que estaría bien un sueldo de setecientas mil pesetas al año.

Franco no movió un músculo.

—Está bien. Lo estudiaré. Ahora me parece prioritario limpiar España de rojos. Todo el que tenga delitos de sangre debe ser eliminado de inmediato. ¿Me has entendido?

—A la perfección. Eso lleva su tiempo. No todos los casos son iguales.

—El que no estuviera con nuestra cruzada es un enemigo, y al enemigo ni agua. Hay que eliminar al que mató indiscriminadamente, al que saqueó y al que profanó iglesias. Sin contemplaciones. Ni un titubeo ni una muestra de debilidad. El pulso no nos puede temblar.

—Por supuesto que no. Estamos organizándonos.

Carmencita, ajena a todo el aparato del Estado que dirigía su padre, igual que había estado ajena al desarrollo de la guerra, vivía en Viñuelas más unida que nunca a su institutriz. Pasaba junto a ella la mayor parte del día. Después de las clases, tomó por costumbre bajar a las cuadras en compañía de Blanca. Le encantaban los caballos. Comenzó a recibir clases de forma espontánea por parte el responsable de las cuadras.

—Las damas no pueden montar a horcajadas —le dijo el improvisado profesor—. No está bien visto.

—Pero es mucho más cómodo —replicó Carmencita.

—En cuanto cojas la técnica te parecerá igualmente fácil.

—Además, dicen que es perjudicial para la fertilidad femenina montar con las piernas abiertas —comentó Blanca en voz alta.

—Tienes que sentarte perpendicularmente a la marcha del caballo, con las dos piernas hacia el lado izquierdo del lomo.

Lo intentó y enseguida se hizo con el animal. Tenía habilidad con los caballos.

—Mira, algo que te va a gustar. La conocida emperatriz de Austria, Sissi, fue una amazona brillante. Ella fomentó la monta a la amazona para las mujeres de finales del siglo XVIII. Es más elegante, Nenuca. Quiero decir, Carmencita —le explicó su institutriz rectificando el nuevo tratamiento.

Cada tarde bajaba a las cuadras y montaba a caballo. Un día, cuando ya tenía cierta soltura, se atrevió a decirle a su padre que le gustaría salir a caballo con él. Era la primera proposición que le hacía en años. Su padre se quedó sorprendido.

—Tendrás que aprender a montar a caballo.

—Ya sé. Y creo que no se me da mal.

—¿Quién te ha enseñado?

—El responsable de las cuadras.

—Veo que no pierdes el tiempo. Está bien. El domingo, después de misa, daremos una vuelta.

Carmencita estuvo nerviosa toda la semana. Montaba cada tarde para habituarse a su caballo y que sus padres se sorprendieran con sus progresos. Blanca la veía feliz. Algo nuevo para ella, que la hacía sentir que no estaba encerrada entre los muros del castillo.

El domingo ofició la misa el padre Bulart, que se había incorporado al séquito de Franco ya en Salamanca, donde había dejado de ser secretario del obispo Pla y Deniel para convertirse en el capellán de la familia. Carmencita estaba nerviosa e impaciente. Por primera vez iba a compartir algo más que la comida o la cena con su padre. Por fin, tendrían una afición común más allá de una mesa rodeada de gente. En su memoria solo había momentos parecidos en el coche cuando todavía conducía su padre antes de la guerra y cantaba zarzuela. O antes, siendo muy pequeña, cuando le contaba relatos de la guerra de África e historias relacionadas con el mar y los marineros. Desde que estalló la guerra tenía la sensación de que su padre ya no disponía de tiempo para ella. Nunca había vuelto a hablar con él a solas. Ahora estarían juntos montando a caballo. Para ella suponía todo un acontecimiento.

Después de desayunar tras la misa, se fueron a las cuadras y Carmencita demostró a su padre que sabía subirse al caballo y dominarlo dándole distintas órdenes.

—Eso está muy bien. Vayamos a dar una vuelta. ¿Sabes? Muchos de mis caballos han muerto en la guerra como si fueran un soldado más. El enemigo trataba de darme a mí, pero hacían blanco sobre ellos. Podría decirse que me han salvado la vida muchas veces.

—Me ha costado hacerme con la monta a la amazona, pienso que me salía mejor a horcajadas. —La niña no quería que le hablara de la guerra—. Me ha dicho la señorita que así montaba Sissi emperatriz.

—¿Sabes? Los caballos blancos son producto de la falta de pigmentación, me gustan mucho, tanto o más que los alazanes. El caballo es un animal muy noble. Tiene un fuerte instinto de huida y defensa. Debes sujetar las bridas con fuerza porque su primera reacción ante una amenaza es asustarse y huir. Si no estás bien sujeta te puede tirar.

—¿Por qué sabes tanto de caballos?

—Todo lo que sé sobre ellos lo aprendí en la Academia Militar para Cadetes de Infantería de Toledo. —Franco sobre un caballo se sentía seguro, dominante, olvidaba su baja estatura. Los caballos fueron sus principales aliados de guerra. Ninguno de sus compañeros se atrevía a llamarle Franquito sobre uno de ellos. Precisamente su principal herida de guerra, en África, tuvo lugar sobre un caballo.

—Mi caballo aprende muy rápido. Dice el jefe de cuadras que sabe cuándo lo monto yo.

—El caballo aprende por repetición y detecta cómo se encuentra su jinete. Yo diría que se mimetiza con las emociones de quien lo monta. Con ellos no puedes dudar a la hora de darle una orden. Si es a la derecha, ve a la derecha. No dudes, si lo haces te dominará a ti.

—De acuerdo.

Carmencita vio que, hablando de caballos, su padre se volvía locuaz. Todo lo contrario que en la mesa del salón donde se limitaba a escuchar más que a hablar.

Aquel paseo a caballo no duró mucho. Fue media hora, pero a Carmencita le pareció mucho tiempo. Había pasado, por fin, un rato con su padre a solas. No habían dialogado mucho y su conversación parecía discurrir por dos mundos paralelos. Sin embargo, estaba satisfecha al saber que tenía algo que compartir a solas con él. Ese día se la vio más feliz que ningún otro día desde que estalló la guerra.

Ese domingo acudió a comer el gobernador civil de La Coruña, Julio Muñoz Aguilar, conocido carlista y aristócrata de refinadas costumbres. Carmen Polo le recibió con una enorme simpatía. A fin de cuentas, él y el empresario Pedro Barrié de la Maza habían tenido la iniciativa de obsequiar a Franco el pazo de Meirás. No había concluido la guerra cuando se lo entregaron, por lo que, para ella, tenía todavía más mérito. El 5 de diciembre del año anterior, Franco había recibido las llaves del pazo y el documento de donación.

—Excelencia, estamos muy agradecidos de que aceptara el obsequio de sus paisanos. Le repito que la compra de la finca fue posible por la cuestación popular voluntaria que se hizo. Nadie se opuso.

No le comentó a Franco que si alguien hubiera mostrado oposición, le habrían tachado de masón o comunista y eso habría tenido consecuencias nefastas para el que lo hiciera.

—Entonces el pazo perteneció a doña Emilia Pardo Bazán —quiso saber Carmen Polo para tener más información sobre la anterior inquilina.

—Sí, sí. Eso está constatado. De hecho, en la torre que denominó Quimera, instaló su estudio. Allí se inspiró para muchos de sus escritos.

—¿De cuándo data el pazo?

—¡Huy! Su origen es muy antiguo. Era una fortaleza del siglo XIV, pero a comienzos del siglo pasado fue destruido por las tropas napoleónicas como castigo a su dueño por luchar contra los franceses. El pazo después fue reconstruido por Amalia de la Rúa-Figueroa y se denominó entonces la granja de Meirás. Después lo compró Pardo Bazán.

—¿Quién lo heredó cuando murió doña Emilia? —A Carmen Polo la fascinaban estas historias y más si se trataba de un pazo que ya era de su propiedad.

—Su hijo Jaime y, al fallecer este en el treinta y seis, la finca pasó a su hija Blanca, casada con el general Cavalcanti. Estaba en un estado lamentable. Se les pagó una buena cantidad —cuatrocientas mil pesetas fue lo que recibieron— y después lo habilitamos de nuevo. Está para entrar.

—El próximo verano iremos allí.

—Será un honor.

Tras la comida, pasó el ilustre y complaciente invitado a despachar con Franco en privado.

—Estimado Julio, hemos decidido condecorarte con la Gran Cruz del Mérito Naval y quiero que vayas cerrando todos tus asuntos, porque cuando esté ubicado en el lugar definitivo quiero que seas el primer jefe de la que será mi casa civil. Tu nombramiento lo haré oficial mañana mismo.

—No tengo palabras. Para mí será un honor estar cerca de su excelencia. ¿Dónde residirá? ¿Lo tiene pensado?

—Hay varios lugares, pero ninguno me convence del todo.

—He estado pensando y creo que el palacio de El Pardo sería un buen lugar para instalarse definitivamente. Reúne todos los requisitos necesarios. Un lugar cerca de Madrid, y un palacio que les unirá con la historia de España. Estoy convencido de que le gustará mucho a su familia. En sus escaleras se guardan infinidad de recuerdos de los Borbones. Comenzó siendo un pabellón de caza de Carlos I y luego fue transformado en un verdadero palacio por Carlos III.

—Lo tendré en cuenta.

Antes de despedirse de la familia e invitados, se dirigió a Carmen. El gobernador civil volvió a insistir en la idea que acababa de exponer a Franco.

—Ya le he dicho a su excelencia que un buen lugar para su residencia definitiva podría ser el palacio de El Pardo. Su historia está relacionada con diferentes reyes. Señora, se podrá sentar en el trono que ocupó María Luisa y se moverá por los

salones que conocieron los mayores secretos de la reina que impuso su voluntad a Carlos IV. Pero yendo a monarcas más recientes, le puedo decir que allí murió Alfonso XII. Su hijo Alfonso XIII volvió a restaurarlo para acoger a la princesa Victoria Eugenia antes de sus esponsales. Sus excelencias no pueden ir a cualquier sitio. El Pardo es un palacio de soberanos y príncipes desde hace cuatro siglos.
—¿Ha hablado con mi marido?
—Sí.
—¿Y qué le ha dicho?
—Que lo tendrá en cuenta.
—Le aseguro que su recomendación no cae en saco roto.

Al comienzo de la semana, el ministro de la Gobernación despachó con su cuñado tal y como hacía siempre. En esa ocasión, le dio las cifras del coste de la guerra. Estaba presente Francisco Franco Salgado-Araujo, al que acababa de nombrar jefe de su casa militar.
—Alemania nos exige trescientos millones de Reichsmark por su ayuda a España. Y Mussolini nos pide una cifra de cinco mil millones de liras. Italia nos dará veinticinco anualidades para resarcir la deuda empezando de menos a más. El ministro de Hacienda, José Larraz, quiere publicar las cifras en el Boletín Oficial del Estado. Yo no soy partidario.
—¡Publícalas! Así se sabrá que la guerra habrá que pagarla.
—Está bien, pero no permitiré ni un solo comentario en la prensa.
—Me parece bien. Por cierto, Ramón, ha estado aquí Muñoz Aguilar y me ha recomendado como residencia El Pardo. ¿Qué te parece?
Se adelantó a la contestación su primo Pacón.
—Es una idea estupenda. Me parece el lugar idóneo para la familia. No puedes ir a cualquier lugar.

—No sé si es un poco pretencioso —le contestó Ramón.

—Pues si no te parece bien el palacio de Oriente, no entiendo por qué motivo no te gusta El Pardo.

—Preferiría una construcción nueva. Ya te lo he expuesto.

—No tenemos tanto tiempo. Pon en marcha su rehabilitación. Imagino que habrá quedado destrozado después de la guerra. Para mí este tema está zanjado. Nos iremos a vivir al palacio de El Pardo.

—Está bien. Lo que tú digas. Hoy mismo me pongo con ello.

Las obras comenzaron de inmediato. Igualmente, las depuraciones comenzaron en los institutos y universidades separando definitivamente del servicio a todos aquellos catedráticos que «habían demostrado actuaciones en favor de la dominación marxista y por su sentimiento antiespañol en los tiempos precedentes al glorioso Movimiento Nacional». Así figuraba expresamente en una de las primeras órdenes que se dieron tras la guerra.

17

CAMINO DEL PALACIO DE EL PARDO

15 DE MARZO DE 1940

*Mi madre tenía muchos miedos
e intentaba protegerme de todo lo que
consideraba peligroso para mí.*

Nenuca estaba contenta de abandonar el castillo y hacer el traslado que todos auguraban como definitivo. Blanca la animaba mientras guardaban en cajas todos los recuerdos que habían ido acumulando durante los años de la guerra. Sorprendía lo acostumbrada que estaba la niña a hacerlo y la desenvoltura a la hora de empaquetarlo todo. La institutriz intentaba tranquilizarla con sus palabras, pero, en realidad, la que estaba nerviosa era ella.

—Por fin podrás echar raíces. Hoy vas a dar un paso importante en tu vida. Te trasladas al palacio en el que te harás mayor. Me siento contenta por ti.

—Estoy acostumbrada, señorita. No crea que para mí supone un sacrificio. Creo que estaremos mucho mejor. Aquí no podía salir a ningún sitio. Espero en El Pardo poder salir a Madrid con frecuencia.

—No quiero que te lleves un tremendo desengaño, pero ya te anuncio que no podrás ir más allá de los muros del palacio. Deberás hacerte a la idea de que tienes que estar protegida. La guerra no ha hecho más que terminar y todavía hay mucho enemigo por ahí suelto.

—¿No podré ni tan siquiera acercarme al pueblo?

—Yo creo que sí. Me ha dicho Jesús que es un pueblo pequeño de unos cuatro mil habitantes. Pero cuando salgas deberás llevar siempre escolta.

—Ya lo sé. Me lo ha comentado mamá. Haré lo que me digan.

—Así me gusta, que seas obediente.

Nenuca, ahora ya Carmencita, percibía que muchas cosas estaban cambiando a su alrededor. Había dado otro estirón y, camino de los quince años, que cumpliría en seis meses, deseaba salir más a menudo con sus amigas. Su madre le repetía una y otra vez que se alejara rápido de los aduladores que ahora le saldrían allá adonde fuera.

—Solo podrás salir a casas de personas que sean de toda nuestra confianza. Deberás tener un comportamiento irreprochable. Eres la hija de quien eres y mirarán con lupa aquello que digas o hagas. Lo más prudente es que escuches y calles. No seas nunca la voz cantante. Cuanto más pases desapercibida, mejor. La prudencia será tu mejor aliada. No lo olvides.

—Sí, mamá. No te preocupes. No entiendo que tengas tanto miedo. Siempre ves peligro en todo lo que hago.

—Hay cosas que no entiendes y no sabes. Tú obedece.

Nenuca jamás replicaba a su madre. Hicieron el camino hasta El Pardo rezando el rosario. La entrada en el palacio les causó un enorme impacto, no solo por su arquitectura y por la forma cuadrangular, sino también por el foso que había por todo su perímetro. Tenía torreones en las esquinas y un patio central. También les enseñaron, en esa primera visita, dos torreones laterales que el guía denominaba como de los Austrias y de los Borbones.

—Ya ven que las puertas y ventanas aparecen enmarcadas en piedra labrada. Las cubiertas de pizarra se deben a Felipe II. Fue uno de los primeros edificios en cubierta de pizarra en España. Si quieren les puedo enseñar más, por aquí si me siguen. —Hizo ademán de continuar la visita.

—Hoy no. Le pido por favor que vayamos cuanto antes al interior —pidió Carmen Polo al guía, que se quedó frustrado con esa visita tan corta después de haberla preparado minuciosamente.

La decoración interior era todavía más sorprendente que el exterior del palacio. En sus paredes había frescos representativos de las diferentes épocas históricas que allí se habían vivido. A la niña le llamaron la atención los numerosos tapices del siglo XVIII que había diseminados por todas las estancias. Aquello le parecía que era como estar en un libro abierto de historia. Todo era bonito: las lujosas lámparas y los suntuosos muebles que decoraban las innumerables habitaciones que fueron visitando. Finalmente, la niña y la institutriz se quedaron solas visitando todas las estancias y salones.

—Todo está lleno de tapices de Goya —dijo la institutriz con la boca abierta ante lo que estaba contemplando—. Tienen un valor incalculable.

—Pero ¿vamos a vivir aquí? Parece un museo —comentó Carmencita.

—Al principio te parecerá un poco frío, pero poco a poco te irás haciendo al palacio como lo han hecho las reinas y reyes que aquí han vivido.

—¿Nuestras habitaciones serán así de grandes?

—Verás como te van a parecer más acogedoras.

Primero fueron al que sería el dormitorio de sus padres. Ahí ya no había la suntuosidad de los salones. Simplemente dos camitas y al pie de ellas una cómoda. Entró su madre en ese momento diciendo al servicio dónde tenían que descargar los baúles.

—Pongan en esta cómoda la mano de la santa. ¡Con mucho cuidado! —Viajaba la mano en el estuche de terciopelo granate que habían confeccionado para transportarla durante la guerra.

La habitación de Carmencita seguía la misma línea que la de sus padres. Tenía una camita y una mesilla, y dentro del cuarto había un baño completo. La gran novedad era que ya no dormiría junto a su institutriz, aunque sus habitaciones se comunicaban por una puerta interior. Pasaría la noche sola, aunque con la presencia de la teresiana tan cerca que solo tenía que dar una voz para que la oyera.

—¡Este será tu nuevo hogar!

—Sí. Creo que pasaré mucho tiempo en mi habitación porque fuera te puedes perder con la cantidad de habitaciones y salones que hemos visto.

—¿Te has fijado en los relojes que hay en los salones?

—No. ¿Por qué?

—Son auténticas joyas. Es un lugar muy apropiado para que te impregnes de historia.

—Señorita, veo que le gusta vivir aquí.

—Sí. Mucho. Ni en mis sueños me hubiera imaginado viviendo en este palacio —comentó mientras miraba todo a su alrededor—. Somos unas grandes privilegiadas viviendo aquí. A donde mires hay un vestigio de la historia de España.

Mientras se preparaban las habitaciones del palacio de El Pardo para los nuevos inquilinos, Carmen Polo dispuso que todas las mañanas, a las nueve y media, se oficiara una misa en la capilla que se había construido en la estancia donde murió Alfonso XII. Y a partir de esa hora comenzaría la actividad en El Pardo. A continuación, ellas tomarían el desayuno en compañía del padre José María Bulart, su capellán.

—No desayunaremos hasta que hayamos comulgado —le dijo Carmen a su hija.

—¿Papá vendrá también?

—No, tu padre se levanta más temprano. Solo nos acompañará los domingos. Desayunaremos la señorita Blanca y nosotras junto con don José María.

—¿Don José María será nuestro confesor o podremos salir del palacio para hacerlo? —preguntó, buscando siempre una oportunidad para abandonarlo.

—No, de aquí saldremos poco. Tienes que acostumbrarte a que esta será tu nueva vida y cuanto antes lo hagas, será mejor para todos. Aquí vendrá un franciscano del Cristo de El Pardo para confesarnos. Nos lo han recomendado encarecidamente. Dicen que se trata de una persona bondadosa y discreta.

—Pero yo quiero salir a Madrid para confesarme. Así podré moverme un poco.

—¡Qué manía con salir de donde estás segura! De vez en cuando podrás hacerlo, pero siempre acompañada de Blanca.

—¿También podré ir al colegio con otras niñas?

—No, de aquí no podrás moverte. Todo lo que tienes que aprender te lo enseñará la señorita Blanca. Tú no puedes ir por ahí mezclándote con cualquiera. Aquí estaremos protegidas y no correremos ningún peligro. Fuera puede pasar cualquier cosa.

—¿Vendrán a verme los primos y Angelines?

—¡Claro! Alguna tarde entre semana y los domingos. Debes acostumbrarte a aprovechar el tiempo realizando aquellas cosas que te indique la señorita Blanca. Obedecer y estudiar, eso es lo que has de hacer. Los niños no tenéis por qué pensar en más cosas.

Carmencita cada vez era más consciente de que el palacio sería su nuevo mundo, su espacio y hasta su prisión. Nada podría hacer por salir de él, ya que había decidido su madre que no era conveniente salvo en contadas ocasiones. No le quedaba más remedio que obedecer y acatar todo lo que le decían. Sin embargo, las nuevas circunstancias comenzaron a pesar demasiado sobre ella y deseaba ver, cada vez con más frecuencia, a otras jóvenes de su edad.

No muy lejos de donde se encontraban, la actividad política era frenética. Franco despachaba junto a sus ayudantes: firmaba papeles, reconstrucciones de edificios e iglesias, tomaba decisiones constantemente y mandaba poner en marcha aquellas ideas que le parecían prioritarias. Comenzaba a experimentar lo que era el poder más allá de lo estrictamente militar. Le obsesionaba poner en pie aquellos edificios, iglesias y monumentos que habían quedado dañados en la guerra. Su primo Pacón tomaba nota.

—La reconstrucción de todo lo destruido y la educación serán mis dos pilares. Anótalo para que este tema lo abordemos en consejo. Y consígueme una libreta roja.

—¿Puedo preguntar para qué la quieres, Paco?

—Pienso anotar en ella todo lo que vea que es necesario realizar con urgencia. Anotaré también aquellos lugares donde sea preciso plantar árboles. Quiero pinos allá donde la guerra haya arrasado con la vegetación. ¡Que planten árboles por todas partes! España ahora parece un secarral. Quiero árboles allí donde solo han quedado cenizas. ¡Árboles!

—Se hará como tú dices.

Todas las mañanas, Vicente Gil madrugaba para hacer un reconocimiento al Caudillo antes de que se pusiera en pie. Después llegaba su ayudante de cámara, Juanito, para vestirle. El doctor le impuso un horario para hacer ejercicio. Le dijo que no podía estar todo el día sentado. Y al poco de comenzar a vivir en El Pardo, tomaron por costumbre jugar una partida de tenis por las mañanas, y por la tarde salir a dar un gran paseo por el monte.

—Hay que mover las piernas. A su excelencia le conviene el aire libre. No puede estar todo el día encerrado entre cuatro paredes.

—Vicentón, no se extralimite, ya quisiera tener más tiempo para estar por aquí o incluso para escaparme a pescar. Creo que pescando haría de la soledad un *hobby*. Sobre todo, porque en el silencio se puede pensar y tomar decisiones.

—Excelencia, he conocido al médico titular del pueblo. Se llama Pepe Iveas. Es un buen hombre. Compartimos pasión por las motos. Hablando con él, que es de Lozoya del Valle, me ha dicho que es un pescador nato. Un día me permití la confianza de preguntarle si estaría dispuesto a enseñar a pescar a una persona muy importante. Y me ha dicho que sí. ¿Quiere que se lo presente? Yo no le he dicho que se trataba de su excelencia, aunque se lo habrá imaginado sabiendo que yo vivo también aquí y soy su médico personal.

—Está bien. Dile que venga a tomar un café después de comer.

—Perfecto. Y un día que vayamos a La Granja podremos decirle que nos acompañe y que le enseñe a pescar.

Esa misma tarde, tal y como Franco le había dicho, citó a Pepe Iveas. Cuando fue recibido a la entrada del palacio por Vicente Gil, le confesó que no había podido comer de los nervios que tenía desde su llamada.

—Mi vida es completamente pueblerina, no sabré cómo tratarle.

—Al hablar con él, tú siempre llámale excelencia. No tendrás ningún problema.

—Tengo que esperar a que me pregunte, ¿no? Voy a meter la pata, ya lo verás.

—¡Que no! Os vais a entender enseguida. Tú enséñale a pescar y ya verás como le caerás bien.

Llegaron a una salita y después de esperar un rato, fueron recibidos en el despacho. A Iveas le temblaban las piernas y le sudaban las manos. Estaba convencido de que la voz no le saldría de la garganta. Casi no podía respirar de la ansiedad que se le había manifestado desde que su amigo le había llamado.

—Su excelencia, aquí le presento a un castellano viejo, de

los mejor templados que he conocido en mi vida. Un gran médico.

—¿Cuándo empezamos? —le dijo Franco sin ambages.

—Pues…, su excelencia, cuando usted me diga. —Tragó saliva antes de contestar. No sabía qué decir ni qué hacer.

Franco les hizo un gesto con la mano para que se sentaran.

—El próximo fin de semana iremos a La Granja. Ese sería un buen momento.

—Le he dicho a su excelencia que eres un buen pescador —comentó Vicente Gil, al ver que su amigo no era capaz de abrir la boca—. Además, te pido que aproveches para que le enseñes a manejar esos carretes con embragues que te han traído de Francia.

—Su excelencia, no sé si estaré a la altura.

—Usted enséñeme lo que sabe.

—Hay que empezar por lo más elemental cuando uno no ha ido jamás a pescar.

—No se hable más. El próximo viernes viajará con nosotros a La Granja.

—Excelencia, aprovecho para comentarle unos datos que me han comunicado fuentes fidedignas —intervino Gil—. La tuberculosis se está convirtiendo en una pandemia. Algo habría que hacer de forma urgente. Se lo digo porque sus ministros están entretenidos en otras cosas y la gente se está muriendo. Y con respecto a la hambruna, también le tengo que decir igualmente que cada vez mueren más niños.

Franco no le respondió nada, miraba sus papeles como si hubiera desconectado de lo que le decía. Vicente Gil se sentía en la necesidad de contarle todo aquello que le parecía mal. Lo consideraba una prueba de lealtad que no siempre le caía bien a su excelso interlocutor. Sonó su teléfono para comunicarle la presencia de Serrano Súñer.

—Bueno, si no le somos de utilidad, nos retiramos.

—Está bien —se despidió.

Vicente se puso en pie y, después de dar un taconazo, alzó su brazo derecho y en voz alta pronunció la frase que siempre ponía fin a sus encuentros: «¡Viva España!». Él y Pepe Iveas se retiraron del despacho. Al salir se cruzaron con Ramón Serrano Súñer. Los dos amigos se dieron un codazo y se fueron de allí saludando al Cuñadísimo —como todo el mundo le llamaba a sus espaldas— con un apretón de manos. No solo era el ministro de la Gobernación y presidente de la Junta Política, era el que estaba construyendo la base legal del nuevo Estado.

—¿Se puede? —preguntó Ramón al abrir la puerta del despacho.

—Pasa, pasa —dijo Franco, sin levantar la vista de los papeles, que continuó leyendo.

—¿Cómo va todo?

—Bien. ¿Por qué lo preguntas? —Levantó la mirada.

—Según venía hacia aquí he visto colas inmensas que dan la vuelta para conseguir alimentos. Y en los alrededores, estraperlistas. Habría que acabar con ellos de alguna manera. Quizá ampliando los cupos de racionamiento por semana. Un decilitro de aceite, cien gramos de azúcar, cincuenta gramos de lentejas, treinta de café y setenta y cinco de bacalao no parecen suficientes.

—Tengo dicho que lo que hay que ampliar son las penas a los que promueven y realizan el estraperlo.

—Sí, debemos endurecerlas cuanto antes. Se está disparando la venta de pescado, carne, todo tipo de alimentos por el conducto que no es reglamentario.

—Pues deja todo lo que tengas entre manos y ponte a ello.

—En realidad, vengo para comentarte que me equivoqué al recomendarte a Beigbeder como ministro de Exteriores. Nuestra postura debería estar más cerca del Eje. Me temo que al nuevo ministro le gustan más los aliados. No lo disimula ni en público y me ha llamado la atención el ministro alemán Von Stohrer.

—No tengo queja. Desde que estalló la guerra mundial sigue mis instrucciones de neutralidad. No podemos hacer otra cosa. Tenemos gravísimos problemas para pensar ahora en otra guerra. Recuerda que el 4 de septiembre ya di carácter oficial a mi postura con un sobrio decreto de neutralidad total y no pienso cambiar ni una coma. Beigbeder hará siempre lo que yo le diga.

—Tiene unas amistades femeninas que pueden ser peligrosas. Debería ser más prudente, por si le pueden estar sacando información.

Franco calló. Sabía que los espías se movían en todas partes y a todos los niveles.

—Cuenta con mi confianza. De momento.

—Está bien. Yo te informo de aquello que no me gusta. —Hubo un silencio y cambió de tema—: Sigo todavía sorprendido de la rapidez con la que los alemanes lograron entrar en Francia.

—Acuérdate de que Vigón no encontró en toda la Línea Maginot ni una venda, ni una gota de sangre... Los alemanes llegaron como un ciclón hasta Hendaya. Parece inexplicable que la campaña haya sido tan rápida. Conozco bien a Pétain, que estuvo en España como embajador, y sé que lo ha hecho como un sacrificio por su país.

—De todas formas, habría que estar preparados por si el nivel de exigencias de Alemania cambia.

—Si ha caído Francia con tanta facilidad, ocurrirá lo mismo con los territorios de soberanía o protectorado francés. Entonces sí deberíamos entrar cautelosamente en la guerra europea, pero siempre que se cumplan dos condiciones: la ampliación territorial de España en el Magreb, es decir, el traspaso a España del protectorado francés en Marruecos; y, en segundo lugar, la garantía para un apoyo masivo de suministros estratégicos, incluidos los necesarios para alimentar a la población española.

—No creo que Hitler ceda a nuestras pretensiones.

—Entonces, con la nación destruida y los españoles agotados, no podemos hacer ese sacrificio. Y nuestras armas están inservibles y obsoletas. Necesitamos alimentos, potenciar nuestra industria y volcarnos en la reconstrucción. Ese es nuestro objetivo. España no tiene otra salida que seguir siendo neutral. Ahora, no me temblará el pulso ante cualquiera que atente contra nuestra soberanía.

Al llegar el fin de semana, Pepe Iveas se presentó en el palacio de El Pardo media hora antes de que el séquito de Franco saliera para La Granja. Iba cargado con varias cañas y carretes, avíos de pesca como anzuelos, plomos y carnada para pescar. Durante las últimas veinticuatro horas había repasado una y mil veces todo lo necesario para un primer día de pesca. Estaba nervioso porque su alumno iba a ser el jefe del Estado y él, a fin de cuentas, no era más que un médico de pueblo que estaba especializándose en odontología.

El sábado y el domingo por la mañana los pasaron pescando en el río Eresma. Primero enseñó a Franco a manejar los aparejos de pesca. Cómo lanzar la caña y atraer a los peces. Y cómo liberarlos del anzuelo una vez pescados. Se entretuvo mucho en enseñarle a hacer el nudo Clinch mejorado.

—Debe introducir la línea del sedal por el arbor, el ojo del anzuelo, después enredar la punta alrededor de la misma línea en forma de espiral y finalmente amarrarla con un nudo ordinario. Los nudos son muy importantes en la pesca porque es lo que nos va a garantizar que el pez acabe en nuestra red.

—A su excelencia se le da muy bien. —Vicente siempre magnificaba todo lo que hacía o decía Franco—. Ya quisiera yo aprender con esa facilidad.

Fueron dos jornadas de iniciación que pasaron muy rápidas para todos. El lugar escogido era el punto en el que el río pasaba por San Ildefonso.

—Me he estado documentando sobre estas aguas. Aquí necesariamente tendremos suerte —aventuró Iveas, pero cuando vio que Franco guardaba silencio se dedicó exclusivamente a pescar.

—No será fácil, excelencia. Las truchas son pequeñas.

Hacía tiempo que a Franco no se le veía sonreír y lo cierto es que al pescar su primera pieza, dio muestras de estar contento aunque no lo verbalizó.

Pepe Iveas no supo en ese momento si le había gustado o no al Caudillo el deporte de la pesca. Habían sido muchas horas de silencio mientras los peces mordían el anzuelo. Tuvo que esperar varios días hasta que su amigo Vicente le anunciara que a Franco le había complacido.

—Pepe, tendrás que seguir pescando junto a su excelencia. No ha dejado de hablarme de las dos jornadas que hemos pasado en el río Eresma. Alguien le ha comentado que pasado Segovia, en el coto de Coca, se podrá pescar más.

—Pues repetimos las veces que haga falta. Su excelencia no es muy expresivo y creí que no le había gustado.

—Hay que conocerle bien. Además, piensa que estás haciendo un servicio a España.

—Bueno, visto así. —Iveas se sintió satisfecho con las palabras de su amigo.

Después del fin de semana en La Granja, a Nenuca le costó más encerrarse en El Pardo. Por eso, procuraban organizarle reuniones con las hijas de los generales amigos de su padre o con hijas de conocidas de su madre. Precisamente, en casa de una de estas niñas, apareció el abuelo de la anfitriona y comenzó a preguntar una a una quiénes eran sus padres.

—Yo soy hija del almirante Nieto —dijo una de ellas.

—Yo de los condes de la Almudena —manifestó otra.

Cuando llegó el turno de Carmencita, esta no se lo pensó dos veces.

—Soy la sobrina del embajador de España en Portugal. —Nicolás Franco ahora ejercía de diplomático en el país vecino. No quiso la adolescente hablar de su padre. Sabía que solía impresionar a quien oía de quién era hija y prefirió hablar de su tío.

El resto de las niñas sonrieron, pero no sacaron al abuelo del error. Carmencita se acostumbró a no ir presumiendo de quién era hija. Prefería pasar por una joven más. Siempre se acordaba de la discreción que le pedía su madre. Sentía que no decir quién era también la hacía más libre. Esas salidas del palacio le daban vida. Cada vez le pesaba más la estancia permanente en El Pardo. Tenía ganas de compartir más momentos con sus allegadas y de conocer a otros jóvenes. Blanca se convirtió en su cómplice y la apoyaba en sus salidas. Mientras Carmencita estaba con sus amigas, ella paseaba por Madrid con Jesús. Una de esas tardes en donde el mecánico y ella hacían tiempo paseando por Rosales, su relación cambió por completo. Mirándola a los ojos se atrevió el mecánico a hablar de ellos dos.

—Blanca, no quiero competir con Dios, pero te mentiría si no te dijera que te has metido aquí dentro —dijo, señalando el corazón.

Hubo un silencio entre los dos mientras continuaban caminando.

—Jesús, seguramente yo tengo la culpa porque he contribuido a que te olvides de que soy una religiosa entregada a Dios.

—Lo sé, y desconozco si hay forma de revertir esa situación.

—Creo que los dos sabemos que solo podemos ser amigos. Tienes que entender que no puedo dejar de ser religiosa. Es mi vocación y para rematar tengo la misión de educar a la hija de Franco. Cualquier cambio en mi situación sería un despido fulminante, un fracaso para mi familia.

—Hay cosas que están por encima del empleo y de la propia familia. Uno no puede negarse a lo que siente.

—Jesús, es evidente que yo también siento algo por ti, pero no puede ser. No sería lo correcto. No podemos frustrar aquello para lo que Dios nos ha elegido. Debes comprenderme.

—Si me reconoces que sientes algo por mí, deja que nos conozcamos mejor. No te precipites. Deja que el tiempo se encargue de poner las cosas en su sitio. —Cogió su mano y se la besó.

Un escalofrío recorrió a Blanca por dentro.

—Volvamos a por Carmencita. Jesús, todo esto es muy duro para mí. —Los ojos se le anegaron de lágrimas—. Necesito tiempo para saber qué es lo correcto. Pienso que doña Carmen no lo admitiría. Me echarían del palacio y también de la congregación. El mundo que he ido construyendo se desmoronaría de golpe.

—Tranquila. Tienes todo el tiempo del mundo. Yo estoy dispuesto a esperar.

Paseaban, como lo habían hecho tantas veces, pero era la primera vez que abiertamente habían expresado sus sentimientos. Jesús se atrevió a poner su mano en su hombro, rodeándola con el brazo. Y así fueron caminando sin hablar. Sobraban las palabras. Por la acera de enfrente, Pura Huétor, marquesa de Santillán y amiga de Carmen Polo, observó la escena. Se quedó sin palabras cuando iba a cruzar para saludar a la institutriz y al mecánico de su amiga y vio que este la besaba en la mano. Aquella actitud de la teresiana le pareció completamente inapropiada, y que el mecánico se tomara esas confianzas con ella, todavía peor. Debía contárselo cuanto antes a Carmen. Estas cosas, pensó, no podían quedar impunes por lo inapropiadas que eran.

18
UN VIAJE QUE PODÍA
NO TENER RETORNO

OCTUBRE DE 1940

Mientras mi padre se iba al encuentro con Hitler en Hendaya, nosotras rezábamos mañana, tarde y noche, ante la custodia que compramos en la Gran Vía. En ese momento, sí tuve miedo por mi padre.

Ese primer lunes de octubre, a Carmencita le llamaron la atención las numerosas colas que había en muchas de las calles de Madrid. Miraba por la ventanilla mientras acudía a casa de Angelines. Veía las caras de necesidad de las personas que hacían fila durante horas. Algunas se sentaban en sillas de tijera, otras hacían punto aprovechando el tiempo en la larga espera.

—¿Por qué la gente hace tantas colas? —preguntó a su institutriz.

—Es necesario para conseguir alimentos de primera necesidad. Son las colas de racionamiento. Hay mucha escasez. Por eso, hay que dar gracias a Dios de lo que tenemos. Recuerda esta imagen.

—Está la cola del aceite, la de los garbanzos, la de la carne, la de la leche —continuó Jesús mientras las dos manos iban al volante y su mirada atenta a los cruces de peatones por cualquier parte de las calles—. Algunas de esas filas comienzan a formarse de madrugada, antes de que amanezca. No faltan los listos que pretenden colarse con todo tipo de tretas. Me han contado que unas mujeres que se hacían pasar por embarazadas fueron detenidas cuando intentaban colarse alegando que les quedaba poco para dar a luz.

—¡Qué cara más dura! Aprovecharse del buen corazón de la gente. Hablando de colas, también son larguísimas las que se forman para coger el tranvía —comentó Blanca—. Son muy pocos los que tienen coche.

—Y muchos son los que se suben en los estribos o en los parachoques para ahorrarse los diez céntimos del billete. ¡Fíjate en alguno y verás lo lleno que va por dentro y por fuera!

Carmencita vio uno a lo lejos y cuando pasó cerca del coche se quedó con la boca abierta al observar la cantidad de jóvenes que se subían a los estribos para no pagar el billete.

—De todas formas, me llama la atención lo que tiene que esperar la gente para poder comer.

—¡Hay mucha hambre, señorita! Va a costar mucho superar la posguerra —comentó Jesús.

—Hay colas hasta para ir al estanco, a los toros, al fútbol y a los cines —interrumpió Blanca a Jesús, porque le dio miedo que sus comentarios salieran durante una comida o cena y no gustaran a la señora.

—A costa del tabaco los chiquillos se han montado un buen negocio —continuó Jesús, sin darse cuenta de la maniobra que había hecho Blanca.

—¿Cuál? —preguntó Carmencita muy curiosa.

—Pues recogen las colillas y luego las clasifican por cigarrillos negros y rubios. Les quitan el papelillo blanco, lavan con mucho cuidado el contenido y después lo dejan secar. Luego vuelven a emboquillar el tabaco y ahí hacen el negocio. Los venden a las cigarreras que están en las bocas del metro o en las puertas de los cines y los teatros. Hay que espabilarse, señorita… Los niños dejan de ser niños muy pronto. Aquí el que no corre vuela.

Carmencita se quedó pensativa con esa realidad que se

imponía ante sus ojos: los niños trabajaban a edad temprana y se ganaban la vida como podían.

—Prometo no volver a quejarme —fue lo único que dijo.

—Esta es una circunstancia que no vemos en El Pardo. Somos muy afortunadas —repetía Blanca—. ¿Te encuentras bien? No tienes buena cara.

—Me duele un poco la garganta. No sé.

Le puso la mano en la frente y observó que tenía alta la temperatura.

—Jesús, deberíamos dar la vuelta y regresar de nuevo al palacio. Creo que Nenuca se ha puesto mala —se le escapó el nombre que tenía hasta que acabó la guerra. La niña se apoyó en su hombro. Ya no volvió a mirar por la ventanilla.

En cuanto llegaron al palacio y contaron la incidencia a su madre, hicieron llamar a Vicente Gil para que la viera. En ese momento el médico se encontraba en el pueblo ayudando a los componentes de la Escuela de Instructoras Generales de Juventudes Isabel la Católica. En cuanto le dieron el mensaje, regresó al palacio.

—¿Qué ocurre? —le preguntó a Carmen Polo.

—¡Vaya a por su maletín! Carmencita no se encuentra bien.

Al cabo de cinco minutos, el médico estaba reconociendo a la joven.

—Abre la boca —le pidió, metiéndole un instrumento de metal que le produjo una arcada.

—Una amigdalitis de libro. Tienes unas placas enormes. Me temo que si te siguen repitiendo estos episodios lo mejor será extirpar las amígdalas.

—Si no hay más remedio —dijo Carmen Polo, resignada ante lo que le decía el médico.

—Cuando se repiten tanto, es mejor atajar el problema. Ahora necesitamos bajar la fiebre y curarla. Luego hablaremos de la operación.

—La operación no tiene ningún peligro, ¿verdad?

—Son más los éxitos que los fracasos. Los riesgos son mínimos.

—Vicente, vamos a esperar. No me vale que los riesgos sean mínimos.

La niña escuchaba al médico y a su madre sin pronunciar una palabra. Se encontraba muy mal y lo único que quería era dormir. Fueron tres días de cama hasta que la inflamación empezó a remitir.

Durante su convalecencia, Ramón Serrano Súñer cambió de cartera. Pasó de ser ministro de la Gobernación a ministro de Asuntos Exteriores. Todos lo interpretaron como un ascenso. Todos menos él, que intuía que desaparecer de la política nacional era una pérdida de poder. Tomó el relevo a Beigbeder en el palacio de Santa Cruz. Franco estaba convencido de que la amante del ministro pertenecía a la Inteligencia británica, como así se lo había comunicado su servicio de información. La situación estaba muy tensa a nivel internacional y el espionaje era esencial para saber cuál sería el papel de España en el conflicto internacional. Las presiones de los dos bandos cada vez eran mayores. Antes de cambiar de cartera, Serrano Súñer tuvo que viajar a Berlín y durante quince días preparó todos los detalles de la cita que tendría lugar el día 23 de octubre en Hendaya. Despachó con el ministro alemán Von Ribbentrop y con el propio Führer. Era de enorme transcendencia el encuentro entre Franco y Hitler días después. En Alemania se daba por hecho que Franco se uniría al Eje. En España, por el contrario, las cosas no estaban tan claras.

En el palacio de El Pardo, aparentemente todo funcionaba con normalidad, pero de despachos para fuera, se notaba crispación y tensión en el ambiente. Angelines fue a visitar a su amiga convaleciente en la cama.

—¿Cómo te encuentras?

—Mucho mejor —dijo, pero antes de seguir hablando bajó el tono de su voz—: Angelines, aquí está pasando algo muy grave.

—¿A qué te refieres?

—Papá se va de viaje con mi tío y veo a mamá muy nerviosa. Excesivamente nerviosa.

—¿A qué crees que se debe?

Carmencita habló en un tono todavía más susurrante.

—Se va a un sitio muy peligroso donde puede pasarle algo malo.

—¿Sí?

—Sí. Mamá no para de rezar y nos pide a todos los que estamos a su alrededor que no paremos de hacerlo. Yo creo que mi padre y mi tío van a correr un serio peligro.

—¿No te han dicho adónde van?

—No quieren que lo sepa. Lo llevan todo con un enorme secretismo.

—A lo mejor no es como tú piensas. Lo que tienes que hacer es salir de la cama y jugar a las cartas como nuestras madres. ¡Vamos al salón! Allí nos enteraremos de algo más.

Habían aprendido a jugar a las cartas tiempo atrás y se apuntaron esa tarde a ver cómo lo hacían sus madres a la hora del té. Así sacarían más información de aquello que tanto preocupaba a Carmencita. Sin embargo, cuando llegaron al salón era Pura Huétor, la marquesa de Santillán, la que estaba hablando mientras hacía aspavientos. Las jóvenes se quedaron heladas cuando la oyeron.

—Como os digo. Vi a Jesús con la institutriz en una actitud nada decorosa.

—Pero exactamente ¿qué hacían? —preguntó Carmen Polo.

Las niñas intentaron entender algo de lo que estaba diciendo Pura con tanta indignación ante la atenta mirada de Zita y de la mujer del general Camilo Alonso Vega.

—Cogió la mano de la institutriz y la besó. Pero ahí no quedó la cosa. Ella parecía que lloraba y él le puso la mano encima del hombro.

—¡Pero qué desfachatez! Ella es religiosa. No me parece que sea decoroso dejarse besar la mano y ya no digamos consentir una mano en el hombro. ¿Adónde vamos a llegar? Voy ahora mismo a pedir explicaciones.

—Bueno, yo puedo dar una explicación. —Carmencita salió en defensa de su institutriz—. Debió de ser el día en el que quedé en la casa de una amiga y Jesús y Blanca tuvieron que esperar a que yo merendara. Estaba Blanca muy preocupada por su padre. Al parecer tuvo noticias de su familia y se la veía muy afectada —Creyó necesario echar una mano a Blanca.

—¿Ves? Las cosas no son como parecen. Todo tiene una explicación —intervino Zita.

Pura se quedó completamente desarmada con la versión de la niña. Lo que parecía indecoroso se convirtió en un acto de compasión entre los dos miembros del servicio. Al parecer, una enfermedad grave del padre de Blanca estaba precipitando su final. Siguieron tomando el té con pastas como si nada hubiera ocurrido. La niña había cortado de raíz las especulaciones. La marquesa no se quedó muy convencida, pero decidió no seguir con el mismo tema.

En realidad, Carmencita no mentía. Desde aquel día en el que Jesús le besó la mano, Blanca no había dejado de llorar cuando estaba en su habitación. Ella la oía todas las noches. Lo del padre se lo había comentado la propia institutriz para justificar sus lágrimas. Había algo de verdad en todo aquello, pero la situación del padre era mala desde que había acabado la guerra. Así lo relataba la familia en las cartas que volvieron a llegar al palacio. Fue una buena excusa para justificar su estado de ánimo. Sentía algo por el mecánico y se lo había dicho. El problema era otro, ella había entregado su vida a Dios y ahora todo su mundo se desmoronaba.

—De todos modos, las cosas que bien están, bien parecen —comentó Carmen Polo—. Hablaré con ella para que no vuelva a ocurrir. Te agradezco mucho, Pura, que me cuentes aquello que yo no alcanzo a ver. Si no es por ti, no me entero. Carmencita no me había dicho nada.

—Mamá, no pensé que debía contarte nada de Blanca y de su estado de ánimo. Yo estoy también preocupada por otras cosas.

—¿Qué cosas?

—El próximo viaje de papá. Sé que algo malo puede pasarle.

—Aquí lo único que vamos a hacer es rezar a todas horas. Los niños no tenéis por qué saber mucho más.

—Yo ya no soy una niña.

—Cuidado con perder las formas. Aquí se hace lo que decidimos los adultos.

Carmencita miró a su amiga. Era evidente que algo estaba ocurriendo y no la querían hacer partícipe de ello. No se atrevió a seguir indagando. Esa misma tarde, antes de la cena, Carmen Polo habló con la institutriz. Consideraba necesario decirle que cuidara las apariencias.

—Blanca, me ha dicho Carmencita que su padre está mal y que usted tiene una honda preocupación.

—Sí, señora.

—Si quiere este fin de semana vaya a verle a su casa.

—Muchas gracias.

—Antes quiero decirle que sea la última vez que les vean a usted y al mecánico en actitud poco apropiada.

—¿Cómo dice? —La institutriz se ruborizó.

—Que no quiero que nadie me venga a decir que Jesús le

ha cogido la mano y la ha besado. Uno no solo tiene que ser honrado, sino parecerlo. Ese episodio, ya nos ha aclarado Carmencita que fue por la gravedad de su padre, pero no quiero que se vuelva a repetir.

—Así será, señora.

Blanca pensó que lo que mejor que podría hacer de ahora en adelante era no volver a pasear con él por la calle. Mientras esperasen los dos a Carmencita en alguna de sus salidas, ella se iría a la iglesia a rezar. No cruzaría una sola palabra con él. Tenía la sensación de que había mil ojos escrutando lo que hacía o decía.

Al día siguiente, Carmen Polo le propuso a su hija que fuera con ella a Madrid. No lo dudó. Deseaba ir a la capital y abandonar, aunque fuera un instante, su permanente encierro en El Pardo. Ese día de otoño era especialmente frío. A pesar del tiempo, la gente seguía haciendo colas, como comprobaron a través de las ventanillas del coche a su paso por Madrid.

—Jesús, vamos a la Gran Vía. Me han dicho que hay varias tiendas de objetos religiosos por allí. Quiero comprar una custodia para hacer una adoración permanente al Señor hasta que mi marido regrese del viaje que va a hacer.

—Mamá, ¿adónde va papá?

—Tú mejor que no sepas nada. Tu padre va de viaje pero volverá pronto.

—Entonces ¿por qué hay que rezar?

—Por si las cosas se tuercen en el viaje.

—Mamá, ya no soy una niña pequeña. Sé que papá se va a algún sitio peligroso y me gustaría saberlo.

Jesús miraba por el espejo retrovisor. No estaba informado del viaje de Franco. Se limitó a escuchar.

—Tú tienes que obedecer sin más. Y rezar, no pararemos de rezar hasta que tu padre regrese al palacio.

Llegaron a la tienda y, después de mirar las diferentes custodias de plata, se inclinó por la que tenía una pequeña cruz en la parte superior. El dueño del establecimiento no se esperaba una visita tan ilustre y no pudo disimular su nerviosismo. No sabía si debía cobrar o no. Alguien del séquito le dijo al oído que se pasara más adelante por El Pardo. Cuando se fueron de la tienda, al dueño le temblaban las piernas.

En el palacio, se ultimaban los detalles del viaje a Hendaya. Todos eran conscientes de lo que significaba para el futuro de España. Estaban los ayudantes, el jefe de la casa civil, el jefe de la casa militar y algunos ministros, entre los que se encontraba Serrano Súñer, que le acompañaría al viaje junto con el barón de las Torres y Antonio Tovar.

—Hitler ha aplazado la llamada Operación León Marino —la invasión de Inglaterra— por la Operación Félix, la conquista de Gibraltar. No habla de otra cosa y exige nuestra entrada en la guerra. En Hendaya va a volver a insistir sobre el asunto y es a cambio de nada. A nuestra lista de exigencias para entrar en el conflicto ha dicho que no. Hitler me lo dijo personalmente aduciendo que no puede herir a Francia con nuestras pretensiones.

—Hay que protocolizar el futuro —contestó Franco—. Tenemos que ganar tiempo como sea pero no podemos decir un no tajante. La no beligerancia en estos momentos para nosotros es crucial. ¿Cuándo llega Himmler?

—Mañana.

—Hay que volcarse en esta visita. No quiero ni un solo fallo.

—Está todo organizado al detalle —le dijo Salgado-Araujo.

—Está bien.

Aunque era prioritario todo lo relativo al viaje, Serrano le pasó una lista con los últimos flecos de su ministerio anterior que ahora era asumido por el propio Franco.

—Descontando las absoluciones, los tribunales de la jurisdicción castrense han condenado a ciento tres mil personas, cuarenta mil desde el final de la guerra. Me dicen que harán falta tres años para juzgar a todos los acusados que aguardan juicio.

—¿Tenemos datos fidedignos del número de personas que están en las cárceles?

—Aproximadamente doscientos cincuenta mil internos, de los que cien mil tienen sentencias condenatorias emitidas por tribunales militares. Ocho mil y pico con penas de muerte.

—¿Firmes?

—Treinta y cuatro mil no lo son todavía. La justicia militar ha generado una cifra sin precedentes de reclusos. El proceso está siendo extremadamente lento.

—Hay que revisar los expedientes. No podemos ir con la misma celeridad que cuando acabó la guerra y se hicieron efectivas mil ochocientas condenas a muerte. Este año llevamos ochocientas cuatro —comentó Franco Salgado-Araujo.

—Los capitanes generales son los que tienen que tomar la decisión de proceder o no a la ejecución final. Eso quedó claro en la norma I. A mí solo me deben llegar las solicitudes de conmutación de la pena capital.

—Está claro. Por cierto, la misma suerte que Luis Companys —el que había sido presidente de la Generalitat acababa de ser ejecutado en los fosos del castillo de Montjuich— me temo que va a correr el exministro de Gobernación, el socialista Julián Zugazagoitia.

—La Gestapo está haciendo una gran labor al entregarnos a traidores detenidos en Francia —manifestó Serrano Súñer.

—Con los traidores no nos tiene que temblar el pulso —zanjó Franco el tema—. Los entregaron las autoridades de ocupación espontáneamente. Se les juzga y se les ejecuta. Más de lo que hicieron con nuestros generales.

Carmen Polo llegó con la custodia de plata al palacio de El Pardo. Hizo llamar al padre Bulart y este de inmediato se hizo cargo de ella. El ambiente era de preocupación, aunque no se expresara verbalmente. El sacerdote estaba informado de todo. Tal vez era la persona que tenía más información de todo el palacio.

—Cuando mi marido se vaya de viaje expondremos al Santísimo y haremos turnos para su custodia. Hay que rezar más que nunca.

—Por supuesto.

—Me da miedo que ocurra algo en este viaje. Tengo esa intuición.

—No se anticipe a los problemas. Señora, deje actuar a la Providencia. Confíe plenamente en la destreza de su marido. Si ha podido con la Guerra Civil, le aseguro que podrá con esto también. Hitler le tiene mucho respeto.

Carmencita por fin sabía, gracias al padre Bulart, que a quien iba a ver su padre era a Hitler. Ahora entendía los nervios de su madre. Sabía por lo que había oído en las comidas y en las cenas que no le gustaba que le llevaran la contraria. Intuyó que en aquel viaje lo que iba a hacer su padre era decirle que no a alguna de sus pretensiones. Se retiró a su cuarto y se lo comunicó a Blanca.

—Ya conozco quién es esa persona tan misteriosa que va a ver mi padre, ni más ni menos que a Hitler. Deduzco que le va a decir que no a sus pretensiones de que entremos en guerra. ¿Y si a mi padre le secuestran y le dejan junto con mi tío allí detenido? Tiene mucho poder y con tal de que se haga su voluntad puede ser capaz de cualquier cosa.

—No sé qué decirte. No creo que se atrevan, pero lo que sí harán será convencerle con amenazas de que entremos en guerra. ¡Otra guerra! Sería terrible. ¡De nuevo a las armas! ¡Dios mío! ¡Vamos a rezar!

Su institutriz, igual que su madre, todo lo solucionaba rezando. A lo largo del día, la niña había oído misa y rezado tres rosarios. Con el último rezo ya contestaba automáticamente.

Heinrich Himmler llegó a España y pasó tres días entre el País Vasco, Madrid, Toledo y Cataluña. Junto con Serrano Súñer preparó al detalle los pormenores del viaje a Hendaya, pero también el ministro español obtuvo asesoramiento para la nueva policía secreta que quería poner en marcha en España. A fin de cuentas, Himmler era el responsable de las SS, la Gestapo y la policía alemana desde que los nazis alcanzaron el poder. Se interesó por el Cid en su estancia en Burgos y por el santo grial en su viaje a Montserrat. Cuando llegó a la estación del Norte de Madrid fue recibido con todos los honores con gigantescas esvásticas alternadas con símbolos de la Falange y banderas de España. Sonó el himno alemán y le presentaron armas tras el recibimiento de Serrano Súñer junto a la élite militar y parte del Gobierno español.

En una de las comidas, tras concluir la visita de Himmler, Carmencita escuchó como su tío Ramón le decía a su padre lo impresionado que se había quedado uno de los hombres más poderosos del Tercer Reich.

—Le ha sorprendido con agrado cómo hemos llevado nuestra política de depuración del enemigo. Sin embargo, ha dicho que vería más útil incorporar a los represaliados al nuevo orden que aniquilarlos.

—Nosotros no necesitamos que nadie nos diga cómo llevar nuestros asuntos.

—Han sido comentarios que merece la pena escuchar. Por cierto, en esta visita le ha dado más papel al agregado de seguridad de su embajada en Madrid, Paul Winzer. Hemos firmado un acuerdo para perseguir a enemigos del Tercer Reich en territorio español. A cambio, ellos nos van a ayudar con el entrenamiento de nuestra policía.

El subsecretario del Ejército de tierra en ese año, Camilo Alonso Vega, participaba en la comida junto con su mujer, Ramona Rodríguez Bustelo. Conocía a Franco desde que estudiaron juntos en la Academia Militar de Toledo.

—Me ha llegado que el padre Andreu Ripoll, al frente de su visita a Montserrat, se ha quedado con muy mala impresión del alemán. Dice que ha demostrado muy poca educación porque cortó sus palabras de agradecimiento con un abrupto: «¿Dónde está el grial?». El abad Marcet se negó a recibirle por considerarle un perseguidor de sus compañeros de orden en Alemania. Afortunadamente, no se ha enterado.

—Por esos pequeños detalles podemos estropear una visita tan trascendente como la de Hendaya —respondió Franco.

—Bueno, educadamente le dijo que allí no se encontraba el grial. Le enseñó el monasterio benedictino, pero Himmler volvió a enfadarse cuando le prohibieron el paso a los subterráneos. Lo peor no fue eso, sino que desapareció su cartera de su habitación en el Ritz.

—Pero ¿cómo ha podido pasar? Eso ha sido obra del servicio secreto británico.

—Estamos investigando. Al parecer, lo que llevaba en la cartera eran sus papeles sobre la relación que había encontrado entre el Montsalvat o castillo del grial que Wagner mencionaba en su ópera *Parsifal* y la basílica de Montserrat.

—Este hombre... Bueno, mejor no hacer ningún comentario en público.

Carmencita no alcanzó a oír adónde viajaría su padre. Siguió comiendo como si no se enterara de lo que se decía en la mesa.

—Trató de convencer a los monjes de que tras los rasgos oscuros de la piel de la Moreneta se ocultaban otros claramente arios —comentó con cierta sorna Alonso Vega—. Tampoco ocultó su deseo de descubrir el santo grial para dotar al nazismo de poderes mágicos y dominar el mundo. Se ha llevado una honda decepción al no encontrarlo.

—Menos mal que la visita ha durado tres días —comentó en voz baja Carmen Polo.

—Nosotros partimos mañana hacia el palacio de Aiete y desde San Sebastián iremos en tren hasta nuestro destino —comentó Serrano Súñer.

Carmencita ya sabía algo más. Saldrían de España por el norte. La despedida de la comitiva se hizo con nervios contenidos. La niña dio un beso protocolario a su padre. Ya le había advertido su madre que no hiciera nada que reflejara preocupación y que el servicio interpretara mal. Nada más salir los coches del palacio, Carmen Polo comenzó a velar la custodia que el padre Bulart había instalado convenientemente para esta ocasión. Desde ese momento, siempre hubo en el oratorio dos personas. Familia y amigas de Carmen Polo se fueron turnando para que nunca estuviera solo el Santísimo que allí estaba expuesto.

Supieron en una cena que Franco había dejado a tres de sus generales para formar un triunvirato de gobierno por si les pasaba algo en la visita. Todos parecían prepararse para lo peor.

—No me cuentan nada, pero sé que este viaje es de una enorme trascendencia —comentó Carmencita a Blanca, y la institutriz no pudo por menos que darle la razón. Ya no era una niña y no se la podía engañar.

19
EL HERMETISMO DE CARMEN POLO

Viviendo en El Pardo aprendí a cazar. Me regalaron una escopeta del 20 y desde el principio se me dio bastante bien. Con mi padre empecé a hablar de caza. Para los dos era una gran distracción.

Hasta que no volvió Franco de Hendaya, nadie pronunció tres palabras seguidas en presencia de Carmen Polo. Solo se rezaba el rosario a todas horas. Durante los días que tardaron en regresar, repasaron los misterios gozosos, los dolorosos y los gloriosos. Cuando llegaron a los luminosos, en El Pardo ya sabían que la comitiva viajaba de vuelta a España. Fueron días de mucha tensión, caras de preocupación y ningún tipo de entretenimiento. Desaparecieron el té con pastas y más aún los juegos de cartas. Había una telefonista en la centralita del palacio, María de la Encarnación, que durante esas jornadas no se movió de allí a la espera de la llamada que confirmara que estaban ya en territorio español. La ansiada comunicación llegó y tan pronto tuvo noticia el servicio, la niña fue informada.

—Parece ser que han llamado del palacio de Aiete. Tu padre ya está en San Sebastián. Tranquila, que mañana o pasado estará aquí.

—Gracias, Blanca. Mamá no me dice nada. Está completamente muda.

La actividad en el palacio de El Pardo no volvió a ser la de siempre hasta el regreso de Franco y su séquito. Cuando el coche accedió al recinto de El Pardo, todos aguardaban en la puerta en perfecta formación. La niña hubiera abrazado a su padre delante de todos cuando lo vio descender del coche, pero se contuvo. Su madre no lo hubiera aprobado. Carmencita se alegró de que los peores presagios no se hubieran cumplido. Su madre, sin embargo, se mostró muy poco expresiva, pero se le suavizó el entrecejo. La niña imaginó que era por dar normalidad al reencuentro y no reconocer ante todos que el viaje había tenido trascendencia y peligro.

En las comidas y en las cenas sucesivas no se habló nada de Hendaya. Había demasiada gente sentada en torno a la mesa. Todo se mantenía en absoluto secreto. Lo único que supo la niña fue lo que leyó en los periódicos. Se acostumbró a leer todos los que llegaban al palacio para saber los pasos que daban su padre y su tío Ramón. Vio la foto del encuentro con Hitler en Hendaya y no se dio cuenta de que la instantánea estaba trucada. Su padre aparecía unos centímetros más alto de lo que era en realidad para que el efecto óptico fuera de igual a igual, al menos, en altura. Se hablaba en la prensa nacional de la reunión en el vagón *Érika* y de cómo su padre había llegado tarde a la cita. Este dato fue muy resaltado por todos. «Franco ha hecho esperar a Hitler», «Hitler plantado en Hendaya», «Alemania tuvo que esperar a España»... Surgieron hasta chistes en donde Franco quedaba por encima de Hitler.

—Imagino que a Hitler no le haría ninguna gracia que los españoles llegaran tarde, pero, conociendo a mi padre, tampoco le gustaría entrar con mal pie en la reunión —comentó Carmencita.

—Parece que las vías de tren estaban en muy mal estado. No me querría ver en la piel del maquinista —comentó Blanca—. ¡Lo que habrá tenido que sudar!

—Yo tampoco querría verme en su piel. —La niña se echó a reír—. Blanca, ahora que ya están de vuelta, ¿podremos volver a salir a casa de la tía Pila —Pilar, la hermana de Franco— o a casa de la tía Zita? Me gustaría ver a mis primos.

—Qué ganas tienes siempre de salir de aquí.

—Señorita, es que estoy siempre sola y me lo paso muy bien con ellos.

—Sola, lo que se dice sola, nunca estás. Pero tranquila, se lo diremos a tu madre. No creo que vea ningún inconveniente y menos estos días en que todo el mundo está contento.

En El Pardo se notaba más trasiego de conocidos y amigos a cualquier hora. Había tal euforia que incluso en la cocina se esforzaron por echar más imaginación a los menús con la introducción de platos nuevos. Aquellas comidas «cuarteleras» —como decía Serrano Súñer— se refinaron algo más. Hasta Camilo Alonso Vega contó más chistes de los habituales, haciendo reír a Franco y a cuantos le imitaron. El nuevo optimismo era evidente y palpable. Carmencita, contagiada, deseaba saber más detalles. Gracias a sus primos José y Fernando pudo saciar su curiosidad.

—¿No te ha contado nada tu padre?

—Nada.

—Pues creo que Hitler bostezó varias veces mientras tu padre hablaba de lo mal que está España y del hambre que tienen los españoles. Debieron de aburrirle las razones de nuestra negativa para entrar en la guerra y abrió la boca varias veces. Al parecer, lo único que le interesaba es que nos uniéramos al conflicto y le hemos dado largas. Eso no le ha debido de hacer mucha gracia.

—¿Y dices que bostezó?

—Varias veces. También cuenta mi padre que cuando arrancó el tren que los traía de vuelta, por poco se cae tu padre. Si no le hubiera sujetado el general Moscardó, se habría desplomado delante de todo el mundo, incluido Hitler.

—Eso son tonterías. Lo importante es que no entramos en guerra. Eso es lo mejor, ¿no crees?

—Sí, claro. Pero yo sigo viendo a mi padre preocupado. Me da la impresión de que no podremos estar así mucho tiempo. Hitler quiere que nos involucremos en la guerra. Se lo he oído decir cuando hablaba con mi madre. ¡Y si Alemania aprieta…!

—Cuéntame todo aquello de lo que te enteres, porque mis padres no hablan nada delante de la gente y cuando estoy con ellos, siempre hay un montón de personas alrededor.

En el despacho de El Pardo, lejos de donde se encontraban los niños, Franco y Serrano Súñer hablaban en voz baja a pesar de que estaban a solas. Un tapiz coronaba la espalda del Caudillo y unas cortinas de terciopelo burdeos flanqueaban el costado derecho de Serrano Súñer. Habían prometido no comentar con nadie lo que había ocurrido en el encuentro con Hitler más allá de lo esencial: «España, de momento, no se unirá al Eje». Se encargaron de transmitir esta información al mundo. Estaban sentados en torno a una mesa brillante de madera de cerezo con incrustaciones doradas, que habían rescatado del expolio que se había producido durante la Guerra Civil.

—Deben de vernos como unos paletos muertos de hambre. Nos intentaron apabullar con la recepción que nos hicieron. Tanto vino, tanto pato y tanto puro habano —comentó Serrano Súñer—. Hitler se extralimitó diciendo que era el dueño de Europa y que no nos quedaba más remedio que obedecer.

—No me disgustó del todo su tono. Pero se equivoca al pensar que aniquilará a Inglaterra en poco tiempo. Ya le dije que nosotros habíamos pasado de la neutralidad a la no beligerancia, tal y como había hecho Italia el año pasado antes de entrar en la guerra. Pero esperaba más de nosotros a cambio de nada.

—Le quedó claro cuando le dijiste que para nosotros entrar en la contienda suponía que nos tendrían que dotar de todo, hasta de lo más nimio. Ahora mismo, Alemania no puede hacer esa trasferencia de recursos.

—Por eso hay que seguir con la tesis de la neutralidad de cara al mundo.

—Y otra cosa, habría que decirle al embajador Espinosa de los Monteros que se ponga de nuestro lado cuando hablamos con los miembros del Gobierno alemán. Ya le llamé la atención en mi primera visita a Alemania y le advertí: «Se ha pasado usted al moro delante de mis narices». —Esa expresión africanista le gustó especialmente a Franco—. Quizá tú deberías decirle algo porque, antes de que hablemos nosotros, ya está haciendo gestos de adhesión a lo que dicen los alemanes. Sé que ahora está realizando una campaña en mi contra que ha debido de llegar a tus oídos y a los de Hitler. Está diciendo que no soy el interlocutor correcto. Eso es muy grave.

—No tienes nada que temer.

—Le pedimos discreción en Aiete cuando firmamos el texto secreto en el que nos adherimos al Pacto Tripartito, allanándonos militarmente al Eje. Dejamos muy claro que hasta que nuestra situación cambie no vamos a movernos de esa posición. Bien, pues no me fío. Pondría la mano en el fuego por el barón de las Torres y por Antonio Tovar, pero no por Espinosa de los Monteros.

—Por la cuenta que les trae, ninguno hablará. Espinosa guardará también el secreto. No tengo ninguna duda.

—Pues insisto en que a Espinosa habría que asustarle. No puede abrir la boca sobre el protocolo secreto que firmamos. Nos comprometería mucho ante el mundo.

—En realidad, lo que hemos firmado tiene un efecto limitado hasta que no digamos que ha llegado el momento. En principio, no entraremos en ninguna guerra. Estamos ganando tiempo. Espinosa no dirá nada porque Hitler pidió que se guardara esta adhesión en secreto. «Al enemigo hay que pillarle desprevenido», esas fueron sus palabras. ¿Lo recuerdas? Es el primer interesado en que no se sepa nada.

—Pues me ha visitado sir Samuel Hoare. El embajador inglés estaba preocupado, pero por sus palabras me he dado cuenta de que sigue pensando que no vamos a movernos de la neutralidad.

—Eso está bien. Yo le sigo dando vueltas al texto que hemos firmado. Es muy vago también en las compensaciones para España, en caso de entrar en conflicto. Ya sabes que me gusta dejar las cosas bien atadas. He pensado en escribirle una carta de puño y letra donde le voy a reiterar las legítimas y naturales aspiraciones que tenemos en orden a la sucesión de los territorios norteafricanos que fueron hasta ahora de Francia. Me veo en la necesidad de reivindicar lo que considero un derecho natural nuestro: el Oranesado y la parte de Marruecos que está en manos de Francia.

—Me parece bien. Pero tengo claro cuál va a ser su respuesta.

—Pues seguiremos sin entrar en el conflicto. Tenemos mucho que perder y ninguna compensación. Si no cede Alemania, no nos vamos a mover ni un centímetro.

Carmencita solo soñaba con salir del palacio. Hasta el fin de semana no consiguió ir al domicilio de la tía Pila. Allí se enteró de otros asuntos que nada tenían que ver con la guerra internacional sino con la propia «guerra» que mantenía su familia con el abuelo Nicolás, del que tampoco se hablaba en su casa. Nunca quiso a su padre y le despreciaba delante de quien le quisiera oír. Al parecer, le había escrito durante la guerra una carta larguísima y dura. Aparte de pedirle dinero, exigiéndole recuperar los ahorros que tenía en el banco antes de estallar la guerra, le decía en tono incriminatorio: «Si pierdes, te van a fusilar y si ganas, te asesinarán como a Canalejas». Se lo comentaron sus primos en voz baja.

—Tu padre debe de tener la cabeza como un bombo. Lo dice mamá constantemente. Además, tiene miedo de que le pase algo. Por eso casi no salís de El Pardo. No para de comentar que el abuelo le dijo a tu padre que le iba a pasar como a Canalejas —comentó su prima Carmen Jaráiz.

—¿Qué le pasó?

—Ya te lo he dicho, ¡que lo mataron!

—En casa no se habla de esas cosas.

—Pues aquí sí.

—¿Y qué le pedía el abuelo a papá?

—Quería recuperar su dinero —respondió Mercedes.

—Ya me extrañaba a mí que se acercara a mi padre con afecto.

—De afecto nada —intervino la otra prima de su edad, Concha—. Dice mamá que como tu padre se parece tanto a la abuela, que en gloria esté, no se lo perdona. En la carta, le criticaba porque la guerra había degenerado en una guerra civil sangrienta. El abuelo siempre está criticando a tu padre. Dice cosas muy feas de él.

—No parece que le tenga mucha simpatía. Al parecer, de niño tampoco. Mi padre no habla nada de su infancia ni cuando yo le pregunto. Si comenta algo es siempre sobre su madre. Sé que el abuelo vive en Madrid, en la calle Fuencarral, que tiene un ama de llaves que se llama Agustina y que vive con ellos una sobrina. Y poco más. Por donde va, habla mal de su hijo, y mi padre lo sabe.

—Agustina no es su ama de llaves, es la señora que vive con él, y la que dicen que es la sobrina, es la hija de ellos dos. Eso me lo han dicho mis hermanos mayores —dijo Carmen, otra de sus primas, en tono confidencial.

—No digas eso.

—Mi hermano Fate y mi hermana Pilar lo dan por seguro —insistió Carmen.

—No quiero oír nada más. Tu hermana Pilar tampoco les tiene muchas simpatías a mis padres. Desde que estuvo en la cárcel se ha hecho de izquierdas.

—Ella dice que el tío Paco ya no es el mismo. ¡Que se le han subido los humos a la cabeza!

—No me gusta esta conversación. Acabaremos discutiendo nosotras por lo que dicen de nuestras familias unos y otros. ¡Vamos a jugar!

Carmencita cortó radicalmente la charla. Poseía una especial habilidad para esquivar los comentarios poco apropiados y las primas desistieron de seguir hablando. Finalmente, sacaron las cartas y se pusieron a jugar al cinquillo y al pinacle. Se olvidaron de los conflictos familiares y de las guerras. Fueron niñas durante una hora larga hasta que les sirvieron la merienda y volvieron las confidencias. Las hacía sentirse mayores el hecho de tener información que sus padres intentaban ocultarles. Sin embargo, a su edad adolescente ya se enteraban de todo.

—Tengo una información muy buena, pero como no quieres que hablemos de cosas de mayores... —comentó Concha con misterio.

—¡Dímelo de una vez!

—He oído que el tío Ramón no murió por un accidente casual, dicen que le mató la masonería. Se lo dijeron a mamá, pero no ha vuelto a hablar de eso. Está convencida de que sabotearon el avión de su hermano.

—En casa ya no hablan nada de su muerte. Estamos siempre rodeados de gente. Creo que mis padres han dado por bueno que murió por el mal tiempo. No tenía que haber salido esa mañana.

—La última noche antes de volar y matarse cenó con mi hermano Jacinto, Jate.

—¿Sí? No lo sabía.

—Mi hermano dice que fue una cena muy alegre con la tía Engracia y su hija Angelines. Y que al día siguiente el accidente le pilló a mi hermano embarcado en el *Navarra*. Esa mañana, tuvieron como misión dar vueltas por las aguas de Mallorca buscando los restos de un avión. Luego el capitán le dijo que estaban buscando los restos del hidro del tío Ramón. Fue un disgusto tremendo para él. Piensa que había estado cenando con él la noche anterior. Le debía mucho al tío Ramón y a Engracia. Cuando cayó malherido en la embarcación *Baleares*, se lo llevaron a una clínica privada y lo salvaron de algo muy grave: una infección en la sangre. Aun así, mi hermano perdió un riñón. Estuvo gravísimo.

—No tenía ni idea. En casa prefieren que no sepa nada. Si no fuera por vosotros... y por José y Fernando.

—Nosotras siempre tenemos el radar puesto. —Las tres hermanas se echaron a reír.

—De tu hermana Pilar sí he oído hablar más. A mis padres todo el mundo les viene con algún cuento de que no es partidaria del régimen.

—Mi hermana es que lo critica todo. Y cuando fue a ver a tu padre a El Pardo asegura que ya no le reconoció. Que nada tenía que ver con la persona que había conocido antes de la guerra. Le pareció muy frío. Piensa que ella fue dama de honor en la boda de tus padres y tu padre fue incluso su padrino de boda cuando se casó. La tía Carmen le ayudó a elegir el ajuar. Había mucho trato hasta que estalló la guerra.

—Bueno, yo también he notado ese cambio. Mi padre durante la guerra dejó de ser el que era —afirmó Carmencita, y se quedó muy pensativa—. De todas formas, se preocupó por Pilar y la sacó de la cárcel porque se hizo un canje con presos republicanos.

—Cuando volvió a ver a tu padre, ya Caudillo, dice que

se sintió un «escarabajo». También le dolió la reticencia de tu madre y las preguntas que le hizo.

—Sé que mi madre preguntó a tu hermana que «con qué bando estaba». Es que les llegó información de que estaba más cerca de los rojos que de los nacionales. Debió de ser ese día que cuenta tu hermana.

—Mi madre le riñó mucho, pero ella es así. Lo debió de pasar muy mal en la cárcel y con su niño recién nacido. Una señora que estaba con ella intentó envenenarlo. Por cierto, creo que la acaban de fusilar. Atando cabos, debe de ser así, porque en casa hablan que parece un jeroglífico pero yo, al final, me entero.

—No me contéis esas cosas. Si se entera mi madre, no me dejará volver aquí —comentó a sus primas.

Interrumpieron la conversación cuando aparecieron en la casa varios amigos de Alfonso y Jacinto. Se trataba de unos jóvenes guardiamarinas. Todas las niñas comenzaron a comentar entre risas lo guapos que eran. Uno de los amigos no paraba de mirar a Carmencita, sin saber de quién se trataba. Ella se dio cuenta y disimuló no devolviéndole la mirada. En cuanto pudo, preguntó a sus primas por él.

—¿Quién es ese chico alto que va de guardiamarina?

—¿Te refieres a Ninín? —Señaló al joven.

—Sí, pero no le señales —le recriminó, ruborizada—. ¿Qué nombre es Ninín?

—Saturnino. Se llama Saturnino Suanzes de la Hidalga, pero todos le llamamos Ninín.

Se quedó con el nombre del joven que realmente le intrigaba. Ella siguió jugando con Concha, Carmen y Mercedes a las cartas. Entre partida y partida, aprovechó para que le dieran más detalles. Entre otros, su edad: era cinco años mayor que ella. No le pareció importante porque se pasaba los días con personas mayores y le gustaba.

—Su padre murió recién iniciada la guerra. Era capitán

de infantería del Ejército, estaba a las órdenes de Camilo Alonso Vega. Ha estudiado en el colegio del Pilar de Vitoria. Toda su familia está ligada a la Armada y al Ejército. Su madre también es hija de un coronel de artillería del Ejército. El chico es el hermano mayor de cinco y el único varón.

—¿Viene mucho por aquí?

—Solo cuando está de permiso. Ya sabes que los marinos pasan más tiempo en el mar que con sus familias. Está en la Escuela Naval Militar de San Fernando, en Cádiz, como caballero aspirante. ¿Por qué tanto interés? ¿Te gusta?

—Solo era curiosidad —dijo ruborizada.

No cruzaron palabra, pero no dejaron de mirarse. Aquel chico vestido de uniforme blanco impoluto era el causante de los nervios que se le habían formado en el estómago. El joven tenía mucha personalidad y sentido del humor. Carmencita no entendía muy bien lo que le estaba pasando, pero se sentía agitada con la presencia del chico, que le gustaba de verdad. Se miraban furtivamente y se sonreían. Había algo en él que realmente le hacía diferente al resto. Dejó de interesarse por ganar a las cartas y estuvo, lo que quedaba de tarde, más pendiente de la conversación de sus primos con los jóvenes guardiamarinas que de lo que pasaba en la mesa. Se dejó ganar siempre con la mirada puesta en el muchacho que le sonreía sin parar. Seguía con los nervios en el estómago, pero no dijo nada a sus primas. Hubiera deseado que se alargara la tarde, pero llegó la hora de irse y se despidió de todos. Ninín le dirigió una sonrisa que recordó durante semanas.

—¿Cómo te llamas? —le preguntó al despedirse.

—Carmen.

—Mi nombre es muy feo, por eso todos me llaman Ninín. Encantado de conocerte.

—Igualmente. —Le dio la mano y se dispuso a marcharse de allí disimulando su interés por aquel chico.

—Perdona, ¿volveré a verte? —la retuvo él.

—Sí, los fines de semana suelo venir a casa de mis primos.
—¿Vendrás el próximo sábado?
—Lo intentaré.
—Estaré esperando ese momento.

Carmencita creía que el corazón se le salía del pecho. Aquel joven, sin saber todavía quién era, mostraba atracción hacia ella. No le importaba su apellido sino ella. Era la primera vez que le ocurría algo así. Además, ya tenía catorce años y se sentía más mayor de lo que realmente era. De hecho, ese mismo día, cuando llegó a casa le pidió a su madre ir de compras. Ya no quería vestir como una niña, sino como una señorita de más edad. Sintió que atrás quedaba una etapa de su vida que había estado llena de sobresaltos y traslados. Ahora soñaba con salir del palacio y pasar más tiempo con sus amigas. A la vez, necesitaba saber más de aquel chico que tanto le había gustado. Deseaba volver a verlo. Su madre, sin saber qué le había ocurrido para mostrar ese cambio tan repentino, le preguntó extrañada:

—¿Ha pasado algo que yo no sepa?

—Mamá, ya no soy una niña. No quiero llevar tantos lazos. Mira cómo visten las chicas de mi edad. Creo que ya debería vestir de otra forma.

—Está bien. Iremos a hacerte varios trajes. Me parece bien.

—Y me gustaría poder salir con mis amigas, con mis primas, sin que nadie venga detrás vigilándome.

—Eso tendrá que seguir siendo así. ¡Eres la hija del Generalísimo! No adelantes pasos. Tendrás que cumplir dieciocho años y ser presentada en sociedad. Todavía te quedan cuatro años.

—Por favor, por lo menos, déjame ir con más frecuencia a casa de la tía Pila.

—¿Quién estará en esa casa para que tengas tanto interés en ir?

—Nadie. Amigas y amigos de los primos.

—¡Céntrate en tus estudios! Eso es lo que tienes que hacer.

—Pero si estoy todo el día estudiando con la señorita Blanca. Solo salgo alguna tarde.

—Muchas me están pareciendo. Tu responsabilidad es formarte como una persona de bien. En la calle no se aprende nada bueno.

—Pero si solo voy a casa de mis amigas y de mis primos...

—¡Eres una niña! Te queda mucho para ser presentada en sociedad. De momento, las salidas entre semana las vamos a suspender.

—Estoy todo el día aquí encerrada. Me gustaría tener la misma vida que las chicas de mi edad.

—No está bien visto que estés todo el día por ahí. Aquí está tu familia y aquí debes estar.

Después de un rato callada, contestó a su madre:

—Lo que tú digas, mamá. Al menos, podré salir los fines de semana. —Pensaba en que había quedado con Ninín en volver el sábado—. ¿Vamos a comprarme ropa?

No le costaba obedecer, pero se empezaba a rebelar contra su encierro casi permanente en El Pardo. Intentaron por todos los medios que su tiempo libre se llenara de actividades. Volvió a montar a caballo y a salir al campo. La dejaron acompañar a su padre alguna tarde cuando salía de caza por el monte. Le gustaban aquellos olores a jara y lavanda, así como la sensación de estar al aire libre. El campo suavemente jalonado de encinas y matorrales se erigía como el único lugar donde podía moverse sin que nadie fuera detrás de ella. Fue adquiriendo conocimiento de aquellas tierras que guardaban tantos árboles diferentes, algunos centenarios, y tantas especies animales. Le gustó saber que en ese espacio verde habían cazado reyes y personalidades de gran renombre y prestigio. Aquel monte estaba conformado por lomas pequeñas y onduladas que bajaban en pendientes suaves hacia el valle del Manzanares. No se cansaba de visitar dos olmos de enorme altura que tenían dos siglos de historia. Por más que pretendía abarcar con los brazos la base de su tronco, le resultaba imposible. Los alcornoques también eran de grandes proporciones, las encinas y los pinos inundaban el suelo de bellotas y piñones. Salir a caminar por aquellos montes era como un festival de colores y olores.

Tanto significaba para ella pasear al aire libre que su madre le dio permiso para cazar con su padre. Uno de los cinco cazadores que los acompañaba la enseñó a disparar con un calibre pequeño. Tuvo en sus manos una escopeta repetidora de calibre 20. Durante muchos días, fue dándole instrucciones.

—Al introducir los cartuchos ten mucho cuidado, es muy fácil herirse el dedo pulgar con la teja de alimentación: aunque lo hagamos de forma perfecta, siempre saldrás con alguna rozadura en el dedo.

Empezó cazando conejos y aves, nunca piezas mayores. Lo cierto es que pronto destacó por su buena puntería. Su padre, que hablaba muy poco, se volvió más locuaz al explicarle las reglas esenciales del buen cazador.

—Antes de cazar revisa las armas que vas a llevar y trátalas todas como si estuvieran cargadas. No puedes tirar cuando estén cerca los ojeadores. Tampoco puedes disparar de lado, la bala hay que hincarla. Tira certeramente y recuerda: pieza malherida es pieza perdida. Si sigues estas normas nunca tendrás accidentes, pero si te las saltas un día puedes tener un problema o provocarlo. No se puede hablar, el silencio ayuda a la concentración. Solo podrás hacer algún comentario cuando te estés trasladando de un ojeo a otro. Nunca puedes distraer a un cazador. ¿Lo entiendes?

—Sí. —No se atrevió a decir mucho más. Carmencita había aprendido que la discreción era una virtud. A su padre no le gustaba mucho la gente charlatana.

—Pues mira mucho y aprende.
—¿Empezaste a cazar hace mucho?
—Cuando dirigía la Academia Militar de Zaragoza, los fines de semana se organizaban batidas de jabalíes. Allí empecé a cazar con mis compañeros. Lo que quiero que aprendas es lo que te puede pasar con las armas. Un soldado que conocí en África murió a causa de una bala vertical que cayó sobre su cabeza. Se quedó en el mismo lugar en el que iniciamos el asalto de una colina. Con esta historia lo que te quiero transmitir es que no tires al aire sino solamente cuando estés segura de que la bala quedará soterrada una vez que dispares sobre una presa. No tires en los visos.

Saliendo con su padre por los montes de El Pardo empezó a saber más de caza y de pájaros. Le enseñó a distinguir unos de otros por su plumaje o por su trino. Por fin, compartía algo con él después de la guerra que no fuera solo mesa y mantel en presencia de mucha gente. Había encontrado la fórmula para sacar a su padre del hermetismo en el que siempre andaba sumido. Era la primera vez, desde hacía muchos años, que hablaban a solas y que compartían una afición. Realmente fue su punto de conexión a partir de ese momento.

20
EL PRIMER AMOR PROHIBIDO

*De jovencita empecé a fijarme en los marinos.
Sobre todo, los guardiamarinas me parecían
muy guapos. Me fijé en especial en Saturnino Suanzes
de la Hidalga. Le llamábamos Ninín. Recuerdo
que nos escribíamos muchas cartas porque
solo nos veíamos en vacaciones.*

No había pasado mucho tiempo desde que Carmencita le preguntara a su madre sobre quién mandaba en aquel régimen: «¿Papá o el tío Ramón?». Fue al final de la guerra, cuando la niña tenía dudas de quién llevaba las riendas del Estado. Su tío salía constantemente en los periódicos y hubo un momento en el que no estaba muy segura del papel de cada uno. Pero Carmen Polo se encargó de dejarle claro que el que decidía sobre la posición de España en la Segunda Guerra Mundial, sobre la vida de los presos y sobre las cuestiones internas del régimen era Francisco Franco, su padre.

Durante esos días, en El Pardo había mucho malestar. Carmen Polo estaba nerviosa. Compartía el té de las cinco con las mismas personas de siempre. Aquellas que se convirtieron en su círculo más íntimo: Ramonina de Alonso Vega, las tres Lolas: Lola Tartier, Lola Collantes y Lola Botas de Vallejo-Nágera; así como Tolito Arcentales, viuda de Méndez de Vigo; la tía Isabelina —su hermana— y Pura Huétor de Santillán —quien le contaba todos los rumores y certezas de aquella sociedad emergente tras la guerra—. Su hermana Zita empezó a faltar a estos encuentros donde se repasaba todo aquello de lo que se hablaba en Madrid, los chismes de personas conocidas y lo que la censura se encargaba de que no saliera en los periódicos.

Aunque no le comentaron nada a la niña, esta se dio cuenta de que algo pasaba con sus tíos porque dejaron de golpe de ir a verlos todos los domingos con sus hijos. Comenzaron a distanciar sus visitas. Carmencita echaba de menos a sus primos que la ponían al día de todo aquello de lo que no le hablaban sus padres. A todas horas salía el nombre de Sonsoles de Icaza, una mujer casada con un militar con título: el marqués de Llanzol. Su madre torcía el gesto cada vez que hablaban de ella. No podía soportar que le mencionaran su elegancia o su forma de ser tan descarada o de su capacidad intelectual. Había avisado a su hermana, pero esta le dijo que no atendiera a los rumores que circulaban por Madrid donde relacionaban a Serrano Súñer con Sonsoles. Carmen, como hermana mayor, estaba indignada. Por las noches, tras rezar el rosario y antes de dormir, sacaba a relucir el tema. Franco le había dado un toque de atención a su cuñado, pero este se lo había negado todo.

—Tienes que hablar con él. No se puede consentir que en nuestra cara esté viéndose con esa mujer. Es *vox populi*, no se habla de otra cosa en sociedad. Nos está poniendo en ridículo. Él debería saber que es un hombre casado y que su mujer es mi hermana pequeña. Si la ofende a ella, a mí también.

—Carmina, Ramón lo niega todo. Dice que son habladurías. Ahora le necesito cien por cien concentrado en sus viajes a Alemania e Italia. La situación es altamente delicada. Por eso le he nombrado ministro de Exteriores y yo me he hecho cargo de Gobernación.

—Pues la situación de mi hermana también lo es, aunque ella lo niegue. Está ciega y le molesta que se lo diga a la cara.

—Haz oídos sordos. No todo lo que te cuentan es verdad. Está siendo objeto de muchos odios y muchos rencores. La propia Falange Auténtica ha querido atentar contra él con Tarduchy a la cabeza. Te aseguro que tiene muchas más preocupaciones que las de esa mujer. Existen muchos frentes abiertos.

—Está bien, pero no bajes la guardia y pídele más decoro. Ya no solo por mi hermana, sino porque tú eres su cuñado y hay que preservar la moral dando ejemplo.

—Ahora mismo no puedo prescindir de él. La situación internacional es muy delicada. Está haciendo un buen trabajo, y eso que cada vez resulta más incómodo para los militares del Gobierno, para los propios alemanes a los que admira e, incluso, para los ingleses y americanos que le quieren fuera. Ahora tú también. Realmente no tiene más apoyo que el mío.

—Mientras tenga el tuyo… el resto da igual. Se cree superior a todos. No hay más que oírle. Eso es lo que le pasa. Solo faltaba lo del Ministerio de Exteriores.

—Hace años le ensalzabas. Incluso quisiste que se lo presentara a tu hermana porque te parecía un buen partido. Hoy le quieres lejos, pero te recuerdo que ya es familia. Apartarle del Gobierno traería consecuencias familiares.

—Bueno, ya las está trayendo. Mientras más responsabilidad le das, más nos alejamos Zita y yo. Mi hermana no quiere oír hablar de los rumores y está molesta por las habladurías. ¡Claro que le admiraba cuando nos fuimos a la Academia de Zaragoza! ¡Mucho! Él ha cambiado en cuanto se ha visto con poder. Sale más en los periódicos que tú y casualmente es quien maneja la prensa. No dudo de su trabajo, pongo en cuarentena sus formas. Nada más. Estoy muy disgustada por mi hermana, de la que me siento responsable desde que faltó mi madre. Deben cesar las habladurías. No puede ver más a esa mujer.

—Volveré a hablar con él, pero créeme que tenemos preocupaciones mayores como el futuro de España. De entrada, tiene que volver a Alemania. Hitler quiere nuestra adhesión y va a volver a decirle que no. Solo él puede hacerlo, arriesgando mucho.

—No lo sabía.

—Ahora ya lo sabes —zanjó Franco, y cogió un libro de su mesilla y se puso a leer.

Carmen se acostó y siguió rezando en silencio sin poder quitarse del pensamiento a su hermana pequeña. Desconocía si Zita sabría de este nuevo viaje de su marido a Alemania. Atravesar la frontera era peligroso, sobre todo, si a quien iba a ver era al mismísimo Hitler. Resultaba difícil pensar en los problemas que podrían surgir sabiendo que volvería a decir que no a las pretensiones alemanas. España seguiría sin unirse al Eje a pesar de las presiones. ¿Podría regresar sin novedad Serrano Súñer? ¿En qué circunstancia se iba a producir su regreso después de una nueva negativa a entrar en guerra? Esa noche Carmen apenas pegó ojo.

Carmencita tampoco pudo conciliar el sueño esa noche pensando en Ninín Suanzes, en su sonrisa y en su forma de mirarla. Por primera vez en su vida, había sentido mariposas en el estómago. Se había dirigido a ella sin saber de quién era hija. Ella por encima de su apellido, sin que importara nada más. Por primera vez brillaba por sí misma sin necesidad de acudir a aquello de «hija de Franco». Sin embargo, el idílico pensamiento se truncó cuando en su cabeza recordó la conversación que había mantenido con sus primas sobre el abuelo Nicolás. Se enteró de que hablaba mal de su padre ante quien le quisiera oír. Sin embargo, su progenitor jamás comentó nada. Simplemente miraba para otro lado, aunque siempre estuviera informado de todos sus comentarios. Carmencita sabía que el nombre de su abuelo no se podía pronunciar en el palacio y no lo hizo ni ante sus padres ni ante la señorita Blanca. Otros primos, José y Fernando, fueron los que en una visita le contaron que su padre había regresado a Alemania a entrevistarse con el Führer. Estaban nerviosos porque le habían visto muy raro. Les dio la sensación de que se despedía para siempre de ellos.

—Mi padre nos ha estado hablando como si ya no fuera a volver. Nos ha dicho que nos portemos bien con nuestra madre y que la cuidemos. ¿Tú sabes algo? Nos hemos quedado muy preocupados.

—No tengo ni idea —les dijo Carmencita.

—Creo que esta visita es peor que la de Hendaya. En esta va solo nuestro padre sin el tuyo. Yo creo que vamos a entrar en la guerra. Tenías que ver la cara de mi padre, todo un poema.

—Habla bajo. ¿Se va solo para hablar de nuestra participación en la guerra?

—Sí.

—Yo he leído que mi padre no quiere entrar en ella. Eso viene en los periódicos, pero él no me ha dicho nada.

—Pues espérate a este viaje. No sé por qué creo que algo gordo va a pasar. Se lo he visto en la cara a mi padre sin necesidad de que me lo dijera de viva voz.

—¡Vaya! ¡Otra guerra!

Sus madres conversaban del mismo tema a pocos metros de ellos. En esta ocasión, Carmen no habló de la marquesa de Llanzol para no seguir creando tensión entre las dos. Su hermana había acudido al palacio, después de tiempo sin ir, para pedir ayuda en caso de que en este viaje algo se torciera en Berchtesgaden.

La ciudad, ubicada en los Alpes de Baviera, a treinta kilómetros al sur de Salzburgo y a ciento ochenta kilómetros al sureste de Múnich, se disponía a recibir a Serrano Súñer con todo el aparato del Estado y Von Ribbentrop, su ministro de Exteriores, ejerciendo de anfitrión. Después de almorzar en su finca de caza se dirigieron al Berghof. Al ministro español le sorprendió que el propio Hitler estuviera en la puerta de su residencia esperándole impaciente con una amplia sonrisa. Cuando entró en el interior y se dirigieron a la sala de reuniones, pudo ver que las paredes estaban cubiertas de mapas de España con las operaciones militares que querían poner en marcha inmediatamente. Interpretó que daban por hecho que España se sumaría al Eje. Todos fumaban puros habanos para celebrarlo antes incluso de que el ministro español pronunciara una sola palabra. Hitler subió a Serrano a otra sala, donde ya comenzó a hablar de la necesidad de obrar con rapidez.

—He decidido la conquista de Gibraltar, y de acuerdo a lo convenido en Hendaya, ha llegado el momento de fijar la fecha de entrada de España en la guerra. Como ha comprobado tengo la operación minuciosamente preparada. Dilatar más esta situación no mejorará su economía, más bien al contrario. Cuento con doscientas treinta divisiones de las que ciento ochenta y seis se encuentran inactivas y dispuestas a actuar sin demora.

Aquello le sonó a Serrano Súñer a una amenaza en toda regla. Hizo como que no se inmutaba y continuó escuchándole. El barón de las Torres traducía y Antonio Tovar tomaba notas mientras se desabrochaba ligeramente la corbata. Al final, el ministro español se decidió a hablar intentando ganar tiempo.

—No tengo instrucciones precisas de mi Gobierno, ni tan siquiera un criterio concreto. A nivel personal puedo decirle que comprendo vuestra preocupación por dar un nuevo rumbo a la guerra. Sin embargo, me veo en la obligación de informarle de que el Mediterráneo tiene dos puertas: Suez y Gibraltar. Nunca estará cerrado en tanto una de ellas quede abierta. Si no cierra Suez, la medida será inútil. Por otro lado, el cierre del Estrecho significaría el cierre automático del comercio a través del Atlántico. Y ahora justamente estamos recibiendo los primeros cargamentos de trigo que ya hemos comprado a los americanos. Estamos hablando de cuatrocientas mil toneladas.

Se armó de valor y le hizo partícipe de las quejas de Franco sobre el suministro alemán del material necesario para fabricar aviones en Sevilla y le indicó que Alemania no estaba dando la ayuda necesaria. Hitler contestó a la evasiva elevando la voz.

—Cuando ustedes sean beligerantes les atenderemos como a nosotros mismos. Igual que hicimos con Italia.

—Simplemente por nuestro encuentro en Hendaya, el presidente americano embargó treinta mil toneladas de trigo que iban a embarcar rumbo a España. Necesitaríamos mucho apoyo de Alemania.

Hitler se estaba impacientando y se puso de pie con un gesto recriminatorio. Serrano Súñer, después de un largo silencio, volvió la vista sobre el Führer y dejó deslizar una lágrima ante la situación de impotencia que tenía.

—Tanto el Caudillo como yo quisiéramos seguiros desde ahora mismo. Confiamos en vuestra victoria y en la justicia de vuestra causa, pero España no puede combatir. Mi patria no resistiría el sacrificio. —La lágrima se deslizó por su mejilla hasta desaparecer por el mentón.

Hitler, después de observar atónito la desolación del ministro español, se desplomó sobre su asiento y tardó un rato en hablar.

—Está bien. Debo decir que no comparto su punto de vista, pero me hago cargo de las dificultades del momento. En fin, creo que España puede tomarse algún mes más para prepararse y decidirse. Créame que cuanto antes lo haga, mejor.

—Quisiera añadir algo más. Como me preguntarán los embajadores cuál ha sido el motivo de esta visita, propongo manifestar que he venido a pedir cereales. Sería muy positivo que, efectivamente, nos enviaran trigo.

—Está bien, lo estudiaremos.

Al día siguiente los periódicos daban la versión que había sugerido Serrano Súñer: España había pedido ayuda a Alemania ante la falta de abastecimiento. Tras celebrarlo los tres enviados en sus habitaciones con cierta contención antes de salir del país, se subieron a un coche con el que recorrieron miles de kilómetros hasta que cruzaron los Pirineos. Se dirigieron a San Sebastián y fueron recibidos allí con una solemnidad más apropiada para Franco que para el ministro de Exteriores. Este telefoneó en cuanto pudo a El Pardo para comunicar el éxito de la misión. La noticia corrió como la pólvora. Carmen lo celebró con sus amigas. El personal del servicio, fuera de la mirada de la anfitriona, también. Jesús acudió rápido a la habitación de Carmencita donde se encontraba Blanca. Les informó de la buena nueva con tanta euforia que Blanca y él se abrazaron.

—¡No entramos en guerra, Blanca!

—Son buenísimas noticias.

Carmencita asistía al abrazo del mecánico y la institutriz un tanto atónita, pero no le dio importancia. A pesar del exceso de confianza entre ellos, creyó que realmente todos estaban al cabo de la calle del peligro que entrañaba el viaje de su tío y que su regreso era un motivo de celebración para todos. La niña se fue de su habitación para hablar con su madre. Carmen, muy sonriente, departía con sus amigas mientras tomaba té con pastas en animada conversación. Se acercó hasta ella para que le diera más detalles.

—Mamá, ¿no entramos en guerra?

—No, parece que las instrucciones que le dio tu padre al tío Ramón han sido entendidas por Hitler.

—Todo el mundo habla del tío Ramón y del éxito de la misión.

—El éxito es de tu padre, no lo olvides. ¡De tu padre!

—¿Lo sabe ya la tía Zita?

—Sí, claro.

—¿Y mis primos?

—Imagino que también. Ahora déjanos a los mayores, que tenemos muchas cosas que comentar.

—Está bien, mamá.

La niña entró en su habitación y se encontró con que el mecánico todavía seguía allí hablando con Blanca mirándola tiernamente, muy cerca uno de la otra. De hecho, Blanca se sorprendió con la irrupción de Carmencita.

—Bueno, ya me voy. Lo dicho, una suerte —se excusó Jesús.

—Mientras no haya más guerras vamos bien —contestó Blanca.

—¡Con Dios! ¡Un gran día! ¡Lo que se dice un gran día!

La institutriz se ruborizó pero la niña no dijo nada. Se puso a leer, como hacía siempre que terminaban las clases. Se quedó pensativa ante la amistad cada vez más evidente entre Blanca y Jesús. Se propuso no hacer ningún comentario fuera de las cuatro paredes de su habitación. Tenía claro que podía ocasionarle algún problema a su institutriz y decidió callar. Blanca era su maestra, su confidente, su amiga y su única compañía en aquel palacio en el que cada vez se sumaba más gente a las comidas.

La situación era muy tensa y nada más regresar Serrano Súñer, Franco convocó una reunión urgente con los ministros militares. Allí todos expusieron sus ideas sobre la posible entrada de España en el conflicto. El ministro de Exteriores les decía que a otra próxima cita con Hitler debería ir con algo más que un no. El almirante Carrero Blanco realizó un informe que cedió al ministro de la Marina, Salvador Moreno, en el que se exponían las razones estratégicas por las que España no debía unirse al conflicto. Franco escuchaba sin emitir opinión.

—Estaba todo preparado para que entraran sus tropas en nuestro país. Ha tenido que desistir de la operación que denominó Félix al ver que era imposible nuestra participación. Pienso que, ante esta negativa, ha estado tentado también a la invasión. Yo creo que le he dejado claro que si nos pretendía invadir se arriesgaba a una guerra de guerrillas como ocurrió con Napoleón en la guerra de la Independencia. Sé que ha tomado nota, pero volverá la presión sobre nuestra posición en el conflicto más pronto que tarde.

—No nos vamos a mover de donde estamos —aseguró Franco sin añadir más.

—Pues habrá que pensar en algo que le satisfaga. Solo estamos ganando tiempo. Hitler quiere más de nosotros.

Ese fin de semana, Carmencita volvió a verse cara a cara con el guardiamarina Ninín Suanzes. Esta vez pudieron hablar más. Se dio cuenta de que el joven ya sabía de quién era hija. Estaba segura de que se lo habrían dicho sus primos. Sin embargo, siguió igual de atento, sin aparentar cambio alguno en su actitud, y con la mirada puesta en los ojos de Carmencita.

—Vuelvo a navegar. Si me permites una dirección, me gustaría enviarte alguna carta. Los marinos pasamos mucho tiempo en la mar y nos acordamos de los ojos de las chicas bonitas.

—¡Claro! —Cogió un posavasos de cartón y le escribió su dirección. El corazón parecía que se le iba a salir del pecho.

—Pero ¿te puedo escribir al palacio de El Pardo? —dijo con incredulidad al leer la dirección.

—¿Por qué no? Es mi casa.

—¿A tus padres les parecerá bien?

—En casa los marinos están muy bien vistos —dijo riéndose—. De hecho, mi padre hubiera querido ser marino igual que su padre y su hermano mayor, pero finalmente se alistó en el Ejército. De modo que no temas. No habrá ningún problema. ¿Tardarás en regresar?

—Hasta Navidades no volveré por aquí. Prometo escribirte. Espero que tú también me mandes alguna carta. El tiempo en la mar se pasa muy lento.

—Por supuesto.

No se dieron ningún beso. No hubiera estado bien visto. Los primos y los amigos se despidieron igualmente de Ninín. Tardarían en volver a verle. Aunque Carmencita disimuló y siguió jugando a las cartas con todos, se acordaba una y otra vez de las palabras que había pronunciado el guardiamarina. Se preguntaba qué le diría en sus cartas. Aquel chico realmente le gustaba.

Hasta que no llegó la primera carta del joven no sonaron las alarmas en El Pardo. Fue el día en el que Carmen fue informada de la llegada de una carta a nombre de su hija que no era para pedirle ayuda o para participar en la inauguración de algún acto. En el remite el nombre de alguien al que no conocían: Ninín. Antes de que la leyera ella, ya sabía su madre el contenido de la misma. ¡Se trataba de una carta de amor! El joven que escribía era un marino que loaba los ojos de su hija, así como su sonrisa. Deseaba volverla a ver y expresaba su intención de proponerle una relación más seria.

A la primera persona a quien Carmen llamó al orden fue a la institutriz.

—¿Me puede decir qué significa esta carta de amor a mi hija?

—No tengo ni idea. No sé de qué me está hablando. —La cara de Blanca era todo un poema.

—Quisiera saber qué hace usted cuando acompaña a mi hija. ¿Cómo es posible que haya conocido a alguien sin que usted sepa nada? Está a todas horas con ella. ¿No le ha comentado nada?

—No. Se lo habría dicho de haber sabido algo. Tal vez sea

el joven el que se ha enamorado de ella. Yo no le daría más importancia.

—Yo sí se la doy, porque no quiero que mi hija se enamore de ningún marino. Imagino que sé dónde se ha visto con este chico. Seguramente en casa de mi cuñada Pilar. Mi sobrino es marino y será uno de sus amigos. Haga venir a mi hija.

No tardó mucho en entrar Carmencita. Por la cara de la institutriz, sabía que no la llamaba para nada bueno. No tenía ni idea de qué era lo que podía haber sucedido.

—¿Se puede? —pidió permiso para entrar en la habitación.

—Pasa. ¿Me puedes explicar quién te escribe esta carta de amor? —Le enseñó un sobre.

A Carmencita le dio un vuelco el corazón. No tenía ninguna duda, aun sin haber leído ni una sola letra. Se trataba de la carta que Ninín le prometió que iba a enviar.

—¿Has leído una carta dirigida a mí? —contestó a la madre con gesto enfadado.

—Sí, aunque no lo sepas te mandan muchas cartas con peticiones e invitaciones. Mi secretaria las abre y te aseguro que no tienes edad para recibir este tipo de cartas. ¿Me puedes decir quién es Ninín?

—Es un guardiamarina que he conocido en casa de la tía Pila. No sé qué es lo que ves mal. Es un buen chico, de familia de tradición militar.

—Me da igual, pero tú no vas a volver a ver a ese chico. ¿Me oyes?

—¿Qué dice en esa carta para que te hayas ofendido de esa manera?

—No lo vas a saber porque ahora mismo la voy a romper. —Hizo mil añicos la carta delante de su hija.

Carmencita no había visto a su madre así de enfadada nunca. No dijo nada más y se retiró a su cuarto. Por un momento, sintió que las piernas le fallaban. Nada más abrir la puerta, se fue a su cama y apoyada en la almohada sintió ganas de llorar pero se tragó las lágrimas. Ya se había convertido en un hábito. Hubiera querido dar rienda suelta a sus sentimientos, pero estaba acostumbrada a ahogarlos. Le hubiera gustado leer aquella misiva de la discordia. Siempre le quedaría la duda de qué puso Ninín para incendiar a su madre. Se preguntaba si el joven diría algo sobre sus sentimientos hacia ella. Debería escribirle cuanto antes para que no le enviara más cartas allí. Se le ocurrió que sería mejor que a partir de ahora pusiera las cartas a nombre de alguna de sus primas Jariaíz. Por más vueltas que le daba no entendía la reacción de su madre. ¿Por qué se había enfadado tanto?

El siguiente fin de semana acudieron sus tíos Ramón y Zita y sus primos a los que tanto echaba de menos. Parecía que las cosas entre las hermanas eran menos tensas. A Carmencita no la dejaron salir, pero se quedó con José y Fernando hablando de todo lo que ocurría en sus familias.

—A mi padre —decía José— le ha llamado Mussolini. Ha citado a tu padre y al mío para una reunión en Bordighera. Seguro que es para volver a presionar sobre la participación de España en la guerra. Hitler achaca a mi padre que no entremos en la guerra.

—¿Mi padre irá también? Es muy raro que salga de aquí.

—Sí, también viajará. Te iré contando todo lo que sepa. ¿Sabes que ha habido una conspiración para matar a mi padre?

—Ni idea. ¡Qué barbaridad!

—Pretendían eliminarlo para que fuera sustituido por «un camisa vieja» que propiciara de una vez la conquista de Gibraltar. Piensan que mi padre lo está frenando todo. El asunto de Gibraltar es un tema que a la Falange le preocupa mucho de forma recurrente.

—Pero, no entiendo nada, ¿por qué querían matarle?

—Porque quieren más cambios y un falangista que capitaneaba una junta clandestina de falangistas quiso acabar con él. Pero le ha salido el tiro por la culata. Mi padre tiene muchos enemigos, pero este ha ido muy lejos. Estamos preocupados, aunque disimulamos delante de él.

—Te aseguro que a mí no me ha llegado nada, pero eso tampoco es nuevo. ¿No tenéis frío? Vámonos cerca de la chimenea.

Concluía el año cuarenta con un fuerte temporal de viento y nieve. Y comenzaba el mes de enero del año nuevo con pobreza y hambre entre la población, también con la noticia de la abdicación primero del rey Alfonso XIII en la persona de su hijo Juan de Borbón y un mes después con la noticia de su muerte en el exilio, en Roma. Fue una noticia que llegó con el frío de aquel comienzo de año que no hacía presagiar nada bueno.

21
IMPOSIBLE SER UNA JOVEN COMO LAS DEMÁS

*No recuerdo haber hablado con Ninín
por teléfono. Todo era por carta. Entonces
se escribía mucho, y más siendo guardiamarina.
Solo le veía de vacaciones. Fue una época
llena de romanticismo.*

Mussolini salió del encuentro con Franco y Serrano Súñer, en la Villa Regina Margherita en Bordighera, más convencido de las tesis españolas que de las alemanas. Comprendió la negativa de España a entrar en ese momento en el Eje. Le dieron cifras de la hambruna en España y de la necesidad de recuperación del pueblo tras la dureza de la Guerra Civil. Franco llevaba una nota manuscrita en donde volvió a hablar de Canarias, el Sáhara, Guinea; de la aviación y de la escasez de gasolina, de los deficientes transportes y de la falta de trigo y carbón. En un determinado momento, Franco le preguntó si él querría salir de la guerra y Mussolini le contestó con sinceridad que sí.

Franco aprovechó este viaje para hacer un alto en Montpellier y entrevistarse también con el mariscal Pétain. Por si eran retenidos contra su voluntad en algún punto del viaje, volvió a nombrar un triunvirato que denominó «consejo de regencia». Lo componían el recién nombrado ministro del Ejército, el general Varela, enemigo declarado de Serrano Súñer; el ministro del Aire, Juan Vigón, y el de Justicia, Esteban Bilbao. Los tres se encargarían de llevar las riendas del régimen en caso de que surgiera cualquier problema.

Por otro lado, con la muerte de Alfonso XIII en el exilio en el mes de febrero, Franco empezó a pensar en el futuro de don Juan de Borbón. Sin embargo, con él ya habían surgido las primeras diferencias cuando el sucesor de Alfonso XIII quiso alistarse como voluntario en el Ejército nacional, primero como soldado en el frente de Somosierra, y después como oficial del crucero *Baleares*. En el desayuno con el padre Bulart, tras el oficio de la misa, Carmen Polo charlaba con él sobre el tema, en presencia de su hija y la institutriz.

—Señora, todos los balcones de las casas desde Madrid hasta El Pardo están cubiertos de crespones negros. La gente está muy conmocionada con la muerte del rey.

—¿De repente esta explosión popular? No entiendo.

—El pueblo es así. Pienso que creían que tras la guerra su rey iba a regresar.

—¿Y reinar como lo hizo antes de la República? La gente olvida rápido. A pesar de todo, mi marido ha estado carteándose con el monarca. Por cierto, tampoco entiendo las críticas que ha hecho Pedro Sainz Rodríguez a esas cartas. Dice que mi marido se apeó del tratamiento de majestad por el vos y el nos. ¿Cómo quieren que le llamara siendo él Caudillo? Es criticar por criticar.

—La aristocracia que ha conseguido permiso para salir se ha ido a rendirle los últimos honores a Roma, aunque no todos han llegado a tiempo. Afirman que se les han puesto muchos obstáculos desde el Gobierno. Se lo cuento porque es lo que van comentando.

—Siempre hay críticas, ¿no se lo estoy diciendo? Eso ya lo sabemos. ¿Cuánta gente habrá ido?

—Por el Mediterráneo o por Francia, han logrado ir alrededor de cuatro mil personas. No tantos como hubieran querido.

—Paco va a decretar tres días de luto. Aunque hay personas que quieren sacar provecho de esta situación pregonando que son seguidores de la monarquía. Les creo capaces de utilizar todas las habilidades para conspirar contra el régimen.

—En eso le doy toda la razón.

Carmencita desayunaba sin abrir la boca. Veía a su madre muy preocupada con todas estas expresiones de duelo en muchos de los balcones de toda España. Pero su pensamiento estaba lejos de lo que hablaban en el desayuno. Su mente estaba pensando en la última carta de Ninín que había llegado a sus manos. Sus primas guardaban las misivas sin que su madre supiera nada y se las daban bajo cuerda en alguna de sus frecuentes visitas. No comprendía el motivo de la animadversión de su madre hacia ese chico tan apuesto, tan educado y tan leal a la Armada. Blanca la sacó del ensimismamiento en el que estaba.

—Disimula —le dijo en un momento la institutriz—. Sé en quién estás pensando. Tu madre se va a dar cuenta.

—¿Tanto se me nota? —Cogió una tostada de pan y comenzó a untar mantequilla.

—Mucho. Deberías olvidarte de él. Tu madre te va a matar a ti y a mí por consentirlo sin decirle nada.

—Blanca, por favor.

—Tu madre no le conoce, pero debe de imaginarse que los marinos tienen un amor en cada puerto y no quiere eso para su hija.

—Es increíble. Primero debe conocer a la persona antes de rechazarla, porque imagino que no todos los marinos son iguales.

—Tienes que entenderla. No quiere para ti la vida de mujer de militar.

—Pues ella bien que se enfrentó a su padre, que tampoco quería para ella esa vida al lado de mi padre.

—Los tiempos son distintos. Venimos de una guerra encaminados a otra a nivel internacional. Son momentos muy convulsos.

Carmen cesó de hablar con el padre Bulart y les pidió que se incorporaran a la conversación. Se quedó mirando a su hija como intentando ver algo más de lo que percibía a simple vista.

—Muchos secretos me parece que tenéis las dos.

Carmencita y Blanca interrumpieron las confidencias que hacían tan bajito que eran difíciles de escuchar hasta para ellas. La que habló fue su hija, y siguió la estela de la conversación sobre el rey.

—Ha tenido que ser muy duro para él morir en el exilio, porque dicen que conocía que llegaba su final —dijo Carmencita en voz alta—. De hecho, abdicó en favor de su hijo don Juan porque sabía que le quedaban pocos días de vida.

—Pues ¿sabes qué le ha dicho Mussolini a tu padre cuando se han visto ahora? —Carmencita dijo que no con la cabeza—. Pues que «la monarquía y la dictadura son un monstruo de dos cabezas».

—¿A qué se refería?

—Que una cosa u otra pero que las dos no —le explicó la institutriz.

—Eso mismo —corroboró su madre.

—¿Traerán los restos del rey a España? —preguntó Bulart.

—En su día acordará el Gobierno el traslado de los restos al panteón de El Escorial. Es donde deben estar. Ahora lo que oficiaremos en España será un funeral de Estado en la basílica de San Francisco el Grande.

—Muy bien pensado. Muy adecuado —manifestó el sacerdote.

El desayuno fue interrumpido por el ayudante de Franco, que avisó de la llegada del fotógrafo Juan Gyenes Remenyi, de origen húngaro aunque español por matrimonio. Venía solo, sin ayudante. Se lo había recomendado a Carmen su amiga Pura Huétor: «Todo el que se precie ya ha sido retratado por él», le dijo. Desde entonces, tenía ganas de que su marido fuera fotografiado por el que llamaban «el mago magiar de las sombras». Franco no opuso resistencia a la sesión de fotos, pero exigió que no tuviera que desplazarse a ningún estudio. El fotógrafo accedió y llegó acompañado de su cámara y su trípode. Era consciente de que no tendría mucho tiempo para realizar un buen retrato. Antes de que posara, le pidió a Carmen ver los salones para buscar un buen encuadre donde realizar la sesión. No quería que detrás hubiera ningún tapiz, pero resultó muy complicado porque siempre había uno allá donde dirigiera la mirada. No había forma de no sacar un perro, un ciervo, un aguador o una escena bucólica de las que tradicionalmente reflejaban los tapices, cuando miraba por el visor. Encontró una esquina donde no salía ninguna imagen de fondo y pidió que le retiraran los muebles para poder colocar allí a Franco. Este no apareció por el salón hasta que no estuvo todo listo. No hablaron mucho fotógrafo y fotografiado. Se saludaron sin más y cruzaron cuatro palabras.

—Excelencia, dé un paso hacia delante y la cabeza un poco hacia arriba —le pidió Gyenes—. Así. No se mueva.

El fotógrafo comenzó a disparar la cámara. Franco estaba serio, con la mirada parecía taladrarle el pensamiento. No hizo nada por mantener una conversación. A veces, miraba a Carmen y esta le pedía premura al fotógrafo.

—Una más. Excelencia, imagino que está pensando en lo que tiene que hacer hoy, pero necesito que se olvide de todo. —Quería arrancarle alguna sonrisa, pues en todas las fotografías aparecía con gesto serio, severo. Se le ocurrió que se cambiara de uniforme hasta tres veces. El jefe de la casa civil le advirtió que ya sería el último cambio.

—Ya ha pasado media hora —comentó Carmen.

—Lo tengo. Por mí, está todo correcto. Ya he acabado.

Franco se fue de allí y Gyenes, mientras recogía, le comentó a Carmen la conveniencia de hacerle otra sesión más adelante con un terciopelo negro sobre los hombros para que destacara más el rostro.

—No creo que haya ningún inconveniente. Pero dejemos pasar un tiempo.

—Por supuesto. Cuando usted encuentre el momento me avisa. Y, señora, espero que algún día me proporcione el gusto de fotografiarla junto a su hija.

—Yo salgo muy mal en las fotos.

—Espero que pueda demostrarle que eso es un error.

Carmencita, que estaba por allí callada sin abrir la boca hasta ese momento, expresó su opinión.

—A mí me encantaría tener un buen retrato suyo. Todo el mundo dice que usted retrata como nadie los ojos, las expresiones de la gente.

—Muchas gracias.

—Muy bien. Pues volveremos a vernos, ya que mi hija desea una fotografía suya. No se lo he comentado, pero mi marido es muy aficionado a la fotografía. No se lo ha dicho, pero saca muy buenas fotos.

—Desconocía esa afición. Es bueno saberlo.

Gyenes se despidió de todos y se fue de allí con su máquina al hombro. Estaba convencido de que no tardarían mucho en volver a llamarle. De hecho, comenzó a imaginar cómo retrataría a Carmen Polo si se lo pidiera y se dijo a sí mismo que la sacaría sin ningún adorno y ningún collar a pesar de que las perlas la acompañaban siempre en todas las fotografías.

A primeros de marzo de 1941 el Senado norteamericano aprobó la ley de préstamo y arriendo en favor de las democracias acosadas por el fascismo. Carrero Blanco, quien cada día tenía más predicamento ante Franco, dio la voz de alarma.

—Se trata de la primera señal de que Estados Unidos se

alinea en favor de Gran Bretaña. Esto no ha hecho más que empezar. La guerra se va a complicar.

Por el contrario, Serrano Súñer hizo hincapié en el avance de los carros de combate del alemán Rommel en las fronteras de Egipto, amenazando el canal de Suez y frenando el avance británico en Libia. Un mes después, Alemania comenzaba la invasión de Yugoslavia con una consigna: aniquilarla como nación.

—Por fin, Hitler mira hacia otro lugar lejos de los Pirineos —comentó—. Sin embargo, eso no significa que no tenga a España en su retina. Es un respiro nada más.

En uno de sus desayunos, el padre Bulart le comentó a Carmen cómo se notaba que Estados Unidos había disminuido drásticamente los suministros de carburantes, lo que había provocado que prácticamente solo circularan coches oficiales por las calles.

—El racionamiento de combustible apenas permite usar los vehículos a los pocos particulares que poseen uno. No sé cuándo acabará este castigo de Estados Unidos.

—Bueno, dicen que el gasógeno puede suplir a la gasolina.

—Este sistema de carburación solo posibilita trayectos cortos, pero es una solución.

—Da la sensación de que a los coches les ha salido una joroba. Me parecen muy graciosos con los gasógenos a la espalda —manifestó Carmencita.

—Pues te aseguro que tiene poco de gracioso. Han salido varias patentes para suministrarlo. Ya he visto, señora, que el coche de su excelencia también lo lleva.

—Me han dicho los primos que en Valencia se han puesto de moda los «taxi-ciclo».

—¿Y eso qué es? —preguntó su madre.

—Pues como una bicicleta con dos asientos traseros para dos personas.

—Pues al que vaya en ellos le parecerá estar en China.

—¡Qué cosas! —dijo sonriendo Carmen Polo.

—Lo que me dicen es que hay mucho estraperlo con las ruedas —comentó Bulart—. No hay un viaje en el que no haya cuatro o cinco pinchazos.

—¿También con las ruedas? Las carreteras están en muy mal estado. Están llenas de baches y sin señalización. Hay que dar tiempo al tiempo. No se puede hacer todo de golpe, pero se debe acabar con el estraperlo.

—Hay quien piensa que es más fácil sacarse un dinero así que trabajando. Me cuentan que en el trenecillo de Arganda que sale de la estación del Niño Jesús hasta Sacedón, los estraperlistas, antes de llegar a los diferentes destinos, lanzan los bultos, sacos y fardeles por las ventanillas, y chavales de la edad de Carmencita o más pequeños, en connivencia con ellos, salen corriendo a recogerlos. De todas formas, el estraperlo está en todas partes. Hay muchos pisos en los que se sabe que venden telas, en otros jamón, hasta medicinas, queso o tabaco. La gente se las ingenia para vender de todo.

—Pues esto no puede ser. Hay que acabar con eso. ¿No le parece?

—Por supuesto.

Carmencita seguía pensando en Ninín y en la última carta que le había escrito. Era una misiva romántica donde le proponía iniciar un noviazgo formal para el verano que estaba en ciernes. Carmen se dio cuenta y comenzó a hablar de ella.

—Debería mantener una conversación con mi hija y quitarle los pájaros que revolotean por su cabeza. ¿Se da cuenta de que está como ausente?

—¿Hablas de mí? —La joven salió de su ensimismamiento.

—Sí, hablo de ti. Muchas novelas y películas rosas estás viendo estos días. Y eso te hace pensar en temas que no corresponden a tu edad. ¿No le parece, padre?

—Es lo que tiene ser joven, señora. Lo considero completamente normal. Estos chicos han pasado ya página a la guerra y ya piensan en otros asuntos. Hacen bien. Nosotros somos adultos y vemos la vida con otros ojos, pero ellos no.

—Padre Bulart, no sea tan condescendiente. Ella ahora debe centrarse en seguir estudiando y en su puesta de largo para cuando cumpla dieciocho. Es muy joven para pensar en otras cuestiones. Da la sensación de que los chicos de hoy en día tienen mucha prisa.

—Acuérdese de cuando usted tenía pocos años. ¡Es ley de vida!

A la hora del té, Carmen recibió a su hermana pequeña. Zita consideraba que se estaba cercando a su marido, y, a pesar de la tirantez que había surgido entre las dos, acudió a las cinco en punto. Carmen intuía a qué venía y prefirió quedarse a solas con ella por lo que desconvocó al resto de sus amistades.

—¿Cómo es posible que se le haga esto a mi marido? —comentó dolida—. Le quitan a sus dos amigos y colaboradores. ¿Qué más le van a hacer? —Franco acababa de cesar a Antonio Tovar y a Dionisio Ridruejo.

—Algo habrá pasado que a ti y a mí se nos escapa.

—Tu marido se está dejando aconsejar por los enemigos de Ramón. Parece mentira que no sepa quién está siempre a su lado de manera incondicional.

—Ya, pues a Paco le ha dolido mucho que Ramón presentara su dimisión.

—Hizo lo que sentía porque tu marido ya no le consulta todo como antes. Y, desde luego, si le hubiera preguntado, le hubiera dicho que Galarza no entrara en el Gobierno y menos para una cartera tan comprometida como es Gobernación.

—Sé que Paco estima mucho a Ramón y de hecho le ha pedido por favor que no le dejara. Está pensando en hacer alguna remodelación más en el Gobierno, con presencia de más «azules», para satisfacer a tu marido. De todos modos, ni tú ni yo debemos entrometernos en estos asuntos.

—He venido a hablar contigo para que no solo escuches a los que le critican y se inventan chismes, sino que me oigas a mí también, que soy tu hermana. Creo que después de todo lo que está arriesgando con el tema de la contienda internacional no se le puede pagar alejándole de sus incondicionales. Paco ha sido muy injusto.

—No me gusta que digas eso. Lo considero una falta de respeto. También Paco se ha llevado un gran disgusto cuando le ha presentado su dimisión. Creía que Ramón le era incondicional.

—Y lo sigue siendo.

—Pues lo disimula muy bien.

Días después de esta agria conversación, concluía Franco la remodelación del Gobierno incorporando a tres falangistas que no se habían distinguido precisamente por ser sumisos: José Luis Arrese para la Secretaría General del Movimiento; Miguel Primo de Rivera, que pasó de gobernador de Madrid a ministro de Agricultura, y, finalmente, José Antonio Girón de Velasco, que fue nombrado ministro de Trabajo.

A pesar de este cambio, incorporando a tres personas cercanas a la Falange, Serrano sentía que algo se había roto entre su cuñado y él. De hecho, dejó de frecuentar El Pardo a no ser que le llamaran. Fue perdiendo muchos resortes de la política interior y dejó de ser el mediador con las jerarquías de la Falange. Sentía tanta repulsión por Arrese, a pesar de ser falangista, que ni se esforzó en contrarrestar su mala influencia sobre Franco. También observó que ascendía el marino que hacía un par de años había recomendado a su cuñado: Luis Carrero Blanco. Pasó a ser subsecretario de la Presidencia y se convirtió en su sombra. Nada más concluir la ceremonia de su nombramiento, Franco le pidió que se presentara ante Serrano Súñer, ya que era el presidente de la Junta Política. El Cuñadísimo le hizo una confidencia que inmediatamente llegó a El Pardo: «Usted, desde su puesto, debe cuidar al Generalísimo de los oportunistas, porque son tiempos de adulación y servilismo». Cuando le informó de la visita de Carrero, este ya conocía sus palabras: «Ya sé que te has metido conmigo», le dijo. Serrano Súñer se quedó sin habla. Le dio a entender que esas críticas eran porque deseaba tener más poder. Algo que reiteradamente pensaban los ministros militares y la propia Carmen Polo.

No tuvo mucho tiempo para las peleas internas en el Gobierno ni rencillas caseras, porque el 22 de junio las tropas alemanas cruzaron la frontera rusa, hecho que recogió la prensa española con notable eco y euforia. Grupos de falangistas comenzaron a manifestarse por el centro de Madrid hasta concluir a la altura de la Secretaría de Falange que estaba en la calle Alcalá esquina a la avenida de José Antonio. Dos ministros, Arrese y Primo de Rivera, le pidieron que llegara lo más rápido posible para arreglar la tensa situación. La aparición de Serrano Súñer fue acogida con vítores por la multitud. Como pudo salió al balcón del edificio y pronunció unas breves palabras: «No es momento de discursos, pero sí de que la Falange dicte la sentencia condenatoria: Rusia es culpable. Culpable de nuestra Guerra Civil y culpable de la muerte de José Antonio, nuestro fundador. Y de la muerte de tantos camaradas y de tantos soldados en aquella guerra por la agresión del comunismo ruso». Esa escueta frase era reveladora del nuevo camino de su política exterior. Pensó que era el momento de apoyar a Alemania. De hecho, el día 23, el ministro de Exteriores, de pleno acuerdo con Franco, ofreció al embajador alemán la participación de una unidad de voluntarios españoles en la lucha armada contra el comunismo. No tardó en llamarse División Azul por la marea con camisas de Falange que se presentó voluntaria. Su primer jefe fue el general Agustín Muñoz Grandes, viejo conocido de Franco en la guerra de Marruecos. El 14 de julio, la ciudad de Madrid despedía a los voluntarios de la primera expedición.

Por entonces Carmen y su hija ya estaban de vacaciones. Primero, en el palacio de Aiete en San Sebastián, y después en el pazo de Meirás, adonde se trasladaron a finales de julio. La joven pensó que allí sería más fácil ver a Ninín Suanzes los fines de semana o en los permisos que le daban como guardiamarina en Marín, Pontevedra. Mientras la tensión internacional crecía, la relación entre Carmencita y el marino iba asentándose. A su madre, completamente ajena a esta amistad, no le parecía mal que saliera con sus amigas. El verano era más propicio a hacer planes fuera de casa. El joven, romántico y enamorado, se atrevió a coger su mano en un cine al que asistieron con varios amigos. Carmencita no se imaginaba que unos ojos vigilaban sus pasos y que su madre sabría poco después que no había interrumpido la relación con el marino. Cuando llegó a casa, la llamó al orden. Carmen estaba nerviosa, paseaba de un extremo a otro de la habitación mientras hablaba con su hija.

—Te dije que no quería que vieras a ese chico y no me has hecho caso. ¿No te das cuenta de que desobedeciéndome te pones en boca de todos? Haz el favor de no volver a verle.

—Pero, mamá, está aquí muy poco tiempo. Enseguida volverá a navegar. Es imposible que no le vea, piensa que es amigo de mis primos y yo voy con ellos.

—Pues solo saldrás conmigo. Allá adonde yo vaya, irás tú. Vamos a acabar con esas salidas, que no me gustan nada. Deberás esperar a tu puesta de largo. Luego ya hablaremos.

—Te has olvidado de lo mal que lo pasaste cuando tú querías salir con papá y tu padre no te dejaba.

—Mi padre me envió a un convento. Yo no voy a hacer eso contigo, pero tendrás que estar allá donde yo esté. No me gusta que salgas con un marino, ya lo sabes.

—Pero, mamá, papá quería ser marino.

—Pero es distinto. No voy a discutir contigo. Se hará lo que yo diga y tú te vas a limitar a obedecer.

—Lo dices porque el abuelo Nicolás abandonó a la abuela y temes que me pase igual. Pero no todos los marinos son iguales.

—He dicho que estarás conmigo este verano y eso es lo que vas a hacer.

—Lo que tú digas. ¿Me puedo ir a mi cuarto?

Carmen asintió con la cabeza y su hija se retiró a su habitación. Echó de menos a Blanca, que durante unos días se fue con su familia. Estaba sola sin poder tener la complicidad de su institutriz. Volvería a estar encerrada entre cuatro paredes a pesar de ser verano. Era la joven más envidiada y, por otro lado, la que menos podía hacer aquello que quisiera. Pensaba que cualquiera era más libre que ella. A través de una de sus primas, pudo hacer llegar un mensaje a Ninín: «Tenemos que dejarlo. Motivos familiares». El chico salió durante días con sus amigos por los lugares que solía frecuentar Carmencita con la esperanza de volver a verla. Sin embargo, regresó a Marín sin poder despedirse de ella.

22
ESTRENO DE CINE Y FUNERAL EN EL PARDO

Los estrenos de cine los veíamos en El Pardo con la familia y los amigos que nos visitaban los fines de semana. También algunos miembros del servicio nos acompañaban mientras veíamos las películas. Yo no era mitómana, no seguía a ningún actor en particular. A mis padres les divertían mucho las películas españolas.

A finales de 1941 concluyó el rodaje de la película *Raza*, que costó un millón seiscientas cincuenta mil pesetas, una fortuna para la época. Los cincuenta decorados que se usaron la encarecieron, igual que los numerosos extras, los casi cuarenta y cinco mil metros de película que se desecharon, así como los sueldos del nutrido elenco encabezado por Alfredo Mayo, Ana Mariscal, José Nieto, Blanca Silos y Raúl Cancio. Sin olvidar el emolumento del director y guionista José Luis Sáenz de Heredia. *Raza* se basaba en la novela de Jaime de Andrade, que no era otro que el propio Franco. Sin embargo, se mantuvo en secreto para el público durante un tiempo, incluso el mismo director no lo supo hasta el comienzo del rodaje. La película se estrenó en El Pardo, en el lujoso salón donde se hacían los pases con programa de mano sobre el documental del NODO y la película que se iba a ver. Esa estancia, que databa de la época de Carlos IV, tenía una especie de tribuna semicircular con una bóveda con las figuras de las musas Terpsícore y Talía entre dos columnas. Para hacerlo más realista, se perfumaba con el mismo ambientador que se usaba en los cines para que no faltara ningún detalle. El matrimonio

Franco se sentaba en unos sillones al pie de la tribuna y a ambos lados lo hacían los invitados o su hija. El ayudante de servicio se situaba justo detrás de Franco, en un sofá amarillo y alargado, y en la tribuna lo hacía el jefe de servicio y el resto del personal que acudía a ese pase.

En este estreno, Franco, Carmen y Carmencita eran los espectadores de excepción junto con Blanca, el capellán y el mismo director de la película. Sáenz de Heredia no podía ocultar su nerviosismo cambiando la postura de sus piernas constantemente durante el pase. Se tranquilizó al ver a Franco emocionarse en algunas de las escenas. De hecho, al concluir la película, el Caudillo se levantó de su asiento y le dijo:

—Muy bien, señor Sáenz de Heredia, usted ha cumplido.
—Excelencia, debería pensar en hacer una segunda parte.
—Tiempo al tiempo.

Después de hacer ese primer pase, se estrenó por todo lo alto en el Palacio de la Música de Madrid y en el Coliseum de Barcelona. La película sintetizaba el ideario del buen español desde la perspectiva del régimen.

Mientras todos los que conocían al verdadero autor de la obra lo ensalzaban y felicitaban, hubo una persona de su entorno que no solo no fue capaz de elogiarle sino que criticó su incursión en otras lides más allá de las políticas: Ramón Serrano Súñer. Su cuñada Carmen lo interpretó como unos celos irrefrenables sobre todo lo que hacía o decía su marido.

Las películas que se exhibían en El Pardo eran de estreno. Sobre todo, españolas. El encargado de llevarlas y proyectarlas preguntaba al jefe de casa civil previamente qué películas querían ver y Carmen tomaba la decisión. Entre la proyección del NODO y la película se hacía una parada de treinta minutos para merendar y durante el pase no se hacía ningún comentario a no ser que Carmen diera pie a uno y alguien se atreviera a hablar.

El Pardo se convirtió en un micromundo en el que se

podía hacer de todo sin necesidad de salir al exterior. Se construyeron pistas de tenis para que Franco hiciera deporte. Igualmente se habilitaron hoyos de golf para que también pudiera practicar este deporte y así salir del despacho. Todo bajo la indicación de Vicente Gil, que velaba por su salud.

A Carmencita, que cada vez se sentía más aislada y reclamaba más salidas fuera de El Pardo, le impusieron clases de solfeo para que aprendiera a tocar el piano. Las niñas bien de la época lo hacían y ella no iba a ser menos. Blanca, su institutriz, estaba convencida de que acabaría aficionándose a la música.

—Debes tener una afición y la música puede ser para ti extraordinaria. Te va a proporcionar una sensibilidad especial sabiendo combinar de forma coherente los sonidos y los silencios. Aprenderás armonía, ritmo, melodía... La educación no está completa sin música. Podrás manifestar tus sentimientos, tus emociones. Para ti será como una terapia donde expresarte con libertad. Todas tus amigas tocan el piano.

—Pero antes de sentarme al piano me van a enseñar solfeo, ¿no? Es que eso es un rollo. Lo sé por mis amigas. Yo quiero sentarme al piano y tocar, pero aprender a leer partituras me parece muy difícil.

—Es cierto que te puede resultar arduo al principio, pero aprender las notas, el pentagrama, los compases, los sostenidos, las corcheas... al final te parecerá atractivo. No vayas con una idea preconcebida.

—Está bien. Mamá quiere que tenga la mente ocupada todo el día para no pensar. Pero con tus clases y la *Enciclopedia* de Ibáñez Martín ya tengo suficiente.

—Hay que ampliar el conocimiento, Carmencita. Se te da muy bien la lengua, las matemáticas no tanto y con la historia también te defiendes. El saber no ocupa lugar.

—Estaría leyendo historia siempre. Pero a mamá no le gusta que esté todo el día con novelas o biografías.

—Por eso vamos a probar con la música. Creo que vas a encontrar un buen aliado para tu ocio.

　　—Yo lo que quiero es salir de aquí a pasear con mis amigas.

　　—Pues acuérdate de que hasta tu puesta de largo, tendrás que salir con tu madre.

　　—Pero ¿quién va a querer salir conmigo y con mi madre? Me quedaré en El Pardo. Pero aquí tampoco puedo salir a cazar cuando yo quiero, ni puedo leer todo lo que me gustaría, es que no puedo hacer nada de lo que deseo.

　　—¡Cuánta gente querría estar en tu situación! Hay que saber conformarse con aquello que nos toca vivir. Tienes edad para rebelarte, pero debes aprender a que los adultos tomen decisiones por ti y acatarlas. Ser obediente también es una virtud.

　　—¿Cómo quiere que esté si no puedo ni cartearme con la persona que quiero? ¿Cómo cree que me siento?

　　—Eres muy joven. Te enamorarás de otro joven que le parezca mejor a tu madre.

　　—Pero, explíqueme, ¿qué tiene de malo Ninín?

　　—Pues que no tiene la posición que tu madre desea para ti. Así de sencillo. Cree que la hija de Franco debe casarse con un buen partido, de familia que tenga una buena posición. Y Ninín no la tiene. En la Marina se tiene de todo menos dinero.

　　—Pues debería recordarle a mi madre que el abuelo Felipe pensaba lo mismo de papá. Parece mentira que, con lo que ella pasó hasta casarse, no me comprenda.

　　—Tu madre tiene razón en que eres muy joven para pensar en noviazgos. Date tiempo. Dios dirá. Ninguna sabemos cuál será nuestro futuro. Deja a la Providencia.

　　Por un momento, Blanca también se lo decía a sí misma. Ya no se resistía a hablar con Jesús, el mecánico. Se miraban tan tiernamente que en el servicio se dieron cuenta de que algo estaba sucediendo a la vista de todos. Hacía días que se había rendido a la evidencia de que se gustaban. Lo que no sabía era cómo gestionar su salida de las teresianas y su futuro con el joven que no había intentado, ni por un minuto, disimular su amor por ella.

—¿Le pasa algo, Blanca? —Devoraba días que la niña la observaba más despistada de lo normal. Parecía que sus pensamientos estaban lejos de allí.

—No, no... Es que se avecinan días tormentosos.

—¿Por qué lo dice?

—No sé, tengo la intuición. —Era algo más que eso, pero no se lo quiso decir a la joven. Ella tenía que tomar una decisión crucial sobre su futuro como monja y eso le quitaba el sueño.

En el despacho, Luis Carrero Blanco daba los pormenores de las primeras bajas de la División Azul en el frente del Este junto al Ejército alemán. Entre las mismas se encontraba el hijo del alcalde de Madrid, Alberto Alcocer. También comentaba los datos que llegaban del agente secreto que tenían infiltrado en las filas de la masonería. Era clave que de este hecho no tuviera conocimiento nadie en el Gobierno, tampoco nadie de su entorno. Les había hecho entrega de la transcripción de dos documentos. El primero, un mensaje cifrado de Diego Martínez Barrios, como gran maestre del Gran Oriente español. El segundo, una circular del soberano gran canciller de la Asociación Masónica Internacional a los Orientes de España y Portugal.

—¿Estás seguro de la autenticidad de estos documentos? —preguntó Franco.

—Absolutamente. Me fío de nuestro agente.

—Pues está claro que van a intentar acabar con el régimen. Me he convertido en su principal enemigo a batir.

—Desde luego, excelencia, en estos documentos se da la orden clara y tácita de desprestigiar su figura y ahondar en el descontento que existe entre el Ejército y la Falange.

—Ya que lo sabemos, intentemos mover nuestros hilos para contrarrestar su fuerza y organización. Cerca de nosotros están muchos masones con piel de cordero que se mueven con total impunidad. No nos podemos fiar de nadie, ni de nuestra sombra.

—Son indignantes las mentiras e insultos que vierten contra su excelencia. ¿Lo ha leído?

—Sí. —No quería ser más explícito, pero le irritó leer que «se había de procurar abrir las cárceles en que gimen, en dantesco infierno, rebaños desdichados de hombres honrados, prisioneros por la tiranía más espantosa que registra la historia. Sometido todo a la voluntad despótica de un solo hombre, pigmeo-idiota, engreído en la adulación más baja y servil que ha deshonrado a la humanidad».

—Entre sus objetivos no solo está su excelencia, hay otros que yo diría que incluso son más inmediatos. Quieren acabar con su cuñado.

—No le hace falta mucha ayuda exterior. Se está encargando él de enemistarse con todos, incluso conmigo.

—Hagamos como que no sabemos nada de estos documentos. Actuemos con total normalidad, ya que, de no ser así, comprometeríamos a nuestro informador. Quizá en los próximos meses debería salir más de El Pardo para que no baje el nivel de popularidad, como asegura Kindelán que está sucediendo.

—Eso haremos. Refrescaremos la memoria de nuestra cruzada yendo a las principales capitales. Empezaremos por Barcelona y Sevilla.

—Me encargo de organizarlo. Le aseguro que todos recordarán que hubo un Ejército que les vino a salvar del caos de la República. También conviene saber que la oficialidad sigue leal a su excelencia. Esto solo se puede saber viajando y dejándose ver.

—Eso haremos. Empiezo a escuchar voces, como la de Kindelán, que insisten en que es tiempo ya de la restauración de la monarquía. Y te aseguro, Luis, que ese momento no ha llegado todavía.

—Yo creo que es don Juan de Borbón quien está pidiendo regresar a todo el que le quiere escuchar. Kindelán le hace demasiado caso.

—Tengo la seguridad de que no hará nada contra mi voluntad. Es cierto que don Juan se está moviendo a todos los niveles. Pero no me fío, no me fío. El momento, desde luego, no ha llegado.

Acudió al palacio de El Pardo Pilar Franco junto a sus hijas. Carmencita veía el cielo abierto cuando recibía la visita de alguien de su edad. Estar siempre entre adultos le resultaba asfixiante.

Ese día, durante el almuerzo, la hermana de su padre aprovechó para hablar de El Ferrol y de su casa en el paseo de Herrera, desde la que no se veía el mar. Los arsenales de la Armada les impedían la vista. Era un piso muy grande con varias plantas. Franco, incorporado a la mesa con sus ayudantes, se olvidó de los masones, de los comunistas y hasta de la guerra mundial. Mientras hablaba su hermana, esbozaba algo parecido a una sonrisa.

—No teníamos cuartos de baño y había unas pilas muy grandes donde nos bañábamos. ¿Lo recuerdas?

Franco asentía con la cabeza mientras su hermana rememoraba episodios del pasado.

—¿Recuerdas aquella vez que jugábamos subidos en el armario de nuestros padres? Estábamos los cuatro arriba y te empujamos y nos diste un susto de muerte porque creíamos que te habíamos matado. Te echamos agua y no reaccionabas, hasta que abriste los ojos y nos dijiste: «No estoy muerto, ¡pero qué burros sois!». —En la mesa todos se echaron a reír. Franco escuchaba a su hermana. Le gustaba que le recordara pasajes de su vida de «cuando era persona», como solía decir. Pilar continuó—: Nuestra madre tenía una especial devoción por la Virgen del Chamorro. La leyenda decía que cortando una piedra apareció la forma como de una imagen de la Virgen. Se conservaba la piedra y todo el mundo le tenía mucha devoción. ¿Sabes que cuando no estabas en la ciudad, pedía a la Virgen que te librase de los peligros? Pues yo creo que por eso las balas te han respetado. ¿No crees?

Mientras los Franco seguían repasando sus vivencias, Carmencita y sus primas aprovecharon para hablar de Ninín en un aparte de la mesa. Disimulaban entre cucharada y cucharada del pote gallego que habían preparado en El Pardo para la ocasión.

—Ya se ha ido a Marín quien tú sabes —comentó una de sus primas.

—Tenías que haberle visto, estaba muy compungido por la prohibición de tu madre —dijo otra.

—Imagino. Pero mamá no quiere que siga viéndole y lo voy a cumplir. Sé que todos mis pasos tarde o temprano los sabe mi madre. No puedo hacer otra cosa más que obedecerla. Me ha dicho que cuando me presente en sociedad podré decir lo que pienso, pero mientras tanto no. Ya ves, la opinión de los hijos no cuenta.

—Al final, el tiempo pasa más rápido de lo que imaginas —manifestó su prima Mercedes.

Carmen les llamó la atención. Quería que atendieran a las historias que contaba Pilar. No le gustaba que hicieran un aparte. Imaginaba lo que estaba pasando y quería evitarlo. Pero las jóvenes continuaron hablando disimuladamente.

—No quiero saber nada, de verdad. No me va a volver a

reñir mi madre. Si no quieren que salga con nadie, no saldré con nadie. Me meteré a monja.

—No digas tonterías. Espera a que pase el chaparrón.

En esa comida apenas probó bocado. Su madre lo achacó a que le dolía la garganta desde hacía días. Sus primas a que realmente estaba enamorada de Ninín. Sin embargo, esa misma noche se encontraba tan mal que cuando apareció Vicente Gil en su habitación ya tenía cuarenta grados de fiebre.

—Otra vez anginas. Sinceramente, creo que habría que quitarlas —manifestó el doctor, ajeno al mal de amores que padecía Carmencita—. Conozco un médico que podría hacerle la intervención con total confianza —le comentó a su madre.

—¿No hay ningún riesgo?

—Le aseguro que todo va a salir bien. Me responsabilizo de ello.

A los pocos días, Carmencita fue operada por el doctor Núñez. Vicente Gil la sujetó sobre sus rodillas, envuelta en una sábana para que el doctor pudiera extirparle las amígdalas sin ningún manotazo o patada de la enferma.

Sus padres estuvieron presentes durante la operación, pero permanecieron callados e impasibles. Como siempre, en sus caras no expresaron ningún tipo de preocupación ni de angustia. El doctor Núñez, nervioso, habló ante el silencio de todos.

—¡Qué valiente Gil al responsabilizarse de esta operación!

—La responsabilidad, doctor, es suya, pero tiene tan pocos riesgos que no merece la pena pensar en ellos. —Le pareció que el doctor en ese preciso instante no debería haber hablado de ese tema—. Usted ha practicado centenares de amigdalectomías en su vida y me sobran los dedos de una mano de consecuencias desagradables. Todo va a salir bien.

—Muchas gracias por su confianza. Se lo agradezco mucho.

La operación resultó un éxito. Mientras Carmencita expulsaba borbotones de sangre, Gil la limpiaba y la liberaba de la sábana que había permitido al doctor Núñez maniobrar sin problemas. Durante las jornadas siguientes, le encantó su dieta a base de helados. Convaleciente en la cama, fueron a verla todos sus primos, lo que transformó la semana en una explosión de regalos y afectos. A los pocos días, Carmencita ya hablaba normal y todas las discusiones previas y la angustia de la intervención pertenecían al pasado.

—Señora, usted debería hacer lo mismo que su hija —le recomendó Vicente Gil a Carmen—. De esta forma, no sufriría las lumbalgias que tiene. Se lo aseguro.

—No espere que yo me extirpe una amígdala. Ya no tengo edad.

—Es peor el remedio que la enfermedad. Se lo aseguro.

—Ahora no es el momento, Vicente. No es el momento.

Al palacio llegó la noticia del repentino deterioro de la salud del padre de Franco. El médico militar que atendía a Nicolás Franco Salgado-Araujo comunicó a sus superiores que esta vez no había solución. Nada más tener conocimiento de ello, Franco llamó a su hermana Pilar.

—Pila, parece ser que papá esta vez se muere. ¿Vas a ir allí?

—Madre mía. ¡Claro!

—Si quieres te mando un coche oficial para que llegues antes.

—No, iré en un taxi. Le diré a uno de mis hijos que me acompañe. No me apetece estar sola con ya sabes quién. —Se refería a la mujer que durante todos estos años le había acompañado—. Le diré a don Félix, mi párroco, que venga conmigo por si llegamos a tiempo para la extremaunción. Claro, le diré a... bueno, ya sabes, que se retire a una habitación. Ella no debe aparecer si no nos quiere avergonzar. No sé si estará «la sobrina». Menudo trago.

—Pila, en el momento en que se muera, haz que le pongan el uniforme de general y me lo traes a El Pardo. Puede ayudarte el médico que le está atendiendo. Yo ya le he ordenado que se quede contigo.

—De acuerdo. Habrá que hacer todo el papeleo.

—Ya lo tengo todo preparado, hasta la caja y el resto de las cosas. Quiero velarlo.

Pilar Franco no añadió más. Llevaban años de desencuentros padre e hijo y ahora su hermano quería velarlo. En los últimos tiempos se había encargado el viejo Nicolás de decir en voz alta, a quien quisiera escucharle, todos los defectos de su hijo. No tenían nada en común, salvo el apellido. Siempre, incluso antes de que abandonara a su madre y a todos ellos, le había tratado con desprecio. Padre e hijo estaban llenos de rencor por un pasado que estaba muy presente entre ambos.

Cuando llegó Pilar al domicilio de su padre en la calle de Fuencarral de Madrid, le abrió Agustina y la dejó pasar. No hubo saludo ni palabra de alivio. Pilar la odiaba por lo que había supuesto su existencia mientras su madre vivía. La «sobrina» de Agustina se fue a buscar a un sacerdote, puesto que el párroco no pudo acompañar a Pilar. Cuando este llegó, no alcanzó a oír a su padre. No sabría decir si se había confesado o le había increpado, el caso es que solo alcanzó a entender: «Estoy muy mal». Pilar intentó animarle, pero todos, incluso él, sabían que el final estaba cerca. José María Bulart, el capellán privado de Franco, y Leopoldo Castro, sacerdote del regimiento de la Guardia, se presentaron en el domicilio. Don Nicolás, agonizante, protestó.

Sin embargo, Agustina les dijo a los curas que la casasen *in articulo mortis* con aquel hombre agonizante. Pilar Franco se opuso rotundamente.

—Mi padre es ateo y nunca ha querido volver a casarse.

Ahora no está en condiciones de saber lo que hace. Haberlo pensado antes.

Agustina volvió a insistir. Veía que su futuro y el de su «sobrina» se nublaba ante los nubarrones negros que se avecinaban. Se preguntaba qué sería de ellas. Solo veía que un matrimonio *in extremis* podría solucionar su futuro.

—No insista. Él no nos ha expresado su voluntad y tan solo le queda un hálito de vida.

Agustina se presentó en la habitación. Estaba segura de que si hablaba con Nicolás accedería a sus pretensiones. Observó de lejos al que había sido su pareja durante muchos años. Lloraba en silencio y aguantaba la respiración para no hacer ruido. Sin embargo, su presencia incomodó a Pilar. Esta se dirigió a la sobrina.

—Dile a tu tía que se vaya a otro lugar. Aquí sobra.

La sobrina, que muchos sospechaban que era hija de esa unión que a los Franco avergonzaba, hizo lo que dijo Pilar. Agustina no volvió a aparecer, ni siquiera cuando expiró ni cuando salió el cadáver de Nicolás de su casa, ya vestido de general. Ella ahogaba sus lágrimas mientras recordaba el momento en el que representaron su casamiento en un bar, regando con sidra aquella unión, que celebró el dueño de la cantina en la que estaban. Habían vivido muchos momentos tensos y alegres, pero ahora le arrebataban el derecho a velar su cuerpo. Recordaba también aquellas salidas que hacían en el viejo Hispano-suiza en el que deambulaban por el viejo Madrid. Noches de alcohol y largas madrugadas. En el maletero llevaba un maletín con lo más valioso de sus pertenencias. No acababa de fiarse de que le registraran la casa cuando salía y siempre iba cargado con él. Ahora lo único que tenía era ese maletín, que ocultó a todos en su modesto piso.

Pilar finalmente llegó al palacio de El Pardo, acompañando al cuerpo sin vida de su padre. La noche no era muy buena, había tanta niebla que el conductor apenas tenía visibilidad para conducir sin salirse de la carretera. Aquella situación parecía irreal, más propia de una pesadilla que de la realidad de aquel 22 de febrero.

En cuanto se instaló la capilla ardiente en el Salón de los Pasos Perdidos, Franco veló el cadáver de su padre toda la noche junto con los frailes de El Pardo. Se ofició una misa en la que los curas alteraron la liturgia al no vestir la casulla roja. Decidieron celebrarla como misa de réquiem con ornamentos de color negro. Al aparecer el obispo de Madrid, Eijo Garay, les llamó la atención. Los sacerdotes ofrecieron al prelado la casulla roja, pero rectificó.

—De ninguna manera. Yo también celebraré de réquiem.

Solventado este problema, la familia Franco recibió el pésame de los más allegados en la capilla del palacio. Sin embargo, no asistieron al entierro; tampoco lo hicieron Pilar ni las mujeres de la familia. Por el contrario, todos los ministros, incluido Serrano Súñer, sí acompañaron a los restos de Nicolás Franco en su último adiós. Algunos de ellos, antes de salir camino del cementerio, dudaron en si darle el pésame o la enhorabuena a su hijo, que se encontraba allí, impasible, sin derramar ni una sola lágrima. Sabían que su existencia y comportamiento habían supuesto un problema para la familia. Acababa así la vida de su autoritario progenitor, de ochenta y seis años, que había abandonado a su mujer, Pilar Bahamonde —diez años menor—, y a sus cinco hijos. La pequeña Pacita había muerto con muy pocos años, pero todos la recordaban con cariño. Ahora el pasado aparecía de golpe sobre la caja de pino que acogía a su padre. La carrera militar de su progenitor estaba marcada por la guerra de Cuba. Del país caribeño saltó a Filipinas y allí combatió con el resto de los militares españoles. De aquellas correrías de tabaco, alcohol y mujeres en la guerra se decía que había tenido un hijo bastardo de nombre Eugenio. Después se casó con Pilar Bahamonde, la hija de un intendente, que conoció cuando fue destinado en El Ferrol. Curiosamente, pensaba Franco, su padre era simpatizante de la masonería, que él odiaba tanto, y se mostraba muy crítico con la Iglesia católica, que él practicaba con fe. Eran como el agua y el aceite. Ya formaba parte de su historia, de su pasado.

Carmen no estuvo muy habladora esa mañana en la que el cadáver de su suegro estuvo expuesto en El Pardo y salió del palacio camino del cementerio de la Almudena para ser enterrado junto a la que había sido su esposa. Carmencita se dio cuenta de todo, pero se mantuvo al margen. Blanca le explicó que debían dejar solos a los adultos.

—Será mejor que ninguna de las dos aparezcamos mucho por allí.

—No es un buen día para mi familia, aunque no hubiera trato con el abuelo.

—Hoy no conviene hacer preguntas. Ya lo sabes. Solo rezar y no molestar. Aunque no hubiera trato con él, sin duda no deja de ser el padre de su excelencia. Recemos por su alma.

Carmencita hubiera hecho mil preguntas a su padre y a su madre, pero la tensión se cortaba en el aire. Durante días no salió de El Pardo. Continuó con sus clases y su pensamiento seguía puesto en el guardiamarina Ninín Suanzes. El tiempo corría a su favor. Ella solo soñaba con su mayoría de edad.

Durante esos días, los soviéticos presionaron duramente sobre la División Azul en el frente de Leningrado. A finales de marzo de 1942 la unidad española sumaba ya mil diecinueve muertos, mil doscientos cuarenta congelados y dos mil trescientos noventa y ocho heridos. Hitler, por entonces, había dejado de confiar en Ramón Serrano Súñer, que poco a poco iba sumando enemigos cada vez más poderosos y peligrosos.

23
«RAMÓN, VOY A SUSTITUIRTE»

*Mi padre era más bien desordenado. Le gustaba
tener sus libros y sus papeles cerca y que no se los tocara
nadie en un despacho personal y pequeñito al lado
del grande, donde recibía a las visitas. Sabía dónde
tenía todo en medio del desorden. Cuando iban
a limpiar, siempre estaba delante un ayudante
para que no le movieran nada de su sitio.*

Recién incorporado Franco a su despacho personal, rodeado de papeles que requerían una firma urgente, le comunicaron el fallecimiento, en la enfermería de Alicante, del poeta Miguel Hernández. Le informó el ministro del Ejército, José Enrique Varela, que intuía que tendría repercusión internacional.

—¿Qué ha ocurrido? Le conmutamos la pena de muerte no hace mucho por la de cadena perpetua —dijo Franco, incrédulo.

—Ya, pero padeció primero bronquitis y luego un tifus que se le ha complicado con tuberculosis. Falleció en la enfermería del penal de Alicante.

—No le demos difusión a este tema —pidió, mirándole con ojos inexpresivos—. Cuanto menos se hable, mejor.

—Su entorno se encargará de hacerlo. Los intelectuales harán de su muerte un emblema.

—Hagamos hincapié nosotros en su mal estado de salud. No vayan a decir que nuestras cárceles han tenido que ver en su agravamiento.

—Lo dirán seguro, excelencia. Lo cierto es que el frío de

este invierno pasado ha hecho mella en muchos de nuestros presos. Si no tenemos calefacción en nuestros cuarteles no vamos a poner calefacción a nuestros enemigos en las cárceles.

—Por supuesto. Hay prioridades.

El ministro de Exteriores tenía su propia guerra particular. Cada vez más alejado de su cuñado, fue informado del cambio de actitud de Hitler hacia él. El Führer le hacía responsable de la no adhesión de España a la guerra. Ramón era plenamente consciente de su delicada situación y tomó la decisión de viajar a Italia para hablar con Ciano y con Mussolini. Sabía que eran los únicos apoyos con los que contaba fuera de España. El Duce percibió la pérdida de poder del ministro, que se sentía perseguido, y que su adhesión a Franco se había enfriado. El Cuñadísimo lo manifestaba sin la más mínima prudencia delante de todos los que le prestaban atención.

En esos días, Franco proclamó ante el Consejo Nacional del Movimiento una nueva ley constitutiva de las Cortes. Trataba de instaurar un organismo de representación orgánica al que se encomendaría la preparación de las leyes, pero sin abandonar él mismo su potestad legislativa. Pensó que era necesario irse acomodando a los nuevos tiempos. Este tema que se encontró Serrano hecho provocó su última discrepancia en público, en esta ocasión con Arrese.

—¿Y qué nombre tendrán sus miembros? ¿Diputados, como en la República?

—No, miembros de las Cortes.

—Pero bueno, ¿qué es esto de miembros de las Cortes? ¿Es que pretende que la prensa les llame señores miembros? O en caso de discrepancia en el hemiciclo, ¿le parece bien que se diga que es una discrepancia del señor miembro?

—¿Qué propone usted entonces? —Arrese no podía soportar la prepotencia de Serrano Súñer.

—Procuradores, como en las antiguas Cortes de Castilla: procuradores en Cortes. De todas formas, estas Cortes me parecen más aparentes que otra cosa.

Franco tomó nota y se hizo como decía su cuñado, pero se daba cuenta del enorme desprecio con el que trataba a los ministros de uniforme. Y de lo crítico que era ante todo lo que promovía sin su supervisión.

Dionisio Ridruejo, de regreso de la División Azul, le escribió una carta muy crítica a Franco donde le proponía una solución definitiva para seguir gobernando: «O una dictadura militar plena o un régimen de corte fascista o un Gobierno de hombres ilustres». Franco lo desatendió por completo. Intuía que Ridruejo iba a ser una china en el zapato a partir de ese momento. Exactamente igual que su cuñado, que aquel verano se fue con su familia a Peñíscola mientras Franco se instalaba definitivamente en el pazo de Meirás. Su alejamiento era evidente y sus críticas constantes a sus discursos, y a todo lo que hacía o decía, llegaban siempre a sus oídos. Franco ya no contaba con su opinión ni para elaborar leyes y Ramón, por su parte, no aguantaba a ese Gobierno cada vez «más cuartelero».

La novedad de esas vacaciones fue salir al mar en un yate construido con madera de roble en 1925 en Kiel, Alemania, y que había servido en la Marina de Euskadi. Durante varios días Franco navegó por aguas del Cantábrico. Le acompañaban el almirante Nieto Antúnez, al que todos llamaban Pedrolo y el doctor Vicente Gil, así como diferentes familiares que se acercaron a visitarlos. Aparte de pescar, se podía pasar horas hablando sobre cuál era el mejor carrete para pescar los atunes o sobre el lugar que preferían los alevines de salmón cuando llegaban al mar. Podía estar horas conversando sobre ese asunto. Le atraía asimismo el misterio de la reproducción de la anguila que iba a desovar a cuatro mil kilómetros al mar de los Sargazos. Estos temas le fascinaban tanto que comenzó a filmar películas con un tomavistas para volver a ver las escenas que tanto atractivo tenían para él, y así revivirlas. Con una cámara de fotos Leika que le habían regalado, comenzó asimismo a fotografiar todo lo que acontecía dentro del barco. Daba la impresión de que en el mar se liberaba de las tensiones constantes que había en el Gobierno y de las que le provocaba la masonería, que sospechaba que estaba detrás de muchos sucesos que ocurrían a diario. Después de un día de esas salidas al mar, completamente alejado de la política, Pedrolo le sugirió que debería tener un barco para ir con más frecuencia a navegar. Vicente Gil, su médico, aplaudió la propuesta. Franco se quedó con la sugerencia en la cabeza.

—No es mala idea.

—Excelencia, le conviene tener un *hobby* que le saque del despacho. Hacía tiempo que no le veía disfrutar como hoy —le comentó Vicente Gil.

Vestido de pantalón blanco, zapatos del mismo color y chaqueta azul marino, Franco paseaba de popa a proa comprobando si en alguna de las cañas había picado algún pez.

A mitad del mes de agosto, el ministro del Ejército, Varela, presidió una misa en la basílica de Begoña por los caídos de la Guerra Civil. A la salida, los requetés reunidos en Bilbao, en la pequeña explanada del santuario, se arremolinaron en torno a él. Un grupo de falangistas lanzaron un par de bombas sobre la multitud. La policía detuvo rápidamente a los jóvenes que provocaron el grave altercado, dejando más de setenta heridos. Uno de los promotores del atentado, Juan Domínguez Muñoz, combatiente de la División Azul, estaba recién llegado del frente ruso. Se sabía que era un joven cercano a Luna, hombre de absoluta confianza de Serrano Súñer. Domínguez fue condenado en un tiempo récord y ejecutado. Varela interpretó que aquel ataque era contra el Ejército y contra su persona. Y Serrano, que trató de evitar aquella condena a muerte, se dio cuenta de su menguante poder.

De regreso a El Pardo a punto de concluir el mes de agosto, Carmen y Zita mantuvieron una acalorada discusión delante de Carmencita. Era la primera vez que las hermanas no guardaban las formas.

—Es evidente que Paco ha dejado de confiar en Ramón y te aseguro que nadie va proteger sus intereses y los de España como él. ¿No te das cuenta de que se está rodeando solo de mediocres?

—De modo que el único que vale aquí es tu marido. Los demás están ahí por pura decoración. ¿No comprendes que el único que se está alejando de Paco es Ramón? Se cree superior incluso al Caudillo. —Carmen hablaba en tercera persona de su marido.

—¿Desde cuándo piensas así? Esas son ideas del mediocre de Luis Carrero Blanco que ahora se ha convertido en la sombra de Paco. Desde que le ha dado un cargo relevante ha hecho todo lo posible por alejarle de Ramón, y te recuerdo que es mi marido.

—Mira, Zita, es tu marido el que ha hecho cosas muy raras. Se ha creído infalible y se ha permitido el lujo de criticar a Paco delante de todos. El otro día, tras un discurso en el Consejo Nacional por el que todos le aplaudían y le lanzaban bravos, empezó a decir: «¡Vaya, no sabía que estuviéramos en una corrida de toros!». Llamó pelotas a los que le ensalzaban y criticó a Paco a la vista de todos. Está siendo muy incómodo, la verdad.

—¿Incómodo solo para él o para ti también? ¿Cómo se iba a quedar viendo que los embajadores de Gran Bretaña y de Estados Unidos, presentes en la tribuna, abandonaron sus asientos en señal de protesta por lo que estaba diciendo Paco? Se posicionó sin reserva a favor del Eje. Un discurso que no le había consultado siendo él ministro de Exteriores. Y encima has puesto oídos a esas cotillas del té de las cinco que te han dicho verdaderas barbaridades. Todo son mentiras con un mismo fin: acabar con Ramón políticamente. Es un plan preconcebido y tú has caído en la trampa.

—Zita, ya no puedo callar más. Carmencita, déjanos solas.

—Pero, mamá... —Su madre le echó una mirada que lo decía todo. Se fue de la estancia refunfuñando—. ¡Adiós, tía Zita!

La joven se dirigió a su habitación sin comprender qué pasaba entre su tía y su madre.

—Voy a decirte las cosas claras —continuó Carmen Polo—. Tu marido te ha faltado al respeto y sé de buena tinta que Sonsoles de Icaza uno de estos días va a traer al mundo a una criatura que no es de su marido sino del tuyo. Sí, de Ramón. Quieres mirar hacia otro lado, porque sabes que la realidad te resulta dolorosa. Todo el mundo conoce quién es el padre menos tú.

—¿Cómo te atreves a hablarme así?

—Soy tu hermana mayor y esto ya sobrepasa los límites de lo permisible. ¿No te parece un escándalo?

—¿Quién te dice que no es mentira? Sabes que a esa mujer le encanta comprometer a mi marido. Yo no creo que esté embarazada de él. Puede haber sido cualquiera. Ramón está conmigo igual que siempre. No he notado nada extraño. Te diría que su comportamiento es intachable. Son habladurías. —Y se echó a llorar.

—Zita, tienes que ponerte en tu sitio. Resulta muy comprometido para nosotros oír ciertas cosas.

—Sigue escuchando a quien te habla mal de Ramón. Has elegido a tus nuevas compañías por delante de tu familia. Si no quieres nada con él, tampoco esperes nada de mí.

Se levantó y se fue de allí sin despedirse de su hermana. Iba con lágrimas en los ojos. Hasta que no estuvo en el coche no rompió a llorar con desconsuelo. Estaba claro que muchas cosas habían cambiado y que ya nada sería igual que antes.

Carmencita entró en su habitación, asustada de la conversación que acababa de escuchar. Jamás había asistido a nada parecido. Su madre y su tía estaban verdaderamente enfadadas. No comprendía qué podía estar pasando, pero era evidente que algo se había roto entre ambas. En cuanto vio a Blanca se lo contó.

—Nunca había visto a mi madre y a mi tía hablarse así. Yo creo que voy a estar un tiempo sin ver a mis primos. Estaban muy enfadadas.

—Tranquila, los hermanos se pueden hablar muy duramente, pero luego se lo perdonan todo.

—No entiendo qué ha podido pasar, pero se referían constantemente al tío Ramón y a papá. Me ha parecido entender que no tenían confianza uno en el otro.

—Esas son cosas de adultos. No pienses en ello.

—Luego no sé qué más se han dicho porque mamá me ha pedido que abandonara la estancia... ¿Cree que seguiré viendo a mis primos?

—Seguro que sí. Tranquila.

A los pocos días, Serrano Súñer planteaba a Franco una cuestión de confianza con respecto al control de la prensa; un ultimátum inoportuno a su cuñado: «Si no domino la prensa, no quiero seguir en Exteriores». Franco volvió a oír su intención de dimitir y torció el gesto.

Esa misma noche, su mujer le contó la conversación que había mantenido con su hermana. Estaba afectada. Nunca habían cruzado palabras tan duras una con la otra y así se lo comentó a Franco cuando se quedaron a solas en el dormitorio.

—No habla por su boca sino por la de su marido —señaló Franco.

—Imagínate lo que he sufrido tratando de convencerla de que su marido la ha traicionado y ella, sin embargo, creyendo que todo es mentira.

—Si una persona traiciona a su mujer, no es de fiar. Puede traicionar a todos los demás.

—Por supuesto, la mujer es la persona que está más cerca del marido. —Carmen se santiguó y comenzó a rezar el rosario.

El 29 de agosto su amiga Pura Huétor le comunicó una noticia no por esperada menos impactante: «Sonsoles ha dado a luz». La información cayó como un terremoto en El Pardo: la marquesa de Llanzol acababa de dar a luz a una niña. En sociedad no se hablaba de otra cosa. A los pocos días era bautizada como Carmen Díez de Rivera. El marqués tuvo que salir al paso para cortar las habladurías que ponían en entredicho a su mujer.

A nivel político, Franco deseaba acabar con la crisis de Gobierno suscitada tras los sucesos de Begoña y decidió cesar al general Varela y al ministro de la Gobernación, Valentín Galarza. Cuando estaba firmando ambas destituciones, el subsecretario de la Presidencia, Luis Carrero Blanco, le dijo que sería una herida cerrada en falso si no destituía a su cuñado. Franco, sorprendido, se lo pensó durante unos segundos.

—Siendo el señor ministro el presidente de la Junta Política, debería cesar de su cargo en Exteriores —habló Carrero Blanco—. Si no fuera así, habría vencedores y vencidos. Así la Falange será vencedora en toda esta crisis.

—Me parece desproporcionado.

—Si continúa el señor ministro, los españoles creerán que el que manda aquí no es vuestra excelencia, sino Serrano Súñer.

Franco no siguió escuchando más y firmó el nuevo cese.

Carrero Blanco eliminaba de la arena política a Serrano. Sabía que la primera que se alegraría sería Carmen Polo.

La caída de Serrano supuso una conmoción dentro del Gobierno y fuera de él. Nadie podía creer que Franco prescindiera de su cuñado. Fue sustituido por el general Jordana, viejo conocido de Franco; Varela, a su vez, por el general Carlos Asensio Cabanillas, y Galarza, por Blas Pérez González. Así se acababa con la crisis política y de paso se terminaba de un plumazo con la carrera política del Cuñadísimo, que se quedó frío al conocer la noticia por boca de Franco. Sin embargo, disimuló.

—He tomado una decisión difícil e importante. Voy a sustituirte.

—¡Se trata de eso! No tiene importancia. ¡Qué susto me habías dado!

—Ya veo que no te contraria mucho.

—Pero, por Dios, Paco, te lo he pedido ya en dos o tres ocasiones. De paso, aprovecharé para hablarte con total independencia de una serie de cosas para tu propio bien.

—Ahora no puedo escucharte. Tengo que despachar con Jordana. —Se puso a mirar en su mesa los papeles que no le gustaba que le tocara nadie. No estaba dispuesto a seguir prestándole atención.

—Desearía, por tu propio bien y el del país, que instalaras firmemente en tu cabeza la idea de que la mejor lealtad de un consejero no es la incondicional sino la crítica.

Salió del despacho dolido y con un cansancio infinito sobre sus espaldas. No entendía cómo prescindía de él cuando le había dedicado los mejores años de su vida. Jordana regresaba ahora al primer plano político.

A Franco le gustaba del nuevo ministro que fuera todo lo contrario a su cuñado: una persona muy reservada, muy callada y dispuesta a acatar sus órdenes. Por otra parte, Serrano, herido en su orgullo, se dio cuenta de que en El Pardo las cosas ya no volverían a ser iguales. Franco se negaba hasta a hablar con él. Se sintió ofendido por este rechazo de su cuñado a dialogar con él.

Carmencita dejó de ver a sus primos. No preguntó por la decisión de su padre. Las dos familias seguirían coincidiendo en acontecimientos familiares, comuniones y bautizos. Pero ya nada sería igual.

La joven añoraba la presencia de José y Fernando porque eran quienes la mantenían informada de aquello que sucedía a nivel político. Sin embargo, su padre deseaba que ella no supiera nada y viviera ajena a todo lo que acontecía. De golpe le vinieron a la memoria los muchos juegos que habían compartido, las experiencias recientes durante la guerra. La imagen del cachorro de león, Bocho, que estaba unida a sus primos. Los juegos de piratas, las confidencias sobre todo lo que pasaba alrededor de ellos… Se quedó muy preocupada con todo lo que estaba pasando a nivel familiar, pero no se atrevió a comentarlo con su madre hasta que pasó tiempo. Intuía que cualquier cuestión sobre la tía Zita iba a molestarla y decidió no ahondar en las preocupaciones de su madre. Sin embargo, un día, sin querer, oyó una conversación entre Vicente Gil y Juanito, la persona de confianza que ayudaba a su padre a vestirse.

—¿Qué ha ocurrido para que las familias hayan dejado de hablarse? —preguntó Juanito.

—Serrano ha tenido un hijo con la famosa marquesa de Llanzol.

—¿Cómo dice?

—Ha tenido un hijo con una marquesa muy conocida en los ambientes sociales. Y cuentan que la niña es igual que él —lo dijo en tono confidencial—. Mira, se parece más esta niña a él que Pilar, la hija de Ramona Polo.

—A lo mejor no es verdad. Y son habladurías.

—Es una sospecha muy fundada. Además, la marquesa se encarga de que lo sepa todo el mundo.

—¡Vaya! Mejor no hacer muchos comentarios.

—En estas cosas hay que ser muy prudentes. No comente nada, por favor.

—Esos asuntos es mejor no hablarlos. Por otro lado, al cesar su excelencia a su cuñado como ministro, las cosas se han torcido definitivamente entre las dos familias.

—Se rompió la confianza. Nada más.

Carmencita, que pretendía hablar con el médico, se dio la vuelta cuando oyó lo que acababan de decir. Habían dejado la puerta abierta y ella había alcanzado a escucharlo todo. Disimuló cuando Blanca la vio retirarse después de estar parada en la puerta del doctor.

—¿Qué haces?

—Nada, iba a pedir al doctor algo para un dolor de muela muy intenso que tengo, pero he visto que está con Juanito y no he querido molestar.

—¡Entra sin más!

—No, ya no. Me duele menos desde hace un rato.

—Todo es por no seguir estudiando solfeo. ¡Carmencita!

Durante días intentaron dar normalidad a su vida, pero la tensión se palpaba en el ambiente. Pilar Franco fue a comer al palacio. Lo solía hacer una vez por semana desde que se quedó viuda dos años después de acabar la guerra y se trasladó a vivir a Madrid. Le quedó una pensión de treinta y cinco pesetas al mes para sacar adelante a diez hijos. Los mayores ya hacían su vida fuera de la casa materna, pero no tuvo más remedio que ponerse a trabajar. En la comida, Carmen le dijo que se dejara ayudar.

—Yo le agradezco a Paco que haya querido asignarme una cantidad para vivir tranquila, pero prefiero trabajar. Me han ofrecido unos amigos un puesto de representación de tornillos.

—¿De tornillos? —le preguntó Franco.

—Bueno, es de carpintería metálica y sí, de tornillos.

—Pero ¿tú qué sabes de tornillos?

—Nada. Pero te aseguro que lo sabré todo en poco tiempo. ¡Menuda soy yo!

Pilar tenía mucho desparpajo y con su contestación hizo sonreír a todos.

—Si tu marido levantara la cabeza no se lo creería —comentó Carmen.

—¡Huy! Si levantara la cabeza se volvería a morir viéndome trabajar. Era un santo de comunión diaria. Cuando estaba destinado en Renfe venía a casa a las dos de la tarde sin haber desayunado para poder comulgar. Le enterré con la boina roja y un Cristo en la mano.

—Era un gran caballero y un señor —alcanzó a decir Franco.

—Se fue muy pronto. Demasiado pronto.

—La guerra le machacó mucho. Piensa que le pilló el alzamiento en Madrid con dos de mis hijos. La verdad es que Nicolás y tú me podíais haber avisado. Nos pilló completamente desprevenidos.

—Hablar por teléfono para decírtelo hubiera sido una temeridad.

—Ya imagino. En fin. Lo pasé muy mal entonces y ahora tampoco te creas que lo estoy pasando mucho mejor. Oye, esto que comemos ni es pote gallego ni es nada. El próximo día me vengo antes y me meto yo en la cocina para que comas uno de verdad, como los que nos hacía nuestra madre.

Franco esbozó algo parecido a una sonrisa.

—¿Es verdad lo que dicen por ahí, que quieren casar a Pilar Primo de Rivera con Hitler? ¿Os habéis vuelto locos?

—Son cosas de Ernesto Giménez-Caballero —contestó Carmen—. Estuvo cenando en casa del ministro de Propaganda alemán, Goebbels, con su esposa y con sus hijos, y al parecer, en los postres, le sugirió que sería un gran acierto unir a Hitler con Pilar. Habló de su limpieza de sangre y de su profunda fe católica y, sobre todo, que arrastraría a todas las juventudes españolas.

—¿Y qué contestaron?

—Su esposa Magda le dijo sin tapujos que Hitler, por lo visto, tenía un balazo que le invalidaba para tener vida conyugal. Ya me entiendes —le dijo en tono confidencial.

—¿Y Eva Braun?

—Que era una careta de cara a la galería.

—A saber si fue una excusa para quitarle la idea descabellada de la cabeza.

—Bueno, Ernesto soñaba con un imperio católico español y veía a Pilar como emperatriz.

—¡Qué cosas, por Dios!

—Pues se lo ha dicho a Paco, a los embajadores y hasta al nuncio de su santidad.

Pilar se santiguó.

Carmencita se fue a su habitación con sus primas. Quería que le hablaran del guardiamarina.

—Ninín nos manda recuerdos para ti y esta carta para que la leas cuando no te vea nadie. No te quiere ocasionar más disgustos.

Le entregaron una carta que Carmencita inmediatamente guardó bajo llave en uno de los cajones de su mesilla.

—¿Quieres escribirle? Nosotras se la llevamos.

—No voy a escribirle cualquier cosa. Lo haré con tiempo y os acerco la carta un día de estos. ¿Sabéis? Me ha invitado Cayetana de la casa de Alba a su puesta de largo.

—¿Sí? ¿La hija del duque de Alba? ¿Qué te vas a poner?

—No me dejan ir. Dice mamá que hasta que no tenga mi puesta de largo el año que viene no podré asistir antes a ninguna otra.

—Pues qué fastidio —comentó una de sus primas.

—Sí, porque, además, no me dejan salir hasta que me presenten en sociedad. Dicen que no está bien visto. Voy contando los días, os podéis imaginar.

—¿Sabes que tiene muchos nombres? María del Rosario Cayetana Alfonsa Victoria Eugenia Francisca. Lo vi el otro día en un periódico. Y tiene más títulos que ningún otro noble en el mundo.

—Sí, es la hija de Jacobo Fitz-James Stuart, duque de Alba, embajador de España en Londres. Mi padre y él hablan un día sí y otro también. Tiene amistad con Churchill, con el que cena en la embajada. Al primer ministro inglés le encanta el cocinero que tienen.

—¿Hacen en Londres su presentación en sociedad?

—No, en el palacio de Dueñas, en Sevilla. Aprovecharán la Feria de Abril para que los invitados extranjeros puedan visitar la ciudad.

—¿Y tú no querrías ir?

—Me encantaría, pero no puedo. No me dejan.

Carmencita desconocía que su padre había sugerido al duque que la presentación en sociedad de Cayetana fuera conjunta con la de ella. A través del ministro Jordana le contestó al Caudillo: «Este acto va a ser un aquelarre monárquico y no creo que sea cómodo para su excelencia. Hay clases y clases, y este será un baile en el que se rendirá homenaje a don Juan». La niña nada sabía de estos temas que su madre trataba de hilar a su espalda.

—¿Qué tal te cae? —preguntó una de sus primas.

—La conozco de un par de veces. No sé. No parece que nos caigamos muy bien. Me da esa impresión.

—Ya irás a otras. No creo que te falten invitaciones precisamente a ti.

Carmencita les quiso dar una sorpresa y les pidió que la acompañaran a las cocheras del palacio. De repente, les enseñó el coche que le habían regalado: el último modelo de la casa Fiat. Un descapotable serie 1.100 de morro alto.

—Mirad qué regalo me ha hecho el general Gambara. Es una joya, ¿verdad?

—¡Qué bonito! Cuando tengas dieciocho podrás conducirlo.

—Tendré que obtener el carnet y encima presentarme en sociedad. ¡Cuento los días!

Todas se sentaron en el descapotable mientras Carmencita ocupaba el lugar del conductor y hacía como que lo conducía.

—Viajaré a todas partes. Mi sueño es no parar de conocer países. Me encanta hacer y deshacer maletas.

—Bueno, tú tienes a quien lo haga por ti. Nosotras es otra cosa.

—Pensemos en hacer un viaje juntas.

—No creo que nos deje mamá. Tiene miedo de que nos movamos cien metros.

—¡Ojalá fuéramos mayores! ¡Estaríamos casadas y podríamos hacer todo lo que quisiéramos!

Asociaban la mayoría de edad y el matrimonio a la libertad de poder hacer cuanto quisieran.

Hubo que esperar unos meses para que Carmencita hiciera sus sueños realidad.

24

LA NOCHE MÁS ESPERADA

*Yo nunca pude esquiar, ni pasar una noche fuera
de casa o hacer eso que gusta tanto a los niños:
dormir con una amiga. Nada. Quedarme a almorzar
en casa de una familia conocida ya era un triunfo.
Lo que yo viví hoy sería incomprensible.*

Las presiones para que se produjera la restauración de la monarquía eran cada vez mayores. Justo para evitar aprovechamientos políticos, se decidió trasladar la celebración de los funerales de Alfonso XIII al monasterio de El Escorial. Poco después de los mismos, recibió Franco una carta muy crítica contra el régimen firmada por don Juan de Borbón. «Apremia adelantar la restauración».

Antes de finalizar el año, Franco comunicó al consejo de ministros su decisión de repatriar a la División Azul, con la posibilidad de que los voluntarios que lo desearan pudieran seguir en el frente dentro de una unidad menor que pasó a llamarse Legión Azul. Franco definió la nueva situación española como de «neutralidad vigilante».

En El Pardo, durante las comidas, Franco no compartía ninguna de sus preocupaciones, problemas políticos o decisiones. Sin embargo, durante aquellos días, la tensión se palpó en el ambiente en el comportamiento de sus ayudantes. Carmencita —ajena a los comentarios de sobremesa— se preparaba para su gran día: la puesta de largo tan soñada, pensada y recreada mil veces en su imaginación.

Su madre la acompañó a Eisa Costura, la tienda de la Gran Vía donde Cristóbal Balenciaga cosía para la aristocracia y las damas bien de la época. Iba y venía de Francia, donde ya había despuntado como uno de los grandes de la moda.

—Cristóbal, ¿no recordará usted desde cuándo nos conocemos? —preguntó Carmen Polo al modisto.

—No lo recuerdo a ciencia cierta —comentó Balenciaga mientras probaba la *toile* a Carmencita. El modisto esculpía con sus manos, poniendo alfileres allá donde encontraba un defecto.

—Fue en Oviedo. Era muy joven, pero ya despuntaba. Ahora, con tanto éxito, le vemos muy poco por España.

—Muchas gracias. Es cierto, vengo menos de lo que yo quisiera.

Balenciaga era algo tímido, delgado, muy moreno. Se ponía unas gafas grandes y cuadradas para probar y rectificar allá donde veía un fallo. «El traje tiene que quedar perfecto», repetía a sus ayudantes. Tampoco era muy hablador. «La costura debe ser una segunda piel. No admito una sola arruga, ¿me entienden?».

El equipo asentía. Balenciaga era severo con su gente y con él mismo. Repasaba los ojales una y otra vez, las mangas, las formas arquitectónicas de sus diseños y le daba mucha importancia a la innovación.

—¿Cristóbal, le parece bien esta tela de encajes pequeñitos blancos? Me gustaría que el resultado fuera elogiado —le preguntó Carmen Polo, que había elegido la tela sin contar con la opinión de su hija.

—Lo será. No obstante, un traje debe acompañar y nunca destacar más que la personalidad de quien lo lleva. Debe aupar, nunca eclipsar.

Se trataba de un traje largo con una pequeña manguita en los brazos. Resultaba muy elegante y el color resaltaba la piel y el pelo de la joven.

—La tela me parece preciosa —comentó Carmencita.

—Cada tela habla por sí misma y lo único que debemos hacer nosotros es interpretar aquello que nos pide que hagamos.

Tardó horas en dar por buena la prueba. Insistió mucho en que quedaran perfectos los hombros y las mangas. Miró de pronto a Carmen Polo y encontró algo en el abrigo que llevaba que no encajaba. Le pidió que se lo quitara un momento.

—Señora, me va a permitir que me lo quede, porque me gustaría rectificarle la manga. Ya sabe de mi obsesión por la perfección.

—Pero es que no he traído más abrigo que este.

—No se preocupe. Le prestaremos uno.

Se lo quitó sin poner más objeciones. Balenciaga, cuando hablaba, parecía que sentenciaba. No miraba, radiografiaba a las personas a través de sus ojos y de sus gafas. A veces, intimidaba.

—Cristóbal, está invitado a la puesta de largo de mi hija.

—Se lo agradezco mucho, pero voy a estar muy poco tiempo aquí y tengo que arreglar muchos asuntos antes de regresar a París. Lo que sí les pediré es una foto.

En las pocas horas que iba a estar en España, Cristóbal quería ver a su amiga y musa, Sonsoles de Icaza.

El jefe de la casa civil, Julio Muñoz Aguilar, era quien cursaba las invitaciones siguiendo las indicaciones de Carmen. Amigas de Carmencita, hijos de amigos de la familia, conocidos y familiares fueron invitados. No faltaron tampoco los ministros del Gobierno acompañados de sus mujeres e hijos, así como algunos embajadores.

Cayetana de Alba no estuvo en la puesta de largo. Su padre la excusó. Los aristócratas alineados con don Juan no querían participar de un acto como el de la puesta de largo de la única hija de Franco. El duque de Alba cumplía su misión como embajador de España en Londres, pero no ocultaba su relación con don Juan de Borbón y su estrecha amistad con Churchill, con quien tenía lazos de sangre, ya que eran primos lejanos. El primer ministro cogió la costumbre de cenar en el 24 de Belgrave Square, sede de la embajada. Allí expresaba libremente su desconfianza hacia el Caudillo. «Tu cocinero francés me inspira más confianza que Franco», solía decir con socarronería.

Franco sabía lo que opinaba el primer ministro porque se lo trasladaba el duque y los diplomáticos que, según el propio embajador, ejercían de espías en la embajada. «Está convencido de que su excelencia debe proclamar una amnistía para que desaparezcan las dos Españas». El embajador español respiró aliviado cuando fue cesado Serrano Súñer, con el que no tenía ninguna sintonía. Veía su mirada fría, cruel, e inclinado por el Eje sin neutralidad alguna. Franco, por su parte, siempre le pedía lo mismo al duque de Alba: «Reclame Gibraltar, no se olvide. Gibraltar».

El día de la puesta de largo, Carmencita estaba exultante. Brillaba con el traje blanco largo repleto de pequeños encajes del mismo color. Apareció en el salón de la mano de su padre, que vestía con el traje de gala del Ejército. Este la sacó a bailar, pero fueron nada más que unos compases, porque le sustituyó el general de división y vizconde Muñoz-Aguilar, a la postre el jefe de la casa civil. Franco no se encontraba cómodo bailando a la vista de todos y había dado la orden de que solo abriría el baile simbólicamente junto a su hija. Pero Carmencita ni se enteró de con quién bailaba una vez abierto el baile. Estaba nerviosa y feliz porque ese día significaba algo más que un vestido bonito y una puesta de largo.

—Blanca, por fin podré salir de El Pardo —le comentó a su institutriz en un descanso entre baile y baile.

—Tampoco te hagas muchas ilusiones. El desengaño puede ser mayor. Hoy es tu día. ¡Disfruta de él! No pienses más que en pasarlo bien.

Carmencita estaba radiante y todos los jóvenes aguardaban turno para sacarla a bailar. En un momento determinado, uno de los muchos guardiamarinas que estaba allí, alto y delgado, le pidió un baile. La joven casi se desmaya.

—¿Me concede este baile?

—¡Ninín! ¿Qué haces aquí? —Se pusieron a bailar como hasta ahora estaba haciendo con todos los jóvenes que se acercaban—. ¿Cómo has podido entrar?

—Alguien que sí estaba invitado me ha cedido su invitación, y aquí estoy. No podía faltar. Deseaba verte.

—Me da mucha alegría. Ha sido una verdadera sorpresa.

La música de la orquesta tocaba melodías de Hollywood y valses. Blanca se dio cuenta de lo que estaba pasando, y se acercó hasta donde estaban las madres para entretenerlas y lograr que no se fijaran mucho en el joven que acababa de sacar a bailar a la debutante.

—Tenemos que vernos —afirmó el joven, mirando a los ojos a Carmencita—. Voy a estar unos días en Madrid. ¿Quedamos mañana en la casa de tus primos?

—Sí. Haré todo lo posible por ir. Tenemos que hablar.

—¿Te puedo llamar a algún teléfono?

—No, porque la telefonista del palacio seguramente informará a mi madre. No. Si te quieres poner en contacto conmigo, llama a mis primas o escríbeme a su dirección.

—¿Y tú no me puedes llamar a una hora determinada?

—No puedo hacerlo, piensa que tengo que pedir licencia cada vez que descuelgo el teléfono y eso queda registrado. Mi madre sabría que te estoy llamando y lo tengo prohibido.

—Debo convencer a tus padres de que están equivocados. Soy la persona que más feliz te puede hacer. Solo viviré para eso. Carmen, estás bellísima. Tus ojos me acompañan allá donde voy. No dejo de pensar en ti. —El joven parecía muy enamorado.

Hacían muy buena pareja y se les veía bailar con mucho ritmo y entusiasmo. Carmen Polo dejó de hablar por instinto y, cuando fue a preguntar por el nombre del joven que acompañaba a su hija, cambió la música y otro chico le sustituyó. Se quedó con ganas de averiguarlo, pero el guardiamarina desapareció entre los muchos jóvenes que la sacaron a bailar esa noche y no volvió a verle.

Paró la música de la orquesta y se hizo un brindis por la joven que se presentaba en sociedad. Carmencita sonreía sin parar. Para ella fue una noche inolvidable. El traje de Balenciaga fue ensalzado por todos los invitados. Ramón Serrano Súñer y Zita Polo, junto con el duque de Alba y su hija, fueron las ausencias más comentadas de la velada.

Al regresar al palacio bien entrada la noche, la joven no dejó de hablar con Blanca sobre la experiencia que acababa de vivir. Estaba eufórica. Había sido la mejor noche de su vida. Ella, protagonista del baile y presentada, por fin, en sociedad. Parecía el final de su encierro en El Pardo.

—Blanca, he quedado mañana en ir a casa de mis primas.

—Imagino a quién vas a ver.

—Se supone que mamá ya no pondrá ninguna pega a que salga. Ya me he presentado en sociedad.

—No cantes victoria. Tendré que acompañarte y me pondrás en un compromiso. Se supone que tengo que informarla.

—Mañana iré a casa de mi tía Pila y te pido que me dejes un rato para que pueda hablar con Ninín. Jesús y tú podéis ir a dar una vuelta. Nadie lo sabrá.

—Ahora duérmete. Ya veremos qué depara el día.

Agotada del baile y de la emoción, cayó rendida en la cama; sin embargo, al día siguiente se levantó con la única idea de ver a Ninín. Le había dirigido unas palabras que todavía resonaban en sus oídos: «Soy la persona que más feliz te puede hacer». Pensaba que esa era una declaración en toda regla. Mirándola a los ojos, le había dicho lo guapa que estaba y le expresó su voluntad de verla al día siguiente.

En la misa y posterior desayuno, la joven disimuló. Contaba las horas para visitar a sus primas. Su madre le dio permiso. Ella también estaba agotada de las horas que había pasado de pie saludando a unos y a otros. Comprendía que quisiera comentar con las jóvenes de su edad la experiencia del día anterior. Como era fácil de prever, Blanca sería la encargada de acompañarla. Utilizarían su coche y su mecánico para llevarlas hasta allí.

Mientras Carmencita veía al guardiamarina en casa de sus primas, Blanca y Jesús se fueron a dar una vuelta tal y como le había pedido la joven. El chófer decidió ir con el coche hasta el parque del Oeste. Se compraron un par de barquillos y se sentaron en uno de los bancos de piedra que salpicaban el paseo principal. La tarde invitaba a las confidencias.

—Me gustaría que te casaras conmigo.

Jesús lo soltó de sopetón y Blanca se quedó con el barquillo en la mano. Tras la declaración del chófer, cerró bruscamente sus dedos y el dulce se cayó al suelo destrozado. El corazón parecía que se le iba a salir del pecho.

—Pero ¿qué estás diciendo, Jesús? ¿Te has vuelto loco?

—Creo que hay que rendirse a la evidencia. Estamos enamorados. Lo ve todo el mundo menos tú. Nos llevamos bien y no hay nada malo en quitarte la venda de los ojos. Se puede servir a Dios casada.

Blanca se emocionó. La tarde se transformó en soleada y un ligero viento calmaba el sofoco que sentía en su cara. Jesús la acercó a su pecho y mesó su cabello.

—Tranquila. No respondas. Tranquila. Sé que mi rival es mucho rival.

—Soy una monja, Jesús.

—Pero puedes salirte de monja. Otras lo han hecho antes.

No pasa nada. Se puede ser santo casado. Mira a san Isidro, estaba casado y con un hijo. No haces nada malo, Blanca.

—Jesús, ¿qué pensarán mis padres? Trabajo con la familia Franco. ¿Sabes las consecuencias que puede tener este paso en mi vida?

—No tiene por qué pasar nada. Tú puedes seguir siendo institutriz. ¿O es que solo pueden enseñar las monjas? ¿Qué hay de malo en enamorarse? Yo sé que tú sientes algo por mí y está claro que yo estoy coladito por ti.

—Se avecina un terremoto. Te lo digo yo. ¡Un terremoto! —Volvió a llorar y Jesús la abrazó.

La casualidad quiso que, otra vez, unos ojos conocidos vieran lo que sucedía entre la institutriz y el mecánico. Era una evidencia que saltaba a la vista. Nadie abrazaba de esa manera a una persona que realmente no le importara. Ella se apoyaba en su pecho y él mesaba su cabello. El que observaba desde la distancia era uno de los militares que servían la comida en el palacio. En realidad, aprovechó un recado por Madrid para pasear por el parque con una modistilla con la que se veía desde hacía varias semanas. Tras lo que descubrió se quedó impactado. «¡La monja con el mecánico de la señora!», se dijo. Siguió todos los movimientos de la pareja sin parpadear. De hecho, la modistilla le increpó diciendo que parecía «haber visto un fantasma». El militar, que ejercía a diario de camarero, no daba crédito. Llegó a pensar que podrían ser personas parecidas, pero él vestía de uniforme gris y ella iba con un traje negro cerrado, tal y como vestía la institutriz de la señorita. ¡Eran ellos! No había la más mínima duda.

Al llegar esa misma tarde al palacio, se lo comentó a la cocinera. Esta no tardó mucho tiempo en pasar la información al ayudante del jefe de la casa civil y este, a su mando que, a su vez, se lo comentó a Carmen Polo. Esta no daba crédito, pero los detalles fueron tan numerosos que, finalmente, creyó lo que le decían. Carmen, indignada, pensaba que si Blanca estaba en el parque del Oeste, ¿dónde se encontraba su hija y con quién? ¿Cómo era posible que estuviera ocurriendo eso? Esa misma noche pondría fin a toda la historia. Se puso a andar de un lado a otro de su habitación personal. Pidió que viniera una religiosa que hacía de secretaria, llamó también al padre Bulart y, entre rosario y rosario, tomó la decisión de echar a la teresiana.

—Su hija está muy unida a ella.

—Pues por eso mismo debo hacerlo. ¿Qué ejemplo está recibiendo mi hija con una institutriz que es monja y está pelando la pava con mi mecánico?

—Hay que escucharla porque a lo mejor no es tal y como se lo han contado —dijo el padre Bulart, sin saber cómo darle consuelo.

—Mi amiga Pura ya les vio hace tiempo en situación poco decorosa, y, ya ve, se ha confirmado. Parecía que era un error y una visión equivocada, pero mira por dónde las sospechas se han convertido en evidencias. Y si ella está con él, ¿con quién está mi hija?

—Seguramente en casa de su cuñada Pilar con sus primas.

—Lo vamos a ver ahora mismo.

Cogió el teléfono y pidió a la telefonista que la pusiera con su cuñada Pilar Franco. Tenía la sensación de que la cabeza le iba a estallar. Su intranquilidad iba creciendo por minutos. Al poco su cuñada estaba al habla.

—¿Cómo estás, Carmina, después de la paliza de ayer?

—Bien, bien. Quería que me pusieras a mi hija al teléfono, que quiero darle un recado.

—Pues ahora mismo no está. Ha salido a dar una vuelta con mis hijas.

—¿Y la institutriz?

—No sé. Imagino que estará cerca de ellas, como siempre.

¡No te preocupes tanto, Carmina! Ayer mismo se presentó en sociedad.

—Solo te pido, Pila, que no se vea con ese guardiamarina de los Suanzes tan amigo de tus hijos.

—¡Pues ha estado por aquí esta tarde! ¡Como hay tanto trasiego de hijos y amigos! ¿Te pasa algo con él? ¡Este es un gran chico! ¡Le conozco hace muchísimo!

—Pila, sencillamente no quiero que se vean. No me parece que sea el partido adecuado. Mi hija no volverá por allí. Mejor que tus hijas vengan al palacio.

—¡No puedes encerrar a tu hija de esa manera!

—Nadie me va a decir lo que tengo o no tengo que hacer. Pila, ¡que vuelva inmediatamente! Dile a uno de tus hijos que vaya a buscarla, por favor. Estoy muy disgustada por otro asunto que no puedo contarte. Tengo que dejarte.

—Está bien. Ahora mismo iremos a por ella.

Carmen tenía la seguridad de que su hija y Ninín se habían vuelto a ver. Tanto el mecánico como la institutriz habían perdido su confianza de golpe. Ninguno de los dos volvería a dormir en el palacio. ¡Esa misma noche estarían ya fuera del servicio!

Cuando Carmencita y Blanca subieron las escaleras del palacio, notaron ciertas miradas y desconfianza por parte del servicio. Les pareció que querían evitar cruzar una palabra con ellas. Salieron de dudas en el acto, en cuanto vieron a Carmen Polo junto al padre Bulart y la secretaria personal. Algo no iba bien.

—Carmen, haz el favor de irte a tu habitación. Hablaré contigo más tarde.

—¿Qué ha pasado?

—No preguntes y obedece. Tengo que hablar a solas con tu institutriz. —No utilizó su nombre.

Blanca sintió un pinchazo en el estómago. Carmencita también sabía que nada bueno saldría de aquella reunión por la cara de su madre.

—No quiero ni que se siente. Recoja sus cosas porque su trabajo en esta casa ha concluido.

—¿Ha ocurrido algo que yo haya dicho o hecho que la haya molestado? —se atrevió a susurrar esa pregunta, lívida y con los labios sin color.

—Haga usted examen de conciencia con su comportamiento. Yo no soy quién para hacerlo, pero ya le digo que no es buen ejemplo para mi hija. Nos ha faltado al respeto poniéndonos en boca de todo el servicio. ¿Quiere que le recuerde con quién estaba esta tarde en el parque del Oeste?

Blanca se ruborizó y no alcanzó a decir absolutamente nada. Se quedó muda, hundida y sin fuerzas para pronunciar una sola palabra.

—Usted ha quebrado mi confianza y ha roto el voto con su orden religiosa. Eso es algo muy grave.

—Yo no he hecho nada de lo que pueda avergonzarme. Se lo aseguro. No le niego que mis sentimientos hacia Jesús son nuevos para mí y tendré que ver qué salida tengo con la orden a la que pertenezco. Eso ya es un tema entre la superiora y yo.

La teresiana y el padre Bulart asintieron con la cabeza.

—No solo es importante ser buena hija de Dios, también es importante parecerlo. Le pido que abandone el palacio al instante. Recoja sus cosas.

Blanca salió de allí sin una sola lágrima. Sin embargo, fue entrar en la habitación de Carmencita y se echó a llorar. No hacía falta ser muy inteligente para imaginarse lo que había ocurrido. Blanca se fue corriendo a su habitación y se sentó en la cama.

—¿Se va? —preguntó la joven al observar su desconsuelo—. He tenido yo la culpa, ¿verdad?

—No ha sido culpa tuya. Espero que algún día entiendas

lo que me está ocurriendo. Te prometo que jamás te he faltado al respeto.

—¿Es por Jesús? —Tenía la sospecha desde hacía meses de lo que estaba ocurriendo.

—Sí. Nos han visto en el parque del Oeste. Te prometo que lo único que hacía era llorar y Jesús me abrazaba dándome ánimo. No ha sido nada más. Pero alguien malicioso ha visto lo que no estaba ocurriendo. Te aseguro que todavía no sé qué será de mí y qué será de Jesús.

Carmen la abrazó y la ayudó a recoger lo poco que tenía en la habitación. La joven estaba muy preocupada por el futuro de la persona con la que había compartido tantos momentos en los últimos años. Le dio una foto suya.

—¿Cómo sabré de usted?

—Te escribiré. Espero que te lleguen mis cartas o mis mensajes. Deseo que seas muy feliz y que algún día te sientas libre para hacer lo que quieras.

—Creo que después de hoy será muy difícil que pueda hacer lo que yo quiera. La echaré de menos.

La institutriz le dio un beso a Carmencita y se fue con su pequeña maleta de la habitación que compartían. Jesús, cabizbajo y de paisano, la estaba esperando en la puerta, también con una maleta pequeña.

—Me acaban de echar a mí también. Si te parece, nos iremos de palacio juntos. Siento mucho lo que está ocurriendo. Ha sido por mi culpa.

—Nadie es culpable sino uno mismo de sus propios actos. Tengo que ir a mi congregación para contar lo que me ha ocurrido. Creo que ha llegado el momento de dejar de pelear contra mis sentimientos. Todo esto fuerza mi decisión. Si Dios no lo hubiera querido, no lo hubiera permitido.

—Adiós, señorita. ¡Le deseo lo mejor!

—¡Adiós! Carmencita, espero que algún día seas dueña y señora de tu propia vida.

La joven les vio bajar las escaleras hasta que salieron del palacio. Ninguno de sus compañeros del servicio se atrevió a despedirles. Carmencita se fue sola a su habitación. No imaginaba cómo sería a partir de ahora su día a día. ¿Quién le daría clases? ¿Quién dormiría con ella? Su mundo se había desmoronado en cuestión de segundos. Pasó de la mejor noche de su vida al peor día de su existencia y no habían transcurrido ni veinticuatro horas entre una y otro. La soledad que sentía la hizo mostrarse callada y reservada durante días.

25
UN CICLÓN CON NOMBRE DE MUJER: EVITA

Dejé de estudiar. No entraba en mis objetivos ir a la universidad. Tenías que ser de una familia muy intelectual para querer hacerlo. Era muy raro que una joven de mi edad comenzara estudios universitarios. Se hacía el bachillerato y se acabó.

Carmen Polo prohibió a su hija que volviera a ver a Ninín Suanzes. La consecuencia de su salida con él fue no volver a cruzar la puerta del palacio en bastante tiempo. Las pocas salidas que le permitieron tuvieron una sola condición: la compañía de Claudina, su nueva carabina. Era el ama de llaves del palacio, que tenía bastante edad, pero era de absoluta confianza de Carmen Polo.

Con Claudina no hablaba tanto como con Blanca. Siempre estaba haciendo alguna tarea en el palacio. Cuando no arreglaba los bajos de los trajes de Carmencita o cosía algún arreglo en su ropa, escuchaba la lectura en voz alta de la joven. Ella planchaba también alguna vez, pero, desde que sustituyó a Blanca, había otras doncellas que se encargaban de hacerlo más que ella. En el palacio siempre había mucha tarea porque eran también muchas las personas a las que atender y mucha ropa que lavar, planchar y encañonar.

Carmencita estuvo tiempo sin salir del palacio para ver a sus amistades. Sin embargo, cada vez tenía más actividad de representación, lo que conllevaba más presencia en actos oficiales. Ahora la acompañaban Claudina y una escolta que controlaba y vigilaba todos sus movimientos. Su escolta estaba formada por un suboficial de mucha edad, Villalón, que era legionario, y por un guardia civil, mucho más joven, de enorme simpatía, que se llamaba Morales y era de Jerez. Claudina, con quien más hablaba, pronto se convirtió en su confidente.

—¿Usted cree que mis padres están enamorados? —preguntó Carmencita, suspirando en sus pensamientos por el guardiamarina al que no le dejaban ver.

—Su padre es... es... no sé cómo decirlo.

—¿Poco expresivo?

—Eso, justo quería decir eso, pero no me salía la palabra.

—Mamá quiere mucho a mi padre, pero no se sabe nunca qué está pensando él por dentro. A mí me gustan los hombres más románticos y menos autoritarios. Mi padre manda mucho y se hace lo que dice sin rechistar. Claudina, las mujeres no tenemos opinión, ni a nadie le importa.

—¡Qué razón tiene sobre los hombres, señorita! —No quiso seguir diciendo nada más porque su padre era Franco—. No seré yo quien critique a su señor padre. No, claro que no.

Carmencita solo ocupaba su pensamiento con Ninín Suanzes. No podía decírselo a la carabina, como hacía con Blanca, porque su madre lo sabría inmediatamente. Lo pasó muy mal durante un tiempo. Todos la veían alicaída, desganada e inapetente.

—El amor debería triunfar sobre la posición de las personas —seguía hablando del mismo tema.

—Señorita, usted no puede enamorarse de cualquiera.

—Si es una persona de bien, no entiendo por qué no. Sin embargo, ya sé que solo podré salir de aquí con quien digan mis padres.

—Debes obedecer porque tus padres solo quieren lo mejor para ti.

—Hay personas maravillosas con las que no me dejarán salir jamás. Lo tengo asumido. Es así. —Veía a Ninín vestido de guardiamarina y pensaba que nadie llenaría ese hueco que le había dejado.

—¿Por qué no mata el tiempo con el piano?

—He decidido dejarlo.

—Pues tiene que encontrar una ocupación que realmente le guste.

—Ya leo a todas horas libros y periódicos. Y mi *hobby* favorito es cazar, pero tampoco me dejan hacerlo siempre que quiero. Claudina, no sé si sabe que tengo buena puntería.

—Sí, eso me han dicho. Creo que debería relacionarse más con personas de su edad. Eso es lo que creo. —Claudina pensaba que estaba muy sola y siempre se esperaban de ella reacciones de adulta—. Le voy a pedir a su madre que venga alguna amiga unos días con usted. Necesita hablar de sus cosas con alguien de su edad y no conmigo, que soy una vieja.

—Claudina, no diga eso, por favor.

—Es lo que soy: una vieja gorda que solo sabe coser y planchar y que poco la puede ayudar.

Languidecía Carmencita en el palacio cuando no tenía ningún compromiso, y asumió que solo le quedaba obedecer y aceptar su situación. Dejó de contestar a las cartas de Ninín que le llegaban por el conducto de sus primas. Leía novelas sin parar y consumía su tiempo libre acompañando a su madre de tiendas o a actos oficiales.

Ese año cuarenta y cuatro, en el que ella se sentía ya adulta con dieciocho años, España vivía los momentos más graves desde que comenzó la contienda internacional. Así se lo hizo saber Franco a sus colaboradores.

—En otros momentos pudo jugar nuestra voluntad; en este, no.

—Además, a los problemas de suministro de combustible hay que añadir la campaña mundial que hay contra nosotros —comentó Luis Carrero Blanco.

—Excelencia, el problema está en que no nos perdonan la venta de wolframio a Alemania —comentó Jordana, el ministro de Exteriores.

—Defendamos nuestro derecho como nación a comerciar y a subsistir gracias a aquellos acuerdos con las naciones que sí quieran hacerlo.

—Sabemos por nuestros servicios de información que hemos corrido serio peligro de ser invadidos por las tropas aliadas —comentó Jordana.

—Nunca podemos descartar del todo ese peligro —añadió Franco.

—Sé por fuentes del Eje que ese peligro también les llegó a ellos por otras vías de información —observó Carrero.

—Volvamos a hacer pública una declaración tajante por nuestra parte: «El Gobierno está decidido a mantener a ultranza su derecho a la neutralidad». Publíquenlo de inmediato —afirmó Franco.

Hasta el 2 de mayo no se dio por cerrada oficialmente esta grave crisis. De hecho, un gesto de Churchill hacia España fue muy bien acogido por Franco y su Gobierno: el líder británico reconocía que España, con su neutralidad, «había prestado un insigne servicio a la causa de los aliados». Posteriormente, el desembarco aliado en Normandía quitaba a España del punto de mira internacional. El régimen dejó de temer una invasión.

El ministro Francisco Gómez Jordana, sometido a una gran tensión durante esos días, se fue de vacaciones a San Sebastián. Se sentía solo y le parecía que estaba nadando contracorriente dentro del propio Gobierno que era más germanófilo que anglófilo. En su diario cada noche escribía una reflexión. En la última anotó: «Qué asco de vida y qué cantidad de patriotismo hace falta para trabajar con tan poco estímulo». Al día siguiente, murió de un infarto. Nada pudo hacerse por salvar su vida. Tras el impacto de su muerte, fue sustituido de inmediato por José Félix de Lequerica, un diplomático licenciado en Derecho por la Universidad de Deusto y doctorado en Madrid. Amplió estudios en Inglaterra, donde estudió becado por la London School of Economics and Political Science. Franco no interrumpió sus vacaciones y la sustitución se hizo desde la distancia.

En el amplio pazo de Meirás, de siete hectáreas de terreno, siempre había algún miembro de la familia o algún amigo invitado. La casa solariega tradicional gallega, ubicada en el municipio coruñés de Sada, que había pertenecido a Emilia Pardo Bazán, todavía conservaba vestigios del paso de la escritora. La finca estaba rodeada por un sólido muro de piedra que protegía un edificio principal de estilo romántico y tres torres cuadradas y almenadas de distintas alturas. En verano, todo cambiaba para Carmencita, ya que podía salir más con sus amistades. Aunque ni de vacaciones se libraba de la carabina, ni de la escolta, todos se relajaban más y le permitían alguna licencia que en Madrid era impensable. Aprovechando que Franco pasaba muchos días pescando, Carmen Polo y su hermana Isabelina estaban horas hablando tras la comida. Bien charlaban de don Juan de Borbón y de sus exigencias para la restauración de la monarquía, bien comentaban alguna cosa sobre su cuñado, Ramón Serrano Súñer, y su familia.

—¿Sabes algo de Zita? —preguntó Carmen.

—Sí, está bien. Ahora mismo se encuentra en Peñíscola.

—No me ha llamado en todo este tiempo. Estoy muy enfadada con ella.

—No se lo tengas en cuenta. Le parece que todo lo que le

ha pasado a su marido es una injusticia y cree que tú has tenido que ver con su destitución.

—Sin embargo, no habla nada de esa señora y su hija, ¿verdad? Le protege hasta el punto de no creerse las evidencias.

—Tampoco le queda otra salida. Al no admitir lo de la hija bastarda, puede seguir adelante con su matrimonio. ¿No lo comprendes?

—Y luego va su marido poniendo verde a Paco y a todo su Gobierno. Cuando me viene alguien con ese chisme, le digo que por ahí no siga.

—Siempre ha sido muy crítico y muy poco prudente.

—Lo siento por Zita. Me gustaría verla. Sabes que la quiero como a una hija.

—Pues solo la verás en reuniones familiares especiales. Ella no va a hacer nada que piense que va en contra de su marido.

—Lo sé. —Se quedó muy pensativa.

Isabelina cambió de tema para que su hermana se tranquilizara.

—Olvida ese tema, que el tiempo sabes que todo lo cura. Oye, ¿es cierto que tu médico se ha enamorado de una actriz muy conocida?

—Sí, de María Jesús Valdés. Es muy joven Vicentón, sinceramente no sé si llegará a casarse con ella. Si es así, deberá dejar el teatro. No estaría bien visto que siguiera trabajando en los escenarios mientras su marido atiende a Paco.

—Esa actriz me cae muy bien.

—Sí, dicen que es muy simpática. Pero ese trabajo no es para la mujer del médico de Franco.

—No estaría bien visto. Tienes razón. ¿El doctor sigue viviendo en El Pardo?

—Sí, tiene su dormitorio en la parte baja del palacio. Está pendiente de la salud y del ocio de Paco. Por la mañana le hace la visita médica y después juega una partida de tenis con él o realiza unos hoyos de golf. No tiene demasiado trabajo, afortunadamente, pero está siempre poniéndole a dieta, y los demás tenemos que seguirla para no comer distinto.

—Pues tú no necesitas adelgazar más. De modo que no comas lo mismo que tu marido.

—Sabes que, en cualquier caso, no soy de mucho comer.

Para entretener a Carmencita, grupos de coros y danzas de la Sección Femenina acudían con cierta frecuencia a ofrecer sus números de baile y actuaciones musicales. Era todo un acontecimiento familiar que servía para invitar a amigos y a las familias de algún ministro.

Nada más concluir el mes de agosto y de regreso a El Pardo, se vivieron momentos de extrema tensión en el Gobierno cuando se tuvo la información de que grupos de guerrilleros comunistas habían penetrado por la frontera española con ánimo de alcanzar los valles altos de Huesca y Navarra. Los maquis llegaban a suelo español bajo la dirección de Santiago Carrillo, miembro del comité ejecutivo del Partido Comunista y encargado de la acción guerrillera en el interior de España.

—Hay que aniquilar al enemigo como si esto fuera una guerra —comentó Franco—. Pero vamos a hacerlo en silencio. Es capital que nadie sepa que esto está ocurriendo.

—¿No sería mejor que el espíritu de la cruzada vuelva a reavivar el espíritu patriótico? —preguntó Carrero Blanco.

—He dicho que ni una línea en los periódicos y ni un solo comentario en la radio. El silencio es la mejor contestación a este ataque que lo único que pretende es obtener eco. Nosotros no vamos a contribuir a su propaganda. Lo que hay que hacer es aniquilarlos.

El 19 de marzo de 1945, cuatro días después de que el

general norteamericano Patton atacase y derrotara con éxito a las tropas alemanas entre los ríos Mosela y el Sarre, don Juan de Borbón firmó un manifiesto en Lausana en el que denunciaba el carácter totalitario del régimen de Franco y ofrecía una fórmula democrática y superadora de la Guerra Civil. Este documento cayó como agua hirviendo sobre Franco y su entorno.

—Ni una palabra en la prensa —comentó Franco—. No quiero que este papel tenga ninguna trascendencia. Queda claro que entre mis enemigos está don Juan. Ahora sí que tengo la decisión de que él no regrese a España mientras yo sea el jefe del Estado.

—No ha sido nada oportuno —dijo Carrero Blanco. Su opinión cada vez tenía más peso ante Franco.

—No le niego el carácter patriótico al ofrecer una salida frente a la república izquierdista que desean los aliados implantar en España. Debemos ir con tiento.

—Yo le aconsejo no romper con don Juan.

—Le aseguro que no reinará jamás en España. Se ha cavado su propia tumba.

—Pero sí podría hacerlo su hijo, el príncipe Juan Carlos.

—Tiempo al tiempo.

De este tema no se habló en la comida. Las cuestiones de Estado no se abordaban en los almuerzos. Sin embargo, durante el juego de cartas tras el té de las cinco, Carmen y su hermana comentaron el manifiesto de don Juan en presencia de Carmencita, que se empezó a aficionar a jugar al Gin Rummy, un juego llegado de los Estados Unidos que se había impuesto en la sociedad de la época. Consistía en armar diferentes combinaciones con las cartas y la joven era especialmente habilidosa.

—Esta niña nos gana sin piedad... —protestaba la tía Isabelina.

—Me tenéis que enseñar a jugar al póquer. Lo mismo se me da bien.

—Lo que nos faltaba ya es que una mocosa nos ganara también al póquer. ¡Tú aprendes muy rápido!

Mientras jugaban, se pusieron a hablar confidencialmente sobre el manifiesto que acababa de escribir don Juan.

—Se ha adelantado sobre los planes de Paco. Este hombre no es consciente de lo que ha hecho. Se ha roto el posible entendimiento que pudiera haber entre ellos.

—Le ha podido la ambición.

—Pues ahora todo se ha enturbiado y si alguna vez pensó en él para la restauración de la monarquía, ahora lo ha descartado por completo. Los consejeros que tiene cerca le han aconsejado mal, muy mal. Han querido forzar la retirada de Paco.

—Es increíble el desagradecimiento. Entonces ¿a quién mira tu marido como posible sucesor?

—Pues a Juan Carlos, de siete años; a Alfonso, su primo de nueve, los dos nacidos en Roma, y a Carlos Hugo, que nació en París y tiene quince años. Paco siempre ha sido monárquico. No tiene duda de que su sucesor debe ser uno de estos tres críos.

—Pero los tres están fuera de España. No tienen ni idea de lo que somos.

—Tienes razón, deberían acercarse a nuestras costumbres, a nuestra forma de ser. No pueden aterrizar aquí como un elefante en una cacharrería. Se lo comentaré a Paco.

Carmencita asistía a estas confidencias sin pronunciar palabra. Sabía que no debía meterse en las conversaciones de su madre. Tampoco lo hacía en las de su padre, que durante esos días vivía momentos muy tensos. Lo percibía, aunque no expresara nada durante el almuerzo y la cena. Sí se enteró de la ruptura de relaciones con Japón y tampoco pudieron ocultarle la muerte del presidente norteamericano, Franklin Delano Roosevelt, de una hemorragia cerebral masiva que le impidió ver concluida la Segunda Guerra Mundial y lograr un acuerdo con Stalin.

Nada comparable al efecto que tuvo el fusilamiento de Mussolini, que acabó colgado de una soga por los pies, y, dos días después, el suicidio de Hitler y la quema de su cuerpo con gasolina. Franco estaba muy impresionado por cómo se había precipitado la muerte de los dos.

—Nosotros solo podemos resistir este embate de la historia —comentaba Franco con Carrero Blanco.

—Esta guerra está tocando a su fin. Nosotros debemos apelar a nuestra neutralidad. Nadie sabe en qué términos fueron nuestras conversaciones con Hitler y con Mussolini.

—Vamos a vivir tiempos difíciles. Yo llevaré personalmente la dirección de la resistencia y de la contraofensiva. Tenemos que responder por vía diplomática y a través de la prensa a cualquier ataque a España. Debemos estar preparados.

En la Conferencia de Potsdam, donde se reunieron Stalin, Truman —el nuevo presidente de los Estados Unidos— y Churchill, se oyó que «el régimen español era un peligro para la paz». La frase la pronunció el enemigo número uno de Franco, Stalin, que deseaba romper totalmente las relaciones con él y apoyar a los vencidos de la Guerra Civil, controlados por el partido comunista. Churchill opinaba que sería un error «encender la hoguera de la Guerra Civil española».

Carmencita leía todos los periódicos a diario y se quedó impactada al enterarse de que había caído la primera bomba atómica sobre Hiroshima y, días después, la segunda sobre Nagasaki. Terminaba la guerra mundial con la capitulación de Japón. Durante esos días intentó hablar con su padre, pero fue imposible. Decidió preguntar a su madre.

—Mamá, ¿nosotros qué vamos a hacer?
—Pues seguir aquí.

—Pero, mamá, Mussolini y Hitler están muertos y en Japón han caído bombas atómicas. ¿Nos puede pasar lo mismo?

—¡Chissssss! No vuelvas a decir una cosa como esa. Nosotros somos neutrales, no estamos en guerra con nadie. Eso no quita para que recemos cuanto más mejor, porque nadie está exento de la barbarie. —Se santiguó—. No somos nadie. ¡Quién iba a pensar en ese final! ¡Terrible! ¡Terrible!

Carmencita no era consciente del peligro que corría su padre y el régimen que pilotaba sobre una victoria tras una insurrección y una guerra civil. Las democracias rechazaban a España. Incluso en la ONU, no solo no se permitía la entrada de España, sino que se decía que no podía coexistir un régimen fascista con el resto de los países. Tras la condena que hizo este organismo, en el palacio de Oriente el Gobierno convocó una manifestación en la que se protestó contra la presión externa. Esas fotos de los españoles protestando tenían como destino la prensa internacional. La hostilidad de los diferentes países contra Franco aconsejó la retirada de embajadores acreditados en España. Los maquis, por su parte, realizaron más de mil acciones subversivas duramente reprimidas por la Guardia Civil. Las cifras oficiales aseguraron que habían muerto dos mil ciento setenta y tres miembros del maquis y más de tres mil habían sido encarcelados.

Carmencita empezó a salir de su encierro en el palacio de El Pardo y comenzaron a presentarle a todos los jóvenes con título y de familia aristocrática que estaban sin compromiso. Se fijó en uno especialmente atractivo, dicharachero y alto: Cristóbal Martínez Bordiú.

—No está libre, tiene novia —le dijo su amiga Angelines Martínez-Fuset.

—No sé por qué me das esta información. No te la he pedido.

—No, es que le he visto a él que te miraba de manera especial.

—A mí los que tienen novia no me atraen nada.

—Yo creo que a él sí le interesas. Te está siguiendo con su mirada allá adonde te mueves —comentó Maruja Jurado, sobrina de un ayudante de Franco que ejercía más que de tío, de padre.

—Te equivocas, no ha dado ninguna señal de interés, pero yo tampoco. Olvidaos de ese chico, no me interesa en absoluto.

—Está bien. No te he dicho nada.

Durante esos días, hubo una importante novedad en su vida: la visita de Evita Perón a España. Eso supuso que durante dieciocho días solo se pensara en tan ilustre invitada. Juan Domingo Perón, su marido y presidente argentino, se había erigido meses antes en valedor del régimen de Franco ante las Naciones Unidas. El Gobierno argentino no solo había defendido a Franco, sino que, mientras todos los países le daban la espalda, envió grandes cantidades de trigo, carne y otros productos a España por valor de trescientos millones de dólares.

En junio de 1947, se abrió el palacio de El Pardo para recibir por primera vez a una alta autoridad extranjera. Evita aceptó la invitación y se le rindieron todos los honores como si se tratara de una jefa de Estado. Así demostraba Franco el agradecimiento de todo un régimen hacia la figura de su marido. Aunque el buen tiempo y las altas temperaturas acompañaban, Evita llegó envuelta en pieles, sombreros y joyas. Durante el trayecto del aeropuerto al palacio de El Pardo, una multitud con banderas argentinas y españolas se agolpó a ambos lados de la carretera.

Carmencita se mostraba feliz de tenerla en el palacio, todo un personaje con el que poder conversar y acompañar en su periplo por España. Sin embargo, a su madre le parecía que seguía siendo una mujer del mundo del espectáculo más que una primera dama. Le gustaba llevar la contraria a los generales y hacer esperar a sus anfitriones.

—¿Te has fijado lo que le gusta llegar tarde? Debe de pensar que su tiempo es más valioso que el nuestro. ¿Y los sombreros? Son más propios de una obra de teatro que de una recepción. Por no hablar de los dos aviones...

—¿Trae a mucha gente con ella? —preguntó la joven.

—Uno es para ella y su séquito y el otro es para su equipaje, parte de su personal de servicio y una serie de bultos con banderas y emblemas argentinos que trae para decorar los aeropuertos donde recala. Le gusta el espectáculo, está claro.

—¿Celebrarás con ella tu cumpleaños?

—No haré una celebración como tal. Todos los días tenemos actos para enseñarle Madrid, El Escorial, Toledo, Sevilla... Son muchos días. Estaré a todas horas con ella. No me queda otra.

Carmen Polo cumplía cuarenta y siete años, mientras que Evita, el mes anterior, había celebrado su vigésimo octavo aniversario. Había cierta tirantez entre las dos. Una solo se relacionaba con la alta burguesía y la otra solo se sentía a gusto entre las clases populares, a las que sabía dirigirse con lo que querían oír. «Queridos descamisados de España —dijo en su primer discurso a los españoles—, tenemos que evitar que haya tantos ricos y tantos pobres. Las dos cosas al mismo tiempo. Menos pobres y menos ricos». Este tipo de mensajes no le gustaban a Carmen Polo. Tampoco le hacían gracia sus expresiones feministas y su desenfado al hablar y al moverse entre la gente. Franco insistía a su mujer en que debía esforzarse con su anfitriona.

—Te pido que te vuelques con Eva. Estamos aislados y solo contamos con Portugal y con Argentina como aliados. Estamos al borde de la hambruna y solo Argentina nos puede ayudar con esta pertinaz sequía que nos está castigando.

—No tiene ninguna clase, Paco.

—Pues aquí lo importante es que nos ha traído toneladas de cereales y carne enlatada para alimentar a la población. Va a estar dieciocho días y quiero que se lleve muy buena impresión de nuestro recibimiento. No podemos fallar.

—No fallaremos, pero somos como el agua y el aceite.

—Me hago cargo. Simplemente tenemos que causarle una buena impresión. Lo demás no importa.

Al día siguiente, Carmen solicitó que le trajeran los sombreros más lujosos y los vestidos más elegantes de los *ateliers* más importantes de la capital. No deseaba que Eva la eclipsara en su periplo por España. Nunca antes se la había visto tan preocupada por su apariencia como en esta estancia de Evita en el país.

—No puede dejarnos atrás como si fuéramos pueblerinos. Que se dé cuenta de que en España sabemos vestir bien. ¡Parece un muestrario de joyas y luego habla de los pobres y del pueblo!

—A mí me cae bien. Parece muy simpática —replicó Carmencita.

—Le gusta mucho escucharse e interrumpir a los demás. Esta mañana ha estado muy insolente con los ministros. Incluso les ha corregido. A mí me ha llegado a decir que tu padre no gobierna como resultado de unos votos, sino de la victoria de una guerra. ¡Qué sabrá ella de España!

—No se lo tengas en cuenta, es que es así de campechana.

—Me parece que carece de las mínimas normas de educación. Mañana iremos al Escorial. Espero que allí no saque ni un pero sobre lo que le vamos a mostrar. ¡Qué mujer!

No tardaron mucho en averiguarlo: al día siguiente, llegando a los aledaños del monasterio, hizo uno de esos comentarios suyos tan inoportunos que Carmen recibió como si se tratara de una bofetada.

—Podrían dedicar este enorme edificio a algo útil. Por

ejemplo, a una colonia para niños pobres. ¡Se ven tantos por las plazas que me han enseñado!

—¡Es que hemos pasado una guerra que ha arrasado con todo! ¡Necesitamos tiempo y ayuda para recuperarnos! Por eso estamos tan agradecidos a los argentinos.

—Juan Domingo tiene la firme voluntad de seguir ayudando a España. No podemos quedarnos impasibles ante tanto pobre...

—Eso dice mucho de él. Paco no lo olvidará jamás. —Intentó sonreírle.

Carmen soñaba con la partida de la Perona, como la llamaban en la intimidad. Contaba los días que quedaban para su marcha. La presencia de Evita había alterado el curso normal en el palacio. Franco quiso agasajarla con la Gran Cruz de Isabel la Católica —de oro, perlas, brillantes y rubíes— mientras le daba la bienvenida en el palacio de Oriente: «El pueblo español os da la bienvenida al viejo solar hispano. La distancia material que un día pudo superar a nuestros pueblos hoy ha desaparecido». María Eva, como la llamaban algunos, a su vez contestó desde el balcón del palacio ante miles de personas allí congregadas: «La reina Isabel, cuya cruz signa mi pecho y me abruma sobre el corazón, vela por el mundo que alumbraron sus maternales entrañas». Miles de personas la aclamaron mientras ella saludaba y sonreía a todos.

Otro día, en la plaza Mayor de Madrid recibió ochocientas piezas de trajes regionales, confeccionadas especialmente para ella. Fue un acto muy emotivo y lleno de colorido. El baño de multitudes le gustó muchísimo, los bailes regionales y el calor que le brindaba el pueblo español. Se emocionó de verdad. Entre la multitud que quiso saludarla, una mujer entrada en años le pidió que besara a su nieto y este le entregó una carta que Evita guardó en su bolso. Era del hijo de una condenada a muerte del Partido Comunista: Juana Doña. Meses antes había participado en un atentado contra la embajada argentina. Alexis —que así se llamaba el niño— le pedía que intermediara con Franco para salvar a su madre y le conmutaran la pena de muerte. Evita quedó conmocionada con aquella historia y durante su estancia no cejó en su empeño para que no condenaran a aquella mujer a la pena máxima. El sacerdote que la acompañó desde Argentina, Hernán Benítez, se encargó de presionar al clero español. Finalmente, Franco cedió ante la insistencia de su invitada y de sus allegados. Este tema no podía enturbiar una visita en la que España tenía tanto que ganar. Juana Doña pasó a prisión. Treinta años le quedarían por delante en la cárcel, pero, al menos, conservaba la vida.

Eva fue actriz de radionovela y aspirante a estrella de cine, algo que Carmen Polo comentaba con sus amistades. «No ha dejado el escenario. Sigue actuando fuera en cada una de sus apariciones en público». Juan Domingo, su marido, necesitaba enviar una embajadora a España y nadie podía representar mejor a Argentina que ella. Evita dejó una profunda huella tras su partida y una gran corriente de simpatía hacia los argentinos.

La visita había sido un éxito para todos. Carmen Polo necesitó días para recuperarse del «ciclón Evita» y de sus formas tan poco diplomáticas. Para Carmencita habían sido los dieciocho días más trepidantes y divertidos que había vivido en años. A partir de ese momento, comenzó una nueva etapa en su vida. La niñez y la adolescencia quedaban atrás.

SEGUNDA PARTE

26
«MI LIBERTAD»

Empezaba para mí una nueva vida. Atrás dejaba a la niña y adolescente que siempre hizo lo que sus padres querían. Hoy no reniego de ellos, pero sí reconozco que mi padre fue muy autoritario y hasta machista conmigo y con mi madre, como lo eran los hombres de aquella época. Siempre le gustó mandar en todo. Mi opinión no contaba nunca, pero desde el 10 abril de 1950 comencé a tomar mis propias decisiones. Abandoné el palacio de El Pardo y lo primero que hice fue renunciar a mi escolta porque deseaba no tener unos ojos escrutadores detrás de mí como los que había tenido siempre. Dejé de ser la hija de... para ser la mujer de Cristóbal Martínez Bordiú. Sonaba bien el apellido de Cristóbal. ¡Quién me iba a decir que me casaría con él! Cuando nos conocimos, ni Cristóbal se fijó antes en mí, ni yo en él.

Aquella mañana del 10 de abril de 1950, cuando Carmen bajó las escaleras de El Pardo vestida de novia con un traje de seda natural, sin escote, confeccionado por Cristóbal Balenciaga, hubo lágrimas entre las mujeres del servicio que la habían ayudado a vestirse. Las doncellas no quisieron perderse aquel momento y se asomaron desde lo alto de la escalera para verla descender. Claudina, su carabina en estos últimos años, lloraba emocionada. «Parece una reina», le dijo a Juanito, el ayudante de cámara de Franco, que también quiso estar presente.

En el pelo lucía una diadema de brillantes y perlas que sus padres le habían regalado. Esta sujetaba el velo de tul largo que cubría la cola del vestido de cuatro metros. Llevaba la pulsera de pedida y unos pendientes de perlas a juego con la diadema. Las perlas eran las joyas preferidas de su madre y todos sabían que procuraba rendirles su particular homenaje cada día de su vida. «No sé vestir sin ellas. Siempre adornan», solía decir.

Ochocientos invitados iban a ser testigos de su enlace con el joven cardiólogo y alférez universitario, Cristóbal Martínez Bordiú, tres años mayor que ella y recientemente armado caballero del Santo Sepulcro para que no desmereciera al lado de la joven y luciera un principesco uniforme de gala. La madre del novio pertenecía a la nobleza, de hecho ostentaba el título de séptima condesa de Argillo, y el padre, José Martínez Ortega, era un ingeniero de minas, terrateniente y sin títulos directos, propietario de la finca de Arroyovil, en Jaén. Cuando Carmencita le conoció dos años y medio antes, había sido novio primero de una nieta del conde de Romanones y posteriormente de Loli Cabas, descendiente de los Fontalba, una de las familias mejor situadas de España. Ciertamente, el joven doctor se había ganado a pulso la fama de conquistador.

Bien temprano, el día de la boda, cuando comenzó a peinarla Rosita Zavala —la peluquera de corta estatura, morena y de un gran predicamento en la alta sociedad—, recordó en voz alta aquel comienzo del verano del cuarenta y siete en el que conoció a Cristóbal. Los Franco iban con frecuencia a La Granja de San Ildefonso, y antes de terminar el mes de junio, salió Carmen con sus amigas y fueron a celebrar el cumpleaños de María Dolores Bermúdez de Castro. «Hacíamos pequeñas trampas para poder vernos y estar con los chicos». En mitad de la celebración, otra amiga, Isabel Cubas, apareció con Cristóbal Martínez Bordiú y su hermano Andrés.

—Carmen, te presento a dos amigos.

—Encantada. Creo que alguna vez os he visto por aquí. —Se dio cuenta de que no venía acompañado por su última novia, como otras veces.

—Solo algún fin de semana —se adelantó Cristóbal—. Ahora, claro, tengo más interés por venir todos. —No dejaba de mirarla a los ojos.

—Pues nos veremos, seguro. —Se dio la vuelta y siguió hablando con sus amigas.

Esa actitud tan displicente hizo que el joven doctor sintiera más interés por aquella joven que no solo no se había fijado en él, sino que no había hecho acuse de recibo de aquella frase que tenía tan ensayada. Cualquiera se hubiera turbado, pero ella no, y eso le frustró.

Durante varios fines de semana Carmen dejó de acudir a La Granja. Decidió ir a merendar a la casa de Menchu Alero, otra de sus nuevas amigas. Afortunadamente sus escoltas, Villalón y Morales, la dejaron allí a buen recaudo en el domicilio de la amiga y quedaron en recogerla antes de las diez de la noche. Las jóvenes les dieron un margen de diez minutos y pasado ese tiempo salieron de aquella casa en el centro de Madrid y se dirigieron al hotel Ritz, donde tendrían su primera cita con unos jóvenes. Sonrió al recordarlo.

—Son pequeñas *trampurrias*, pero es la única manera de esquivar a tu escolta —dijo Maruja, todavía sofocada de la caminata que se habían dado.

—Me parece muy bien. De nuestra primera cita con varios chicos no se tiene que enterar nadie. Juradme que no vais a decir nada en casa —pidió muy seria Carmencita.

—Lo juro, por supuesto —dijo Menchu—. Vamos a salir con dos hermanos y uno de sus amigos, ¿qué hay de malo?

—Lo juro yo también —afirmó Maruja, levantando la mano—. No diré nada.

—Si se enteran en casa no me dejarían salir con ningún chico que ellos no conozcan. No tiene importancia. Hemos quedado con dos hermanos y un amigo de ellos.

—Son personas muy conocidas de mi familia —comentó

Menchu—. Si no, vamos a estar encerradas en casa toda la vida. Al final, nos quedaremos para vestir santos.

Al llegar al Ritz una música de piano inundaba la calle con sintonías de Broadway. Los árboles y la sombra que despedían ayudaban a refrescar la tarde. El pianista amenizaba a los clientes con bellas melodías que servían de fondo para las conversaciones que allí se mantenían. Las jóvenes pasaron directamente a la terraza en donde ya les estaban esperando los tres amigos de Menchu.

—Os presento a los hermanos Torre-Saura.

—Encantadas —contestaron al unísono.

Los chicos —con traje y corbata y muy espigados—, después de darles la mano, presentaron a su amigo.

—Recién llegado de Barcelona, el universitario con mejores notas, Viñamata.

—Es un placer. —Extendió su mano a Carmen y saludó a las tres jóvenes, ruborizado; no supo disimular su timidez—. No hagáis caso de lo que dicen estos dos.

Al rato los chicos entablaron una animada conversación y les hablaron de las últimas películas que habían visto en el cine.

—¿Habéis ido a ver las truculentas peripecias de Fu Manchú? —preguntó uno de ellos.

—A mí esas películas no me gustan —dijo Carmen con desparpajo—. Las que no me pierdo son las románticas.

—¿Visteis *Gilda*? —siguió preguntando uno de los hermanos.

—¡Chissssss! No está bien visto que hablemos de esa película —sugirió Maruja con mucha precaución mientras miraba hacia los lados.

—Tampoco es para tanto. Solo se quita un guante Rita Hayworth de forma insinuante.

—Pero sugiere un *striptease*. Ese es el problema —señaló Menchu.

—En Barcelona se montó un escándalo bien sonoro. Durante la proyección algunos jóvenes lanzaron botellas contra la pantalla. La moral es la moral y en esta película su director se ha pasado de la raya —comentó Viñamata.

—En casa no me han dejado verla —dijo Carmen—. Pero la canción se ha oído muchísimo por todas partes y, sin verla, sé la historia de la bofetada de Glenn Ford.

—¡Chissssss! —volvió a sugerir Maruja que bajaran el tono con el que hablaban de la película—. Aún nos va a ocasionar un problema. Se supone que no estamos aquí.

—Entonces ¿dónde estáis? —preguntó entre risas uno de los hermanos.

—En mi casa —contestó Menchu de forma automática.

Carmen sonrió con el recuerdo de aquellas pequeñas transgresiones previas a la primera cita con Cristóbal. Tardó meses en volver a La Granja porque, antes de las vacaciones, las tres amigas decidieron aprender a bailar sevillanas y durante días acudieron a la casa de Maruja para que las instruyera una bailaora cordobesa conocida de sus padres. Se rieron muchísimo mientras intentaban memorizar los pasos. La profesora las reñía para que le pusieran más sentimiento: «Mi *arma*, hay que ponerle corazón al baile. Las jóvenes no sabéis lo que es sentir la música. Os falta mi raza». Lo intentaron una y mil veces hasta que lograron memorizar los cuatro movimientos del baile de las sevillanas. ¡Qué recuerdos le venían hoy a la mente!

La aprobación en las Cortes de la ley fundamental que constituía el reino de España, regulando la sucesión de la jefatura del Estado, y el referéndum posterior, con larguísimas colas de personas yendo a votar, se utilizaron como propaganda de España de cara al exterior. Los preparativos de dicha ley y el referéndum impidieron que Carmen regresara a La Granja y volviera a ver a Cristóbal. Fue un verano en el que se habló mucho de Juan Carlos, el hijo de don Juan. Aunque era un niño, el régimen ignoraba a su padre y miraba hacia él con objeto de que se educara en España, sin descartar a ninguno de los infantes que pertenecían a otras ramas dinásticas.

—No se puede consentir que don Juan siga haciendo manifiestos que publica la prensa extranjera donde dice que repudia nuestro proyecto porque es ilegítimo. Este hombre está muy mal aconsejado. —Franco estaba indignado.

—Deberíamos pararle los pies. Limitémonos a difundir informaciones para que el pueblo se haga una idea de sus ansias de poder —comentó Carrero Blanco—. Se dará cuenta de que no podrá regresar jamás a España si no es de nuestra mano.

Don Juan, a través de la diplomacia inglesa y americana, supo que el Ejército estaba del lado de Franco. Cualquier maniobra en su contra se vería frustrada. Sus planes de regresar a España y hacer una amnistía en donde se borraran las dos Españas se malograron.

Ese verano, rememoró Carmen, hubo una noticia que conmocionó a la sociedad española: la muerte de Manolete en la plaza de toros de Linares. Una cornada de Islero, un toro de Miura, justo al entrar a matar, lo convirtió en una leyenda. En las comidas y cenas de aquel verano no se habló de otra cosa.

Hasta que no acabó agosto, Carmen no regresó a La Granja. Fue entonces cuando se encontró de nuevo con Cristóbal. Empezaron yendo al cine en grupo, capitaneado por María Dolores Bermúdez de Castro, pero acabaron quedando cuatro, Isabel y Andrés y Carmen y Cristóbal. Las dos amigas y los dos hermanos estaban siempre juntos y en presencia de Claudina, la carabina. No hubo una declaración de amor en toda regla, simplemente las dos parejas comenzaron a encontrarse a gusto saliendo juntos.

—Claudina, ¿qué le ha parecido la película? —solía preguntar Cristóbal a la carabina nada más terminar la proyección.

—No sé, pregunte a los demás. A mí me ha gustado.

—Le tengo que decir que a la mitad usted se ha dormido. Justo en la escena central de la película.

—¡Pero si la he seguido por completo!

Todos se reían, incluida Claudina. Aquella costumbre de ir al cine continuó, aunque salieran ellos dos solos. Rápidamente la carabina informó a doña Carmen de los pormenores de aquellos encuentros. Había sido testigo de cómo el médico había cogido la mano de su hija mientras ella fingía que dormía.

—Ya me he informado de quién es Cristóbal. Es un médico de una familia con título. Es una familia conocida.

—Querrá usted que venga aquí para dar su visto bueno, ¿verdad?

—No, para que entre en esta casa tienen que darse otras circunstancias. Es pronto.

Claudina también los acompañó a la *boîte* Larré, a la que acudían a escuchar boleros de la mismísima garganta del gran Bonet de San Pedro. Nunca la carabina había salido tanto como en aquellos últimos meses antes de la boda. «¡Me pilla muy mayor, si esto lo hubiera vivido con menos años!», solía decir.

En esa mañana previa a su boda, Carmen recordó que Cristóbal entró en el palacio casi a los dos años de ser novios.

—Me gustaría presentaros a Cristóbal. —Carmencita lanzó la frase en una de las comidas de fin de semana.

—Aquí entrará cuando tengáis propósito de boda. Antes no —comentó su madre.

Y así fue. Medio año antes de la boda entró en El Pardo. Mientras le ponían el traje de novia, evocó aquel momento.

— 359 —

Su padre escrutó con la mirada a su novio durante todo un almuerzo y Cristóbal solo le arrancó un par de palabras. Franco no disimuló, tampoco hizo nada por caer bien a aquel joven. No le entró por el ojo derecho. Su madre sí que parecía más satisfecha y lo consideró bien parecido y simpático.

—Entonces ¿quiere ganarse la vida como médico? —le preguntó.

—Sí, señora. Es mi vocación.

—Podría ganarse la vida de otra forma.

—Mi madre solo quiere abogados o ingenieros en la familia. Vas a romper el esquema que tenía pensado para mí —comentó Carmencita entre risas.

—En mi casa también rompí esa tradición. Me gusta la cirugía y atender a los enfermos. Cuando comencé en la universidad, mi abuela me decía que esta carrera solo la estudiaban los hijos de las porteras, pero yo quise seguir los pasos de mi amigo Pepe Parra. Hoy es internista en la Jiménez Díaz, y de los buenos.

—Carmencita, por ser hija de quien es, tiene que acudir a numerosos actos sociales donde usted deberá acompañarla. ¿Podrá hacerlo?

—Sin ningún problema. Cuando deba faltar, me sustituirá un compañero. Eso lo hacemos entre los médicos constantemente.

Cristóbal sudó tinta en ese almuerzo, pero, al final, dieron el visto bueno a la elección de su hija. Los Franco señalaron otra fecha para conocer a sus padres y hacer la petición de mano en El Pardo. A Carmen le regalaron una pulsera de brillantes y a Cristóbal, un reloj. La familia Martínez congenió con los Franco.

—Tu futuro suegro, José María Martínez, me parece muy buena persona —le dijo doña Carmen a su hija cuando concluyó la petición en el palacio de El Pardo—. Y tu suegra,

Esperanza Bordiú, encantadora, pero muy sorda. Resulta difícil comunicarse con ella.

—Sí, por eso los hijos y su marido la protegen en todo momento hablándole alto para que se entere de algo. Lo pasa muy mal. Oye muy poco y se siente aislada.

—Nos han invitado a pasar las primeras Navidades tras la boda en su finca Arroyovil, en Mancha Real. A tu padre le ha parecido bien porque le han dicho que se organizan buenas cacerías, y ya sabes que esa es la frase clave para querer ir.

—Me parece estupendo. Os va a encantar. Son mil hectáreas, la mitad aproximadamente de olivar y la otra mitad de cereales. Mucho árbol y muchos surcos de labranza. Y dos arroyos que atraviesan la propiedad de sur a norte, de ahí el nombre de la finca.

—Lo que no me gusta es que seas la señora de Martínez. Cristóbal deberá unirse los dos apellidos para que tus futuros hijos tengan un apellido con más fuste.

—Me parece bien —manifestó Carmencita—. Me gusta cómo suena.

A los pocos días, Cristóbal ya firmaba como Martínez-Bordiú. Su apellido tenía, por lo tanto, más patina que el que poseía antes de conocer a la única hija de Franco. Antes de darse el sí quiero, Franco hizo un comentario que Cristóbal intuyó que iba dirigido a él, aunque disimuló hablando con su padre.

—Los hombres que traicionan a sus mujeres son capaces de traicionar a su país y a cualquiera de su entorno. Eso es lo que le dije a mi cuñado antes de cesarle como ministro de Exteriores. No me gustan las personas que se pavonean de sus conquistas.

—Tiene toda la razón —alcanzó a decir José Martínez Ortega, que se convertiría en su consuegro en pocos días—. Es el mal de nuestro tiempo, tener a la oficial y a la querida.

—En esta familia nos gusta dar ejemplo y que nadie nos saque los colores.

Cristóbal escuchó sin hacer ningún comentario. Era evidente el mensaje que le estaba lanzando su suegro. Lo captó sin hacer acuse de recibo.

Cuando Carmen entró en la iglesia del brazo de su padre, vestido con uniforme de gala de capitán general, los invitados se pusieron en pie. La única hija de Franco se casaba y aquel oficio se convirtió en el acontecimiento social del año. El encargado de oficiar la ceremonia fue el obispo de Madrid, Leopoldo Eijo y Garay. El cardenal Pla y Deniel, viejo conocido de la familia desde la guerra, se encargó de la homilía no exenta de incienso hacia la familia Franco. «Tenéis un modelo ejemplarísimo en la familia de Nazaret y otro más reciente en el hogar cristiano y ejemplar del jefe del Estado». Esas palabras cayeron bien en el entorno. Serrano Súñer, que estaba presente, las reprobó nada más escucharlas: «Por Dios, esto es pasarse mucho. Una cosa es la adulación y otra la comparación con la familia de Jesucristo. ¿Nadie es capaz de frenar esto?». Su mujer le hizo un gesto para que callara. Solo veía a su hermana en bodas y comuniones. No quería que la inquina hacia su marido fuera a más.

En los salones de abajo no cabían todos los invitados y hubo que abrir los salones de arriba para recibir a los amigos de ambas familias y las amistades de los contrayentes. También se mezclaron entre el cuerpo diplomático, militares y personas de la casa, artistas, personajes conocidos y celebridades.

La gente del pueblo se aglutinó en los aledaños del palacio. Se corrió la voz de que se daría comida y bebida y hubo una gran cantidad de personas que acudieron hasta El Pardo a festejar la boda. Se repartieron mantas, ropa de vestir, calzado y todo tipo de alimentos. No se había visto nada parecido en los últimos años de penuria económica.

Fueron muchos y diferentes los obsequios recibidos en el

palacio de El Pardo. En realidad, estar invitado ya era en sí mismo un privilegio en aquella sociedad del año cincuenta. Las grandes fortunas se esforzaron en corresponder con regalos a cuál más caro. Franco no quiso que se hiciera pública la lista. Eran tiempos difíciles para la gran mayoría de los españoles y hacer ostentación de los regalos podía generar malestar y mala imagen.

Algunos invitados sugirieron a Carmen que se fuera a vivir al palacio de El Pardo con su esposo. Unos comentaban que estarían más protegidos, otros que al ser hija única qué mejor que vivir junto a sus padres... y ella siempre contestaba lo mismo:

—Ni hablar. Nos vamos solos a un piso. Bueno, con cocinera y doncella, pero prescindiremos hasta de la escolta.

—¿No te da pena dejar el palacio?

—Ninguna pena —decía entre risas—. Eso no quita para que venga a almorzar con mis padres, pero no quiero estar aquí. Sueño con poder entrar y salir sin tener que rendir cuentas a nadie. Y viajar muchísimo, ver mundo.

Todos se dieron cuenta de que para Carmen era más que una boda, se trataba de una meta para conquistar su libertad. Al menos, eso creía la joven, que sonreía sin parar. Esa mañana, tras el *lunch* en los jardines del palacio, donde no faltó de nada, se retiró con su flamante marido a la Casa del Viento, situada en la cima del Canto del Pico, en Madrid, llamada así por las dos grandes rocas enclavadas a cincuenta metros de la mansión. Este palacio, situado en el pueblo de Torrelodones, se construyó en 1920 como casa-museo para albergar la colección de arte del tercer conde de las Almenas y primer marqués del Llano de San Javier, José María de Palacio y Abárzuza. En 1937, Franco, recién proclamado Generalísimo, lo recibió como regalo del conde, «por su grandiosa reconquista de España, aunque no tengo el gusto de conocerle», tal como dejó escrito en su herencia.

Recibieron a los recién casados con champán y con un paseo guiado por el palacio.

—Fíjense en las columnas y los capiteles góticos procedentes del castillo de Curiel; las puertas son una joya, traídas del convento de las Salesas Reales de Madrid. Los techos son de carpintería de Curiel de Duero y los diferentes motivos ornamentales... Vean esta inscripción —les indicó su guía, un profesor de historia, tras subir al primer piso—: «Cuando bajaba por esta escalera, subió al cielo don Antonio Maura Montaner», el destacado político sufrió una hemorragia cerebral mientras utilizaba esta escalera...

—Perdóneme, pero es nuestra noche de bodas. Otro día vendremos para contemplar todas estas maravillas artísticas y que nos cuente con detalle las muchas historias que seguro usted conoce —frustró Cristóbal la explicación del profesor de historia.

—Cuando estalló la guerra —continuó el hombre sin inmutarse—, el general republicano José Miaja usó la posición estratégica de la Casa del Viento como cuartel durante la batalla de Brunete... y el mismísimo Indalecio Prieto y el general Vicente Rojo estuvieron también...

—Entienda que estamos muy cansados —intervino Carmen para zanjar las explicaciones del profesor que les había recibido. Deseaba estar a solas con su flamante marido.

—Por supuesto. Aquí estaré mañana por si desean dar un paseo por este extraordinario lugar. De todos los palacios que podrían haber elegido, alabo el gusto de que se hayan decantado por este.

—Puede irse a su casa. Mañana saldremos con muy poco margen de tiempo para irnos a Canarias. Prometemos regresar para que nos explique todo con calma —templó Carmen, ante la cara de frustración del profesor.

—Entiendo las circunstancias a la perfección. —El hombre saludó cortésmente a Carmencita, estrechó la mano del flamante esposo y se fue de allí cabizbajo.

—¡Por fin solos! —exclamó el doctor nada más cerrar la puerta de su habitación—. ¿Va a ser siempre así mi vida contigo?

—Me temo que sí. —Carmen se echó a reír.

Era la primera noche juntos y cerraron la habitación con pestillo para que no hubiera más interrupciones. La estancia no volvió a abrirse hasta bien entrada la mañana. El desayuno se lo sirvieron en la habitación. Desde que se conocieron, era la primera vez que estaban solos sin la presencia de un tercero que los vigilara. Cristóbal impuso desde ese minuto sus condiciones.

—Se acabó tanta vigilancia. Yo quiero para nosotros una vida normal. Espero que estés de acuerdo.

—Completamente. Esa ha sido mi vida desde pequeña. No he estado sola jamás, y reconozco que me atrae la idea.

—Cuando veas qué se siente al estar solo, no volverás a querer a tanta gente a tu alrededor.

—Lo intentaré, pero no te garantizo que no eche de menos sentirme rodeada de gente. Así ha sido durante toda mi vida.

—Verás que ser dueño de tus actos y responsable de tus decisiones te hará sentirte más independiente y autosuficiente.

—Si tú lo dices…

Emprendieron viaje a Canarias y durante una semana recorrieron solo dos islas. En Tenerife estuvieron en la casa de la familia Martínez-Fuset, ligada a Franco. El tiempo los acompañó durante toda la estancia en la isla y los tinerfeños se volcaron con Carmen al saber que había escogido Tenerife como primera escala en su viaje de novios. A pesar de que era una niña cuando su padre estuvo allí de comandante general, recordaba muchos lugares por los que pasearon, a los que ya había ido con su institutriz francesa a la que tanto quiso y a la que tuvo que olvidar de un día para otro, al sospechar sus padres que podría ser espía. La visita al Teide no pudo faltar. Subieron al volcán, que tenía una altitud de tres mil setecientos dieciocho metros sobre el nivel del mar.

—Se trata de una de las islas más altas del mundo —le comentó Cristóbal.

—No olvidaré jamás todo lo que estoy viendo contigo. Me acompañará siempre. —Carmen estaba muy enamorada.

—Verás que los sitios a los que yo te lleve son especiales. Fíate de mí y haz lo que yo diga y nos entenderemos siempre.

Carmen sonrió, pero se dio cuenta de que el doctor quería imponer su voluntad como ya lo habían hecho sus padres previamente.

—A mi lado se acabaron los compromisos.

La familia Martínez-Fuset agasajó y acompañó a la pareja en las cenas de su estancia allí. Recordaron la salida de su madre y de ella en barco el 18 de julio del treinta y seis. Fue el ayudante jurídico de su padre quien las escoltó hasta el puerto hacía catorce años.

El resto de la semana lo pasaron en Las Palmas, «una de las ciudades con mejor clima del mundo», según la tía de Cristóbal, viuda, a la que fueron a visitar. Les abrió las puertas de su casa mientras se movieron por la isla para ver la catedral y todos los monumentos que les recomendaron. Tampoco se resistieron a darse un baño en la playa de las Canteras. Fue lo más relajante del viaje, ya que siempre surgían compromisos a los que ellos renunciaban una y otra vez.

Su estancia en las islas se les pasó tan rápido que cuando quisieron darse cuenta ya estaban en Valencia, subiéndose a bordo del *Azor*, yate que cumplía un año de botadura y que utilizaba su padre para pescar en vacaciones. Al flamante matrimonio le duró poco la intimidad que ansiaban. Al viaje de novios se incorporaron Carmen Polo; Nieto Antúnez, el jefe de la casa civil en esos momentos; el marqués de Huétor y Pura, su mujer. Esta siempre le contaba a Carmen los últimos chismes de la sociedad. Era además cuñada de la marquesa de Llanzol. A Carmen Polo no se le podía mencionar ese nombre porque lo asociaba inmediatamente con el distanciamiento de su hermana Zita. Monseñor Bulart, el sacerdote que oficiaba la misa diaria en El Pardo, también se presentó allí, en plena luna de miel de la pareja.

—Nunca pensé en un viaje de novios con mi suegra y con el cura de El Pardo —dijo Cristóbal en voz alta, y todos se rieron.

Sin embargo, aquella situación le hacía muy poca gracia al doctor. En el fondo, pensó que se trataba del viaje de novios más extraño que uno podía imaginar. Iban rumbo a Italia con intención de recalar en Civitavecchia y de ahí llegar a Roma en coche para ganar el jubileo. Pero a Carmencita esa situación, lejos de incomodarla, le gustaba. Así había pasado su vida desde que tenía uso de razón. Rodeada de gente.

—¿No te parece fantástico viajar acompañados a Roma?

—Despídete de este séquito para futuros viajes. A mí me gusta ir a mi aire —le dijo su marido al oído.

Todos interpretaron la confidencia entre susurros como algo natural de la pareja de recién casados. Carmencita sonrió. El capitán de fragata Pedro Nieto Antúnez fue el que sugirió a Franco la compra del yate, y se lo recordó a su hija.

—Fuiste la madrina de la botadura de este barco. ¡Ha pasado ya un año! Parece que fue ayer.

—Era necesario que Paco fuera en un barco más apropiado que el *Azorín*. —Así se referían al barco de pequeño tamaño que se llamaba *Azor* en realidad—. Lo utilizaron mientras los astilleros construían este más amplio que tuvo el mismo nombre —comentó Carmen Polo.

—Los astilleros Bazán han hecho un buen trabajo. Creo que se podrían añadir cinco metros más de eslora —manifestó el capitán Antúnez.

—Espere, Antúnez. Acabamos de estrenarlo y ya quiere hacerle una reforma. Es usted insaciable —advirtió Carmen, y el resto del pasaje se echó a reír.

—Pienso que podemos mejorarle sus capacidades marineras. Tampoco estoy muy convencido de los cañones arponeros.

Mientras hablaban del barco, Cristóbal seguía dando vueltas a cómo podría ser dueño de su tiempo y de sus actos. Pensaba que le costaría tener intimidad con su flamante mujer. No le quedó otra que aceptar aquella circunstancia en el viaje de novios. Fueron dos días de travesía hasta que llegaron a Italia en los que no cesó de pensar en alguna estrategia para conseguir una vida con menos compromisos sociales. Aunque pronto dejó de torturarse admitiendo que aquello tenía poco de viaje de novios y decidió vivirlo como una experiencia más ya dentro de la familia Franco. En esos días, Cristóbal se ganó a su suegra y al resto de las personas que los acompañaban. No ocurrió lo mismo con el médico Vicente Gil, que se quedó en El Pardo junto a Franco. No congenió en absoluto con Cristóbal y, al cabo de los meses, se convirtieron en enemigos irreconciliables.

Quedó una plaza vacante en la casa de socorro de El Pardo y, aun sabiendo que Vicente Gil pertenecía a la beneficencia municipal y que le interesaba aquel puesto, el yerno de Franco se adelantó a solicitarlo. El médico cruzó con Cristóbal unas palabras cargadas de tensión nada más volver del viaje de novios.

—Esta plaza está cerca del palacio de El Pardo donde yo presto mis servicios a su excelencia. Tú la solicitas para obtenerla y no prestar servicio —le recriminó Vicente Gil.

—Eso usted no lo sabe. Yo tengo el mismo derecho que

usted para solicitarla —replicó Cristóbal, marcando las distancias con el usted.

—Sabes que no vas a venir por aquí. Será un sustituto el que cumpla.

—Esa plaza me interesa tanto como a usted. Veremos quién tiene más méritos.

Finalmente, Vicente Gil, sabiendo que frente al yerno de Franco no tenía ninguna opción, solicitó otra vacante, pero ya no en El Pardo sino en Aravaca.

Carmen intentó mediar, pero entre su marido y Vicente Gil, ella lo tenía claro: su marido. Tampoco tardó mucho en darse cuenta de que Cristóbal era quien tomaba las decisiones en su matrimonio. Pasó de ser la hija de Franco a la mujer del doctor Martínez-Bordiú. Estaba acostumbrada a obedecer y a amoldarse a las circunstancias. Eso sí, llevó mal que su marido no la dejara hacer cosas que ella deseaba.

Carmen se sacó el carnet de conducir, aunque había aprendido a hacerlo cuando le regalaron un coche descapotable siendo una adolescente. A pesar de todo, su marido le prohibió coger el coche.

—No me parece bien que te pongas al volante, Carmen.

—Eres muy antiguo. No me digas eso cuando alguna de nuestras amigas también lo hace.

—A mí no me importa lo que hagan los demás. Mi mujer no va a conducir.

Tenía que ir con chófer a todas partes. Nuevamente tuvo que ceder. Cuando le gustaba lo que hacía, lo disfrutaba mucho y cuando iba contra su voluntad, ponía todo de su parte para que acabara cuanto antes.

El primer viaje que hicieron ya casados, tras la luna de miel, fue a un congreso de médicos en Washington. En el avión se puso tan mala y se mareó tanto que, de regreso a España, fue al médico. Después de muchas pruebas y un análisis de sangre y de orina, el médico lo tuvo claro.

—Señora, está usted embarazada.

—¿Embarazada? ¿Entonces nada tiene que ver con los aviones?

—Nada. Tiene que ver con que usted dentro de nueve meses dará a luz.

Carmen se dio cuenta de que esta circunstancia volvía a darle un vuelco a su vida. No sabía hasta qué punto la llegada de un hijo cambiaría su día a día. ¡Iba a ser madre! Mientras el médico le daba la enhorabuena, se preguntaba si estaba preparada para serlo. El sacerdote Bulart le dijo antes de casarse que si utilizaban algún método para no tener hijos, sería pecado mortal. Lo había llevado a rajatabla y a los diez meses de la boda sería madre.

Mientras tanto, en España se celebraban reuniones conspiratorias para que regresara don Juan de Borbón. La que más molestó a Franco fue la que celebró el general Kindelán en casa de los marqueses de Aledo. Le informaron que dijo de él: «Es un estorbo estratégico y una vía sin salida para España». Por otro lado, el adolescente Juan Carlos de Borbón había iniciado sus estudios de bachillerato en España, tal y como habían acordado su padre y Franco tras la entrevista que sostuvieron a bordo del *Azorín*. No solo se cayeron mal cara a cara, sino que Franco le avanzó que deseaba «seguir en el poder al menos veinte años más». Eso, para alguien al que urgía alcanzar el poder, supuso un golpe bajo.

27
«AQUÍ SE HACE LO QUE YO DIGO»

Nadie te preguntaba si querías ser madre.
Era lo normal. Te casabas y tenías hijos. Al embarazo
se le podrá echar toda la literatura que uno quiera,
pero para mí fue la situación más incómoda
del mundo. Yo, que no me mareaba nunca,
supe que estaba embarazada por los mareos
que sufrí al montar en avión.

En el verano del año cincuenta, mientras Carmen comenzaba los preparativos para el nacimiento de su primer hijo, seguía pensando en viajar y en no bajar su ritmo de compromisos. Por entonces, el principal entretenimiento de los españoles era el fútbol, deporte que despertaba pasiones en El Pardo, aunque no tanto en su nuevo hogar. El 3 de julio las calles se quedaron desiertas. Todo el mundo se arremolinó ante el aparato de radio que retransmitía el final del partido Inglaterra-España. El delantero centro español Telmo Zarraonandía —Zarra— recibió un balón servido por Gainza y pegó un derechazo histórico que dio la victoria a España frente a los ingleses en Río de Janeiro. El primer telegrama que llegó hasta el hotel donde se alojaba el equipo de la selección española estaba firmado por Franco. El gol de Zarra se convirtió en una hazaña histórica a recordar en todas las tertulias. El fútbol había ayudado a reivindicar el honor patrio frente a Inglaterra.

Los gustos de Carmen estaban muy relacionados con el entorno adulto y militar que siempre la rodeó. La caza, montar a caballo, el fútbol, las cartas y largas veladas con amistades. En una de las visitas al palacio de El Pardo se encontró con la amiga de su madre, Pura Huétor, quien la recriminó por no esperar más para tener un hijo.

—¿Cómo no has sido más lista? Pudiendo haber vivido un poco más antes de llenarte de problemas. Los hijos son responsabilidades y ataduras.

—Ya sabes que tendría que confesarme si utilizara algún método para no quedarme embarazada. Es lo que Dios ha querido. Además, es lo normal, ¿no?

—Pura, no se puede desafiar el mandato de la Iglesia —comentó Carmen—. La Iglesia dice que el matrimonio es para procrear. Además, te pueden negar la absolución en la confesión si se hace algo para limitar la procreación. Hay que aceptar todos los hijos que te envíe Dios.

—Las mujeres tenemos que andarnos con ojo si no queremos llenarnos de niños. Eso es lo que le digo. Tampoco creo que Dios vea mal alguna trampilla.

—Pura, a mí no me importa. Los que tengan que venir, vendrán —contestó risueña Carmencita—. Prefiero eso a quedarme con uno y que sea hijo único como yo. Nadie sabe lo que es no tener hermanos.

—Te quejarás de la vida que has tenido —contestó su madre—. A decir verdad, sola no has estado nunca. Has tenido diferentes institutrices que para ti han sido como hermanas mayores.

—Les he tenido mucho cariño, pero han desaparecido de mi vida de un plumazo, quizá cuando más las necesitaba cerca. Por cierto, ¿qué será de Blanca?

—Lo último que sé —contestó Pura— es que se casó con Jesús, el mecánico. Perdió la cabeza por un hombre siendo monja. ¡Qué locura!

—Me gustaría saber dónde vive, hablar con ella... Seguro que se alegrará de saber que estoy embarazada.

—De las personas que no han sabido mantenerse en su

sitio mejor no saber más de ellas. Nos faltaron al respeto. Es de las cosas que más daño me han hecho. ¡Una teresiana y mi mecánico! Menos mal que lo hemos llevado en secreto, porque es algo realmente escandaloso.

—Lo que me extraña es que nunca haya intentado ponerse en contacto conmigo por carta o por teléfono... Seguramente yo no signifiqué nada en su vida.

Hubo un silencio que ninguna de las tres supo llenar. Carmen Polo sabía que habían llegado cartas; al principio con mucha frecuencia, después fue apagándose la necesidad de Blanca de hablar con Carmencita. Su madre no se lo dijo jamás por si tenía tentaciones de ponerse en contacto con ella. Pura volvió al primer tema de la conversación.

—Vosotras, que sois más jóvenes, tenéis que aprovechar para hacer vuestra santa voluntad, no como nosotras, que hicimos lo que querían nuestros padres y luego lo que querían nuestros maridos.

—Pura, no creas que las cosas han cambiado mucho. Mira, en febrero nacerá mi hijo o mi hija. No creo que se acabe mi vida social cuando venga al mundo. Tengo mucha ayuda: una cocinera, un ama de llaves y, cuando llegue el momento, contrataré a una institutriz. Estoy feliz con la noticia de ser madre. Además, es para lo que me han educado.

A Carmen Polo le gustaba mucho hablar del ascendente aristocrático de su yerno. De modo que cambió de tema. Era una forma de reivindicar que su hija había entrado a formar parte de la nobleza. De hecho, la madre de Cristóbal, condesa de Argillo, desempolvó sus títulos y repartió entre sus hijos marquesados, condados y ducados. Al marido de Carmencita le donó el marquesado de Villaverde. Nada pudo hacer más feliz a Carmen Polo.

—Me ha dicho mi consuegra que son descendientes de un príncipe moro y mallorquín.

—¡Qué maravilla! —comentó Pura—. Sangre noble.

—Cuando Jaime I anexionó Mallorca, se convirtió al cristianismo y se hizo bautizar con el mismo nombre del conquistador: Jaime de Gotor. Todo ocurrió antes de trasladarse a tierras catalanas.

—¿Y el marquesado de Villaverde de cuándo data? —preguntó Pura Huétor, que tenía el título de marquesa de Huétor de Santillán por su marido.

—Del siglo XVIII, de 1736. Estoy muy contenta de que mis nietos tengan título. Ha sido un gesto muy bonito de Esperanza. ¡Por cierto, cada día está más sorda y resulta más difícil hablar con ella!

—¿Su hijo no puede hacer nada por aliviarle la sordera?

—La ha llevado a los mejores especialistas, pero no hay nada que hacer. Dentro de poco viajaremos a Washington y tratará de averiguar los avances que hay allí, aunque no sea de su especialidad.

El matrimonio Martínez-Bordiú-Franco aceptó la invitación del embajador Lequerica y durante días se alojaron en la Embajada de España en la capital de Estados Unidos. Los acompañaban el doctor Parra —por el que se hizo médico Cristóbal— y su mujer. El flamante marido de Carmen Franco tenía que asistir a unas conferencias y aprovecharon la circunstancia para conocer varios estados de América. Carmen había estado veinte años sin coger un avión y ahora deseaba no bajarse de él. Fue una visita privada para ver también centros hospitalarios y los diferentes tratamientos de las cirugías cardiacas y pulmonares. Cristóbal preguntó también por distintos tratamientos para la dolencia de su madre, pero no le dieron ninguna esperanza de que recuperara la audición. Mientras tanto, las mujeres de los dos médicos aprovecharon para ver museos y hacer algunas compras.

—Estos maridos nuestros están obsesionados con los últimos avances en cirugía —comentó Carmen—. Ya podían haber estudiado Económicas, porque a Cristóbal le gustan mucho los negocios y mejor le iría, ¿no crees?

—Tienes toda la razón. Los sueldos de los médicos dejan mucho que desear.

—Mira ahora a Juan Carlos, el hijo de don Juan, tras sus estudios de bachiller en España se plantea si estudiar Economía en la Universidad de Lovaina en Bélgica, como quiere Gil Robles, o estudios militares en España, como quiere mi padre.

—Te aseguro que no estudiará Medicina. Lo tengo claro.

—Veremos lo que decide su padre, o mejor dicho «el consejo de rabadanes» que tan mal le aconseja, por cierto.

—Lo que debería hacer tu padre es cerrar el camino de la instauración de la monarquía.

—A él, cuando toma una decisión, es difícil hacerle cambiar.

—Pues me he enterado de que el jefe de la facción carlista, Javier de Borbón y Parma, se ha proclamado rey en Montserrat, bajo el nombre de Javier I.

—Y ha aparecido también en escena el hermano mayor del conde de Barcelona, don Jaime, que ha conseguido la patria potestad de sus hijos: Alfonso y Gonzalo. Los dos vienen a estudiar a España y ahora reclaman sus derechos a la Corona de España.

—Menudo lío. ¿Don Jaime no renunció a sus derechos por ser sordomudo?

—Sí.

—Pues ahora rectifica. Lo que veo es que todos estos jóvenes van a estudiar otras carreras que no son las de nuestros maridos. ¿Quién les habrá engañado para meterse a médicos?

Las dos se echaron a reír y continuaron visitando la ciudad.

—Creo que deberíamos parar. Estoy embarazada, aunque no noto más síntoma que un mareo tremendo cuando viajo en avión. Salvo eso, no tengo ninguna molestia.

—Mejor para ti, porque cuando un embarazo te da problemas desde el principio, los nueve meses se convierten en una auténtica tortura. De todas formas, creo que debemos aflojar el ritmo de estos días.

Estados Unidos se mostraba ante los ojos de los dos matrimonios como la cuna de los grandes avances. El doctor Martínez-Bordiú consideraba los hospitales de Columbia y Dallas como la mejor escuela de cirugía cardiaca. Hizo numerosos contactos con importantes médicos de allí para regresar de nuevo a aprender nuevas técnicas de las manos más avanzadas. El embajador los llevó a numerosos actos sociales y les presentó a políticos, artistas e intelectuales americanos. Se pararon a charlar en francés con un miembro de la cámara de representantes que tenía una carrera meteórica y que nadie dudaba en su ascensión al Senado. Su nombre: John Fitzgerald Kennedy. El político americano tenía una sonrisa magnética y unos ojos que taladraban al interlocutor mientras hablaba. Lequerica le explicó al joven matrimonio Martínez-Bordiú-Franco que había participado en la Segunda Guerra Mundial.

—Ha destacado como gran comandante en el Pacífico Sur. Estuvo a punto de morir cuando la lancha torpedera en la que iba fue localizada por un destructor japonés que la partió en dos. La tripulación estuvo nadando horas hasta que fueron rescatados. Lograron sobrevivir todos.

—Me apetece conocerle más —aseguró Cristóbal—. Me ha gustado mucho su trato y su interés por España. Dice que si vamos por Massachusetts no podemos dejar de llamarle.

—Estos contactos nos convienen y más ahora que el Congreso de Estados Unidos ha aprobado la enmienda McCarran por la que se autoriza una línea de crédito a España por sesenta y dos millones de dólares.

—Le aseguro, Lequerica, que vendremos aquí con la frecuencia que me dejen los compromisos y los enfermos.

—Pues si su mujer está más libre, aquí tiene un lugar preferente siempre.

—Mi mujer no se mueve si yo no voy con ella. En nuestro matrimonio se hace lo que yo digo.

Carmen torció el gesto. Aquella demostración de posesión y decisión sobre sus actos no le gustó. Sin embargo, no le desautorizó en público. Se dio cuenta de que la libertad que creía haber adquirido al casarse pasaba por las decisiones de su marido. Pensó que debería habituarse a esta circunstancia y que haría mejor aquello que le gustase y que procuraría que pasase cuanto antes aquello que realmente le disgustara. Estaba acostumbrada a obedecer. Supo enseguida que sus horas de libertad serían aquellas en las que su marido estuviera trabajando. Entonces se haría su santa voluntad. Se adaptó sin ninguna frustración a su nueva situación. Pensaba que a las mujeres no les quedaba otra que obedecer. Ya se lo había advertido su suegra: «A estos andaluces les gusta mucho mandar. Sé lista y no te opongas nunca frontalmente a su voluntad. Si me haces caso, te irá bien». Carmen siguió su consejo.

Pasaron las primeras Navidades de casados en la finca de Arroyovil de sus suegros. Franco y Carmen Polo llegaron escoltados tras una larga caravana. La casa estaba llena de invitados distribuidos en dos salones. Había autoridades de Jaén y de provincias cercanas. Martín Jesús, el casero, era quien disponía y organizaba las actividades campestres de los días previos a fin de año. A raíz de la boda, los Martínez-Bordiú se convirtieron en hombres imprescindibles en los consejos de administración de empresas e instituciones. La familia Franco se sentía desplazada por la de Cristóbal, que empezaba a copar los principales puestos en las empresas de más renombre, en la banca y en las instituciones.

Hiciera frío, lloviera o tronara, no se suspendía una cacería, aunque las condiciones climatológicas fueran completamente adversas. Andrés, Cristóbal y Tomás fueron los encargados de comprobar la compleja organización de ojeadores, secretarios, coches... La noche anterior había llovido con intensidad, por lo que Cristóbal se acercó a su suegro.

—Mi general, ¿suspendemos la cacería?

—No, no... quizá mejore el tiempo en las próximas horas. Además, ya tenéis todo organizado.

Franco se subió a un todoterreno, un Willys grande, acompañado de su hija y de su yerno, así como por el tío, Pepe Sanchiz, casado con una hermana de la madre de Cristóbal, que era el encargado de conducir. Carmen estaba encantada de acompañarles, a pesar de su embarazo de siete meses.

—No me perdería una cacería ni por todo el oro del mundo —comentó—. Ya sé que mamá lo desaprueba, pero me siento estupendamente.

—No hay ningún problema —afirmó el doctor—. Vas en coche y si hiciera frío hemos traído mantas suficientes para abrigar a un regimiento.

Cuando llegaron al primer ojeo había una línea con veinte puestos, de los que solo tiraban siete u ocho. En ellos se posicionaron Franco, Carmencita y los invitados de mayor renombre. El resto se limitaron a observar sin disparar ni un solo tiro. El coronel Enrique Puente Bahamonde —primo de Franco, al que llamaban Pontón— era gran aficionado a la caza. No fue uno de los elegidos para tirar y a Andrés Martínez-Bordiú, hermano de Cristóbal, se le ocurrió que los dos podrían cazar también si se quedaban rezagados. Se encargaron de tirar a buena distancia del ojeo donde estaban los demás y de no provocar ningún accidente. Cuando Cristóbal se dio cuenta, les echó una bronca enorme.

—No entiendo por qué has tomado la decisión de disparar detrás de nuestra posición. Podías haber provocado algún percance. Eres un irresponsable.

—Hemos tomado todo tipo de precauciones. Nosotros también sabemos y deseamos tirar. Cuesta mucho quedarse de brazos cruzados mirando cómo cazan los demás cuando tenemos escopetas y unas ganas inmensas de cazar.

—Pues te aguantas las ganas y te quedas como los demás mirando. Además, es posible que hayamos matado más perdices de las que deberíamos. Lo mismo has puesto en peligro la cría del año que viene. Eres un inconsciente.

—Cristóbal, no es para tanto. No te pases con nosotros. No ejerzas tanto de yerno de Franco. Soy tu hermano, no lo olvides.

Cristóbal le echó una mirada de pocos amigos, pero se dio la vuelta y se retiró a la casa familiar. Al día siguiente volvieron a cazar por la mañana. El sol del invierno los acompañó, haciendo de la caza de perdices todo un acontecimiento social. Pepe Sanchiz, como valenciano que era, se atrevió a cocinar una gran paella. Se había encendido en el jardín un buen fuego de leña para la que sería la última comida del año. Franco también participaba del rito y movía los ingredientes con una gran cuchara de madera.

—Jamás se ha metido entre fogones y aquí le gusta brujulear en el fuego —observó Carmen Polo.

—Lo mismo se aficiona —le contestó Esperanza, su consuegra. No había entendido nada de lo que había dicho Carmen, pero se lo imaginaba. Su sordera en esas circunstancias pasaba desapercibida, porque sus comentarios estaban relacionados con lo que veía.

Cuando llegó el momento de echar el arroz, Franco dejó su sitio preferente junto a la paella a Pepe y ejerció de ayudante de cocina de su amigo, algo poco habitual y muy celebrado por todos los invitados. Quizá ese fue el único momento en el que cedió la primera posición y la toma de decisiones.

Concluida la comida, muy alabada por los muchos aduladores que allí se dieron cita, los invitados se retiraron a descansar para acudir de nuevo a la finca a las nueve de la noche. Era la hora prevista para la gran cena de fin de año. Todos vestidos de esmoquin y traje largo celebraron el nuevo año al son de doce golpes sobre una cacerola. El encargado fue el infalible casero Martín Jesús. El ritual concluyó brindando con champán y asistiendo a una actuación de un cantaor de flamenco y varias bailaoras demostrando su raza sobre un pequeño escenario. Salieron muchos invitados a bailar sevillanas. Entre ellos, Cristóbal Martínez-Bordiú, incapaz de hacer un desaire a la bailaora que le sacó al escenario. Ese año Carmencita se quedó en el asiento.

—Antes de casarme aprendí a bailar sevillanas en casa de mi amiga Maruja —explicó a los invitados—. Viví muy intensamente el primer Rocío de mi vida. Fuimos a caballo porque los caminos estaban en muy mal estado. Me encanta bailar, pero en mi estado mejor que no lo haga.

—Sí, no vayas a echar el niño en mitad de la sevillana —comentó Cristóbal con la respiración un tanto entrecortada después de haber bailado.

—No estaría bien visto —zanjó Carmen Polo.

Franco observaba desde un sillón de orejas de color azul cómo también salía a bailar su emergente amigo Sanchiz, tío de Cristóbal. Fue el único momento en el que se le vio reír con ganas.

—Lo tuyo no es el baile —comentó entre dientes.

En un aparte, el empresario Alfonso Fierro se puso a hablar con Cristóbal y le dijo que, en sus viajes al extranjero, se había encontrado en la prensa muchas críticas a Franco y al régimen.

—Siempre nos critican que no haya elecciones libres y cuestionan mucho la falta de apertura… —señaló el empresario.

—Mira, no nos podían ni ver durante la guerra y, ahora, los americanos están dando marcha atrás. Saben que su enemigo y el nuestro es el mismo: el comunismo. Te digo que las cosas están cambiando con respecto a España. Acabo de llegar de Washington. Me ha contado nuestro embajador que las Naciones Unidas van a examinar de nuevo el caso español. Esto puede dar la vuelta en cualquier momento.

Carmen, por su parte, hablaba con varias conocidas, todas muy interesadas en su embarazo.

—Esto hay que desmitificarlo. Es una lata tremenda. No hay quien duerma por la noche. Estoy deseando dar a luz y saber si viene un niño o una niña. A mí me da exactamente igual.

—Mejor un niño. Este mundo está pensado para los hombres —dijo su amiga Angelines.

—En eso tienes razón. Lo que sea, que venga bien. Esa es mi única preocupación. Cuando nazca saldremos de dudas. No tendremos que esperar mucho para saberlo.

El 26 de febrero de 1951 nació María del Carmen Esperanza Alejandra de la Santísima Trinidad y de todos los Santos Martínez-Bordiú Franco. Esos fueron los nombres que recibió en el bautismo, haciendo un guiño a las dos abuelas.

—La niña ha nacido grandísima y con mucho pelo, todo ha ido estupendamente bien. Mi hija no ha tenido ningún problema —dijo ufana Carmen Polo.

Su nieta había nacido en El Pardo. Cuando Carmen rompió aguas, se llamó al médico, pero allí aparecieron todos los ayudantes y médicos de Franco. La espera se hizo larga por los gritos de Carmencita. Cuando se sintió el llanto de la primera hija de Carmen Franco Polo, los nervios se pasaron. Todo fueron apretones de manos y enhorabuenas para el Yernísimo, que no ocultaba su alegría tras el nacimiento de su primera hija.

Enseguida las doncellas arreglaron a la flamante madre y

al bebé. Los familiares y jefes de la casa civil y militar, así como los ayudantes, pudieron pasar a la habitación y felicitar a la madre primeriza. La niña parecía tranquila en los brazos de Carmen.

—¿Le darás el pecho? —preguntó Pura.

—Sí, claro. Me ha subido la leche y me han dicho que puedo amamantar a mi hija sin problemas.

—Es estupendo. Nada como la leche de la propia madre. También te diré que hay unas amas de cría estupendas con unos pechos enormes para que tu hija se críe grande y fuerte.

—Seré yo quien amamante a mi hija. Quiero vivir ese momento que todo el mundo me dice que no me debo perder.

—Está muy mitificado. También te diré que lo que hay que evitar es que te salgan grietas en los pezones. Ese es un dolor horrible —le dijo Pura Huétor.

—¡Pura, por favor! No vamos a hablar de eso ahora. Es un momento de alegría ver a mi hija así de bien y a su niña estupendamente. ¡Hablar de grietas!

—¡Bueno, tú te acordarás por tu hija! —le comentó su amiga.

—Yo ya no me acuerdo de nada. ¡Qué cosas tienes!

Hubo un momento de silencio. A Carmen Polo le molestaban esas preguntas. Tampoco entendía que su amiga Pura soltara eso delante de las personas que había allí.

—Me hace mucha ilusión el nombre que la vas a poner —comentó Pura para salir de ese momento tan tenso—. El nombre está muy bien pensado. Sobre todo, me parece estupendo que tu nombre, y el de tu madre, vaya en primer lugar. Solo utilizará uno. Los demás, al final, sobran.

—Bueno, a mí también me pusieron María del Carmen Ramona Felipa María de la Cruz —explicó la flamante madre—. Solo le faltó a mi madre ponerme el nombre de la tía Isabel.

—No me dejaron poner más. Claro que lo pensé.

Se echaron a reír. Rápidamente los médicos allí presentes sacaron a las visitas.

—Hay que dejar descansar a la madre y a la niña —comentó Vicente Gil, haciendo salir a todos de la habitación.

Al día siguiente pasó un fotógrafo oficial e hizo la foto de Carmen junto a su hija con un camisón y bata de encaje. Su madre le aconsejó que se pusiera un collar de perlas y unos pendientes a juego. La joven marquesa estaba muy guapa y sonriente posando junto a su hija. Esa foto se publicó de inmediato en toda la prensa nacional, se comentó en todas las radios e incluso la buena nueva llegó al extranjero. Esa mañana y las cinco siguientes no dejaron de llegar telegramas de felicitación y ramos de flores.

Carmen se estrenaba como madre sin demasiado instinto maternal. El final del embarazo y el posparto le impedían viajar y salir fuera del palacio, que siempre la asfixiaba. Deseaba recuperarse cuanto antes para poder volver a su vida de recién casada.

Quince días después del nacimiento de la primera nieta de Franco y casi a punto de cumplirse doce años del final de la Guerra Civil, se produjeron muchos disturbios en Barcelona y la primera huelga en las fábricas de Cataluña. Todos los disturbios arrancaron por un aumento de las tarifas de los tranvías. Las calles de la capital condal se llenaron de octavillas incitando a la población trabajadora al paro el día 9 en la mayoría de los talleres y fábricas. Varios piquetes de obreros detenían a los tranvías y obligaban a los viajeros a bajarse. Frente al Ritz, un numeroso grupo de huelguistas apedrearon la fachada principal. Se volcaron vehículos y tranvías. La Guardia Civil intervino para restablecer el orden. La Policía Armada a caballo irrumpió en las principales arterias de la capital.

El delegado del Gobierno compareció ante la prensa al día siguiente para decir que la indignación por las subidas de precio de los tranvías había sido una excusa y que el momento había sido aprovechado por «agitadores profesionales al servicio de ideologías políticas de triste recuerdo». Días después, también se registraron protestas en Vizcaya y Guipúzcoa, con la participación de miles de obreros. En Madrid también se intentó, pero la huelga fue frustrada. De forma temporal se suspendieron en Cataluña las nuevas tarifas tranviarias mientras se estudiaba una solución definitiva. Franco no tardó en afirmar en su primer discurso ante Hermandades de Labradores y Ganaderos que «la huelga es un delito».

Durante esos días de disturbios, en las comidas y en las cenas había caras de preocupación y se hablaba poco, por no decir que nada. Franco quería acabar con aquel descontrol de un plumazo. Cristóbal intentó sacar algún tema de conversación en la mesa y alcanzó a comentar que en el hospital no se hablaba de otra cosa que de platillos volantes.

—Pero ¿a cuento de qué? —preguntó curiosa Carmen.

—Dicen que varios pilotos han ido en avión a San Sebastián, Irún y Bilbao y allí han podido observar en el cielo «un fenómeno de naturaleza desconocida», un platillo volador.

—Por favor, eso son tonterías —intervino Carmen Polo.

—Serán tonterías, pero la noticia ha vuelto locos a los periodistas, ¿o no lee los periódicos?

—La gente cree ver cosas que no existen —apoyó Carmencita a su madre.

—Pues ya son muchos los que dicen haber visto trazar a un objeto la figura de un ocho. Y eso es imposible con la tecnología que conocemos.

—Ahora la gente dirá que ve extraterrestres —apostilló Carmen Polo.

—Ha acertado, porque ya lo están diciendo. —Cristóbal se echó a reír.

Franco se limitaba a comer sin participar en la conversación. Pensaba en los disturbios y no atendió a lo que decía su yerno, con el que cada vez se entendía menos. Le llegaban por todas partes noticias de sus excesos amparándose en su parentesco con el Caudillo. Decidió no expresar nada. Ni una mueca, ni una sonrisa, ni una palabra. Nada.

28

LA NATURALEZA MUERTA

Acudía a las fiestas que daba la sociedad, una vez que me recuperé tras dar a luz. En una de ellas, recuerdo que Jaime de Mora y Aragón se llevó todos los visones de las invitadas a una casa de empeño y les dejó a todas un papelito para que los pudieran recoger y recuperarlos.

Vicente Gil recomendó a Franco pintar después de comer para estirar y mover las piernas. Al joven médico le preocupaba que su excelso paciente estuviera tanto tiempo sentado. Por eso le propuso volver a coger los pinceles, ya que la raqueta y el golf después de comer cada día le costaban más. Eso provocó que Franco desenterrara una antigua afición de juventud: la pintura. Al Caudillo le gustaba pintar naturalezas muertas: conejos o aves recién cazados, escopetas, frutas, ramas del monte. Realmente le relajaba no pensar en nada más que en una hoja y retratar al detalle su limbo y sus nervios. Un conejo colgado por sus patas entraba también dentro de sus gustos pictóricos. Animal muerto sin movimiento y sin expresión.

—Hay que saber irse, querido Vicente —le dijo al médico mientras daba pinceladas con sus óleos sobre el lienzo—. Antes de que le echen a uno. Los españoles olvidamos con facilidad. ¿Alguien se acuerda de Alfonso XIII y de que se tuvo que marchar al exilio?

—Sí, los cuatro monárquicos que quieren que su hijo regrese a España. Eso sería el acabose, ya se lo digo yo. Don

Juan pide la vuelta a España de nuestros enemigos. Los que salieron huyendo de aquí por patas. Pide elecciones democráticas... Pero ¿quién se ha creído que es?

—El príncipe Juan Carlos se está formando en España porque al padre ya me lo he saltado. No perdono ni lo que ha dicho sobre mí, ni lo que va difundiendo en la prensa extranjera sobre el régimen. Te aseguro que él no reinará nunca en España.

—Pues a mí ese chico me parece un blando. Harán con él lo que quieran. Le convertirán en un títere.

Franco oía al médico despotricar contra la monarquía mientras remataba su sesión vespertina de pintura. El conejo colgado por sus patas traseras, mostrando lo endeble que es la vida. «¿Cómo será mi final?», se preguntaba sin verbalizarlo. Muchos le preferían muerto antes que vivo. Lo sabía. Debía dejar todo atado y bien atado para él y su familia. Morir en la cama como su padre irreverente le parecía un lujo, teniendo en cuenta a todos los que se habían quedado por el camino en plena juventud o madurez o aquellos a los que habían asesinado o incluso habían muerto por accidente.

Carmen apareció por allí en plena reflexión sobre su final. «Quiero volver a ser persona», le había dicho al joven Vicente Gil en más de una ocasión, pero no veía cerca ese momento. Su hija le miró con una lánguida expresión. No acababa de sentirse del todo a gusto en El Pardo. Deseaba regresar a su actividad social y soñaba con volver a poner los pies fuera del palacio. Le pareció que una buena distracción podía ser la pintura y cogió varios pinceles y un lienzo en blanco, emulando lo que hacía su padre. Comenzó a pintar flores.

—De tal palo, tal astilla —dijo Vicente Gil, intentando ser amable con ella—. Ha sacado el don de su padre.

—Ya quisiera yo. —Se echó a reír.

Vicente Gil era incondicional de Franco y le parecía que sus ministros, sus ayudantes y su yerno no deseaban más que el poder y hacerse millonarios. Y no disimulaba la inquina hacia Cristóbal Martínez-Bordiú ni delante de su mujer.

—Salvo Camilo Alonso Vega, Nieto Antúnez y Max Borrell, todos los demás son unos interesados que solo desean acercarse al sol que más calienta para sacar tajada. ¡Una vergüenza! Hay quien se está aprovechando del sacrificio de muchos jóvenes que dieron su vida por la patria.

—Vicente, no sigas por ahí. No me gustan tus críticas constantes. Sabes que de quien me hables mal se lo diré.

—Dígaselo a todos los que le rodean. Sin problemas. No tengo miedo a nadie.

—Vicente, te pierden las formas. Si no fuera por tu lealtad…

—Eso no lo ponga en duda. —Dio un taconazo y levantó el brazo derecho.

Franco nunca daba por terminados algunos de sus cuadros y seguía dándoles pinceladas meses después e incluso hasta años más tarde. Era meticuloso en los detalles y en el deseo de captar la realidad tal y como era.

—Mi general, no tengo ningún problema. Puede decirles a casi todos sus ministros que yo afirmo que son unos sinvergüenzas y unos aprovechados. Lo dice Vicente Gil. Puede mencionar mi nombre y mi apellido. No les tengo miedo. Está usted muy engañado. Hay gente que inmediatamente, tras jurar su cargo o relacionarse con usted, comienza a hacer negocios a sus espaldas. Y eso es un abuso de confianza. Además de ser unos desaprensivos. A mí me han ofrecido regalos muy suculentos a los que he dicho que no. Es una cuestión de honor.

—Bueno, me voy, que es la hora de dar el pecho a mi hija —interrumpió Carmen—. Me da la sensación de que no hago otra cosa en todo el día. Si algún día vuelvo a tener un hijo, me pillarán con un biberón en la mano y no como ahora. Ya voy para cinco meses amamantando a la niña. Estas cosas no te las cuenta nadie cuando vas a tener un hijo. Es una auténtica lata.

—Y eso que tiene ayuda. Imagínese otras madres sin servicio alguno —le comentó Vicente.

—¡Un horror! Voy a empezar a darle ya algún biberón. Me gustaría viajar como cuando estaba recién casada.

—No tendrá ningún problema. Su esposo abandona su trabajo con una gran facilidad.

Carmen no le contestó y se fue de allí sin hacer ningún comentario.

—Vicente... Deberías disimular que Cristóbal te cae mal —le advirtió Franco—. Mi hija no tiene la culpa del comportamiento de su marido. Te quitó la plaza que tú querías, pero algún mérito tendrá, digo yo.

—Sabe que yo soy leal y siempre le diré la verdad, mi general. —Dio otro taconazo y volvió a levantar el brazo derecho. Gil se mordió los labios. Por más que buscaba no le veía más mérito a Martínez-Bordiú que ser el yerno de Franco—. Me gusta decirle las verdades como puños. Por cierto, ¿me puede decir la razón para que se oculte su afición a la pintura? ¿Qué hay de malo? Ningún artista pinta un cuadro para no mostrárselo a nadie. ¿Por qué no se reproducen sus cuadros? Por cierto, son magníficos. Mejores que los de muchos profesionales.

—Vicente, eres imposible. Se acabó la sesión de pintura, me vuelvo al despacho.

—Su excelencia, yo no estoy aquí para adularle sino para cuidarle y servirle. Sirviendo a mi general, sirvo también a España.

Después de amamantar a su hija, Carmen se fue a hablar con su madre. Esta se encontraba con sus amigas de Oviedo: las Lolas, como solían llamarlas. Una de ellas, Lola Botas, hablaba de los méritos de su hijo, el doctor Vallejo-Nágera, cuando Carmen irrumpió en el salón donde tomaban el té de las cinco.

—Perdonadme, quería decirte una cosa, mamá. Pero lo hacemos en privado, si prefieres.

—No, tranquila. Sabes que mis amigas son una tumba. —Las tres asintieron.

—Pues mira, creo que Vicente se toma demasiadas familiaridades con papá. No me han gustado nada sus críticas constantes a los ministros y a Cristóbal. Le ha cogido manía a mi marido y no hay momento en que me vea que no me lance alguna indirecta.

—Sí, al tener un único paciente durante el día, se extralimita. Intentaré ponerle en su sitio. La gente se toma unas confianzas... —explicó a sus amigas—. Es muy buena persona; bueno, vosotras le conocisteis de niño en Oviedo, pero está llegando a ser incómodo. No es consciente. Por otro lado, Paco le aguanta lo que no soportaría en otros.

—Debería tener más respeto. Se extralimita, tienes toda la razón.

—Desde luego, no se puede tolerar —concluyó Carmen Polo.

Pocas críticas escuchaban sus oídos y las que provenían de Vicente Gil se estaban convirtiendo en algo habitual; había que cortarlo de raíz. La realidad era que desde la boda, los Martínez-Bordiú visitaban con asiduidad El Pardo. Tanto era así que el padre de Cristóbal consiguió que el Banco Valls, una pequeña entidad domiciliada en Ripoll (Tarragona), con un capital social de cinco millones de pesetas, se transformara en un banco de más relieve trasladándose a la capital con otro nombre, Banco Madrid. Todo se fraguó en El Pardo, donde dieron el visto bueno para este movimiento bancario. El consuegro de Franco ocupó la presidencia y José María hijo, barón de Gotor, fue nombrado secretario del nuevo banco.

Antes de abandonar El Pardo para reiniciar su vida de casado, Cristóbal invitó a cenar a su tío Pepe, José María Sanchiz Sancho, y a su tía, Enriqueta Bordiú y Bascarán, hermana de su madre. En una cena «cuartelera», tenía mucho de rancho para Cristóbal, transcurrió el encuentro de los tíos con Franco.

—Mi tío Pepe es muy modesto y no lo va a decir, pero tiene un ojo buenísimo para los negocios —comentó Cristóbal.

—No es para tanto. Excelencia, ¡qué va a decir mi sobrino! Le queremos como a un hijo.

—Si tiene tan buena vista, no estaría nada mal que averiguara si hay alguna finca cerca de Madrid para que yo pudiera cazar. Ir a Meirás o a San Sebastián, salvo en verano, me resulta imposible. No puedo viajar hasta allí el resto del año. Esta idea lleva rondándome por la cabeza desde hace tiempo: encontrar un lugar donde pueda cazar y estar en contacto con la naturaleza, con el campo, con los animales.

—Mi general —le dijo Cristóbal—, tenga por seguro que mi tío tiene ya bien cubiertas las espaldas y no hará esa búsqueda de una finca por conseguir dinero fácil. Piense que él ya lo tiene. Desde que un antepasado, amigo de Romanones, enladrillara el metro de Madrid, está completamente forrado de millones.

Todos menos Franco rieron la expresión tan coloquial de Cristóbal. En aquella cena, Franco no dejó escapar la oportunidad para pedirle a Sanchiz que buscara una finca que resultara interesante para su bolsillo. Lo cierto fue que no tardó mucho en localizarla. Hablando con Luis Figueroa, uno de los hijos del marqués de Romanones, se llegó a un acuerdo para comprarla. Pepe Sanchiz dijo al aristócrata que buscaba una finca para su sobrino, el marqués de Villaverde. En el kilómetro veintiuno de la carretera de Extremadura se encontraba una enorme extensión de casi diez millones de metros cuadrados, en el término municipal de Arroyomolinos. Pepe avisó a su sobrino y acudió al palacio a cenar, de nuevo acompañado de su mujer.

—Excelencia —comentó Sanchiz—, he encontrado una verdadera joya. Podrá tener huertos y explotación ganadera. Le hablo de diez millones de metros cuadrados. Invirtiendo en pozos, podrá obtener trigo, buenas patatas, tabaco e incluso ajos.

—Ejerza con total libertad.

—Creo que no sería conveniente que apareciera su nombre.

—Mi general, ya es usted propietario del Canto del Pico y del pazo de Meirás. Mi tío tiene razón, no conviene que figure a su nombre —le explicó Cristóbal, que intentaba ganarse su confianza—. Puede ser un argumento que utilicen sus enemigos.

—Podríamos hacer una sociedad anónima que no figure a su nombre —comentó Sanchiz.

—Será usted el encargado de llevarla. No se me ocurre a nadie mejor.

—Para mí es un honor trabajar para su excelencia.

—No se hable más.

Carmen Polo sonrió y Carmencita también al ver lo bien que se le daban los negocios al tío de su marido. Estaban agradecidas ante una persona tan volcada con ellos y que tenía tan buen olfato para hacer dinero.

—Fiaros de él porque tiene un sexto sentido —afirmó Cristóbal—. Ya es hora de que su excelencia gane dinero y no los que están a su alrededor. Con mi tío, verá crecer su patrimonio.

El 4 de octubre del cincuenta y uno, Pepe Sanchiz inscribió su casa como sede de la sociedad anónima Antonio Acuña número 24, a pocos metros del parque del Retiro. De esta forma, no aparecería el nombre de Franco y sí el de Pepe Sanchiz con el tratamiento de excelentísimo señor. Surgieron dificultades que finalmente acabaron con el desalojo de los colonos que ocupaban aquellas tierras. Se comenzó a contratar maquinaria y personal y pronto se iniciaron los primeros trabajos para labrar la tierra. Las ovejas que criaban en El Pardo se trasladaron hasta allí en camiones y se compró ganado nuevo. Franco estaba entusiasmado con la explotación agrícola y ganadera de aquella extensión de terreno. Sanchiz empezó a sugerirle más negocios.

—Excelencia, sería muy conveniente que el Estado comprara a José Banús unos terrenos que ha adquirido en Marbella.

—Lo que debes hacer es ocuparte de regar el jardín y procurar que las vacas no estén flacas. Eso es lo que te debe preocupar. —Franco cortó en seco la intención de Sanchiz de seguir haciendo más negocios.

Pasaban los días y la desaprobación de Vicente Gil resultaba cada vez más manifiesta. Todas las mañanas cuando despertaba a Franco y le daba su primer masaje del día le repetía que el tío de Cristóbal era «un sinvergüenza y un auténtico canalla». El general le contestaba siempre lo mismo: «¡Cuidado, que eres bruto!».

—Excelencia, sé de buena tinta que muchos generales hablan de ello pero no se atreven a decírselo a la cara. Sé que no le gustan las murmuraciones, pero son una realidad.

—Dame nombres.

—Pues mire, más incondicional que Muñoz Grandes encontrará a pocos y es un enemigo de los negocios y de las cacerías. No de las cacerías *per se*, sino de que se hayan convertido en bolsas de negocios. A sus espaldas, los invitados cierran permisos de importación de todas clases, se cotiza la amistad con su excelencia para conseguir influencias e incluso para pagar menos multas. Yo no iría a esas cacerías.

—No hay quien te entienda. Me tienes a dieta, quieres que después de comer me mueva y ese es mi único ejercicio semanal. ¿Prescindo de él?

—Yo no digo eso. Lo que quiero decir es que hay mucha gente a su alrededor que está constantemente haciendo negocios. Y eso no me gusta.

—Ves fantasmas donde no los hay. Vicente, Vicente, te estás volviendo un médico gruñón. A mí me hace mucho bien retirarme después de los Consejos de Ministros a la finca de Valdefuentes. Me da vida. Me recuerda que todavía soy persona.

—Está bien. No seré yo quien le quite esa ilusión. —Dio un taconazo y se retiró de la estancia.

Carmen y Cristóbal fueron invitados a una gran fiesta que daban los Mora y Aragón en su residencia-palacete. Todas las damas de la sociedad de entonces acudieron con sus mejores pieles y joyas a un acontecimiento tan distinguido. Blanca de Aragón, la madre, descendía directamente de familias reales de Navarra y Aragón y ejercía de anfitriona abriendo las puertas de su casa. Fabiola de Mora, una de las hijas, tenía veintitrés años y muchos estaban convencidos de que acabaría metiéndose a monja. Siempre tenía entre manos alguna obra de caridad. Su hermano Jaime, tres años mayor, era, sin embargo, el aristócrata más conocido por la prensa, por los clubes y los lugares de ocio de Madrid. Nada en común con su hermana, con la que discutía muy a menudo. Las hijas más guapas de los Mora y Aragón eran María Luz y Ana María, que siempre eclipsaban a su hermana por su belleza. Todos auguraban que se casarían pronto. Gonzalo, ya casado, y Alejandro, con novia cubana, estaban de viaje en el país tropical.

Por lo tanto, tres de los cinco hijos recibían a los invitados junto con su madre.

En ese ambiente tan monárquico se habló de Juan Carlos. Carmen escuchó atentamente lo que decían sobre el joven al que conocía poco.

—Dicen que de pequeño soportó más de una hora una sesión de fotos con unas botas que le quedaban pequeñas y hasta que no se las quitó la institutriz no dijo que tenía los pies llenos de heridas. Su padre le había dicho que «un Borbón no llora más que en la cama».

—Sí, hay que reconocer que está muy bien educado. Te diré que peca de tímido —comentó Carmen.

—Cuenta su tutor, Vegas Latapié, que en Friburgo le insistió tanto en que tenía que comerse todo lo servido en los platos que estando en mal estado unos raviolis, el joven los apuró hasta el final. Su tutor le recriminó: «¿No ves que están malos?». Y él contestó: «Sí, estaban malísimos, pero me he limitado a obedecer».

—Hace ya tres o cuatro años que está por España, ¿no? —comentó una de las invitadas—. Nos han dicho que no aguanta las críticas a su padre y que ajusta cuentas a puñetazos con el que se atreve a criticarle. De modo que todavía quedan modales que pulir.

—Aguantar estoicamente a quien pone verde a tu padre cuesta —señaló Cristóbal—. Y eso que su padre me parece un masón y un desagradecido. —No todos le dieron la razón. En esa reunión casi todos los aristócratas, especialmente los Mora y Aragón, rendían lealtad a don Juan.

La fiesta estuvo amenizada por una orquesta, que hizo las delicias de los jóvenes. Se echó de menos al bohemio de Jimmy de Mora, al que más le gustaba bailar de todos. Cuando se acabó la música se supo lo que había estado haciendo. Había cogido todas las pieles de las señoras y las había llevado a empeñar al Monte de Piedad. Se quedó con el dinero y dejó en el guardarropa de su casa los resguardos para que las damas pudieran recuperarlas. El disgusto de Blanca, la madre de los Mora, fue monumental. «Si su padre levantara la cabeza, volvería a morirse», repetía una y otra vez. El hijo había dejado sin abrigo a todas las familias aristocráticas invitadas. A Blanca tuvieron que darle sales porque le faltó poco para desmayarse. Su hijo siempre le recriminaba que no le daba ni un duro. Ahora se había enterado toda la sociedad.

Durante semanas fue uno de los comentarios jocosos entre las familias bien. Cristóbal comentó este episodio en el hospital a sus enfermeras y médicos ayudantes. Los que le escuchaban no daban crédito a lo que oían.

—No es una invención mía. Os lo aseguro.

—Es una broma suya, doctor —le comentó una de sus enfermeras del Departamento de Cirugía del Patronato Antituberculosos, cargo que compaginaba con el de cirujano de la beneficencia municipal.

—De él podría contaros muchas anécdotas. Otra: al nacer y escuchar su padre el llanto, dejó caer una tetera de porcelana que se hizo mil añicos. Al parecer comentó: «No sé si es niño o niña, pero esa persona que acaba de venir al mundo hará mucho ruido». ¡Y vaya si lo ha hecho!

Al joven cirujano pronto comenzaron a llamarle el Yernísimo a sus espaldas por su condición de marido de la única hija de Franco. Eso le situaba en un lugar preferente a nivel profesional y a nivel social. No había un viaje médico, conferencia o acto social al que no fuera invitado. La primera discusión del matrimonio tuvo que ver con tantas salidas y tan pocas entradas.

—Cristóbal, estoy aquí con la niña y a ti no te veo el pelo.

—No empieces con eso. Tengo mucho trabajo y muchos compromisos.

—Pues ya es hora de que volvamos a casa. No quiero seguir en el palacio.
—¿Dónde vas a estar más atendida que aquí?
—Quiero regresar a nuestro piso. Aquí no tengo tanta libertad de movimientos.
—No os entiendo a las mujeres. En El Pardo lo tienes todo.
—Quiero recuperar mi libertad.

Días más tarde salían del palacio con su hija con destino a su piso alquilado. Organizaron todo para que una institutriz de confianza cuidara de la pequeña. Carmen volvía a atender a sus amistades. Ese primer fin de semana se fueron a Sacedón, en Guadalajara. Aquel paraje había empezado a erigirse como el lugar de moda para las reuniones de matrimonios jóvenes. Volvían a hacer una vida casi de solteros. José María Martínez-Bordiú, el hermano con el que más trato tuvo de joven, tenía una casa recién construida. Allí se alojaba el matrimonio y hacían reuniones hasta altas horas de la madrugada y cacerías de perdices o jabalíes. Cuando el hermano se casó con Matilde Basso, comenzaron a pensar en construir su propia casa en el mismo lugar.

—Está claro que con José María es con quien mejor te llevas de la familia —comentó Carmen.
—Yo creo que la razón es porque tiene menos años que yo. Ya sabes que me encanta estar con personas más jóvenes. Además, tenemos gustos muy parecidos. Me llevo bien con mis otros hermanos, Andrés y Tomás, pero con José María tengo más conexión. Siempre ha sido así. Yo creo que tiene que ver que era el siguiente a mí y discutía más.
—No sabes lo que daría por tener un hermano. Desde luego, nuestra hija no será hija única.
—Pues nos ponemos a ello inmediatamente —bromeó Cristóbal, al que nadie se atrevía a llevar la contraria.
—Quita, quita, que acabo de dejar de dar el pecho a la niña y empiezo a recuperarme en todos los sentidos.

El matrimonio ansiaba viajar por España y por el extranjero. Acudían allí donde los invitaban. Justo cuando empezaron a llegar los primeros rodajes de películas americanas a España, ellos hacían el viaje inverso cruzando el Atlántico con una enorme frecuencia. Los métodos cardiovasculares más innovadores para la cirugía cardiaca se encontraban en Estados Unidos. El joven doctor quería aprenderlos para aplicarlos en sus pacientes.

29

SEGUNDO NACIMIENTO EN EL PARDO

*Me gustaba salir de noche.
Siempre he sido noctámbula. Me apetecía más
salir a cenar que a almorzar. Siempre conté
con mucha ayuda en casa para poder hacerlo.*

En marzo del año cincuenta y dos, viajando de nuevo a Estados Unidos, Carmen volvió a marearse. No quiso pensar en un nuevo embarazo. Era demasiado pronto para volver a traer al mundo a una criatura. Cristóbal quitó importancia al tema.

—No todos los mareos que tengas en tu vida van a ser porque te encuentres en estado. A la vuelta te haré una revisión. A ti los aviones no te sientan nada bien. Se trata de un viaje muy largo y lo acusas.

—Puede que tengas razón. Esperemos que sea una falsa alarma.

Cuando pusieron pie en Estados Unidos, las relaciones de este país con España estaban muy tensas por culpa del presidente Truman. Después de ir muy avanzadas las conversaciones para la instalación de bases norteamericanas en suelo español, todo se frenó tras las palabras del presidente pronunciadas un mes antes. Reconocía «no haber sentido nunca mucha simpatía hacia España». Esa repulsa a Franco tan explícitamente manifiesta desató un nuevo incidente diplomático que dejaba claro el desprecio de Norteamérica hacia España.

También denunció la falta de libertad de expresión y de libertad religiosa. «Los protestantes en España no pueden profesar su fe», manifestó contrariado.

—No entiendo a Truman —afirmó Cristóbal—. Por un lado pone verde a tu padre y por otro concede a España una ayuda por más de cien millones de dólares.

—Totalmente incongruente. Me imagino que le habrá sentado fatal a mi padre. Ahora que creía que estaba mejorando su imagen, debe de haber reaccionado mal. Seguro.

—Parece ser que el embajador americano en España, Stanton Griffis, ha defendido a su presidente haciendo hincapié en la necesidad de que sea efectiva la libertad religiosa. Me lo ha contado el embajador español.

—Espero que Lequerica proteste. Es intolerable que nos pongan verde a la mínima.

Al día siguiente, la embajada española en Washington entregaba una nota de queja por las declaraciones de Truman. No se habló de otra cosa durante ese viaje. Todos estaban convencidos de que, aunque no les gustara Franco ni su régimen, por la importante posición geoestratégica del país, habría un cambio de posición inmediato para intentar lograr unos pactos económico-militares con España.

En El Pardo, el único momento sin tensión tras las declaraciones de Truman lo protagonizó el doctor Bertolotti. El viejo amigo de la guerra de África pidió audiencia a Franco y este le recibió, a pesar de que no era la mejor semana, para agradecerle los servicios prestados. Lo hizo fuera de protocolos y con un café de por medio. El médico se jubilaba y deseaba despedirse del hombre al que había salvado la vida. Cuando hirieron a Franco en el vientre combatiendo en el Biutz, todos menos él pensaron que su herida era mortal.

—¿Te acuerdas de aquel momento? —preguntó Bertolotti.

—¡Cómo no me voy a acordar! Si por poco no lo cuento. Mira, tengo por aquí la cartuchera del enemigo manchada de sangre, con el orificio de la bala que acabó con su vida cuando a su vez me quiso matar. —La sacó de una vitrina—. Me disparó en el vientre como sabes y todavía me tira la cicatriz. Siempre pienso que uno tiene que poner todos los medios para que una desgracia no ocurra, pero si ocurre, no puedes hacer nada.

—Eres muy providencialista. Siempre lo has sido. De todas formas, la ciencia también dio su explicación. Te pilló la bala en plena inspiración y eso te salvó. Si te llega a rozar el intestino, mueres. Tuviste mucha suerte porque te daban por muerto. Los médicos sabemos que de un tiro en el vientre uno no se salva.

Franco le escuchaba sin parpadear. De pronto rememoró aquel momento.

—Estábamos en Tetuán una nutrida columna de tropas españolas con los regulares. Avanzábamos por la carretera de la costa y llegamos a Dar Riffien al anochecer.

»Nos hacíamos treinta y dos kilómetros sin respirar. ¡Qué tiempos! Hoy doy dos pasos y me canso. Recuerdo que la fuerza española siguió avanzando campo a través —continuó Franco con la mirada perdida—. Al amanecer del 29 de julio de 1916 ya estábamos en posición de asalto.

—Tú estabas al mando de la primera compañía del primer tabor.

—Nos estaban esperando los enemigos atrincherados con ametralladoras. Tres tabores fueron lanzados contra las trincheras. Las órdenes eran tomar las posiciones enemigas al asalto. Mientras morían mandos y soldados a nuestro alrededor, animé a mis soldados a atacar. Ya no era posible la retirada. Ahí me hirieron, pero logramos tomar la posición. Con la cumbre en manos españolas los cabileños se retiraron.

Bertolotti escuchó todo el relato sin intervenir. Veía que a

Franco se le transformaba la expresión. No quiso interrumpirle, pero sus piernas le delataban. Se movían sin parar. Se le veía intranquilo, nervioso.

—¿Te pasa algo? —alcanzó a decirle Franco cuando regresó a la realidad.

—Me lo has notado, ¿verdad? Es que necesito fumar.

—¿Qué te impide hacerlo?

—No tengo ni un cigarrillo.

—Eso lo solucionamos ahora mismo.

Llamó a su ayudante y le dijo que trajera un cartón de tabaco. Al rato, el doctor cogía una cajetilla y fumaba con verdadera ansiedad un cigarrillo tras otro mientras Franco hablaba sin parar de África.

—¡Quédate con todo el cartón! Como te iba diciendo, mi vida estuvo pendiente de un hilo.

—Lo cierto es que no tenías ningún órgano dañado después de que el proyectil atravesara la pared del abdomen. Si acaso un poco el hígado. Todos nos quedamos con la boca abierta al ver las radiografías. Fue un caso de verdadera *baraka*. Lo hemos comentado mil veces durante todos estos años. Solo un caso entre cien se salva. Menudo valor tuviste en el ataque y en pedir a tu ayudante que encañonara al sanitario que no te quería llevar al hospital porque creía que era inútil hacerte nada. No me extraña que te laurearan. Fue una operación de muchos muertos, pero todo un éxito para España. Siempre admiramos tu falta de miedo a la muerte.

—Pienso que lo que me tiene que ocurrir me ocurrirá. No le tengo ningún temor.

—Eso es cierto. Uno no muere un minuto antes ni un minuto después de cuando tiene que morir. Todo está escrito. Pero si la bala hubiera entrado en el mismo punto una fracción de segundo antes o después, no lo estarías contando.

—La Providencia, la Providencia. Tengo que volver al despacho.

—Muchas gracias por el café.
—¡Quédate con el cartón de tabaco!
—Pues muchas gracias por los cigarrillos.

No había mucho más que contar tras rememorar lo ocurrido. Ni Franco era ya el mismo, ni Bertolotti tenía ganas de seguir en activo. Franco ahora se había convertido en Generalísimo y él, en un jubilado. Dos mundos que no tenían punto de encuentro, salvo en el recuerdo. Cuando el doctor ya se despedía de Franco, apareció Carmen para saludarle.

—Doctor Bertolotti, qué alegría verte por aquí.
—Carmina, cuánto tiempo sin vernos.
—Es cierto. Estamos muy ocupados, como puedes imaginar. ¿Qué llevas debajo del brazo?
—Un cartón de tabaco que me ha regalado Paco.
—¿Me permites?
—Por supuesto. —Le hizo entrega del cartón.

Carmen extrajo una cajetilla y se la dio al médico, quedándose ella con el resto del cartón. Se despidió de él y Bertolotti se quedó sin habla. Franco le acompañó hasta las escaleras del palacio. El episodio de África quedaba así sellado para siempre.

Carmen hizo el viaje de vuelta de Estados Unidos vomitando en una bolsa de papel que le dieron las azafatas del vuelo. Se puso tan mala que nada más aterrizar el avión se fueron al hospital y le hicieron todo tipo de pruebas médicas. Los resultados se los dieron a Cristóbal al día siguiente.

—Enhorabuena, vas a volver a ser padre —le dijo el médico.
—¿Carmen está embarazada? —Cristóbal se quedó callado durante unos segundos.
—Esa es la explicación para que se encuentre tan mal. Procura que tenga reposo unos días hasta que mejore. Yo no

haría viajes en avión hasta que nazca el niño. Espero que sea la parejita.

—Se va a llevar poco más de año y medio con Carmen. No sé si a mi mujer saber que está de nuevo embarazada le va a hacer mucha gracia.

—Son buenas noticias. No lo dudes.

Cristóbal llegó a casa con unos bombones que compró en Viena Capellanes y no hizo falta que le diera muchas explicaciones a su mujer.

—Por tu cara sé que no es nada malo, y por los bombones, imagino que se confirma que estoy embarazada.

—Sí, Carmen. Todos tus males se resumen en que estás de nuevo encinta.

—Es que no falla. En cuanto me mareo en un avión ya sé de qué se trata. ¡Qué poco tiempo entre una y… lo que venga! Sabiendo la causa, podremos seguir viajando.

—No, me ha aconsejado tu médico que no cojas aviones y que guardes el mayor reposo posible.

—Un embarazo no es una enfermedad y yo en tierra me encuentro perfectamente. No pienso meterme en la cama.

—Sí, pero deberás estar un tiempo sin hacer grandes viajes hasta que el bebé se asiente. Habrá que decírselo a tus padres. Les va a hacer más ilusión que a ti.

—A mí lo que no me hace ilusión es la lata del embarazo y luego amamantar al niño o a la niña. Eso para mí es insufrible.

—Pues con que le des el pecho tres meses es suficiente. Le evitarás muchas enfermedades.

—Desde luego, te aseguro que seis meses como con Carmen, no. Te lo prometo.

Carmen procuró llevar una vida con menos fiestas nocturnas durante los siguientes nueve meses. Pero en esa primera Semana Santa, tras conocer la noticia, acompañó a sus padres a la casa de la familia materna en la Piniella, cerca de Oviedo. Acudieron al coto Monejo, del río Cares, para pescar salmones. El primero costó a Franco media hora de captura. Después lo intentó Carmen.

—Una vez veas al salmón tomar la mosca, pega un tirón rápido y seco sin perder la tensión de la línea. Si aflojas, se escapará. Tampoco puedes tirar con una fuerza excesiva porque se puede romper el sedal o, si el anzuelo está clavado en el lateral de la boca, se la puedes desgarrar.

Les acompañaba Max Borrell, amigo incondicional desde que fue brigada de infantería en 1932. Después de la Guerra Civil habían vuelto a encontrarse gracias a la repentina afición a la pesca de Franco. Un personaje muy curioso también estaba allí: Andrés Zala, que conoció a Franco en Canarias y que vestía con camisas hawaianas anchas para disimular su obesidad. Era el más gracioso del grupo. No paraba de contar aquellos chistes que nadie se hubiera atrevido delante de Franco. Asimismo estaban el doctor Federico Gil y su hijo Vicente, uno médico de la familia Polo y el otro médico de Franco. Se encontraba igualmente el teniente general Iniesta Cano y la «sombra» y ayudante de Franco desde la época en África: Juanito. Este último era quien le ayudaba con sus aparejos de pesca y quien le vestía todas las mañanas. Juanito era el hombre imprescindible, de rostro siempre sonriente y colorado debido a las muchas venitas que tenía en la cara, y siempre dispuesto a ayudar. Junto con Vicente Gil, que cada día le tomaba la presión arterial, le auscultaba y le daba un masaje antes de ponerse de pie, eran las personas de máxima confianza. Cristóbal elevaba la voz y se hacía escuchar ante estos amigos que acompañaban a su suegro. No estaba hecho para permanecer en un segundo plano, tenía una fuerte personalidad y no le gustaba quedar difuminado ante el Caudillo.

—Me gustaría pescar a mí también. Max, ya me podías dar dos o tres lecciones.

—Cuando quieras —le contestó el aludido.

—Para este arte debes tener mucha paciencia y me da la sensación de que careces de esa cualidad —aprovechó para soltar Vicente Gil.

—Vicentón, es cuestión de probar. No digas tonterías —le cortó Franco.

—Tiene razón, a mí solo me preocupa su salud y no lo que hagan o dejen de hacer otros. Por cierto, es más saludable la pesca que la caza. Debería su excelencia pensar en pescar más y en cazar menos.

—Vicentón, eso lo dices porque cuando mi padre va de caza no puedes controlar los menús. Sin embargo, cuando vamos de pesca, sí —intervino Carmen, y todos asintieron.

—Me has puesto una dieta que ni para un monje asceta. Me tienes a raya.

—Si me hace caso, vivirá más.

—La dieta no es suficiente para vaticinar que se vivirá más —comento Cristóbal en voz alta, sin mirar a Vicente Gil.

—Mi misión es que nuestro Caudillo viva muchos años. La tuya, no lo tengo muy claro, la verdad.

—No sé qué insinúa, pero no me gusta —contestó Cristóbal.

—¡Que haya paz! Es hora de ir a misa. Nos está esperando mamá —zanjó la cuestión Carmen.

—¡Pero qué burro eres, Vicentón!

Tras pescar cinco salmones, tuvieron que hacer la vuelta de forma apresurada porque estaba prevista una misa en la gruta de la Santina, con asistencia de Carmen Polo y del gobernador civil de la provincia.

Cuando acabó el servicio, se fueron a comer al restaurante

del hotel donde pernoctaban. Carmen y Federico, el padre de Vicente Gil, comenzaron a recordar episodios del pasado.

—Fuiste educada, como las niñas bien de la época, en un convento de clausura. Era tan riguroso y tan estricto que casi todas salían monjas.

—Ingresé con otras veintitrés jóvenes. Solo tres no tomamos los hábitos y nos casamos. Pero es cierto que yo pensé que podría tener vocación.

—Fuiste educada para escuchar misa diaria y ser una buena esposa.

—Doctor, ¿no cree que fue demasiado rígida su formación? —comentó su yerno en voz alta, y a Carmen Polo no le gustó. El médico se encogió de hombros y no contestó—. Hoy dirían que era demasiada beatería y muy chapada a la antigua.

—¡Qué cosas tienes, Cristóbal! Eran otros tiempos —le replicó su mujer—. Además, cada uno hace con su vida lo que le dé la gana. Si mi madre desea rezar a todas horas, no hace ningún mal a nadie. Tú, si no quieres, no lo hagas.

Franco no se enteró de lo que hablaban en el otro extremo de la mesa. Pero a Carmen Polo los comentarios jocosos de su yerno sobre la religión y sobre su vida no le hicieron ninguna gracia. El doctor Federico Gil optó por derivar la conversación hacia otros territorios.

—¿Cómo se encuentran tus hermanas Isabelina y Zita?

—Con Zita tengo poco trato, doctor. Desde que su marido fue destituido nos vemos solo en acontecimientos familiares. Por el contrario, veo mucho a Isabelina. La relación entre nosotras es cercanísima. Suele venir al palacio una vez a la semana. El que está algo pachucho es Roberto Guezala, su marido.

—¿Y tu hermano Felipe?

—Está muy cerca de Paco desde que acabó la guerra. Afortunadamente, todos están bien de salud. La pena que tengo es de no ver más a mi hermana pequeña. Para mí ha sido siempre como una hija, pero Ramón, que tiene mucho carácter, le habrá dicho que no se mueva de casa.

—Hace lo que dicta la madre Iglesia, al lado de su marido. Así fuisteis educadas. Volvemos al rigor del convento.

—Sí, fue así. Sin duda nos marcó.

El segundo embarazo se pasó rápido. Entre medias, Muñoz Grandes fue nombrado nuevo ministro del Ejército y tuvo que viajar por toda España y por el extranjero. Era muy poco favorable a la restauración monárquica y muy pronto concitó las esperanzas de la Falange de ir a la solución de regencia en lugar de la solución dinástica en el supuesto de que Franco se retirara. Otro nuevo ministro de Información y Turismo, Gabriel Arias Salgado, controlaba todo lo que se decía y se publicaba. Los censores tenían más trabajo que nunca. Se leían las noticias antes de que salieran a la luz y se tapaban con tinta negra todas las fotos que no parecían decorosas. No se volvió a ver un solo escote en toda la prensa escrita. Con la entrada en Educación de Joaquín Ruiz Giménez se incorporaron intelectuales como Pedro Laín y Antonio Tovar. La prensa americana aplaudió todos estos cambios en la distancia porque consideraba al nuevo gabinete muy «proamericano». Alberto Martín Artajo conservó la importante cartera de Exteriores.

Carmen, embarazada de seis meses, y su marido pasaron la mitad del verano en San Sebastián, en el palacio de Aiete, y la otra mitad en el pazo de Meirás. Franco se fotografió con su nieta en brazos. Era una imagen que contrastaba con la que se había ido construyendo tras la Guerra Civil. Los meses previos se había recorrido los campos y las ciudades mediterráneas dándose un baño de multitudes. Había que mantener viva la llama de la «cruzada». En plena comida veraniega salió a relucir el libro de un intelectual: Rafael Calvo Serer.

—Me ha comentado Ruiz Giménez que el libro *Teoría de la restauración* identifica a España con el catolicismo histórico de los Austrias y con la que ha bautizado como Contrarreforma del régimen. Eso es lo que nos hace falta que se escriba de nosotros —comentó Francisco Franco Salgado-Araujo, primo carnal del Caudillo.

—Excelencia, no se fíe de los intelectuales —comentó Cristóbal Martínez-Bordiú—. Este lo mismo le clava un rejón cuando menos se lo espere. Pertenece al círculo del conde de Ruiseñada, Juan Claudio Güell, quien cree que la solución política pasa por el regreso de don Juan. Siempre habla de lo mismo.

—Pues, de momento, tendrá que esperar sentado.

—En la prensa no se debería hablar de ningún Borbón —comentó de nuevo Cristóbal.

—Eso es imposible, Juan Carlos está estudiando en España y se le hacen muchas fotos —añadió Carmen—. Aparece siempre en el pie de foto su apellido.

—Tan fácil como quitarle el apellido —añadió Franco—. Solucionamos el problema.

—Ya son muchos los que dicen que don Juan es masón —comentó el teniente general Franco Salgado-Araujo—. De momento, todos sus movimientos están siendo registrados en los archivos de la Dirección General de Seguridad. De hecho, ahí están recogidas algunas entrevistas que ha concedido a la prensa. Más de una vez ha manifestado que estás en el poder de forma ilegal ya que durante el alzamiento se convino en que solo estuvieras como jefe del Estado lo que durara la guerra.

Franco siguió comiendo y no contestó nada al respecto hasta que concluyó el plato de lacón con grelos.

—Estoy convencido de que es masón —sentenció—. Tiene un verdadero problema porque sus principales enemigos son sus propios consejeros.

—Le está apoyando mucho tu cuñado Ramón.

—Habría que aplicarle un correctivo. Ramón se está pasando de la raya.

—No se resigna a estar en un segundo plano —apostilló Carmen Polo—. ¡Pobre hermana mía!

—Pues sé de buena tinta —comentó Cristóbal— que Jaime de Borbón, que no había puesto ninguna objeción al testamento de su padre y que ratificaba su renuncia al trono, ahora está dando marcha atrás. Ha cambiado varias veces de opinión. Ahora parece ser que se declara pretendiente al trono de España y al de Francia. Ha nombrado delfín a su hijo Alfonso y duque de Aquitania a su hijo Gonzalo. Distribuye cargos y condecoraciones a diestro y siniestro.

Franco no añadió ningún comentario a esta información; alguien comenzó a hablar de la pesca y derivó la conversación hacia otros derroteros. Los días pasaron rápido en el pazo para todos, menos para Carmen. Estaba cada día más hinchada por su embarazo y llevaba mal el calor. Hacía planes de futuro para su familia.

—Estamos buscando una buena institutriz pero está bastante complicado.

—Las teresianas para mí son las mejores del mundo educando a niños. A excepción de Blanca, que nos salió rana —comentó Carmen Polo.

—Bueno, era una gran persona. Me ayudó muchísimo. Pudo más el amor por el mecánico que su vocación.

—¡Qué disgusto! No me lo recuerdes.

Después de un verano seco y de altas temperaturas, llegaron noticias esperanzadoras de Estados Unidos. Truman, que había decidido no presentarse a las elecciones norteamericanas, apoyaba al demócrata Stevenson, pero fue desbancado por Eisenhower y Nixon. La prensa española se volcó con la noticia. Daba la sensación de que aquel que había insultado a España y a su régimen había perdido las elecciones, aunque él no fuera el candidato directo. Para Franco era casi como una victoria porque apoyaba a Nixon, que era beligerantemente anticomunista. Todos estaban convencidos de que en Estados Unidos se inauguraba una nueva era.

Poco antes de dar a luz, Carmen volvió a instalarse en el palacio de El Pardo. Los amigos de Cristóbal, Pepe Parra —segundo del doctor Jiménez Díaz— y el aristócrata Isidro Castillejo —hijo del duque de Montealegre—, eran los que más visitaban al matrimonio. El primero recordaba una y otra vez que había conseguido que Cristóbal estudiara Medicina, y el segundo lograba que el yerno de Franco se riera con él de todo lo que acontecía a su alrededor. Se entendían en los chistes y en los chismes de sociedad. Aunque Carmen en su casa tenía cocinera, una doncella para ella y otra para su marido, así como otra para la niña, decidió regresar a El Pardo. Y siguió haciendo vida nocturna hasta poco antes de que llegara el niño.

—Prefiero disfrutar antes de lo que me espera. Son unos meses en los que te pasas el día amamantando. ¡Qué lata! Estoy buscando como loca una buena institutriz.

—En tu caso —le decía la mujer de Parra—, tienes que asegurarte de que no te traicione. Debe ser alguien con muy buenas referencias.

—Básicamente, os tendría que robar a algunas amigas la institutriz que tengáis. No puedo meter a cualquiera en casa.

—Pienso —dijo la mujer del aristócrata— que encontrarás la persona que quieres en el extranjero. Yo me traería a una inglesa. Te aseguras de que no tenga contactos en España y, por otro lado, que hable con tus hijos en inglés.

—Me parece un buen consejo. ¡Lo tendré en cuenta!

—Igual ocurrirá con el servicio aquí en El Pardo.

—No, aquí el servicio casi todo proviene de la Guardia Civil y el que no, por referencias. No entra nadie que no sepamos quién es. Eso ha sido así y lo seguirá siendo. Sabemos a qué familia pertenecen y su trayectoria.

—Claro, imagino que aquí no puede entrar cualquiera.

—No. Aquí se conoce la familia de todos, hasta del monaguillo. Tienen contacto directo con todos nosotros.

—Tu padre, en todas las cacerías, cuando Chicote sirve las comidas o los cócteles, le dice: «Espero que no me envenenes». Realmente las personas que dan comidas tienen que vigilar quién manipula los alimentos. No pueden exponerse a que le ocurra nada a la familia de su excelencia —comentó Cristóbal, que guardaba las distancias en el tratamiento de su suegro.

El 18 de noviembre se recibió en El Pardo una buenísima noticia: España salía del aislamiento internacional con el ingreso en la UNESCO, la Organización de las Naciones Unidas para la Educación, la Ciencia y la Cultura, con cuarenta y cinco votos a favor, tres en contra y siete abstenciones. No todos los intelectuales españoles en el exilio recibieron bien la noticia. Alguno como Pau Casals retiró su colaboración con el organismo. Al día siguiente, Carmen rompió aguas. Se puso toda la maquinaria en marcha para que el niño llegara al mundo sin ningún problema. Dos horas después se oía en las habitaciones íntimas de El Pardo el llanto de un bebé.

—Por cómo llora será un muchacho —dijo Franco Salgado-Araujo.

—Será un niño seguro —acordaron entre sí los ayudantes de Franco.

Al poco llegó Cristóbal con un bebé en brazos. Venía muy sonriente con la criatura sin llanto alguno.

—Señores, les presento a María de la O. —Había decidido que su nueva hija llevaría el nombre de su madre. Le pareció que los rasgos eran netamente de la abuela.

—¡Otra chica! —manifestaron todos sonrientes—. Habrá que ir a por el muchacho.

—Por Dios, dejen tiempo a la madre. No creo que hoy se le pueda hablar de intentarlo de nuevo. Un parto es un parto.

—¿Cómo está Carmen? —preguntó Franco.

—Su hija, excelencia, está perfectamente.

Uno de los ayudantes descorchó una botella de champán francés y se brindó por la nueva criatura.

En ese posparto, Carmen decidió cuidarse más que con Carmen. Le hablaron de practicar gimnasia sueca. Se lo había recomendado su amiga Angelines Martínez-Fuset.

—Te deja como nueva. Nadie notará que has tenido dos hijos.

—No estoy para hacer gimnasia en un tiempo largo.

—En cuanto dejes de dar el pecho a la niña, te irá estupendamente. Todas las madres jóvenes se apuntan a estas clases. La Sección Femenina también las imparte en los colegios. Te encantará.

—Cuando acabe de dar el pecho, ya veremos. Te aseguro que no haré como con Carmen. Ya no soy primeriza.

—Ya eres una madre experimentada.

—Bueno, me han educado para ser madre, y eso es lo que estoy haciendo.

—Dicho así parece una tortura china.

—Algo de eso tiene. Te lo aseguro.

30

UN VIAJE DE CUENTO

Estuvimos cenando y bailando con los Kennedy. Era senador por Massachusetts y por su magnetismo y convicción estábamos convencidos de que llegaría a más. Sin embargo, mi padre dijo que nunca un católico podría ser presidente de los Estados Unidos.

A los cinco meses de nacer Mariola, Carmen reanudó su vida social. Un mes antes que con su hija mayor dejó de amamantar a la recién nacida. Comentaba con sus amigas Angelines y Maruja que le gustaría no volver a quedarse embarazada antes de que la niña cumpliera dos años.

—Pues habla con el padre Bulart. Te casas para procrear —le dijo Angelines con ironía—. Si no es así, cometes pecado mortal.

—De modo que solo vamos al cielo las españolas que somos más papistas que el papa. El resto: francesas, inglesas, americanas..., ¿van todas al infierno por tener nada más que dos hijos? Me parece una bobada horrorosa.

—Pues es lo que dice la Iglesia. Si no lo cumples, te niegan la absolución —replicó Maruja.

—No hace falta que me lo recuerdes.

—Habérselo dicho al papa Pío XII cuando estuviste con él en audiencia privada.

—Estuvimos Cristóbal y yo junto a mi madre sentados en su despacho. Hablábamos en francés y lo cierto es que imponía mucho. Mi madre no paraba de llorar y él nos hablaba de los requetés y de la Guerra Civil.

—¿Cómo no os acompañó tu padre?

—Te recuerdo que era mi luna de miel. Pero mi padre ya no viaja fuera de España.

—Debiste aprovechar para pedir una bula y no cargarte de niños —comentó Maruja entre risas.

—¡Qué cosas tienes! Yo cumplo con la Iglesia. No quiero regañinas ni quiero cometer ningún pecado. Nos toca seguir procreando sin parar. ¿Cuántos hijos crees que tendré?

—Ni idea. Igual paras y no tienes más. Mira tu madre. Solo tuvo una.

—Eso no lo quiero para nadie. Es horrible estar siempre rodeada de adultos.

—No te quejes, que mal no te ha ido.

—No me oirás quejarme nunca.

—Ahora lo estabas haciendo.

—No es verdad. —Carmen se echó a reír—. Tú sabes que tengo una virtud que es aislarme de todo, incluidos los problemas. Por cierto, me vuelvo a nuestro piso alquilado en General Mola 38.

—Con lo bien que estás en El Pardo.

—Mejor fuera. Entro y salgo de casa sin dar explicaciones.

La salida del palacio coincidió con un viaje lleno de exotismo y sorpresas. Durante días la preparación del mismo la mantuvo ocupada. Era un viaje largo repleto de compromisos sociales, cacerías y lujo. Se trataba de visitar la India, ni más ni menos que de la mano del marajá de Jaipur al que había conocido Cristóbal en un partido de polo en el club Puerta de Hierro de Madrid. Soñaba con ese viaje que la sacaría de sus labores estrictamente maternales y la transportaría al lugar más alucinante que jamás había visitado.

—Estoy contenta de conocer la India de la mano de Jai —le llamaban así por Jaipur, pero su verdadero nombre era Gayatri Devi.

—Así es como le llamamos nosotros —comentó Cristóbal—. Subió al trono cuando tenía once años. Ha hecho tantas infraestructuras en este tiempo que Jaipur ha sido elegida capital de Rajastán. Nos invita porque está impulsando el sector turístico y está convirtiendo el palacio de Rambagh —la antigua residencia privada de la familia real— en un hotel de lujo.

—¿Vamos solos?

—No, también han invitado a Eduardo Aznar y a su mujer, Loli.

—¿Les conozco? —preguntó Carmen.

—Yo creo que no, porque Eduardo es del grupo de polo. Pertenece a una familia de navieros de Bilbao.

Carmen habló sin parar durante días de aquel próximo viaje y de sus anfitriones que tenían una historia de película. A su doncella le contó que el marajá, antes de casarse con la persona que amaba, Aixa, tuvo que contraer matrimonio con la hermana de su padre, el marajá de Rampur, y tía de la joven.

—Fue una exigencia del padre de su amada, que es una joven monísima. Son estas cosas que si te las cuentan crees que no son verdad. Él accedió a casarse con una señora mayor porque suponía que podría repudiarla enseguida. Son costumbres de la India. Repudiándola lograría el permiso necesario para casarse con Aixa, pero no fue así.

—¿Qué ocurrió?

—Pues nos ha contado que con la señora mayor, que además era muy fea, tuvo dos hijos y ella no le daba el libelo de repudio, por lo que no podía casarse con la mujer que deseaba. Se encontraba el hombre muy desesperado porque estaba enamoradísimo de Aixa. Por otro lado, tenía que cumplir con su esposa y tuvo dos hijos de un matrimonio que jamás debía haberse celebrado.

—¡Vaya historia! No parece real.

—Pues lo es. Yo he conocido a Aixa. Lo han pasado realmente mal los dos. Y ahora que están felices de haberse podido casar, han organizado este viaje.

—¿Le ha contado él todas las penalidades por las que ha pasado?

—No, ha sido ella. Nada más conocerme me lo dijo. Supongo que para ella era una liberación contármelo. «Mi padre hizo casar al pobre con mi tía», me repetía Aixa. Son costumbres bien distintas a las nuestras. Es como si a Cristóbal antes de casarse conmigo le obliga mi padre a contraer matrimonio con mi tía Pilar. En aquel país da igual la diferencia de edad.

En cuanto estuvieron preparados los baúles pusieron rumbo a Calcuta. Esa fue la primera parada del viaje. La capital del Estado indio de Bengala Occidental y la ciudad más poblada. Nada más salir del avión, un olor indescriptible pero poco agradable les dio la bienvenida.

—Ya están en mi país —les dijo Jai—. Sean bienvenidos. Se encuentran sobre una ciudad de miles de años, según nos informan los restos arqueológicos encontrados.

Les dieron una vuelta por la ciudad en coche y a Carmen no le gustó lo que vio. El marajá les hablaba de otra India que no se presentó ante sus ojos hasta que llegaron a la parte británica.

—En India tenemos presencia inglesa desde el siglo XVII. Fue aquí donde establecieron su primera sede de negocios. Enseguida construyeron un fuerte (Fort William), cuya misión no era otra que servir de base militar a los ingleses. Un siglo después apareció Francia, que también quería el control de mi país. Los británicos ampliaron las obras del fuerte y el *nawab* de Bengala protestó, y al no atenderse sus reclamaciones atacó el fuerte y consiguió hacerse con él. En Gran Bretaña llaman a esa noche «la noche del agujero negro». En 1757, Fort William volvió a manos británicas. La ciudad fue nombrada capital de la India británica. Hay dos zonas bien diferenciadas: el sector llamémosle europeo y la zona reservada para la población india.

—¿No hay contacto entre los dos sectores?

—Bueno, como contacto entre la sociedad británica y la india ha nacido una nueva clase social, los babu, un grupo de burócratas y funcionarios surgidos tras la mezcla de ingleses con indios pertenecientes a castas superiores. No obstante, ahora los británicos han decidido apostar más por Nueva Delhi que por Calcuta.

—¿Cuál es su principal industria? —preguntó Cristóbal con curiosidad.

—La textil y la industria del yute, una planta herbácea de la que se extrae una fibra natural.

Carmen no respiró tranquila hasta que no llegaron a Nueva Delhi. Lo que había visto hasta ese momento no le gustó. Pensó que el viaje no era lo esperado. Pero fue llegar a la capital de la república de la India, ver sus amplias y arboladas avenidas y sobre todo la tumba de Humayun, y cambió por completo de opinión.

—Se dice que fue la precursora del Taj Majal de Agra —le comentó Eduardo Aznar.

Carmen se quedó fascinada ante tanta belleza. Entendió que a comienzos del siglo XIX se desplazara la capital de Calcuta a Delhi. Se veía la mano inglesa por todas sus calles y rincones. Les acompañaron a los cuatro a numerosas visitas guiadas para conocer los principales monumentos. Obligado fue visitar el minarete de Qutab Minar, una de las más destacadas construcciones del arte islámico.

—Se inició su construcción en el siglo XII, pero hasta el XIV no se concluyó —les explicó el anfitrión.

Por las noches, asistieron a fiestas a todo lujo en donde Cristóbal se vestía con el turbante rojo que llevaban los nobles de Jaipur. Carmen, a su vez, se puso sus mejores galas. El matrimonio Aznar hizo lo mismo. Mucha seda, mucho oro y mucho lujo. Aquello parecía salido de un cuento. Cada fiesta superaba a la anterior: comida, baile, atenciones que les hicieron sentir como marajás. En Jaipur, su estancia fue todavía más esplendorosa. La familia del marajá tenía tres palacios: uno antiguo, que visitaron subidos en elefantes. Cada elefante tenía en su lomo una plataforma acolchada en donde se tumbaban los invitados. Por cada elefante iban dos o tres personas más el ayudante que guiaba al animal. El segundo palacio perteneciente a la familia era el que habían convertido en hotel para el incipiente turismo de lujo. Lo regentaban los dos hijos mayores que había tenido en el primer matrimonio impuesto, con la tía de Aixa. El tercero y más pequeño era el de la amada Aixa. También era una auténtica belleza. Todo rezumaba esplendor y riqueza.

Dejaron para el final la caza del tigre en el distrito de Rampur, en el estado de Uttar Pradesh. Fueron todos subidos en elefantes y cargados con escopetas. El marajá se calzó para la ocasión unas chinelas de raso rojo bordado. Durante una hora buscaron al animal. Cristóbal dudó de que existiera.

—Esto es una atracción para los turistas. Te aseguro que el tigre no existe.

Carmen, sin embargo, intuía que estaba cerca. Su experiencia como cazadora le indicaba que la pieza no andaba lejos.

—¿No te das cuenta de que los elefantes están nerviosos? Es porque huelen que está en las proximidades. El tigre existe.

—Yo te digo que no. Sería mejor que regresáramos a tomar una copa.

—Con la caza, las prisas hay que dejarlas en el hotel.

Después de buscarlo sin éxito, se acercaron a un pequeño

cañaveral. Los ayudantes movieron las cañas para que el animal, en caso de estar allí, saliera de su escondrijo. Al fin, cuando iban a dar por concluida la cacería, vieron aparecer entre las cañas un enorme ejemplar de tigre. Todos cogieron sus escopetas. Cristóbal, por su posición, lo tenía a tiro y disparó. El tigre cayó fulminado.

Bajaron todos de las plataformas y se hicieron fotos con el ejemplar. Era único, extraordinario.

—Ya hay pocos tigres, Cristóbal. Probablemente esta sea una de las últimas cacerías —le dijo Jai—. Disfrute de algo exclusivo que será imposible repetir.

—¿Y si nos hubiéramos caído del elefante? —preguntó Loli Aznar, todavía no repuesta del susto.

—Resulta imposible caerse porque el animal es muy fuerte.

—Pero ¿y si hubiera ocurrido? —insistió.

—Pues nada, coges la escopeta, apuntas al tigre y lo matas —dijo Carmen sin ningún síntoma de miedo y menos aún de nervios.

—Tú, que eres cazadora, no tienes miedo, pero yo me encuentro todavía aterrada. No me repongo.

Cristóbal estuvo exultante el resto del viaje. La pieza se mandó directamente a Inglaterra, a Rowland Ward, al mejor taxidermista. Querían la piel y la cabeza de ese ejemplar único. Aquel viaje les hizo sentirse dentro de un cuento del que no deseaban salir nunca.

—Será difícil repetir algo parecido —comentó Cristóbal.

—No, si regresan aquí de nuevo —les volvió a invitar Jai.

—No te digo que no regresemos. Es un lugar para volver —afirmó Carmen, y Loli asintió con la cabeza.

Durante las semanas siguientes no dejaron de hablar del viaje, de la experiencia, de las fiestas, de la cacería, del tigre. Al mes llegó la piel y la cabeza del felino convertida en una alfombra.

Decidieron colgarla de una pared del nuevo chalet que se habían comprado en el pantano de Entrepeñas. A partir de ese momento, todos los fines de semana acudieron al pantano junto al chalet de José María, el hermano pequeño de Cristóbal. Se convirtió en su refugio, únicamente compartido con amigos. Se acostumbraron a dejar a sus hijas con los abuelos en El Pardo. De viernes a domingo hacían prácticamente vida de solteros. Entre la gimnasia sueca, sus almuerzos en El Pardo con sus padres y las citas con sus amigas para jugar a las cartas, además de los actos oficiales en los que se la requería, no le daba más de sí la semana. Vivía informada por los periódicos que leía a diario más que por lo que le contaban en El Pardo, donde era muy raro que en las comidas se hablara algo de política. Se mostraba ajena a los movimientos que existían contra el régimen de su padre. Se enteraba de las revueltas estudiantiles por Cristóbal o por el cambio oficial de coche. Ya no llevaban el distintivo ET del Ejército de Tierra, después de que acribillaran a pedradas el vehículo de Fernando Fuentes de Villavicencio, por entonces segundo jefe e intendente general de la casa civil. Fue pasar por la Ciudad Universitaria y al saber los estudiantes que era un coche oficial, la emprendieron a pedradas con él. No querían que ni Carmen ni su familia se expusieran a una situación similar y desaparecieron los distintivos oficiales. «Las universidades se están llenando de comunistas y de voces en contra del régimen», comentaron los ayudantes de Franco.

—Muchos hijos de generales y de personas cercanas a Franco están pasando por la Dirección General de Seguridad. A estos chicos que lo tienen todo les están lavando el cerebro.

El director general de la Guardia Civil se vanagloriaba de «tener a todos los rojos fichados». Por sus excesos con los maquis y los comunistas, Camilo Alonso Vega era denominado por algunos como don Camulo o Director de Hierro.

Las revueltas estudiantiles habían encontrado su caldo de

cultivo en la universidad. Algunos curas, como el padre Llanos, habían pasado en menos de siete años de dirigir los ejercicios espirituales en El Pardo al comunismo con ciega entrega, trasladándose al Pozo del Tío Raimundo junto a los más pobres en el extrarradio de Madrid.

En España y en el mundo sucedieron una serie de acontecimientos que cambiaron el rumbo de la actualidad. El 5 de marzo de 1953 murió uno de los enemigos históricos de Franco, Stalin. En agosto de ese mismo año, se firmó el concordato entre la Santa Sede y el Estado español. De esta forma, el régimen recibió un respaldo mundial decisivo. A este éxito diplomático se sumó otro: El 26 de septiembre se firmaron en Madrid los acuerdos con Estados Unidos en los que se fijaron las condiciones de la ayuda militar económica y técnica que iba a recibir España, así como la contraprestación española, que se tradujo en la construcción de bases norteamericanas en suelo español. El cerco y el aislamiento se habían roto definitivamente. Comenzaron a llegar grandes estrellas de Hollywood a rodar en España. Los primeros turistas empezaron a asombrar con sus costumbres a los españoles. En este ambiente de apertura internacional y de mejora económica para el país, Carmen y Cristóbal regresaron en noviembre a Estados Unidos. El doctor seguía en contacto con los cirujanos de allí para estar al tanto de las novedades sobre cirugía cardiaca.

—Carmen, date cuenta de que venir a Estados Unidos es como ir en tiempos romanos a Roma. Es el centro cultural y científico del mundo.

—Por la de veces que venimos aquí, comprendo que así debe de ser.

Esta vez, al pisar suelo americano, no encontraron críticas en la prensa hacia España. Una vez instalados en Boston, donde tenía lugar un curso de medicina al que asistía Cristóbal, recibieron incluso una invitación para acudir a cenar y a bailar con una pareja conocida de recién casados. Volvieron a coincidir con el ya convertido en senador John Fitzgerald Kennedy y su flamante esposa Jackie. El político católico llevaba una carrera ascendente e imparable.

Todos se mostraban de acuerdo en que él tenía magnetismo y fuerza suficiente para presentarse como candidato a presidente de Estados Unidos. Y ella poseía mucha clase como para ser una buena primera dama. En un momento de la cena, Kennedy sacó a bailar a Carmen y Cristóbal hizo lo mismo con Jackie. Un fotógrafo los inmortalizó.

—¡Qué bien hablas francés! —le dijo Cristóbal a Jacqueline.

—Bueno, yo me he educado en francés. Estaba bien visto en las familias de clase alta neoyorquinas educar en este idioma. Además, posteriormente también me gradué en literatura francesa.

Estaba bellísima con un traje de noche blanco sin mangas y unos guantes del mismo color que sobrepasaban el codo. Carmen Franco iba vestida de negro con un solo tirante y guantes también largos del mismo color.

—¿Cómo os conocisteis tú y Jacqueline? —preguntó Carmen a John mientras bailaban por la pista de baile.

—Pues fue durante una cena en Washington. Era fotógrafa y periodista. Nos enamoramos inmediatamente, y eso que Jackie estaba prometida con un corredor de bolsa. Pero ¿quién puede sobrevivir a un flechazo? Nos hemos casado en septiembre —sonrió John—. Todavía estoy recuperándome de la boda. —Le mostró el anillo de casado.

—Imagino que estará siendo de gran apoyo en tu carrera.

—Mucho, las mujeres se ponen tan en campaña como sus maridos. ¡No sabe dónde se ha metido!

Continuaron toda la noche compartiendo una velada de confidencias y bailes. Jacqueline les dijo: «Yo no buscaba la fama, pero me volví una Kennedy». Todos se rieron porque eran una de las parejas más fotografiadas de los últimos meses. La boda del senador y la chica bien neoyorquina, casi diez años más joven, había llenado de fotógrafos su boda en la iglesia de Saint Mary, en Newport, Rhode Island. Jackie esa noche llevaba puesto el anillo de pedida, un diamante de casi tres quilates. Carmen, por su parte, llevaba la pulsera de pedida y unos pendientes de perlas, regalo de su madre.

—Os invitamos a nuestra casa en la playa —comentó John—. Cuando vengáis a Estados Unidos visitadnos el primer fin de semana que podáis.

—Prometido —comentó Cristóbal, dispuesto a cumplirlo.

Al regreso de Estados Unidos, se fueron a comer a El Pardo. Comentaron todas las experiencias vividas y el cambio de actitud de los americanos hacia España. Le hablaron a Franco del senador americano por Massachusetts que tenía tanto magnetismo y carisma.

—John Fitzgerald Kennedy tiene algo especial. Estoy segura de que llegará lejos. No me extrañaría que consiguiera ser presidente —comentó Carmen.

—Es católico y está por ver que llegue un católico a la presidencia de Estados Unidos. Se quedará a medio camino.

—Pues tiene las ideas muy claras y quiere cambiar muchas cosas en su país. Le veo con la fuerza necesaria para hacerlo —insistió su hija.

—Las cosas no son tan sencillas como parecen. No te fíes de los políticos. Acuérdate de lo que te digo. No hay uno bueno. Todos prometen cosas que no piensan cumplir.

—Pues habla de la democracia con mucho convencimiento.

—La democracia es un error.

Su respuesta fue tan contundente que nadie en la mesa se atrevió a continuar la conversación.

Siete años después de aquel encuentro, Kennedy llegaba a la presidencia de Estados Unidos. Se convertía, contra el pronóstico de Franco, en el primer presidente norteamericano católico y el trigésimo quinto del país. El 20 de enero de 1961 tomaba posesión de su cargo. Lo primero que hizo Cristóbal al llegar a su domicilio y ver las noticias fue dictar un telegrama de felicitación con destino al nuevo inquilino de la Casa Blanca. Carmen, en estos últimos años, no había vuelto a viajar a Estados Unidos, porque ligó un embarazo con otro. Había traído al mundo a otros tres hijos desde la última vez que compartieron cena y baile con los Kennedy. Primero nació Francisco el 9 de diciembre del año cincuenta y cuatro, en El Pardo. Dos años después, el 6 de junio de 1956, llegaba al mundo María del Mar, Mery, y por último José Cristóbal, que nació el 10 de febrero de 1958. Desde entonces no se había vuelto a quedar embarazada.

—Toquemos madera, porque han pasado tres años y no me he vuelto a quedar encinta —comentó a sus amigas.

—Ya le has cogido el truco —le dijo Maruja mientras le guiñaba un ojo.

—He pasado diez años de mi vida embarazada o amamantando a un hijo.

—Empezaste dando el pecho seis meses hasta ahora que con tres te parece suficiente.

—Sí, parece de risa pero he ido bajando los meses porque tengo la sensación de ser una vaca siempre con la ubre fuera. Ahora tengo un respiro. Me gustaría regresar a Estados Unidos y volver a ver a los Kennedy.

—¡Ojo con los viajes, que siempre regresas embarazada!

—Lagarto, lagarto —se echó a reír Carmen.

Con el nacimiento del primer nieto varón, el abuelo paterno, José María Martínez, conde de Argillo, propuso a la familia un cambio de apellidos: Franco por delante de Martínez-Bordiú para que no se perdiera el apellido del general.

A la abuela materna, Carmen Polo, le pareció una deferencia de su consuegro y una forma de demostrar respeto a la figura de su marido. El conde, que era procurador en Cortes, presentó una moción para aprobar una ley que permitiese alterar el orden de los apellidos del niño. Las Cortes aprobaron la propuesta por unanimidad. El jefe de la casa militar, Franco Salgado-Araujo, pensó que a lo mejor con el tiempo no se alegraría el niño del cambio de apellido y agradecería ser un Martínez cualquiera, pero se lo calló. Así, el recién nacido pasó a llamarse Francisco Franco Martínez-Bordiú. En ese momento, todos aplaudieron la idea. «Le ayudará en su futuro», comentó Cristóbal.

Con tantos niños, apareció *miss* Hibbs a imponer orden en aquella casa donde a los padres apenas se les veía. Una británica con experiencia cuidando niños cuya misión era hablarles en inglés, educarlos y estar a diario con ellos. Muchas veces, sus padres solo alcanzaban a darles un beso y no volvían a verlos en todo el día debido a sus múltiples salidas sociales. *Miss* Hibbs estableció sus normas, sus deberes y protegió a los chicos como si fueran sus cachorros. No dejaba que nadie se interpusiera en sus quehaceres educativos. A todos los tenía a raya, incluidos a los abuelos. «Cuando esto acabe, ¿qué? —era la frase que más les repetía—. Debéis pensar que los privilegios se acabarán algún día y tenéis que estar preparados». Al poco de nacer Mery, le detectaron al niño, que ya correteaba, una dolencia cardiaca. Veían que se cansaba al mínimo esfuerzo.

—Francis tiene una endocarditis reumática con una insuficiencia cardiaca muy severa. Este niño no podrá hacer ningún esfuerzo físico hasta los diecinueve o veinte años —comentó Cristóbal a la madre, después de hacerle las pruebas médicas pertinentes.

—Estoy segura de que lo va a superar. —Carmen, haciendo gala de su habitual optimismo.

—Lo mismo era mejor hacerle una operación, pero tiene sus riesgos.

—Dejemos al niño tranquilo y veamos cómo evoluciona —decidió Carmen.

Una vez por semana a Francis había que inyectarle Benzetacil 633, era la penicilina descrita por el equipo médico que le atendió desde el primer momento. Desde que comenzó a andar tuvo más atenciones que el resto de sus hermanos. En el colegio no hacía deporte, lo máximo era ponerse de portero cuando sus compañeros jugaban al fútbol o al balonmano. Cada mañana un coche le llevaba y le traía del colegio, lo que produjo rencillas con sus compañeros desde bien temprana edad. Se convirtió en un niño solitario siempre rodeado de adultos.

José Cristóbal, el último en nacer, se llevaba muy bien con su hermana Mery. Jugaban a todas horas y eran uña y carne desde niños. Ella, mucho más echada para delante y más alocada que él. Eso precisamente le hacía gracia a Franco, que enseguida comenzó a sentir debilidad por la pequeña «ferrolana», como le gustaba llamarla.

El matrimonio Martínez-Bordiú Franco tenía una actividad social que crecía por momentos. Un día, yendo a cenar a una de las zonas más exclusivas en las afueras de Madrid, no encontraron el chalet al que tenían que ir y después de una hora dando vueltas regresaron a su domicilio. «¡Vayamos a casa por un día!», dijeron como si fuera una gran novedad. Al rato se presentó un dilema.

—Está el servicio durmiendo y yo tengo un hambre atroz —comentó Cristóbal según abría la puerta de su casa.

—Pues yo no he cocinado en mi vida.

Carmen siempre había estado rodeada de servicio que se lo hacía todo. Jamás se había planteado cómo freír un huevo o cómo se hacía una merluza. No tenía curiosidad y tampoco le atraían los quehaceres de la casa. Siempre los había eludido y pretendía seguir así.

—Vayamos a la cocina, que allí sabremos hacernos algo, digo yo —propuso Cristóbal, un tanto escéptico.

Carmen solo había entrado en las cocinas de los distintos palacios y cuarteles cuando era pequeña. No había sentido la más mínima curiosidad por saber qué se guardaba en los almacenes de El Pardo. Jamás había bajado a saber qué contenían. Vivía en una constante y permanente burbuja donde todo estaba bien y no le faltaba de nada.

—Siempre me lo han hecho todo. Pero tampoco creo que sea difícil freír un huevo o hacer una tortilla.

Cogió dos huevos, los cascó y los batió. Buscó una sartén por todos los armarios. Encontró una enorme y después de ponerla al fuego, intentó dar forma a aquella masa licuada amarilla. Finalmente, salió algo parecido a una tortilla.

—¡Qué horror! Es la primera y la última vez que me verás en una cocina. No me gusta. No he visto a mi madre y yo creo que esto se aprende mirando.

—Pues para ser la primera vez no te ha salido mal el huevo revuelto. De tortilla tiene poco, pero he sobrevivido al intento —se echaron a reír.

Carmen pensaba que desde hacía diez años no gozaba de sus salidas como ahora. Por fin, los embarazos le daban una tregua. Era la primera vez que se sentía autónoma, aunque no plenamente independiente. En esa casa pesaba mucho la opinión de su marido. «Es andaluz y está acostumbrado a mandar», le solía decir su suegra.

31

DOS BODAS Y UN ACCIDENTE MORTAL

*A mi padre le pareció bien que don Juan Carlos
se casara con doña Sofía. Lo consideraba más
una cosa de familia. No acudimos ninguno al enlace.
Yo estaba embarazada de nuevo.*

En estos años de mejora económica y de entrada de España en las Naciones Unidas por cincuenta y cinco votos a favor y ninguno en contra, Franco remodeló el Gobierno y metió a tecnócratas. Por otro lado, se afianzó la posición de fuerza de Carrero Blanco, que continuó como segundo de Franco. Ambos acariciaban la idea de que Juan Carlos de Borbón fuese la persona destinada a sucederle como jefe del Estado sin hacerlo oficial.

Don Juan y Franco, a pesar de su animadversión manifiesta, volvieron a verse las caras en la finca extremeña de Las Cabezas. Era la primera vez que, tras la Guerra Civil, don Juan pisaba territorio español. Fueron dos largas sesiones en la finca del conde de Ruiseñada. Tras analizar la situación del país, donde don Juan planteó la conveniencia de separar las funciones de jefe del Estado y jefe del Gobierno, que era una manera de pedir a Franco que soltara poder, tomaron la decisión sobre el futuro de Juan Carlos y su hermano Alfonso.

—Encomiéndenos la formación de sus hijos. Le prometo que haremos de ellos unos hombres excepcionalmente bien preparados y excelentes patriotas —comentó Franco.

—En lo de enseñarles a ser patriotas tendrán ustedes poco

trabajo; en mi casa se aprende a ser patriota desde la cuna —replicó don Juan.

Al final, se mantuvo la propuesta de Franco de que Juan Carlos no saliera fuera de España. No iría a la Universidad de Bolonia o a la de Lovaina, como quería su padre, sino que continuaría su formación en España en la Academia General Militar de Zaragoza. «Alteza —le dijo Franco a don Juan—, si se hace como usted quiere, cuando el príncipe venga a España tendrá ya veintidós años o veintitrés y será para él muy difícil integrarse con sus compañeros, que tendrán todos entre diecisiete y dieciocho años». Tras muchas horas de discusión, don Juan cedió a las sugerencias de Franco. El duque de la Torre, Carlos Martínez Campos, seguiría dirigiendo la formación del príncipe. El contralmirante Abárzuza y el comandante de artillería Alfonso Armada ayudarían en su formación militar. «Solo pido que se le trate como a cualquier otro alumno», insistió su padre. De cualquier forma, don Juan no cejó ni un solo instante de protestar por las decisiones que adoptaba Franco constantemente sobre el futuro de sus hijos. Franco le contestó que «una cosa era la educación de un hijo y otra la educación de un príncipe. Si no le parece bien —continuó—, no lo envíe más, pero España perderá un buen príncipe para la monarquía». También Franco le confirmó que el manifiesto de 1947 le había costado el trono. Por otro lado, le advirtió de que el sostén de la monarquía «solo podía ser el Ejército». Los gastos de la educación de sus hijos correrían a cargo de Presidencia del Gobierno.

En el transcurso de su tradicional partida de cartas, Carmen Franco hablaba con sus amigas Dolores Bermúdez de Castro y Angelines Martínez-Fuset de los últimos acontecimientos relacionados con Juan Carlos. Una vez que había jurado bandera en el mes de diciembre con la promesa de «ser un perfecto soldado», pudo trasladarse tres meses después a Villa Giralda, en Estoril, junto con su hermano Alfonsito, para pasar la Semana Santa. Allí se produjo la tragedia que cambió la vida de toda la familia.

—Por lo visto, después de contar mil y una anécdotas de su vida militar, se puso a jugar con su hermano —comentó Carmen—. Alfonsito le provocaba simulando que sujetaba entre sus manos una metralleta hasta que Juan Carlos sacó la pistola Long Automatic Star, calibre 22, regalo de Javier Travesedo, su compañero y padre académico. Con esta pistola habían jugado horas antes a vaciar el cargador en el jardín de la casa. Juan Carlos extendió el brazo con la pistola apoyándola en su frente. Apretó el gatillo con la seguridad de que no había balas, cuando de repente sonó una detonación y vio a su hermano caer muerto.

—¡Qué fatalidad! —exclamó Angelines—. ¿Quedaba una bala en la recámara?

—¡Las armas las carga el diablo! Cuanto más lejos, mejor —añadió Bermúdez de Castro—. ¡Cómo tiene que estar esa madre!

—¡Y cómo tiene que estar el hermano! ¡Terrible! —insistió Carmen.

—Al parecer, su padre mientras velaba el cadáver de su hijo le pidió un juramento: «Júrame que no lo has hecho a propósito». Don Juan tenía una bicicleta con dos ruedas pero ahora camina sobre una sola rueda. Para la Corona era importante tener repuesto. Ha sido una auténtica tragedia —explicó Angelines, que tenía mucha información.

—Lo mejor que puede hacer es continuar, formarse militarmente y tratar de tirar hacia delante.

En los periódicos y en la prensa se recogían cada vez más a menudo las salidas nocturnas del marqués de Villaverde. Sus fotos rivalizaban con las de la cantante Lola Flores o el torero

Luis Miguel Dominguín. Vicente Gil aprovechaba la más mínima ocasión para criticar al hombre que le había quitado la plaza de médico en El Pardo y cuya presencia no podía soportar. Sabía que tampoco era santo de la devoción del Caudillo, aunque no lo verbalizara. En uno de sus encuentros en las habitaciones privadas, mientras le daba el masaje antes de levantarse, lo criticó sin ningún escrúpulo.

—Tendría que atarle en corto. Ya ve las cosas tan graves que se dijeron recientemente por el negocio poco claro de importación de motos Vespa. Según dicen algunos, su yerno ha ganado treinta millones de pesetas.

—Esa es una absoluta mentira.

—Su excelencia debe saber que hacen chascarrillos con las siglas de VESPA, dicen que es por Villaverde Entra Sin Pagar Aduanas. Otros le llaman ya con el apodo el marqués de Vespaverde.

—¡Ya basta! Sabes que esas historias de porteras no me gustan.

—Yo siempre le diré la verdad aunque escueza. Si lo oigo en la calle, se lo cuento. Alguien lo tiene que hacer.

—Ya te he dicho que todo eso son mentiras de mis enemigos.

—Está bien, pero sería mejor que aprendiera de la prudencia de su hija Carmen y no tanta salida nocturna, que no le beneficia.

—Vicente, haz el favor de meterte en tus asuntos. No estoy para chismes.

Desde el cincuenta y ocho, año en el que nació José Cristóbal, Carmen no se había vuelto a quedar embarazada. Esto le permitió, junto a Nani —Beryl Hibbs—, organizar la vida escolar de sus hijos mandando a las niñas al colegio, al Santamaría de las Nieves, en Somosaguas, cuando las dos mayores ya tenían nueve y siete años, y a los niños al colegio del Pilar. Después de un periodo de formación en casa, decidió que no fueran niños aislados y que recibieran la instrucción colegial que ella no había tenido. Igualmente, proyectaba su formación fuera de España cuando fueran mayores. Suiza e Irlanda, le aconsejaba Nani.

La hija de Franco vivía ajena a todo lo que se estaba moviendo en la sociedad civil. El día previo a la convocatoria de huelga general, el 18 de junio de 1959, se produjeron detenciones de aquellos dirigentes obreros que se sabía que estaban detrás de la convocatoria. La brigada político-social detuvo, entre otros, a Simón Sánchez Montero, miembro de la dirección del Partido Comunista de España y secretario general del comité de Madrid. En el edificio de la Puerta del Sol le interrogaron sin que diera datos de dónde vivía y de quiénes eran sus camaradas, pero sí reconoció su pertenencia al Partido Comunista.

—Yo saldré de aquí por mi propio pie o con los pies por delante. Pero estoy seguro de que lo haré con honor, con dignidad. Yo quiero que las cosas cambien para que esta vergüenza desaparezca de España y para que todos, derechas e izquierdas, puedan vivir con libertad.

—Mentira —le dijo el policía—, a vosotros solo os inspira el odio.

El 24 de septiembre fue juzgado en consejo de guerra. Al día siguiente le comunicaron que había sido condenado a veinte años y un día de prisión. Lo llevaron al penal de El Dueso, donde no había presos políticos sino presos comunes.

Carmen Franco extremó las precauciones con todas las personas que se acercaban a sus hijos. Notaban cierta hostilidad en algunos ambientes. En enero de 1960 ocurrió un accidente que algunos no dudaron en considerar un intento de atentado contra sus padres. Regresaban de una cacería en la provincia de Jaén cuando los dos se vieron aquejados por un fuerte dolor de cabeza e incluso Franco se llegó a desvanecer. Hubo unas emanaciones de gasolina que, a causa del tubo de escape defectuoso, se introdujeron en la parte posterior del coche. Carmen Polo pudo pedir auxilio y después de abrir las ventanillas se solucionó el incidente, como así lo calificaron. La casa Rolls-Royce en Londres informó de que, a menos que se hubiera manipulado con fines criminales, era del todo imposible que las emanaciones de gasolina se introdujeran en la parte trasera del vehículo.

Cuando Franco habló con su primo hermano, Franco Salgado-Araujo, le confesó que «se habían tomado las medidas oportunas para que no volviera a suceder». Desde entonces, cada vez que se llevaba el coche al taller se hacía ya siempre en presencia del servicio de seguridad que acudía, metralleta en mano, allá donde se desplazara el general o su coche. Además, Carmen quiso que sus hijos fueran acompañados al colegio por una escolta. Era mejor ser precavido.

Carmen acudía cada vez a más actos sociales en representación de sus padres. Ese año fue al más deslumbrante e inesperado. La boda de Fabiola de Mora y Aragón —que todos creían que se metería a monja— con el rey Balduino de Bélgica. Tuvo lugar el 15 de diciembre de 1960 en la catedral de San Miguel y Santa Gúdula de Bruselas.

Meses antes, Carmen Polo y su hija llevaron el regalo en mano a Fabiola a la casa materna, una tiara de piedras preciosas. Antes de salir del domicilio, la pequeña Carmencita, que estaba convaleciente en la cama con sarampión, se la había probado. Ya en el palacete de los Mora y Aragón, en la calle Zurbano de Madrid, comentaron que habían comprado la corona a un anticuario. Todos hicieron hincapié en la belleza de la misma, repleta de rubíes y esmeraldas de gran tamaño. Al Estado le costó cinco millones de pesetas. Era una boda importante para España, ya que Bélgica por fin reconocía el régimen del país. Fabiola se puso la corona para acudir a la cena de gala que tuvo lugar en el palacio real de Laeken dos noches antes. Los joyeros de la Corona belga examinaron la pieza y llegaron a la conclusión de que no eran piedras auténticas sino cristales rojos y verdes.

Meses después alguien dijo que el anticuario había engañado a doña Carmen, otros comentaron que las monjas que custodiaron la alhaja durante la guerra habían ido vendiendo las piedras para poder subsistir y las sustituyeron por otras falsas. Nada más tener conocimiento de lo ocurrido, Carmen Polo adquirió un lote completo de esmeraldas y rubíes para que se renovara la ornamentación falsificada. De este hecho nada trascendió a la prensa. Por primera vez, los españoles pudieron ver la boda a través de la televisión. Se vendieron miles de televisores. Era la primera retransmisión en directo de Televisión Española en el exterior a través de Eurovisión. El evento se catalogó en la prensa como la boda del siglo.

Carmen Franco con sus amigas comentaba otros detalles que nada tenían que ver con la corona que se regaló a la flamante reina de Bélgica. Le preguntaban por qué había ido don Juan al enlace.

—Bueno, don Juan es hijo de Alfonso XIII y allí tenía que estar. Juan Carlos también estuvo allí con la duquesa de Alba. Los sentaron juntos.

—Oye, ¿por qué no fue tu padre? —preguntó Angelines.

—Mi padre ya no coge aviones desde que acabó la guerra.

—¿Tiene miedo a volar?

—No es eso. La prueba es que montaba en el hidro de su hermano Ramón para ver el campo de batalla desde arriba durante la guerra. Pero siempre tuvo la intuición de que la muerte del general Mola podía haber sido un atentado. Piensa que es muy fácil sabotear un avión. Simplemente con echar azúcar al motor de gasolina te cargas a todos los que viajan en ese aparato. A mi madre tampoco es que le guste mucho. Los dos solo viajan en coche.

Las amigas volvieron al tema de la boda. Miraban una y otra vez las fotos que publicaban los periódicos.

—Oye, Fabiola ha mejorado mucho. Era bastante fea, se operó de la nariz, ¿no?

—Sí, le quedó mucho mejor tras operarse. Lo hizo porque tenía muy poco éxito en sociedad. Se sometió a la operación justo antes de conocer a Balduino. Es una buenísima persona y tiene un aire muy distinguido. Los dos son muy religiosos.

—Pues mira, reina de Bélgica.

—Nos viene estupendo tener en Bélgica a una reina española —comentó Carmen—. Me acuerdo de las veces que hemos estado juntas. Piensa que su hermano Alejandro fue pretendiente mío.

—¿Sí? —se sorprendió Bermúdez de Castro—. Ese pretendiente yo no lo tenía registrado.

—He dicho solo pretendiente, para nada novio. No vayas a creer. Algunas veces salimos juntos con amigos comunes.

Durante unos minutos siguieron hablando de Fabiola y después de referirse con detalle al traje de novia que diseñó Balenciaga, la conversación derivó hacia la moda. Carmen se había comprado varios trajes en el extranjero, todos ellos más cortos de lo habitual.

—Un poco corta la falda me parece, ¿no? —preguntó Angelines.

—Te has apuntado a la minifalda —dijo Dolores.

—¡Quita, quita! Las que sí van cortitas son mis hijas. ¿Sabes lo que les preguntó mi padre el otro día?

—No, ni idea.

—Les dijo: «Anda que ese traje os habrá costado barato por la poca tela que tiene…». —Las tres se echaron a reír.

—Luego dices que los Franco no tenéis sentido del humor.

—Yo ninguno. Te lo aseguro.

Aprovechando la temporada de caza, Carmen acudió junto a su padre a tirar perdices en Santa Cruz de Mudela. Estaban pendientes de disparar cuando una perdiz baja pasó entre los dos y una ráfaga de perdigones acabó en el muslo y trasero de la hija de Franco. Manuel Fraga, flamante ministro, fue el autor del «plomazo». No sabía dónde meterse. Hubo un momento de mucha tensión. Carmen, ensangrentada, fue atendida inmediatamente por Vicente Gil, que siempre acompañaba al general. Este, al saber que no revestía gravedad, espetó en voz alta:

—Quien no sepa cazar, ¡que no venga!

Hubo poca prudencia en el cazador Fraga Iribarne. Se le dijo que no podría volver si no llevaba consigo un juego de pantallas para evitar este tipo de accidentes. Carmen le restó importancia y pidió a todos que continuaran con la cacería como si no hubiera pasado nada. Vicente Gil seguía agobiado ante lo que acababa de ocurrir.

—Excelencia, ¿qué hubiera pasado si al que le dan es a usted? ¿Ve cómo le digo que donde esté la pesca que se quite la caza? ¡Ha podido ocurrir una desgracia! Yo lo vengo anunciando —rezongó el médico, que tuvo que quitar uno a uno los perdigones de «salva sea la parte» a Carmencita.

—No ha sido para tanto, Vicentón —replicó Franco.

—¿Que no ha sido para tanto? Usted no ha curado a su hija, pero yo sí.

—Estas cosas ocurren.

—Perdigonazos que sacan ojos, que entran en zonas vitales... Hablamos de escopetas y fusiles. Son palabras mayores.

Todos quitaron hierro al suceso, menos el médico. No habían transcurrido ni diez meses cuando de nuevo la caza provocó otro accidente en la familia. El día 24 de diciembre, horas antes de Nochebuena, Franco salió a cazar en la reserva de El Pardo y, al disparar, se le reventó uno de cañones de la escopeta con la que tiraba. Resultó gravemente herido en la mano izquierda, con la que sujetaba el cañón, produciéndose una seria lesión en el dedo pulgar. Solo le acompañaban en ese momento Pepe Sanchiz, que fue quien insistió en salir a cazar, y su inseparable ayudante Juanito.

Fue trasladado primero al consultorio de urgencias de El Pardo, instalado en la antigua habitación de Carmen. Vicente Gil le hizo una primera cura.

—Tranquilo, excelencia. Todo irá bien. —Al ver la fractura abierta en el dedo índice, el médico supo que había que intervenir.

Enseguida se organizó su traslado al hospital Central del Aire, situado en la calle de la Princesa, donde le operó con anestesia general el jefe del servicio de traumatología, doctor Ángel Garizábal. Antes de acudir al centro hospitalario, Franco quiso prevenir al jefe del Alto Estado Mayor, general Muñoz Grandes, y encomendarle que se hiciera cargo de la situación. El Caudillo confiaba de nuevo en la misma persona que dejó al mando del triunvirato en 1940, antes de entrevistarse en Hendaya con Hitler.

El anestesista era un conocido de Cristóbal, los dos daban clases en la Escuela de Cirugía del Tórax. Luis Agosti fue sacado con diligencia del cine donde estaba con sus hijos y conducido hasta el hospital. Pensó que el herido era el marqués de Villaverde. En cuanto le vio, Carmen Franco le dijo que se trataba de su padre y por la cara de preocupación dedujo que era grave. Vicente Gil le advirtió de que había comido hacía dos horas y las digestiones las hacía lentas. El doctor, presidente de la Sociedad Española de Anestesiología, tuvo en cuenta la indicación del médico. Fue una operación larga de la que salió Franco escayolado.

Tras la intervención, las investigaciones revelaron que Juanito había tenido la culpa al recargar la escopeta con un cartucho de diferente calibre. Eso explicaba que se atascara y provocara el accidente. Juanito no se perdonó nunca aquel fallo. El posoperatorio tuvo lugar en un dormitorio especialmente habilitado en el ala derecha del palacio de El Pardo. Había una cama supletoria para que el médico se turnara con el propio Juanito para velarle durante toda la noche.

Tras la lenta recuperación apareció un temblor en su mano izquierda. Vicente Gil lo estuvo observando durante días. Se temía que fuera un principio de párkinson. El tiempo confirmó sus pronósticos.

Durante esos días, Vicente Gil procuró hablarle de asuntos que le distrajeran. Sabía que tenía dolores. Estaba convencido de que la escayola estaba demasiado apretada.

—Excelencia, usted que sueña con que le va a tocar la lotería, ahora con más motivo. Se ha librado de una buena.

—Solo puedo jugar la del Niño. La otra se sabe más a quién le toca y si es a mí, pensarán que estaba amañado. Pero tengo la corazonada de que un día la del Niño me tocará. Tiempo al tiempo. A lo mejor este año. Tengo mucha suerte, Vicente. Esto que me ha pasado podía haber sido más grave. ¿Dónde está la mano de santa Teresa?

—En su habitación. Mientras no se recupere, estaremos en esta otra zona del palacio.

—Pues dígale a Juanito que la quiero conmigo.

A la media hora, la reliquia de santa Teresa estaba junto a su cama.

En mayo del sesenta y uno, Juan Carlos viajó con sus padres rumbo a Inglaterra para asistir al enlace del duque de Kent con Katharine Worsley. Antes de la boda, los condes de Barcelona dieron una comida en Londres. A Franco le llegó rápidamente el nombre de los asistentes a ese almuerzo. Entre ellos figuraban la reina Victoria Eugenia y la princesa Sofía de Grecia. Ya habían llegado a El Pardo rumores de un posible noviazgo. Carmen Polo, en el té de las cinco, lo comentó con sus amigas Pura Huétor y Lola Tartier.

—Yo creo que pronto tendremos noticias de noviazgo por parte de Juan Carlos.

—Parece que le hace tilín una princesa griega —señaló Pura.

—¿Sí? ¿Quién es? —preguntó Lola.

—Sofía, la hija mayor de Federica y Pablo de Grecia. Una chica muy prudente y muy sencilla.

—¿Pero no le gustaba la princesa italiana María Gabriela de Saboya? —se extrañó Lola.

—Eso ya es agua pasada —continuó informando Pura con conocimiento—. Desde Estoril han zanjado con contundencia esos rumores sobre la princesa italiana. Sofía y él se conocieron en el crucero *Agamenón* de casas reales, organizado por Federica. Y después han coincidido en varias bodas. Ahora volverán a verse en la del duque de Kent.

—Lo mismo nos dan la sorpresa con la noticia de su propia boda.

—Pocas sorpresas con Juan Carlos —comentó Carmen—. Todo está muy pensado sobre él y su futuro. Lo que habría que saber es si Pablo de Grecia es masón. Le han llegado a Paco esos rumores.

—Pues ya te digo yo que no —contó Pura—. El rey es muy buen cristiano ortodoxo. Un hombre de fe con un gran sentido religioso. Te lo digo yo que lo sé de buena tinta.

—Me alegro de que sea así... —contestó Carmen aliviada.

El compromiso se hizo oficial y Franco recibió una llamada de don Juan para comunicárselo. Antes de que acabara el año, gestionaron en el Vaticano la doble liturgia del casamiento por el rito católico y por el ortodoxo. En uno de los encuentros que Juan Carlos tuvo con Franco para hablar de su enlace, este le pidió que en el acta del registro civil se le diera a su primo Alfonso el tratamiento de alteza real. Juan Carlos respondió como en resorte.

—No, mi general. Cuando nació, el rey Alfonso XIII ordenó que no se le inscribiese en el Almanaque de Gotha como infante por la renuncia de su padre, mi tío Jaime. Fue inscrito como Alfonso Jaime de Borbón-Segovia.

Franco no replicó. Sí le adelantó que, por su boda, le concedería el Collar de la Orden de Carlos III y la Gran Cruz para la princesa Sofía. Después de los agradecimientos pasó a comentarle:

—Había pensado poner en las invitaciones mi nombre y el título de Príncipe de Asturias.

—No, no y no —fue tajante Franco—. Eso es tanto como decir que vuestro padre es el rey. ¡No caigáis en esa trampa! Lo que vuestra alteza debe hacer es seguir en contacto con el pueblo español, no con el portugués y no con el griego. Tenéis muchas más posibilidades de ser rey de España que vuestro padre.

—Pero, mi general, antes que yo está mi padre.

—Si llegara el caso, no tengo la menor duda de que vuestro padre, por el bien de España, procedería a cederos el honor como ya lo han hecho otros reyes con sus hijos.

Cuando Juan Carlos se fue de El Pardo, Franco le confesó a Carrero Blanco que «este tema de la sucesión me tiene muy preocupado. Elegir quién ha de ser rey no es fácil».

La celebración de los esponsales tuvo lugar en mayo de 1962 en Atenas. No pudo acudir ningún miembro de la familia Franco. Carmen no asistió porque estaba de nuevo embarazada después de un parón de cinco años. Se esperaba que diera a luz en el mes de septiembre. Cristóbal hablaba con ella sobre la boda.

—Se casa por los dos ritos, el católico y el ortodoxo —le informó Cristóbal—. Con uno bastaría, ¿no?

—¡No! El católico no puede faltar, si quiere aspirar a algo en España. Aunque te diré que la religión ortodoxa y la católica se parecen bastante. Un amigo mío griego, cuando viene a España, entra en nuestras iglesias y sigue nuestros ritos.

—¿Tu padre qué dice?

—No dice nada, la verdad. Solo le escuché en una comida que son cosas de familia. El que tendría que decir algo por si le parece mal o bien en todo caso será su padre, digo yo. Lo considera un tema fuera de la política, pero la princesa no le cae mal.

—Don Juan qué va a decir, si es otro masón. Solo dirá lo que le recomienden sus consejeros. ¿Sabes con el que hablo mucho y me cae cada día mejor? Con su primo Alfonso. La verdad es que me parece muy serio, muy educado y muy listo.

—Su padre es sordomudo, ¿no? —Cristóbal asintió con la cabeza—. Resulta que después de renunciar a la Corona ahora la vuelve a reclamar para que sus hijos puedan heredar el trono de España y el de Francia. Yo creo que mi padre ya ha tomado una decisión, aunque no me ha dicho nada.

—A mí Alfonso me gusta muchísimo. Está estudiando en la Universidad de Deusto. Últimamente coincidido mucho con él.

—Estoy deseando dar a luz para volver a moverme contigo a todas partes.

—Ya queda menos. Septiembre está a la vuelta de la esquina.

Carmen se quedó pensativa. Cuando echaba la vista atrás sobre aquellos últimos años se recordaba siempre embarazada. Por otro lado, sus hijos mayores se quejaban de verla poco, ya que los fines de semana se escapaba al lago de Entrepeñas y los chicos se iban con *miss* Hibbs al palacio de El Pardo. De hecho, sabía que Carmencita estaba muy unida a su madre y Francis a su padre.

—Habría que decirle algo a *miss* Hibbs. Parece un sargento de caballería. Se permite incluso reñir a mis padres —comentó Carmen.

—A ella le hemos encomendado nuestros hijos y es estricta con lo que deben hacer unos niños. Acostarse pronto, hacer deberes y si una cosa no la ve conveniente, se impone. ¿No es lo que queríamos? Pues ahora no se le puede quitar la autoridad.

—Creo que, a veces, se pasa. A mí no me parece mal que Francis salga con mi padre de caza. Yo a su edad también lo hacía. Solo mira y ve lo que pasa alrededor. Está en contacto con la naturaleza, que es lo que le gusta. El pobre no puede hacer nada por su dolencia. Ahora está encantado con los pájaros y todo lo que le cuenta mi padre sobre sus costumbres.

—Al niño ya le ha contado la guerra de África y no se cansa de escucharlo una y otra vez.

—Eso le viene bien. El pequeño está muy aislado.

—La gente sabe que son los nietos de Franco y unos lo reciben bien pero otros lo llevan mal. Hay mucho rojo suelto.

Carmen tardó en contestar. Se llevó las manos a la espalda.

—Estoy molesta como en ningún otro embarazo. Ya no tengo veinte años. Se notan los treinta y seis.

—Es que ya no te acuerdas. Has tenido cinco años sin embarazos y lo has olvidado. Dicen que los dolores de parto no tienen memoria.

El 16 de septiembre de 1962 nacía María de Aránzazu. Por primera vez, Carmen había ido a un curso de parto sin dolor. La llegada del nuevo miembro a la familia obligó a un forzado traslado del piso alquilado, en la calle General Mola, a uno propio en la calle Hermanos Bécquer donde Carmen Polo tenía, junto a Pura Huétor, un edificio entero. La familia Martínez-Bordiú Franco pasó a ocupar el cuarto piso del inmueble.

32

CRISTÓBAL, LA CARA DE LA FIESTA

Mi matrimonio tuvo sus altibajos,
como cualquier matrimonio. Sus partes buenas
y sus partes malas. En mi época, cuando
uno se casaba, era para toda la vida.

En el año sesenta y dos las bombas anarquistas hicieron mucho ruido. No ocasionaron víctimas pero sí destrozos en diferentes puntos de Barcelona. Los autores fueron detenidos e inmediatamente juzgados en consejo de guerra y condenados. Jorge Conill a treinta años de prisión, Marcelino Jiménez a veinticinco y Antonio Mur a dieciocho. El capitán general de Cataluña se negó a aprobar la sentencia por considerar que los procesados merecían la pena de muerte. No cabía más que la celebración de otro proceso. Nadie dudaba de que les sería impuesta la pena capital. La noticia tuvo tanta repercusión que el matrimonio Franco lo comentó en la intimidad.

—Aunque sabes que no me gusta meterme en estos asuntos, te pregunto si no será excesiva la pena capital que pide el capitán general de Cataluña por esos chicos —le preguntó Carmen Polo a su marido.

—No soy partidario del perdón. Lo que diga el tribunal se acatará —contestó Franco, tajante—. Ojo por ojo y diente por diente.

Los días posteriores, la noticia se extendió como la espuma y tuvo un gran eco internacional al intervenir otro grupo anarquista de Milán, en solidaridad con sus compañeros españoles. Planearon el secuestro del cónsul español, el conde de Altea, para pedir la conmutación de la pena capital y salvar la vida de Jorge Conill y sus compañeros. El día elegido, el cónsul se encontraba en España, por lo que idearon coger como rehén al vicecónsul honorario, Isu Elías. El secuestro tuvo considerable repercusión tanto en los periódicos españoles como en los de Europa y América. Días después el vicecónsul fue puesto en libertad.

Carmen Franco charló del asunto con su madre tras la comida en El Pardo cuando se quedaron a solas; siempre había demasiada gente sentada a la mesa para poder hablar con libertad.

—Están criticando a papá muchísimo con lo que ha pasado en Italia. ¿No sería mejor la prisión que la pena de muerte?

—Mejor no tocar el tema. Lo último que le faltaba a tu padre es que nosotras también le presionemos.

Se celebró el nuevo juicio a los anarquistas españoles y el fiscal pidió la pena capital para Jorge Conill. Finalmente el tribunal desoyó la petición de la fiscalía y volvió a confirmar la anterior sentencia. Es decir, penas de treinta, veinticinco y dieciocho años de cárcel. Sin embargo, la agencia de noticias norteamericana Associated Press divulgó erróneamente que Conill había sido condenado a la pena capital. Ante esta noticia recogida en todo el mundo, se produjeron numerosas manifestaciones, la más clamorosa se celebró en Milán. El cardenal Montini escribió a Franco pidiendo clemencia. Conill siempre pensó que quien le había salvado de la pena capital había sido el Vaticano.

De todos modos, este hecho quedó pronto arrinconado por otro acontecimiento que ensombreció al resto de las informaciones. El 22 de noviembre de 1963 la noticia sorprendió a Carmen Franco jugando a las cartas. John Fitzgerald Kennedy había sido asesinado. El presidente americano cayó abatido mientras recorría en una limusina descubierta las calles de Dallas. Iba junto a Jackie, su mujer, en la parte trasera, mientras que en el asiento delantero, junto al conductor, les acompañaba el gobernador de Texas, John Connally. El primer impacto lo desvió un árbol y rebotó en el cemento llegando a herir levemente a una de las personas que se acercaron a dar la bienvenida al presidente. El segundo logró alcanzar a Kennedy por la espalda y le salió por la garganta. El presidente instintivamente se echó las manos al cuello. Jackie no podía creer lo que estaba ocurriendo y arrastró a su marido hacia ella. En ese momento, un tercer impacto le hería mortalmente en la cabeza, dándole en el hueso parietal derecho.

La noticia del magnicidio dejó a Carmen sin habla durante unos segundos. Estaba en casa de su amiga Maruja cuando el personal de servicio les contó la noticia tras oírla en la radio. No soltó ninguna lágrima. Se quedó muy pensativa. Recordaba el magnetismo de su sonrisa, el baile que mantuvieron juntos, su amena conversación. Pensó en Jackie y en sus dos hijos pequeños: Caroline y John. Como experta cazadora pensó también en el tipo de rifle que podría haber utilizado el asesino.

—Eso está hecho con un rifle con visor —alcanzó a decir después de unos minutos de silencio.

—El problema es ir a pecho descubierto —comentó Maruja.

—Yo, si hubiera querido, también podría haber matado a Kennedy, como sus asesinos. Matar es fácil. Hoy en día el visor es tan perfecto que cualquiera bien apoyado y con puntería podría hacerlo. Si el coche iba a poca velocidad no tiene ninguna dificultad. Yo podría haberlo hecho. ¡Qué barbaridad! —Soltó las cartas que todavía sujetaba en su mano.

—Creo que en estos tiempos no se puede ir sin chaleco antibalas —observó Angelines.

—Si quieren matarte siempre van a poder hacerlo. Es cuestión de tiempo y de apuntar a la cabeza.

Después de un rato escuchando la radio para tener más datos sobre lo ocurrido, Carmen decidió ir a El Pardo a comentar la noticia. Cuando llegó se encontró a sus padres viendo la televisión pero sin pronunciar palabra. Veían al presidente caer abatido sobre su mujer mientras esta intentaba huir por la parte trasera con el coche todavía en marcha. La imagen de Jackie atemorizada y manchada de sangre recorrió el mundo entero.

—Creo que deberías ir con chaleco antibalas en tus salidas por España —le recomendó Carmen Polo a su marido.

—Mamá tiene razón —alcanzó a decir Carmen hija.

—Como decían en África, si te toca… suerte. No voy a llevar nada —sentenció Franco.

Cuando horas después se conoció la detención de un exmarine, todos se mostraron escépticos sobre el que daban como seguro asesino del presidente norteamericano. Carmen, todavía en el palacio, no hablaba nada más que de la trayectoria de las balas y de la imposibilidad de que hubiera sido solo un tirador.

—¡Es imposible! —insistió Carmen—. Han tenido que ser dos como mínimo.

Lo explicaba vehementemente a sus padres junto con su marido, que acababa de llegar del hospital. Se levantaba del asiento y señalaba el recorrido del coche cuando repetían una y otra vez la imagen por la televisión. El tiempo le dio la razón. Tuvo la información más completa a través del embajador de España en Estados Unidos meses después. Se realizaron dos disparos desde un edificio, el depósito de libros de Dealey, y otro, desde un jardín próximo.

—Se trata de un complot de muchos. Una conspiración donde una serie de mafias deben de estar implicadas —observó Carmen—. Si no, ¿cómo se entiende que hayan matado a Lee Harvey Oswald dos días después de haberle detenido? Justo cuando iba a ser trasladado de prisión para tomarle declaración. Interesaba que no hablara.

Los días posteriores al magnicidio, Franco y Carmen Polo escucharon la radio y vieron la televisión junto a su hija y su yerno. Fue una noticia que realmente les impactó. Lo cierto es que la verdad de lo ocurrido no se sabría ni con la Comisión Warren promovida por el nuevo presidente Lyndon B. Johnson.

—Cuando te quieren matar, lo hacen —comentó Cristóbal—. Me caía muy bien John. La última vez que le vi se encontraba muy fastidiado de los huesos. Sobre todo de la espalda. Esos dolores persistentes le ponían de un humor de perros. Cuando iba a Estados Unidos procuraba pasarme por su casa para verle.

—Me arrepiento de no haberte acompañado en tus últimos viajes. Bueno, estaría embarazada. No he hecho otra cosa más que estar embarazada y dar a luz en estos últimos años —dijo Carmen, con cierto tono de recriminación a su marido.

Últimamente Carmen iba más a visitar a sus padres. Reñía con frecuencia con su marido, aunque las reconciliaciones también eran rápidas. Para los Franco el comportamiento de su yerno no era el adecuado para ser quien era. Su madre se lo comentaba a solas.

—El hombre con el que te has casado debería tener cuidado con las amistades que frecuenta y los lugares a los que va. —Ya no se refería a él como Cristóbal.

—Ya se lo digo yo también. Es cierto que, haga lo que haga, va a estar en el punto de mira de todos los comentarios. Hay que entender que resulta muy difícil ser el yerno de Franco. Tiene mucho carácter y no le gusta nada estar siempre en un segundo plano.

—Debe aprender a ser discreto, a no hacer ruido.

—Mira, papá ejerce de gallego y es muy difícil adivinar

por dónde va a salir. Pero Cristóbal es todo lo contrario, se le ve venir desde muy lejos.

—A tu padre su carácter no le gusta nada. Verás que su relación se ha vuelto más fría y distante.

—Él también lo ha notado. Le pregunta cosas en la mesa que papá ni le contesta.

—Se lo ha ganado a pulso.

—Hace poco le comentó su intención de presentarse a la elección de procurador en Cortes por el tercio familiar en Jaén y papá ni abrió la boca. Si hubiera hecho el menor gesto para apoyarle lo habría conseguido.

—Cualquiera que conozca a tu padre sabe que no se le pueden pedir esas cosas.

Al entorno cercano de El Pardo comenzaron a llegar las críticas, ya no solo de Vicente Gil, sino de algunos miembros del Gobierno como el ministro Muñoz Grandes. En una de sus visitas para hablar con Franco aprovechó para explayarse con su primo Franco Salgado-Araujo.

—No han tenido suerte con el matrimonio de su hija.

—Eso es una evidencia.

—Alguien debería decírselo al marqués.

—Creo que no nos corresponde a nosotros. Nuestro cometido es otro.

—Por cierto, no me gusta nada el apoyo que está recibiendo Juan Carlos. —Muñoz Grandes todavía barajaba la idea de que podría sustituir a Franco sin necesidad de reinstaurar la monarquía.

—Hace poco me ha dicho su excelencia que el príncipe está demasiado supeditado a la política de su padre. Se ha establecido en Portugal, en Monte Estoril. La solución alternativa si lo de Juan Carlos no se arregla podría ser su primo Alfonso, el hijo de don Jaime.

—Aquí no nos hacen falta príncipes, sino personas que sepan llevar un país. —Al ministro no le gustaba nada esta solución monárquica—. Está por ver qué pueden hacer por España.

—Todo se solucionaría si Juan Carlos regresase al palacio de La Zarzuela.

—Pero ¿para hacer qué? —preguntó indignado Muñoz Grandes—. No me parece bien que se instalen en Madrid, y así se lo voy a decir a Paco. ¿A qué van a venir? ¿A darse la gran vida?

Al final, después de muchas tensiones por parte de don Juan y por parte de Franco, el joven matrimonio regresó a Madrid y se instaló en el palacio de La Zarzuela. Aquel invierno pasaron mucho frío, en todos los sentidos. Iniciaron una gira por España y tuvieron que soportar abucheos e insultos, así como octavillas y pasquines. Algunos consideraban que aplaudirles era ir en contra del Movimiento y del Caudillo.

La vida de Carmen volvió a alterarse a raíz de otro nuevo embarazo. Un año y dos meses después del nacimiento de Arantxa, supo que estaba de nuevo embarazada. Acudió de nuevo a las técnicas del parto sin dolor. Su hijo nacería el 8 de julio de 1964. Le pusieron el nombre de Jaime Felipe. Días después de su bautismo, recibieron en casa a Alfonso de Borbón, cada vez más amigo de Cristóbal. Le presentaron a todos sus hijos y este se fijó en especial en la hija mayor, todavía adolescente de trece años. Aunque intentó conversar con ella, la niña rápidamente se fue a jugar con sus hermanos. Alfonso, de veintiocho años, había terminado sus estudios y se había licenciado en Derecho. Franco cada vez le daba más papel de representación, hasta el punto de llegar al nivel de Juan Carlos. Lo mismo enviaba a este a Roma encabezando una delegación española, como mandaba a los dos a El Escorial con tratamientos idénticos a los funerales por los reyes de todas las dinastías españolas.

Sin embargo, en el año sesenta y cuatro, durante el desfile de la Victoria en el que se conmemoraron por todo lo alto los veinticinco años de paz, Franco estableció que el príncipe estuviera junto a él en la tribuna y la princesa Sofía al lado de Carmen Polo, en el estrado que se encontraba enfrente. Fue una forma de reconocimiento del estatus preferente que tenía Juan Carlos sobre los demás herederos.

A Franco su mano izquierda cada vez le temblaba más. Él, que jugaba al golf desde que estuvo destinado en Palma de Mallorca, empezaba a hacer verdaderos esfuerzos para manejar el palo, porque su dedo índice mostraba ya una persistente rigidez. Le dolía la mano sobre todo cuando golpeaba la bola. De cualquier forma, la caza seguía siendo su deporte favorito al que cada vez se sumaba más su nieto Francis, que sentía verdadera admiración por su abuelo.

—Yo no tengo amigos —le confesó al abuelo en una de las salidas de caza—. Mis amigos son tus ayudantes: el capitán de navío Antonio Urcelay, Fernando Esquivias o Vara del Rey, con quien juego mucho al ajedrez y me trata como a cualquier otro niño. Bueno, también me gusta pescar con Max Borrell y Andrés Zala. También los considero mis amigos.

—Has de hablar con tus compañeros de clase. Tu primer deber ya sabes que es estudiar. Y el deber siempre antes que el placer.

—Cuando les cuento que salgo a cazar contigo y les hablo de lo que hago, creen que me lo invento. De modo que con ellos no comparto mis actividades de los fines de semana.

Las instrucciones que Carmen Franco daba a *miss* Hibbs eran fundamentalmente que sus hijos no dieran ningún disgusto a su padre. Desde niños, todos asumían que se hacía lo que mandaba el abuelo. La niñera, que intentaba imponer disciplina, muchas veces se encontraba con la frase de «eso el abuelo no lo hace». En ocasiones, les pedía que hablaran en inglés y alguno replicaba con la repetida letanía: «El abuelo no lo habla y es el que más manda en España».

—Si hubiera podido, también hablaría inglés. Aunque te aseguro que lo entiende —replicaba *miss* Hibbs.

Los tiempos estaban cambiando hasta en el seno de la Iglesia. El Concilio Vaticano II, iniciado por el papa Juan XXIII y concluido con Pablo VI, estableció muchos cambios, el más evidente de ellos en el ritual de la misa. Se abandonó el latín por las lenguas vernáculas de cada país. El cura dejó de dar la espalda a los feligreses, que podían así ver de frente al oficiante. Las mujeres fueron autorizadas a ir sin velo e incluso en manga corta.

—Yo prefería la misa en latín —comentó Carmen Franco a su madre—. Cuando hemos estado Cristóbal y yo en otros países la podíamos seguir perfectamente. Ahora, ni nos enteramos de lo que dicen si no es en francés. Prefería la misa de siempre.

—Según dice el padre Bulart, con tanto cambio, quieren una renovación de la fe en la vida de los fieles.

—Lo que dicen es que se trata de una apertura al mundo moderno. Es evidente que llegan otros tiempos.

Esos nuevos aires se podían aplicar al mundo de la política, a la vida social, a los cambios en el vestir y en las costumbres del día a día. El mundo de la cirugía no estaba ajeno a las transformaciones. La noticia del primer trasplante de corazón humano llegó de Sudáfrica. El artífice de la proeza era el doctor Christiaan Barnard. Cristóbal Martínez-Bordiú se mostró fascinado.

—Si él lo puede hacer en Sudáfrica, nosotros también en España —le comentó a su amigo el doctor Parra.

—Barnard se ha formado en la Universidad de Minnesota, en Estados Unidos. Antes de probar con humanos practicó con animales. También ha realizado trasplantes de riñón en Sudáfrica.

—Tengo que ponerme en contacto con él —insistió Cristóbal—. Necesito saber su técnica y ser el primero en realizarla en España.

—Eso lleva su tiempo, Cristóbal. Han intervenido junto a Barnard veinte cirujanos en una operación complicadísima de nueve horas.

—Aquí podemos hacerlo.

—El primer trasplantado ha durado dieciocho días nada más. Al final, ha muerto de una neumonía.

—Falla la inmunidad ante las enfermedades. Pienso que es cuestión de aislarlos un tiempo.

Pasadas las Navidades, Cristóbal se enteró de que Barnard había vuelto a operar con éxito. El paciente había superado el tiempo del anterior. Estaba ansioso de poder hacer lo mismo en el hospital de La Paz, inaugurado tres años antes, y en el que el marqués de Villaverde figuraba como jefe de cirugía torácica. A los nueve meses de la proeza de Barnard en Ciudad del Cabo, Martínez-Bordiú consiguió que un paciente, Juan Alfonso Rodríguez Grillé, de profesión fontanero y natural de Padrón, diera su consentimiento para ser trasplantado. Hubo que convencer primero a la familia de la donante, una vecina de Meco, en Madrid, que llegó en coma después de ser atropellada por un camión. Al final, los unos y los otros dieron su aprobación.

El trasplante tuvo lugar el 18 de septiembre de 1968 con una enorme repercusión en España y en el extranjero. Tras la larga operación, Villaverde dijo que había sido un éxito y que el paciente había experimentado «una franca mejoría». A pesar de todo, cuando se cumplieron las veintisiete horas del trasplante y tras una sentada de la prensa reclamando más información, él mismo comunicó que el paciente había fallecido.

Antes de abandonar el centro hospitalario, la viuda encontró en la chaqueta de su marido una nota despidiéndose de su mujer y de su hija. Por sus palabras estaba seguro de que no saldría vivo y le indicaba los pasos que tenía que seguir tras su muerte.

Villaverde repetía que las horas que había vivido con el nuevo corazón eran un triunfo para la ciencia. Sin embargo, tras el resultado se declaró «desolado». El parte oficial dijo que el paciente había fallecido por «complicaciones extracardiacas».

Durante varios días el tema de conversación en la casa y fuera de ella no fue otro que el trasplante y las pocas horas que había sobrevivido el paciente. A su mujer se lo comentó con preocupación.

—Era un caso perdido. Estaba ya muy mal.

—Sabes que tus detractores sacarán punta de este caso —le advirtió Carmen—. Tienes que estar preparado.

Efectivamente, no tardaron las habladurías sobre los pacientes que se ponían en sus manos. Marius Barnard, hermano de Christian, le visitó meses después. El marqués quería a toda costa que el autor del primer trasplante viniera a España.

Los jóvenes comenzaron a salir a la calle. De un lado, se producían protestas obreras y, de otro, disturbios universitarios. Los grises a caballo se ensañaban con aquellos jóvenes que reclamaban libertad y que alzaban su puño en alto. Mangueras de agua, gases lacrimógenos, porrazos y detenciones. Luis Carrero Blanco, en consejo de ministros, solicitó a Franco que diera luz verde cuanto antes a la ley orgánica del Estado. Se produjo un debate entre ministros mientras Franco permanecía callado. Fraga, que había promulgado la nueva ley de prensa un año antes, pidió celeridad. «El tiempo ya no nos sobra», llegó a decir. Fraga tenía mucha popularidad, y más desde su baño en Palomares, tras el accidente aéreo en el que un bombardero americano colisionó en vuelo con su avión nodriza. El B-52 transportaba cuatro bombas termonucleares «Mar 28». Dos de ellas quedaron intactas, una en tierra y la otra en el mar. Las otras cayeron en un solar del pueblo y una más en una sierra cercana. Se produjo un estruendo que dejó una nube fina de partículas y multitud de restos radiactivos esparcidos por toda la zona. En la limpieza del suelo participaron guardias civiles sin ninguna protección y personal americano completamente protegido. Para restar importancia a lo sucedido, Fraga y el embajador americano, Angier Biddle, se bañaron en la playa de Quitapellejos, en Palomares. La imagen de ambos en bañador también dio la vuelta al mundo.

Un acontecimiento azaroso relajó el ambiente en El Pardo. A Franco, buen aficionado a las quinielas, la suerte le sonrió. El 28 de mayo de 1967, con otras nueve personas, hizo un pleno de doce aciertos, consiguiendo un premio de 900.333 pesetas. Mandó a su ayudante, Carmelo Moscardó, a cobrarla y el boleto se lo quedó el Patronato Nacional de Apuestas Mutuas. Alguien de la organización lo enmarcó.

—Sabía que me iba a tocar tarde o temprano. Lo presentía —comentó.

—¿Esta vez lo ha firmado con su nombre real? —preguntó Vicente Gil.

—Sí, esta vez sí. Otras lo he rubricado como Francisco Cofrán, sus sílabas invertidas.

—Estábamos rondando el premio. ¿Se acuerda de que nos tocaron dos mil ochocientas pesetas hace tiempo?

—Esta ha sido buena. Muy buena.

A comienzo del sesenta y ocho tuvo lugar una feliz noticia para los monárquicos: el nacimiento del primer hijo varón de Juan Carlos y Sofía. Tras Elena y Cristina, vino al mundo Felipe. Juan Carlos dudaba entre el nombre de Fernando o el de Felipe y pidió consejo a Franco. Este le dijo que mejor el segundo. «Fernando VII está demasiado cerca». Y eso hizo, bautizarle con el nombre del primer Borbón, Felipe V. Al bautizo asistió la familia al completo de don Juan Carlos. Acudieron a Madrid los abuelos paternos y la bisabuela, la reina Victoria Eugenia. Fue un paréntesis en su exilio.

La tarde anterior, Franco acudió a La Zarzuela a cumplimentar a la anciana reina. En un momento, Victoria Eugenia le pidió hablar a solas.

—General, esta será la última vez que nos veamos. Quiero pedirle que termine su obra: designe rey. Ya son tres... Elija usted, general. Pero hágalo en vida, si no, no habrá rey. Esta es la única y última petición que le hace su reina.

—Los deseos de vuestra majestad serán cumplidos —acertó a decirle Franco con los ojos acuosos.

Semanas después de esta conversación Carrero y Franco, en su despacho del jueves, hablaban por descarte del futuro sucesor.

—Don Hugo de Borbón no es español. De todos los descendientes de Felipe V es el que menos derechos tiene sobre la Corona —señaló Carrero—. Los derechos de Alfonso de Borbón son bastante defendibles, pero no ha tenido la educación que se le ha dado a su primo. En fin, Juan Carlos se ha formado en España durante veinte años en las más exigentes condiciones como Príncipe de Asturias. Ha formado una familia. Tiene treinta años y descendencia masculina. Ha demostrado tener cualidades para reinar.

A don Juan ni le mencionó en esta conversación en la que Franco escuchaba sin emitir su opinión. En El Pardo, en otra estancia, Carmen Polo hablaba con su hija del mismo tema. La preocupación por «dejar las cosas atadas» era máxima.

—Papá siempre ha sido monárquico. No entiendo tanta espera.

—Las cosas mejor despacio. Sí, tu padre siempre ha sido de Alfonso XIII. Tengo guardada una carta del rey de cuando Paco estaba en Melilla. Apoyó la causa desde la distancia y especialmente a tu padre. Le debemos mucho porque fue su valedor, por decirlo de algún modo.

—¿Por qué se iría tan precipitadamente de España?

—Desde luego, a tu padre no le gustó su forma de marcharse, también hay que decirlo. No era partidario de que abandonara España tal y como lo hizo.

—Hay que pensar que tenían muy cerca la Revolución rusa. Masacraron a todos los Romanov.

—Pero si no se habían celebrado más que las elecciones municipales no debería haber abandonado el país. Se lo puso en bandeja a la República y a la izquierda. Eso a tu padre no le gustó.

Franco retrasaba la decisión de su sucesión porque supondría el cierre de su propio futuro. Demostró no tener prisa. Con una ley orgánica del Estado rubricada y aprobada en referéndum por los españoles y con la designación de Carrero Blanco como vicepresidente del Gobierno, estaba tranquilo. Se aferraba a lo que llamaba «el mando», que no estaba dispuesto a ceder así como así. Sin embargo, su salud iba a peor. Se le notaba ausente y lento de movimientos.

Acudiendo a Toledo a una cacería, acompañado de Vicente Gil, el doctor le prescribió un régimen severo para sus comidas en aquel lugar. El marqués de Villaverde, al saberlo, le ridiculizó delante de todos los asistentes por ser tan drástico en la alimentación de Franco.

—No te metas en lo que no te importa —le respondió Gil, acercándose a él.

—Vicente, tiene unos métodos ya diluvianos. No sé cómo le aguanta su excelencia. —Todos se rieron.

—Si no te callas, te haré callar —le dijo por lo bajo.

Carmen Franco le oyó e intentó mediar para que aquella discusión no fuera a mayores. Franco no abrió la boca, a pesar de que también lo había oído todo. Vicente Gil se dio media vuelta y se fue a comer con los oficiales. Al terminar la comida y aprovechando que Franco volvía a su puesto de cazador, le comunicó su drástica decisión.

—Mi general, desde este momento me doy de baja en su servicio, ya que ha oído perfectamente todos los improperios que me ha dirigido Cristóbal y no ha sido capaz de defenderme. Lo que estaba diciendo su yerno no era contra Vicente Gil, sino contra el médico del Caudillo, dejándome en entredicho con los invitados. Como el que calla otorga, me quedo sin moral para seguir afrontando la responsabilidad que tengo.

Franco, con lágrimas en los ojos, no replicó. El médico saludó brazo en alto y se dio media vuelta. Al salir se encontró con Cristóbal.

—Ahora que ya no soy un criado de palacio, te voy a romper la cara.

Se fue a por él y le sujetó por las solapas, pero inmediatamente el ministro Arburúa y otras personas allí presentes los separaron. Dos horas después de llegar a su casa, le telefoneó el ministro para anunciarle que iría a buscarle. No lo dudó y regresó al lado de Franco. Este se emocionó al volver a ver a Vicente, al que consideraba como un hijo.

—Le prometo no volver a ocasionarle un disgusto por culpa de Cristóbal.

No pudo cumplir la promesa porque, a los pocos días, el marqués volvió a meterse con el doctor a cuento de una salsa aguada que daba por hecho que había manipulado.

—Este tío ha estropeado la comida echando en la salsa de la carne una botella de agua.

—Mira, Cristóbal, puedes decir «ese médico» o incluso «esa persona», pero no te vuelvas a dirigir a mí como «este tío». He dado mi palabra de que no le daré a su excelencia un disgusto más por tus comentarios. Que sepas que no tengo noticia ni del menú. No he pisado las cocinas. Estoy cansado de tu trato hacia mi persona.

33

UN VIAJE QUE MARCA EL DESTINO

Carmen era la preferida de mi madre por ser la mayor. Era muy impulsiva, quizá por eso chocaba tanto con su padre. La más parecida a mí siempre fue Mariola, no le interesaba nada salir en la prensa ni hacer ruido.

Carmen Martínez-Bordiú, que había estado fuera, primero en Ginebra y en Lausana, y, más tarde, dos años en Irlanda, cursando sus estudios, volvió a España y fue presentada en sociedad, en el transcurso de una fiesta celebrada en la finca de Valdefuentes. La más rebelde de los Martínez-Bordiú se convirtió en poco tiempo en un rostro de gran interés y atractivo para la prensa. Mientras su hermana Mariola comenzaba la carrera de Arquitectura, ella consiguió su primer empleo como secretaria de dirección de Iberia. Pronto se dejó ver con un joven sin esconderse de nadie. Aseguraron en los ambientes sociales que eran más que amigos. Se trataba de Jaime Rivera, un chico de veintiséis años que había estudiado Económicas en Madrid y que destacaba en hípica. Era conocida su enorme afición a los caballos con los que participaba en eventos deportivos. Su padre intentó parar esa relación enfrentándose a su hija.

—No se le conoce oficio ni beneficio —dijo el marqués de Villaverde a su hija sobre su nuevo acompañante.

—Papá, son ya otros tiempos y no me vas a decir con quién puedo salir y con quién no.

—Pues soy tu padre y siempre te podré aconsejar quién me parece bien y quién no. Este Jaime Rivera no me gusta.

—Está buscando trabajo en un banco de Madrid. ¿Eso ya te gusta más?

—Solo le veo de fiesta en fiesta. Eso sí, mucha equitación, pero nada más.

Carmen no atendía a las razones de su padre y se la veía siempre en compañía del joven. Pronto empezó a trascender que su relación no era precisamente una balsa de aceite sino todo lo contrario. Llegó a los oídos de sus padres que era muy tormentosa. Tan pronto se les veía muy unidos como enfadados. Eso hacía que dejaran su amistad y la volvieran a retomar de forma intermitente. Los amigos, sobre todo Fernando Baviera y Mesía de Borbón y su esposa, Sofía Arquer y Arís, eran quienes más ejercían de paño de lágrimas. Se hicieron imprescindibles en su vida.

Al poco tiempo, Jaime Rivera desapareció de las cámaras, y Carmen empezó a dejarse ver con Fernando de Baviera, que parecía acompañarla a todas horas. Fernando era un amigo de verdad que la consolaba en aquellos momentos en los que Carmen parecía psicológicamente hundida. Pero pronto empezaron los rumores y las habladurías sobre ellos. Su padre volvió a la carga e intentó parar por todos los medios el camino que iba adquiriendo aquella amistad.

—No me gusta que te dejes acompañar sola por un hombre casado. No está bien visto. Eres la nieta de Franco.

—Carmen, debes ser más madura. Hay cosas que por tu apellido no debes hacer —le recomendó su madre.

—Me importa poco lo que se diga o lo que se deje de decir —se enfadó ella—. Son todos unos falsos.

—Pues a nosotros sí nos importa. Nos dejas mal —insistió su padre.

Estas discusiones comenzaron a hacerse habituales. *Miss* Hibbs tampoco lograba hacer entrar en razón a la nieta mayor de Franco. Cuando sus padres se iban de fin de semana y ella se quedaba con sus hermanos en El Pardo, intentaba escaparse de los responsables de seguridad que llevaba siempre. Ser nieta de Franco le daba muchos privilegios, pero, por otro lado, la asfixiaba.

El asunto de los amores de Carmen llegó hasta los oídos de la abuela Carmen Polo. Su amiga Pura Huétor la había puesto al día. Y en la primera ocasión que vio a su hija en El Pardo se lo dijo. Estaban tan disgustadas que decidieron que el príncipe le hiciera una advertencia a su primo Baviera. Antes de cerrar los ojos ese día, Carmen aguantó despierta para hablar con su marido.

—Paco, ¿por qué no llamas a Juan Carlos para que pare este despropósito de nuestra nieta?

—Pero ¿qué quieres que le diga? Hay cosas más importantes de qué preocuparse.

—Para nuestra familia, no. Pues que hable con su primo para que deje a nuestra nieta en paz y arregle este escabroso asunto. Hay que pararlo ya. Alguien tiene que poner un poco de cordura y ayudar a Carmencita.

Al marqués de Villaverde se lo llevaban los demonios cuando alguien le mencionaba la cuestión. El día que coincidió con la hermana del joven, Tessa de Baviera, no se le ocurrió otra cosa que abordarla en mitad de una fiesta y recomendarle que «su hermano dejara a su hija en paz». Tessa se sintió muy ofendida por las formas. Los amoríos de Carmen se convirtieron en tema recurrente en las reuniones de una clase pudiente emergente a la que comenzaron a llamar *jet*.

Si eran convulsas las relaciones familiares por la rebeldía de Carmen Martínez-Bordiú, a nivel político tampoco existía tranquilidad. Al contrario. Entre 1969 y 1970 se detuvieron en el País Vasco a mil novecientas cincuenta y tres personas acusadas de estar relacionadas con el terrorismo vasco. El primer asesinato se cometió el 7 de junio de 1968 y la víctima fue el guardia civil José Pardines, que realizaba un control de carreteras. En el verano del sesenta y nueve se declaró en Guipúzcoa el estado de excepción y se restableció la ley de bandidaje de la que se sirvió el régimen para reprimir a los terroristas. Finalmente fueron detenidos en Bilbao los principales dirigentes de ETA acusados de asesinar al inspector Melitón Manzanas —primer asesinato premeditado de la banda—, al taxista Fermín Monasterio y de la colocación de numerosos artefactos explosivos. El consejo de guerra, llamado proceso de Burgos, contó con medidas de seguridad excepcionales. La acusación pedía para los condenados seis penas de muerte y setecientos cincuenta y dos años de cárcel para los dieciséis dirigentes de la organización terrorista sentados en el banquillo. Durante el juicio los detenidos denunciaron torturas y palizas, así como errores en el procedimiento. Antes de que Franco tomara una decisión, se produjeron manifestaciones en muchos países como Francia y Estados Unidos. Estos hechos provocaron una escisión en los propios miembros del Gobierno. Gregorio López Bravo le pidió a Franco que sopesase las consecuencias negativas de los fusilamientos de los condenados. Tras escucharle durante una hora, Franco le contestó: «Ministro, no me ha convencido usted». En el consejo de ministros siguiente, otros ministros se sumaron a la petición de la conmutación de la pena a la que era favorable Carrero Blanco. Posteriormente se reunió el Consejo del Reino, que también solicitó el indulto. Por fin, Franco, en el último día del año 1970, accedió a conmutar las penas. En su discurso de fin de año, justificó la medida como «una señal de la fortaleza del régimen». Por esa fortaleza, dijo, «se puede permitir ser clemente». Muchos interpretaron que a Franco le flaqueaban las fuerzas. Otros, no obstante, vieron que estaba cerca el final del franquismo.

La familia Martínez-Bordiú pasó esas Navidades en El Pardo. Cuando le dieron los regalos a Franco, el pequeño Jaime le acercó un pañuelo y una moneda de cinco duros. Todos se quedaron sorprendidos del gesto del benjamín de la familia.

—¿Para qué son estos cinco duros? —preguntó Franco al niño.

—¡Para que te compres lo que quieras!

Todos se echaron a reír ante la ocurrencia del pequeño. Todos, menos Carmencita, que estaba triste ante todo lo que estaba sucediendo con respecto a su joven pero maltrecho corazón. Los padres empezaron a barruntar la idea de que un viaje largo podría ser la solución. Había que hacerle olvidar a los hombres en los que se había fijado hasta el momento.

Esas fiestas fueron mucho más convulsas que las anteriores; el año había traído consigo noticias trascendentales, pero acabó positivamente. Por un lado, la llegada del hombre a la Luna, que la familia Franco igual que el resto de españoles siguieron por televisión, de la mano del periodista Jesús Hermida, que hizo inteligibles las primeras palabras de Armstrong al poner el pie en la Luna: «Es un pequeño paso para el hombre pero un gran paso para la humanidad». Por otro lado, se había producido la noticia más esperada: la designación del príncipe Juan Carlos como sucesor de Franco a título de rey. Un año, por lo tanto, en el que se había aclarado el futuro y en el que parecía que se habían despejado muchas dudas. Por fin, Franco se había decantado por el hijo de don Juan para sucederle. Le nombró príncipe de España ya que proclamarle Príncipe de Asturias era tanto como reconocer que había un rey, su padre. Franco había cumplido con la promesa que le había hecho a la reina Victoria Eugenia, que había fallecido el 15 de abril de 1969. Por tres meses, no había visto hablar en las Cortes a su nieto como sucesor de Franco. La monarquía se instauraba —como decía Franco— eludiendo la palabra «reinstauración». Alfonso de Borbón, que se mordió los labios con la decisión, fue nombrado embajador de Suecia. «¡Una gallegada que me viene bien!», comentó Juan Carlos. Realmente fue un año intenso donde los disturbios universitarios crecían cada día. Algunas malas lenguas decían que habían visto a Mariola corriendo delante de los grises.

Pero ese año 1970, con el proceso de Burgos y los amores de Carmen, había acabado dejando una estela de tensión en todos los ambientes de El Pardo, los políticos y los no políticos. El marqués de Villaverde fue invitado a un congreso médico en Estocolmo y llamó a su amigo Alfonso de Borbón. Le anunció su inminente viaje en el que iría acompañado de su esposa y de sus amigos, el doctor Parra y su mujer, los duques de Tarancón.

—Cristóbal, no consentiré que tú y tu mujer os alojéis en otro lugar que no sea la embajada.

—Lo que quieras, allí estaremos. ¡Un honor!

Se confirmaba la buena relación que siempre había existido entre el marqués de Villaverde y el nieto de Alfonso XIII.

Al día siguiente, Carmen Franco informó del viaje a su madre después de almorzar. Esta enseguida tuvo una idea.

—¿No dices que tu hija Carmen está lánguida y sin ánimo de nada?

—Sí, no sabemos cómo quitarle de la cabeza a esos moscones que no hacen más que complicarle la vida.

—Yo tengo la solución. ¿Por qué no os acompaña a ese viaje? Alfonso de Borbón es un buen partido y además está soltero.

—Es mucho mayor que ella. ¡Quince años! Casi está más cerca de nosotros que de ella. De hecho, es muy amigo de Cristóbal, al que ya sabes que le encanta la gente joven.

—Pues no sé qué hay de malo en que os acompañe vuestra hija. Al contrario. Es la única manera de que se olvide de tanta gente incómoda.

—No me parece mala idea, pero Carmen es muy inmadura. No te hagas ilusiones porque no tienen nada que ver uno con otra. Pero sí creo que le puede venir bien. Primero habrá que convencerla. Ya te contaré.

No hizo falta invertir muchas horas. Carmen vio el cielo abierto cuando le hablaron de estar un par de semanas fuera de España. Estaba cansada de periodistas y de las llamadas incesantes de sus amigas que le recordaban lo sucedido.

—Sí. Me apetece conocer Suecia. ¡Os acompaño!

Carmen Franco estaba preocupada porque veía a su hija demasiado inmadura todavía para tomar decisiones. Se sentía tan vulnerable y tan necesitada de un cambio de aires que todo lo que le proponían le parecía bien.

Cuando Cristóbal supo que su hija quería acompañarles, no dudó en llamar a Alfonso de Borbón para que tuviera en cuenta el cambio de planes.

—Alfonso, mi hija Carmen nos quiere acompañar. Espero que no te suponga ningún trastorno sobre el plan que tuvieras previsto.

—En absoluto, tu hija se alojará en la embajada igual que vosotros. Haremos todo lo posible para que le resulte atractivo este viaje al norte de Europa.

Cuando los Martínez-Bordiú, los Parra y Carmencita llegaron a la embajada y Alfonso de Borbón vio a la joven, se quedó sorprendido. Se habían conocido cuando Carmen era más pequeña, pero no habían reparado el uno en el otro. «Parece como un rayo de sol español en plena noche polar», pensó poéticamente el flamante embajador.

Era evidente que los dos se gustaron nada más verse. Fue

un auténtico flechazo con sus padres y sus amigos como testigos. Alfonso no le quitaba los ojos de encima y ella le sostenía la mirada. De pronto fue como si en esa estancia no existieran más personas que ellos dos. El marqués rompió la magia.

—¿Qué tal estás por aquí, Alfonso?

—Pues, sinceramente, te diré que me siento muy solo y que tengo muchas ganas de formar una familia. —Miró a Carmen al decir la frase.

—¿Tienes novia? —preguntó el doctor Parra mientras todos los demás aguardaban su respuesta.

—No, en absoluto. No tengo tiempo ni de enamorarme. —No se cansaba de contemplar a Carmencita, a la que vio bellísima—. Aquí hay mucho trabajo de representación. Pocas oportunidades de conocer a jóvenes de mi edad.

—Bueno, el tema de la edad es secundario. Diez años arriba o abajo no significan nada —comentó Cristóbal, animado al ver el efecto que había causado Alfonso en su hija.

Al día siguiente, mientras el marqués de Villaverde y el doctor Parra asistían al congreso de medicina, el embajador hizo todo lo posible por acompañar a las tres mujeres como cicerone por Estocolmo. En septiembre aún hacía buen tiempo para pasear por la ciudad.

—Estocolmo es conocida por su belleza, su arquitectura y sus numerosos parques y jardines. Forma parte del grupo de ciudades conocidas como las «Venecias del norte». Lo primero que tenemos que conocer es el palacio de Drottningholm.

Después las llevó al antiguo barrio medieval para visitar la catedral de Estocolmo, Storkyrkan, y el palacio real. Como colofón a la mañana acudieron a ver Skansen, el museo al aire libre. En él se reproducía la vida de los pueblos y las ciudades en el siglo XVI.

Dejaron para los días sucesivos el Museo de la Fundación Nobel y el Museo de Arte Moderno.

Carmencita no paraba de reír en animada conversación

con Alfonso. Su madre se dio cuenta rápido de que se habían gustado. De todos modos, estaba preocupada porque pensaba que su hija no estaba preparada para una relación como la que deseaba Alfonso, cuyo principal objetivo era formar una familia.

Antes de la cena se lo dijo a Cristóbal. Sabía que el flechazo iba alcanzando una velocidad de vértigo. Su hija necesitaba enamorarse y Alfonso también. Había comentado que sentía demasiada soledad.

—Tengo miedo de que esta relación que Alfonso se está tomando muy en serio no sea más que un capricho de tu hija. Estoy preocupada porque es evidente que las cosas están yendo rápido.

—Me parece estupendo. Alfonso para mí sería el yerno ideal. Y soñando, quién te dice que tu padre no cambie de idea y se decante por otro sucesor que no sea Juan Carlos.

—Mi padre ya ha tomado una decisión y no se volverá atrás.

—Tiempo al tiempo, si esto cuaja. La que se pondrá contenta será tu madre.

—Si Alfonso va tan rápido, lo mismo también tiene sus ilusiones y habría que decirle que no espere nada más de lo que tiene.

—Eso sí sería ir rápido. No te adelantes. Ya sabes cómo es Carmen. No le digas nada ni para bien ni para mal.

Antes de que acabaran las dos semanas, Alfonso buscó un momento a solas con la nieta de Franco para declararse.

—Me gustaría conocerte más. Eres la mujer que siempre había soñado. —Alfonso resultaba muy poético, y eso a ella le gustaba.

Carmen había tenido tantas dificultades y problemas con sus relaciones anteriores que, conociendo las intenciones de Alfonso, se sintió liberada. Si todo iba así de rápido, podría irse de casa pronto.

—No tengo ningún inconveniente en conocerte más.

—Preparo otro viaje para que vengas a Suecia, ¿te parece?

—Yo encantada. —Carmen se dejaba llevar. Aquello parecía salido de un cuento de hadas. Necesitaba enamorarse. Aquel joven apuesto parecía que gustaba a todos, sobre todo a su padre.

A los quince días de conocerse, regresó a Estocolmo esta vez sin sus padres, pero sí acompañada de la señora de Madrigal, hija del almirante Nieto Antúnez, ministro de Marina. Había echado de menos en estas dos semanas al embajador que tanto le hablaba de su abuelo Alfonso XIII y de la reina Victoria Eugenia, recientemente fallecida. Había visto en la prensa su foto portando el féretro de su abuela junto con su primo Juan Carlos y su tío don Juan. El efecto que había producido en todos este posible noviazgo había sido tan positivo, sobre todo en su abuela, que regresaba a Suecia con la ilusión de que Alfonso se declarara definitivamente.

—Eres para mí la esposa ideal. Nada me ilusionaría más que te quisieras casar conmigo. Sería una luz entre tanta oscuridad en mi vida.

En esta ocasión no hubo turismo. Ya había algún periodista a la caza de la noticia. Las puertas de la embajada se cerraron a cal y canto. Cuando se volvieron a abrir, Carmencita ya se había comprometido con Alfonso de Borbón. En el fondo, Alfonso albergaba también cierta ilusión y cierta ambición de que hubiera algún cambio en la decisión que había adoptado Franco para su sucesión.

Al regresar a España, la noticia corrió como la espuma. En El Pardo la abuela no ocultaba su felicidad. Alfonso no dejaba de ser el nieto de Alfonso XIII. Eso ya le convertía en un buen partido para su nieta. Además, no descartaba que si las cosas no fueran bien con Juan Carlos, ahí estarían Alfonso y Carmencita. Definitivamente, el viaje a Suecia había sido todo un éxito.

Cuando se lo comunicaron a Franco solo llegó a expresar un lacónico: «Esperemos que sea para bien». Carmen Franco tampoco se mostraba tan ilusionada como su marido. Volvió a comentarle el miedo que sentía ante este fugaz noviazgo y rapidísimo compromiso de boda.

—¿No te parece que está yendo todo excesivamente rápido?

—Los tiempos los están marcando ellos.

—Creo que deberían conocerse más. Estoy preocupada.

—Por favor, al revés. Se han encontrado, se han gustado y se van a casar. ¿Qué problema le ves a eso? Yo estoy muy ilusionado. No me puede caer mejor mi futuro yerno, y encima vamos a emparentar con un miembro de la realeza. ¿Qué más se puede pedir?

—Por favor, te pido que no la presiones y que ella libremente decida su futuro.

El 20 de diciembre del año setenta y uno —tres meses después del sí de Carmen—, anunciaban su compromiso. A los tres días tenía lugar la petición de mano. Para la ocasión, había ido al modista Miguel Rueda a que le diseñara un traje especial. Vivía justo enfrente de su casa en Hermanos Bécquer. Tanto su madre como su abuela eran clientas habituales. Precisamente para ese traje exclusivo se presentaron la madre y la hija con una bolsa llena de plumas de gallo teñidas de color rosa que habían comprado en Nueva York. El modista eligió una tela de idéntico color a las plumas que se colocaron ribeteando el bajo del vestido, más corto por delante que por detrás.

Antes de que llegaran los invitados y periodistas, su padre le preguntó si se lo había pensado bien, y ella le contestó afirmativamente.

Ese momento tan especial para los novios fue registrado por la prensa, llevando la instantánea hasta las portadas. A la fiesta no faltaron ni los miembros del Gobierno, ni los príncipes Juan Carlos y Sofía ni la madre de esta, la reina Federica. A Franco, a pesar de lo poco expresivo que era, se le veían los ojos acuosos. En el ambiente planeaba la duda de si el futuro de la Corona estaría en Juan Carlos o en Alfonso después de este enlace con su nieta.

Durante los meses previos a la boda, los novios iban de un compromiso a otro, agasajados por todo el mundo. Incluso se podían leer algunas pintadas por las calles en las que se decía: «¿Por qué una reina extranjera —por Sofía de Grecia—, si podemos tener una reina española?».

Confeccionar la lista de asistentes fue complicado. Todo el mundo deseaba estar en aquella boda. No cabrían todos en los salones de El Pardo. Habría que dividir en dos pisos a los invitados. El marqués le preguntó a su futuro yerno qué regalo deseaba que le hiciera para un día tan señalado.

—Un retrato de Carmen me haría muy feliz.
—Dime el nombre del pintor.
—Salvador Dalí.

Al día siguiente Cristóbal llamaba a Dalí para decirle que le gustaría muchísimo tener un cuadro de su hija. El pintor de Cadaqués lo recibió con entusiasmo y le dijo que la pintaría de una manera especial. Carmen tan solo posó para él un par de veces. En esas ocasiones, la conversación giró sobre lo mismo: el culo.

—El hombre tiene las ancas de la fuerza y la mujer el mapamundi del deseo. Lo sólido frente a lo líquido. El culo es la perfección, como el círculo. Representa la unidad, lo absoluto... Es la representación más arquetípica de Dios en la materia.

—Muy interesante lo que dice. Le aseguro que a partir de ahora solo coleccionaré culos en pintura. ¡Cuantos más, mejor!

—Harás bien, porque el culo es el centro de gravedad del cuerpo. En realidad, lo sostiene y le da equilibrio.

Hablando de culos las sesiones fueron fructíferas. A Dalí se le veía muy inspirado. Después de unos meses, se presentó el cuadro en sociedad. Dalí dijo que Carmen pasaría a la historia montada a caballo. La última pincelada de su cuadro la dio frente a *Las meninas* de Velázquez, que Carmen admiraba tanto.

No se hablaba de otra cosa que de este enlace y había quienes veían claro que la elección de Franco sobre su sucesor cambiaría de un día para otro. La propia princesa Sofía estaba convencida de que se torcería su futuro.

Alfonso preparó las nuevas habitaciones del que sería su hogar en la embajada. Había sido nombrado embajador después de un discreto puesto en el Banco Exterior de España. En aquel momento, Franco pensó que era mejor alejarlo de España después de haber designado a su primo como su sucesor. Ahora, sin embargo, había alguna voz que le recomendaba mirar hacia su nieta y hacia Alfonso de Borbón, justo la rama borbónica que había descartado.

Para cuando llegó el día de la boda, los partidarios de Juan Carlos de Borbón y los de Alfonso de Borbón estaban divididos. Había quienes pensaban que el enlace era una maniobra orquestada desde El Pardo, y otros veían simplemente una historia de amor entre la nieta de Franco y el nieto del rey, sin que tuvieran que cambiar las cosas que ya habían quedado «atadas».

Alfonso de Borbón le confesó a su amigo y futuro suegro que siempre habrían criticado a la mujer con la que se hubiera casado, independientemente de quién fuera. «Sin embargo, al ser Carmen, la nieta del Generalísimo, no creo que lo hagan», afirmó, muy seguro de lo que decía.

—No te creas, Alfonso. Mira cómo me ponen a mí verde todos los días. Tendrás que aprender a que las críticas te entren por un oído y te salgan por el otro. Tienes que olvidar el pasado.

—No puedo, Cristóbal. Me siento agredido desde la infancia. Y solo. No he tenido los cuidados y atenciones de mi primo Juan Carlos. Mi hermano Gonzalo y yo hemos estudiado en Deusto y en Madrid sin que le interesase a nadie.

—Eso ya ha cambiado y más que va a cambiar.

Antes de la boda, Franco quería para su nieta los máximos honores y pidió al Consejo del Reino que informara sobre este matrimonio y que fueran las Cortes quienes dieran su aprobación, según el artículo 12 de la ley de sucesión, igual que si fuera la boda de un heredero. El príncipe Juan Carlos se puso en contacto con él para decirle que no correspondía a Alfonso ese tratamiento, pero el Caudillo hizo caso omiso y consultó al ministro de Justicia sobre la posibilidad de otorgarle también a Alfonso el título de príncipe. La respuesta fue negativa. No obstante, tantas negativas no fueron obstáculo para que en las participaciones de boda al novio le dieran el tratamiento de alteza real. Eso le gustó especialmente a Carmen Polo.

34
UNA BODA COMO PREÁMBULO DEL MAYOR GOLPE AL RÉGIMEN

La que llamaron Operación Ogro fue un éxito para la banda terrorista ETA. La seguridad del Estado no se dio cuenta de lo que estaban tramando, y eso que la CIA avisó de que se preparaba algo de enorme repercusión. Fue un gran fallo, una incompetencia. Los etarras alquilaron un piso bajo y desde ahí hicieron un túnel. Disimularon diciendo que el ruido que hacían era porque se trataba del trabajo de un escultor. Parece mentira que nadie se percatara, ni los vecinos ni el portero. Por otro lado, Carrero Blanco salía de su casa a misa todos los días por el mismo lugar y a la misma hora. Lo tuvieron fácil los terroristas. Mi padre lo vivió como un ataque al régimen y a él. Se quedó desconcertado con el asesinato de Carrero. Nunca superó esa pérdida.

Y llegó el día, el 8 de marzo de 1972. Se casaba la hija mayor de los marqueses de Villaverde y la primera nieta de Franco. El lugar elegido no podía ser otro que el palacio de El Pardo. Primero, los recién casados se fotografiaron con todo el personal de servicio y después con los distintos miembros de la familia. El padre del novio, Jaime de Borbón, pisaba tierra española después de cuarenta y un años de exilio. Fue el encargado de dar la noticia del compromiso desde París. «Su alteza real, el príncipe Alfonso, duque de Borbón, embajador de España en Suecia e hijo mayor del príncipe, se une en matrimonio con la señorita María del Carmen Martínez-Bordiú y Franco, hija del marqués y de la marquesa de Villaverde y nieta de sus excelencias, el jefe del Estado español y doña Carmen Polo de Franco». Ese comunicado sentó muy mal en La Zarzuela. Los príncipes eran plenamente conscientes de que se estaban moviendo hilos políticos a sus espaldas y se le estaba dando un tratamiento a Alfonso de alteza real que no le correspondía.

El príncipe Juan Carlos empezó a hablar con ministros, con miembros de las Cortes, con aristócratas y con todos los políticos que tenían cargos relevantes. Le trasladó sus temores al director general de Radiotelevisión Española, Adolfo Suárez, y este tomó la decisión de apoyarle retransmitiendo la boda por la segunda cadena, la nueva UHF. Apenas la veía nadie, ya que requería de un dispositivo que no estaba en todos los hogares. Consideró que era la mejor forma de situarse al lado del sucesor designado. Varios ministros del Gobierno pusieron el grito en el cielo cuando supieron que no se retransmitiría por la primera cadena.

Los sectores más progresistas comenzaron a inclinarse del lado de Juan Carlos, que en pequeños círculos hablaba de elecciones, de partidos políticos para España, mientras que Alfonso emparentaba con el propio régimen. Las especulaciones sobre si Franco cambiaría de sucesor tras este enlace no dejaron de aumentar en los días y meses sucesivos.

El Pardo se vistió de gala para la boda de Carmencita, que se preparó como si se tratara de una boda real. Antes de la ceremonia, el infante don Jaime bendijo a los contrayentes. Acudió sin su segunda esposa, Carlota, ya que el matrimonio civil no estaba reconocido en España. Los familiares más íntimos les saludaron y se fotografiaron con ellos antes de la ceremonia. Los novios salieron hacia la capilla con los acordes del himno nacional. El padrino, Francisco Franco, vestido con el uniforme de etiqueta de capitán general de la Armada, daba el brazo a su nieta. Lucía la Cruz Laureada de San Fernando y el Collar Pontificio de la Orden de Cristo. Don Alfonso iba inmediatamente después y lo hacía acompañado de su madre y madrina, Emanuela de Dampierre, duquesa de Segovia. El cortejo los seguía con Carmen Polo a la cabeza, tocada con mantilla española y luciendo un gran collar de perlas, junto al príncipe de España; el infante don Jaime junto a la princesa Sofía; Carmen Franco, marquesa de Villaverde, junto al infante Luis Alfonso de Baviera; Cristóbal Martínez-Bordiú lo hacía del brazo de Victoria Marone; Gonzalo de Borbón, hermano del novio, junto a la también nieta de Alfonso XIII, Alejandra de Torlonia; y Francisco Franco Martínez-Bordiú, hermano de la novia, entró en la capilla del brazo de la señora de Madrigal. Se dio la circunstancia de que los hijos de los príncipes fueron junto a los hermanos pequeños de la novia.

Los alrededores de la capilla del palacio se encontraban a rebosar de invitados que hicieron dos filas para ver la llegada de los contrayentes. Carmen iba vestida con un traje confeccionado por Cristóbal Balenciaga, a pesar de que el modisto había cerrado sus casas de costura cuatro años antes. El diseñador había elaborado dos bocetos, pero Carmen y su madre eligieron el más regio para la ocasión. Su confección se llevó a cabo en el taller de Felisa y José Luis, en Madrid. Felisa había trabajado junto a Balenciaga mientras estuvo en activo. Dirigió toda la confección otra de las mejores manos del taller del diseñador: Emilita Carriches. Ella fue quien la ayudó a vestirse el día de la boda. En su confección se emplearon catorce metros de doble ancho de raso natural, de color blanco con un reflejo gris rosáceo. Los bordados, donde predominaba la flor de lis, emblema de la Casa de Borbón, habían sido realizados a mano. Destacaba uno sobre los demás: el que sobresalía a la altura del pecho. Para dicho trabajo se habían utilizado veinte carretes de hilo de plata y más de diez mil perlas; así como dos mil quinientos brillantes pequeños, dos mil doscientos medianos y mil setecientos grandes, además de nácar y cristal. El manto que lucía medía siete metros de largo. Antes de dar por terminado el traje, Balenciaga le hizo varias pruebas a la novia en las que tuvo que caminar una y otra vez por el salón en sesiones agotadoras. Quería que el traje se adaptara perfectamente a su cuerpo, como así fue. La corona que ceñía en su cabeza era de brillantes y grandes esmeraldas, regalo de sus abuelos maternos. Parecía la boda de una heredera al trono.

El Gobierno en pleno con su vicepresidente a la cabeza, así como los presidentes de las Cortes y del Consejo del Reino, esperaban en el interior de la capilla. Durante la ceremonia el cuarteto de madrigalistas de Madrid y el coro de voces blancas de la Escuela Superior de Canto interpretaron canciones antiguas, como las Cantigas de Alfonso X el Sabio. El arzobispo de Madrid, don Vicente Enrique y Tarancón, no muy proclive a Franco, ofició la misa.

—¿Venís sin ser coaccionados? —preguntó a los contrayentes.

—Sí, venimos libremente.

Carmen Franco al oír esa pregunta del cardenal deseó que su hija no se hubiera visto coaccionada ante este matrimonio que tan bien había caído en la familia. Observó la cara de su madre que se apreciaba, a simple vista, henchida de felicidad. Su marido también se mostraba orgulloso de la decisión de su hija. No obstante, a ella le recorrió un escalofrío por todo el cuerpo al pensar en su juventud y en la inconsistencia de una relación que se había fraguado en pocos meses. ¿Se habría sentido coaccionada, como preguntaba el arzobispo? Miró los gestos y expresiones de su hija, y comprobó que la voz era muy tenue, casi imperceptible. Hablaba bajito, como un susurro. A Alfonso se le oyó más en el sí quiero que dio ante dos mil invitados. Carmen tuvo la sensación de que era él quien deseaba más este matrimonio. Los dos parecían príncipes de un cuento de hadas.

A las siete menos cuarto de la tarde, los novios repetían ante el cardenal arzobispo de Madrid los tres síes de la liturgia del sacramento del matrimonio católico: sí, quiero; sí, otorgo; sí, recibo. Carmen Franco recordó que justo veintidós años antes, en la misma capilla, había contraído matrimonio con Cristóbal Martínez-Bordiú. Se preguntó si tenía la misma ilusión hoy que cuando se casó. Evidentemente, su matrimonio había pasado por altos y bajos, pero no se arrepentía de aquel día en el que creyó que, a partir de ese momento, sería mucho más libre. El tiempo le había hecho comprender que no había sido así. La libertad absoluta, pensó, era una entelequia. Había tenido siete hijos y la mayor contraía matrimonio con un descendiente de Alfonso XIII. Miró de reojo a Mariola y la vio emocionada. Su segunda hija deseaba casarse con Rafael Ardid, con el que salía desde los quince años. Se habían conocido en el pantano de Entrepeñas, pero Cristóbal le había prohibido casarse con él. Aspiraba a una boda como la de Carmen. A Mariola se le saltaron las lágrimas durante la ceremonia. Su madre estaba segura de que era de pena. Estaría pensando más en ella que en la boda de su hermana. Mariola, a punto de licenciarse en Arquitectura, se decía a sí misma que en cuanto alcanzara la mayoría de edad, los veintiún años, se casaría con Rafael con la aprobación de su padre o sin ella. Carmen Franco volvió la mirada a Francis, estudiante de Medicina, siguiendo los pasos profesionales de su padre pero enfrentado a él desde que tenía uso de razón. Francis vivía, desde hacía seis meses, con los abuelos en El Pardo. Cristóbal quiso imponerse a sus hijos, pero ya era tarde. Demasiado tiempo fuera de casa, en el trabajo, de viaje o en actos sociales. El día que le quiso dejar claras a su hijo una serie de condiciones para seguir viviendo en casa, le dijo que «si no estaba de acuerdo podía coger la puerta e irse». Francis la abrió y se fue. A su abuela le había dicho que necesitaba tranquilidad para seguir con sus estudios y a Carmen Polo le pareció bien que se fuera a vivir con ellos. Francis había vivido un primer curso convulso en la universidad, en donde estuvieron más tiempo de huelga que dando clase. En cuanto podía se escapaba a cazar por el monte de El Pardo. Nada le gustaba más que salir con su abuelo. No participó de las huelgas estudiantiles.

Mery y Cristóbal, en plena adolescencia, siempre protestando por el coche oficial que los traía y los llevaba al colegio, disfrutaron con la boda. La Ferrolana, como la llamaba Franco, tenía mucha personalidad y no aceptaba ningún consejo, ni tan siquiera de Nani. José Cristóbal quería seguir los pasos de Mariola. Se reía mucho con ella cuando esta le contaba cómo había tenido que correr delante de los grises, de la policía. Su facultad era el punto de encuentro de las manifestaciones del resto de las universidades y en más de una ocasión se vio envuelta en ellas. Arantxa y Jaime, demasiado pequeños todavía para darse cuenta de lo que estaba sucediendo en la capilla del palacio, estuvieron junto a *miss* Hibbs y los hijos de los príncipes de España.

Al acabar el oficio religioso, los novios firmaron en presencia del ministro de Justicia, que ejerció como notario. Desde la capilla, el flamante matrimonio se dirigió andando, junto a la comitiva, al palacio. Los invitados saludaron a los novios. Entre ellos, se encontraba la *begum* Aga Khan, los príncipes de Mónaco, el príncipe Bertil de Suecia y sus sobrinas: Desirée y Christina; Imelda Marcos, esposa del presidente de Filipinas, así como las hijas del presidente de Portugal y los hijos del presidente de Paraguay. Todos se habían dado cita en un enlace cargado de connotaciones políticas y monárquicas.

La actualidad española no era tan idílica como pudiera parecer tras la boda. Había muchas protestas en las fábricas y en la universidad. Don Juan Carlos se fue a Estoril a pasar el día de San Juan junto a su padre. Los consejeros de don Juan habían hecho públicas unas declaraciones que habían vuelto a provocar la indignación de Franco. Este, tres meses después del enlace, nombró a su mano derecha, Luis Carrero Blanco, presidente del Gobierno. En realidad, ya ejercía como tal desde hacía tiempo. Por otro lado, se intensificó la información de los servicios secretos norteamericanos sobre España. En esas notas que enviaban al Departamento de Estado se señalaba a Carrero Blanco como el cerebro gris de Franco. En el proceso de Burgos había sido inflexible y llegó a decir: «Presione quien presione, el Gobierno debe mantenerse duro y si hubiera que aflojar, que el Consejo del Reino sea el blando». Para Estados Unidos el que gobernaba era Carrero. El último informe remitido desde la embajada concluía con una frase pronunciada por un alto cargo español a un agente de la CIA: «Lo mejor que podría surgir de esta situación actual sería que Carrero desapareciera de escena». Esas notas tan solo tenían un punto tranquilizador para Estados Unidos con respecto a Carrero Blanco: «Su odio al comunismo». Por otro lado, inquietaba a los diplomáticos americanos «tanta vida política clandestina sin cauce y sin voz». Ciertamente, se sabía que cada vez había más obreros y estudiantes que se afiliaban al Partido Comunista y al Partido Socialista en la clandestinidad.

El detonante de más movilizaciones fue el proceso 1001 a los dirigentes del sindicato Comisiones Obreras por ser una organización ilegal y por su vinculación con el Partido Comunista. El 8 de noviembre ya se conocían las peticiones de pena solicitadas por el fiscal: más de ciento sesenta años de prisión. Veinte años y un día para Marcelino Camacho y Eduardo Saborido; diecinueve años de reclusión para Sartorius y García Salve; dieciocho años de cárcel para Fernando Soto y Muñiz Zapico y doce años para Acosta, Zamora, Santiesteban y Fernández Costilla. La Iglesia tomó partido y en la XVII Asamblea Plenaria de la Conferencia Episcopal algunos obispos dejaron oír su voz ante el ministro de Justicia para pedir clemencia para estos sindicalistas encarcelados.

Durante esos días, se fundaron los llamados Guerrilleros de Cristo Rey, jóvenes ultras que actuaban utilizando la violencia. Surgió también el FRAP, un grupo armado antifascista, auspiciado por el Partido Comunista de España (marxista-leninista), cuyo objetivo era crear un movimiento revolucionario. En este clima de agitación social apareció otro grupo de oposición al franquismo: el Movimiento Ibérico de Liberación. Uno de sus miembros, el anarquista Salvador Puig Antich, fue detenido durante una accidentada operación policial en la que resultó muerto el subinspector Francisco Jesús Anguas Barragán. Durante el proceso judicial no llegó a establecerse si el policía fue víctima del anarquista o del fuego cruzado producto del tiroteo con la propia policía. A pesar de todo, Salvador Puig fue considerado autor del homicidio y se le condenó a muerte por garrote vil. La sentencia se hizo pública en noviembre del setenta y tres. Idéntica suerte corrió un joven alemán, Heinz Chez, por la muerte de un miembro de la Guardia Civil. Para el 20 de diciembre se convocaron más de cien manifestaciones ilegales en toda España en protesta por las condenas y por el método de muerte tan ancestral que se iba a utilizar. El mecanismo del «garrote» consistía en poner al preso un collar de hierro atravesado por un tornillo que al girarlo causaba a la víctima la rotura del cuello. Las protestas internacionales fueron clamor en todo el mundo.

Los servicios de inteligencia españoles, con el teniente coronel San Martín a la cabeza, hicieron llegar a Carrero un sobre cerrado. Contenía una carta del teniente general Iniesta Cano, director de la Guardia Civil, con un par de informes policiales. Al parecer, agentes infiltrados en el Partido Comunista y en la banda terrorista ETA coincidían en que se estaban preparando acciones subversivas y terroristas al más alto nivel. Por un lado, se estudiaba secuestrar a personas allegadas al príncipe Juan Carlos —a alguno de sus tres hijos—, la mujer de Carrero Blanco o la del teniente general Iniesta Cano. Igualmente, se sabía que ETA preparaba una acción de gran envergadura en Madrid, sin precisar cuándo pensaban llevarla a cabo. Carrero Blanco tomó nota. Reforzó la seguridad de su mujer y avisó al príncipe.

Franco veía morir a toda una generación de políticos que habían formado parte de su vida militar y política. Había enterrado recientemente a Agustín Muñoz Grandes, que había combatido junto a él en la guerra de Marruecos, en la Guerra Civil y en la Segunda Guerra Mundial. Incluso sabía que barajaba el sueño de sucederle. Sin embargo, una insuficiencia cardiorrespiratoria le mantuvo hospitalizado hasta su muerte en 1970. Cinco años antes había fallecido Winston Churchill, uno de los políticos a los que más respeto tenía y con el que mantuvo una relación epistolar durante la Segunda Guerra Mundial. Le admiraba, entre otras cosas, porque le consideraba un militar, un hombre de formación castrense, condición imprescindible para ser un hombre de Estado, pensaba. El penúltimo en morir fue el general De Gaulle, que no le caía bien, aunque, al ser militar, se entendían. Sobrevivió dos años al mayo del sesenta y ocho francés donde hubo tantas revueltas obreras y estudiantiles. Una vez cesado, vino a España, tras los pasos de Napoleón y para estudiar las batallas de la guerra de la Independencia española. Antes fue a ver a Franco al palacio de El Pardo, donde mantuvieron una larga entrevista. Los dos interlocutores pensaron que el que tenían enfrente se encontraba ya muy viejo. Le había comentado a Franco que «después del rey de Suecia era el político del mundo que más duraba en el poder». Sobre la Guerra Civil llegó a manifestar que «las guerras civiles en las que en ambas trincheras hay hermanos son imperdonables porque la paz no nace cuando la guerra termina». Murió en noviembre de 1970. El verano del setenta y uno, Franco recibió el último golpe anímico con la muerte de su compañero de promoción miliar y amigo íntimo, Camilo Alonso Vega, al que había ascendido dos años antes a capitán general, grado que solo habían alcanzado Muñoz Grandes y el propio Franco. Este sabía que no le quedaba mucho tiempo. La enfermedad de párkinson era cada día más evidente. Por el contrario, frente a los rumores de mala salud, su familia y sus ministros daban otra imagen de campechanía y estado físico inmejorable.

Mientras tanto crecían los rumores de una posible alteración de la línea sucesoria. De hecho, se produjeron miles de anécdotas donde la familia consentía comentarios que daban pie a especulaciones. En un restaurante donde el marqués de Villaverde estaba siendo homenajeado por sus colaboradores y amigos, en presencia de Alfonso y Carmen, levantó su copa y brindó por la «princesa más bella de Europa». A Carmen Franco no le gustó ese brindis. Con su amiga Maruja hizo un comentario, todavía con la copa en la mano.

—Cristóbal se ha pasado. No le hace falta más título que ser la nieta mayor de Franco.

—Deberías decirle algo, porque luego estas cosas trascienden.

—Ni se me ocurre, con lo autoritario que es. No está en mis planes enfrentarme a él.

—Lo sé. Si no te pliegas podéis tener un choque muy fuerte.

—Muy ordeno y mando. He aprendido a callarme.

En noviembre de 1972, el matrimonio Borbón-Martínez-Bordiú recibió el ducado de Cádiz. Franco pidió a Carrero Blanco y al ministro de Justicia Oriol que preparasen el debido decreto concediendo a su nieta y a su marido dicho ducado con tratamiento de alteza real para él y sus descendientes. Carmen Franco se lo comunicó a su hija, que estaba a punto de dar a luz.

—No hagas caso a los que te dicen que serías una buena reina. Tu abuelo ya ha tomado la decisión y no va a dar marcha atrás. De todas formas, os ha concedido el ducado de Cádiz.

—Le daré las gracias en cuanto le vea.

—Es su regalo antes de que nazca tu hijo. Ha querido reparar los continuos desaires a Alfonso por parte de don Juan. Acuérdate de lo que ha tenido que pasar tu marido al no ser considerado ni infante ni príncipe ni nada. Él y su hermano Gonzalo han soportado que la sociedad española los llamara despectivamente «los doños». El tratamiento de don a todas luces era insuficiente.

—Eso ya lo tienen superado. Además, te voy a decir algo: no creo que el hecho de ser reina o rey te dé la felicidad.

—Ya te digo yo que todo lo contrario. Es una carga muy difícil de sobrellevar.

—Alfonso, sin embargo, insiste mucho en tener un título.

—Un ducado es una grandísima distinción.

—Sabes que a mí eso me da igual.

—Pero a tu marido no.

Tras el viaje de novios, el matrimonio se había alojado en El Pardo, en la habitación llamada de «los monos» por los tapices que la adornaban. El protocolo se reforzó hasta el punto de que la vida de palacio empezó a girar en torno a los nuevos «príncipes». Los ayudantes, secretarios, militares y jefes de las casas civil y militar tuvieron que modificar el tratamiento que le habían dado desde siempre a Carmencita y comenzar a utilizar «su alteza». Carmen Polo así lo exigió. Incluso en la mesa, Carmencita ocupaba un lugar de honor por encima de su madre y de su propia abuela. También se la servía la primera.

El protocolo alcanzó la máxima expresión con el nacimiento del primer hijo de Carmen y Alfonso, el 22 de noviembre de 1973. El nuevo miembro de la familia llegó al mundo en el sanatorio San Francisco de Asís de Madrid. Nadie dudó de que debería llevar el nombre del abuelo: Francisco. Carmen Franco compartió su alegría con las primeras amigas que acudieron a visitarla.

—Ha sido muy emotivo. No estuve en el parto pero sí en la habitación del hospital, y cuando vi al niño hecho un gusanito me emocioné mucho.

—¡Es lógico! Estarías preocupada por tu hija —le dijo Angelines.

—No, eso no. Piensa que yo he parido tantas veces que no sentía ningún miedo. Jamás he tenido una sola complicación. Todos mis partos han sido naturales. Por eso, todo el proceso hasta que nació el niño no me chocó mucho.

—Quien tiene que estar como loca es tu madre —apuntó Maruja.

—Sí, por supuesto. Piensa que es su primer bisnieto.

El niño fue bautizado en El Pardo siendo sus padrinos el propio Franco y Emanuela de Dampierre. La bisabuela impuso un nuevo tratamiento al recién nacido. Cuando se refería a él, Carmen Polo preguntaba por «el señor». «¿Le han dado ya el biberón al señor?», solía decir. El personal del palacio no se acostumbraba a ese tratamiento para un niño recién nacido, pero tuvo que adaptarse a los nuevos tiempos.

El diario *ABC* criticó las formas del palacio de El Pardo. Eso le sentó muy mal a Alfonso. Por esos días, don Juan le envió una invitación de boda a su sobrino. Se casaba su hija, la infanta Margarita, con el doctor Zurita. Esa invitación estaba dirigida al «excelentísimo señor embajador de España». Nada más recibirla, Alfonso la devolvió por no llevar el tratamiento de «su alteza real». Finalmente no asistió.

Por segunda vez, Franco le pidió a Carrero Blanco que preparara un decreto para otorgar el título de príncipe de Borbón al marido de su nieta. Pero al presidente del Gobierno no le dio tiempo a hacerlo. El 20 de diciembre, Luis Carrero Blanco acudió a misa, como hacía cada día, a la iglesia de San Francisco de Borja. Tras el oficio religioso volvió a subirse a su coche oficial para regresar a su domicilio a desayunar. Cuando circulaban por la calle Claudio Coello de Madrid, a las nueve y veintisiete minutos, los terroristas de ETA activaron las cargas explosivas, que habían preparado durante días, en el momento en que el vehículo pasó por la zona señalada con pintura roja e hicieron saltar su coche por los aires. La explosión acabó con la vida del presidente del Gobierno, de su escolta, Juan Antonio Bueno, y de su chófer, José Luis Pérez. El coche, un Dodge de casi mil ochocientos kilos de peso, voló por los aires y cayó en la azotea de la Casa Profesa anexa a la iglesia. Los escoltas que viajaban en el vehículo que iba detrás no se dieron cuenta de nada por el espeso humo tras la deflagración. Pensaron que la explosión había sido producida por un escape de gas. No creyeron que se tratara de un atentado terrorista. De hecho, comunicaron por radio a la Dirección General de Seguridad que «necesitaban cambiar de coche porque el suyo estaba lleno de cascotes a causa de una explosión de gas». En aquellos primeros momentos ni se podían imaginar que el presidente del Gobierno acababa de ser asesinado.

El escolta del segundo coche envió un nuevo aviso por radio: «Soy Juan Franco, no veo el coche del presidente. Aquí hay un gran socavón. Enorme, enorme. Mucho humo, polvo, cascotes. El inspector Galiana está herido y Alonso ha ido a la casa del presidente para asegurarse de que ha llegado. Un momento, Alonso está aquí de vuelta». Después de unos segundos volvió a transmitir: «Alonso me está diciendo que el presidente no ha llegado a su casa».

Alertado, el director de seguridad llamó a Castellana 3, a José María Gamazo, subsecretario de la Presidencia, por si Carrero Blanco hubiera ido directamente a su despacho.

—No vendrá hasta las once menos cuarto —le contestó Gamazo—. Tiene antes una visita fuera de aquí. Después celebrará un consejillo para tratar el tema del proyecto de ley de asociaciones políticas. ¿Ocurre algo?

El domicilio de Carrero Blanco estaba justo enfrente del domicilio de los marqueses de Villaverde. Carmen Franco estaba en pleno sueño —no le gustaba madrugar— cuando el servicio le dio la noticia. No se la podía creer. Inmediatamente recibió una llamada del palacio. Era su madre.

—Carmen, estamos destrozados. ¿Te has enterado de la noticia?

—Sí. Terrible. Menos mal que no iba Angelines, su hija. Sabes que acompañaba a su padre muchas mañanas a oír misa a los jesuitas y luego regresaban a casa a desayunar. Si llega a ir hoy, estaríamos hablando de una muerte más.

—Tengo que llamar a Carmen, su viuda. Imagino cómo estarán Luisito, Lucía y Angelines. ¡Qué tragedia!

—En realidad, al no poder atentar contra papá, lo han hecho contra Carrero. Ha sido un ataque directo a papá y al régimen. Por lo que se ve era un blanco fácil.

—Iba todos los días a misa como hago yo. Era de misa y comunión diaria. Siempre a la misma hora.

—La rutina se lo ha puesto muy fácil a los terroristas. Me visto y me voy para allí.

—Sí, ven cuanto antes.

A Franco le había dado la noticia Juanito, su ayudante. El doctor Vicente Gil intentó tranquilizarle después del mazazo que acababa de recibir. No quiso masajes. Estaba consternado. Primero le dijeron que había tenido un accidente y que estaba herido. Posteriormente le contaron la verdad. Apenas pronunció una palabra hasta el almuerzo. «Me han cortado el último hilo que me unía a este mundo», le dijo al marino Antonio Urcelay. Su hija quiso verle nada más llegar a palacio. Le comentó que el presidente hacía siempre el mismo recorrido.

—Uno nunca debe hacer el mismo camino. Eso es dar muchas facilidades al enemigo.

—Ha sido un milagro que hoy no fuera Angelines con su padre. Va siempre.

—Han querido atentar contra el régimen y lo han conseguido.

—¿Y cómo no se dieron cuenta los vecinos o el portero de lo que se estaba fraguando en ese sótano? ¿De dónde salió tanto cable para la detonación? —preguntó Carmen queriendo saber más datos sobre cómo había ocurrido el atentado.

—Dicen que un etarra estaba vestido de electricista sobre una escalerilla y que, al paso del coche a la altura de una señal, conectó los cables que estaban unidos a una gran cantidad de explosivos —comentó el jefe de la casa militar.

—Ha sido un fallo, una incompetencia —llegó a decir Franco con un hilillo de voz.

—Todo se ha interrumpido desde ese momento —intervino el marqués de Villaverde, que acudió en cuanto pudo al palacio—. Está el ambiente muy caldeado, mi general.

—Blas Piñar ha llamado a Carlos Arias. Está muy nervioso —contó Salgado-Araujo.

Franco estaba en *shock*. No podía pensar, ni tan siquiera comentar lo ocurrido. Los ojos se le anegaron de lágrimas. En palacio no recordaban haberle visto así nunca. Sabía que tenía que nombrar un nuevo presidente del Gobierno. No obstante, le faltaba su consejero, su leal almirante. Tenía que asimilar el asesinato de su mano derecha desde hacía treinta años. Se retiró a su despacho. Carmen y su madre recibieron a las amistades que quisieron acercarse hasta el palacio esa tarde.

—Ha sido una incompetencia de Arias. No me digáis que no estaban advertidos de que se preparaba una buena en Madrid —aportó Pura Huétor sin pelos en la lengua.

—No entiendo cómo sus itinerarios no estaban más controlados —apostilló Dolores Bermúdez de Castro.

—Eso no lo entiende nadie —afirmó Carmen Polo—. ¡La mano derecha de Paco! ¡Qué golpe más duro! Es como si hubieran matado a alguien de nuestra familia. Va a ser muy difícil de superar. Paco ha estado anonadado, incluso pensando que no era un atentado, durante horas ha estado hablando del accidente.

—Alguien debería dimitir —insistió Pura—. No hay derecho a que ocurran estas cosas.

—Estoy completamente de acuerdo —convino Carmen Franco, y se quedó callada de golpe.

Estaba convencida de que todos eran posibles objetivos de ETA. Había que reforzar la seguridad de toda la familia. No estaba a salvo nadie. También se dio cuenta de que aquella muerte afectaría a la frágil salud de su padre.

—Esto no lo va a superar nunca —le confesó en voz baja a su marido, el doctor Martínez-Bordiú.

Ese día frío y gris de diciembre, todos los nietos de Franco que acudían a clase en colegios o facultades fueron sacados de forma atropellada de los recintos de estudio por los escoltas. En el coche oficial tan solo se les dijo que Carrero Blanco había muerto en un atentado terrorista. Ninguno pidió más explicaciones. Eran plenamente conscientes, sobre todo los mayores, de que la situación que se vivía era de extrema gravedad.

Franco presidió las exequias por el alma de su amigo y mano derecha. Cuando fue a dar el pésame a su viuda, no pudo reprimir las lágrimas. Resonaban en su memoria las palabras de Carmen, su viuda: «Lloro porque casi todos los presidentes de España acaban siendo asesinados». Seis meses después se cumplía su infausto presagio.

En su mensaje de Navidad, pocos días después, Franco habló de la muerte de Carrero diciendo que «no hay mal que por bien no venga», palabras muy comentadas y criticadas. El

Caudillo había decidido no mostrar en público la más mínima expresión de flaqueza. Al contrario, decidió desmontar el Gobierno de Carrero que solo llevaba seis meses.

Tenía que elegir nuevo presidente del Gobierno. Ocho días después del asesinato tomó una decisión. Le pidió a Juanito que llamara al almirante Nieto Antúnez y al presidente de las Cortes para que se presentaran los dos de inmediato. Vicente Gil, que todas las mañanas le decía lo que pensaba, habló sin rodeos.

—Mi general, este ya es uno de los pocos cartuchos que su excelencia puede disparar. Usted no puede nombrar a Nieto Antúnez presidente del Gobierno. Como persona leal que soy, le debo decir que es un negociante. Debería oír a sus subordinados.

—¿Qué te parece Torcuato?

—Torcuato Fernández Miranda es uno de los hombres a quien más agradecido estoy. No obstante, todos los cargos que ha nombrado son jóvenes socialistas.

—¿Y García Rebull?

—Mi general, es uno de los pocos hombres a los que le digo siempre: «A tus órdenes», pero solo vale para mandar la tropa.

El Caudillo se fue andando despacio a desayunar. Allí le estaba esperando su mujer, quien se puso a hacer una defensa de Nieto Antúnez para que fuese nombrado presidente del Gobierno. Vicente Gil no pudo morderse la lengua.

—Señora, Nieto Antúnez es un golfo, sencillamente un golfo. Un trepador. Nada claro y, además, forrado de millones. Pregunte a su ayudante.

—No, no. ¡Márchate!

Carmen Polo no quería seguir oyendo sus descalificaciones. Al final de ese desayuno, Franco ya había tomado una decisión: Carlos Arias Navarro.

35

EL PRINCIPIO DEL FIN

Nos dábamos cuenta de que mi padre se apagaba. Yo no tuve ninguna duda de que estaba cerca su final.

Arias Navarro procedió a una amplia remodelación gubernamental. Diez ministros fueron relevados y otros cambiaron de cartera. Solo seis permanecieron en sus puestos. El presidente compareció ante las Cortes el 12 de febrero para exponer su programa de gobierno basado en «el pluralismo político y la participación». La prensa calificó aquellos nuevos aires aperturistas como «el espíritu del 12 de febrero».

Carmen Franco y su marido no entendieron el nombramiento de Carlos Arias Navarro. No se atrevieron a criticar la decisión. Lo comentaron durante días.

—Arias era el ministro del Interior. El responsable de la seguridad y el responsable en última instancia de que hayan matado a Carrero. Me parece un contrasentido. Al hombre que falla en su trabajo le nombra tu padre presidente —dijo Cristóbal.

—Imagino que ha sido porque es el más joven de los ministros en los que confía. Mi padre le tiene afecto. Piensa que el círculo íntimo que tiene es muy limitado. No puede elegir entre tantos. De todas formas, creo que tienes razón, me hubiera parecido más normal que hubiera nombrado a otro después de lo que ha pasado —acordó Carmen, preocupada con la decisión de su padre.

—Un incompetente al frente del Gobierno. Tu padre no es el que era.

—A mi madre también le cae muy bien Arias Navarro. Ha primado más el afecto que le tienen. En estos momentos, la lealtad también pesa mucho.

—No solo ha primado la opinión de tu madre; José Antonio Girón parece que también ha tenido mucho que ver con el nombramiento del nuevo presidente. Va diciendo que es un franquista químicamente puro. Yo, sin embargo, tengo mis dudas.

Estuvieron varios fines de semana sin acudir a su chalé en el pantano de Entrepeñas. Procuraron pasar el mayor tiempo posible en El Pardo. Precisamente, aprovechando su ausencia, fueron avisados por la policía de que habían robado en su casa y se habían llevado los principales trofeos de caza.

—Esto es obra de alguien que les conoce y saben las piezas que guardaban aquí —les comentó la policía.

Carmen y Cristóbal fueron a comprobar lo que se habían llevado los cacos y se dieron cuenta de que se trataba de expertos conocedores de los trofeos de caza.

—Solo se han llevado las piezas de más valor. Siento que nos hayan quitado el tigre que cacé en la India.

—Tontos no son. Han robado lo más preciado. También ha desaparecido el leopardo que maté en Rampur cuando fuimos Loli Aznar y yo por segunda vez a la India, a casa del embajador; así como los trofeos de Angola y Mozambique. ¿Te acuerdas del búfalo enorme que abatí? De estos viajes ya solo nos quedan las fotos.

—¡Serán cabrones! —Cristóbal estaba indignado—. También falta todo el marfil que teníamos.

—Señores marqueses —les dijo el comisario que llevaba la investigación—, esto tiene toda la pinta de que ha sido un robo por encargo. Si las piezas salen de España serán vendidas a algún taxidermista que ni preguntará por su procedencia. Saben que son robadas.

—En Estados Unidos hay mucho cazador al que le gusta exhibir sus piezas de caza —comentó Cristóbal—. Todos sabemos que algunas las han matado ellos y que otras las han comprado. Hay un mercado árido a hacerse con ellas de cualquier forma.

El episodio se comentó en familia durante semanas. Otro fallo en la seguridad. Esta vez en la casa de los fines de semana de la propia hija de Franco. Se evitó que la noticia trascendiera a la prensa. El robo solo lo conoció el círculo íntimo de la familia y amistades.

La segunda hija de los marqueses, después de varios intentos, logró casarse con Rafael Ardid Villoslada, hijo de Miguel Ardid Jimeno, al que el marqués de Villaverde no quería como consuegro, al contrario que Carmen Franco, que era muy amiga de su mujer. Cuando el joven acudió al hospital a pedirle al doctor la mano de su hija, no fue bien recibido. Rafael, impactado por sus formas, se juró a sí mismo no volver a tener jamás ningún trato con su futuro suegro.

La que medió para que Mariola se casara con Rafa, como todos le llamaban, fue Carmen Polo. Le llegó a decir a su yerno: «Tu hija se va a casar. Si no quieres venir, no vengas». El 15 de marzo de 1974 tenía lugar en el palacio de El Pardo la boda entre Mariola Martínez-Bordiú y su novio de toda la vida.

El cortejo lo abría un Franco muy mermado físicamente. Entró en la capilla dando el brazo a su nieta. El general apadrinó aquella boda a la que asistieron los príncipes, Juan Carlos y Sofía. Ejerció de madrina la madre del novio, Pilar Villoslada. El encargado de oficiar la ceremonia fue ni más ni menos que el sacerdote que conocía a todos los nietos desde su infancia, el capellán de Franco y de su casa civil, José María Bulart —quien llevaba al lado de Franco desde octubre del treinta y seis—. En aquel momento solo era un joven sacerdote catalán licenciado en las Sagradas Escrituras. Desde entonces hasta ese día no solo había oficiado la misa diaria que se daba en El Pardo, sino que había también asistido a los presos del bando republicano antes de ser ejecutados, por expreso deseo de Franco. En esas conversaciones, que eran las últimas que mantendrían antes de morir, muchos de los reclusos le comentaban que lo que más les había influido en su ideología había sido la lectura del periódico *Mundo Obrero*, del Partido Comunista. Eso se le había quedado grabado a Franco, convencido de que la libertad de prensa hacía mucho daño. José María Bulart se había convertido en una persona influyente en la familia. Y, a decir verdad, siempre se posicionó al lado de Mariola en contra de la opinión del marqués de Villaverde, con el que el capellán de El Pardo se llevaba mal.

La boda de la segunda nieta de Franco fue el primer acto social al que asistieron Carlos Arias Navarro y su mujer; así como el ministro de Comercio, Nemesio Fernández Cuesta; los exministros Nieto Antúnez y Solís Ruiz, y el resto del Gobierno.

Tras la ceremonia se sirvió una cena en El Pardo. Esta boda no tuvo el carácter principesco de la de su hermana Carmen, pero sí concitó gran interés mediático que se tradujo en portadas de revistas y artículos en prensa.

Un mes después, otra noticia positiva llegó al palacio de la mano de Carmencita. El 25 de abril nacía su segundo hijo, Luis Alfonso. Se había adelantado sobre la fecha prevista por el médico. Carmen Franco y su marido se encontraban en Sevilla en la Feria de Abril. Ese mismo día, Portugal vivió una revolución incruenta: la Revolución de los Claveles, que puso fin a cuarenta y ocho años de una dictadura similar a la española. Una parte del Ejército portugués se hizo con el poder en tan solo unas horas. La música de José Afonso a través de Radio Renascença fue el inicio y los claveles rojos inundaron no solo las armas de los militares sino las calles de Portugal.

Carmen llamó por teléfono al palacio para dar a su madre ambas noticias. Con su padre solo habló de la revolución que estaba viviendo el país vecino.

—Lo de Portugal era insostenible. Las posesiones de África estaban demasiado lejos de Europa. Y además, hoy tener esas posesiones no es muy popular —le comentó Franco—. De todas formas, la reacción de los portugueses no me extraña en absoluto, son muy cobardes.

Carmen se quedó tranquila porque vio que su padre no le daba demasiada importancia a lo que estaba ocurriendo en Portugal. Los marqueses de Villaverde no regresaron a Madrid hasta que acabó la Feria de Abril, donde estaban con amigos. A Carmen le encantaban las sevillanas y bailó todo lo que pudo. Desde que aprendió con su amiga Maruja, antes de casarse, no había dejado de bailarlas en todas las reuniones donde se cantaban. Liberada de embarazos no se perdía un viaje o una reunión con amistades.

Las imágenes de la Revolución de los Claveles se prohibieron en España. Había miedo de que el entusiasmo se contagiara. De todos modos, la noticia trascendió. En Madrid, se acabaron todas las reservas de claveles rojos. Justo una de las visitas a la habitación donde acababa de dar a luz Carmencita llevaba un ramo de claveles rojos. Sin embargo, una pareja de policías paró a las jóvenes compañeras de Iberia, donde había trabajado como secretaria de dirección, y les dio el alto. La policía confiscó el ramo y lo tiró a un contenedor de basura. Cuando se enteraron de que iban a ver a la nieta de Franco, pidieron disculpas.

Alfonso de Borbón estuvo presente en el parto. Se alegró de saber que se trataba de un varón de cuatro kilos de peso, sonrosado y tranquilo. Un mes más tarde, el segundo nieto de Franco era bautizado en la capilla de El Pardo. El padre José María Bulart ofició el rito dándole el nombre de Luis Alfonso Gonzalo Víctor Manuel Marco de Borbón y Martínez-Bordiú. Lo mismo había ocurrido año y medio antes cuando nació Fran. También fue bautizado en El Pardo con el nombre de Francisco de Asís Alfonso Jaime Cristóbal de la Santísima Trinidad y de Todos los Santos. Sus padrinos habían sido sus dos bisabuelos: Franco y Victoria de Rúspoli. Manuela Sánchez Prat, apodada la Seño, se hizo cargo del niño nada más nacer. Incluso durante los primeros meses se trasladó a Suecia. Ahora ya en Madrid, desde hacía un año, era la encargada de estar a todas horas a su lado. Carmen Franco la contrató nada más conocerla un verano en el pazo de Meirás, en la casa del gobernador civil de La Coruña. Sus amigas y ella visitaron a Carmencita muchas tardes.

—Yo creo que el nacimiento de un nieto se vive con más intensidad que el de tus propios hijos. Te das más cuenta de lo que ocurre. Pero mi mayor alegría ha sido el nacimiento de mis siete hijos. Esa es la verdad. —Carmen se quedó pensativa.

—Tienes razón —dijo María Dolores Bermúdez de Castro—. De todas formas, no es lo mismo el nacimiento de un hijo de tu hija. Se vive de otra manera.

—Claro, con las hijas se tiene más contacto.

—Tu hija va por tu mismo camino —le comentó Maruja—. Se va a cargar de hijos.

—Espero que sea más lista que yo. He pasado toda mi juventud embarazada.

—Y cuando no lo estabas, te ibas de viaje al lugar más lejano que encontrabas. No he conocido a nadie con tantas ansias de conocer mundo como tú —dijo María Dolores.

—Tienes razón. Creo que se debe a que siempre he estado encerrada entre cuatro paredes. Pienso que ese es el motivo.

—Con tanto niño, no podrás regalar a tus nietos tu enorme colección de muñecas —comentó Maruja.

—Bueno, ni a mis hijas. A saber dónde las tiene mi madre. Yo estoy encantada con que sean niños.

—¿Fueron muy duros tus padres contigo, Carmen?

—¡Qué va! Nunca me dieron un tortazo. Bueno, tampoco les di la oportunidad. Yo siempre me he adaptado a todo lo que me han dicho y nunca he rechistado con tanto cambio de una ciudad a otra. Lo veía natural.

Antes del nacimiento de Luis Alfonso, los duques de Cádiz abandonaron El Pardo y se trasladaron a un piso en la calle San Francisco de Sales. Allí, Carmen e Isabel Preysler, casada con el cantante Julio Iglesias y vecina suya, se hicieron íntimas amigas en poco tiempo. No obstante, Carmen Polo regaló al matrimonio una parcela en la zona exclusiva de Puerta de Hierro para que se construyeran un chalet.

Los hijos universitarios de Carmen Franco, Francis y Cristóbal, e incluso Mery, que estudiaba Restauración, estaban muy preocupados por la situación que se viera en el entorno estudiantil, completamente antifranquista. Los rumores sobre la salud de Franco llegaban a las aulas y siempre había quien celebraba la noticia de su inminente muerte. Ellos procuraban pasar desapercibidos y lo lograban siempre que los profesores no pasaran lista y dijeran sus nombres en voz alta. Los hermanos pequeños lo comentaban con Nani, la persona más cercana para ellos. Sus padres siempre estaban de viaje como para explicarles lo que sucedía en la calle. Tampoco se lo podían decir a sus abuelos porque pensaban que sería demasiado cruel. La institutriz ejercía de padre y de madre para los hijos de los marqueses. Se había preocupado en estos años de que hablaran inglés perfectamente, así como de que no perdieran el sentido de la realidad, y les hacía comprender que la posición que tenían no iba a durar toda la vida. «Cuando vuestro abuelo falte, todo cambiará», les repetía constantemente. Beryl Hibbs, Nani, que durante esos días se encontraba muy mal de salud. Le habían diagnosticado una anemia ferropénica aguda que la obligaba a constantes transfusiones de sangre. La estricta inglesa, querida por todos los hijos de los marqueses, era capaz de enfrentarse al mismo Franco si no se seguían sus instrucciones en cuanto a reglas y horarios. También fue quien les dio el cariño y el afecto que necesitaban cuando eran adolescentes y no tenían a sus padres cerca.

—¿Por qué no podemos tener a nuestros padres en casa como el resto de los niños? —preguntaban los dos pequeños.

—Porque vuestros padres tienen muchos compromisos sociales a los que acudir. Tenéis que comprenderlo. No os falta de nada. Lo tenéis todo —les respondía Nani.

—Queremos unos padres. Eso es lo que queremos —solían decir los más pequeños y, a veces, los mayores.

El único que se escapó de la influencia de Nani durante unos años fue Francis, que seguía viviendo en El Pardo y cada vez estaba más unido a su abuelo. Aunque se encontraba muy deteriorado físicamente, no desaprovechaba la oportunidad de salir a cazar con él. Max Borrell también los acompañaba. Era el hombre de caza infatigable y el compañero imprescindible en las largas jornadas cinegéticas. Fue precisamente Borrell quien le dio la idea —años atrás— a Franco de que había que repoblar de caza el monte de El Pardo. Los dos amigos eran poco habladores, pero se entendían a la perfección en sus silencios. Francis, en compañía de los dos, se lo pasaba mejor que con los jóvenes de su edad. Pensaba que no debería estudiar Medicina y que tendría que haber hecho

Agrónomos, porque en plena naturaleza era donde se encontraba bien.

José Cristóbal fue el último de los medianos en reivindicar ir a estudiar sin coche oficial, como ya habían conseguido sus hermanos mayores. Seguía los pasos de su hermana Mariola y estudiaba Arquitectura. Su gran afición por las motos le llevó a comprarse un ciclomotor Mini-Montesa, después de ahorrar durante cuatro años el dinero que le daban. Eso le llevó a enfrentarse con su padre, que no soportaba verle encima de una moto.

—¿No te basta con que haya muerto mi mejor amigo conduciendo una?

—Esta moto no corre tanto como la de tu amigo.

—¡Todas son peligrosas!

Finalmente José Cristóbal condujo por las calles de Madrid subido en su Mini-Montesa.

En Navidad, la Cabalgata iba al palacio la víspera de Reyes. Miembros de la casa militar se disfrazaban de Melchor, Gaspar y Baltasar. Recorrían el pueblo de El Pardo y luego acudían al palacio y les repartían los regalos a los nietos de Franco. Los últimos regalos que recibieron fueron una caja de soldados, una bicicleta y una tienda de campaña.

Los niños se daban cuenta, según cumplían años, de que los ayudantes de su abuelo se escondían detrás de las barbas y pelucas de los Magos. Nani era quien establecía cuántos regalos podían recibir los niños. Un día, José Cristóbal descubrió, en una habitación del palacio, gran cantidad de presentes no entregados. La señorita Hibbs les dijo que ella había ordenado que no se les entregara todo lo que recibían. Se quedaron disgustados ante tanto paquete que ni siquiera estaba abierto. Había bicicletas, dos ciclomotores, muñecas, rompecabezas, juegos de mesa... Todo lo que un niño o un joven podría desear.

Desde el asesinato de Carrero Blanco, Franco dormía muy mal. Tomaba un somnífero suave que le habían recetado para no pasar la noche en blanco: Luncalcio. A primeros del mes de julio, cuando ya estaban pensando en ir a San Sebastián —un periodo más corto de lo habitual después de lo de Carrero— y posteriormente trasladarse al pazo de Meirás, comenzó a tener unas molestias en un pie. Cuando Vicente Gil le examinó, observó un pequeño edema en el tobillo y pierna derecha. A su médico de cabecera no le gustó lo que vio y pidió a su amigo Francisco Vaquero que acudiera a verle al palacio. Después de explorarle minuciosamente afirmó que tenía una flebotrombosis incipiente. Todas las opiniones médicas coincidían en que había que trasladarle al hospital. Este extremo había que consultarlo con el presidente del Gobierno, y Carlos Arias Navarro dijo que no era conveniente.

A Cristóbal Martínez-Bordiú no se le podía comunicar porque no se encontraba en España. Había acudido a la elección de Miss Mundo que se celebraba en Manila. Cada día se le veía menos por la consulta del hospital o por su propia casa. En El Pardo todos los médicos coincidían en que tenía que ser hospitalizado. Vicente Gil tomó la decisión final de ingresarle en el hospital que llevaba su nombre, el Francisco Franco, y no en La Paz. Cuando se lo comunicó al paciente, este preguntó si era grave lo que tenía.

—No, mi general.

—Vicente, esto va a ser una bomba.

—Mi general, la bomba sería que a su excelencia le pasara algo.

—Eso va a tener implicaciones políticas.

—Carecen de importancia al lado de su salud —replicó el doctor—. Eisenhower y Stalin ingresaron en su día en hospitales. No será el único caso de un alto mandatario que lo haga.

—¿Me van a operar?
—No.

Al final, Franco fue ingresado en la planta F de la Ciudad Sanitaria Provincial Francisco Franco, en la habitación 609. A los médicos les resultaba muy difícil explicar a su mujer y a su hija la diferencia entre riesgo y gravedad. Entendieron perfectamente que el tiempo jugaba a su favor a la hora de disminuir el riesgo, aunque el cuadro que presentaba era grave.

Durante su convalecencia, Franco estuvo muy poco expresivo, aunque los ministros se empeñaban en decir lo contrario a la prensa que estaba apostada a la salida del hospital. Radios, televisiones y periódicos de medio mundo comenzaron a informar de la evolución del estado de salud del jefe del Estado. Había muy poca información y los rumores iban de boca en boca.

Recién llegado de Filipinas, apareció Cristóbal Martínez-Bordiú en el hospital. Sorprendió su buen humor. Incluso no puso pegas a que hubiera sido hospitalizado en otro centro que no fuera el suyo. Su mujer, por el contrario, estaba muy seria. Había desaprobado el viaje a Manila de su marido, pero este no le había hecho caso.

—Franco está para que le hagan fotografías en pijama y en bata —comentó el marqués en voz alta.

—¡Y una mierda! —contestó Vicente Gil—. No consiento que al jefe del Estado se le hagan fotografías en pijama y batín hasta que no esté más recuperado.

—Los españoles se quedarían más tranquilos al ver que al Caudillo no le ocurre nada. Se oyen todo tipo de especulaciones.

—Si pasa un periodista por la puerta, disparas contra él —le dijo Vicente Gil al jefe de los servicios de seguridad.

En esta ocasión Carmen no quiso mediar. Estaba muy preocupada por la salud de su padre y la fragilidad de su madre, plenamente consciente de lo que estaba ocurriendo. Sabía que era el principio del fin. No se lo comentó a nadie. Su madre se había instalado en una habitación contigua y había que ocultarle el estado real de su padre. Jamás pensó que hablaría con ella sobre la tumba de su padre en caso de que muriera.

—Tendremos que pensar dónde debería descansar tu padre, si se produce lo inevitable.

—Ahora no es momento de hablar de eso.

—Tu padre nunca pensó en el Valle de los Caídos como el lugar en el que descansar.

—Lo sé. Mamá, no es el momento de hablar de estas cosas.

Al día siguiente continuó la tensión en las habitaciones contiguas a la de Franco. Cristóbal siguió dando que hablar en el hospital.

—¿Tienen ustedes una máquina de contrapulsación extracorpórea?

—No —contestó el doctor Rivera.

—Yo dispongo de una en La Paz. Si no encuentran inconveniente, la puedo traer.

Al día siguiente llegó desmontada una máquina que no sabía nadie cómo ensamblar. Cuando consiguieron hacerla funcionar, se decidió dejarla rellenando de suero glucosado por si el Caudillo tenía algún problema en su convalecencia. Cuando se enteró, a Vicente Gil se lo llevaron los demonios.

—Si al Caudillo le conectan a esta máquina, es probable que no se muera de una embolia sino de una septicemia. Esa chocolatera, para el marqués. ¿Me habéis oído? ¡Para el señorito! Si le pasa algo a Franco en mi ausencia, le lleváis directamente al quirófano de Rivera.

El enfrentamiento entre Cristóbal y Vicente Gil cada día era más enconado. Franco parecía que mejoraba y después de dos semanas, comenzó a despachar en el hospital con Carlos Arias Navarro. Todos los días también venía a verle el príncipe y hablaban a solas durante un buen rato. Al poco tiempo comenzó a dar paseos por el pasillo.

—¡Mi general, desfila mejor que la Legión! —le dijo Vicente Gil eufórico de verle más recuperado.

Franco sonreía ante las cosas que le decía Vicentón, como le llamaba. Carlos Arias comenzó a barajar la posibilidad de que pudiera estar en los actos del 18 de julio en La Granja. Sin embargo, Gil se opuso tajantemente:

—Allí yo no dispongo más que de un orinal y una jeringuilla. Bajo mi responsabilidad, el Caudillo no se va a La Granja.

Ese 18 de julio todavía en el hospital, Franco se encontraba raro, nervioso, inexpresivo. Tampoco tenía apetito. Al día siguiente se produjo lo que tanto temía su doctor, una hemorragia digestiva provocada por los medicamentos anticoagulantes que le daban cada día. Con motivo de esta complicación se incorporó al equipo el doctor Hidalgo Huerta.

Cristóbal y Vicente Gil continuaron chocando. La última vez, el marqués presumió ante sus amigos de que si él no hubiera estado en el día a día, el Caudillo se hubiera muerto. Paco Vaquero —uno de los médicos que le atendieron desde el primer momento—, al oír eso, se enfrentó a él.

—Esto que estás diciendo es una majadería. Mientras tú perseguías a las mises de Filipinas, nosotros cumplíamos aquí con nuestra responsabilidad profesional de salvar al Caudillo. No te volveré a mirar nunca más a la cara.

El marqués de Villaverde se enfadó muchísimo y entró como una exhalación en la habitación de su suegra. Sus gritos se oían desde el pasillo de la planta.

—¡El doctor Vaquero me ha insultado en público y no puedo tolerarlo!

Felipe Polo, que había escuchado la discusión con Vaquero, entró a su vez en la habitación de su hermana al oír las voces y se atrevió a desmentir a Cristóbal.

—Carmen, eso que te cuenta tu yerno no es exacto. El doctor Vaquero le ha contestado muy duramente, pero no le ha insultado. Lo que le ha dicho es lo que se merecía, porque él sí que estaba insultando a los médicos que atienden a Paco. Yo lo he oído.

—Mira, Cristóbal —contestó Carmen Polo—, desde que estás aquí no me das más que disgustos y no has hecho más que complicarnos la vida. —Estaba dolida por sus salidas nocturnas y sus viajes.

—Pues si quieres que me marche, me voy ahora mismo.

—Sí, márchate.

Cristóbal, sorprendido, recogió su chaqueta y salió de la habitación. Desautorizado, estaba enfadadísimo. Esa noche, ante el enojo evidente de su marido, su mujer le pidió que regresara.

—Tienes que ser más prudente con tus comentarios. Ya estamos bastante nerviosos con la salud de mi padre como para aguantar tus ofensas. Limítate a ayudar y no a crear problemas. Mi madre no está para disgustos. Ella también se encuentra muy delicada. Me preocupa mucho su corazón.

—El que está mal es tu padre. Pero yo creo que sale de esta. Es evidente que está llegando al final. Habrá muchos que lo estén celebrando.

Carmen no le contestó. Estaba convencida de que su padre se apagaba. Se preguntaba qué ocurriría con la familia tras su muerte.

—¿Qué sucederá el día que falte mi padre?

—Tranquila. Él lo tiene todo atado y bien atado. No ocurrirá nada.

—Las cosas cambiarán. Estoy convencida.

A los pocos días había que firmar una declaración de principios con Estados Unidos en el consejo de ministros. Para rubricarla necesitaban que Franco cediera sus poderes al príncipe don Juan Carlos. El marqués, que regresó de nuevo al hospital, siguió dejándose notar. Se opuso a que Carlos Arias entrase en la habitación a decírselo. «Esa noticia puede provocarle tanto impacto que vuelva a sangrar», afirmó. Pero su médico, sobre el que Cristóbal no tenía ninguna autoridad, aceptó que entrara.

Cristóbal Martínez-Bordiú se cruzó en su camino. Les impidió el paso a los dos.

—De ninguna forma van a entrar.

Vicente Gil le dio un empujón y se metió en la habitación.

—Mi general, el presidente del Gobierno desea verle.

—El convenio... la firma... que pase. —Franco intuyó el tema que le traía hasta la habitación del hospital.

Arias empezó a explicarle que el capítulo 11 de la ley orgánica preveía que, en ausencia o en enfermedad del jefe del Estado, asumiese los poderes el príncipe... Franco no le dejó acabar.

—Cúmplase la ley, presidente.

Arias se fue con la firma del traspaso de poderes. Cuando se quedaron solos Gil y el yerno de Franco, volvieron los enfrentamientos.

—¡Vaya flaco servicio que has realizado a mi suegro! ¡Vaya buen servicio que has hecho a ese niñato de Juanito!

—No vas a poner en duda mi fidelidad absoluta al Generalísimo. No te consiento ni que lo expreses en voz alta.

Los tira y afloja entre uno y otro no cesaron durante toda la convalecencia de Franco. A punto de cumplirse un mes, la mejoría fue tan evidente que madre e hija comenzaron a sonreír después de unos días tan angustiosos para ellas. No obstante, se abrió otro frente de desencuentro con el doctor Manuel Hidalgo, director del hospital, y Vicente Gil. Hidalgo, en esta guerra de consejos, se había decantado por seguir las instrucciones de Cristóbal. Finalmente, las fotos en batín de Franco se hicieron y se publicaron. Se podía ver al general paseando por el hospital escoltado por sus médicos. Pasados

dos días, Carmen Franco, después de hablar con su hija Carmen, sabiendo que a su padre le iban a dar el alta, convenció a su madre para que Gil abandonara. «Médicos hay muchos, pero yerno solo hay uno». Nadie de la familia quiso comunicárselo en persona, por ello un médico del hospital fue el encargado de decírselo.

—Se ha creado un equipo médico y usted no está. La familia me ha pedido que se lo comunique. Nos han dicho que tiene que irse.

—Está bien, cada uno manda en su casa.

Al día siguiente, Vicente Gil, a pesar de lo que habían dicho, decidió regresar al hospital antes de que dieran el alta a Franco. Carmen se acercó a hablar con él.

—Vicente, mi madre y yo queremos que te marches a casa. Está a punto de llegar Cristóbal y así evitaremos roces. Mi padre ya se va a El Pardo.

—Llevo toda la vida junto a su excelencia. —Apretó los dientes para no llorar—. Está bien, haré lo que me dices. Te recuerdo que yo te he llevado conmigo a todas partes cuando eras una niña y te he comprado bollos suizos siempre que me los pedías. He estado al servicio incondicional y leal de tu padre durante toda mi vida profesional. Lo sabes.

—No me lo pongas más difícil, Vicente.

El médico recogió todas sus cosas y se fue con un hondo pesar. Le había dedicado toda su vida a Franco y ahora sentía que de un plumazo le apartaban sin el menor remordimiento.

—Nadie podrá decir que no he sido leal ni que me he enriquecido —fue lo último que dijo a Carmen antes de abandonar el hospital.

El 9 de septiembre Franco y su familia regresaron al palacio de El Pardo. El marqués de Villaverde y los doctores Castro Fariñas y Pozuelo fueron los encargados de comunicarle que su problema médico ya estaba resuelto y que podía continuar con su vida normal.

36
AL PASO DE LA LEGIÓN

Mi padre también sabía que estaba en la recta final. Se pasaba horas encerrado en su pequeño despacho, rodeado de papeles. Mi madre y yo no podíamos hacer nada, salvo rezar. El corazón de mi madre estaba delicado y, sabiendo que lo de mi padre era irreversible, mi preocupación se centró en ella.

Ante la debilidad de Franco, la política internacional se complicó: el rey Hassan de Marruecos amenazó con invadir el Sáhara. España se vio obligada a reforzar su dotación militar. Y a nivel nacional, los seguidores de Blas Piñar iniciaron un acoso al presidente del Gobierno ante el descontento por ese espíritu aperturista que inició el 12 de febrero. Un joven llamado Felipe González fue detenido en las dependencias de la Jefatura Superior de Policía, en Sevilla. Allí un agente le interrogó: «¿Dónde estuvo usted hace dos semanas?». «En Alemania, con Willy Brandt», contestó, muy seguro de sí mismo. «¿Con quién comió el pasado mes?», continuó el interrogatorio. «Con François Mitterrand», declaró el joven detenido. «¿Qué hizo en Portugal, adonde hemos sabido que viajó usted?», siguió preguntando el agente. «Me reuní con Mário Soares. No creo que eso sea un delito», le espetó. «¿Y después siguió visitando a presidentes?», le dijo el policía incrédulo. «Pues sí, me reuní con el primer ministro de Suecia, Olof Palme», replicó el joven sin pestañear. El policía que le interrogaba le dijo a otro compañero: «Cualquier día vamos a tener que pedir trabajo a este hombre». El Partido Socialista

Obrero Español en el exilio le había proclamado líder en la localidad francesa de Suresnes, a las afueras de París. La policía no tenía toda la información sobre este joven sevillano. El Partido Comunista, por su parte, movía también sus hilos a nivel internacional. Meses antes, Rafael Calvo Serer y Santiago Carrillo habían presentado en París la Junta Democrática de España, una agrupación integrada por todas las corrientes ideológicas con objeto de canalizar el cambio político. Todos vislumbraban el final de la dictadura e intentaban conseguir sus apoyos. A finales de octubre, Franco, ya fuera del hospital, cesó personalmente a Pío Cabanillas. En solidaridad con él dimitieron todos los miembros de su equipo; de igual manera presentó su renuncia el ministro de Hacienda, Barrera de Irimo, y el presidente del INI, Francisco Fernández Ordóñez. Las posibilidades de apertura del régimen concluían.

El que había sido hasta la tromboflebitis el hombre de confianza de Franco, Vicente Gil, esperó una llamada de El Pardo. No podía creer que treinta y siete años de servicio se hubiesen olvidado de un día para otro. Después de su destitución siguió yendo a hurtadillas al palacio. Se pasaba la mañana en la sala de oficiales. El mecánico le propuso ver al Caudillo por un agujerito que había en la tapia. Gil se emocionó al verle y ni tan siquiera poder saludarle. Al saber que su trabajo había sido absolutamente prescindible, el médico se pasaba las noches en blanco. Llegó hasta sus oídos que cuando el general preguntaba por él, le decían que estaba enfermo.

 Un día le llamaron de El Pardo. Pidieron que no comunicara porque iba a telefonearle Carmen Polo. Cuando la llamada se produjo, Gil estaba convencido de que le pedirían que regresara.

 —Vicente, te van a llevar un regalo que queremos hacerte Paco y yo.

—Señora, no me haga llorar más de lo que hemos llorado en esta casa.

—Te hemos mandado un televisor. Sabemos lo casero que eres.

Vicente Gil se quedó durante unos segundos callado porque no se esperaba ese tipo de regalos ni ese tipo de conversación.

—Señora, no haga eso —contesto al cabo de un rato—. Yo ya tengo un televisor que me va muy bien.

—Lo tienes que aceptar. A Paco no le puedes hacer ese feo.

Cuando llegó el aparato a la casa del médico, lo puso encima de una mesa sin desembalar. Así permaneció un tiempo. Gil les decía a sus hijos con despecho: «Una vida de lealtad y sacrificio que se resume en un televisor».

La cotidianidad se reanudó tanto en el palacio como en la calle Hermanos Bécquer. A los seis meses del nacimiento de Luis Alfonso, Carmencita había decidido navegar con su marido en el barco del millonario Robert Balkany y María Gabriela de Saboya. La invitación llegaba de la mano de la prima hermana de Alfonso, Olimpia de Torlonia. Los niños se quedaron con la Seño. La propia Carmen Franco animó a su hija. Tenía que recuperar su vitalidad que parecía mermada en los últimos tiempos. El matrimonio se relacionó con los invitados vip que aceptaron asistir al crucero. Lo cierto es que no tardaron en hacer amistad con un anticuario francés, maduro e ingenioso, Jean Marie Rossi. A Carmen se la veía feliz. Hacía tiempo que no se reía y no disfrutaba tanto como en ese barco. Junto al anticuario visitó la romántica ciudad de Bari, en las costas del Adriático, donde la embarcación había atracado. Regresaron una hora tarde, el navío les tuvo que esperar. Al parecer, el anticuario y la duquesa se habían perdido por las calles de la bonita ciudad. Nadie quiso acompañaros, ni tan siquiera Alfonso, que prefirió quedarse a bordo con el resto del pasaje. Cuando Carmen se despidió de Rossi, pensó que regresaría a su monótona vida de casada. La distancia le impediría volver a verle. Había sido como una ráfaga de aire fresco en mitad de una noche cálida.

Carmen Franco tenía otras preocupaciones con la frágil salud de su padre. Era evidente que después de la tromboflebitis ya no era el mismo. Se emocionaba por todo y había que hacer esfuerzos para entender lo que decía, porque le costaba hablar. No hacía falta ser médico para saber que estaba en la cuenta atrás. Reflexionaba sobre ello en voz alta con su amiga Angelines Martínez-Fuset.

—Tú y yo, que nos conocemos desde niñas, sabemos que a mi padre no le queda mucho de vida.

—Eso nunca se sabe, Carmen.

—Hoy me gustaría ser una persona anónima. Ser libre para poder estar con él en estos momentos. Creo que nunca he estado a solas con mi padre.

—Bueno, cuando has ido a cazar.

—No estábamos solos tampoco.

—¿Cuántas veces has deseado ser una persona normal?

—¡Uf, ya ni me acuerdo! Mientras todas ibais al colegio, yo me quedaba en el palacio o en el cuartel. No creo que nadie haya creído más tiempo que yo en los Reyes Magos. Una auténtica pánfila. ¡Hasta los doce años! No tenía relación con gente de mi edad, a excepción de los que me visitabais.

—Bueno, tu madre prohibía a todo el mundo que te lo dijéramos. Yo, más de una vez, estuve tentada de hacerlo, pero no me atrevía. Al final, ¿quién te lo dijo?

—Nadie. Yo misma me di cuenta porque me parecía una cosa rara. Los reyes de la cabalgata con esas barbas... Yo no pregunté y tampoco me lo contó nadie. Eran otros tiempos. —Se quedó pensativa—. Ahora que todo se acaba, pasaré de ser la hija del Generalísimo a ser la hija del dictador. Mis hijos lo están oyendo cada día en la universidad.

—¡Se avecinan malos tiempos! Es cierto.

—Mira, he viajado mucho y sé qué escriben los periódicos cuando salgo al extranjero. Me llaman así y me he acostumbrado. Pues sí, soy la hija del dictador. No es la palabra que más me gusta porque te la lanzan como un insulto. Pero te diré que a mí no me suena mal. ¿Te acuerdas de la dictadura de Primo de Rivera?

—¡Como para olvidarla!

—Pues esa dictadura fue bastante próspera. Se construyeron carreteras, paradores... Se invertía mucho en casas. Por eso a mí nunca me ha sonado mal, pero ahora con esa connotación con la que te lo dicen... Bueno, ya sabes que yo nunca hago mucho caso a lo que comentan sobre mí.

—Pero, sobre todo, hablan de tu marido, al que llaman el Yernísimo.

—Me trae sin cuidado. También a Nani la llaman Nanísima. Estoy acostumbrada a oír lo que no me gusta y poner cara de no enterarme de nada. Llegan a mis oídos tantos chismes... Cada día escucho uno nuevo de Cristóbal. Que si se le ha visto con fulanita o con menganita. Yo no voy a sufrir. ¡Que digan lo que quieran!

—Haces muy bien. Siempre he alabado esa cualidad tuya.

La conversación entre las dos amigas derivó a Cristóbal y sus manías.

—¡El mejor estado de la mujer es el de viuda! —le confesó Carmen a Angelines—. No es una frase mía. —Se echó a reír.

—Mujer, ¡qué cosas tienes! Pues a Cristóbal se le ve muy buena salud. ¿No es así?

—Cristóbal ha dejado de fumar. Yo creo que después de

ver tanta operación de tórax para observar cómo es el pulmón de un fumador, se ha quitado de golpe del tabaco. Ha debido de ver tan negros los bronquios de los pacientes, que se ha asustado. No es por una decisión propia, sino por la grima que le da. Ha llamado a sus amigos para que vayan a observar las operaciones y así dejen de fumar también; pero no todos han aceptado dejarlo.

—¿De modo que ha dejado de fumar de forma radical?

—Sí. Sin embargo, con la bebida no hará lo mismo. Nunca bebe agua.

—Ya, le he oído muchas veces eso de que «el agua para las ranas».

—Dice que no va a prescindir del vino tinto y que le da igual que se lo prohíban sus colegas. Lo que sí ha dejado de beber es whisky la noche anterior a operar. Luego se desquita los fines de semana. Yo le he dicho que está bebiendo mucho, pero no me hace ni caso. Siempre me contesta lo mismo: «Prefiero morirme a dejar de tomar una copita de vino». Ya sabes cómo son estos hombres.

—Tu marido es muy ordeno y mando.

—Mucho.

Para todos fue una sorpresa la mejoría de Franco tras las vacaciones en Galicia. Alfonso de Borbón se había acercado mucho a él y le acompañaba a cazar, pescar y dar grandes paseos. Su nuevo cargo al frente del Instituto de Cultura Hispánica se lo permitía. Suecia era demasiado fría para los niños y para Carmen. El joven matrimonio había pasado el verano en Marbella. Alfonso pensó que la casualidad había querido que volvieran a coincidir con Jean Marie Rossi, el anticuario, que volvía a aparecer en sus vidas.

Tras superar la tromboflebitis, Franco tomó la decisión de reasumir sus funciones como jefe del Estado. El presidente del

Gobierno se lo comunicó por teléfono al príncipe Juan Carlos. Este recibió la noticia con un notable malestar. En El Pardo aquella decisión era todo un síntoma de que se encontraba en plenas facultades. Cristóbal lo celebró por todo lo alto mientras Carmen justificaba la decisión: «Cuando uno ha mandado mucho es muy difícil no seguir haciéndolo. Se debe de sentir mucho mejor cuando se ve capacitado».

La alegría duró poco, porque ETA volvió a actuar matando a once personas e hiriendo a ochenta y tres, en el atentado en la cafetería Rolando de la calle Correo de Madrid. La cafetería se encontraba haciendo esquina con la Dirección General de Seguridad. Franco volvió a pedir mano dura y se reforzó la lucha contra el terrorismo. La zarpa de ETA volvía a alcanzar la capital con total impunidad. Se tomó la decisión de actuar desde dentro de la banda. Era esencial infiltrarse y tener conocimiento de sus planes antes de que los ejecutaran. Se buscaba un topo que se introdujera en el corazón *abertzale* para que pasara información y que condujera al fin de ETA. Ese mismo año, los servicios de seguridad habían abortado los planes de secuestrar a los príncipes en uno de sus viajes al extranjero. Un chivatazo de uno de los miembros del comando —Yokin— alertó a la policía a través del comisario De la Hoz. La Operación Mirlo Blanco había podido ser desactivada, pero no así el atentado de la calle del Correo.

Uno de los topos de la policía, Mikel Lejarza, al que la policía llamó Lobo, consiguió introducirse en ETA y meses después, ya en el año 1975, propició uno de los golpes más duros contra el aparato logístico de la banda. Cerca del estadio Santiago Bernabéu, en la capital, hubo un encontronazo entre etarras y la policía del que Mikel logró escaparse entrando en una casa a punta de pistola. Cogió el teléfono y llamó a la policía dando su nombre: «Soy Lobo, repito, soy Lobo». Tras una larga espera, los servicios secretos acabaron evacuándolo. El matrimonio retenido a punta de pistola contó lo sucedido a un periodista de la Agencia EFE y la situación vivida por el topo salió a la luz. ETA se dio cuenta de que tenía un infiltrado que respondía ante la policía al nombre de Lobo. Más de ciento cincuenta activistas de ETA, entre ellos varios dirigentes, fueron a parar a la cárcel. Con esta operación se frustró también una fuga de cincuenta y seis presos de la cárcel de Segovia. Mikel, Lobo, tuvo que cambiar de identidad y someterse a una operación de cirugía estética. ETA puso precio a su cabeza.

Carmen Franco estaba feliz ante la mejoría de su padre, aunque intuía que no sería por mucho tiempo. La terapia del nuevo médico, Vicente Pozuelo, había contribuido mucho a hacerle salir del estado de decaimiento. Un día se le ocurrió llevar un magnetófono y ponerle marchas militares. Sus ojos se volvieron más vivarachos y su ánimo cambió cuando oyó el himno de la Legión. Carmen Polo se lo comentó a su hija.

—Tenías que haber visto cómo le cambió la cara.

—No veo ese método muy ortodoxo, pero si a papá le funciona…

—¡Claro que funciona! El doctor Pozuelo le hizo caminar por la habitación haciéndole marcar el paso. Fue mano de santo. Y además, le empezó a preguntar por sus batallas en África y no veas la memoria que tiene. Le encantó revivir toda su época africanista.

—No, si su cabeza está perfectamente. ¡Mira cómo se pone cuando intuye que le están traicionando!

—¡No para de repetir que quieren destrozar España!

—Si ya era suficiente con lo que tenemos aquí con Arias Navarro, imagina su cabeza cómo tiene que estar con la presión de Hassan II sobre el Sáhara.

—Tu padre no está dispuesto a ceder a las pretensiones

marroquíes porque dice que después vendrán las exigencias sobre Ceuta, Melilla e, incluso, las islas Canarias.

—Va a haber un referéndum, ¿no?

—De momento, no. La ONU lo ha suspendido hasta que no se pronuncie la Corte de la Haya sobre si era una *res nullius*, cosa de nadie, antes de nuestra presencia allí.

—Yo veo que lo está pasando muy mal con estas cosas. Solo hay dos opciones: o cesión o conflicto. Este tema le pilla a papá mayor, ¡que si no!

—Lo que tiene que hacer tu padre es distraerse.

Franco comenzó a andar, regresó a la caza, incluso a la pesca y al golf. Proyectó ir, como casi todos los años, a la corrida de la beneficencia. Su hija y Cristóbal tampoco faltaron a esta cita. Carmen era muy taurina, más que su padre y por supuesto que su madre, a la que no le gustaban nada las corridas de toros. En el palco, Carmen hablaba, animada, de su afición a los toros.

—Me gustan las corridas buenas, procuro no perdérmelas. Desde niña voy a los toros.

—¿Vio torear a Manolete? —preguntó uno de los invitados al palco.

—Pues sí, le vi torear, pero no ha sido de los toreros que más me han gustado.

—Nadie como él se ha plantado delante de un toro —salió al paso un aficionado.

—Sí, eso es cierto, pero no me producía ninguna emoción. Le veía muy soso. A mí me divertía mucho más Luis Miguel Dominguín.

—Bueno, sabemos que es muy amigo de ustedes —continuó el aficionado.

—¡Mucho! Aunque yo he tenido mis más y mis menos con él —comentó Cristóbal.

—¡Gran torero y gran cazador! —admitió Franco—. Una de las primeras escopetas que tenemos en España.

—Y gran sentido del humor. Siempre le cuenta a su excelencia el último chiste que se hace de él —repuso Cristóbal, provocando la hilaridad de todos.

Estaban en el tercer toro de la tarde cuando se acercó el ayudante de Franco y le comunicó que el ministro secretario general del Movimiento, Fernando Herrero Tejedor, acababa de sufrir un accidente. Segundos después, le dieron la noticia completa: el ministro había muerto en Adanero, Ávila. Franco se quedó muy impresionado. Sintió algo parecido a cuando ETA atentó contra Carrero. En el palco ya no se habló de otra cosa que del accidente. Franco pidió más detalles. Dudaba si detrás del accidente estaría la mano de la banda terrorista.

—Parece ser que el Dodge del ministro ha chocado contra un camión cuyo conductor está fuera de peligro. La policía tiene catalogado como punto negro el lugar donde se produjo el accidente, a causa de los numerosos siniestros que se registran anualmente. Le han dado en vida los santos sacramentos gracias al cura párroco de Villacastín, que acudió de inmediato al lugar de los hechos.

—Le tenía en alta estima —dijo Franco, todavía incrédulo. Era uno de sus flamantes ministros, nombrado en la última remodelación hacía pocos meses.

Franco, junto a su familia, acudió al funeral. Era la segunda vez en poco tiempo que daba el pésame a la viuda de uno de sus más estrechos colaboradores. Enseguida comenzó a pensar en quién le podía sustituir. Se hablaba de Adolfo Suárez y del exministro José Solís Ruiz. Los dos habían llevado el féretro con los restos mortales del ministro. Franco se decantó por Solís.

El general siguió con su rehabilitación, andando al ritmo de marchas militares y con una logopeda que trabajaba con ahínco para conseguir hacer inteligibles sus discursos. Acudió a la inauguración del Museo de Arte Contemporáneo. Al llegar al palacio de El Pardo, le confesó a su médico que «eso no era pintura». Él prefería el realismo. De hecho, cuando pintaba al óleo intentaba plasmar lo que veían sus ojos. Había pintado a su hija, paisajes, piezas de caza y una especie de oso revolviéndose contra todos los perros que se le echaban encima. Algunos intentaron ver en esta última pintura cómo se sentía Franco: solo ante los muchos sabuesos que le querían apartar o verle fuera de la política.

Un accidente de automóvil de su nieto Francis le produjo un profundo desasosiego. Hasta que no le vio, pensó que le había ocurrido algo más grave, como a Herrero Tejedor, y se lo habían ocultado. El joven sufrió fractura de tibia, fisura de codo y magullamiento general. Se dirigía por la noche desde La Coruña al pazo de Meirás, acompañado de su amigo Ignacio Basa, cuando intentó evitar la colisión con una moto y chocó de frente contra una columna.

—Es natural que ocurran estas cosas a las velocidades que van los jóvenes —comentó Carmen Polo.

Carmen Franco, al ver que no tenía nada que no fuera capaz de curar el tiempo, le quitó importancia. Cristóbal, sin embargo, estaba enfadado con su hijo.

—Si no pueden llevar un coche con prudencia, es mejor que no lo cojan. Hay chóferes suficientes para que los traigan y los lleven adonde quieran.

—No tiene importancia. Afortunadamente, no ha sido mucho. —Carmen intentó quitar hierro.

—¿Y quién es Pozuelo para dar esa noticia a su excelencia? —dijo en voz alta.

—No sé, lo habrá creído pertinente.

—Pues eso es extralimitarse. Me lo tenía que haber consultado a mí. A lo mejor no era conveniente decírselo. Estas cosas pueden de golpe agravar la situación médica de tu padre. Hablaré con él.

El doctor Pozuelo tomó nota de la crítica para el futuro. Continuó con la recuperación de Franco y le convenció para que fuera poco a poco dictando sus memorias a un magnetofón. Su mujer sería la encargada de pasar las cintas a petición del propio Franco. No quería intermediarios. Todo aquello se tenía que llevar en secreto. A pesar de todo, Pozuelo quiso que lo supiera su hija Carmen.

—¿Que mi padre está dictando a un micrófono sus vivencias?

—Sí, llevamos ya varias sesiones. Me parece que puede ser interesante para él recordar sus experiencias como ejercicio para la memoria y para usted puede resultar un documento histórico de primer orden.

—Está bien. Puede ser una buena idea.

—Es un secreto. Si usted le dice algo a su marido o a su madre, ya no volverá a confiar en mí.

—Descuide. Yo sé guardar secretos y tengo muchos sobre mis hombros.

—Lo sé.

Después de varias sesiones donde contó su infancia, adolescencia, su frustración por no poder ser marino, su ingreso en la academia militar y sus primeras experiencias bélicas en África, paró. Fue de repente. Aparentemente, no hubo nada que ocasionara aquel frenazo en su memoria.

—Doctor, hay demasiados frentes que atender y son muchos los papeles que tengo que poner en orden. Ahora no es el momento.

—Está bien, excelencia —le contestó el doctor. No se atrevió a contradecirle.

Tras el regreso a Madrid en un avión Boeing 727, ya que el viaje en coche estaba completamente desaconsejado desde su enfermedad, continuó con la rehabilitación de sus piernas y la logopedia. No volaba desde que acabó la guerra y para él fue una novedad. Incluso visitó la cabina de los pilotos acompañado de su hija Carmen.

—Hacía tiempo que yo no volaba —les dijo.

—Ahora los aviones son mucho más seguros que aquel avión que cogió su excelencia para ir a Marruecos.

—¿Se refiere usted al Dragon Rapide? Le diré que en ese momento en lo que menos pensaba era en la seguridad del avión. Fuimos a Casablanca primero y al día siguiente a Tetuán. En el avión me vestí de general para ponerme al frente del heroico Ejército de África.

—El piloto estaría nervioso.

—Era un piloto inglés, Cecil Bebb, creo que se llamaba. No sabía qué ocurría, aunque estaba al corriente de que se trataba de una misión secreta. Al descender le dije: «Algún día sabrá usted lo que ha hecho».

—Bueno, creo que deberíamos sentarnos —interrumpió Carmen, al ver que su padre se emocionaba.

Nada más llegar a Madrid, los problemas no cesaron. En El Goloso se celebró un consejo de guerra y se dictaron cinco penas de muerte contra los terroristas que asesinaron en Madrid al teniente Pose. La presión nacional e internacional creció hasta límites insospechados. El papa Pablo VI intervino desde Roma diciendo que eran deplorables los actos terroristas, pero que pedía clemencia para los autores.

El 26 de septiembre de 1975, tuvo lugar un consejo de ministros en el que Franco tenía la última palabra. Se confirmaron las cinco condenas a muerte. Las sentencias se cumplieron y los cinco reos murieron fusilados al amanecer del 28 de septiembre. Las embajadas españolas sufrieron las consecuencias de los disturbios por las protestas que se produjeron en numerosas ciudades del mundo. La embajada y el consulado españoles en Lisboa quedaron destruidos por completo. En París también cientos de manifestantes destrozaron escaparates de empresas españolas.

Carmen hablaba con preocupación con su marido al ver todo lo que estaba sucediendo mientras su padre perdía fuerza y peso día a día. Estaba asistiendo al ocaso no solo de la vida de su padre, sino de toda la familia.

—Mi padre estará muy mal, pero hasta el último aliento de su vida no va a ceder a las presiones si está convencido de que los delitos de sangre se tienen que pagar con pena de muerte.

—Los comentarios que tengo que escuchar en el hospital resultan terribles. Y cuando no los oigo es porque se callan en cuanto llego al despacho. No tengo claro que nos respeten cuando tu padre muera. Lo mismo tenemos que salir corriendo.

—Nada será igual, eso está claro. Nunca pensé que llegaríamos a esta situación. Arias Navarro está perdido. Se veía venir que su nombramiento no iba a arreglar las cosas, sino todo lo contrario. Mi padre está muy mal. Comprende que ya está en la recta final y le noto nervioso. Se encierra horas en su despacho. No sabemos qué hace allí. Mi madre también está muy delicada.

—Los dos están en las mejores manos. La edad, es cierto, juega en su contra.

El día 1 de octubre, Franco acudió a la plaza de Oriente, vestido de capitán general. Le acompañaba el príncipe Juan Carlos, ataviado de uniforme de oficial del Ejército de Tierra. Miles de personas se agolpaban en la plaza. Se cumplían treinta y nueve años al frente de la jefatura del Estado. Unas gafas negras impedían que se vieran sus ojos inundados de lágrimas. Su hija Carmen y su mujer sabían que esa podía ser una de sus últimas apariciones en público. Tras las gafas de sol se ocultaban las lágrimas de un Caudillo que probablemente era consciente de que no volvería a asomarse a ese balcón. Asistía a los últimos días de su vida.

Todo le afectaba. La muerte del torero Antonio Bienvenida le hizo emocionarse de nuevo. Un año después de su retirada, mientras daba la espalda a una becerra de nombre Conocida, esta le embistió y le volteó tan aparatosamente que como consecuencia de la caída le sobrevino un coma al día siguiente, muriendo al cabo de unas horas. Franco no cesó de hablar de él durante días. Carmen Polo quería cortar con las malas noticias.

—Quizá habría que ocultarle todo aquello que le impresione —le comentó a su médico.

—Usted sabe que soy partidario de decir la verdad a los pacientes. Así me lo expresó su excelencia cuando comencé a trabajar junto a él.

—Creo que si no le hace bien, sería mejor ocultárselo —insistió la señora.

Franco perdía peso a ojos vista. Estaba continuamente nervioso y apenas podía conciliar el sueño. El 12 de octubre, después de asistir a uno de los actos del Día de la Hispanidad, regresó constipado al palacio. Alfonso le había pedido que fuera al Instituto de Cultura Hispánica y no podía faltar. Esa madrugada la enfermera avisó a todos de que Franco no se encontraba bien. Tenía una molestia opresiva que le iba desde el pecho a la barbilla y se le extendía hasta el brazo izquierdo. Al día siguiente, Carmen recibió una llamada angustiada de su madre.

—Tu padre está muy mal. ¡Ven cuanto antes!

—No te preocupes. Me quedaré con vosotros estos días hasta que papá se recupere. Di que preparen mi habitación.

En el fondo, Carmen, sin hablar con el médico ni con la enfermera, intuyó que esa recuperación no se iba a producir. Lo que no sabía era si el proceso sería largo o corto. Todos creían que era una gripe. Sin embargo, Lina, la avispada enfermera que le atendía, decidió llamar al médico porque el sudor frío y el temblor del párkinson parecían más fuertes de lo habitual, sabía que era presagio de algo malo. Aunque Franco dijo que no llamaran a Pozuelo porque se trataba de una mala digestión, marcó su teléfono. Lina llevaba muchos años como enfermera y aquello no le gustó. Despertó también al ayudante.

En cuanto llegó al palacio, el doctor reconoció al paciente. Los síntomas alarmantes habían desaparecido. Lina insistió en que sería conveniente hacerle un electrocardiograma al día siguiente. Pozuelo estuvo de acuerdo. En cuanto amaneció, la enfermera se acercó hasta el hospital de La Paz para sacar el aparato —un Elema Schönander de tres canales— con el permiso del doctor Vital Aza. En esa misma planta, completamente ajeno a lo que sucedía, operaba Cristóbal desde primeras horas de la mañana. Cambiaba a corazón abierto la válvula mitral de un enfermo reumático.

Le hicieron el electro tal y como había solicitado Pozuelo y Lina regresó a La Paz con el electrocardiograma. Cuando el doctor Vital Aza lo examinó, soltó un exabrupto:

—¡Coño! Si es un infarto agudo y grande. ¡Como la copa de un pino! La que se va a montar de aquí a un rato.

—Pues su excelencia está trabajando en su despacho. Así le he dejado.

—¿Nadie de la familia sabe nada?

—Nadie, se lo puedo asegurar. Allí están su mujer y su hija, ajenas por completo a lo que está sucediendo.

—En cuanto acabe Cristóbal, decidle que quiero hablar con él, que se trata de un asunto delicado. Franco está con un infarto y sin ningún tratamiento en la soledad de su despacho. Sin otra asistencia que la de su ayudante. Esto es de locos.

37
¡CUÁNTO CUESTA MORIRSE!

Yo no soy muy de besos, igual que mi padre. Le cogía la mano y se la estrechaba. Me solía responder realizando el mismo gesto. Los dos sabíamos lo que estaba pasando. En un momento que estábamos solos, me pidió que fuera a por unos papeles a su despacho. Era su despedida. Me pidió que la leyera y rectificó tres cosucas. Era nuestro secreto. No se lo podía decir a nadie. Lo pasé a máquina y lo llevé conmigo a todas partes. Me pidió que se lo diera al presidente del Gobierno cuando muriera. También me dijo que destruyera los originales, pero no lo hice.

Todo se precipitó en cuanto se supo que lo que tenía Franco no era una gripe, sino un infarto de miocardio. Cristóbal Martínez-Bordiú no podía creérselo. El día antes le había comentado a su mujer que «su padre lo superaba todo y que de la gripe ya no le quedaba ni el recuerdo». Ahora que tenía el electro en sus manos, sabía que estaba grave. Disimuló al llamar a su mujer.

—¿Cómo está tu padre?
—Bien, ¿es que ocurre algo?
—Vamos para allá varios médicos, Vital Aza y Mínguez. Ha surgido una complicación. Avisa a Pozuelo.
—Pero si mi padre está trabajando como siempre. ¿Qué complicación es esa?
—No te lo puedo explicar, Carmen. Ahora mismo le dices de mi parte que lo deje todo y que se meta en la cama. Es muy importante que no se mueva. ¿Me entiendes?

—Me estás asustando, ¿qué ocurre?

—No, por teléfono no te voy a dar más información. Lo que tiene no es un corte de digestión ni una gripe. Es algo mucho más grave. Ve preparando a tu madre.

Cuando llegaron, Pozuelo ya había ayudado a Franco a meterse en la cama, todavía sin saber qué era lo que tenía. Le veía mejor incluso que la noche anterior. La cama era de caoba, con incrustaciones de marquetería y ribetes dorados. Al lado, había otra igual donde dormía Carmen Polo. Un crucifijo de marfil presidía el cabecero de ambas camas. Carmen y su hija esperaban la información de Cristóbal.

—Excelencia, los síntomas que ha tenido han sido algo más que un corte de digestión —dijo Cristóbal al llegar al palacio. El resto asintió con la cabeza lo que decía.

—¿Qué ha sido entonces?

—Todo hace sospechar que ha podido sufrir una crisis cardiaca, una crisis de insuficiencia coronaria. Tendrá que guardar reposo hasta que se reponga.

Madre e hija se miraron. Con otras palabras le estaban diciendo que había tenido un infarto. Carmen tuvo que sujetar a su madre. Parecía que las piernas le fallaban.

—Me encuentro bien. No necesito reponerme de nada —insistió Franco—. Hace un par de días pasé una gripe, pero ya me encuentro recuperado del todo.

—El reposo y el alejamiento de sus actividades es recomendable para su salud —insistió Pozuelo, apoyando la tesis del yerno del Generalísimo.

—Es imposible. Tengo muchos quebraderos de cabeza que no puedo delegar en nadie. Habrá que esperar unos días para tumbarme en la cama.

—Excelencia, usted no está ahora para nada —le comentó Vital Aza con un tono más serio—. Tiene que guardar cama bajo medicación que le tendrá como sedado para que los problemas no le perjudiquen.

—Mira, papá —medió Carmen—. Tienes que hacernos caso. La gripe no ha pasado tan deprisa como creíamos y, como te dicen los médicos, parece que te ha tocado un poco las coronarias. No es que sea grave, pero tienes que descansar para curarte del todo.

Nadie se atrevió a mencionar la palabra «infarto».

—No puedo descansar en este momento —insistió Franco—. Hoy es jueves y eso significa que mañana tenemos consejo de ministros, al que no puedo faltar. Hay asuntos delicados y tengo que estar presente. Después del consejo haré lo que ustedes me piden. Mañana debo cumplir con mi obligación por mucho que ustedes me quieran convencer de lo contrario.

—Excelencia, no nos hemos debido de expresar bien. Lo que le está pasando es muy grave —volvió a hablar Vital Aza. Cristóbal le reprendió con la mirada.

—¿Tan grave es lo que tengo? —preguntó Franco.

—Tan grave como que se puede morir.

Hubo un silencio y miradas de reprobación hacia el doctor por parte de todos.

—Le agradezco su sinceridad, doctor —replicó Franco—. Pero mañana no podrá ser. Tengo graves asuntos que no puedo delegar en nadie. Cuenten conmigo para el fin de semana.

Carmen Franco estaba muy preocupada, pero tampoco le extrañaba la reacción de su padre. Se sorprendió a sí misma viendo que no era capaz de derramar una sola lágrima y menos en presencia de toda aquella gente. Sabía que el tema del Sáhara y el comportamiento de Hassan II tenían mucho que ver con la crisis cardiaca de su padre. Precisamente, ese mismo día, el rey de Marruecos había anunciado la Marcha Verde para invadir el Sáhara. Días antes, Franco había mandado al general Gavilán, segundo jefe de su casa militar, a Rabat. Llevaba en mano una carta de su puño y letra en la que advertía a Hassan II de que si Marruecos invadía el Sáhara, habría guerra.

Al día siguiente, entró en el consejo de ministros monitorizado. En la estancia contigua, los cardiólogos seguían latido a latido su corazón y observaban nerviosos cómo se producían constantes extrasístoles ventriculares.

—Esto es una locura —dijo Vital Aza.

—Su excelencia es plenamente consciente de lo que está ocurriendo. Así lo quiere y es esa su decisión —comentó Cristóbal con cara de preocupación.

—No he tenido nunca un paciente que no hace caso de las recomendaciones de sus doctores.

De repente el monitor empezó a reflejar muchas extrasístoles seguidas con las consiguientes arritmias que casi siempre anuncian una parada cardiaca. Vital Aza se quedó blanco como la pared.

—Esto se está poniendo muy feo. Hay que interrumpir el consejo de ministros. Avisa a tu mujer.

Cuando Carmen entró en la sala donde estaban los médicos, le indicaron que había que pasar a la reunión e interrumpirla.

—No se me ocurre hacer tal cosa. Si mi padre quiere estar en el consejo de ministros, habrá que dejarle hasta el final. Puede ser peor el remedio que la enfermedad.

—Esto pinta muy mal. Muy mal —repitió Vital Aza—. Por lo menos un 35 por ciento del ventrículo izquierdo se ha necrosado y ha dejado de funcionar. Este tipo de infarto en una persona de su edad es mortal desde su origen.

—Pues ya ha visto y oído a mi padre.

Carmen regresó junto a su madre. Esperaban en la salita contigua en silencio. Carmen Polo enlazaba un rosario con otro. Estaba demacrada y con una ansiedad tremenda. Después de un rato, Carmen le dijo con toda franqueza:

—Mamá, hay que hacerse a la idea de que papá está grave. Las cosas hay que saber encajarlas. Él sabe perfectamente su estado de salud.
—Lo sé.
—Ahora, lo único que hay que hacer es acompañarle.
—La Marcha Verde le va a dar la puntilla. Ni tan siquiera va a poder morir en paz.
—Opino como tú.

Tras el consejo de ministros, Arias Navarro hizo pública la salida urgente y definitiva de las tropas españolas del Sáhara. El Gobierno acababa de dar instrucciones para poner en marcha la Operación Golondrina, una acción para evacuar a los españoles del territorio. Se fijó la fecha del 10 de noviembre para la retirada.

Antes de cumplir con su promesa de meterse en la cama, Franco estuvo en su despacho encerrado varias horas. Nadie se atrevía a decirle que saliera de allí. Ordenaba sus papeles y escribía a mano sin parar. Intuía que una vez que se metiera en la cama, no saldría de ella. Apuró hasta el último minuto. Le habían comunicado que le sedarían para que no estuviera nervioso. Cuando abrió la puerta, médicos y familiares aguardaban con cierto nerviosismo. Se acostó y siguió al pie de la letra todo lo que le dijeron los médicos. Cada vez se le entendía peor. A los tres días de estar convaleciente, llamó a su hija.

—Nenuca, quiero hacer una despedida. Me gustaría despedirme del pueblo español y dictarte unas palabras. Lo que yo te diga, lo escribes a máquina y se lo das a Carlos Arias en el momento en que yo muera.

—Así lo haré, no te preocupes. —Su hija le cogió la mano fuertemente. Franco respondió apretándole la suya.

—Ve a mi despacho y en mi primer cajón verás unos folios escritos de mi puño y letra. ¡Tráelos!

Carmen tuvo que pedir al ayudante que abriera el pequeño despacho cerrado con llave. Cuando tuvo los folios manuscritos volvió a pedir que cerrara la estancia. Regresó donde se encontraba su padre.

—Léelo, por favor —le dijo a su hija.

—«Españoles, al llegar para mí la hora de rendir la vida ante el Altísimo y comparecer ante su inapelable juicio, pido a Dios que me acoja benigno a su presencia, pues quise vivir y morir como católico... Pido perdón a todos, como de todo corazón perdono a cuantos se declararon mis enemigos, sin que yo los tuviera como tales. Creo y deseo no haber tenido otros que aquellos que lo fueron de España...».

A medida que su hija leía su despedida, Franco iba rectificando algunas cosas. Al llegar a un párrafo, le pidió que lo releyera otra vez.

—«Por el amor que siento por nuestra patria os pido que perseveréis en la unidad y en la paz y que rodeéis al futuro rey de España». —Carmen paró—. Yo creo que aquí deberías poner Juan Carlos. Si no lo haces así, volverá a ser este extremo una nebulosa que traerá problemas.

—Sí, sí... Pon Juan Carlos.

Carmen siguió leyendo los papeles de su padre hasta que concluyó.

—«Mantened la unidad de las tierras de España... Quisiera, en mi último momento, unir los nombres de Dios y de España y abrazaros a todos para gritar juntos, por última vez, en los umbrales de mi muerte: ¡Arriba España! ¡Viva España!».

Hubo unos segundos de silencio. Ninguno de los dos quería derramar lágrimas. Se volvieron a apretar la mano. Franco habló de nuevo:

—Me gustaría que lo pasaras a máquina y que destruyeras el original. Una cosa más: te pido que guardes el secreto. No se lo digas a nadie, ni tan siquiera a tu madre. Llévalo contigo a todas partes y cuando muera se lo das a Arias Navarro.

—Lo haré tal y como dices. Tranquilo.

Carmen tragó saliva y permitió que entraran los médicos y su madre. Inmediatamente después se retiró a pasar a máquina las palabras de su padre. No se lo podía encargar a ningún ayudante porque lo hubiera sabido todo el mundo rápidamente. Estaba sorprendida de cómo su padre encajaba la llegada de la inevitable muerte sin dramas y aspavientos. Cuando tuvo la despedida pasada a máquina, la metió en un sobre y la guardó en el bolso que llevaba siempre cerca. Iba a romper el original tal y como se lo había pedido su padre, pero, después de pensárselo mucho, no lo hizo. Creyó que sería un documento histórico que no debía destruirse.

Se reunió con Cristóbal y le comentó que la voluntad de su padre era no salir de El Pardo y no prolongar lo inevitable.

—Como médico tengo que intentar salvar la vida de tu padre a toda costa.

—Está bien, pero sin salir de aquí. Mi padre quiere morir en su cama.

Los ayudantes comentaban el ambiente que se vivía fuera del palacio. Estaban preocupados ante tantas especulaciones y bulos que se lanzaban los últimos días.

—No veas la que hay montada por ahí fuera. Son muchos los que están dispuestos a celebrar la muerte de su excelencia.

—Un amigo que tengo en un periódico me ha dicho que ya tienen hechas varias ediciones con la muerte del Caudillo. Son como cuervos. Andan merodeando por aquí recabando información.

—No creo que todos se alegren. Hay mucha gente que está tan afectada como nosotros.

—De aquí no puede difundirse ni una sola información.

Carmen Franco salió de la habitación que compartía con su madre y se fue a hablar de nuevo con su marido. El movimiento que había en el palacio era incesante. Un ir y venir de facultativos y personal sanitario que se relevaban unos a otros durante las veinticuatro horas del día.

—La familia tiene que estar a la altura de las circunstancias. Te pido que ayudes a mi padre a que no sufra.

—Todos los médicos están con el mismo objetivo: sacar de esta situación tan grave a tu padre.

—Hay que ser realistas. El hecho evidente es que mi padre se está muriendo. Sé perfectamente que con él acaba para nosotros una época. Lo sé.

—Espero que el príncipe se comporte y no tengamos que salir de aquí corriendo. Deberías ir empaquetándolo todo. No creo que tu madre pueda estar mucho tiempo aquí, en el palacio.

—Tiempo al tiempo. Mi padre es plenamente consciente de lo que ocurre. Me está ayudando a sobrellevar su final muy tranquila.

Vicente Gil, el que había sido el médico de cabecera de Franco, estaba día y noche cerca del teléfono por si le llamaban para acudir cerca del paciente al que cuidó durante treinta y siete años. La llamada se produjo y no dudó en ir al palacio tan pronto como se lo permitió la carretera.

Antes de entrar en la habitación salió Cristóbal a su encuentro. Hubo un cruce de miradas antes de que el marqués hablara:

—Vicente, perdóname por todo el daño que te he hecho.

Vicente no contestó y de inmediato pasó a la habitación. Estaba allí su amigo Pepe Iveas.

—Mi general, está Vicente. Ha venido a verle.

Brazo en alto, como siempre hacía, Vicente le saludó.

—Mi general, a sus órdenes.

Después se acercó a él y le besó en la frente. Franco balbuceó algo mientras le miraba. Quería hablarle pero no podía. Vicente le recordó alguno de los buenos momentos que habían pasado juntos. Cuando salió de allí iba bañado en lágrimas. Era el final. Sabía lo que estaba ocurriendo. Si le estaban dando anticoagulantes, aparecerían las úlceras gástricas del año anterior. No tardarían en surgir las hemorragias.

Sin embargo, lo que aparecieron fueron anginas de pecho sucesivas. Los cardiólogos vieron necesario hacer un parte médico para distribuir a la prensa. Concluyeron diciendo: «Pronóstico muy grave con escasas posibilidades de supervivencia». El ayudante cogió aquel parte y no se volvió a saber más de él. Nadie se enteró de lo que ocurría en el interior de El Pardo. Días más tarde, Carmen habló con su padre sobre la necesidad de contar cómo iba evolucionando. Le dio permiso para hacerlo y desde El Pardo se emitió el primer informe médico en el que se explicaba que había sufrido varias crisis de insuficiencia coronaria. Fue un parte confuso que publicó toda la prensa nacional y extranjera. En países como Italia, Francia, Alemania e incluso en Estados Unidos, se elevó el bulo a la categoría de noticia diciendo que Franco había muerto.

En la universidad, algunos estudiantes celebraban un día sí y otro también la muerte del dictador. Los nietos de Franco dejaron de acudir a clase. La situación que vivían se había hecho insoportable. Los médicos que firmaron el parte fueron acribillados a preguntas por la prensa. Se decidió que Vicente Pozuelo fuera el portavoz.

Dentro del palacio era como si el tiempo se hubiera detenido. Siguieron escrupulosamente el régimen de horarios de comidas. Los médicos que estaban de guardia se incorporaron a los almuerzos familiares. No solo estaba Carmen Polo, también su hija y sus nietas mayores pasaban por allí para observar la evolución de la enfermedad. Los bisnietos iban a menudo de la mano de su madre, la duquesa de Cádiz. Durante aquellas comidas, Carmen Polo hablaba sin parar de las muchas anécdotas que se habían producido en los últimos treinta y nueve años, tras la guerra.

—A Paco le gusta muchísimo la pesca. Un día de mar gruesa, se rompió un incisivo a consecuencia del golpe que se dio con una baranda. Hubo que llamar de urgencia a su médico, Pepe Iveas, que estaba en Teruel y que se tuvo que recorrer un montón de kilómetros hasta llegar al pazo. Los médicos siempre han sido muy amables con nosotros. Les estamos muy agradecidos.

En otro momento, Carmen hablaba de la mejor fotografía que le habían hecho. Las hijas y las nietas escuchaban. Era evidente que soltaba sus nervios recurriendo al pasado.

—Juan Gyenes ha sido quien mejor ha captado esa mirada que tiene tu padre —se dirigía a Carmen— que parece que te taladra. Bueno, la foto luego se llevó a las monedas. Fue el grabador de la Casa de la Moneda quien seleccionó esa imagen. Hoy he estado viendo la fotografía y tengo que decir que me impresiona. Paco también tiene unas extraordinarias aptitudes para la fotografía. Una vez que a Gyenes se le estropeó su cámara, le presté una de él. Las tiene muy buenas porque siempre le ha gustado mucho la imagen.

—Mamá —la interrumpió Carmen—, debes descansar. Después de comer, deberíamos estar a solas. No puedes seguir con el ritmo frenético de estos días.

En una de esas sobremesas, el médico de ese día, José Luis Palma Gámiz, fue llamado con urgencia a la habitación del paciente. Una transpiración helada volvía a empaparle el cuerpo. Quería bajarse de la cama y arrancarse la mascarilla de oxígeno. Su hija acudió a la habitación y se quedó a los pies de la cama. Cuando todo pasó, después de una hora, se acercó y le cogió una de las manos.

—Ha tenido muchísimo dolor —le dijo el doctor—. También ha superado una arritmia de máxima gravedad.

Juanito, su ayudante, estaba completamente paralizado.

—¡Cuánto cuesta morirse! —musitaba Franco—. ¡Cuánto cuesta morirse!

Carmen habló con los médicos trasladándose a la habitación contigua.

—Si veis que no tiene solución, dejadlo. No queremos verle sufrir más. Él ya ha cumplido de sobra con lo que le pidió la vida.

En cuanto apareció el marqués por allí, Palma Gámiz le dijo que una enfermera y un médico eran muy pocas personas para sacar a su suegro de una parada cardiaca. Parecía que el corazón le iba a fallar de un momento a otro. Inmediatamente después, treinta y ocho médicos se fueron turnando.

El día 3 de noviembre, sobre las tres de la tarde, Franco, de una arcada, inundó de sangre la cama en la que yacía. Los anticoagulantes habían abierto las úlceras del pasado tal y como había predicho su doctor de siempre.

—Por favor, déjenme ya —pidió con dificultad.

Pese a ello, los médicos le hacían transfusiones sin parar. Eran necesarias para que continuara con vida.

Apareció el especialista Hidalgo Huerta y creyó conveniente operar de urgencia.

—En mi opinión, una úlcera aguda debe de haber roto alguna arteria principal del estómago, y mientras no la cerremos esta hemorragia no parará. O se le abre o se muere.

La familia decía que no deseaban que fuera trasladado a un hospital. Por otro lado, el jefe de seguridad aseguró que no podía garantizar la seguridad del jefe del Estado en ningún hospital. Se habilitó una de las salas de palacio y se decidió operar allí. Aspiradores, monitores, bisturí eléctrico y el material quirúrgico fue trasladado desde el hospital Provincial a El Pardo.

La operación no se hizo esperar. Mientras los doctores operaban, José María Bulart rezaba en voz alta. Allí estaba, dispuesto a dar la extremaunción. En la habitación de al lado, la familia rezaba también conteniendo los nervios ante Carmen Polo. Antes de que concluyera la intervención, apareció el obispo de Zaragoza, monseñor Cantero Cuadrado, con el manto de la Virgen del Pilar. Fue Cristóbal Martínez-Bordiú el que dejó caer el manto sobre las piernas de Franco. Alguien le sugirió que no le pusieran peso en las extremidades, y el manto se dejó a los pies de la cama.

Francis, que acababa de terminar de estudiar Medicina, rondaba por allí sin hacer demasiadas preguntas. Mery se acercaba a comer con su abuela y con su madre. Preguntaba a los médicos pero estos le decían que la información la tenían sus padres. «Es que aquí nadie dice nada», protestaba.

La última vez que Carmen Franco entró y le cogió la mano a su padre, no obtuvo señal alguna. Comprendió que ya no respondía a los estímulos. Cuando de nuevo aparecieron las hemorragias, no tuvo fuerzas para decir que no le trasladaran a La Paz, como pedía Cristóbal. Se acercó y le miró por última vez. Se dijo a sí misma que no pisaría el hospital.

—Mi padre para mí ya está muerto. Os pido que le dejéis ir en paz.

38

LOS APELLIDOS COMIENZAN A PESAR

Si mi padre no hubiera tenido hemorragias, no hubiera salido del palacio. Hubiera muerto en su cama, como quería. Primó la opinión médica de Cristóbal, que pensó que era necesario su traslado al hospital. Una vez que le sacaron de El Pardo en una ambulancia, ya no volví a verle con vida. No quise ir a La Paz. No deseaba quedarme con esa imagen de él lleno de tubos. Para mí, cuando se fue del palacio, fue como si hubiera muerto. Desde hacía días ya no respondía cuando yo le apretaba la mano. Además, mi madre estaba muy afectada y muy mal y me preocupaba mucho. Me quedé junto a ella. Por otro lado, alguien tenía que ordenar papeles, libros, cuadros, regalos de los últimos treinta y nueve años. De modo que me puse una bata blanca y comencé a tirar cosas, así como a quemar y empaquetar otras. Había que irse de allí y quedaba mucha labor en el palacio. Los niños también me ayudaron, sobre todo, a guardar en cajas las muchas fotografías que teníamos. Éramos plenamente conscientes de que acababa una época y no sabíamos cómo iba a discurrir el futuro.

Carmen llenó cajas y cajas de cartón con todo aquello que le pareció que merecía la pena llevarse de aquel palacio y, a su vez, que no perteneciera a Patrimonio Nacional. Unas iban destinadas al pazo de Meirás y otras a la casa en la que viviría su madre, en Hermanos Bécquer. Volverían las dos a vivir juntas, cada una en un piso, pero en el mismo inmueble, que había comprado su madre hacía muchos años junto a su amiga

Pura Huétor. Ahora ya todo el bloque pertenecía a la familia.

Mientras miraba papeles, encontró muchos pensamientos manuscritos de su padre, un intento de escribir aquellas memorias que le había propuesto Vicente Pozuelo. Otros papeles eran secretos de Estado y, los más, documentos sobre un pasado todavía muy reciente. Todo aquel ajetreo, desempolvando recuerdos de toda una vida, le evitó asistir al final de su padre. No deseaba verle en aquellas circunstancias tan adversas.

—Prefiero acordarme de él en vida y no presenciar este trágico final —le explicó a Cristóbal—. Te pido que mi padre muera en paz.

—Haremos todo lo posible para que no muera. La ciencia tiene muchos medios para prolongar la vida.

—¿Pero en qué circunstancias? Si ha llegado el momento final, nada podrá impedirlo.

Cristóbal se fue a La Paz. Allí, el equipo médico, viendo que el estado del paciente era catastrófico, lo durmió y lo intubó. La tensión se pudo mantener gracias a las continuas transfusiones de sangre y a la administración de medicinas cardioestimulantes. El doctor Hidalgo tuvo que abrir por segunda vez el abdomen del paciente. Dos horas duró la intervención para detener las hemorragias masivas.

La expectación en las puertas del hospital crecía por momentos. De un lado, personas dispuestas a donar sangre de forma altruista y, de otro, periodistas preparados para retransmitir la noticia de su muerte. Los ciudadanos asistían a través de la prensa y los medios de comunicación al final de un régimen de casi cuarenta años. Durante esos días, la policía detuvo a todos los fichados como elementos subversivos, miembros del Partido Comunista, activistas sindicales y estudiantes muy activos contra el régimen. Entre ellos, se encontraba Simón Sánchez Montero. Cuando le metieron en el coche, durante unos minutos pensó que le iban a matar allí mismo, pero todo cambió cuando observó que se dirigían a la Puerta del

Sol. Sin interrogarle, después de varios días, le llevaron con otros detenidos a los calabozos de las Salesas. Un médico se le acercó.

—¿Le han torturado? Soy médico y vengo a saber cómo le han tratado.

—No, señor, no me han tocado —contestó, incrédulo—. Pero me hubiera gustado que otras veces hubiera venido usted a hacerme la misma pregunta.

Se acercó también un juez a interesarse por el motivo de su detención. Sin embargo, Simón y el resto de los presos no sabían por qué estaban allí. Todos se miraban unos a otros. Eran conscientes de que algo estaba sucediendo por el cambio en las maneras en que estaban siendo tratados. Por fin, fueron encerrados en los calabozos. Alguien supo que no había otro motivo que el que se estaba produciendo en La Paz: la muerte de Franco.

En el hospital, tras la operación en la que a Franco se le infundieron cinco litros y medio de sangre, se observó que los riñones definitivamente habían dejado de funcionar. Por lo tanto, había que preparar de inmediato su brazo para las hemodiálisis que necesitaría para continuar viviendo. Era evidente que el paciente no era consciente. Como decía el equipo médico: «Estaba desconectado de su entorno». Los tres días siguientes hubo una ligera mejoría y se decidió «extubarlo». Hubo algún médico que llegó a decir que saldría de allí. Sin embargo, esa misma noche, volvieron las hemorragias. La tensión volvió a caer hasta límites muy peligrosos. El doctor Palma Gámiz se acercó hasta el paciente, que parecía querer abrir los ojos.

—¿Cómo se encuentra, excelencia? —le preguntó, elevando la voz sin estar muy seguro de que le fuera a responder.

—Regular —pareció decir, en un tono de voz muy bajo y muy poco inteligible.

Volvió a cerrar los ojos. Le sobrevino un golpe de tos. La situación empeoró de nuevo. Los pulmones se habían encharcado. Una de las enfermeras le sedó y le volvió a intubar. En las habitaciones contiguas había muchas visitas. Don Juan Carlos iba todos los días, acompañado casi siempre de la princesa Sofía. Carmen Polo, muy afectada, esperaba noticias en El Pardo. Alguna tarde acudió al hospital y atendió a cuantos pasaban por allí. Sus nietas Carmen y Mariola no la dejaban sola. Solo había una alternativa: esperar.

Mientras tanto, en el quirófano, Hidalgo y su equipo operaron por tercera vez a Franco. Solo se oía el golpe seco del respirador. El electrocardiograma se hizo lento. Parecía el final. Pero las drogas que le inyectaron lograron que el corazón se reanimara. Se le infundió sangre para remontar la presión arterial. Se encontraron con que la sutura anterior había estallado. El cirujano la recompuso. Tras la intervención, se le trasladó de nuevo a la UVI. Uno de los médicos sentenció: «Tendremos que parar en algún momento».

Cada vez había más periodistas agolpados en la entrada del hospital. Todos los que firmaban el parte médico eran entrevistados y las enfermeras tentadas con que sacaran una foto del paciente a precio de oro. Precisamente durante esos días, el marqués de Villaverde decidió llevarse una cámara y comenzar a hacer fotografías a su suegro. No había consultado a nadie de la familia, ni tan siquiera a su mujer, que no quería pisar el hospital. Cristóbal Martínez-Bordiú comenzó a disparar. Algunas enfermeras no se prestaron a salir en las imágenes, otras sí. Carmencita, que pasó a ver a su abuelo, también quedó inmortalizada en esas circunstancias. Su padre hizo varios carretes que dejó en uno de los cajones de su despacho. Los miembros de la familia comían en una de las habitaciones del hospital, habilitadas para que pudieran acompañar al paciente. Algunos médicos compartieron un café con ellos.

Las persianas de la UVI estaban bajadas. Había rumores

de que algunos periodistas se encontraban encaramados por todas partes dispuestos a conseguir la exclusiva. En la penumbra de aquella estancia, volvió a surgir un *flash*, un fogonazo. Otra vez Cristóbal, con la cámara en ristre, haciendo fotografías al paciente. Repitió la operación varias veces más. Algún médico y alguna enfermera del equipo del marqués fueron también inmortalizados.

El día 18, mientras la situación empeoraba por horas, alguien del equipo médico sugirió que se podría detener el proceso de la muerte con una hibernación relativa. Los cirujanos cardiacos infantiles tenían experiencia en estas prácticas. Se envolvió al paciente en una manta térmica y se rebajó la temperatura a treinta grados. Pero aquella maniobra no fue eficaz. Los bulos se dispararon.

Vicente Gil fue a visitar al que había sido durante años su único paciente. Se mareó al verle tan lleno de tubos por todas partes. No había un solo miembro de su anatomía que no tuviera un cable. Escuchó un comentario sobre hibernación entre los facultativos y se dirigió a uno de ellos.

—¿Eso de hibernar es con relación al Generalísimo? —preguntó.

—No, no, son simples comentarios —dijo una de las enfermeras.

—Es que este paciente está soportando su agonía con una gran dignidad. Deberían dejarle morir también con la misma dignidad.

Se fue de allí con lágrimas en los ojos. Se prometió a sí mismo no regresar a La Paz.

El 19 por la noche, la televisión cerró la programación con el último parte médico: «El pronóstico de su excelencia no ha variado. Persiste la gravedad. Firmado: el equipo médico habitual». Esa noche, Cristóbal estaba especialmente nervioso y pidió al equipo que se fuera a descansar. Se quedó con el doctor Vital Aza. El marqués volvió a poner el manto de la

Virgen del Pilar a los pies de la cama. Varias máquinas dejaron de sonar en la estancia. En la madrugada del día 20 de noviembre, se le hizo una diálisis peritoneal. De pronto comenzaron a aparecer extrasístoles en el electrocardiograma. Una de las enfermeras miró el monitor, y al ver la señal plana, pensó que se había soltado uno de los electrodos. Al comprobar que todos estaban en su sitio, dio la voz de alarma y se produjeron unos instantes de confusión. Enfermeros y médicos corrieron de un lado a otro. El corazón de Franco se había detenido. Alguien hizo un movimiento automático para iniciar las maniobras habituales de resucitación. Sin embargo, se oyó una voz: «No. Ya hay que parar. Aquí se acabó todo».

—Todo ha concluido —afirmó Cristóbal, y se fue de allí.

Se cerraron a cal y canto todas las puertas de acceso de la primera planta. Nadie podía entrar y nadie podía salir. Se había puesto en marcha la Operación Lucero. Tampoco se podían apagar o encender luces. Ni nadie se podía asomar a ninguna ventana por si eran señales convenidas con los periodistas que hacían guardia desde hacía días.

—¿Das tú la noticia o lo hago yo? —le preguntó Vital Aza a Cristóbal.

—La daré yo, pero espera unos minutos. Quiero poner en orden mis ideas. Tengo que informar a Carmen. La llamaré desde mi despacho. Que nadie se mueva hasta que vuelva.

Pasados varios minutos, con Cristóbal al mando de aquella operación, se fue avisando a los treinta y ocho médicos que le habían atendido. Por teléfono no se les daba la noticia, simplemente se les convocaba. La muerte, anotó Vital Aza, había sobrevenido a las tres menos cuarto de la madrugada. No obstante, en el último parte médico se apuntó otra hora: las cinco y veinticinco minutos. El parte oficial se dio a las siete y media de la mañana con la hora convenida, no la real.

Los catedráticos de Medicina legal, Piga Sánchez-Morate y Piga Rivero, padre e hijo, trabajaron rápido esa noche y en cuanto el cadáver fue embalsamado, estuvo listo para ser trasladado a El Pardo para que la familia lo velase en la intimidad. Antes, el escultor Santiago de Santiago había sido requerido con urgencia para que realizara una máscara mortuoria de Franco. Todo se hizo en un tiempo récord.

Antes de que el marqués de Villaverde se propusiera dar la noticia, la Agencia Europa Press lanzaba a través de su teletipo una frase: «Franco ha muerto». La frase se repetía hasta en tres ocasiones. El periodista Mariano González, después de ver la llegada del jefe de la casa civil del jefe del Estado y posteriormente la del jefe de la casa militar de Franco a las cuatro de la mañana, avisó a la redacción. «Creo que Franco ha muerto. Están empezando a llegar sus personas allegadas». Desde la agencia, buscaron la confirmación por distintas fuentes. Entre ellas, la de Nicolás Franco Pascual del Pobil, sobrino del finado, un militar y uno de los médicos que le atendían. La noticia lanzada desde el teletipo a las seis de la mañana dio la vuelta al mundo en segundos.

Las radios repitieron la noticia entre los acordes de Mozart o Bach. Radio Nacional de España emitió el comunicado de su muerte leído por el responsable de información, León Herrera Esteban. Se anunció igualmente la asunción de los poderes supremos, en nombre del príncipe, por el Consejo de Regencia. Carmen Franco salió de El Pardo con destino al palacio de La Zarzuela. Quería llevar en mano el testamento de su padre al príncipe Juan Carlos. Este lo leyó rápido y se detuvo en uno de sus párrafos: «Os pido que perseveréis en la unidad y en la paz, y que rodeéis al futuro rey de España, don Juan Carlos de Borbón, del mismo afecto y lealtad que a mí me habéis brindado y le prestéis en todo momento el mismo apoyo de colaboración que de vosotros he tenido».

—Carmen, con este testamento me está dando el salvoconducto que yo no podía ni imaginar, ni soñar.

—Carlos lo leerá por la televisión. Él tiene una copia a máquina que yo hice como pude, con dos dedos y bastantes tachaduras. Mi padre me insistió en que no lo viera nadie y me vi obligada a hacerlo yo. —Antes de despedirse, Carmen añadió un ruego—: Alteza, mantenga a Carlos Arias al frente del Gobierno. —La permanencia de Arias daba seguridad a la familia.

A las diez de la mañana, el presidente del Gobierno, Carlos Arias Navarro, comparecía ante las cámaras con el testamento político que le había entregado Carmen. Así se cumplía la última voluntad de Franco.

A partir de ese momento, todo se precipitó. Por un lado, las largas colas de dos kilómetros en el palacio de Oriente con ciudadanos que querían rendir el último adiós a Franco. Su féretro fue expuesto en el Salón de Columnas, al pie de una estatua del emperador Carlos V. Estas muestras de afecto hicieron pensar a la familia que nada cambiaría en el futuro inmediato. Aun así, eran conscientes de las muchas expresiones de alegría que llegaban a sus oídos por parte de los militantes de partidos políticos en la clandestinidad que ya no se escondían. Los detenidos, que aguardaban noticias en los calabozos, fueron trasladados a Carabanchel. Les dijeron simplemente que «Franco había muerto». Todos lo celebraron entre abrazos y apretones de manos. El día 20 arrancó con dos Españas divididas. La familia y el Gobierno no comentaban esta ambivalencia, pero la conocían. La viuda y la hija se vistieron de luto riguroso. Un velo negro cubrió sus rostros durante las honras fúnebres.

—¿Qué pasará con nosotros? —preguntaron los hijos pequeños a su madre.

—No tengo ni idea. De todas formas, vosotros tenéis que estar tranquilos. No tiene por qué pasar nada.

—Papá dice que a lo mejor tenemos que irnos de España.

—Eso son tonterías. Yo no me voy a ir a ningún lado.

Con una España de luto oficial durante veinte días, el resto de las noticias del mundo pasaron a un segundo plano. En el palacio de Oriente, los nietos, de luto riguroso, recordaron anécdotas con su abuelo mientras velaban su cuerpo.

—Luego dirán en la facultad —comentó José Cristóbal—, pero me gustaría llevar a esa gente que está todo el día hablando del dictador que hemos recibido cantidad de cartas de personas dispuestas a donar parte de su cuerpo para que siguiera vivo.

—¿Te das cuenta de que papá y mamá casi no se hablan? —comentó Mery—. Hace un par de días, mamá dijo con lágrimas en los ojos, cosa rarísima en ella, que «por qué no le dejaban morir en paz».

—Me gustaba ir allí y ponerme pantuflas esterilizadas. Alguna vez que fui le apreté la mano y me respondió —continuó José Cristóbal—. Yo creo que se daba cuenta de todo.

—Yo siempre le decía que estaba mejor, pero ni sé si me oía —añadió Mery—. Creo que no se enteraba de nada.

—La que está mostrando una gran entereza es mamá, que tiene que estar destrozada.

—Está más pendiente de la abuela que de lo que está pasando —dijo Mery.

Al rato llegaron los príncipes de España y comentaron que Franco y Carmen Polo habían sido todos estos años «como unos padres». Don Juan Carlos también le comunicó a la viuda que no tuviera prisa por abandonar el palacio.

La ceremonia del funeral, en el Valle de los Caídos, fue interminable. El féretro fue llevado por los nietos mayores, Francis y José Cristóbal, vestidos de chaqué, junto con los ayudantes, hasta la entrada de la basílica, donde realizó el relevo la escolta personal. Franco no había ordenado su entierro en el Valle de los Caídos. De hecho, su tumba se improvisó en tres días. El gobierno de Arias Navarro, de acuerdo con el rey, consideró que aquel era el lugar idóneo para darle sepultura.

Los días posteriores en El Pardo transcurrieron entre cajas y discusiones familiares. Unos pensaban que tenían que salir de España y otros que todo debería seguir igual sin irse del país. Carmen Franco prefería no marcharse, igual que sus hijos mayores, que le decían que aquí tenían sus raíces y sus amigos.

—Habría que pensar seriamente, si sigue aumentando la crispación, en trasladarnos a Estados Unidos —señaló Cristóbal—. Yo allí podría trabajar perfectamente. Tengo muchos contactos. Juan Carlos va a poner todo patas arriba.

—Ahora mismo tiene todos los poderes. Veremos qué hace —repuso uno de los hermanos de Cristóbal.

—Será diferente, eso está claro. Y es evidente que se van a producir muchos cambios. De ahí a irnos va un trecho. Mi madre no está dispuesta a abandonar España —replicó su mujer—. Y yo tampoco. Antes de recoger todo, habría que esperar.

Los hijos no disimulaban su preocupación. La institutriz, Beryl Hibbs, salió al paso dirigiéndose a los pequeños:

—Tenéis que estar preparados a que el odio que muchas personas tenían a su excelencia ahora lo paguen con vosotros. Las cosas negativas se extienden. Fue un error que os añadieran el Bordiú al apellido. Seríais más felices con el Martínez a secas.

La institutriz no disimulaba su preocupación. Carmen y Cristóbal hablaban poco con sus hijos, que asistían atónitos al cambio que se había producido sobre ellos y su familia. No sonaba el teléfono tanto como antes y los amigos iban menos por allí. El efecto de la muerte de Franco se estaba extendiendo a todos los ámbitos, personales y profesionales, en cuestión de días. Los aduladores de antes ya no pasaban por su casa. Desde que Juan Carlos había jurado los principios generales del Movimiento y había sido coronado rey, la atención estaba puesta en el palacio de La Zarzuela.

Notaban día a día que el trato hacia ellos iba transformándose. Las amigas de Carmen la animaban diciéndole que con el tiempo todo volvería a su ser. Los hechos estaban demasiado recientes.

—A lo mejor ocurre como con Napoleón, que estuvo una época muy vituperado en Francia y luego volvió a tener reconocimiento.

—No lo sé, pero da la sensación de que nuestra vida ha dado un giro de ciento ochenta grados —replicó Carmen—. Mis hijos lo notan en todo. A José Cristóbal le dejaban pasar a pescar lucios en El Pardo hasta que un día le pararon. Primero le dijeron que solo podía ir en compañía de una persona y luego que solo. Ahora ya no va.

—Claro, ellos también lo están notando. Todo sucede muy rápido.

—Todos, pero el que más, Cristóbal. Lo está llevando muy mal.

La prensa empezó a hablar de los treinta y nueve años de dictadura. La libertad de expresión era un hecho y los chistes y las críticas iban aumentando. Nani les decía a los jóvenes que tuvieran un comportamiento ejemplar para que no pudieran decir nada sobre ellos. Carmen y Francis eran los que más sufrían el acoso de la prensa. Al final, después de que los jóvenes regresaran al colegio y a la facultad, fueron conscientes de que su apellido se había convertido en un problema. José Cristóbal tomó la decisión de ingresar en el Ejército y dejar la carrera de Arquitectura. A Carmen Polo le pareció una estupenda idea. A su madre, sin embargo, no le pareció bien.

—No digas tonterías. No estarás hablando en serio. Debes meditarlo más.

Sus hermanos e incluso sus amigos tampoco pensaban que ese cambio repentino fuera a ser muy duradero. La única que le apoyó fue su abuela. La idea de que un nieto siguiera la carrera militar del abuelo le hacía ilusión.

El rey Juan Carlos concedió a Carmen Polo el título de señora de Meirás y a su hija el de duquesa de Franco. La viuda de este apenas salía de El Pardo. Su nuevo domicilio, el piso bajo del inmueble de la calle Hermanos Bécquer, estaba listo para recibirla. Su círculo íntimo continuó visitándola. Permanecía aislada de todo y de todos. Las noticias de los muchos cambios que se iban produciendo a nivel político no le llegaban. Su hija alababa a su madre por no ver la televisión y tampoco escuchar las noticias que se daban por la radio. Prefería que no se enterara de cómo se iban desarrollando los acontecimientos en cuestión de días. Necesitaron tomar un somnífero para dormir y descansar. Carmen Franco quiso abandonar esa medicación al cabo de unos meses de la muerte de su padre, pero no pudo. Su marido le aconsejó que durante un tiempo la mantuviera. Le hizo caso, aunque no era partidaria de ingerir ningún medicamento.

El doctor Martínez-Bordiú había tomado la decisión de entrar en los círculos políticos. Lo había intentado en vida de su suegro y no lo había conseguido. Pensó que ahora era el momento. Trató por todos los medios de ser elegido miembro del Consejo Nacional, al quedar una vacante en el organismo al que también aspiraba Adolfo Suárez, ministro secretario general del Movimiento. Se presentó a los que tenían que votarle como heredero de Franco y de sus políticas. «En nombre del Caudillo, pido tu voto», les solía decir.

—Se ha venido acentuando la campaña de descalificación del Generalísimo Franco. No se han detenido ni tan siquiera ante su familia. Pretendo que mi voz defienda el espíritu y la obra de Generalísimo.

Sin embargo, la estrategia le falló. Incluso llamó al presidente Carlos Arias para solicitarle que se retirara Suárez, «ya que su derrota sería tan estrepitosa que arrastraría al Gobierno». Pero la votación dio la victoria a Adolfo Suárez. Ante su familia e íntimos afirmó estar decepcionado. «Me resulta improcedente que se produzca una ruptura con el pasado y se propongan volver a empezar», manifestó. Sus aspiraciones de ser el sucesor de su suegro quedaron aparcadas ante la evidencia de su falta de apoyo.

El marqués de Villaverde se llevó otro disgusto provocado por una deserción familiar más. No solo José Cristóbal abandonaba Arquitectura, sino que Francis, que sí había acabado Medicina, le comunicaba que no quería ejercer la profesión.

—Mi apellido me va a condicionar de forma negativa. Tú lo sabes.

—Esto no puede ser. Tú serás un gran médico.

—Es de tontos no darse cuenta de lo que está pasando con nuestra familia. Deberías abrir los ojos. ¿No ves que también te están haciendo la cama en el hospital? No pienso ejercer.

—No tomes la decisión así a la ligera. Date tiempo.

Estaban asistiendo al desplome de toda una época. A nivel social, su apellido dejó de abrir puertas. Esa sensación de castillo de naipes derrumbándose la acrecentó el rumor de que las cosas entre Alfonso y Carmencita iban mal. Su matrimonio hacía aguas. Cristóbal discutió con su hija mayor para que fuera consciente de la responsabilidad que tenía.

—Tienes que estar a la altura de las circunstancias y estar cerca de tus hijos. Te aseguro que si te separas, no volverás a saber de mí ni de tu familia. Estarás muerta para mí y para todos.

Carmen lloró sin decir nada. Se limitó a escuchar a su padre, que había sido el que más aplaudió su matrimonio con Alfonso. Decidió volcarse en sus hijos y hacer cada vez más escapadas con su amiga Isabel Preysler a París.

Durante los meses siguientes, Carmen Franco siguió recogiendo enseres y recuerdos. También zapatos, ya que había acumulado durante años decenas y decenas de diferentes pares en todos los colores y texturas. Ahí se dio cuenta de que realmente una de sus pasiones había sido comprar zapatos con todo tipo de tacón, excepto bajos. En cada viaje había adquirido varios pares, y así durante años. Dio también un repaso por la ropa blanca del palacio. Las sábanas que llevaban el escudo de su padre se las quedó. No así la cubertería de plata, que también llevaba el distintivo paterno. El general Fuertes de Villavicencio insistió en que se la llevara. Casi todo lo demás pertenecía al Patrimonio Nacional.

—Solo me quedaré unos juegos de cama y unas toallas bordadas de recuerdo. Todo lo demás permanecerá aquí. También he pensado llevarme el Cristo de marfil que mis padres veneraban tanto. Está en la capilla.

—Insisto en que la cubertería de plata no pertenece al Patrimonio del Estado. La compró su madre.

—No, se va a quedar aquí porque tiene un valor al margen de los recuerdos. Si quieren utilizarla para otros menesteres, no tienen más que borrar el escudo. Eso cualquier platería lo hace sin problema. No nos llevaremos nada que no sea estrictamente personal.

—Hay un inventario. Se hará un repaso en breve. Está anunciada una visita de Patrimonio Nacional.

Cuando llegaron los funcionarios echaron de menos el Cristo de la capilla. Lo buscaron por todas partes hasta que los servidores del palacio les dijeron que se lo había llevado Carmen Franco. En cuanto a Carmen se lo comentó su cuñada, Isabel Cubas, amiga de una funcionaria de Patrimonio, lo devolvió.

—Creí que lo había comprado mi madre.
—Pertenece al inventario del palacio.
—Hoy sin falta volverá al palacio.

Se dio cuenta de que gran parte de lo que le había rodeado durante años era del Estado. No obstante, tapices, joyas y libros que habían sido adquiridos por ellos salieron de El Pardo. Su madre, amante de las antigüedades, había acumulado muchas piezas de valor. Hacia el pazo partían cada semana camiones y los recuerdos más livianos se quedaban en Madrid. El estandarte que llevaba su padre en Marruecos lo trasladó al céntrico piso de la capital. Tantas veces le había oído sus andanzas por África que ese recuerdo no podía extraviarse después de haber estado en su despacho durante todos estos años. Si para él había tenido valor, ahora para ella también.

Antes de dejar el palacio, su madre y ella recorrieron todas las estancias ya vacías de recuerdos. Era como si se hubieran borrado de golpe los últimos treinta y nueve años. Ambas compartía la misma expresión de dolor en el rostro. En los primeros días de febrero de 1976, juntas abandonaron definitivamente el palacio de El Pardo.

—Juro no volver a poner los pies aquí —musitó Carmen hija.

La madre, al bajar el último escalón de la escalera principal, se dio la vuelta. Pensó sin verbalizarlo que su entrada allí había tenido lugar el 15 de marzo de 1940. Había vivido treinta y cinco años en El Pardo. Entró triunfante con su marido como Generalísimo y una hija adolescente. Ahora salía viuda y con un futuro que ya no tenía luz para ella. Su hija y sus nietos eran el hilo que la unía a la vida. Sabía que su corazón estaba frágil, tan frágil como su ánimo. No escuchaba las noticias, no le interesaba nada de lo que ocurría. Ya no.

Sin embargo, Carmen y Cristóbal seguían de cerca la actualidad política. Leían a diario los periódicos y les costaba digerir tantos cambios en tan pocos días. Desde que el 22 de noviembre el presidente del Consejo de Regencia, Alejandro Rodríguez de Valcárcel, proclamara a don Juan Carlos como rey hasta que Carmen Polo salió de El Pardo, tuvieron pleno convencimiento de que el cambio político en España ya no tenía marcha atrás. Lo que no sabían era cómo encajaría su familia en eso que habían bautizado como Transición.

39

1977, *ANNUS HORRIBILIS*

La legalización del Partido Comunista nos dolió mucho en la familia. La primera vocación de mi padre era la milicia y servir a España. Y lo segundo por lo que luchó más en su vida fue contra el comunismo. Era un anticomunista tremendo. Aquel día en el que conocimos la noticia estuvimos muy mal. Procuré que mi madre no se enterara de nada y mantenerla alejada de toda la información.

Carmen Franco sabía que contaba con la compresión de la reina Sofía y del rey Juan Carlos. Hasta sus oídos llegaron los comentarios que había hecho la reina Sofía sobre la posición en la que quedaría su familia. Seguramente recordaba la salida de Grecia de su propia familia el año anterior: «Para ellos todo va a ser diferente. Salir del palacio de El Pardo, perder su estatus, dejar de ser la familia más importante y más poderosa de España. Dejar de mandar. Por fuerza, les será costoso». Y, efectivamente, así estaba siendo, doloroso y costoso. De todas formas, estaban convencidos de que el rey no iba a olvidar que si había llegado adonde estaba había sido por designio de Franco.

Durante los largos días de funerales y entierro, el rey se acercó a Carmen e intentó tranquilizarla ante el futuro incierto que se intuía que iba a llegar. Tanto los allegados a la familia como aquellos que eran ajenos apuntaban a que todo iba a cambiar a una gran velocidad.

—No deben tener ningún miedo —le dijo don Juan Carlos—. Una de mis primeras preocupaciones será impedir que se haga un memorial de agravios contra ustedes y contra otras personas del régimen. No quiero que los españoles se empantanen otra vez en revanchas y venganzas personales.

Carmen se lo agradeció. El rey igualmente habló con su madre, en los mismos términos. La viuda le miró mientras hablaba, pero estaba lejos de allí.

—No tienen ustedes que temer nada de nada. —Le cogió las dos manos con afecto—. He tomado como un deber personal asegurar por todos los medios que no les moleste nadie. Van a estar tan seguros como lo han estado siempre. Y usted puede quedarse en El Pardo el tiempo que necesite.

Sin embargo, en el mes de febrero Carmen Polo ya estaba instalada en su casa de Hermanos Bécquer. Vivía ajena a todos los cambios que se estaban produciendo a nivel político y a nivel social. Don Juan Carlos estaba decidido a instaurar una democracia. Para ese camino ya había comenzado a tomar decisiones que no gustaron nada a los Martínez-Bordiú. La primera, que el rey aceptara la dimisión de Arias Navarro. La segunda, nombrar presidente del Gobierno a Adolfo Suárez. Antes se lo había ofrecido a Torcuato Fernández Miranda, pero este le había dicho: «Puedo seros mucho más útil como presidente de las Cortes». Para el cambio de régimen que pretendía le era imprescindible. De hecho, Fernández Miranda le comentó: «Usted jure los principios del Movimiento, que más tarde los iremos cambiando». Eso precisamente fue lo que hizo. Para la elección del nuevo presidente el rey presentó una terna con tres nombres: Federico Silva Muñoz, Gregorio López Bravo y Adolfo Suárez. Al final se decantó por el tercero, Suárez, porque le parecía un hombre joven y moderno. Le conocía bien, ya que era ministro secretario general del Movimiento y había sido director general de Televisión Española ayudándole a cambiar la imagen que de él tenían los españoles. También porque le parecía lo suficientemente ambicioso para desear afrontar los retos que se iban a vivir.

Cuando Carmen oyó que Suárez había sido el elegido, torció el gesto. Lo discutió en casa con Cristóbal. Los hechos se estaban precipitando de tal forma que asistían atónitos a todo cuanto estaba ocurriendo.

—¿Qué te parece el nuevo presidente que tenemos?

—Un horror —admitió Cristóbal—. Han ido a elegir al más frívolo de todos. Menuda faena nos ha hecho Arias. No tenía que haber dimitido.

—Bueno, parece ser que no le quedó más remedio. No tenía la confianza del rey.

—Para nosotros no es un desconocido. ¿Te acuerdas? Fue gobernador de Segovia, presidente también de Televisión Española. El que dio la boda de Carmen por el UHF. Y la mano derecha de Fernando Herrero. Bueno, el ministro secretario general del Movimiento con Arias, que tampoco ha hecho nada por el Movimiento, más bien lo contrario.

—No me gusta. ¡Qué barbaridad!

—Hay que estar preparados porque las cosas se están precipitando. Dicen que quieren unas elecciones con urnas en poco tiempo. ¡Imagínate!

—¿Votar? —preguntó Carmen incrédula.

—A mí que me registren. No pienso acudir.

—Yo tampoco.

No muy lejos del salón donde estaban hablando, Nani escuchaba las confidencias de José Cristóbal, el quinto hijo, quien no cesaba de reflexionar en voz alta sobre el futuro que les esperaba. Trataba de verbalizar junto a la institutriz lo que acababa de pasar en la familia. Habían sido días, meses, de mucha tensión.

—Para mis compañeros de universidad se ha muerto el dictador, pero para mí se ha muerto mi abuelo, Nani.

—Ha sido un maratón de tensión y angustia —le contestó Hibbs—. Ahora hay que darse un tiempo. El duelo es el duelo.

—Tengo la suerte de que José, mi padrino, siempre está pendiente de mí.

José era uno de los hijos de Ramón Serrano Súñer y Zita Polo, muy amigo de Carmen durante la guerra. Aunque las relaciones se habían enfriado con la familia, José siempre estaba pendiente de él y le sacaba a cazar. A decir verdad, se había matriculado en Arquitectura no solo porque Mariola le abriera el camino, sino por la ilusión de trabajar con él en su estudio. Pero ahora necesitaba dar un vuelco a su vida y seguía pensando en que quería ser militar. Deseaba abandonarlo todo, hasta a su «medio» novia que era dos años mayor que él.

—No quiero saber nada de nadie.

—¿Pero no te gustaba una chica? —preguntó Nani.

—Ya no. Desde que el abuelo ingresó en La Paz, todo se ha ido a la porra. Nani, voy a dejar por escrito que no quiero una muerte como la del abuelo. Nunca he visto llorar a mamá. Solamente el día que le dijo a papá: «¿Por qué no le dejáis morir en paz?». Fue terrible.

—Ya ha pasado y hay que mirar hacia el futuro. No es bueno regodearse en el sufrimiento. Esa es la filosofía de tu madre y es buena para continuar hacia delante.

—De todas formas, la situación que estoy viviendo cada día en la facultad me recuerda mi pasado. Hay amigos que noto que se están alejando. Tengo esa sensación.

—Es la condición humana. Verás que aquellos que adulaban a la familia ahora serán los primeros en detestarla. Os dije que os teníais que preparar para el momento en el que vuestro abuelo faltara.

—Sinceramente, me gustaría que mis padres nos reunieran a todos y nos hablaran de nuestra nueva situación.

—Ellos tienen ahora otras preocupaciones. Me tienes a mí.

José Cristóbal abrazó a Nani. El resto de sus hermanos estaban igual que él, desubicados. Lo que la institutriz callaba era su estado físico. Se encontraba mal, pero no dijo nada ya que estaba convencida de que sería puro agotamiento.

—Veo mi infancia como la época más feliz de mi vida —siguió hablando José Cristóbal—. La sensación de libertad que he sentido en el monte no la olvidaré jamás. Es duro, de todas formas, ver que ya no nos dejan ni pasar por allí. No entiendo los vetos a que entremos siendo Fernando Fuertes de Villavicencio el jefe del Patrimonio Nacional y, por lo tanto, el responsable del monte de El Pardo.

—Tienes que afrontar todo lo que te queda por vivir.

—Me haré militar. Demostraré a todos que se trata de una decisión meditada.

—Hablaré con tu madre.

Carmen finalmente cedió y le aconsejó que asistiera a los cursos de la escuela premilitar de ICAI, dirigida por un coronel que dependía de los jesuitas y que estaba en el mismo edificio que la escuela universitaria ICADE. Estaba convencida de que le harían cambiar de idea.

Como todos imaginaban, para José Cristóbal fue un duro choque pasar de Arquitectura a ICAI. Tuvo que raparse el pelo y ponerse corbata para ir a clase, además de una preparación física constante en el Retiro y en la Casa de Campo. Superadas las pruebas y una vez instalado en la Academia, tenía la sensación de que acumulaba más arrestos que nadie por cualquier motivo. Después de una fractura de tobillo que pudo ser grave, se quedó muy impactado con el suicidio de un compañero que no aguantó la presión. Se mató en el hospital militar de Valladolid abriéndose la cabeza contra el váter. Fue un caso extremo del estrés al que estaban sometidos.

Mery, la cuarta de la familia, intentó vivir como una joven de su edad, resistiéndose a ser controlada en todo momento. Tenía fuerza de carácter, una nariz respingona y unos ojos grandes tirando a color miel. Le gustaba ir los fines de semana al refugio de sus padres en el pantano de Entrepeñas. Pasaba el fin de semana entre trofeos de caza repartidos por el salón: cabezas de rinocerontes, patas de elefantes, melenas de león, pieles de cebra, águilas, cornamentas de búfalo, antílope, venado... reminiscencias de unos años de viajes exóticos y caza mayor. Allí se reunía con jóvenes de su edad. Tenía que regresar antes de las diez. «Fichaba» con sus padres, deshacía la cama y cuando todos en casa se dormían, salía de nuevo furtivamente con sus amigos. Utilizaba un lenguaje coloquial, y encadenaba palabrotas. Con su Lancia iba de un lado a otro de la urbanización.

Meses después de la muerte de su abuelo, precisamente en el pantano, conoció a un joven que le atrajo por lo diferente que era a los demás, Jimmy Giménez-Arnau. El día de su primer encuentro, después de beber un vaso de leche y lanzar un eructo, se presentó.

—¿Tú eres el hermano de Patricia?

—Sí, ¿la conoces?

—La conocí en Ginebra, la he visto un par de veces con mi hermana Carmen; es muy buena tía.

Mery continuó repartiendo vasos de leche entre sus amigos. Después de un rato, el joven se acercó de nuevo a ella y la abordó con el comentario que menos podía esperar.

—Tú estás más sola que la una.

—¡Qué dices! —contestó ella sorprendida.

—Parece que en casa lo tienes mal. Broncas constantes con tus padres. Eso me han contado.

—Mi padre y mi madre es... Nani.

—¿Quién?

—Nani es quien nos ha criado a todos nosotros, es la persona más buena que he conocido en mi vida y a la que más quiero en el mundo. Ahora está regular de salud.

—¿Qué planes tienes?

—En cuanto cumpla los veintiuno, largarme. Ya no aguanto más.

—¿Y el general qué decía de esto?

—¿El abuelo? El abuelo era cojonudo, siempre me animaba a que hiciese mi vida. Cuando estábamos solos me volcaba el saco que siempre llevo conmigo y se partía de risa con todo lo que contenía. Cada vez que me veía decía: «Vamos a ver lo que llevas hoy en el saco». El abuelo sabía que yo discutía mucho con «los jefes», se lo contaba, pero no decía nada. No se metía en cosas de familia.

—¿A quién quería más?

—Dicen que a mi hermana Carmen, pero no es verdad. Carmen es la preferida de la abuela, pero los preferidos del abuelo éramos Francis y yo.

Carmen Franco conocía por Nani los conflictos adolescentes de sus hijos, pero pasaba el mayor tiempo posible con su madre. Consideraba prioritario atenderla, puesto que estaba muy delicada y alicaída. No tenía ilusión, ni ganas de salir a ningún lado. Se quedaba recluida en su casa. Aprovechaba las visitas para recordar momentos vividos con su marido. Tenía muy presente la última celebración que hicieron en el palacio, con motivo de los cincuenta años de casados.

—¿Te acuerdas? En la recepción que hicimos en El Pardo con todos los amigos estaba perfectamente. ¿Cómo uno se puede deteriorar en tan poco tiempo? Recuerdo que llevé muchos regalos a la joyería Pérez Fernández para canjearlos por un diamante del que me encapriché. Le dije a tu padre que era una buena oportunidad, pero que me faltaba dinero para pagarlo y completar el trueque. ¿Sabes qué me contestó?

—Me lo puedo imaginar.

—Me dijo: «¿Cómo se te ocurre comprarte una cosa así? Nosotros no tenemos posición para comprarnos ese diamante». Costaba ocho millones de pesetas.

—Nunca olvidó de dónde venía.

Carmen Polo aprovechaba las visitas para contar alguna de las anécdotas que con el paso de los años se le había quedado grabada en su mente. Ya no existía el hoy, ni tan siquiera se planteaba el mañana. Su vida se había quedado atrapada en el 20 de noviembre de 1975. No tenía conocimiento de qué pasaba en España ni en el mundo. Nadie le decía lo que estaba sucediendo, los cambios que se estaban produciendo. Tampoco las constantes alusiones a sus joyas y a sus collares de perlas. Circulaban miles de rumores sobre las joyerías y sus impagos. A petición de su hija no se hablaba de nada que no fuera su padre.

—Sobre todo que no se disguste —le pidió al servicio—. Que no le lleguen a ella tantas mentiras como se están diciendo.

Pero Carmen Polo tampoco preguntaba. Había perdido completamente el interés por lo que sucedía a su alrededor. Solo rezaba y pedía «irse cuanto antes de este mundo». Había dejado de tener interés por vivir.

Más allá de Hermanos Bécquer, la calle era un hervidero y se exigían cambios más rápidos de lo que las estructuras del Estado estaban capacitadas para soportar. A pesar de todo, eran cambios que la sociedad reclamaba.

El Partido Comunista fue legalizado el 9 de abril de 1977, dos meses antes de las primeras elecciones de la reinstauración democrática. Rafael Alberti, Dolores Ibárruri y Santiago Carrillo regresaron a España. Todo había sido posible gracias a la Ley de Reforma Política de 1976. El teléfono en casa de Carmen echaba humo tras la noticia que dio Radio Nacional de

España en la voz de Alejo García. Carmen se quedó de piedra. Estaba junto a sus amigas Maruja y Angelines y no daba crédito a lo que se acababa de escuchar por la radio.

—¿Pero qué es esto? —se preguntó Carmen—. No entiendo nada. Me parece peor que mal.

—No puede ser verdad. ¿Por qué no llamas al rey?

—La noticia es cierta. No soy quién para llamar al rey. Eso ha sido un golpe bajo para la familia. Todos saben la aversión de mi padre al Partido Comunista.

—¡Si tu padre levantara la cabeza con lo anticomunista que era!

—Anticomunista tremendo. Es cierto. Espero que nadie meta la pata y se lo diga a mi madre. Hay que tenerla alejada de todo lo que está aconteciendo.

—Pero si pone la televisión verá a la Pasionaria y a Carrillo de vuelta triunfante en España. ¡Uf, con lo delicada que está!

—Espero que la tía Isabelina no coja el teléfono para contárselo. No sé si lo podría soportar. Ahora mismo voy a decir al servicio que bajo ningún concepto le pongan la televisión ni la radio. Que tampoco le acerquen la prensa. No puede enterarse, sería muy fuerte para ella. Imagínate, los enemigos regresando a España. Esta noticia puede ser muy dura después de una guerra. ¡Qué error! ¡Qué inmenso error!

Durante días no se habló de otra cosa en el domicilio de los Martínez-Bordiú-Franco y en todo el país. Aquella fue la noticia de más impacto tras la muerte de Franco. Los partidos políticos de reciente creación y los que volvían a ser legalizados comenzaron a hacer campaña de cara a las primeras elecciones democráticas. Los españoles iban a votar por primera vez desde 1936. El franquismo ya formaba parte del pasado.

Francis, licenciado como cirujano plástico, optó por no ejercer, como le había comunicado a su padre. Durante esos días recibió una oferta para trasladarse a un hospital de Argentina y la estuvo sopesando varios meses. Finalmente, decidió que cualquier cosa que hiciera con un paciente, fuera mala o buena, siempre se magnificaría allí donde estuviera. No quería ser médico aunque tuviera el título para ejercer. Reanudó su afición a la caza, aunque cada vez eran menos las invitaciones que le llegaban. La misma sociedad que hasta ese momento le había tratado como el heredero de Franco ahora le rechazaba por la misma razón. Un día decidió cazar de forma furtiva en una reserva nacional en Tarragona. Iba sin licencia y comenzó a disparar junto con dos amigos. Los guardas forestales le dieron el alto y, sintiéndose acorralado, abandonó el vehículo y huyó a pie. Uno de los amigos se entregó. A Francis y al segundo de sus amigos les detuvieron. Francis fue condenado, por el Juzgado de Primera Instancia de Tortosa, a un mes y medio de arresto mayor y a la retirada de la licencia de armas de caza durante dos años.

—Se están ensañando con nosotros —se quejó a su madre—. Adolfo Suárez nos la tiene jurada. Está claro.

—Eso es cierto, pero les has dado una excusa para volver a salir en los periódicos y que nos pongan verdes. ¿Es que no te das cuenta?

—Fue una decisión de última hora. A mucha gente la pillan cazando de forma furtiva.

—Tú eres el nieto de Franco que lleva su nombre. Menudo disgusto tiene tu padre. Como no os habláis, no te va a decir nada, pero no le gusta que su hijo salga en los papeles como si fuera un delincuente.

—Fueron cuatro tiros...

—Ni cuatro ni uno. Ahora tienes que centrarte en qué quieres hacer con tu vida.

La familia vivió otro revés durante esos días. La salud de Nani se resintió de nuevo. Unas pruebas médicas dieron como resultado que padecía cáncer. Los cimientos de toda aquella casa se tambalearon una vez más. No había nada positivo de lo que alegrarse. Desde el 20 de noviembre estaban asistiendo al derrumbe familiar. Una noticia mala era sustituida por otra peor.

El seguimiento que se hacía a los nietos en la prensa rosa y en las revistas de información general crecía por momentos. Carmen y Francis eran los preferidos para los *paparazzi*, que empezaban a proliferar.

En 1977 se concentraron los grandes cambios que auguraban una nueva forma de Estado: no solo se había legalizado el Partido Comunista sino que se dieron los pasos diplomáticos necesarios para normalizar las relaciones con la Unión Soviética. Don Juan de Borbón, por su parte, renunció a sus derechos dinásticos en una sencilla y breve ceremonia celebrada en el ámbito familiar del palacio de La Zarzuela. Cedió a su hijo la jefatura de la familia Borbón. Don Juan Carlos se convirtió en el máximo representante de la casa real española. Por otro lado, se volvió a las urnas y se firmó la Ley de Amnistía para que los presos políticos salieran de las cárceles. Las elecciones del 15 de junio revalidaron a Adolfo Suárez al frente del Gobierno. Los periódicos reflejaron al día siguiente que el pueblo español había hablado. El rey Juan Carlos inauguró tras la dictadura el primer Parlamento democrático con las palabras: «La democracia ha comenzado». España se convertía en una monarquía parlamentaria donde el rey reina pero no gobierna.

—Nosotros no hemos ido ni iremos a ninguna votación —anunció el marqués de Villaverde—. Los Martínez-Bordiú no participaremos de este folclore.

—Me parece muy bien —corroboró Carmen.

—Ninguno es ninguno. Ni a mí ni a nadie de nuestra familia nos verán metiendo una papeleta en una urna. ¡Faltaría más! Aquí todos están cambiando de chaqueta de manera descarada.

—Sabíamos que esto iba a ocurrir.

—Suárez nos ha traicionado. Ha incumplido su defensa a los principios generales del Movimiento. Además, nos va de fábula —dijo con retintín—. El país vecino no acoge a los terroristas y ayuda a los productos españoles. La calle además se ha limpiado de navajeros, asesinos y se respira una gran tranquilidad. Tranquilidad no conocida en tiempos de la «oprobiosa». Y Gromyko ha venido a España a traernos el famoso oro que nos robó Moscú. ¡Qué atajo de sinvergüenzas!

El ambiente familiar estaba muy caldeado. Entre tanta noticia relacionada con cambios políticos y sociales, se iba a producir otro, aunque de distinto calado. De toda la familia, la que se encontraba mejor de ánimo era Mery. Ella y Joaquín Giménez-Arnau habían decidido casarse.

—Los Giménez-Arnau son amigos nuestros —explicó Carmen a sus amigas—. Una familia muy cercana a nosotros. Sin embargo, no se lo quiero decir a mi hija, pero no me hace ninguna ilusión que se case con Jimmy. Se ve que es un chico de carácter difícil. Lo va a pasar mal.

En menos de un año se habían conocido, se habían hecho amigos y habían tomado la decisión de casarse. En junio se reunieron los padres de los novios y en agosto estaban ya dándose el sí quiero. El marqués hizo llorar a su hija el día de la petición de mano. Le dijo que no podía casarse porque iba a salir un reportaje suyo desnuda en *Interviú*. Ella contestó que esa información era completamente falsa. Jimmy le replicó a su suegro que si fuera verdad, ya se habría publicado. El marqués también le preguntó de qué iban a vivir y él respondió que de sus artículos en prensa y de sus libros. A Jimmy ya le habían prevenido todos en la familia sobre su futuro suegro, incluida Carmen. Esta no se metió en nada con su decisión, conocía de sobra a la familia del novio, sobre todo a su padre, que había tenido diferentes cargos diplomáticos cuando vivía Franco. De todos modos, intuía que ese futuro matrimonio tendría problemas, pero no le quitó la idea de la cabeza a su hija. Se casaron a primeros de agosto, en el pazo de Meirás, junto a ciento cincuenta invitados. La madrina fue la propia Carmen Franco y el padrino, el padre de Jimmy, José Antonio Giménez-Arnau. Carmen Polo se acercó a Jimmy y le dijo: «Me gustas porque eres bajito como Paco». Pilar Franco besó a los novios y le comentó al nuevo miembro de la familia: «Ya tengo un nuevo sobrino». Él rápidamente replicó: «De eso nada. Mery lleva el título sola muy bien». El duque de Cádiz le abrazó y le comentó: «Ya puedes tutearme y no usar ningún tratamiento». Jimmy le contestó que le seguiría llamando «señor». «Mi padre no me lo permitiría». La casa familiar del Canto del Pico, en Torrelodones, sería su nueva residencia. Comenzaron a vivir rodeados de cuadros, muebles y tapices acumulados en diferentes estancias. Ambos procuraron esquivar todos esos recuerdos que se apilaban allí como testigos de una época que ya formaba parte del pasado.

Las Navidades del setenta y siete no fueron muy alegres para la familia. Sentados casi todos ya en la mesa, esperaban a Francis preparados para tomar el pavo. Pero el mayor de los nietos varones llegó tarde y con los labios ensangrentados. En presencia de todos, incluidos Alfonso de Borbón y su hermana Carmen, comentó lo ocurrido:

—He sobrepasado por la derecha a un coche que iba muy lento. Cuando me he parado en el semáforo me han reconocido y han empezado a decir: «¡Franco, asesino!». Entonces me he bajado del coche.

—Tienes que tener la sangre fría y hacer como que no oyes nada —le recomendó Alfonso.

—Eso es muy difícil para mí. Al oír lo de «Franco, asesino», he salido del coche a ver quién era y han aparecido tres o cuatro y me han atizado entre todos.

Nani enseguida se preocupó mucho por lo que le había ocurrido. Su abuela Carmen, en cambio, parecía que no se había enterado de que a su nieto le habían dado golpes por todo el cuerpo. Francis volvió a repetir la frase que le incitó a salir del coche.

—Me seguían diciendo «Franco, asesino» mientras me molían a golpes. Yo lo único que he hecho ha sido defenderme.

—Vamos a llamar a un médico —propuso su padre—. Te tengo dicho que no puedes conducir a esas velocidades a las que tú vas. Te lo tengo dicho... ¡Te va a pasar algo! Ya tuviste un accidente y no has aprendido, y ahora te sucede esto.

Durante la cena todos dieron su opinión. Unos, como Alfonso, eran partidarios de denunciar. Otros, como Cristóbal, preferían zanjar el asunto sin decir nada ni hacerlo público.

—¡Si no hubieras tenido tú la culpa! Van a decir que les provocaste al conducir con temeridad. Eso es lo que van a alegar. Yo no haría nada.

—¡Qué cosas! Me alegro de que Paco no vea esto. ¡Cómo está cambiando todo! —musitó Carmen Polo. Fue lo único que dijo después de escuchar a todos.

Francis decidió denunciar a sus agresores.

Carmen necesitaba viajar. Salir de España. Para ella hacer las maletas y volar se convirtió en una especie de liberación. Fuera del país olvidaba todo lo que estaba ocurriendo. A comienzos de 1978 puso rumbo a Suiza. Le acompañaba un matrimonio amigo. Lo que parecía un viaje de placer se transformó en una pesadilla. Fue retenida en el aeropuerto de Barajas, cuando se disponía a embarcar en el avión. Llevaba en su bolso de mano treinta y una monedas de oro y brillantes, así como tres insignias de solapa. Un nuevo dispositivo instalado en el aeropuerto, un detector de metales, comenzó a pitar. Tras ser interceptada por los servicios de seguridad del aeropuerto, la duquesa de Franco fue conducida hasta la dirección. Ella les acompañó sin problema.

—¿Tiene una licencia de exportación para llevar estos objetos? —le preguntó el guardia civil tras abrir el bolso y comprobar el saquito donde iban las medallas envueltas en papel de seda.

—No, desconocía que tuviera que pedirla.

—Para sacar estos objetos del territorio nacional, es necesario un permiso especial.

—Mire, yo no puedo retrasar el vuelo. Les dejo las medallas y a la vuelta hablamos.

No era tan fácil como ella creía. Al cabo de unos minutos, las autoridades la dejaron viajar, requisando las medallas. Le dieron un papel para que en el plazo de treinta días pasara por Hacienda. Por fin, ella y sus acompañantes cogieron el vuelo hacia Ginebra. Carmen pensó que aquel incidente no tendría ninguna trascendencia. Las piezas debían ser tasadas por la Junta de Clasificación del Patrimonio Artístico Nacional. Sin embargo, la prensa no cesó de hablar del asunto. Dio la sensación de que la hija de Franco pretendía sacar piezas históricas del país. Dado este revuelo mediático, a su vuelta, se vio obligada a dar una rueda de prensa en la biblioteca de su casa.

—No sabía que estuviera cometiendo un acto delictivo —explicó.

Compareció sola ante la prensa. Los *flashes* de las cámaras de los medios acreditados la deslumbraban continuamente. Encima de la mesa había esparcido algunas de las medallas de su padre junto a un reloj.

—Saben que no me gustan las entrevistas, pero quiero darles una explicación a pesar de no tener facilidad de palabra.

Los fotógrafos siguieron disparando sus *flashes* y los periodistas se prepararon para las preguntas. Carmen continuó hablando:

—Me molesta la idea de que piensen que soy tonta de

remate, si se pretende hacer creer que esto era una evasión de capital. No sé exactamente el valor real que tenían estas medallas. Se me había ocurrido hacer con ellas un reloj para regalar a mi madre, con la esfera llena de escudos, semejante a este otro que les muestro. Este tiene, como ven, la cara de mis hijos, mi cara, la de Cristóbal y la de mi padre. Había pensado regalarle otro reloj como este, pero con los escudos de mi padre. En Suiza, un joyero-relojero iba a realizar la obra. Aquí tienen ustedes la carta de una amiga suiza en la que me dice que si no podía llevar las medallas, el joyero Gimmer no podría hacerme un presupuesto real. —Paró un segundo para respirar y continuó—: Esas medallas que me fueron requisadas ahora están en Hacienda. Que sepan que son las más pequeñas de las que poseo. Cuando viajo, me ofrecen siempre la sala de autoridades y si hubiera querido podría haber ido allí. Fui por donde todos los pasajeros porque no pensé que estuviera defraudando. La verdad es que no conozco bien las leyes, sé que hay una cantidad tope de dinero, pero no se me ocurrió que ir con estas medallas fuera algo delictivo.

Carmen estaba rabiosa por la imagen que se había dado de ella en la prensa. Dijo a los periodistas que el valor era de unas doscientas o trescientas mil pesetas.

—No pensé que debía pedir permiso. A mí lo que me ha dolido es que han dicho que valían millones, como si fuera a hacer una evasión de capitales o como si fuera al extranjero a vender esto. Me ha dolido mucho, profundamente. Solo al llegar aquí me he dado cuenta de la trascendencia e importancia desorbitada de la noticia.

Los periodistas comenzaron a preguntarle si había viajado más veces a Suiza. Ella les contestó que «le encantaba viajar, pero a Suiza hacía cinco años que no lo hacía». Estaba muy enfadada. La pregunta que más le molestó llegó al final.

—Se ha dicho que usted viajaba con nombre supuesto, ¿es cierto?

—No es cierto. Yo llevaba mi pasaporte. En la lista de pasajeros ponía señora de Martínez, cosa que realmente soy.

—Su pasaporte es de carácter diplomático.

—Sí, me lo concedió el rey en julio del setenta y siete.

—¿Quiere decir algo a la opinión pública?

—Sí, que siento muchísimo el cariz que ha tomado esta noticia. No me gusta que hayan podido pensar que yo esto lo he hecho para evadir del país algo que pertenece a España.

Fueron días en los que Carmen no tuvo muchas ganas de comentar con nadie lo sucedido. No le gustaba regodearse con las malas noticias. Sabía que muchas personas seguirían sin creerla, incluso tenía conocimiento de que los habían investigado. Por cierto, no habían encontrado ninguna cuenta a nombre de ningún miembro de la familia en los bancos suizos. A pesar de todo, se seguía rumoreando que al marqués se le veía mucho por Lausana. Los bulos crecían más que las noticias. No acababa de entender que fuera precisamente en la era UCD cuando les tratara la prensa con la dureza que lo hacía. Como todo en la familia era susceptible de ir a peor, el matrimonio de Carmen y Alfonso se desmoronaba.

40
TODO SE HACÍA CENIZAS

Lo que ocurrió en el hotel Corona de Aragón, donde nos alojábamos para el acto en el que mi hijo iba a jurar bandera y a recibir la estrella de alférez, fue un acto terrorista. Cien por cien, un acto terrorista. Murieron muchas personas porque les pilló durmiendo y los gases los mataron. Mi madre y yo ya estábamos levantadas, ya que nos disponíamos a salir de allí para ir a misa, como hacía mi madre cada mañana. ETA sabía que estábamos en el hotel, junto con gran parte del estamento militar. Me quedé completamente traumatizada. Pensaba que una muerte por fuego debía de ser horrorosa. Ha sido sin duda la peor experiencia que he vivido. Desde entonces comencé a viajar con una escala para poder salir huyendo por la ventana si fuera necesario. En los hoteles siempre pido un piso bajo. Resulta imposible olvidar aquel suceso.

El mismo día que Carmencita dejaba el piso de San Francisco de Sales, regalo de la abuela, para vivir en el chalet que se habían construido en la lujosa zona de Puerta de Hierro en Madrid, tomó una importante decisión que cambiaría su vida. Antes de pasar allí la primera noche, todavía entre cajas por desembalar, abrió su corazón a su marido. Llevaban meses de discusiones. Incluso, en una cena en casa, delante del servicio, había expresado en voz alta que «su matrimonio era una mierda». La primera nieta de Franco no estaba dispuesta a seguir en aquella situación, se armó de valor y le dijo sin preámbulos lo que tenía decidido desde hacía tiempo:

—Alfonso, voy a abandonarte.

—¿Qué? —Alfonso de Borbón se quedó sin palabras con la decisión de su mujer.

—Me voy a vivir a Francia con Jean Marie. Me he enamorado de él.

—Si ese es el problema, vete allí, pero vuelve.

—¿Qué estás diciendo? Hacer como si no ocurriera nada. ¿Todo por las apariencias? Es una decisión muy meditada. No hay vuelta atrás.

—Va a ser un escándalo.

—Lo sé.

—¿Has pensado en tus hijos?

—Por supuesto. Sobre todo por ellos no lo he hecho antes. Pero ya no aguanto más esta situación.

—Mis hijos no se moverán de aquí.

—Puedes estar tranquilo. Los niños se quedan contigo.

No hubo más explicaciones. Recogió sus cosas y se fue. A partir de ese momento, la abogada Concha Sierra haría de puente entre los dos. La Seño, Manuela Sánchez Prat, fue la encargada de parar el golpe con los niños, que no llegaron a entender qué era lo que había sucedido. Y en casa, a nadie le pasaba inadvertido el nombre de Jean Marie. Sus ramos de flores en fechas señaladas, la separación de su segunda esposa, sus llamadas... se habían convertido en algo habitual.

La noticia fue un auténtico misil en la línea de flotación de un barco, el de los Martínez-Bordiú-Franco, que ya hacía aguas. Cristóbal, el *pater familias*, no entendió una decisión tan drástica de su hija y así se lo dijo antes de que partiera para Francia.

—Si sales por esa puerta camino de París, no volverás a poner un pie en esta casa. ¿Me has entendido? Para mí es como si hubieras muerto.

—Si esa es tu reacción ante mi decisión, pues no hay más que hablar.

—Nos dejas en una posición muy difícil. Esto será un escándalo y ahora no estamos para estas cosas, como bien te puedes imaginar.

Carmen, la madre, asistía atónita a lo que estaba ocurriendo. Primero, la decisión de su hija; y en segundo lugar, la reacción del padre.

—Para tu abuela va a ser un disgusto enorme —prosiguió el marqués—. Ella te veía como princesa. Emparentada con la familia Borbón y tú le pegas una patada a todo y te vas. ¿Eres consciente de lo que vas a hacer?

—A mí me da igual el boato y todo lo que conlleva estar casada con Alfonso. No le quiero. Eso es lo que me pasa. Estoy enamorada de una persona que me hace feliz. Alfonso lo intuía desde hace tiempo y estaba dispuesto a tragar y a pasar por todo lo que hay que pasar cuando hay una ruptura, pero yo no soy así.

—Ese señor podría ser tu padre.

—A lo mejor busco en él lo que no he encontrado en ti. Puede ser. Ahora solo quiero estar con él.

—¿Y dónde está tu instinto maternal? ¿Te da igual separarte de tus hijos?

—No me da igual. Si hubieran sido mujeres, se hubieran venido conmigo. Al ser varones, se tienen que quedar con su padre. Ya lo he consultado. Vendrán a verme a París.

—Te has vuelto loca. No quiero volver a saber de ti. Desde este momento, has muerto para todos nosotros. Cuando salgas por la puerta que sepas que estás pegando un portazo a tu vida anterior. Tu nueva familia será la única que tengas.

Nani estaba con el resto de los hermanos. Todos escucharon lo que sucedía en el salón. Los gritos se oían desde cualquier rincón de la casa. Los más pequeños lloraban. Todo se había precipitado. Si era verdad la amenaza de su padre, ya no volverían a ver a su hermana.

Carmencita recogió su bolso y se fue de allí. Los observó

a todos por última vez y se fue directa hacia la salida. No volvió a mirar atrás. Cerró la puerta y con el portazo puso fin a su vida anterior.

Su madre se quedó con los ojos muy abiertos pero la mirada perdida. Aquella noticia no la pilló por sorpresa. Los rumores circulaban desde hacía tiempo. Lo que no se esperaba era aquel desenlace justo en el momento en que se mudaban a la casa construida en el terreno que su madre les había regalado. Pensó en cuánto tiempo tardaría la prensa en saber la noticia. En realidad, no hubo que esperar mucho. Unas fotografías con Jean Marie en París y después la confirmación: «Ha sido una separación de mutuo acuerdo», según informaron ambas partes. Todo el país fue conocedor de aquella decisión, que chocaba por ser la nieta de Franco: se iba de España con todas las consecuencias, quedándose sus hijos con el padre. El marqués de Villaverde se convirtió en su peor crítico y hablaba mal de su hija a todo el que le quería escuchar. Se puso del lado de su yerno, Alfonso, con el que no quería romper la amistad que siempre habían tenido.

La abuela paterna, Emanuela, tras conocer la noticia, cogió un avión y se trasladó a Madrid. Intentó ordenar aquella casa en la que su hijo se había convertido de la noche a la mañana en madre y padre de Fran y Luis Alfonso, de siete y cinco años respectivamente. Como las cosas siempre pueden ir a peor, su trabajo en el Instituto de Cultura Hispánica se fue extinguiendo poco a poco. Finalmente, le obligaron a cesar bajo la promesa de que le darían otro puesto. Pero pasaron los días sin que recibiera comunicación alguna.

Alfonso y Carmen estaban casados en régimen de gananciales, de modo que se repartieron los millones que les dieron tras la venta del chalet en el que no habían llegado a convivir. Lo compró la Embajada de Venezuela. Alfonso culpó de todo lo que había ocurrido a la inmadurez de su mujer y a las amigas divorciadas que frecuentaba y que no habían cesado de alabar los encantos que tenía la libertad. Las primeras fotos de Jean Marie con los hijos de Carmen no tardaron mucho en publicarse. Justo fue en el primer veraneo en Marbella. Las revistas dejaron constancia de su paso por Málaga. «Lo único que verdaderamente me duele —manifestó a los periodistas— es que se diga que yo he abandonado a mis hijos». Salió así al paso de tantas críticas que se habían hecho en España con respecto a su decisión. Durante esos días llegó a manifestar: «De lo que se dice de mí no hago caso desde hace tiempo».

Cada vez que viajaba a París con sus amigas, Carmen veía a su hija. No estaba dispuesta a renunciar a ella. Si su marido no quería volver a hablarle lo respetaría, pero ella seguiría a su lado. Incluso, en una ocasión, llegó a conocer al anticuario. Fue en uno de los viajes que Jean Marie realizó a Madrid por temas de trabajo. Le acompañaba su hija que fue quien se lo presentó. Le pareció agradable y muy interesante.

—Ahora entiendo que mi hija sepa cada vez más de arte —le dijo.

—Ella aprende muy rápido. Viene conmigo a todas las subastas.

Cuando se quedaron solas le comentó a su hija:

—En las fotos no me parecía tan grande, tan inmenso. Comprendo que te resulte fácil convivir con un hombre tan culto.

Carmen se propuso no meterse en la vida de sus hijos. Todo lo que hicieran y las decisiones que tomaran las entendería. Pensaba que era mejor que se equivocaran a que se quedaran con ganas de hacer algo o de experimentar cosas nuevas.

Una llamada del guardés del pazo de Meirás, el señor Taboada, rompió de nuevo la frágil tranquilidad que volvían a respirar. Un incendio en el primer piso arrasó con algunos de los enseres y recuerdos que había allí acumulados. La sala de los consejos de ministros y las habitaciones privadas quedaron reducidas a cenizas. Ardieron además algunas acuarelas pintadas por Franco, pero también fueron pasto de las llamas documentos personales. La Guardia Civil y los paisanos que se lanzaron a apagar las llamas se encontraron con tapices, lámparas, un piano de cola, muebles de maderas nobles, colecciones de armas antiguas, trofeos de caza... Gran parte de las cajas que habían enviado desde el palacio de El Pardo hasta Meirás se habían perdido.

—Estoy seguro de que ha sido intencionado —dijo Cristóbal con indignación.

—Dice el Gobierno Civil de La Coruña que se ha debido a un cortocircuito en la instalación eléctrica, que es muy antigua —explicó Carmen, completamente desolada.

—No me lo creo.

—No han encontrado nada que haga pensar que ha sido provocado. Al menos eso es lo que dicen.

—No opina lo mismo Taboada. Insiste en que se trata de un atentado. Yo le creo.

—Estoy cansada de tanta mentira y de tanta calumnia.

—Lo que ha ocurrido en el pazo ha sido intencionado. Alguien también ha entrado en la finca del Canto del Pico, donde vive Mery. La intervención rápida de los bomberos impidió que llegaran las llamas al palacete. ¿Eso fue también casualidad? ¿Y en la finca de Valdefuentes? Alguien ha revuelto todo allí también. ¡Demasiadas casualidades! Están buscando algo. Pero ¿qué y quién?

—A lo mejor se trata de una estrategia para que nos cansemos y nos vayamos. Pero yo de aquí no me muevo —afirmó Carmen contundente.

Afortunadamente, la entrega de despachos de José Cristóbal hizo olvidar por un tiempo todos estos incidentes que daban pie a especulaciones y a pensar en complots contra la familia. José Cristóbal estrenaba uniforme con la estrella de alférez. Acababa de cumplir veintiún años y había demostrado a la familia que su intención de ser militar iba en serio. La abuela, Carmen Polo, orgullosa de su nieto, no se quiso perder el acto y acudió junto con sus padres y los pequeños Jaime y Arantxa a la capital aragonesa. Alojados en el hotel Corona de Aragón, el 15 de julio de 1979, se levantaron temprano.

—Mamá, ya estás despierta —dijo Carmen Franco cuando se levantó y vio que su madre ya estaba preparada para salir de allí dispuesta a ir a misa a la basílica del Pilar, antes de acudir a la jura de bandera de su nieto.

—Sabes que duermo poco. De todas formas, hoy me costó hacerlo.

En la suite de al lado se encontraban también su hija Arantxa y Marie, una amiga francesa que estaba de intercambio para pasar el verano. De repente, comenzaron a observar que la habitación se llenaba de humo negro.

—¿Qué está ocurriendo aquí? ¿No te das cuenta? Algo se está quemando —le dijo Carmen, alarmada, a su madre.

Supo enseguida que algo serio estaba ocurriendo y advirtió a su hija y a su madre de que aquello podía ser un incendio. Las llamas volvían a hacer acto de presencia en su vida. No solo sus casas ardían, también aquel hotel en el que se encontraban y en el que ella reservó a nombre de duquesa de Franco. Pensó que eran demasiadas casualidades.

—¡Abramos la ventana! ¡Vosotras, vestíos!

Carmen Polo se quedó paralizada. Solo sabía decir en voz alta: «¡Jesús, misericordia! ¡Jesús, misericordia!». Carmen Franco se asomó al pequeño balcón y pidió ayuda a gritos. Las llamas se habían extendido por toda la fachada y en el interior de la habitación el aire se volvió casi irrespirable. La altura, un segundo piso, hacía impensable salir de allí sin ayuda de una escala. Inmediatamente hicieron acto de presencia los bomberos. Carmen sacó a su madre inmóvil hasta el balcón. Su hija y la joven francesa no cesaban de gritar para que alguien les echara una mano. Hubo un momento en el que los nervios las hicieron llorar de impotencia. La gente que pasaba por la calle comenzó a arremolinarse y a mirar hacia arriba. En los balcones del hotel cada vez había más huéspedes pidiendo ayuda.

—¿Qué será de Jaime y del amigo de José Cristóbal? Espero que tu padre esté tomando las decisiones correctas. ¡Dios mío! —le dijo a su hija pequeña.

—¡Jesús, misericordia! ¡Jesús, misericordia! —repitió Carmen Polo; eran las únicas palabras que era capaz de pronunciar. Pensó que morirían allí pasto de las llamas.

Los dos escoltas que esperaban la salida de Carmen Polo para llevarla a misa se dieron cuenta de todo lo que estaba ocurriendo e incluso pensaron en un atentado terrorista. Intentaron entrar a rescatar a la familia, pero los bomberos se lo impidieron. Al mirar desde el exterior las vieron asomadas al pequeño balcón pidiendo auxilio. De inmediato se dirigieron al jefe de bomberos para informales de su identidad.

—Tranquilo, iremos a salvarlas —fue lo único que les dijo a los escoltas sin hacer ademán alguno de moverse.

Pasaron varios minutos, que se hicieron eternos. En medio de esa enorme confusión y como nadie atendía a la familia Franco, los escoltas desenfundaron sus armas y se acercaron a los bomberos que manejaban la escalera de incendios.

—Bajen ahora mismo a las señoras del segundo piso, es una orden. —Les pusieron la pistola en la sien.

—Está bien, está bien. Ahora mismo las bajamos —manifestó el jefe de bomberos.

En aquel ambiente, entre llamas, gritos y peticiones de auxilio, los bomberos comenzaron a evacuar a las personas del segundo piso. Las llamas estaban ya tan cerca de todos ellos que Carmen cogió el pelo de su hija Arantxa con sus manos. Lo tenía largo y rizado y su temor era que las llamas le alcanzaran el cabello y la quemaran. Todas en el balcón ya repetían la letanía de su madre: «¡Jesús, misericordia!». No estaban seguras de sobrevivir al incendio. Era imposible salir por la puerta de la habitación. No cesaba de entrar humo y escuchaban a la gente gritando por los pasillos. Los bomberos, por fin, llegaron hasta su balcón. Primero salió la joven francesa, Marie, por decisión de Carmen. Después lo hizo Arantxa. Como el nivel de las llamas era tan grande, el bombero que regresaba fue alcanzado por el fuego del primer piso cuando subía de nuevo y cayó. Volvieron a situar la escalera hacia el balcón donde se encontraban madre e hija. En tercer lugar, salió Carmen Polo. Sin embargo, estaba muy débil por la inhalación de humo y apenas podía moverse. El bombero se la echó a la espalda y así la bajó hasta que la pudieron coger los servicios sanitarios que la trasladaron a toda prisa en una ambulancia. Por último, bajó Carmen como pudo, intentando controlar los nervios en todo momento. ¡Estaban a salvo!

La siguiente preocupación fue buscar a su marido y a su hijo, así como a un amigo de José Cristóbal, Juan Valero. Estaban en el segundo piso, pero en otra ala del hotel. El cordón policial y de bomberos no dejó que se acercara. Intentó preguntar a los responsables de aquella operación pero nadie sabía nada de ellos. El marqués, que se encontraba solo en la habitación, pensó que saltar desde el segundo piso era la única solución. Había practicado mucho deporte y sabía cómo evitar el golpe en la cabeza. Otra persona, en la habitación de al lado, un hombre de mediana edad, cuando vio que el marqués se disponía a saltar se preparó para hacer lo mismo.

—Ni se le ocurra intentarlo —le previno el doctor—. Yo sé cómo caer, pero usted puede matarse.

—Si usted puede, yo también.

—Le aconsejo que espere a los bomberos.

—Las llamas están ya demasiado cerca.

Cristóbal se lanzó al aire y cayó haciéndose daño en las

piernas y en el hombro. No llegó a romperse nada, pero el impacto se lo llevaron sus miembros inferiores. Cuando quiso darse la vuelta, su vecino de habitación acababa de aterrizar con la cabeza en el suelo. Se había matado. Cristóbal cerró los ojos. Pensó que esa muerte se podía haber evitado. Había muchos nervios, mucha confusión. Se preguntó si su mujer, su hija y su suegra estarían a salvo. Nadie le daba información alguna. Tampoco sabía nada de su hijo Jaime ni de Juan Valero. Estos se encontraban en el lugar en el que el humo era más denso. Como nadie les veía para ser rescatados comenzaron a tirar objetos de la habitación, un cenicero, un zapato, hasta que lograron atraer la atención de los bomberos. Fueron de los últimos en ser rescatados.

 José Cristóbal se enteró en la Academia de Zaragoza, antes del toque de compañía para el comienzo del acto de entrega de despachos, de que había un incendio en el hotel Corona de Aragón donde se alojaba su familia y el resto de las familias de los militares que iban a jurar bandera. Se acercó al capitán de su sección y este le informó de lo que estaba ocurriendo. «Sabemos que el Corona está ardiendo y que tu familia está dentro». Sin más explicaciones se cuadró y regresó a la compañía. Llevaba ya tres años de vida militar y le habían educado para obedecer. Al volver a la formación, pensó que el resto de sus compañeros estaban en su misma situación: la incertidumbre de no saber cómo se encontraban sus familiares. El acto se inició con diez minutos de retraso. Formados en el patio entró la bandera y a continuación las personalidades allí destacadas. Hubo una misa y, posteriormente, los discursos de rigor. Los ojos de José Cristóbal estaban clavados en los huecos de las tribunas donde faltaban sus familiares. Allí de pie y en formación, recordó la cena de la noche anterior. Su abuela llena de orgullo le llamó «general». Le había regalado una moto BMW 900 con motivo de la celebración. Ya todos estaban convencidos de su vocación militar. De pronto, vio movimiento. Justo antes de la entrega de su despacho, observó que se situaban en la tribuna Mariola, Mery y Nani, a la que consideraban como su segunda madre. Ellas no se habían alojado en el Corona de Aragón, sino que habían viajado directamente en coche desde Madrid. Mery, que ya sabía que todos se encontraban a salvo, le puso el pulgar hacia arriba. José Cristóbal cerró los ojos. Era la señal que esperaba ansiosamente. Su familia estaba bien. Terminado el acto le informaron de que todos estaban en casa de la marquesa Roncalli, una amiga de la familia.

Cuando José Cristóbal fue a la casa de la marquesa a ver a su familia, se los encontró a todos con los trajes destrozados. La abuela era la que parecía que había salido peor parada del incendio y del hospital. Su vestido estaba hecho jirones, ya que los médicos se lo rompieron para atenderla y el estado de su corazón. Estaban todos nerviosos y sobresaltados, en especial el marqués.

—Hemos sido objeto de un atentado terrorista. Estamos completamente convencidos.

—Pero si están hablando de un fuego declarado en la cafetería del hotel. Han mencionado una churrería.

—Déjate de churros... Todo son mentiras. La realidad es que han muerto más de setenta personas. Todos familiares de militares y, además, la familia Franco. Nos tienen ganas desde hace tiempo, ¿no os dais cuenta? Tantos incendios en todas nuestras casas. Ahora aquí. Es mucha casualidad.

—Deberíamos preparar la salida de Zaragoza con cierta estrategia. El que quisiera quitarnos de en medio, cuando sepa que no lo ha conseguido, lo mismo lo intenta de nuevo en la carretera —sugirió Carmen Franco.

—Tienes toda la razón.

Los escoltas ayudaron a la hora de hacer la evacuación y la llegada a Madrid.

—En un coche —dijeron— irán la señora y los marqueses. Los chicos saldrán más tarde y a intervalos en coches distintos.

Los ánimos estaban crispados. Antes de coger la carretera nacional, dieron varios rodeos por la ciudad de Zaragoza. Estaban convencidos de que ETA quería acabar con ellos, aunque las noticias hablaban de un accidente fortuito.

—Me da igual lo que digan. Esto ha sido, cien por cien, obra de ETA —se empecinó Cristóbal.

El escolta le dio la razón. En aquel coche de vuelta nadie dudaba de que lo que había ocurrido no había sido casualidad. Carmen Polo no paró de rezar durante todo el trayecto.

—¡Es un milagro que estemos con vida! ¡Un milagro! —repetía con insistencia.

—Ha sido terrible, terrible. —Carmen estaba obsesionada con el fuego—. Pensé que moriríamos allí. Si hubiera tenido una escala, habríamos bajado sin más. Me tengo que hacer con una, no vuelvo a ir a un hotel y alojarme más allá del primer piso.

—Si te quedas más tranquila, cómprate una escala, pero si te quieren matar, lo van a hacer.

—¡Un milagro que lo contemos! ¡Es un milagro! —coreó Carmen Polo.

Nada más llegar a Madrid, Carmen pidió al servicio que le compraran una escala. No viajó nunca más sin ella. No se podía quitar de la mente las imágenes del fuego. Tenía la sensación de que la vida les daba una oportunidad. Cualquier problema que le contaban lo minimizaba. La experiencia del balcón y del fuego la marcó para el resto de su vida.

41
EL INFORTUNIO SE CEBÓ CON LOS MARTÍNEZ-BORDIÚ FRANCO

Yo no suelo llorar nunca, pero cuando Cristóbal me llamó a Santo Domingo, donde estaba con mi amiga Maritín, para decirme que Fran tenía heridas irreversibles tras un accidente de coche mientras conducía su padre, no pude reprimirme. Estuve llorando horas. Todo el trayecto hasta España fui llorando. Las azafatas intentaban calmarme pero yo no podía dejar de hacerlo. Era mi primer nieto y aquello fue un golpe durísimo.

Carmen se quedó traumatizada con el fuego. Le resultaba difícil borrar de su cabeza la imagen de su hija y de su madre aterrorizadas ante la cercanía de las llamas. Si el escolta no hubiera puesto la pistola en la sien al bombero, hoy quizá engrosarían el número de víctimas mortales. Realmente había sido un milagro salir con vida de aquel infierno. El Gobierno de la UCD siguió diciendo que el incendio había sido accidental. Peligraba el turismo y se optó por hablar de un cortocircuito en la churrería de la cafetería. La familia, sin embargo, discrepaba y estaba convencida de que se trataba de un atentado. El fuego había empezado a la vez en la parte baja y en la parte alta del hotel. Se localizaron cinco focos diferentes: tres abajo y dos en el último piso. La policía dio por hecho que se había utilizado combustible para que aquello se convirtiera en una trampa mortal para los huéspedes.

A partir de ese momento, todos los miembros de la familia adoptaron medidas de precaución a la hora de hacer los recorridos hacia el trabajo o hacia los distintos centros de estudio. Procuraban no repetir itinerarios. El Gobierno de la UCD aumentó la escolta a Carmen Polo, que andaba con las piernas magulladas, y le puso un coche más y otros dos policías de escolta. A Carmen Franco se la protegió también con un policía, y otros dos más fueron asignados para custodiar a los pequeños de la familia. De pronto, Carmen volvió a sentirse vigilada, como lo había estado toda su vida hasta que salió del palacio de El Pardo. Había días que intentaba esquivar a su escolta ataviada de forma diferente, con gafas de sol y un pañuelo sobre la cabeza. Cuando daba esquinazo a su policía, se sentía otra vez libre, igual que de niña cuando salía con sus amigas en contra de la voluntad de su madre.

Durante aquellos días, Carmen pensó mucho en su matrimonio y en su relación con sus hijos. Hizo balance y no salió positivo. Se dio cuenta de que Cristóbal y ella eran dos mundos aparte y de que había tenido menos contacto con sus hijos pequeños que con los mayores, debido a la diferencia de edad que existía entre ellos. Pensaba que Arantxa era la más tranquila junto con Mariola y que, en realidad, las dos se parecían a ella. Jaime, el pequeño, se inclinaba por una carrera ligada al mundo del Derecho. Sin embargo, no le gustaban las compañías que frecuentaba. Le parecía que era al que menos podía controlar, precisamente por la diferencia de edad. Notaba que se le escapaba.

Mery, que había dado a luz el 25 de enero de 1979 a una niña a la que puso de nombre Leticia, supo enseguida que su matrimonio había fracasado. La única salida que veía posible era separarse de su marido. Carmen no le aconsejó que se lo pensara. No se anduvo con contemplaciones con su hija. Sabía que, tarde o temprano, esa unión estaba destinada al fracaso. Eran otros tiempos y comprendía que sus hijas no se casaran como ella para toda la vida. Mery y Jimmy decidieron poner fin a su convivencia. El joven escritor desapareció de sus vidas y lo primero que hizo fue escribir un artículo demoledor sobre el marqués en su recién estrenada página en el periódico *Diario 16* de nombre «Galería del paranoico». Su padre, José Antonio Giménez-Arnau, le escribió a su consuegro pidiéndole disculpas por el «desgraciado artículo». Jimmy se llevó por delante con su pluma al *pater familias* de los Martínez-Bordiú. Para Carmen, con aquella venganza, Jimmy encarnaba el espíritu del mal. Lo borró por completo de su vida.

—Esta guerra no ha hecho más que empezar. Utilizará sus dardos contra nosotros —advirtió Mery.

—Nunca pensé que fuera un ser tan maligno —replicó su madre.

—Lo es, y hay que estar preparados. Cuanto más lejos esté de sus zarpas, mejor.

—¿Qué vas a hacer?

—Alejarme lo más posible de él.

—¿Eso qué quiere decir?

—Que en cuanto pueda, intentaré poner tierra de por medio.

—En la vida he conocido a algunas personas como él. Es malo. Disfruta haciendo daño. Y si ve que te afecta, disfruta más todavía. Nunca ha sido de la familia.

—Podías haberme dicho algo si lo veías tan claro.

—¡Menuda eres para aceptar un consejo!

Al poco tiempo, el marqués habló en una revista de la vida que había tenido su hija junto a Jimmy. El motivo que daba para su ruptura era que carecía de «medios de fortuna y no había trabajado jamás». La guerra entre la familia Martínez-Bordiú-Franco y Jimmy Giménez-Arnau no había hecho más que empezar.

El marqués de Villaverde salía de casa cada vez con más frecuencia. Viajes, fiestas, actos sociales. Carmen comenzó a no acompañarle siempre y eso desató las especulaciones. Cada vez que le fotografiaban en presencia de alguna compañía femenina que no era su mujer, le preguntaban a Carmen y ella lo único que hacía era encogerse de hombros. No prestaba oídos a quien le hablaba de alguna actriz o de alguna cantante. No quería hacer caso a los rumores. No iba a sufrir por esta ni por ninguna cuestión relacionada con su marido, al que veía cada vez más alterado. Todo le parecía insignificante después de la experiencia vivida en Zaragoza. Había visto de cerca la muerte y relativizó todo lo que acontecía a su alrededor. Era como si llevara una coraza donde todo le resbalaba.

El marqués se resistió al cambio que se producía a gran velocidad en la sociedad. La medicina no fue ajena a dichas transformaciones sociales. El doctor, que había renunciado a su puesto de jefe del servicio de cirugía torácica en La Paz por el mismo puesto en un centro de nueva creación, el hospital universitario Ramón y Cajal, con cien médicos a sus órdenes, comenzó a tener problemas con sus enfermos. Algunos se negaban a ser operados. Cristóbal, por su parte, se resintió del hombro. Al final, la caída desde la ventana del Corona de Aragón también le pasó factura. Aumentaron sus dolores y sus molestias. Aunque eso no le impedía viajar a cualquier parte del mundo donde se celebrara un congreso de cirugía cardiaca.

Cada vez que él se iba de viaje, Carmen aprovechaba para pasar más tiempo junto a sus amigas. Las partidas de cartas comenzaron a ganar terreno frente a cualquier otra diversión. Precisamente, aprovechando uno de esos viajes, en esta ocasión a Estados Unidos, se fue a casa de una amiga a pasar la tarde en la que Leopoldo Calvo-Sotelo iba a ser investido nuevo presidente. La era Suárez tocaba a su fin. Las familias que habían pertenecido al régimen no asimilaban tantos cambios como se estaban produciendo. La tarde del 23 de febrero de 1981 andaba Carmen ganando a las cartas cuando una llamada interrumpió la partida. Maruja cogió el teléfono y cuando colgó se quedó varios minutos sin habla.

—Me dicen que las Cortes han sido asaltadas por guardias civiles.

—¿Qué estás diciendo? —Carmen dejó caer las cartas en la mesa.

—Será mejor que no os mováis de aquí. No salgáis a la calle

Abandonaron las cartas y se sentaron en el sofá junto a la televisión. También se hicieron con un aparato de radio y movieron el dial buscando información. Supieron que un numeroso grupo de guardias civiles, a cuyo mando se encontraba el teniente coronel Antonio Tejero, en la votación de investidura del candidato Leopoldo Calvo-Sotelo, irrumpieron pistola en mano en mitad de la votación. Más tarde, escucharon que la ciudad de Valencia había sido ocupada en virtud del estado de excepción proclamado por el teniente general Milans del Bosch, capitán general de la tercera región militar.

—Dios mío, ¿qué va a ocurrir? —preguntó Maruja—. Tengo miedo.

—¿Por qué? —dijo Carmen—. Yo no tengo ningún miedo.

—Es que hay cosas que a los militares no les ha dado tiempo a asimilar —intervino otra de las amigas.

—Desde luego, sabíamos que había una inquietud en el estamento militar. Ahora, que dieran este paso... no me lo esperaba —replicó Carmen.

—Imagínate que nos enfrascamos en otra guerra civil —continuó Maruja.

—No, eso te aseguro que no. Con una ya tenemos bastante. Voy a llamar a casa para ver si mis hijos ya están todos allí.

Nani cogió el teléfono y la tranquilizó. Ya habían llegado todos. Los escoltas habían ido a recogerlos. Del que no se sabía nada era de José Cristóbal, que estaba en la Academia de Infantería de Toledo.

—Me pregunto cómo estará viviendo mi hijo esta situación desde la academia —comentó con preocupación.

—Tranquila, le tendrán confinado sin dejarle salir bajo ninguna circunstancia. Esperarán acontecimientos.

—Todos sabemos que hay mucha crispación. Suárez lo ha hecho muy mal —afirmó otra de las amigas de Carmen.

—No ha hecho más que ningunear al Ejército. Todos hemos oído eso de la necesidad de un golpe de timón —observó Maruja—. Da la impresión de que la clase política ha hecho oídos sordos. Como si estuvieran aletargados.

—El rey tendrá que hablar. Te aseguro que los militares son leales a don Juan Carlos. Harán lo que él diga. —Carmen parecía estar muy segura.

—Pues está tardando. Yo me pregunto quién estará detrás. Este Tejero no puede ser el cerebro gris.

En la televisión contaron que Antonio Tejero ya había formado parte de la fallida Operación Galaxia, en 1978, donde el ruido de sables se concretó en una cafetería. Deseaban parar los pies a Suárez. Luego habló la radio de Milans del Bosch, un militar que tanto Carmen como sus amigas conocían.

—Tiene un gran prestigio dentro de las Fuerzas Armadas. Dicen que toda unidad bajo su mando funciona estupendamente. No me creo que haga nada en contra del rey, por mucha crispación que haya.

De pronto escucharon por la radio que el militar Torres Rojas se había apoderado del mando de la división acorazada Brunete. Otro que se sumaba al intento de golpe de Estado.

—El rey. Tiene que hablar el rey —insistió Carmen.

A la una y media de la madrugada del 24 se retransmitió el mensaje del rey por televisión. En aquella aparición ante las cámaras, el monarca se posicionó en contra de que una acción armada pusiera en cuestión el proceso democrático.

—El golpe ha fracasado —dijo Carmen con la misma serenidad con la que había estado toda la noche.

—De todas formas, os quedáis a dormir en casa —comentó Maruja.

Al día siguiente, lo primero que hizo Carmen fue ir a ver a su madre y no le dijo nada. Se dio cuenta de que no se había enterado. Vivía en un mundo ajeno a lo que sucedía más allá de sus cuatro paredes. Prefirió hablarle de su hijo Francis y de los planes de boda con María Suelves Figueroa, la hija de los marqueses de Tamarit. Era descendiente de una de las familias de más abolengo de España, Francisco de Paula de Borbón y Castellví. A su futura consuegra, Victoria, la conocía de toda la vida. Eran familias amigas.

Antes de concluir el año ochenta y uno, Francis se casó en la iglesia parroquial de la ciudad tarraconense de Altafulla. Asistieron más de medio millar de invitados al convite que tuvo lugar en el castillo de la familia de la novia. El nieto de Franco ya no viviría en España, sino en Santiago de Chile. Había liquidado sus negocios e incluso le revendió a su abuela el piso que le había donado. Al parecer, buscaba uno para su nieto Jaime. Francis se iba de España con ánimo de no regresar nunca. Se instaló junto a su flamante esposa en una de las urbanizaciones más lujosas: Las Condes, justo al norte de la ciudad. Lejos de sus estudios de Medicina, se volcó en el mundo de los negocios.

Carmen, que leía todos los días varios periódicos, se llevó un verdadero disgusto con la noticia que leyó procedente de Mónaco y que traía consigo la muerte de su amiga Grace Kelly. Lo comentó con su madre, ya que había sido un personaje muy querido para la familia.

—Mamá, Grace Kelly ha muerto en un accidente de coche.

—No me digas. ¡Qué desgracia!

—¿Te acuerdas? Pasó la luna de miel en Mallorca, cuando

estaba muy perseguida por la prensa. Es que los periodistas no la dejaban tranquila.

—Bueno, recuerdo que la Guardia Civil tenía la orden expresa de tu padre de que impidiera el paso a cualquier persona que no estuviera autorizada por ellos. Debió de ser por el cincuenta y seis.

—¡Caray, qué memoria para lo que quieres!

—¡Qué bien le vino a Rainiero casarse con la esplendorosa Grace! Su pequeño reino estaba en la bancarrota, y ya ves, se convirtió en princesa y de repente todo Hollywood quería saber de ella. El país se recuperó. Era estupenda.

—Es que si no tenía rápidamente descendencia, hubiera pasado a ser protectorado francés. Su boda marcó para bien el futuro del país.

—El gran Hitchcock fue su padrino. ¡Qué terrible que haya muerto en accidente! Conozco perfectamente la curva donde ha ocurrido y te aseguro que es peligrosísima. Cristóbal y yo hemos ido mucho por allí. Viajábamos en el barco de Alfonso Fierro y siempre atracábamos en Mónaco.

—¡Era monísima!

—Nos entendíamos de maravilla con ella en francés. Una persona muy agradable. ¡Es una pena! Al menos, su hija se ha salvado.

En casa de los Martínez-Bordiú-Franco no vivieron de manera especial las elecciones de 1982. Como ninguna de las anteriores convocatorias electorales. Sin embargo, el resultado de aquel año les sorprendió. Ganó el Partido Socialista. Carmen y Cristóbal no habían ido a votar nunca y no habían prestado atención a la campaña electoral. No les importaba quién se presentara, ni tan siquiera quién pudiera ganar. Lo que deseaban era que Suárez no saliera presidente con el CDS, el nuevo partido que lideraba tras su salida del Gobierno, escindido de la UCD. Solo sacó dos escaños: uno por Madrid, el del propio Suárez, y otro por Ávila, el de Rodríguez Sahagún. El Partido Socialista fue el vencedor de aquella noche electoral.

—Peor que nos ha ido con Suárez no nos puede ir con Felipe González —aseguró Cristóbal en familia—. Estoy por fumarme un puro.

—¡Pero si has dejado de fumar! Esperemos que no nos vaya peor. —Carmen no quiso hacer muchos comentarios. Al menos, Suárez ya no podía tener ninguna influencia sobre su familia.

Era muy reciente la salida a concurso de la plaza de jefe de servicio de cirugía cardiaca del centro Ramón y Cajal, cinco años después de su inauguración. Nadie avisó a Cristóbal, y su plaza y nombramiento salió a concurso cuando él ejercía de máximo responsable de los servicios de cirugía torácica. Fue una más de la UCD en su lucha contra la familia, pensó. Villaverde lo llevó a los tribunales, consideró que era un ataque por estar casado con la hija de Franco. No obstante, el Ministerio de Sanidad esgrimió el bajo rendimiento del departamento. El número de operaciones era bajísimo, a pesar de disponer de diez cirujanos y cinco quirófanos. Tres de ellos eran utilizados como almacén quirúrgico. La dirección del Insalud decidió sancionarle, viendo que habían disminuido sus operaciones de forma alarmante. El doctor justificó sus pocas intervenciones —cuatro en 1981— por su lesión de hombro provocada por la caída durante el incendio del Corona de Aragón.

—Todavía nos queda mucho por ver —le comentó a su mujer pensando en el futuro—. Espera a las leyes que vengan del puño y la rosa. Me voy a tomar un whisky.

—Peor que la legalización del Partido Comunista no creo que sean. ¡Tómatelo! Un día es un día.

A pesar de la nula relación que existía entre su hija mayor y su padre, Carmen intentó limar asperezas para ver si la familia podía olvidar la separación de Alfonso. Pero Cristóbal fue implacable. No tenía el más mínimo interés en recibir noticias de Carmen. Todos sabían sus movimientos por el seguimiento que hacía la prensa sobre ella: iba y venía de París a Madrid con mucha frecuencia a ver a sus hijos. Uno de esos viajes coincidió con la comunión de Fran y Luis Alfonso. Carmen no estaba dispuesta a renunciar a semejante evento. Aunque sabía que incomodaba su presencia, no podía faltar en un día tan importante para ellos. La ceremonia tuvo lugar en el jardín del nuevo hogar de Alfonso de Borbón, en una zona residencial de Pozuelo. Acudió toda la familia, incluida su exsuegra, Emanuela de Dampierre. Su madre la animó a ir y le dijo que se sentara entre ella y su abuela. Y eso es lo que hizo en una ceremonia cargada de tensión y miradas inquisitoriales.

Monseñor José María Bulart avisó a Carmen de las intenciones del arzobispo de Toledo, que era quien iba a oficiar la ceremonia.

—No te van a dar la comunión. Cuando llegue el momento, tú te pones de rodillas y nadie se va a enterar de que no te la han dado.

—Gracias por avisarme.

Carmen estaba realmente enfadada. No estaba dispuesta a que le hicieran un feo delante de todo el mundo, y menos junto a sus hijos. Antes de que pasara el arzobispo por su lado, se levantó y se sentó a la vista de todos los asistentes. Dejó bien patente que la que no iba a comulgar era ella.

Tras la ceremonia, suponía que no estaría en la mesa presidencial, precisamente al lado del arzobispo. La habían situado en el porche junto con sus hijos, con su hermana Mariola y con su marido, Rafael Ardid, así como otros invitados de su edad. Lejos de la mesa donde estaban los marqueses de Villaverde, Alfonso de Borbón y Carmen Polo.

Carmen Martínez-Bordiú no habló con su padre en ningún momento. Se cruzaron varias miradas, pero rápidamente se esquivaron. No volvieron a hacerlo hasta el 5 de febrero de 1984. Antes, el rey Juan Carlos le dio la peor de las noticias a través del teléfono:

—Ven cuanto antes. Alfonso y tus hijos han sufrido un grave accidente.

—¿Cómo?

—Han tenido un accidente al chocar contra un camión.

—¿Cómo se encuentran?

—Están valorando las heridas.

Carmen no quiso preguntar más. Intuyó que el rey le había dicho una verdad a medias. El corazón le dio un vuelco. Se quedó completamente bloqueada. La ayudaron a hacer una maleta improvisada y a coger el primer avión que salía hacia España. Ahí fue ella la que marcó el teléfono para hablar con su padre:

—Me ha llamado el rey y me ha dado la noticia, pero quiero que tú me digas la verdad.

—Tu hijo Fran está muy mal.

—¿Luis Alfonso?

—Saldrá adelante.

Carmen rompió a llorar. Nunca la distancia entre Francia y España había sido tan grande como ese día.

Carmen Franco se encontraba lejos de Europa. Estaba en la República Dominicana en casa de su amiga Maritín March cuando Cristóbal la llamó. Entendió que aquella llamada escondía una mala noticia.

—Ven rápidamente a España. Tus nietos y Alfonso han sufrido un gravísimo accidente.

—¿Cómo están?

—Con heridas graves. No pierdas tiempo y ven. Tu hija ya está avisada. Te necesitará cerca.

—No me ocultes nada, Cristóbal. ¿Cómo se encuentran los niños?

—Fran es el que está peor. Creo que sus lesiones son irreparables.

Cuando Carmen colgó el teléfono se tocó la cara. Las lágrimas empezaron a caer incontenibles. Para esa noticia no estaba preparada. Ella, que no mostraba nunca sus emociones en público, fue llorando durante todo el viaje de vuelta. No había un vuelo directo y tuvo que hacer escala en Nueva York. Las azafatas no sabían cómo ayudarla.

—¿Quiere algo, señora?

—No. Es que tengo un disgusto horroroso. Se trata de mi primer nieto. Ha tenido un accidente y está muy grave.

Al llegar al aeropuerto de Barajas, la estaban esperando Mariola y Mery para llevarla en coche hasta Pamplona. En el hospital de Navarra los heridos se encontraban sumamente graves. Cuando llegó allí, su hija Carmen ya conocía la situación.

—Luis Alfonso no tiene nada. Dentro de lo malo, hemos tenido suerte. Fran, la Seño y Alfonso se han llevado la peor parte.

Carmen intentó tragarse las lágrimas. La situación de Fran era irreversible, pero seguía con vida. Luis Alfonso estaba con una pierna rota y una brecha enorme en la cabeza que le obligaba a tenerla vendada de forma aparatosa.

—Está todo hinchado y completamente magullado y tu hermana dice que no tiene nada —le dijo a Mariola, que no había dejado a su hermana sola desde que había llegado a España—. ¡Pobre Carmen!

En las largas horas de espera en el hospital, Cristóbal explicó lo que había ocurrido.

—Se ve que Alfonso estaba cansado y no vio el stop. Estaba muy mal colocado. He hecho el recorrido. Cuando vas en coche se sale por la autopista de Navarra y desembocas en una carretera normal, crees que tienes preferencia porque el stop se ve muy mal. Todo ocurrió en el término municipal de Corella. La mala suerte quiso que pasara un camión en ese momento y se lo llevara por delante. No creo que sea este el único accidente que ha habido ahí. Se ve realmente mal la señal.

Carmen quiso ver con sus propios ojos el lugar del accidente y vio que la señal de stop estaba muy baja y muy a la derecha. Su marido tenía razón. Si uno iba rápido, se la comía. Durante esas horas hablaron de la suerte. Cristóbal había propuesto a sus nietos aquel nefasto fin de semana que le acompañaran a Jaén a una cacería. Sin embargo, los niños querían ir a Candanchú, al Pirineo de Huesca. Se lo había prometido el padre y no lo habían olvidado. Los niños ganaron ese fin de semana varias medallas y una copa cada uno. El domingo por la tarde regresaban a casa exhaustos. Fran se sentó en el asiento del copiloto y la Seño y Luis Alfonso viajaban en la parte trasera. Los chicos iban dormidos cuando sufrieron el impacto.

Los médicos que operaron a Fran le dijeron a Cristóbal que «el caso de su nieto mayor estaba en el límite de la ciencia». Tras una intervención de urgencia le trasladaron a la Unidad de Vigilancia Intensiva. Solo se podía esperar un fatal desenlace. Carmen quiso ver a su hijo pero no la dejaron por las heridas que tenía por todo el cuerpo y lo desfigurado que estaba.

—Quédate con su sonrisa para siempre —le aconsejó su madre.

Finalmente, entró en la UVI, pero no le miró. Se acercó a la cama y no dejó de besarle las manos una y otra vez. El martes 7 de febrero, Fran murió.

—He perdido lo que más quería en este mundo —repetía Carmen Martínez-Bordiú.

Todos la arroparon. Tras el entierro en el cementerio de El

Pardo, recibió todas las muestras de afecto por parte de familia y amistades. La nobleza en pleno acudió a darle el pésame. Desde los duques de Alba, a los tres hijos de los duques de Badajoz, los marqueses de Griñón, el expresidente Arias Navarro, los príncipes Tessa y Fernando de Baviera, el conde de Teba, la familia Nieto Antúnez, la familia Lapique, los marqueses de Tamarit, el duque de Huéscar, la condesa viuda de Romanones... Al lado de la tumba de su hijo, podía leerse la inscripción de otra familia bien conocida para los Franco: «Familia Carrero Blanco». Carmen regresó a Pamplona al lado de su hijo Luis Alfonso, que había salido del coma después de tres días. Estuvo en el hospital hasta que fue trasladado a Madrid, quince días después, junto a su padre y la Seño en un avión Hércules. Alfonso estaba gravísimo con veintiséis fracturas en el cráneo, la clavícula, las costillas, el fémur y una conmoción cerebral que le mantuvo en coma durante días. Tuvo que ser operado hasta en seis ocasiones.

Carmen Martínez-Bordiú fue quien le comunicó al niño que su hermano había muerto y su padre estaba inconsciente. Fue el momento más duro de su vida.

—¿No lo volveré a ver? —preguntó Luis Alfonso.

—Bueno, ahora Fran está jugando con los ángeles —le contestó el abuelo.

Sorprendentemente, a pesar de haberle comunicado el final de su hermano, cuando las enfermeras le preguntaban qué quería comer, él contestaba: «Lo mismo que Fran». Era como si rechazara la triste noticia. Después de varios días, aceptó la realidad. Entonces su preocupación se centró en su padre, y les decía a todos: «Tenéis que procurar que papá no se entere de nada».

Fueron días muy difíciles para toda la familia. Padre e hija habían vuelto a hablarse tras la muerte de Fran. Atrás quedaban los años de silencio y agravios. Carmen no tenía fuerzas ni para sentir rencor. Mariola creyó conveniente que el niño estuviera con sus hijos, Borja y Jaime, durante su convalecencia. Su padre seguía grave en el hospital.

Después de varias semanas, Alfonso salió del coma. Preguntaba constantemente por Fran y Luis Alfonso, intuyendo que algo fatal les había ocurrido. Ante su angustia, consintieron en que Luis Alfonso fuera a verle y le dijera que Fran estaba en Pamplona. Días después, fue Cristóbal el que dio la terrible noticia al padre.

—Mira, Alfonso, si Fran sale de esta va a quedar ciego y paralítico.

—¡Dios mío! ¡Dios mío! —repetía Alfonso.

—Yo, como médico, pido a Dios que se lo lleve.

—¡Dios mío! ¡Dios mío! —No salía otra cosa de su boca—. Quiero hablar con Mari Carmen, llamadla a París.

—Mari Carmen está en Madrid. Con esto ya debes de imaginarte lo ocurrido.

—¿Qué ocurre? ¿Fran ha muerto?

—Sí. Murió el 7 de febrero.

—¡Dios mío, ojalá hubiera muerto yo!

Hubo que suministrarle tranquilizantes y su recuperación sufrió un evidente retroceso, ya que dejó de colaborar. Todos se decían que jamás saldría adelante de aquel golpe del que se sentía responsable. Jamás lo verbalizó.

Carmen aguantó hasta el funeral. Un mes después de su muerte, vinieron los compañeros de clase de Fran y, tras la misa, fueron a su tumba a rezar un padrenuestro. Allí, frente a la lápida de su hijo, se hundió.

La familia la convenció para regresar a París, mientras su hijo pequeño terminaba de recuperarse. Se había venido con lo puesto y debía empezar a recomponer su vida.

—Tienes que ordenar tu vida de nuevo —le dijo su madre—. Ahora tú también tienes que cuidarte. Tienes una familia y un hijo que te necesitan. Reponte y vuelve de nuevo, pero primero recupérate.

Carmen regresó a París, pero llamaba a su hijo varias veces al día. A través de su abogada Concha Sierra pidió la custodia temporal del hijo. Alfonso de Borbón lo consideró un agravio. Siguieron las cosas con el régimen que tenían establecido. Dos meses después del accidente, el juez de primera instancia de Tudela dictó un auto de procesamiento contra el padre de los niños por imprudencia temeraria con resultado de muerte. Le impuso una fianza de siete millones de pesetas. Finalmente resultó condenado a seis meses de prisión menor y la retirada del carnet de conducir. El caso llegó hasta el Supremo que le rebajó la pena a cuatro meses de prisión, que nunca cumplió por ser su primer delito. Aquello lo consideró «un mazazo».

A los seis meses, Carmen creyó que sería bueno para Luis Alfonso ir de vacaciones con las hijas de Rossi a las Bahamas, después de haber pasado por Orlando y visitar Disneylandia. El 16 de agosto, una de las gemelas Rossi, Mathilda, de trece años, estaba en el agua y una hélice de la lancha en la que navegaban la mató, mutilándola brutalmente. Aquello fue otro golpe durísimo. El niño regresó en un avión con destino a España. Fue su tía Arantxa la encargada de ir a por él y llevarle junto a su padre. Demasiadas muertes fortuitas y seguidas en poco tiempo. Para todos, y más para él, fue difícil de asimilar. El destino se cebó con ellos. Carmen Polo no cesaba de rezar y de preguntar al Santísimo «¿Por qué no me llevas a mí?». Estaba muy delgada y demacrada. Le resultaba demasiado difícil ver a su nieta tan mal y a su bisnieto acumulando tantas desgracias.

42
ADIÓS A UNA ÉPOCA

Estuve más unida a mi madre, aunque la persona que más influyó en mi vida fue mi padre. Ella quiso protegerme hasta el punto de no dejarme ir a ningún colegio y educarme en casa. Mamá era muy religiosa, extraordinariamente religiosa. Sin embargo, no se metía con la vida de los demás en nada. No he hecho ningún esfuerzo en desmentir las cosas que se han dicho de ella, aunque sí he consultado con abogados que, al final, me han aconsejado que desistiera. No merece la pena.

Carmen miraba el último cuadro que había pintado su padre en vida: un barco naufragando en mitad de un fuerte oleaje. Pensó que así debía de estar su estado de ánimo cuando veía que la vida se le escapaba y que era imposible seguir frente al timón de las decisiones políticas. Casi diez años después de su muerte, su única hija se sentía exactamente igual que él. Tenía la misma sensación que su padre al pintar el cuadro, la certeza de que la familia naufragaba, se iba a pique. Habían ocurrido demasiados acontecimientos sin tiempo para recuperarse entre uno y otro. La muerte de Fran le había borrado la sonrisa. Todo aquello era difícil de asimilar aunque se aferraba a la fe, igual que su madre. Pensaba en su hija y en su nieto Luis Alfonso. Habían sido testigos de la muerte de Mathilda seis meses después de la de Fran. Daban ganas de meterse en la cama y no levantarse nunca. De todos modos, había que demostrar que uno siempre se tiene que poner en pie por muchos golpes que te dé la vida. Frente a eso, el hecho de que José Cristóbal abandonara la carrera militar cuando ya alcanzaba el grado de teniente de infantería no había supuesto ningún trauma. En su interior sabía que, tarde o temprano, dejaría las armas. Fue un paso hacia delante cuando murió su abuelo. Ahora José Cristóbal ansiaba libertad de movimientos y libertad para hacer y decir lo que quisiera. Estando destinado en Gran Canaria se decidió a dejar el Ejército. «Tenía ganas de hacer otras cosas», le dijo a su madre. Se casó en Nueva York por lo civil con una modelo guapísima, Jose Toledo. No objetó nada. No tenía ni fuerzas ni intención de hacerlo.

Esa mañana en la que todo le pesaba, desayunó en la cama. Le trajeron, junto al té, los periódicos y las revistas. Los ojeaba nada más, ya que los leía en profundidad de noche. Todo iba bien hasta que apareció ante sus ojos la foto de su padre agonizante, repleto de cables por todas partes. Abrió bien los ojos para asimilar aquella imagen obscena en la que se hacía pública la agonía de su padre. Le costó respirar. Sintió una presión muy fuerte en el pecho. Sabía, por la mujer del doctor Pozuelo, que el precio que habían puesto a aquella imagen era millonario. Los periodistas tentaron a todo el personal que entraba en la habitación. Desconocía que se hubieran llegado a hacer esas fotos. No tenía lágrimas. No fue capaz de llorar. Precisamente esa imagen era justo la que no quería tener en su retina. De hecho, jamás entró en la habitación para esquivar ese recuerdo. Sin embargo, ahora le llegó con toda su crudeza y vio a su padre con la desnudez del enfermo que se rinde ante la muerte. Había intentado por todos los medios pensar solo en su padre todavía consciente. Había borrado hasta su salida del palacio hacia el hospital. Solamente le suplicó un día a su marido que le dejaran morir en paz. Ese día los cables que le unían a la vida fueron desconectados. Ahora, casi diez años después, volvía la agonía de su padre a sus vidas. Y su muerte se había hecho pública. Consideró que aquello se trataba del mayor atropello que sufría su familia.

Saltó de la cama y llamó a Cristóbal. No sabía hacia dónde

dirigir su indignación. Pidió que el abogado de la familia fuera cuanto antes a su casa. Localizó a su marido en el hospital.

—¿Te has enterado de que han publicado las fotos de mi padre en *La Revista* de Peñafiel?

—Sí. Lo acabo de ver. Me la han traído al hospital.

—El malnacido que las haya hecho tiene que pagar por ello. Es un atropello. Mi padre no puede descansar en paz con esto.

—He sido yo.

Se hizo un silencio al otro lado del teléfono. Carmen estuvo a punto de perder el equilibrio.

—¿Qué estás diciendo?

—Yo hice esas fotos, pero el carrete lo guardé en un cajón de La Paz. Como me vine al Ramón y Cajal se debió de perder por el camino. Alguien debió de observar que, tras hacer las fotos, lo guardé allí.

—¿Estás loco? ¿A cuento de qué hiciste algo así?

—Me pareció que era un documento histórico. Hubiera sido incapaz de vender esas fotos. También fotografié a Carmencita con tu padre.

—¡Dios mío! ¡Eres un imprudente!

A Carmen todo aquello de las fotos le dolió mucho. Mal que las hubiera hecho su marido, pero peor todavía era que no las hubiera protegido. Estaba convencida de que alguien se había lucrado, pero se preguntaba quién podría haber actuado con tanta desconsideración hacia su familia.

Cuando Cristóbal colgó el teléfono, empezó a desconfiar de todos los que estaban a su lado. Les preguntó y les puso a prueba. Llegó a la conclusión de que debía ser alguien cercano a su suegro. Alguno de los ayudantes que habían estado durante toda la agonía cerca de él.

—Había mucha gente que tenía acceso a la habitación. Mucha —comentó Sagrario, una de sus enfermeras.

—Tengo que hablar con Peñafiel para que me diga quién

ha podido ser. Me voy a volver loco. Ahora mismo desconfío de todo el mundo.

Esa tarde hubo una reunión familiar en la casa de Hermanos Bécquer. Todos estaban con caras largas de preocupación. La duda de quién había podido ser se cernía sobre ellos. Algunas informaciones apuntaban a que Francis podía haberlo hecho. Precisamente, el nieto mayor estaba en Madrid. Tenía intención de dejar Chile. Buscaba piso y nuevos negocios en la capital.

—A mí no me miréis. Yo no tengo nada que ver con este asunto. Me da igual lo que digan. Es mentira. No sé quién ha podido vender esas fotos.

Cristóbal había estado hablando con el conocido periodista y no había sacado mucho en claro.

—La persona en cuestión se ha lucrado bien. Pero Peñafiel no me ha querido decir de quién se trata. Sin embargo, por lo poco que me ha dicho, era alguien cercano a tu padre —explicó, dirigiéndose a Carmen—. Esto es indignante.

—Hombre, no te indignes tanto porque las has hecho tú. La pregunta es: ¿por qué las hiciste? No tienes justificación.

Era la primera vez que los hijos veían a su madre plantándole cara a su padre y pidiéndole explicaciones.

—Era un recuerdo para la historia. Lo hice pensando que era un documento histórico.

—Me has hecho mucho daño. Ni te imaginas el dolor que tengo en estos momentos.

Todos callaron. Comprendieron que aquellas fotos venían a añadir más dolor a las circunstancias que estaba viviendo la familia.

—Todos estamos en entredicho en este momento y más porque las fotos parten del yerno de Franco —comentó Francis—. Yo quiero dejar mi honor limpio. De modo que o te querellas tú o lo hago yo —increpó a su padre.

—Antes busquemos al culpable. Podría haber sido algún médico. No habría que descartar esa posibilidad.

—O alguien de la limpieza —intervino Jaime, el pequeño de la familia, que estaba preocupado por su madre.

—No tiene que ser alguien muy preparado. Es suficiente con que supiera que estaban ahí. Solo cabe pensar en aquellas personas que se encontraban allí mientras yo realizaba las fotografías. Una de esas es la que nos ha vendido. ¡Parece mentira!

—Que no te ofrezcan dinero para no tener que saber si eres fácilmente corruptible o no. Todo el mundo tiene un precio. Lo mejor es que nunca te pongan a prueba. Ahora, una persona con necesidades es más fácil de comprar. Desgraciadamente, es así —comentó Carmen.

—Sospecho que la persona que nos ha vendido ya tenía la vida resuelta. Creo imaginarme quién ha sido.

—Solo debemos fijarnos en quién de nuestro entorno cambia de ritmo de vida. El que haga o alardee de algo que no le corresponde, ese es.

—Al Judas que las ha vendido le han dado quince millones de pesetas. Por lo visto, le dijo a Peñafiel que era para denunciar las perrerías que le habíamos hecho. Es alguien que en el ojal de la solapa de su chaqueta llevaba el escudo de la casa del Caudillo: castillos, leones, laureles y laureada. Eso sí me lo ha dicho sin darme el nombre.

—Pues el círculo se cierra mucho más. Os pido que la abuela no se entere. Si ve esa imagen, se muere. Ella tampoco quiso pasar a la habitación y, ahora, la habitación viene a nosotras sin pedirnos permiso. Es algo terrible. Conviene tenerla aislada, porque esto es una agresión en toda regla. Esas fotos fueron un error. ¡Qué daño, Dios mío!

El reportaje supuso todo un escándalo que señaló al marqués como el autor de las fotos. Nunca se supo el nombre de la persona que las había vendido sin ningún escrúpulo. De todas formas, quedó claro en la vista judicial que no había sido ningún miembro de la familia. Por si esto fuera poco, el primer Gobierno socialista en manos de Ernest Lluch, mientras el marqués disponía de un año de excedencia voluntaria, le sancionó con cinco años de suspensión de empleo y sueldo como consecuencia del expediente que tenía abierto por bajo rendimiento. En concreto, por los casos de algunos pacientes que habían recurrido a la justicia por no haber sido atendidos con la diligencia que exigía su estado. Otros pacientes se rebelaron negándose a ser operados por las manos de Martínez-Bordiú. El marqués se sentía perseguido. Sin embargo, continuaba dirigiendo la Escuela Nacional de Enfermedades del Tórax. Recurrió a la Sala de lo Contencioso Administrativo de la Audiencia Territorial de Madrid, argumentando que su destitución del Ramón y Cajal era nula de pleno derecho al ser cesado por razones de carácter personal y de tipo político. Un par de años después, la consejera socialista de la Comunidad de Madrid, María Gómez de Mendoza, sumó más tensión al caso del marqués. El 2 de enero de 1986, ordenó su cese como director médico de la Escuela Nacional de Enfermedades del Tórax. Cristóbal Martínez-Bordiú se defendió nuevamente en los juzgados. Se le impedía ejercer la que había sido siempre su profesión. Había pasado de ser el Barnard español a no tener más mérito que haber sido el yerno de Franco.

Un año antes de que llegara la resolución judicial, con los sesenta y cinco años recién cumplidos, el marqués de Villaverde decidió jubilarse. Ante este hecho, un grupo de amigos y compañeros celebraron una cena-homenaje a la que acudieron algunas de sus amistades: Isabel Martínez de Perón, Gunilla von Bismarck, el rejoneador Fermín Bohórquez y Alfonso de Borbón. Tampoco quisieron perdérsela su mujer y sus hijos, a excepción de Carmencita y Mery.

—Ahora tengo muchas cosas en las que ocuparme, porque he tenido siempre una inmensa dedicación a mi profesión y tenía abandonadas otras facetas a las que podré prestar atención. Practicaré deporte, pero como la edad no perdona y el calendario tampoco, voy a tener que buscar deportes menos duros, como el golf. Tengo que decir que no hubiera querido ser otra cosa en la vida más que médico. Se me saltan las lágrimas cuando pienso que hoy he dejado de ser lo que era.

El marqués estaba verdaderamente afectado por abandonar la medicina. Carmen pensaba que para él sería muy difícil encontrar un nuevo sentido a la vida. Le convenció para que saliera de viaje y parara poco por casa. Y eso hizo. Viajaba a Marbella constantemente, donde se le veía mucho en compañía de una cantante y relaciones públicas, o se iba largas temporadas al pantano de San Juan. Carmen no quería ni oír hablar de sus conquistas. Cortaba de raíz cualquier especulación. Tras la boda civil de su hija con Jean Marie Rossi, viajaba a París con cualquier excusa. Hasta un concierto de Julio Iglesias le servía para acercarse a verla. Su marido, por el contrario, opinó que aquella boda había sido una desconsideración tremenda hacia Alfonso. ¡Casarse al poco de morir Fran! Menos aún le gustó saber que estaba embarazada de una niña a la que llamaría Allegra Cynthia Francisca Mathilda —en honor de los hijos que ya no estaban—. Carmen dio a luz tres días después del cumpleaños de Luis Alfonso. Este no viajó a Francia inmediatamente a conocer a su hermana, y sus padres, los marqueses de Villaverde, tampoco. Recibieron la noticia en la clínica Incosol, terminaron el tratamiento de rejuvenecimiento por el que habían ido y regresaron a Madrid. Carmen, sin embargo, en cuanto pudo se fue a París. En el bautizo no estuvo Luis Alfonso porque el padre le apuntó al Primer Memorial Francisco de Borbón de Hockey. No fue la única ausencia. Tampoco pudo viajar Carmen Polo. Ya se encontraba muy delicada. De todos modos, la llamaba constantemente y le preguntaba si era feliz. Lo demás le importaba poco.

Todos sabían que Carmen era la nieta preferida de su abuela. Y desde que ocurrió lo de Fran, su preocupación por ella fue obsesiva. Cuando alguien comenzaba a criticar la actitud de su nieta, paraba en seco al interlocutor para decirle que «lo que mi nieta haga está bien hecho». Le alegraba saber que Carmencita tenía una nueva ilusión tras el nacimiento de Cynthia. Solo la sacaban de su estado de letargo las noticias de sus nietos. La joven con la que se había casado su nieto José Cristóbal le parecía guapísima: Josefina Toledo, a la que todos llamaban Jose, una modelo y presentadora canaria a la que cada vez se veía más por las pasarelas. Su nieta pequeña, Arantxa, le pidió ayuda cuando se enamoró de su primo, Alejo Martínez-Bordiú. Parecía que su relación iba en serio. Incluso pensaban en pedir una dispensa al arzobispo de Madrid para poder casarse. Jaime estudiaba Derecho y era el que más contacto tenía con su primo Luis Alfonso. Carmen Polo nunca estaba sola, no había un solo día en el que no fuera a verla alguno de sus siete nietos.

A fines del año ochenta y siete su estado de salud empeoró. No salía de casa. Ya no tenía ánimo ni fuerza para hacerlo. Había dejado de acudir a sus joyerías favoritas para que deshicieran una joya y la convirtieran en otra, como era su costumbre. Sus amigas de siempre continuaban visitándola y tomaban el té de las cinco junto a ella. Aunque le fallaban las fuerzas, jamás dejó de arreglarse y colocarse en el cuello sus collares de perlas. Solía decir que ya no se veía sin ellos. Su hija Carmen sabía que ya no tenía ningún interés por vivir, había tirado la toalla. Parecía reanimarse cuando alguien le preguntaba por algún episodio de su pasado que cada día estaba más presente.

Le encantaba hablar de su boda y de lo mucho que pasó con sus padres hasta que la dejaron casarse con el «comandantín».

—Cuando tu padre llegó a Oviedo en mayo de 1917,

llamaba la atención por su juventud y la aureola de héroe que le precedía. Además de ser el más joven de todos los militares que ostentaban su grado, todos sabíamos que su coraje le había llevado a estar a las puertas de la muerte cuando mandaba a los regulares en Tetuán. Yo me fijé en él. Nunca se le veía en una mesa de juego, ni tomando copas... Eso, en una ciudad como la mía, se sabía. Nos conocimos en los lugares que frecuentaba con mis amigas. Pero alguien le debió de decir a mi padre que hablaba mucho conmigo y puso fin a mis ilusiones...

Su hija se sabía este episodio por activa y por pasiva. Lo contaba últimamente con insistencia. La dejaba hablar sin interrupciones. Imaginaba que eso le hacía bien.

—Cuando se enteró de que podíamos llegar a mayores, me propinó la única bofetada que he recibido en mi vida. Mi tía Isabel se sumó y no paraba de decir: «Mi Carmina no será para ese aventurero que no tiene porvenir y solo busca cazar una buena dote». ¡Lo que yo pude llorar! Mi padre no simpatizaba ni con los militares ni con las armas. Decía que cuando morían dejaban en una situación angustiosa a sus viudas. Quería algo mejor para mí. ¡Ya ves! No paraba de repetir que «¡casar a mi hija con un comandante de infantería era comparable a hacerlo con un torero!». —Carmen Polo se echó a reír. Su hija la siguió. Estos recuerdos eran los que la mantenían con vida.

—La experiencia me ha demostrado —continuó— que las mujeres conseguimos lo que nos proponemos. Aunque me metieron en un convento, yo no me veía de monja. En la misa, veía a Paco comulgar. Su mirada ya me daba energía para el resto del día. Cuando mi padre cedió, tuvimos que aplazar varias veces la boda. Por fin, el 16 de octubre de 1923 nos pudimos casar. Para mis paisanos fue la boda del año, te lo aseguro.

—Ibas guapísima. Se te veía feliz. —Miraba las fotos de la

boda que estaban siempre presentes en algún marco de los que su madre tenía cerca—. ¿Sabes? Creo que me parezco mucho a ti y eso que siempre me han comparado con papá.

—¡Como para no estarlo después de tres años de lucha!

Carmen intentó sacarla del pasado para traerla hasta el presente, pero no le interesaba nada. Volvía su mirada hacia atrás.

—Recuerdo cuando eras pequeña y le cogías a tu padre el cornetín perteneciente a los moros de Alhucemas. El que empleaban para avisar a sus baterías cuando pasaba ante la costa algún barco de nuestra escuadra. Paco lo guardaba como oro en paño, pero tú se lo cogías. Eras una revoltosa impenitente.

—Imagino que profanaba vuestros recuerdos, como hace cualquier niño.

—Yo tenía mucha ayuda con Zita. Te llevó mucho en brazos...

—Mamá, creo que deberías salir a la calle. Ir a ver a tus joyeros, no sé. Salir de aquí.

—No te equivoques. Aquí está mi mundo y todo lo que me interesa. Ya me queda poco y lo sabes. Le pido a Dios cada día que me lleve cuanto antes a su lado.

—Mamá, no puedes vivir así. Tienes que animarte.

Carmen Polo seguía aferrada al pasado. No tenía futuro, y ella lo sabía.

En el mes de febrero del nuevo año, 1988, ya no tenía fuerzas ni para contar los episodios de su vida. Se fue yendo poco a poco y murió en su cama el día 6, a los ochenta y seis años de edad. Había sobrevivido trece años a su marido. Dejó dicho que sus restos descansaran en el cementerio de El Pardo. Cuando enterró a su bisnieto Fran, se quedó observando la lápida. No tenía ninguna duda de que la siguiente sería la de ella. Sintió que Fran fuera trasladado a las Descalzas Reales. El panteón familiar había sido adquirido por ella. Le hubiera gustado que su esposo estuviera allí enterrado y no en el

Valle de los Caídos, donde ella acudió todos los 20 de noviembre tras su muerte. Los más allegados fueron a dar a su hija el pésame, entre otros, el tío Ramón Serrano Súñer, quien se acercó a Carmen y le dijo: «Fue la mujer más absolutamente incondicional, más adicta, a su marido». Su mujer, Zita Polo, a pesar de ser la pequeña, había muerto antes que Carmen. Las circunstancias que rodearon la destitución del Cuñadísimo las habían alejado. La que lloraba sin parar era la tía Isabelina, que sobrevivió a sus hermanos solo un año más.

Los reyes, don Juan Carlos y doña Sofía, asistieron a las exequias. El gobierno socialista no envió un mensaje de condolencia, ni tampoco acudió representante alguno hasta el cementerio.

Carmen Franco sintió un gran vacío. Toda su vida había estado ligada a su madre. Con ella había huido a Francia, con ella había vivido en diferentes palacios, ahora en Hermanos Bécquer residían en el mismo inmueble. Siempre juntas, pero... ya no estaba. Procuró llenar ese vacío viajando y alejándose de los recuerdos que la hacían sufrir.

—Solo llegaré a mayor si no me regodeo en aquello que me hace daño. No quiero pensar en la muerte de mi madre.

Se fue con sus amigas a la India. Era el país que más la fascinaba y la única manera de olvidar. Loli Aznar la animó a regresar al país de los contrastes. El embajador siempre estaba dispuesto a recibirlas. Viajar se convirtió en el principal salvavidas para seguir hacia delante. La República de Santo Domingo, Miami, París, Alemania... No quería pensar. Intentaba regresar a su rutina, pero echaba de menos a su madre. Procuraba atender a sus nietos. No había día que no comiera con alguno de ellos. Duplicó sus salidas y su actividad diaria.

Casi un año después del fallecimiento de su madre, a principios del año ochenta y nueve, y a punto de concluir el mes de enero, en el domicilio de Hermanos Bécquer sonó el teléfono de madrugada. El servicio contestó, y ante la gravedad de la llamada decidieron despertar al marqués de Villaverde. Gonzalo de Borbón le comunicaba que su hermano Alfonso había muerto en Colorado, mientras esquiaba. Le costó asimilar la noticia. Cinco años después de la muerte de su hijo Fran, ahora él encontraba la muerte en un accidente.

—Pero ¿qué me estás diciendo? —contestó el incrédulo e insomne marqués.

—Mi hermano ha muerto. Me ha llamado el rey para decírmelo. Paco Fernández Ochoa, que está allí, le ha telefoneado y le ha dado la noticia.

—Pero si Alfonso es un esquiador imponente. Tiene que ser un error.

—No lo es, Cristóbal. Mi madre está aquí, desolada.

—¿Cómo ha podido ocurrir?

—Estaba en la estación de esquí de Beaver Creek, un rincón paradisiaco de las Montañas Rocosas, en Colorado. Como miembro del jurado del Campeonato Mundial de Descenso, iban a evaluar a seiscientos deportistas de cuarenta y tres países. Estaba la pista cerrada al público pero la examinaban con otros esquiadores y el jefe de seguridad de los campeonatos. Tenían que asegurarse de que el estado de la pista era bueno. No vio un cable de acero que estaban tensando para instalar la pancarta de la meta. Parece ser que él bajaba muy rápido y no lo vio. El golpe debió de ser brutal, muy violento y lo mató.

—¡Qué barbaridad!

—Te pido que llames a tu hija porque no nos sentimos con fuerzas para darle a Luis Alfonso esta noticia.

—¡Pobre crío! Cuántas desgracias seguidas. ¡Es difícil asimilarlo para nosotros, pues imagínate él!

En cuanto colgó, el marqués se lo comunicó a su mujer. Esta se quedó conmocionada. No podían ocurrir tantos infortunios, se dijo a sí misma. Esta vez no lloró. Sus ojos estaban secos.

A las tres y media de la madrugada sonó el teléfono en Rueil-Malmaison, la casa de su hija. Carmen supo que a esa hora solo podían ser malas noticias. De nuevo, el rey al otro lado de la línea.

—¿Qué ocurre?

—Carmen, Alfonso ha tenido un accidente esquiando y ha muerto.

Hubo un silencio que pareció eterno. Esta vez Juan Carlos no la preparó para la peor de las noticias.

—¿Que ha muerto Alfonso?

—Sí.

Carmen no podía creer lo que estaba ocurriendo de nuevo. Otra vez la muerte planeando sobre ellos. Nada más colgar al rey, llamó a su padre, con el que no hablaba desde la última desgracia.

—¿Sabe algo el niño? —le preguntó.

—No, todavía no.

—Esperad a que llegue. No le digáis nada. Cogeré el primer avión que salga para Madrid.

Ya nadie fue capaz de conciliar el sueño. Carmencita llamó a la Seño, que estaba muy afectada. Le pidió que no despertara a su hijo, incluso que cambiara la hora del reloj de su habitación. Cuando Luis Alfonso se despertó le pareció todo muy extraño.

—¿Qué hora es?

—Las once.

—¿Por qué no me has despertado? —Le miró la cara y supo que algo ocurriría—. ¿Qué ha pasado?

Su madre llegó a los pocos minutos. El niño tenía casi la certeza.

—¿Qué haces aquí, mamá? ¿Papá ha muerto?
—Sí, Luis Alfonso.

Se quedó desencajado. No volvió a pronunciar una palabra. Todos tuvieron la sensación de que esa mañana había dejado de ser un niño aunque solo tuviera catorce años. Su abuela le miraba y le intentaba decir algo que él ni siquiera lograba escuchar. De golpe se convirtió en un adulto. Aquella noticia, cinco años después de la pérdida de su hermano, le borró la sonrisa. Fue consciente de que se había quedado solo tras la muerte de Fran y ahora de su padre. Su madre vivía en París y él no quería perder a sus amigos del colegio. Se sentía frágil, indefenso. Se abrazó a su madre. Seguía sin pronunciar una sola palabra. No pudo. Lo malo fue que los adultos tampoco. Los tranquilizantes ayudaron en aquella habitación. Todo era muy difícil de asimilar.

Cristóbal Martínez-Bordiú se fue con Gonzalo de Borbón hasta Estados Unidos. El rey don Juan Carlos puso un avión DC-8 de las Fuerzas Aéreas españolas a su disposición para ir a Colorado y repatriar el cuerpo. Ya, a esas horas, todo el mundo conocía el trágico final de don Alfonso. Cuando el niño no estaba presente, Carmen Franco habló con su hija:

—Parece ser que murió en el acto. El cable le seccionó el cuello. La velocidad a la que bajaba tuvo mucho que ver con su trágico final.

—No quiero saber los detalles, mamá.

—Está bien. No te diré nada más, excepto que tu suegra está muy afectada. He hablado con ella y no le salen las palabras. Estaba en Roma y viene de camino. Tiene que ser muy duro.

—Lo siento muchísimo, pero no pienso hablar con ella. Yo también llevo a cuestas mi pena. Ella no me llamó cuando lo de Fran. Y no olvido las cosas tan tremendas que ha dicho de mí. Yo solo me voy a dedicar a mi hijo. Lo demás no me importa.

El 2 de febrero del ochenta y nueve se celebró el entierro en el convento de las Descalzas Reales, donde habían sido trasladados los restos de Fran no hacía mucho tiempo. En la lápida figuraba el tratamiento de alteza real, pero no se colocó el título de duque de Cádiz, ni el de duque de Anjou, ya que podría recordar sus reivindicaciones dinásticas. Los reyes asistieron al entierro. La ceremonia fue oficiada por el nuevo capellán de El Pardo, el padre Gregorio Isabel Gómez.

Carmencita se sentó cinco filas detrás de su hijo, junto a sus padres y hermanos. No derramó una sola lágrima. Carmen Franco tampoco fue capaz de llorar. Las dos estaban impactadas, sin ganas de hablar y dispuestas a dar esquinazo a la mala racha que se cebaba con ellos desde hacía cinco años. Había que dar un giro, un cambio de actitud.

43

YA NADA SERÁ IGUAL

*Me quedé sin habla cuando me dieron
la noticia de mi enfermedad. No me la esperaba.
Pero nada más conocerla supe que tenía que
luchar. Cuando te llegan las cosas malas, hay
que encajarlas, aceptarlas y seguir hacia delante.*

Todo lo que estaba ocurriendo en la familia era difícil de asimilar. Carmen estaba superando las preocupaciones y las penas sin lágrimas en los ojos. No exteriorizaba lo que le hacía daño. En poco tiempo, habían muerto su nieto mayor, su madre y Alfonso. Ver las caras desencajadas de Luis Alfonso y de su hija la había afectado más de lo que ella misma pensaba. Además, había tomado la decisión de quedarse con su nieto.

—Mira, Carmen —le dijo a su hija mayor—, Mariola te ha abierto las puertas de su casa, pero tiene su vida y bastante hace con cuidar a sus hijos. Ya sé que los primos se llevan muy bien con Luis Alfonso, pero el niño tiene a sus abuelos y creo que se debe quedar con nosotros. Aquí están sus amigos. Irse contigo a París va a suponer aceptar más pérdidas para él. Debes regresar a tu vida y no estar separada de tu marido.

—Me parece bien, mamá. Creo que tienes razón. Se lo diré a Luis para conocer su opinión.

Carmen llevaba viviendo con su hermana Mariola y su hijo desde que murió Alfonso, pero había llegado el momento de empezar de nuevo. Al adolescente le pareció mejor quedarse con los abuelos que irse a Francia. Por su parte, el hecho de tener a Luis Alfonso en el domicilio familiar supuso un incentivo para todos. El abuelo Cristóbal se volcó con el chico. Los fines de semana le llevaba al pantano de Entrepeñas a hacer esquí acuático y todo tipo de deportes relacionados con el agua. Eso le permitía al marqués seguir en forma y no notar que estaba jubilado. También hacían sus escapadas a Sierra Nevada para esquiar. En alguna ocasión, el marqués coincidía allí con alguna de sus amigas especiales, y eso enfadaba mucho a su hija. Ya no tenía la precaución de disimular, lo que estaba siendo muy doloroso para la familia, especialmente para su mujer. Sin embargo, nunca le hizo ningún reproche, ni ningún comentario sobre los rumores y las certezas que llegaban a sus oídos. Luis Alfonso estaba muy unido al abuelo Cris, como le llamaba. Se lo pasaba muy bien con él y, además, practicaban deporte, que era lo que a él le gustaba. El joven no les daba tampoco ningún problema: no bebía, no fumaba, solo salía de vez en cuando y regresaba siempre pronto a casa. En aquel domicilio se hablaba de deporte y se veía mucho fútbol por televisión, en especial, del Real Madrid. Curiosamente, Carmen se fue aficionando al fútbol, poco a poco, gracias a su nieto.

El joven Luis Alfonso mantenía una mala relación con la prensa. No acababa de entender que allí donde fuera hubiera un fotógrafo dispuesto a hacerle una foto en cualquier situación, ya fuera pública o privada. Decidió esconderse y no mostrar su rostro. Se tapaba con la carpeta de clase, con una capucha, le escondían sus compañeros. No quería saber nada de publicaciones.

Durante mucho tiempo, hasta que cumplió los dieciocho años, se especuló sobre la herencia que le había dejado su padre. Se hablaba insistentemente de un cofre que aguardaba su mayoría de edad para ser abierto. Se encontraba en una de las cajas de seguridad de la central del Banco Exterior de España, donde su padre había ocupado el cargo de director general.

Para acabar con las especulaciones, Carmen Martínez-

Bordiú dio a conocer algo de su contenido tras ser abierta por su hijo: la Gran Cruz de Isabel La Católica, varias medallas de oro, joyas de la reina Victoria Eugenia y relojes y gemelos de Alfonso XIII. Si había algún papel con la voluntad de su padre de que siguiera adelante con sus responsabilidades dinásticas como miembro de la familia Borbón y pretendiente al trono de Francia, no lo hizo público. La familia consideraba prioritario que acabara sus estudios. Carmen vivía alejada de todo lo que significaba protocolo y reivindicaciones de linaje. «Yo me fumo un puro —decía a su círculo de amistades—. Lo importante es que mi hijo acabe sus estudios».

Carmen tampoco se olvidaba de las palabras que le había dicho su padre nada más morir Fran: «No creas que esto cambia las relaciones entre nosotros». Ella había conseguido perdonarle, pero no podía olvidar. Cada vez que lo mencionaba, se le saltaban las lágrimas. Su padre también se había negado a conocer a su hija Cynthia. Esa actitud tan intolerante le dolía. Su padre no cambiaría jamás.

Al mes siguiente de la mayoría de edad de Luis Alfonso, en septiembre de 1992, hubo una boda familiar que dio mucho que hablar. El hijo mayor de José María Martínez-Bordiú, el pequeño de los hermanos del marqués de Villaverde, se casó en el monasterio de Piedra de Zaragoza. Era el futuro heredero del título de barón de Gotor que poseía su padre. El lugar elegido para la boda de Pocholo, como le llamaban, se hizo como consideración al título nobiliario aragonés de barón, concedido por Jaime I a sus antepasados. Pero la sorpresa de este enlace fue la elección de la novia. Se trataba de la hija menor del expresidente Adolfo Suárez, al que consideraron siempre como enemigo número uno de la familia Franco. Parecía un chiste del destino, una pirueta del azar que les entroncaba a nivel familiar con quien había sido el artífice de la Transición y del final del régimen de Franco.

—Tiene narices que mi sobrino nos una al tío que más daño

nos ha hecho a los Franco y a los Martínez-Bordiú —manifestó Cristóbal a su hermano pequeño.

—Piensa que Suárez, en este momento, estará pensando lo mismo de su hija y de nosotros. Los chicos se quieren. No podemos hacer otra cosa más que aceptarlo. Es su decisión.

—Espero no equivocarme, pero no les auguro un gran futuro.

—¡Qué cosas tienes! Sonsoles Suárez es una chica estupenda. Es periodista.

—Peor me lo pones.

—Tienes que pasar página, Cristóbal.

Aunque no podía apartar de su cabeza aquella boda que los emparentaba con Suárez, no fue capaz de hacerle ningún feo cuando el expresidente fue a saludarles. De todas formas, consideraba que era la guinda que le faltaba para hacer insoportable aquella situación que le hacía vivir retirado de su profesión por decisión de la extinta UCD. Viajar y hacer deporte con su nieto era lo único que le alejaba de aquel pensamiento recurrente que tanto le torturaba.

Al año siguiente, 1995, se celebró la boda del pequeño de la familia, Jaime, que con treinta y un años se casaba con la modelo y empresaria Nuria March Almela en la iglesia de los Jerónimos, en Madrid. El Príncipe de Asturias y la infanta Cristina acudieron al enlace.

—Te llevas al más consentido de mi madre —le dijo Carmen hija a Nuria—. También al más bueno de todos nosotros.

—Lo sé. —La novia se echó a reír—. Nos queremos muchísimo. Me caso para toda la vida.

Nuria estaba bellísima de novia, llevaba un traje muy elegante y sencillo diseñado por Cuca Gotor, hermana de Pocholo. Sus únicos complementos, unos pendientes de perlas y un anillo de brillantes. El ramo era un buqué de flores blancas. El pequeño de los Martínez-Bordiú Franco se hacía cargo de algunas empresas familiares. De hecho, su bufete también estaba en la calle Hermanos Bécquer, donde se encontraba el domicilio de sus padres.

Meses después del enlace, una llamada de Carmen a su madre iba a remover de nuevo los cimientos familiares. Se avecinaba una tormenta mediática protagonizada de nuevo por la hija mayor. Después de doce años junto a Jean Marie Rossi había decidido poner fin a su relación. Esta se lo confesó a su madre vía telefónica.

—Mamá, lo mío con Jean Marie se acabó.

—Crisis pasamos todos. Hay que saber superarlas. Carmen, si das el paso, será un nuevo golpe para la familia, incluido tu hijo.

—Llevamos dos años durmiendo en habitaciones separadas. En nuestro matrimonio han pasado muchas cosas. Sobre todo, perder a nuestros hijos. Lo nuestro hace tiempo que se acabó.

—Veintiún años de diferencia era demasiado. Era lógico que este momento llegara tarde o temprano.

—He conocido a otra persona.

—Carmen, ¿eres consciente de lo que van a decir de ti?

—Hace tiempo que me da igual lo que digan de mí. Roberto Federici ha aparecido cuando mi matrimonio ya estaba en plena crisis.

—Carmen, ¿lo has pensado suficientemente?

—Sí.

—Yo no te voy a aconsejar lo que tienes o no tienes que hacer. Siempre respetaré tus decisiones.

Carmen hija se decía a sí misma que, en esas rupturas, había mucho de inmadurez, pero no podía vivir con quien no amaba. Había conocido al arquitecto italiano y se había enamorado de él. Pediría el divorcio a Jean Marie, con el que mantenía una magnífica relación de amistad. Se estableció en un piso en una localidad cercana a París, donde visitaba diariamente la casa de Rossi. Cynthia llegó a decir que sus padres «se llevaban mejor ahora que cuando vivían juntos».

La prensa empezó a perseguir a su nuevo acompañante. Rápidamente se supo que había mantenido años atrás una relación sentimental con Ira de Fürstenberg. También fue de dominio público que Carmen y Roberto se habían conocido gracias a la fiesta organizada por Víctor Manuel de Saboya en la isla de Cavallo. Ella se había sentado sola mirando al mar y de pronto apareció Roberto hablándole sin parar. A partir de ese momento, no dejó de encontrárselo en todas las fiestas a las que iba. Para entonces ya era una evidencia su crisis con Rossi.

Desde que había muerto su nieto Fran, su madre y Alfonso, Carmen seguía sin conciliar el sueño. A las constantes salidas de su marido, se añadía ahora otro escándalo en la prensa. Un día comenzó a encontrarse mal. Sangraba cada vez que iba al baño. Se lo comentó a su marido. Cristóbal le quitó importancia. Había tenido siete hijos y pensaba que era lógico después de tantos partos. Sin embargo, le recomendó una revisión y acudió al médico. Después de varias pruebas apareció la palabra que menos podía esperar.

—Carmen, tienes un cáncer de recto —le diagnosticó el doctor Esteban.

Se quedó helada. No había pensado en aquel resultado. Después de unos segundos en blanco, reaccionó.

—¿Tengo alguna posibilidad de superarlo?

—¡Claro que sí! Vamos a intervenir rápidamente. He hablado con el doctor Enrique Moreno. Está dispuesto a operarte en cuanto estén los resultados. Dice que cuando vea con sus ojos cómo está la situación, podremos hacer una evaluación objetiva.

—¡Cuanto antes! Estas cosas conviene no demorarlas demasiado. ¡Actuemos!

—Mañana te hacemos las pruebas del preoperatorio y tan pronto tengamos los resultados, ¡operamos!

Nani, pensó Carmen, era el caso más cercano de enferma de cáncer en la familia. Había superado uno de pulmón contra todo pronóstico. No tenía ninguna movilidad y necesitaba una silla de ruedas. Esto no es el final, se dijo a sí misma. Estaba dispuesta a plantarle cara a la enfermedad. Sabía que el factor emocional influía mucho y decidió desterrar los pensamientos negativos. Cuando quiso darse cuenta estaba en el quirófano. Después de varias horas de operación, se despertó en la UVI. Todo había pasado muy rápido, sin tiempo para asimilarlo. Cuando se recuperó de la anestesia, el doctor le dio una buena noticia.

—Carmen, afortunadamente era muy incipiente. Te he limpiado bien y he tomado la decisión de ponerte una bolsa. Después de unos meses recuperarás tus funciones, pero ahora he considerado que era lo mejor para ti.

Carmen se tocó el abdomen y observó que llevaba incorporada a su vientre una pequeña bolsa que formaría parte de su cuerpo durante un tiempo.

—¿Se me caerá el pelo? —Parecía que esta era su verdadera preocupación.

—No, porque no te voy a dar quimioterapia ni radioterapia. No es necesario. Por suerte, lo hemos cogido a tiempo. Debo decirte algo más. Hemos tenido que quitarte la vesícula. La tenías llena de piedras. De modo que tendrás que acostumbrarte a comer sin grasas, a no tomar frituras, ni carnes rojas, ni azúcares, ni beber alcohol. Tendrás la digestión disminuida ya que el hígado no segrega tanta bilis por sí solo. Así que muchas verduras, frutas, carne de pollo y pescado a la plancha y a beber mucha agua.

Carmen sonrió y pensó que aquello era un mal menor. Ahora tocaba recuperarse cuanto antes. Su marido no había querido entrar en la operación. Sin embargo, Francis sí estuvo presente. Estaba convencida de que tantas muertes seguidas y tantos disgustos habían tenido que ver con que hoy estuviera recuperándose de aquella intervención. Ella, que parecía tan poco dada a las emociones, se tragaba todo aquello que le afectaba y no lo compartía con los demás. Dejaba atrás las penas, incluso su recuperación, que seguía adelante. El día que la volvieron a operar para separarla de la bolsa se volvió a sentir libre.

—Volveré a viajar. Quiero disfrutar de cada segundo de mi vida. Para mí, todo este proceso ha sido una prueba —le comentó a su amiga Dolores Bermúdez de Castro.

—Ahora tenemos que pensar un destino para coger las maletas e irnos.

—Antes tengo que ayudar a Arantxa a organizar su boda. Quedan solo cinco meses.

En España, por aquellos días, se encontraban las calles repletas de propaganda electoral. El 3 de marzo de 1996 los españoles estaban llamados a las urnas. Ni Carmen ni Cristóbal acudieron a votar, como era su costumbre.

—No lo he hecho hasta hoy, no lo voy a hacer ahora. ¡Me da igual el que salga!

—Pero si no han pasado ni los cuatro años de rigor. Felipe González se ha visto obligado a convocar nuevas elecciones —replicó Carmen sorprendida.

—Pero eso ha sido porque Convergència i Unió, su socio de Gobierno, ha roto el pacto de legislatura y ha sido imposible sacar adelante los presupuestos. Y sin presupuestos, ya me dirás.

—No me importa en absoluto la política —dijo, sonriente.

—Pero si no hay día que no te leas el periódico.

—Me parecen mucho más importantes mi salud y la de mi familia. Lo demás es secundario.

Al cabo de las horas supieron que había ganado el candidato del Partido Popular, José María Aznar. El resultado electoral se mostró en televisión en forma de mapa y se quedaron los dos sorprendidos al ver la mitad azul y la otra mitad roja.

—¿Te das cuenta? España está dividida otra vez. No aprendimos nada de la guerra —comentó Cristóbal con cierta crispación.

—Ahora Aznar, si quiere gobernar, sin la mayoría absoluta, tendrá que pactar con los nacionalistas. Los mismos que han retirado el apoyo a González. Bueno, me voy a acostar.

Desde que se había operado de cáncer, Carmen había decidido no sufrir por nada, menos aún por la política. Su hija se casaba en cinco meses y eso sí le ocupaba más que todo lo que pasara a su alrededor. El 27 de agosto se celebró la boda de Arantxa. Estaba convencida de que le iría bien en su matrimonio, y así se lo comentó a sus amigas.

—Es la más tranquila de todos, junto con Mariola. Se parecen mucho a mí en el carácter y a la madre de Cristóbal en su aspecto físico.

—¿Mery vendrá a la boda?

—Sí, por supuesto.

—Tuvo muy mala suerte al casarse con ese escritor de lengua tan viperina.

—Terrible. Su matrimonio con ese demonio no duró más de dos años. Un desastre que se veía venir.

—Vendió la exclusiva de su boda, ¿verdad?

—Creo que sí. Dicen que fue el primero que lo hizo. Ya sabes que de esas cosas tampoco quiero saber nada.

—Oye, el matrimonio que ha durado poco ha sido el de tu sobrino, Pocholo.

—Solo dos años. También estaba claro. Al menos, ya no estaremos emparentados con Suárez.

—¿Y Carmencita?

—Intentando volver a rehacer su vida. Es una mujer muy

fuerte. Ha sido la más rebelde de todos y la preferida de mamá. Siempre ha hecho lo que ha querido.

—Yo creo que el hecho de que se echara el agua hirviendo del biberón de su hermana y que estuviera escayolada tanto tiempo para que no se tocara el cuerpo le ha tenido que influir para que haya sido siempre tan inquieta.

—No lo había pensado nunca. Bueno, yo creo que tuvo más que ver el hecho de que cuando llegó Nani a casa ya tenía seis u ocho años. Ya era difícil hacerse con ella. Sale en todas las fotos llorando porque Nani no le consentía todo lo que ella quería.

—Tiene un gran corazón.

—Desde luego. Estamos pensando en hacer algún viaje largo juntas. Nos apetece mucho.

—¿Y Cristóbal?

—Bueno, ya le conocéis. Tan impulsivo como siempre. Va de berrinche en berrinche y con la tensión disparada. No hay nada que le frene.

Arantxa, la benjamina, decidió casarse en el verano de 1996 con el abogado y jinete Claudio Quiroga Ferro, en el pazo de Meirás. Fue la última en contraer matrimonio. Había terminado secretariado industrial y regentaba una empresa de restauración de muebles. Su futuro marido pertenecía a la aristocracia empresarial coruñesa. El pazo, que estaba cerrado desde 1978, fue rehabilitado para la ocasión. Brigadas de obreros trabajaron sin descanso en el arreglo de la capilla y del jardín donde los novios querían celebrar la ceremonia religiosa y el banquete. El mismo jardín que les había visto jugar de niños. La familia del novio era conocida de los Martínez-Bordiú. El padre de Claudio —Fernando Quiroga— había sido director general de Unión Fenosa y, en aquel momento, ocupaba el cargo de presidente del club de golf de A Zapateira. Meirás volvía a brillar. Arantxa estaba feliz. Su madre la miraba con una gran sonrisa. Volvía a ver a todos sus hijos reunidos para un acontecimiento alegre, lejos de las tristezas que habían vivido recientemente. Se dijo a sí misma que había que empezar a olvidar la enfermedad. Cuando le preguntaban cómo se encontraba, comenzó a responder con un escueto: «¡Bien!». No daba más detalles. No quería ni recordar su paso por el hospital. Lo mejor para superar lo recientemente vivido era dejar de hablar de ello. Y eso hizo. También se volcó en acudir a actos organizados por la Asociación Española contra el Cáncer que presidía desde años atrás.

—De lo que me siento más orgullosa en mi vida es de haberme involucrado en la asociación y conseguido fondos para la lucha contra la enfermedad.

Estas eran unas de las pocas declaraciones que hacía a la prensa. No le gustaban las entrevistas y daba contestaciones breves cuando le ponían un micrófono. Ella prefería seguir en un segundo plano y que brillaran más los que tenía alrededor.

Cristóbal, que salía mucho más que su mujer en las fotografías que publicaban las revistas, proyectó irse de viaje. Se encontraba comiendo antes que nadie de la familia porque había previsto marcharse a la dehesa de Campoamor, en Alicante, donde tenían un apartamento. El lugar era idílico, situado junto al parque natural de la Sierra de Escalona, con unas playas de arena blanca espectaculares. Sin embargo, el empleado que le servía la comida se dio cuenta de que no se encontraba bien. Carmen, que le oyó hablar, también percibió que algo le estaba ocurriendo en ese preciso instante. De pronto empezó a balbucear.

—Llama inmediatamente a una ambulancia —le dijo al sirviente—. Cristóbal, no estás en condiciones de irte de viaje.

—¿Por?

—Tú no te vas a ningún lado. Vamos al hospital. Tranquilízate. No estás hablando bien. Será mejor que te vean.

Cristóbal, que no se daba cuenta de que hablaba mal, supo que le estaba dando un derrame cerebral. Cuando llegó la ambulancia, le trasladaron hasta el que había sido su hospital, el Ramón y Cajal. Inmediatamente sus antiguos compañeros comenzaron a tratarle. La terapia funcionó y fue dado de alta a la semana. Le habían quedado pocas secuelas. Carmen se lo comunicó a Francis.

—Podía haber sido peor. Menos mal que estábamos con él. La ambulancia tardó poquísimo en venir.

—Eso le ha salvado la vida.

—De todas formas, aunque aparentemente no le han quedado secuelas, le noto infantilizado en sus respuestas.

—Tranquila. Irá recuperándose poco a poco. Tiene que hacer una vida muy sana y mucha rehabilitación. Sobre todo, hay que intentar evitar esa tensión tan alta y los cabreos que se coge.

—Ya me dirás cómo hacerlo. Es su temperamento.

—Pues si no corrige sus hábitos y su forma de tomarse las cosas, volverá a darle.

En febrero de 1998, tuvo otro derrame. Se reprodujeron los mismo síntomas: dificultad en el habla y en los movimientos. Carmen sabía que esta vez era más grave y decidió llevarle a una clínica privada para poder estar junto a él.

—Mejor ir al Ruber Internacional. Tenemos amistad con los Bergaz, nos dejarán estar con tu padre en la misma habitación. Sin ser médico, sé que esta vez es mucho más grave.

Cuando fue trasladado a la clínica, todos fueron informados de la gravedad. La hija mayor viajó hasta Madrid en el primer avión. Llegó a ver a su padre plenamente consciente.

—Tranquilo, papá. Te pondrás bien —lo animó con una sonrisa.

El marqués le cogió la mano y le habló como si no pasara nada entre ellos.

—Nena, tú tan cariñosa como siempre.

El doctor que le atendía habló con Francis.

—En cuarenta y ocho horas sabremos si es capaz de salir adelante. Las próximas horas son cruciales. Puede repetirle en cualquier momento.

El marqués de Villaverde no lo superó. Murió el 4 de febrero tras un segundo derrame cerebral. Así finalizó la vida del hombre que había convivido con Carmen Franco durante cuarenta y ocho años. Habían tenido siete hijos y una vida en común repleta de vaivenes por su corazón de *playboy*. Durante treinta y cinco años su condición de yernísimo fue pasaporte para desempeñar cargos importantes en instituciones médicas. Al desaparecer su suegro el 20 de noviembre de 1975 todo eso se esfumó. Lo que fue una ventaja durante años, a partir del setenta cinco se transformó en un problema. Su imagen se hizo imprescindible de las fiestas y actos sociales de toda una época. A todo el que le quería escuchar, le comentaba su visión negativa de los nuevos políticos que se empeñaban en afianzar un sistema en el que no creía: la democracia. El doctor nunca llegó a asimilar el haber pasado en cuestión de meses de ser tratado como una eminencia, tras realizar el primer trasplante de corazón en España, a ser completamente denostado y rechazado por los pacientes que no querían ser operados por él. Murió a los setenta y cinco años de edad. Dijeron que su salida de la medicina por la puerta de atrás y la pérdida de estatus al que estaba acostumbrado habían deteriorado su salud. Carmen sintió la pérdida. Se quedaba sola frente a los problemas que pudieran tener sus hijos. Su marido se había ido demasiado pronto. Días después, se dio cuenta de que era dueña de sus actos y tendría que tomar en solitario las decisiones sobre su futuro. Su nueva condición de viuda le daba vértigo, pero, a la vez, le imprimía una sensación de libertad plena que no había experimentado nunca.

44

AÑOS DE AMORES Y BODAS

A medida que tienes los hijos más pequeños,
estás más lejos de ellos. Cada generación es distinta
a la anterior. Hoy me gusta ejercer de abuela
con mis nietos y con mis nueve bisnietos. Si echo
la vista atrás creo que he sido bastante feliz.
Tengo que dar las gracias a Dios por ello.

Durante días no quiso salir de casa. Ordenaba papeles y repasaba su vida al lado de Cristóbal. A su mente regresaban los momentos más intensos vividos a su lado. El día en que se conocieron en el que Carmen no quiso hacerle mucho caso. Logró bajarle los humos de conquistador y seductor de los que hacía gala. Cuando lo vio por primera vez llevaba el uniforme de las milicias universitarias. Le sentaban bien los uniformes. El día de su boda, vestido con el de gala de la Orden de la Hermandad del Santo Sepulcro, parecía un príncipe. Todavía recordaba lo guapo que le pareció al entrar en la capilla de El Pardo. Se dieron el sí quiero delante del cardenal arzobispo de Toledo, Enrique Pla y Deniel. La mirada se le quedó perdida al pensar en los muchos boleros que habían bailado juntos en la *boîte* Larré, donde se miraban a los ojos con la música de Bonet de San Pedro. No podía por menos que sonreír al rememorar su luna de miel. Después de las islas Canarias se fueron en barco hasta Italia en compañía de su madre y monseñor Bulart. «¡A quién le diga que me he ido de luna de miel con mi suegra!» fue su coletilla preferida durante un tiempo. Después comenzaron a llegar los hijos uno tras otro. Recordaba el nacimiento de Carmen. La primera. Se habilitó como paritorio una de las salas de El Pardo. Todos estaban nerviosos. Carmen no podía reprimir los gritos ante la llegada inminente de la niña. Su marido, le contó después, se extrañaba de que su padre, al que siempre llamó excelencia, siguiera pintando un óleo como si tal cosa mientras venía al mundo su primera nieta. Daba constantes retoques a las plumas del cuello de un águila. Cristóbal se acercó para hablar con él pensando en lo frío que era, sin inmutarse ante los gritos de su hija. Cuando se puso frente a él, vio que le caían dos lagrimones. Cristóbal siempre lo contaba, y ahora lo rememoraba cuando acababa de irse para siempre. Habían viajado muchísimo y se lo habían pasado francamente bien. Imborrable aquel baile con los Kennedy. Cristóbal con Jackie y ella con John. O aquel viaje a la India en el que Cristóbal abatió a un tigre subido en un elefante. Habían sido muchos días de caza, afición que compartían. Ella era mejor tiradora que su marido. Su puntería era más propia de un hombre. Se había criado en ambiente militar, era lógico que le gustara montar a caballo y disparar. No le perdonaba sus últimos años, llenos de desvaríos e infidelidades. Estaba desequilibrado, pensaba. No había asimilado la muerte de su suegro y menos aún la bajada del pedestal de la que Nani siempre advirtió a los niños. Pero a ellos nadie les previno. Cuando acabaron sus días en activo como médico, fue el principio del fin. No lo superó nunca. Tampoco ella le había perdonado la larga agonía a la que había sometido a su padre. Siempre opinó que fue un error sacarle del palacio. Se preguntaba si a lo largo de estos cuarenta y ocho años habían sido más los errores que las alegrías. Sin proponérselo estaba haciendo un balance de su vida junto a él. Ya daba igual. Sus recuerdos pertenecían al pasado. Ahora debía ubicarse y saber qué le quedaba por hacer.

En su recién estrenada viudedad se encontró con la separación de Francis y María Suelves. No tenía fuerzas, ya no le quedaban, para decirle nada a su hijo mayor. Había convivido dieciocho años junto a la hija de los marqueses de Tamarit, a la que Carmen quería y apreciaba. Era la hija de Victoria, su querida amiga de toda la vida. Las dos sentirían mucho esta situación. María había emprendido una carrera como diseñadora de su propia marca. La joven le dijo a su ya exsuegra que su separación no la alejaría de sus nietos. Separarse sin crispación y bandos le pareció un acierto.

Carmen, que siempre había parado poco en casa, ahora prefería no salir del que había sido su hogar con Cristóbal. Eso les extrañó a todos y su hija mayor tuvo una idea. Le propuso un viaje a Vietnam. Estaba convencida de que viajar le haría olvidar esa sensación de vacío que sentía. Y justo allí, en el país más oriental de la península de Indochina, volvió a sonreír. No solo lo recorrieron de un extremo a otro, sino también se deleitaron con su rica gastronomía. Degustaron todas las salsas de pescado y las verduras que los acompañaban. No había día que no tomaran el *cha giò* (rollitos de primavera), el *goi cuon* (rollo de verano) y el *phó* (la sopa de tallarines de arroz). Y, por supuesto, mucho café vietnamita. Madre e hija disfrutaron con todo: de los paseos por Saigón, de un crucero por el río Mekong o de la visita al mercado flotante de Cai Rang. Se fueron en avión hasta Hanói y no se perdieron el viaje en el tren nocturno, ni la visita al templo de la Literatura o la peregrinación obligada al mausoleo de Ho Chi Minh. Tampoco se quedaron sin ver Sapa, al norte de Hanói, a cincuenta kilómetros de la frontera con China, enclavada en las montañas más altas del país. La ciudad, que no era muy vistosa, les pareció llena de misterio. Quedaron fascinadas, y lo más importante fue que, al pasar juntas todas las horas del día, tuvieron tiempo para compartir vivencias más allá de las que ya poseían a nivel familiar. Lo que no hubo fueron confidencias. La noche se prestaba a ello, pero ambas caían rendidas. Cuando finalizó el viaje, se propusieron repetir la experiencia. Había sido terapéutico.

Al regreso, se encontraron de lleno con otro problema: Jaime y Nuria March se separaban después de solo cinco años de convivencia. Con un hijo de año y medio ponían fin a su matrimonio. Jaime seguía comportándose como cuando estaba soltero. Largas noches en blanco que hacían imposible el encuentro. Ella salía a trabajar cuando Jaime entraba por la puerta.

El pequeño de la familia regresó por un tiempo al domicilio familiar, pero todo empeoró por momentos. Su deterioro resultaba palpable e hizo que saltaran todas las alarmas en la familia. Todos estaban convencidos de que frecuentaba malas compañías y estaba metido en ambientes muy sórdidos que provocaban que su vida estuviese trastocada por completo. La aparición de Patricia Olmedillo, una joven con la que él se ilusionó, hizo pensar a la familia que podía ser la solución. Pero no fue así. Carmen llamó a Mariola y a Francis, que se encontraban en Madrid.

—Estoy muy preocupada —les dijo—. Tenemos que intentar que se rehabilite como sea. Ha sido el más mimado por mí pero también, por edad, el que me ha pillado más mayor.

—Conozco varios sitios. Puedo preguntar —propuso Mariola—. Uno está en Barcelona, donde todo se hará con la máxima discreción.

—Mamá, tienes que saber que es muy difícil salir del mundo en el que está metido —le advirtió Francis.

—¡Hagámoslo! Vamos a intentarlo. Tiene un niño pequeño que no puede verle así.

—De todas formas, hasta que él no desee dejarlo, no podremos hacer nada.

—Está en juego su vida. Debemos convencerle.

Hablaron con Jaime, quien consintió someterse a una cura de desintoxicación. Pero la alegría duró poco ya que volvió a recaer a los pocos meses. Les habían dicho que la recuperación estaría llena de intentos y de recaídas. Cuando el pequeño de los Martínez-Bordiú tocó fondo de nuevo, volvieron a reunirse sus hermanos con su madre y quedaron en convencerle una vez más para que acudiera a realizar otra cura.

—Jaime debe volver a intentarlo. Sabemos que es muy duro, pero no imposible —apuntó Arantxa, que conocía perfectamente a su hermano—. Debe implicarse en la crianza del niño. Está dejando completamente sola a su exmujer.

—Jaime tiene un carácter demasiado débil... Mientras siga viendo a los amigos que le han metido en ese mundo, no saldrá de él. Deberíamos apartarle de todo eso. No puede levantarse a las siete de la tarde y vivir de noche. Va a contracorriente del resto mundo —observó Francis.

—Sin su consentimiento no se puede hacer nada. Es mayor de edad. Debe querer él —concluyó Carmen Franco.

Luis Alfonso sabía que su tío tenía problemas, pero no alcanzaba a saber la gravedad de la situación. Había llegado a la mayoría de edad junto a él y Arantxa. Precisamente fue a sus dos tíos a los que contó primero que se había enamorado. Le gustaba una chica venezolana de buena familia. Su íntimo amigo, el financiero Francisco D'Agostino, le había invitado a pasar unos días a Sotogrande. Su novia, la venezolana Victoria Vargas, le presentó a su hermana Margarita. Se gustaron inmediatamente. Un mes después, en Caracas, en la boda de Francisco y Victoria, surgió el amor al ritmo de las bachatas de Juan Luis Guerra. Margarita era simpática pero tímida, muy parecida en carácter a Luis Alfonso. La familia de la joven era dueña de múltiples empresas, una de las mayores fortunas de Venezuela. Propietarios de numerosos inmuebles en América y en Europa. A los dos jóvenes les unía la pasión por el deporte y el haber sufrido de pequeños la pérdida de un hermano. Margarita lloraba a su hermano Víctor José, fallecido por un problema de salud. Tenían muchas cosas en común.

De enamoramiento sabía también mucho Francis Franco que, tres años después de su divorcio con María Suelves, había conocido a Miriam Guisasola y había tenido dos hijos con ella —Álvaro y Miriam—, por lo que entre ambos sumaban cinco hijos, con los dos de Francis y uno de Miriam de sus anteriores matrimonios. Les comunicó a todos su intención de casarse con la joven relaciones públicas. No quería grandes fastos. Simplemente informó a su madre y hermanos de que quería celebrar una ceremonia civil sencilla en un pueblo de Madrid.

Y tras esta noticia, Luis Alfonso comunicó a su abuela que él también tenía intención de contraer matrimonio con Margarita. Estaba seguro de que era la mujer de su vida.

—Si lo tienes tan claro, hagamos una petición de mano en toda regla.

—Me gustaría que fuera en el pazo. ¿Crees que será posible?

—¡Por supuesto! Vamos a agilizar las obras. Lo haremos allí.

El pazo de Meirás había sido el escenario de la última boda de la familia. Ahora, casi diez años después, volvía abrirse para este acontecimiento. Carmen Franco se había pasado los últimos ocho años rehabilitando el complejo.

—Me está costando una fortuna hacerlo. Es un pozo sin fondo. No sé si me arrepentiré algún día de tanta obra —comentó a sus amistades.

El pazo era un edificio emblemático, residencia de verano de la familia Franco desde 1938. Allí había acumulados muchos recuerdos y vivencias de sus padres y de ella. Se quedó pensando en las comidas que habían hecho allí. Lo verbalizó con sus amigas.

—Mi padre era de buen comer. Las paellas de verano le encantaban. Lo único que no le gustaba era el arroz con leche. En Asturias se tomaba mucho y para mi madre, sin embargo, era un exquisitez.

—Ni tus padres ni tú habéis entrado mucho en la cocina —observó Dolores Bermúdez de Castro, que intentaba animarla y hacerle olvidar los problemas familiares, comentando cosas del pasado.

—Jamás. Las cocinas estaban lejísimos de las habitaciones. En El Pardo estaban al lado del foso que tenía árboles. Nosotros vivíamos en un primer piso y los oficiales en la planta baja. Había unas escaleras muy largas y muy profundas para bajar a las cocinas. Yo creo que habré ido dos veces allí en mi vida. Entre cocineros y pinches eran todos hombres. Claro, todos militares.

—¿Alguna vez habrás guisado en tu casa?

—¡Nunca! Bueno, miento. Una vez que nos perdimos Cristóbal y yo para ir al chalet de unos amigos y regresamos a casa sin cenar. Hice una tortilla francesa. Es la única vez que me he puesto a cocinar. No tengo ningún interés, por otra parte. No me gusta nada.

Las amigas sabían que hablar y recordar episodios felices le hacía bien. Poco a poco fue empezando a salir y a quedar con ellas. Volvía a ser la Carmen de siempre.

Antes de la boda de Luis Alfonso en la República Dominicana, un hijo de Rafael Ardid y Mariola se convirtió en el primer nieto que usó el pazo para celebrar su enlace con la joven Carmen Panadero.

Otra boda más se adelantó a la de Luis Alfonso: la del príncipe Felipe. El hijo pequeño de los reyes don Juan Carlos y doña Sofía, heredero de la corona, se casó con Letizia Ortiz el 22 de mayo del 2004, en la catedral de la Almudena. Asistieron mil doscientos invitados, entre ellos, miembros de doce casas reales reinantes y de otras doce pertenecientes a casas reales no reinantes. Tuvo la consideración de boda de Estado. La primera en España desde hacía más de cincuenta años. Letizia lució la tiara con la que se casó la reina Sofía, de estilo imperio, en platino y diamantes. El traje de novia fue diseñado por Manuel Pertegaz. Lo que más destacó fue el cuello en forma de corola y la cola de cuatro metros y medio bordada con motivos heráldicos.

Luis Alfonso asistió a la boda, igual que Carmen Franco y Jaime Martínez-Bordiú. Los reyes se habían acordado de invitarlos aunque hacía años que no hablaban con ellos y no coincidían en ningún acto social. Carmen recordaba cómo Jaime y el Príncipe de Asturias habían jugado de pequeños. Los reyes y sus hijos habían pasado varios días de sus vacaciones en el pazo de Meirás cuando vivía su padre. El rey nunca había olvidado que le había elegido a él para reinstaurar la monarquía en España.

—Decía mi madre que, si había dos caminos, mi padre siempre elegiría el más difícil —comentó a su hija Carmen tras la boda—. Siempre creyó en don Juan Carlos por encima de su padre. Sobre todo, después del manifiesto.

—Pues precisamente por eso, Alfonso me reprochaba que el abuelo nunca le había dado nada. Me increpaba en un tono autoritario. ¡Ya ves! Yo creo que nunca pensó en él.

Carmen Martínez-Bordiú pasó mucho tiempo en España en los previos de la boda de su hijo. Por fin, Luis Alfonso y Margarita se casaron el 6 de noviembre del año 2004. Los Vargas organizaron todo en la República Dominicana. Habían pensado en una celebración que no sobrepasara los seiscientos invitados. Al final, fueron mil quinientos setenta. Tuvo lugar en el Complejo Casa de Campo en los Altos de Chavón, un espectacular barranco enclavado entre una roca y una exótica vegetación tropical con vistas al Caribe. Carmen Franco y su hija fueron en un avión privado fletado por la familia de Margarita. Les acompañaron Victorio & Lucchino, diseñadores del traje de la novia; Los del Río pusieron la guinda en el final de fiesta. También viajaron en ese avión Cynthia Rossi, la hermana de Luis Alfonso, y Roberto Federici, la pareja de Carmen.

 A las siete menos cuarto de la tarde, el novio entró en la capilla acompañado de su madre, que ejercía de madrina. Lucía un vestido violeta con flores asimétricas diseñado por John Galliano para Christian Dior. Iba tocada con la tradicional mantilla en color negro. Luis Alfonso llevaba uniforme rojo y la Gran Cruz de Honor y Devoción de la Orden de Malta, así como la insignia de la orden dinástica francesa del Espíritu Santo. La novia llegó a la iglesia minutos después precedida por un cortejo de catorce amigas vestidas de verde y rosa. Iba del brazo de su padre ataviada con un traje gris perla en raso con sobrevestido de chantillí; velo y cuatro metros de cola. Parecía una princesa con la espectacular diadema de varias hileras de brillantes y perlas cedida por Carmen Franco. Era la misma diadema que había lucido en su boda con Cristóbal, el 10 de abril de 1950. Carmen Franco tenía entonces veinticuatro años, muy joven, como se estilaba en la época. Había vivido todo tipo de experiencias, buenas y malas, pensó. La vida de casada no había sido como imaginaba. Creyó que conseguía la libertad saliendo de El Pardo, y no había sido así. Ahora, ya viuda, no dependía de su marido sino de ella misma. Se dijo a sí misma que, con su apellido, no conseguiría nunca la libertad total. Siempre observada y siempre examinada… Pensó en todo ello mientras su nieto y Margarita se prometían amor y fidelidad. Regresó a la realidad cuando una de sus hijas le preguntó algo.

 —¿Te has traído de España las casullas de los curas?
 —Sí, y el cáliz para la eucaristía —alcanzó a contestar.
 Nunca había visto tan feliz al novio como aquella tarde en la que se comprometía para toda la vida.

—Mi nieto lo va a cumplir —le dijo a Arantxa.

Tras el enlace, se trasladaron a la casa La Romana. El recinto habilitado para el banquete era espectacular. Carmen hija perdió la acreditación y cuando la pararon los del servicio de seguridad les dijo: «¿Ven a alguien más con peineta? ¿Verdad que no? Es que soy la madrina». Ante la evidencia, la dejaron pasar. El famoso restaurante Le Cirque de Nueva York, uno de los favoritos de los padres de Margarita, fue el encargado de servir el banquete a base de langosta, caviar, salmón y *foie* y un extraordinario *risotto* de trufa. El ídolo de la novia, David Bisbal, que promocionaba, durante esos días, el disco *Bulería* en la República Dominicana, fue el encargado de dar comienzo a la noche. Los novios inauguraron el baile al compás de la canción «Ave María» que entonó el cantante. La pista de baile no se vació durante toda la madrugada. Aquella fue una boda para recordar.

Cuando se quedó embarazada Margarita, y Carmen vio fotos de ella en las revistas, sonrió. Pensó que los tiempos cambiaban a mucha velocidad. Su madre no tenía ninguna foto de ella embarazada. Era aquella una época en la que se retrataba muy poco. Solo tenía dos fotos de pequeña con su madre. Se lo comentó a su hija Arantxa, que seguía peleando por quedarse embarazada.

—En mi generación nos poníamos unos trajes que llamaban «tontitos» para disimular los embarazos. Todo lo contrario que ahora: lucir la tripa y el marido poner la mano encima. Los tiempos cambian a mucha velocidad.

—No veo nada malo en lucir el embarazo. La imagen de las embarazadas me parece preciosa.

—Antes no queríamos que se nos hicieran fotos en estado. Evidentemente, son otros tiempos. ¡Lo que te gustan los niños, Arantxa! No conozco a nadie tan volcada en sus sobrinos como tú. ¡Tienes mucho mérito!

Carmen hija, tras su ruptura con Federici, se alejó por completo del arquitecto italiano. Pasaron pocos meses hasta que se dejó ver en compañía de un deportista santanderino trece años más joven que ella, José Campos. Nada tenía que ver con su mundo ni con sus relaciones anteriores. Pocos apostaban por una larga vida en común, pero Carmen se fue a vivir a la capital cántabra. Todos los días salía a pasear por la playa y degustaba encantada la gastronomía de la zona. Celebró su sesenta cumpleaños y le acompañaron muchos miembros de su familia y amigos. La matriarca de los Franco volvió a bailar sevillanas después de muchos años sin hacerlo. Todos vieron que no se le daba nada mal.

—Ni sé cómo me acuerdo —comentó.

—Mamá aprendió a bailar antes de casarse —explicó su hija a los invitados—. Siempre nos ha gustado mucho el flamenco. Sin embargo, no recordaba que mi madre bailara las sevillanas.

Los invitados brindaron por Carmen y José Campos y por el nuevo matrimonio que no tardarían en formalizar. Se casaron por la iglesia, en Sevilla, en presencia de sus allegados más íntimos y de algunos miembros de su familia. Era su tercera boda. Su hijo no asistió.

Más tarde, en Santander, celebraron la boda con setecientos amigos. El lugar elegido fue el hotel Palacio del Mar que recibió a los invitados con una decoración especial: telas blancas que simulaban una *haima* del desierto. Esta vez eligió un vestido largo de color blanco roto del diseñador Manuel Mota. Los grandes ausentes de este acontecimiento fueron su hijo Luis Alfonso y su mujer. Carmen, como siempre, lo disculpó diciendo que lo llevaba en el corazón. Carmen Franco tampoco se trasladó hasta Santander. Sí lo hizo su hija Cynthia Rossi. Una vez más, la primogénita de los Martínez-Bordiú-Franco buscaba la felicidad. Pero a los siete años aquella relación ya hizo aguas.

—Tienes que venir a vivir a Madrid —le dijo su madre.

—Me gustaría saber por qué se va el amor tan rápidamente. Debe de ser un problema mío más que de los demás. Reconozco que soy inestable sentimentalmente.

Esta ruptura no supuso ningún trauma en la familia. Mucho más grave era la situación a la que había llegado Jaime, el pequeño, que se había complicado todavía más. Su última novia le denunció. La familia, como una piña, le convenció de que solo había una salida: alejarse del mundo en el que estaba metido. Lo intentó de nuevo y regresó a Barcelona. Esta vez el periodo fue más largo. Después de mucha terapia consiguió rehabilitarse. Cuando volvió a Madrid parecía renovado. Le habían enseñado estrategias para vencer la tentación de recaer. Jaime se presentó ante su familia rehabilitado.

—Espero que no vuelvas a caer en el error. Es una pena que te pierdas a tu maravilloso hijo. Está haciéndose mayor y tú ni te has enterado de cómo es. Merece la pena que lo hagas.

—Espero poder estar más tiempo con mi hijo Jaime.

—Si no lo haces, no volveré a hablar contigo. —Arantxa, la hermana con la que siempre había estado unido, le dio un ultimátum—. Espero que algún día dejes de comportarte como un niño. Ahora te toca ejercer de padre. No pierdas más tiempo. ¿Me oyes?

Arantxa se ocupaba cien por cien de sus sobrinos. Jaime, el hijo de su hermano, le llamaba la atención por la madurez que demostraba. Conversaba como un adulto y sus notas eran espectaculares. Además, pasaba muchos días con la abuela. Le encantaba escuchar episodios de la historia reciente en su boca. Era plenamente consciente de que muchos de esos episodios los había vivido en primera persona.

Por otro lado, Daniel, el hijo mayor de Jose Toledo y Cristóbal, decidió trasladarse a vivir con ella. Sus padres se habían instalado en una finca retirada de Madrid y él prefería el centro. La abuela le abrió las puertas de su casa. A Carmen le encantaba convivir con sus nietos. Consideraba que le daban vida y la conectaban con otras realidades.

—Estoy orgullosísima de mis nietos. Me gusta estar con ellos. Uno de ellos, Álvaro, hijo de Francis, es una fiera en las matemáticas. Me recuerda a Mariola, a la que también se le daban muy bien las ciencias. Son todos estupendos. —Carmen siempre hablaba a sus amigas de su familia.

—Tenemos que hacer algún viaje juntas —propuso Dolores Bermúdez de Castro.

—¡Cuando quieras!

Carmen Martínez-Bordiú se adelantó a las amigas y volvió a tentar a su madre con otro viaje. Esta vez era para asistir a la Exposición Universal que se celebraba en China.

—¿Te atreves, mamá?

—¿Cuándo salimos?

—¡Caray! Pues inmediatamente.

—¿Y por qué China?

—Aprovechamos para ver la Expo y yo de paso conozco las montañas colgantes que salen en la película *Avatar*, las montañas de Zhangjiajie, en la provincia de Hunan. Están fuera de la ruta turística, pero me apetece mucho conocerlas.

—¿Cómo son? —comentó curiosa.

—Son como un espectacular bosque de piedra, también conocido como las Columnas del Cielo del Sur. Me quedé muy impactada al saber que ese magnífico paisaje que sale en la película es real. He leído que hay una colección de más de tres mil pilares de piedra.

—Me apetece muchísimo visitar ese bosque de piedra.

—Además, así te cuento que me he vuelto a enamorar. Esta vez se trata de un empresario.

—¿Le conozco?

—No creo. Se llama Luis Miguel Rodríguez. Te aseguro que se trata de un hombre importante en mi vida.
—Como diría tu abuela: si tú eres feliz, bien hecho está.

Una semana después las dos viajaban con destino a Shanghái. Su intención era visitar todos los pabellones de la Exposición Universal, pero, en especial, el de España que tanto éxito estaba teniendo. Cuando aterrizaron y cogieron un taxi, se dieron cuenta de que era la ciudad más poblada de China y una de las más pobladas del mundo. Cuando Carmen Franco vio el hotel de noventa plantas en el que se alojaban, se acordó del Corona de Aragón y de la escala con la que había viajado durante años. Se había prometido a sí misma no alojarse en una planta superior a la cuarta.

—Mamá, pues aquí la escala no te va a valer. Nos vamos a alojar en la planta número cuarenta.
—Yo no quiero estar tan arriba.
—Una vez en la vida. Olvídate de lo que te pasó. Además, ya no viajas con escala.
—A mis años ya no podría bajar por ella. Por eso dejé de llevarla.

Intentaron hablar con alguien en inglés pero era imposible hacerse entender. Le dieron doscientos dólares al conserje y ya hizo todo lo posible por atenderlas. Les aconsejó que cogieran un trenecito para visitar toda la Expo. El primer día anduvieron tanto que después, tras regresar en el tren, decidieron coger el metro. Alguien les dijo que para su hotel solo había cinco paradas. Sin embargo, debieron de hacer mal la cuenta, porque no eran capaces de encontrar la salida.

—Mamá, llevamos tres horas dando vueltas por aquí.
—¿Te imaginas que nadie nos encuentre?
—Sería increíble que viniéramos aquí para perdernos y que no nos encontrara nadie. Tú tranquila. No te pongas nerviosa

que seguro que salimos. —Carmen pensó que si le pasaba algo a su madre sus hermanos no la perdonarían nunca. Sus nervios crecían por momentos. No tenía ni idea como salir de allí.

Una empleada del metro que las vio pasar una docena de veces por el mismo lugar les preguntó si estaban perdidas. Finalmente les indicó que volvieran hacia atrás y contaran siete paradas. Esta vez sí funcionó.

Al día siguiente, volvieron a dar una enorme caminata. En un momento dado tuvieron que sentarse a descansar. Era imposible andar más. Carmen vio pasar a un hombre tirando de un carro para dos personas y le preguntó a su madre:

—¿Quieres que lo cojamos? Yo no puedo más.

—Bueno, pero entérate de cuánto cuesta —comentó Carmen Franco.

—Mamá, lo que cueste. Ya no podemos con nuestra alma. ¡Qué cosas tienes! Te pareces al abuelo. Nos lo podemos permitir, si a eso te refieres —se echó a reír.

Después de ver la Expo, no quisieron perderse monumentos como el Bund, el templo de Dios de la Ciudad Viejo, los rascacielos de Pudong que se exhibían como uno de los mayores logros del crecimiento de la ciudad. Acababan tan cansadas después de cada jornada que caían rendidas en la cama. Cuando regresaban ya en el avión de vuelta, las dos habían perdido varios kilos.

—Ha sido fantástico, Carmen. Gracias por invitarme. Me ha parecido un viaje inolvidable.

—Tenemos que hacer muchos más, ¿no te parece?

—¡Por supuesto!

—Está claro que he salido a ti en esto de viajar. Estás siempre dispuesta a hacer las maletas.

—¡Siempre! Quizá por lo poco que me moví cuando era pequeña. Ahora estoy compensando.

De regreso, Carmen entró en una actividad frenética. No solo no venía cansada de los viajes, sino que parecía que se activaba. Acudía allá donde la invitaban y no se perdía un concierto, una partida de cartas o una corrida de toros. Cristóbal y ella habían asistido a muchas en el pasado porque siempre fueron unos grandes aficionados.

—¿No es verdad que un atractivo torero intentó romper tu noviazgo con Cristóbal? —preguntó una de sus amigas con sentido del humor.

—No. No se cruzó nadie. No es verdad. Teníamos mucha amistad con muchos toreros. Cristóbal en especial con Antonio Bienvenida. Él y otro amigo suyo iban a todas sus corridas. Más tarde, los dos fuimos muy amigos de Luis Miguel Dominguín y de Lucía. A mi padre le hacía mucha gracia cómo contaba los chistes que se decían de él. Además, era un gran cazador. Hemos estado compartiendo comidas y cenas muchas veces. Nos gustaba la caza igual que a él.

—¿No le sugirió tu madre que se casara por la Iglesia con Lucía?

—Mi madre no se metía en esas cosas. Siempre se ha dicho, pero no es cierto. Creo que como no estaba bien visto casarse por lo civil, le dejaron de invitar a cazar y él siempre decía que se casó por unas perdices. Mi madre, a pesar de ser muy religiosa, comprendía que en otros ambientes no se llevaran tan en serio los matrimonios.

—¿Por qué no lo desmientes nunca?

—Nada, no hago caso. No merece la pena. Alguna vez he preguntado a algún abogado, y como dicen que mis padres eran personajes públicos, no se puede hacer nada. Todo el mundo puede opinar aunque lo que digan sea mentira.

Su nieto Luis Alfonso, diez años después de su boda, en 2014, conmemoró en España su primera década de matrimonio pero ya en presencia de sus tres hijos: Eugenia, de siete años, y los mellizos, Luis y Alfonso, de cuatro. Margarita volvió a ponerse de blanco y lució en su muñeca la pulsera de pedida que le regaló Luis Alfonso, pulsera que había pertenecido a la reina Victoria Eugenia. Así como la sortija que le regaló Carmen Martínez-Bordiú por su compromiso. Cuatrocientos invitados no se perdieron este feliz acontecimiento. Luis Alfonso deseaba celebrar su felicidad. Una felicidad que no estuvo completa hasta el nacimiento de su cuarto hijo, Enrique, el 1 de febrero del año 2019. Su vida de adulto era completamente diferente a su infancia. Había conseguido la estabilidad que necesitaba y crear su propia familia.

El pazo de Meirás, con el paso de los años, se convirtió en el centro de reunión de toda la familia. Una vez al año, en verano, procuraban juntarse todos. Allí la duquesa de Franco recibía a sus hijos, a sus nietos y a sus biznietos.

Sin embargo, un verano, se dijo a sí misma que ya no volvería. Sobre todo, después de que el ayuntamiento de Sada, en La Coruña, declarara a la familia Franco *persona non grata*, junto a la petición no rubricada por todos los grupos políticos de que el pazo de Meirás* pasase a ser patrimonio público. Fue entonces cuando Carmen dijo a la familia que no deseaba volver. Así dio por concluidas sus vivencias allí. Demasiados disgustos, manifestaciones, entradas furtivas, carteles reivindicativos. No se sentía capaz de aguantar más incidencias. Hizo lo mismo que con el palacio de El Pardo al morir su padre, no regresó jamás. Dos decisiones que no tenían para ella vuelta atrás.

—Estoy muy cansada. Muy cansada.

* El 2 de septiembre de 2020 el Juzgado de Primera Instancia número 1 de La Coruña sentenció que el pazo de Meirás era propiedad del Estado.

La última celebración en la que casi todos los miembros de la familia se reunieron fue en Madrid por su noventa cumpleaños. Estuvieron todos sus hijos, incluso Mery, que era la que menos veía, por vivir fuera de España. No llegó a conocer a Gregor Tamler, su segundo marido, con el que vivió en las islas Vírgenes, porque tristemente murió.

—Ahora vive en Miami con un chico de El Salvador que también trabaja allí. Está cerca de su hija Leticia y de sus nietos. Pero a ella donde le gusta estar es en Hawái, en la isla de Kailua-Kona. Considera que allí está su casa. Me hizo mucha ilusión que viniera para mi cumpleaños. Ella nunca quiso regresar para huir de Jimmy. No quería que su hija tuviera relación con él.

No vinieron su nieta Leticia ni sus bisnietos, pero sí estuvieron presentes todos los demás. Una foto los inmortalizó. Entrar en la década de los noventa era para celebrarlo. Se vistió de amarillo. Nunca ha sido supersticiosa. Esa foto solo quedó para su álbum familiar. No hubo prensa. Siempre ha huido de ella.

—De joven estuve un poco más expuesta, pero mis padres tampoco querían que yo participara demasiado en la vida pública. Por eso, cuando me casé, quitando todas las cosas que hice con la Asociación Española contra el Cáncer, no intervine en nada más.

Carmen ahora está cansada. No quiere ni oír que se pretende trasladar a su padre del Valle de los Caídos. Considera que a los muertos hay que dejarlos descansar. Francis se exaspera cuando oye que hay quien dice que su abuelo no está enterrado en el Valle de los Caídos. «El notario mayor del reino dio fe cuando cerraron la caja de que allí estaba el cuerpo de mi abuelo. Sellaron el féretro y lo trasladamos hasta la basílica, donde fue enterrado». Otra cosa es que nunca expresara que quisiera estar allí. Hubiera preferido descansar en el panteón familiar de El Pardo.

Carmen está exhausta. No hay año que no se abra alguna polémica relacionada con su padre. Procura hacer oídos sordos y tener muy presente su pasado y su presente. Sigue siendo la matriarca. La familia está unida en torno a ella. Ahora desea no tener ninguna preocupación. El rey don Juan Carlos se interesó por ella al saber su bajo estado anímico. A Carmen Franco no le sorprendió que el rey abdicara en su hijo. «Empezó pronto. Muy joven. No me chocó que lo hiciera. Todos los demás reyes, excepto la reina de Inglaterra, también lo han hecho. Es algo natural. Hay que ceder paso a las nuevas generaciones».

Se ha acostumbrado a tragarse sus sentimientos. No llora, no le gusta derramar lágrimas. Puede parecer fría. Lo sabe. «No soy cariñosa. No tengo ni idea de cómo serlo».

Sin embargo, si sus hijos la necesitan, ahí está siempre. No le sorprende el interés que despierta su vida y la de sus descendientes. Siempre ha sido así. La separación de Cristóbal y Jose Toledo, después de treinta y dos años de matrimonio, ha salido en periódicos y revistas, aunque ellos no han hecho declaraciones. Carmen, la hija mayor, también ha sorprendido a todos con su nuevo amor, asimismo con un enorme eco mediático. Un joven atleta australiano de treinta y dos años, coach y estudioso de las disciplinas orientales hasta convertirse en un «terapeuta de la felicidad». El hombre que la ha sacado del bache en el que estaba a nivel sentimental. «Me ha ayudado muchísimo en un momento muy delicado de mi vida», ha declarado. Carmen Franco acepta con naturalidad las decisiones de sus hijos. «Son sus vidas y yo no me meto en ellas».

Se ha especulado mucho sobre su herencia. Fue hija única y también única heredera. «Han buscado mucho mi dinero, pero nunca lo han encontrado porque no he tenido una gran fortuna. Nunca fue una cosa tan espectacular como la gente creía». El secretario de su madre sigue al frente de sus cuentas e inversiones. Fincas, pisos, el pazo... un gran patrimonio.

Todo pesa demasiado sobre sus espaldas. Es el momento de liberarse de cargas. Sus hijos quieren que reduzca sus preocupaciones.

Hace balance de sus noventa años y está convencida de que «ha sido una buena vida». Ha descartado malos recuerdos. «No vale la pena recordarlos».

Sus nietos y sus hijos se van turnando para hacerle compañía porque no quieren dejarla sola. Uno de sus nietos le preguntó hace no mucho:

—Abuela, ¿cómo te gustaría que te recordaran?

—No tengo ni idea. Como una madre normal, aunque nunca he sido de dar muchos besos y esas cosas. Normal. Como decía de pequeña: «Soy muy corrientita». Recordadme como queráis...

EPÍLOGO
CON VOZ PROPIA

«He llegado hasta aquí. El final de una larga vida. Decían mis amigas que lo mejor que nos puede pasar a las mujeres es ser viudas. Yo no digo tanto, pero desde luego, ahora que ya no tengo ninguna obligación ni ninguna responsabilidad, sí que me siento más libre. Puedo hacer lo que quiera cuando quiera y a la hora que desee. No tengo por qué dar explicaciones de mis actos. No tengo que rendir cuentas a nadie, ni tan siquiera a mis hijos. Procuro llevar una vida normal para que mis actos tampoco les comprometan ni perjudiquen. Soy libre. Más libre de lo que he sido nunca.

»Durante gran parte de mi vida he tenido que hacer aquello que era lo correcto, lo que marcaba el protocolo de mi posición. Primero hija de Franco, después mujer de Cristóbal Martínez-Bordiú y, por último, Carmen a secas. Soy una mujer de mi tiempo. Nací en el hogar en el que se desarrollaron los acontecimientos que iban cambiando y transformando la historia de mi país. Viví entre algodones sin saber qué se hacía y qué no se hacía. En la guerra era una niña y no me enteraba de nada. Solo sé que tuve que cambiar de nombre. Elegí llamarme Teresa, y me escapé con mi madre a vivir a Francia.

Después regresé al lado de mi padre en plena Guerra Civil y para mí fue un *shock*. Me encontré con un desconocido. Nada tenía que ver con el padre que dejé en Canarias, un padre que me cantaba zarzuela y conducía su coche. Parecía otro hombre. Irreconocible. Le tuve que mirar durante un largo rato porque había cambiado por completo. Se había convertido en una persona diferente. Mandaba mucho y apenas podía hablar con él. Ya siempre le vi rodeado de gente. Ayudantes, militares, invitados… Nunca le pude ver a solas. Las comidas y las cenas eran nuestro punto de reunión, pero allí estaba prohibido hablar de aquello que fuera delicado. Yo me enteraba de lo que sucedía por mi madre o por mi entorno, nunca por su boca. Mis momentos junto a él fueron aquellos que la caza nos permitió compartir pero, repito, siempre con alguien a nuestro alrededor. Lógicamente, estuve más unida a mi madre, aunque la persona que más ha influido en mi vida ha sido él. Siempre fue machista, como los hombres de su época, y mandón. Las mujeres contábamos poco. Me acostumbré a ver, a oír y a callar. Desde jovencita leía muchos periódicos, era la única forma de enterarme de algo de lo que pasaba a mi alrededor.

»Sentí mucho el desencuentro que hubo en la familia con mi tía Zita y mi tío Ramón. Sobre todo, porque sus hijos fueron mis amigos y mis compañeros de juegos durante la guerra y en la postguerra. Hubo muchos juegos de piratas y muchos escondites jugando con Bocho, el león que nos trajeron tras caer Bilbao en manos nacionales. Yo quería ir al frente y el día que mi padre me llevó a Términus cogí paperas. Iba para un día y me tuve que quedar una cuarentena para no contagiar a mis primos.

»Nunca me sentí una niña solitaria. Siempre he tenido cerca a mis institutrices y a mis amigas. Descubrí que los niños no eran como las niñas en la Academia de Zaragoza cuando vi a uno bajarse el pantalón. He tenido que ir descubriendo las cosas por mí misma porque nadie me contaba nada de la vida. De hecho, supe la verdad sobre los Reyes Magos al cabo de los años. Ya era mayorcita cuando me dije a mí misma que no podía ser. Siempre viví en una burbuja que nadie se atrevía a romper. Mi madre prohibió que me dijeran la verdad sobre aquella fantasía y fui la más tardía en descubrirla. La verdad la he ido descubriendo siempre sola.

»Cuando tenía afecto a alguien, desaparecía de mi vida. Primero la institutriz francesa a la que tanto quería, *mademoiselle* Labord, la dejamos en Tenerife cuando mi padre salió para Marruecos en el Dragon Rapide. Decían que podía ser una espía. Después, Blanca Barreno, la teresiana, se fue de mi vida también de golpe porque se enamoró del mecánico de mi madre después de muchos años a mi lado. Fue duro no volver a saber de ella. Me volvieron a cortar los hilos de mis afectos. Eso me ha hecho dura. Nadie me verá llorar nunca. Desconozco si eso es bueno o malo.

»Me enamoré de un joven guardiamarina. Me encantaban los guardiamarinas. Los uniformes lógicamente me han atraído mucho siempre. Cuando se supo que nos veíamos en casa de la tía Pila, no me dejaron seguir junto a él. Mi madre tenía otros planes. Quizá no quería para mí su vida, junto a un militar. Yo siempre he obedecido. He hecho lo que me dijeron que hiciera; aunque en alguna ocasión intentara rebelarme. Ha sido así hasta hoy, que hago lo que siento y lo que me dicta el corazón. No me importa lo que digan o dejen de decir. Ya no me afecta.

»Me casé con Cristóbal y gané algo de libertad de movimientos, pero eran otros tiempos y había que hacer lo que te decía el marido. Muchas veces no lo compartía pero prefería ceder a que tuviéramos una discusión. Era ordeno y mando. Mi madre decía a sus amistades que "había tenido muy mala suerte". No pienso juzgarle. Es el padre de mis hijos. Por cierto, tengo la sensación de haber estado embarazada durante toda mi juventud. Eran otros tiempos, y si no querías ir al infierno, tenías que tener los hijos que Dios te mandara. Y eso hice. ¿Qué hubiera ocurrido si hoy fuera joven? ¿Me habría separado de él? Mi respuesta es no. Hubiera seguido a su lado. Que nadie olvide que por algo me casé con él.

»Ahora mis hijos me dicen que no estuve a su lado lo suficiente. Seguramente no fui la madre que ellos esperaban. Reconozco que no he sido cariñosa, no tengo ni idea de cómo serlo. No me enseñaron. Descargué toda la responsabilidad en Nani, que ha sido la madre y el padre de mis hijos. Las mujeres de esa época acudíamos a todos los actos sociales a los que nos invitaban y realizábamos muchos viajes. Las cosas han cambiado mucho en poco tiempo. Todos mis hijos nacieron en El Pardo. Los fines de semana hasta que fueron mayores los pasaban con mis padres. Cristóbal y yo nos íbamos al pantano de Entrepeñas. Lo hemos pasado bien. La India fue el destino que más me ha fascinado de todos los que he conocido. Nada es comparable a ese país. Ahora no dejo de viajar pero estoy muy cansada. He venido agotada del último en el que he ido por el Danubio de Budapest al Mar Negro.

»La caza, montar a caballo y viajar han sido mis grandes *hobbies*. Chocaba que una mujer disparara como yo lo hacía. Probablemente porque he estado rodeada de militares. Tenía buena puntería y he cazado mucho con mi padre. Fraga me dio una perdigonada en el final de la espalda que, afortunadamente, no tuvo consecuencias. Hay que tener mucho cuidado con un arma en la mano. He visto muchos accidentes a lo largo de mi vida.

»Siempre he defendido mi apellido. Me da igual lo que piensen unos u otros. A mi padre que le juzgue la historia, no yo. Cuando me dicen que fue un dictador, no lo niego, pero tampoco me gusta porque me lo suelen decir como un insulto. Sin embargo, a mí no me suena tan mal, para mí tiene una connotación diferente porque la dictadura de Primo de Rivera fue próspera para España. Yo no voy a juzgar a mi padre, insisto. Sí voy a decir que él, a su manera, hizo lo que creía que era mejor para España y los españoles. No cedió a las presiones internacionales porque era militar y si una persona tenía las manos manchadas de sangre, no lo dudaba. En eso primaba su formación africanista: "Ojo por ojo, diente por diente". Su obsesión era combatir el comunismo. Por eso, el día que se legalizó el Partido Comunista lo pasamos mal en casa. Fue doloroso. Ahora, le diré que en democracia nos fue mejor con el Partido Socialista que con la UCD. Al morir mi padre tuvimos la sensación de una persecución total hacia nuestra familia. Sobre todo, con el primer gobierno de Adolfo Suárez.

»Han buscado mucho nuestro dinero, por aquí y por allá, pero nunca lo han encontrado en la cantidad que esperaban. Para nada tan espectacular como la gente creía. Al ser hija única, lógicamente, he sido la única heredera. Me he gastado mucho en conservar el pazo de Meirás. Ahora se abre al público y le diré que me da miedo porque no tengo una seguridad especial que controle a la gente que quiere entrar. Hasta hace poco he seguido yendo allí con mi familia los veranos. Me siento vulnerable. Cualquier día me encuentro con alguien en mi habitación, como le pasó a la reina Isabel II.

»Uno de los pocos momentos que viví junto a mi padre a solas fue precisamente en su final. Sabía que se moría y me hizo partícipe de su despedida a los españoles. Fui la guardiana de su secreto. Durante esos días me acompañó su última voluntad, dentro de un sobre blanco, allá adonde iba. No hubo lágrimas, tampoco besos. Nos apretamos la mano. Sobraban las palabras. Su final fue duro.

»Tengo que decir que no hubo un gran cambio en mi vida cuando murió porque yo no formé parte de la vida oficial. La que lo notó mucho más fue mi madre, yo muy poco. Una de las discusiones más importantes que tuve con Cristóbal fue cuando le pedí que dejara morir a mi padre. Otra, cuando me enteré de que había hecho unas fotos en el hospital con mi padre lleno de cables. Que su agonía fuera pública no se lo perdoné nunca. Malo es que hiciera las fotos, pero aún peor que no protegiera aquellos carretes.

»También confieso que no me regodeo en lo que me hace sufrir. Seguramente por eso he llegado hasta esta edad. Descarto de mi mente el recuerdo que me hace daño. Solo me quedo con los buenos ratos que he vivido. Lo malo ya lo he borrado. No quiero echar la vista atrás ni volver a poner un pie en el palacio de El Pardo. Allí pasé gran parte de mi vida y allí nacieron mis hijos, pero ni he vuelto ni deseo regresar nunca.

»Tengo muchos papeles por ordenar y cintas grabadas con la voz de mi padre en lo que fue un intento de hacer sus memorias. El doctor Vicente Pozuelo le recomendó que lo hiciera un año antes de morir. Solo le dio tiempo a recordar su infancia y juventud. Lo cierto es que nunca tuvo intención de hacerlas porque decía que "son justificación de los actos que has hecho y siempre dejas mal a mucha gente".

»Los nuevos tiempos imponen otra dinámica. Sobre todo, mirar hacia el futuro. Comprendo perfectamente que no sepan quién fue Franco. Incluso comprendo a los que le critican, aunque no lo comparta. Me siento incapaz de juzgarle; bueno, ni a él ni a nadie. El pasado hay que dejarlo descansar. Me dolió mucho la forma en la que quitaron su estatua de la plaza de San Juan de la Cruz, en Madrid. Se hizo con nocturnidad y el mismo día del cumpleaños de Carrillo. Me molestó mucho. No me chocó tanto el cambio de calles y avenidas.

»No sé cuánto voy a vivir más. Tampoco me importa. Hasta donde llegue, he llegado. Paso mi tiempo visitando a mis amigas. Algunas ya están enfermas, otras con principio de Alzheimer… Me gusta acompañarlas. Nos unen nuestros recuerdos, nuestro pasado. Jugamos mucho a las cartas, creo que eso nos viene bien. La verdad es que procuro parar poco en casa. Las comidas y las cenas las hago siempre con alguien de la familia. Son obligadas. Siempre tengo a algún nieto viviendo conmigo. Primero estuvo Luis Alfonso, el hijo de Carmen y Alfonso. Ahora está Daniel, el hijo de José Cristóbal y Jose Toledo. Siempre recibo visitas y amistades. No doy entrevistas. No me gustan.

»Aquí estoy. Dispuesta a recibir aquello que venga. Sin lágrimas. No tengo miedo a nada. Ni tan siquiera a la muerte. La he visto de cerca muchas veces y la conozco perfectamente. No le tengo miedo. No me pillará quieta. Reivindico mi nombre porque no quiero ser juzgada por la vida de los demás. Ni la de mis padres, ni la de mi marido, ni la de mis hijos. Soy Carmen. Nada más. Carmen. Una mujer que ha sido testigo de casi un siglo de historia».

NOTA FINAL DE LA AUTORA

Carmen Franco Polo falleció en la madrugada del 29 de diciembre de 2017, a los 91 años. Sus restos fueron incinerados en el cementerio de la Almudena y sus cenizas enterradas en la cripta familiar de la catedral de la Almudena, junto a los restos de su esposo, Cristóbal Martínez-Bordiú, el marqués de Villaverde.

Durante su último año de vida tuvo conocimiento de la determinación del Gobierno de exhumar los restos de su padre del Valle de los Caídos, hecho que finalmente tuvo lugar el 24 de octubre de 2019. La idea inicial era que sucediera antes del 1 de marzo del mismo año, pero se retrasó debido a la suspensión cautelar adoptada por un juez de Madrid y subsiguientemente también por el Tribunal Supremo. Pero en última instancia el alto tribunal avaló la exhumación, desestimando así el recurso presentado por la familia. Carmen siempre fue de la opinión de que «a los muertos hay que dejarlos descansar en paz».

BIBLIOGRAFÍA

ALCALÁ, César, *Secretos y mentiras de los Franco*, Styria, Barcelona, 2008.
—, *Las traiciones personales de Franco*, Malhivern, Barcelona, 2012.
BOTELLO, David, *Luis Alfonso de Borbón. Un rey sin trono*, Espejo de Tinta, Madrid, 2007.
COBOS ARÉVALO, Juan, *La vida privada de Franco*, Almuzara, Córdoba, 2009.
DE LA CIERVA, Ricardo, *Francisco Franco. Un siglo de España*, Editora Nacional, Madrid, 1973.
DÍAZ, Carmen, *Mi vida con Ramón Franco*, Planeta, Barcelona, 1981.
El franquismo año a año. Lo que se contaba y ocultaba durante la dictadura. Los protagonistas y los hechos, vol. 37, Biblioteca El Mundo.
El franquismo año a año. 1974. El espíritu del 12 de febrero, Biblioteca El Mundo.
El franquismo año a año. 1975. Agonía y muerte del franquismo, Biblioteca El Mundo.

ENRÍQUEZ, Carmen, *Carmen Polo. Señora de El Pardo*, La Esfera de los Libros, Madrid, 2012.

ESLAVA GALÁN, Juan, *Los años del miedo*, Planeta, Barcelona, 2008.

FERNÁNDEZ-MIRANDA LOZANA, Pilar y FERNÁNDEZ-MIRANDA, Alfonso, *Lo que el rey me ha pedido*, Plaza y Janés, Barcelona, 1995.

FRANCO MARTÍNEZ-BORDIÚ, Francisco, *La naturaleza de Franco*, La Esfera de los Libros, Madrid, 2011.

FRANCO SALGADO-ARAUJO, Francisco, *Mis conversaciones privadas con Franco*, Planeta, Barcelona, 1976.

GARRIGA, Ramón, *La señora de El Pardo. España, a sus pies*, Planeta, Barcelona, 1979.

GIL, Vicente, Dr., *Cuarenta años junto a Franco*, Planeta, Barcelona, 1981.

GIMÉNEZ-ARNAU, Jimmy, *Yo, Jimmy. Mi vida entre los Franco*, Planeta, Barcelona, 1983.

GRACIA, Fernando, *Lo que nunca nos contaron de Don Juan*, Grupo Libro, Madrid, 1993.

HILLS, George, *Franco. El hombre y su nación*, E.S.M, Madrid, 1975.

IBÁRRURI, Dolores, *Memorias de Pasionaria 1939-1977*, Planeta, Barcelona, 1984.

JARAIZ FRANCO, Pilar, *Historia de una disidencia*, Planeta, Barcelona, 1982.

LANDALUCE, Emilia, *Jacobo Alba,* La Esfera de los Libros, Madrid, 2013.

MARTÍNEZ-BORDIÚ, Cristóbal, *Cara y cruz. Memorias de un nieto de Franco*, Planeta, Barcelona, 1983.

MARTÍNEZ-BORDIÚ ORTEGA, Andrés, *Franco en familia. Cacerías en Jaén*, Planeta, Barcelona, 1994.

MERINO, Ignacio, *Serrano Súñer. Conciencia y poder*, Algaba, Madrid, 2004.

PALACIOS, Jesús y PAYNE, Stanley, G., *Franco, mi padre*, La Esfera de los Libros, Madrid, 2008.
—, *Franco. Una biografía personal y política*, Espasa, Madrid, 2014.
PALMA GÁMIZ, José Luis, *El paciente de El Pardo*, Agualarga, Madrid, 2004.
PEÑAFIEL, Jaime, *La nieta y el general. Tres bodas y un funeral*, Temas de Hoy, Madrid, 2007.
POZUELO ESCUDERO, Vicente, *Los últimos 476 días de Franco*, Planeta, Barcelona, 1981.
RUIZ, Julius, *La justicia de Franco. La represión en Madrid tras la guerra civil*, RBA, Barcelona, 2012.
SÁNCHEZ-MONTERO, Simón, *Camino de libertad. Memorias*, Temas de Hoy, Madrid, 1997.
SÁNCHEZ SOLER, Mariano, *Villaverde*, Planeta, Barcelona, 1990.
—, *Los Franco, S.A.*, Oberon, Madrid, 2003.
SANTOS, Carlos, *333 Historias de la Transición*, La Esfera de los Libros, Madrid, 2015.
SORIANO, Ramón, *La mano izquierda de Franco*, Planeta, Barcelona, 1981.
TUSELL, Javier, *Historia de España en el siglo XX*, vol. 3, Taurus, Madrid, 2007.
URBANO, Pilar, *El precio del trono*, Planeta, 2011.
URBIOLA, Fermín, *Nacida para reina*, Espasa, Madrid, 2010.
Vida de Franco, coleccionable de *ABC*.
VILALLONGA, José Luis de, *El Rey. Conversaciones con Don Juan Carlos*, Plaza y Janés, Barcelona, 2003.
VIZCAÍNO CASAS, Fernando, *La España de la posguerra*, Planeta, Barcelona, 1975.
ZAVALA, José María, *La pasión de José Antonio*, Plaza & Janés, Barcelona, 2011.
—, *Franco con franqueza. Anecdotario privado del personaje más público*, Plaza y Janés, Barcelona, 2015.